AUTANT EN APPORTE LA MER

JEAN-JACQUES ANTIER

AUTANT EN APPORTE LA MER

Nouvelle édition intégrale
revue et corrigée

PRESSES DE LA CITÉ

ISBN 2-266-06562-9

Pour Yvette

Tous les faits relatés dans ce roman sont historiques. Les personnages ont existé, à l'exception de Jehan Figueras, Gersende Estelle, Ria Pepiole et Godeleine Van der Brock, qui relèvent de l'imaginaire.

Les rues de Marseille portent leurs noms de 1720, dont la plupart ont été conservés.

(Voir cartes en fin d'ouvrage.)

PREMIÈRE PARTIE

LE GRAND SAINT ANTOINE

1

Le soleil tombait sur Tripoli. En cet an de grâce 1720, c'était l'un de ces soirs orientaux qui réconcilient même les plus pauvres avec la vie.

Arrêtant son cheval épuisé dans un jardin d'orangers, Jehan Figueras déboucha sur le quai du petit port, dans le faubourg d'El Mina, et poussa un cri de soulagement.

A quelques brasses du rivage, le *Grand saint Antoine*, mouillé sur ses deux ancres affourchées, offrait la silhouette un peu lourde de sa coque et sa mâture altière à l'apothéose vespérale. Le bateau était en instance de départ. Les voiles ferlées sur les vergues n'attendaient qu'un ordre du capitaine pour être larguées. A la pomme du grand mât battait le pavillon marseillais de l'armement Chaud, Estelle & Cie : croix bleue de Marseille frappée des initiales C & E. Au mât d'artimon flottait le célèbre pavillon bleu du commerce, croix blanche avec écu des armes royales. Donné par l'Amirauté de Provence, il permettait au capitaine de demander assistance aux vaisseaux du roi, en quelque point du monde où il se trouve. A en juger par la ligne de flottaison, les cales devaient être pleines. Jehan siffla d'admiration.

– Mon futur beau-père s'y connaît en armement. Au moins six cents tonneaux de charge utile. Le ventre assez rebondi pour embarquer toutes les richesses de l'Orient, mais une ligne assez fine et toute la toile nécessaire pour semer les pirates de l'Archipel, et ceux de Barbarie !

Confiant son cheval au garde turc de l'orangeraie,

Jehan Figueras se dirigea vers le quai principal où stationnaient trois grosses embarcations à rames, dont l'une, pensait-il, pourrait le conduire à bord.

La première était grecque ; la seconde turque. De la troisième on entendait de joyeuses exclamations en langue de Provence, que Jehan connaissait aussi bien que le français, le grec, le latin et l'arabe. Deux matelots chargeaient des balles de soieries avec des précautions infinies. Il interpella le plus âgé :

– Le *Grand saint Antoine* ?

– Oui, monsieur. Nous en sommes !

– Je suis le médecin Jehan Figueras. Mon passage est prévu à bord.

– Montez, maître Figueras !

Quelques minutes plus tard, Jehan grimpait le long de l'échelle de corde et sautait sur le pont. À l'arrière, sur la dunette qui dominait le pont, un homme d'une cinquantaine d'années, petit et fort, le poil noir, le regard autoritaire, donnait des ordres pour faire hisser les dernières balles de soieries à l'aide d'un palan frappé à une basse vergue. Jehan se dirigea vers lui et souleva son bonnet.

– Capitaine Chataud ?

– C'est moi.

– Je suis Jehan Figueras.

Un sourire stupéfait éclaira la face burinée et soucieuse du marin.

– Ah ! maître Figueras ! On ne vous attendait plus ! On vous croyait mort dans les déserts d'Égypte ou de Palestine ! Nous appareillons demain à l'aube. Le vent s'est enfin mis à l'est. Quels que soient les ordres vous concernant de maître Jean-Baptiste Estelle, rien n'aurait pu me retenir dans ce port, mon chargement effectué. Vous deviez cet hiver embarquer à Seyde ; et nous sommes le 2 avril ! L'auriez-vous oublié ?

– Ma caravane d'Alexandrie a été attaquée dans le désert de Gaza. Je suis, sinon le seul survivant, du moins le seul à n'avoir pas été emmené en esclavage.

– Nos alliés turcs ne sont donc plus maîtres des routes du désert ?

– Des villes et des ports, oui. Mais pas des pistes. Des rezzous de pillards incontrôlés infestent la contrée. Leur rapacité n'égale que leur cruauté !

– C'est pareil sur mer ! Avec leurs chébecs rapides,

ils truffent les îles de l'Archipel grec et fondent, au nom du Prophète, sur les bateaux marchands chrétiens qui osent s'aventurer trop près des côtes. Comment leur avez-vous échappé ?

– J'ai été capturé, avec un ou deux survivants de la caravane. Ils ne gardaient que les athlètes. Je ne faisais pas le poids. Le plus stupide a sorti son cimeterre. Je l'ai regardé dans les yeux et j'ai lancé en arabe, avec toute la conviction dont j'étais capable, malgré mon angoisse : « Je vaux mille piastres d'or ! » Il a rengainé, l'air de dire : « On verra. » Puis j'ai compris que tout n'allait pas pour le mieux chez nos assaillants. Leur chef, un nommé Abd el Khalasa, avait pris une balle de pistolet dans le genou et souffrait horriblement. Parmi les brutes qui le suivaient, personne n'était capable de le soigner. En plein désert, il risquait, sinon de perdre la vie, du moins de perdre sa jambe et naturellement son pouvoir. J'ai joué le tout pour le tout. Bousculant les pillards qui allaient m'enchaîner, j'ai crié : « Je suis médecin ! Laissez-moi soigner votre chef ! » Comme une traînée de poudre, le bruit s'est répandu : « Un *teubyb* ! » J'ai pu récupérer ma trousse. Il s'agissait d'extraire la balle et de nettoyer la blessure. « Si tu sauves ma jambe, chien de chrétien, tu seras libre ! Sinon, je te ferai attacher nu à un cactus et les fourmis dévoreront ton corps. » Le combat a duré quinze jours. J'ai gagné et me voici.

Le capitaine regardait Jehan avec étonnement et sympathie. Le garçon, il le savait par son fils, n'avait que vingt-cinq ans, mais son visage buriné, recuit par le soleil du désert, mangé par une barbe hirsute, lui donnait, avec l'apparence d'un homme mûr, l'allure d'un aventurier. De haute taille, la chevelure brune abondante, un peu bouclée, son profil grec rappelait ses ancêtres descendants de la cité phocéenne de Marseille. Le regard passionné se mettait parfois en veilleuse, et à travers les prunelles aigue-marine on sentait courir des rêves. Élancé, sans une once de graisse, Jehan Figueras était beau et le capitaine ne s'étonna plus que la belle Gersende, la riche héritière de Jean-Baptiste Estelle, ait pu s'éprendre de ce Provençal sans titre de noblesse ni fortune, mais non sans charme et sans talent.

– Maître Estelle m'avait dit que vous étiez l'un des meilleurs espoirs de la jeune génération sortie de la prestigieuse école de médecine de Montpellier. Mais que diable êtes-vous venu faire dans ce pays malsain d'Égypte ? Du négoce sur la côte syrienne pour s'enrichir, voilà un but ! Mais soigner les bédouins dans le désert d'Afrique !

– Je ne suis pas venu soigner les bédouins, capitaine Chataud. Je suis venu apprendre. Cela aussi, c'est s'enrichir !

– En Égypte ? ce pays pourri où règnent la peste, les fièvres, la misère et la corruption ?

– Il y a quatre mille ans, capitaine, alors que les Phocéens n'avaient pas encore bâti notre bonne ville de Massalia sur les rives du Lacydon, prospérait sur les bords du Nil une haute civilisation. Ces gens de la Première Dynastie connaissaient le secret des étoiles et ceux du corps humain. Ils ont inventé la médecine : diagnostic, thérapeutique et chirurgie.

– Quoi ? Avant les Chinois ?

– Deux mille ans avant ! C'est pourquoi je suis venu en Égypte, à la source de notre art. De notre civilisation, aussi, puisque Alexandrie a été plus tard la capitale de l'Orient grec, réunissant tout le savoir du monde dans une bibliothèque de sept cent mille volumes !

– Qu'en reste-t-il ?

– Rien. Elle a brûlé. Mais il reste une sagesse infinie réfugiée au cœur du désert dans la mémoire de quelques ermites.

Jehan se prit à rêver. Déconcerté, le capitaine respecta son silence.

– Capitaine, vous plairait-il de m'accorder une faveur ?

– Je vous écoute.

– Il faut d'abord que vous compreniez. Regardez cette ville !

Tripoli la Blanche s'étendait, langoureuse, au pied des collines plantées d'oliviers, d'orangers et de vigne.

– D'ici même où vous venez de charger les richesses de l'Orient sont partis ces Phéniciens qui ont fondé notre ville. Mais peut-on imaginer qu'un tel décor de douceur appelant à l'amour et à l'art ait été aussi le théâtre de sanglants combats entre civilisations rivales ?

– Où voulez-vous en venir ?

– Regardez le sommet de la colline qui domine la ville. Cette forteresse massive s'est substituée à l'ancien krak du chevalier croisé Raymond de Saint-Gilles, qui fit le siège de Tripoli en 1102. Pendant deux siècles, le royaume franc domina ce pays de lait, de miel et d'ambroisie, puis le sultan mamelouk Qalaoun s'en empara après un atroce massacre.

Le jeune médecin se tourna vers la mer.

– Voyez cet îlot surmonté d'un marabout, au centre de la rade. Mille chrétiens de Tripoli fuyaient vers le port après la prise de la ville. Très peu purent s'embarquer, car il n'y avait pas assez de bateaux. La plupart des hommes furent tués, leurs femmes violées puis réduites en esclavage avec leurs enfants. Tandis que les musulmans rasaient la ville, un parti de mamelouks fanatiques déboucha sur le rivage et engagea ses chevaux dans la mer. Sur cet îlot s'élevait l'église Saint-Thomas, dans laquelle les chrétiens en foule s'étaient réfugiés. Ce fut un atroce massacre. Les corps déchiquetés furent laissés sur place et les oiseaux de mer s'en disputèrent les chairs. Puis les musulmans élevèrent la ville nouvelle que vous voyez et rebâtirent le château de Raymond de Saint-Gilles, dont on retrouve ici et là des vestiges.

Le capitaine Chataud hocha la tête.

– Oui, que reste-t-il de la civilisation chrétienne, et de celle des Grecs et des Romains ? Les sables du désert ont recouvert les cités antiques.

– Tous les secrets ne sont pas perdus. Des sages, réfugiés au fond des ermitages ou des monastères, ont conservé quelques trésors. Savez-vous qu'ici même, à Tripoli, centre de cette confédération phénicienne fondée huit cents ans avant notre ère, prospérait au XIIe siècle une célèbre école de philosophie et de médecine ? Ah ! capitaine ! si vous me donniez une semaine, je suis sûr de retrouver chez quelques ermites ou dans un monastère maronite des souvenirs plus précieux que votre cargaison !

Le capitaine s'était laissé prendre à la magie verbale du jeune médecin. Soudain, il se ressaisit.

– Vous êtes fou, maître Figueras ! Une semaine ! Savez-vous ce que vaut ma cargaison ? Plus de seize mille louis d'or ! Trente fois le prix de ce vaisseau !

– Bah ! ces *textiles* peuvent attendre ; ils ne sont pas périssables comme des denrées alimentaires !

– Des textiles ! De pures indiennes de Kalat arrivées

après quelles mésaventures par les caravanes du désert ! Des cachemires des plus fins poils de chèvre de l'Himalaya. Des soieries précieuses de Damas et de Tripoli ! De superbes pièces de pure laine fine de Jérusalem !

– Mais tout cela peut attendre quelques jours. Mettons un seul jour, capitaine. Pour compenser ce petit retard, je vous donnerai... mon cheval. Un pur-sang arabe que m'offrit le sinistre Abd el Khalasa pour prix de mes soins. Regardez-le là-bas qui gambade dans l'orangeraie !

– Non, monsieur Figueras. Cette cargaison est attendue pour la foire de Beaucaire.

– Ah ! la foire... Je comprends... Allons, capitaine ! Quittez cette mine soucieuse. Vos préoccupations vous empoisonnent le sang ! Par monsieur saint Cassien ! Seize mille louis d'or !

Jehan se détourna, déçu. Puis, avec cette étrange capacité de détachement qu'il avait appris au désert, il retrouva son visage enjoué.

– Donnez-moi plutôt des nouvelles de votre fils Jacques, que j'ai bien connu à quatorze ans quand nous usions nos culottes sur les bancs du collège des Oratoriens de Marseille.

– Jacques est à bord. C'est l'écrivain du *Grand saint Antoine*.

– Par exemple ! Je serais heureux de le revoir.

La voix puissante du second capitaine s'éleva soudain du pont milieu :

– Chargement arrimé, capitaine !

– Bien, monsieur Pascal. Vous pouvez boucler les panneaux des cales.

Le capitaine Chataud se dirigea vers l'avant.

– Venez, maître Figueras. Je vais vous présenter votre collègue, notre chirurgien-barbier, maître Benoît Escarte. Un homme d'expérience bien qu'il ne possède pas votre savoir. Très capable de soigner une fièvre quarte ou le scorbut, et de réduire les fractures d'un gabier tombé de quelque vergue !

Le capitaine s'engouffra dans une écoutille, longea une coursive obscure en s'éclairant d'un fanal, descendit deux échelles, et s'arrêta devant une porte sur laquelle était inscrit en lettres rouges : INFIRMERIE. Il la poussa, entra.

Maître Escarte, le chirurgien-barbier du *Grand saint Antoine*, un petit homme rabougri d'un âge indéterminé, affichait sa fonction avec une certaine complaisance. Sa courte robe noire lui descendait aux genoux, masquant ses cuisses maigres.

L'arrivée du capitaine le fit sursauter. Il s'arracha à la vérification de son inventaire posé sur sa table.

– Maître Escarte, voici enfin Jehan Figueras ! Nous allons pouvoir appareiller sans remords. Je vous le confie. Prenez bien soin de lui. C'est, dit-on, le futur gendre de maître Jean-Baptiste Estelle !

Le capitaine Chataud s'éclipsa. Benoît Escarte regarda Jehan avec effarement et bredouilla :

– Je ne le savais pas !

Jehan éclata de rire.

– Quoi ? Que je vais épouser demoiselle Gersende Estelle ?

A cette idée, une onde de bonheur et de sensualité envahit tout son corps. Maître Escarte le regardait toujours avec une stupeur mêlée d'envie. Lui, simple chirurgien-barbier patenté de ce vaisseau de l'armement Estelle & Cie de Marseille, connaissait l'histoire – presque la légende – de ce Jehan Figueras, fils d'un obscur médecin du quartier des Accoules à Marseille. Sorti en tête de la dernière promotion de l'école de médecine de Montpellier, Jehan semblait voué aux plus nobles emplois : mieux que professeur à la célèbre faculté languedocienne, médecin au palais des Tuileries, qui y recrutait toujours le personnel attaché à la maison du roi. Et ce garçon doué mais imprévisible était parti ! Pour l'Égypte ! Pire qu'en Barbarie ; des pays sournois, malsains, où régnaient la peste endémique et Ahmed III sultan de Constantinople. Des peuples fiers, sans doute, donc jamais soumis. Les chrétiens n'y pouvaient qu'espérer, outre le bon tas d'or qui les motivait, la mort par la peste ou les fièvres, par le cimeterre ou le pal, au mieux l'esclavage.

– Oui, maître Escarte ! Vous vous demandez pourquoi je suis parti ? Je vous raconterai... Montrez-moi d'abord ma cellule.

– Vous voulez dire votre chambre ! Le *Saint Antoine* n'est pas un monastère !

– Allons, souriez ! Et prêtez-moi votre rasoir de maître barbier, que je me débarrasse de cette barbe qui me fait ressembler à un ayatollah de Perse !

– Mais... Un rasoir ne se prête pas ! Que vous a-t-on enseigné à Montpellier ?

– Bien des choses inutiles, hélas !

– Je vous raserai moi-même dès que nous serons en mer. En attendant, faites ici comme chez vous. Cet entrepont puant tient lieu d'infirmerie. On peut y mettre cinq paillasses et quelques hamacs tendus aux barrots. Ma chambre donne au fond. La vôtre est là-bas, à l'écart. C'est la pièce réservée aux malades contagieux.

Jehan eut un petit rire.

– Vous voulez dire le tollar, du latin *tolerare*, souffrir...

– Rassurez-vous, il n'y a pas de malades à bord en ce moment. Nous avons eu de la chance.

– Y a-t-il longtemps que le *Grand saint Antoine* trafique aux Échelles du Levant ? Je devais embarquer à Seyde en janvier ou février ! J'avais totalement perdu l'espoir de vous trouver. Je m'apprêtais à faire route vers la Provence à bord d'un autre bateau, mais après un petit incident dans le désert de Gaza, j'ai perdu les dix écus qui me restaient. Aussi je comptais m'embaucher comme barbier sur quelque vaisseau de Venise ou de Gênes qui voudrait bien de moi.

Maître Escarte prit un air pincé. Entre un obscur chirurgien-barbier comme lui et un jeune *doctor in medicum* diplômé de Montpellier, troisième degré, il y avait autant d'écart qu'entre un épicier de la rue de l'Échelle – la plus sordide du quartier Saint-Martin à Marseille – et un armateur négociant du quartier Saint-Ferréol. Et ce Jehan allait épouser la fille aînée du plus prestigieux d'entre eux, maître Jean-Baptiste Estelle, premier échevin [1]. Après tout, ce jeune bourgeois pourrait lui être utile. Benoît Escarte ne rêvait que de quitter les inconfortables entreponts des vaisseaux marchands pour s'établir à Marseille, peut-être à Aix, et devenir enfin quelqu'un. C'est-à-dire, à défaut de noblesse, un bourgeois respecté au gousset bien garni ayant pignon sur le Cours.

– Comment s'est déroulé votre voyage ? demanda Jehan.

– Mal. Le *Saint Antoine* a appareillé de Marseille il y a neuf mois, le 22 juillet très exactement, les cales

1. Équivaut au titre de maire.

pleines de blé, de sucre et de draps du Languedoc, à destination des Échelles du Levant. Nous avons débarqué une partie de notre cargaison à Smyrne, à Mosconossy dans les Cyclades, puis à Chypre. Nous sommes arrivés à Seyde [1] le 15 novembre, où nous sommes restés jusqu'au 30 janvier pour attendre différentes marchandises amenées par les caravanes. Après une escale à Sour [2] où nous avons chargé la presque totalité de notre cargaison, nous sommes arrivés enfin ici à Tripoli de Syrie le 15 février, retardés par une violente tempête qui a failli nous jeter à la côte.

– J'ai tenté de vous rejoindre dans ces trois ports, désespérant de vous trouver. Le *Saint Antoine* était comme un vaisseau fantôme ! Il avait déjà repris la mer quand j'arrivais.

– Venez. Montons sur la dunette. On étouffe dans cet entrepont.

Ils débouchèrent sur le pont comme le soleil touchait l'horizon au large, amenant avec la nuit toute la douceur de l'Orient. L'eau moirée du port reflétait les coques des pêcheurs, qui rentraient leur voile triangulaire. Maître Escarte poursuivit :

– Nous avons eu de gros problèmes. Démâtage, voiles arrachées, emportées. On a dû scier les mâts en catastrophe ! Par miracle, grâce à l'habileté du capitaine et de Pierre Roux, notre pilote, nous n'avons pas péri corps et biens. Le matériel n'en peut plus. La coque tient bon, c'est du pur chêne de la Sainte-Baume, mais elle fait eau ; les voiles, qu'on ne peut plus remplacer, donnent aussi de gros soucis. Heureusement, nous avons pu acheter à Tripoli un lot de matériel provenant d'un vaisseau anglais, qu'un négociant avait récupéré.

– Une épave jetée à la côte ?

– Non. Un superbe brick intact, abandonné dans un coin du port. Tenez, on aperçoit ses mâts dégréés là-bas, dans l'embouchure du Ras-en-Nahr.

– Que s'est-il passé ?

– Le gros de l'équipage et l'état-major ont péri. Assisté de gabiers moribonds, le capitaine a ramené le bateau, puis il s'est effondré.

– Morts de quoi ?

– Le diable le sait !

1. L'antique Sidon, sur la côte sud du Liban, aujourd'hui Saïda.
2. L'ancienne Tyr des Phéniciens.

– Et cela n'a pas arrêté le capitaine Chataud ?

– Les autorités turques nous ont affirmé que ce n'était pas la peste. Sinon, ils n'auraient pas gardé le bateau dans le port. Nous n'avions pas le choix. On ne trouve ici que des voiles latines, pas de voiles carrées. Nous devions les faire recouper, mais notre maître voilier a déserté à Seyde, débauché par un maudit capitaine de Venise. L'idéal aurait été de les faire fabriquer sur mesure par les maîtres voiliers de Tripoli. Mais nous n'avons pas le temps. Il faut appareiller.

– Pourquoi cette hâte ? Le temps ne compte pas en Orient. C'est du moins ce que j'ai appris.

– Mais le temps est notre maître à Marseille, où notre précieux chargement est attendu avec impatience. Il y a tellement d'intérêts financiers en cause ! Et surtout, la foire de Beaucaire, le 22 juillet. Manquer Beaucaire reviendrait à perdre la moitié de la cargaison !

– Oui, j'ai déjà entendu ce discours.

La foire de Beaucaire était née d'une idée originale de Raymond VI comte de Toulouse. Pendant les six derniers jours de juillet la ville jouissait d'une totale exemption des taxes qui écrasent habituellement le commerce. Ainsi Beaucaire devenait chaque année un carrefour national à large rayonnement méditerranéen. Grâce au Rhône affluaient les denrées les plus diverses par le relais de Marseille, et en retour celles du continent. Non seulement on y faisait des affaires, mais on s'y amusait. La foire tournait alors au carnaval, pendant dix jours encore, jusqu'à ce que soient écoulés, soldes et invendus, la dernière pièce d'indienne ou de coton filé, le dernier flacon de parfum d'Arabie, la dernière caissette de poisson salé catalan, et naturellement le dernier fût de vin. Beaucaire devenait alors un fantastique lupanar, entre les mains des gens de théâtre et autres bateleurs. Les bals faisaient rage, la fiesta déchaînait la foule excitée par les musiciens, chanteurs et prostituées. Pour rien au monde un négociant marseillais n'aurait manqué cette grand-messe de la joie et du profit.

Cependant, Jehan Figueras demeurait soucieux.

– Maître Escarte, je n'aime pas cette histoire de vaisseau fantôme. La mort a frappé si rapidement, jusqu'au dernier homme !

– Bah ! la peste est endémique aux Échelles du

Levant. Depuis quatre mois nous nous traînons, de Chypre à Seyde, de Seyde à Sour, de Sour à Tripoli, sans qu'aucun de nos hommes en ait été atteint. Les préoccupations du capitaine Chataud sont ailleurs.

– L'état du bateau ? La cargaison ?

– Les pirates, maître Figueras ! La Méditerranée est truffée de pirates. Nous leur avons échappé à l'aller, parce que nous avions le temps. Chaque île, chaque cap suspect était évité avec soin. Pour le retour, nous allons devoir couper au plus court entre l'Archipel [1] et la Crète.

– Avez-vous au moins votre patente nette [2] ?

– Naturellement ! Le capitaine l'a retirée hier auprès du consul, M. Monke Noulte. Tripoli est le port le plus sain des Échelles du Levant !

Il baissa la voix.

– Un conseil, maître Jehan : n'en doutez pas !

La conversation fut interrompue par un remue-ménage extérieur. Des hommes palabraient bruyamment là-bas, sur le quai, montrant de la main le *Grand saint Antoine*.

– Ce sont des militaires turcs ! dit Jehan. Je ne les aime pas. Ils n'ont cessé de me faire des tracasseries au cours de mon voyage. Le sultan Ahmed III règne ou croit régner, depuis Constantinople, sur l'Empire ottoman, de Tanger jusqu'à Sour ! En fait, ses armées de fonctionnaires corrompus ne servent qu'à rançonner les voyageurs. Et dans chaque province, ses émirs font de même.

– Le bakchich est une institution orientale fort utile, rectifia maître Escarte. Il permet à ceux qui en ont les moyens de s'en sortir et de faire commerce dans ces pays.

– Et les autres ?

– Les autres n'ont qu'à rester chez eux !

– Je n'y avais pas pensé !

– Excusez-moi. Je ne voulais pas vous offenser.

Les palabres du quai n'avaient pas échappé au capitaine Chataud. Celui qui paraissait être le chef des cinq

1. Les îles grecques des Cyclades.
2. Certificat délivré par le consul de France de l'escale, attestant que la peste n'y règne pas.

Turcs brandissait un document comme il l'eût fait du cimeterre qui pendait à sa hanche.

– Monsieur Pascal, prenez la baleinière et allez à quai. Embarquez ces gens. L'émir m'y a contraint ; nous devons les débarquer à Larnaca. Mais qu'ils ne nous encombrent pas à bord !

Au bruit des voix, un homme était sorti de l'écoutille de la dunette. Agé de vingt-cinq ans, habillé avec élégance, très brun, de beaux yeux noirs, le corps d'une souplesse féline, le visage intelligent mais avec quelque chose de rusé, le fils du capitaine aperçut Jehan Figueras, hésita à cause de la barbe, et se précipita enfin vers lui. Ils s'étreignirent avec de grandes tapes dans le dos.

– Monsieur Jacques Chataud, écrivain patenté du *Grand saint Antoine* !

– Bonjour, Jehan ! Je suis heureux de te revoir. Tu as le visage recuit d'un pirate de Barbarie, mais quelle belle barbe !

– Je n'attends que le bon plaisir de maître Escarte pour m'en débarrasser.

Puis Jacques Chataud aperçut la baleinière qui se dirigeait vers le quai.

– Ah ! les passagers turcs. Je les avais oubliés. Où va-t-on les mettre ? Il y a déjà trop de passagers à bord. Le *Saint Antoine* n'est pas aménagé pour cela. Toute la place doit être réservée à la cargaison. On charge à refus !

– Il y a donc d'autres passagers que moi ?

– Une foule de passagers, maître Jehan ! Tous chrétiens, heureusement, ceux-là, à destination de Marseille, excepté un Grec et un Arménien qui débarqueront à Chypre. Deux religieux qui reviennent du Tombeau, les révérends pères Ignace et Dominique. Et quatre autres Français.

– Des négociants ?

– M. Boyan a embarqué à Tripoli avec un peu de pacotille. Les trois autres sont le capitaine Carré, son écrivain François Coudeneau, et le mousse dudit capitaine.

– Ils ont fait naufrage ?

– Naufrage ou pirates. M. Carré ne s'en vante pas. C'est un *capitaine disgracié*. On appelle ainsi les capitaines qui ont perdu leur bateau.

– Curieuse coïncidence, murmura Jehan. En rassemblant un autre équipage, ce capitaine aurait pu ramener le vaisseau suspect qui encombre l'embouchure du Ras-en-Nahr.

– Impensable. Il doit être brûlé sur ordre de l'émir.

– Après mise en vente de tout ce qui pouvait se négocier. Quelle folie !

Jacques Chataud eut un geste d'impuissance.

– Maître Figueras, toi qui as voyagé, connais-tu des hommes au comportement logique, qui ne vivent pas le plus souvent dans les pires contradictions ?

Peu après, les cinq Turcs se hissaient maladroitement à l'échelle de corde du tangon. Le capitaine Chataud se détourna avec mépris, non sans avoir lancé au second :

– Encaissez d'avance le prix du passage. Pour Chypre, hors cabine, sans la nourriture, ce sera une piastre et demie.

– Ce n'est pas trop cher, murmura Jacques Chataud. Il n'y a heureusement que quarante lieues marines, l'affaire d'un ou deux jours si ce vent d'est tient. Et pour la nourriture, ils ont ce qu'il faut dans leur sac : une livre de dattes, quelques galettes de froment, un peu de haschisch.

Le second discutait âprement avec les Turcs. Quatre d'entre eux sortirent les piastres. Le cinquième sortit son sabre et il y eut un moment d'émotion sur le pont. Mais cet homme ne faisait que l'offrir en gage ; une arme superbe damasquinée, valant au moins dix piastres ! A Chypre, l'aga réglerait le prix du passage. Il fallut s'en contenter, sinon l'émir ne tirerait pas la chaîne du port.

– Où allez-vous les mettre ? demanda Jehan.

– Toutes les chambres de la dunette sont occupées par les passagers de distinction. D'ailleurs, pas question de mélanger des chrétiens et des musulmans ; c'est assez d'avoir mis ensemble un jésuite et un dominicain ! Les Turcs se caseront dans l'entrepont, où ils pourront.

L'un d'eux désigna sur le pont un énorme cordage lové en glène, au pied du mât d'artimon. M. Pascal acquiesça et le Turc s'y installa. On aurait dit une pie dans son nid ! Jacques Chataud se pencha par-dessus le balcon de dunette. Il le regardait d'un air bizarre.

– Sais-tu d'où vient ce cordage, maître Figueras ?

Jehan pâlit.

– Tu ne vas pas me dire qu'il provient du bateau anglais suspect ?

Pour toute réponse, l'écrivain haussa les épaules et regagna sa chambre. Maître Escarte fit de même.

Jehan resta seul sur la dunette. Il vit bientôt sortir du panneau de descente les deux religieux, aussi dissemblables que possible. Le père Dominique Jaumegarde, un homme de trente ans, de grande taille, au verbe fort, affichait un regard où le doute était absent. De ce frère prêcheur vêtu d'une solide robe de laine grège émanait l'autorité de l'Église.

Le père Ignace Castagnier, de la Compagnie de Jésus, semblait à peu près du même âge. Tout en noir, petit et maigre, son regard profond et passionné montrait qu'il ne s'en laissait pas conter, fût-ce par son vieil adversaire dogmatique, le dominicain. Il fallait vraiment que M. Pascal souffrît d'une totale ignorance en matière théologique – à moins qu'il n'eût agi sous l'impulsion d'une malice diabolique – pour les avoir logés ensemble dans la même chambre.

Jehan se présenta aux religieux. Comme il n'ignorait rien des querelles et des jalousies qui opposaient les Jésuites et les Dominicains, et pas seulement à propos de la liberté et de la grâce, il lança la conversation sur les Échelles du Levant, un sujet moins épineux.

D'un geste ample qui fit voler ses manches, le dominicain désigna la vieille cité et déplora amèrement que les minarets aient depuis longtemps submergé les clochers des églises.

– Les pierres demeurent, dit le père Ignace, les peuples passent : Byzance, les Arabes, les chrétiens d'Europe, et depuis deux siècles, les mamelouks !

– A Jérusalem, reprit le père Dominique, j'ai rencontré un vieux maronite descendu de ses montagnes. Il m'a dit : « De là-haut nous laissons errer notre regard et notre espoir vers la mer bleue, dans l'attente de voir apparaître les voiles d'une flotte chrétienne venue nous libérer ! »

Il contempla le petit port que défendaient les deux forteresses musulmanes et, à l'embouchure de la rivière, un bastion carré truffé de canons, dont on voyait pointer les gueules menaçantes par les embrasures de pierre.

– Oubliez tout cela, mon père, dit Jehan, et ne pensez qu'à la paix. Voyez comme nos bons chrétiens de Marseille font d'excellentes affaires avec les musulmans du Grand Seigneur ! Cela vaut mieux que de se trucider au sabre !

– Sans doute, admit le dominicain. Les Turcs ont rétabli l'ordre. S'il n'y avait pas la perte à l'état endémique, ce pays serait le Paradis terrestre !

César Petitou, le mousse du capitaine, interrompit ce savant dialogue. Ébouriffé comme un diable, il avait surgi sur la dunette. Aussi petit et freluquet que son prénom était grand, on ne lui aurait pas donné douze ans. Sans doute un *caritoun* [1] du bas quartier Saint-Laurent de Marseille. Il cria de sa voix qui muait :

– A la soupe !

Ils éclatèrent de rire.

– Monsieur César, dit gravement le jésuite, si vous voulez rester le mousse de la chambre, il vous faudra apprendre les bonnes manières. Annoncer, par exemple : « Messieurs, le capitaine vous prie d'honorer le souper qui vous attend dans la grand-chambre ! »

Jean-Baptiste Chataud tenait en effet à honorer ses passagers. Ils attaquèrent avec appétit la soupe de lézard, spécialité ottomane, le dindon fin, plus classique malgré son parfum de rose, le couscous aux amandes, le gâteau à la pistache, le tout arrosé d'un vin léger des coteaux de Tripoli.

Le lendemain à l'aube, 3 avril 1720, le *Grand saint Antoine* appareilla par bonne brise d'est, cap plein ouest sur l'île de Chypre, où il devait achever son chargement. Il emportait 242 balles de coton en laine, 54 balles de coton filé fin ramé, 157 balles de coton filé de Jérusalem, 230 sacs de bourre de Damas, 112 balles de laine rousse, 84 ballots de sacs de soie des Indes, 32 ballots d'indiennes imprimées, 53 sacs de cire, et d'autres menues marchandises.

Il devait déposer à Larnaca les passagers étrangers.

Presque à la même heure, la *Silencieuse*, une felouque rapide, prenait la mer. Armée par la Chambre de commerce de Marseille, elle emportait le courrier officiel – intendants, Amirauté, Parlement de Provence – et celui du négoce, le cap direct sur la cité phocéenne.

1. Enfant abandonné.

Dans le sac scellé destiné à la Loge, une lettre du capitaine Chataud à MM. Estelle & Chaud :

> *J'ai le plaisir de vous informer que le* Grand saint Antoine *prendra la mer le 3 avril à destination de Larnaca de Chypre, où il complétera sa cargaison, selon vos instructions.*
>
> *Je suis heureux aussi de vous annoncer que maître Jehan Figueras nous a enfin rejoints ici, en bonne santé, et fera route avec nous.*

Le remue-ménage du pont avait à peine dérangé le Turc installé sur le cordage lové en glène. L'homme s'étira, la tête lourde, le corps pesant. Dans ses yeux injectés de sang brillait une flamme étrange. Il chercha quelque repère qui lui indiquerait la direction de La Mecque, ne le trouva pas et tomba dans une sorte de torpeur.

Sur la dunette, Jehan Figueras regardait vers l'ouest, la pensée et tout le corps uniquement pris par l'image d'une femme. Gersende. Gersende Estelle !

2

Le rire clair de Gersende Estelle s'éleva au milieu du bruissement des conversations entrecroisées. L'assistance choisie, une vingtaine de convives, venait de prendre place autour de la table du premier échevin de Marseille, dans la sourdine des violons.

La grande salle de l'hôtel Estelle, au premier étage sur le Cours, s'illuminait de cent flambeaux de nuit. Les petites glaces biseautées multipliaient les girandoles et les éclats du grand lustre de Venise. Un immense miroir reflétait la somptuosité des habits chamarrés et des robes du soir rehaussées de bijoux.

Longue table recouverte d'une nappe de dentelle. Cristaux étincelants. Porcelaines fines. Argenterie massive et serviettes brodées au chiffre du maître de maison. Contre les murs aux lambris de vieux chêne et tentures de damas cramoisi, les valets en habit vert sombre et gants blancs demeuraient attentifs aux moindres désirs des invités. Le maître d'hôtel vérifiait l'ordre des grands vins, dont les bouteilles s'alignaient sur les consoles, entre des pyramides de fruits, de sucreries orientales et de petits fours glacés.

Les robes des femmes s'épanouissaient dans des flots de dentelle, rendant plus précieux l'éclat des brocarts, des satins chatoyants ou des fines mousselines. Les grands décolletés, gorges nues, attiraient les regards des hommes. Visages fardés à outrance, blanc de lait rehaussé de vermillon, mouches provocantes, coiffures ornées de fleurs ou de rubans dits « à la minorité », ces dames se piquaient de suivre à Marseille l'exemple de la Cour dans sa mode aussi raffinée que changeante.

La plus grande variété se retrouvait aussi chez les hommes en tenue de gala, noblesse provençale, chevaliers de Malte, officiers du roi ou grands bourgeois. Justaucorps de velours ciselé, sombres ou aux coloris les plus vifs, galonnés d'or. Culottes courtes et bas assortis. Gilets de soie brodés, de satin liséré de perles ou de brocarts précieux, éclairés de jabots de dentelle. Petites perruques poudrées grises ou blanches. Souliers à boucles d'argent. Les plus anciens personnages portaient une imposante perruque longue à la Louis XIV, retombant jusqu'aux épaules.

Jean-Baptiste Estelle fit un signe au maître d'hôtel. Avec un bel ensemble, les violons s'arrêtèrent. Le maître d'hôtel annonça d'une voix forte :

– Premier service ! Les potages !

Aussitôt, une douzaine de valets et de pages surgirent de l'office, portant à bout de bras les mets succulents sur des plats d'argent massif. Le maître d'hôtel annonçait, au fur et à mesure :

– Un petit potage composé de sarcelles et de lentilles. Un grand potage de santé composé de chapons, perdrix aux choux et au parmesan. Un potage à l'ambre gris !

Suivirent la fricassée, les hachis de chapon, les salades, puis les confits avec jus de veau. Les vins coulaient à flots dans les verres de cristal, émoustillant les femmes, les rendant plus sensuelles et désirables, les hommes plus hardis dans leurs propos et leurs regards.

Tout roturier qu'il était, ce Jean-Baptiste Estelle savait recevoir ! Certes, ce personnel, valets, échansons, maître d'hôtel et pages, était de location. Sa maison ne pouvait rivaliser avec les plus grandes, ne se composant que d'une douzaine de serviteurs : un valet de chambre, un cuisinier, deux cochers-palefreniers, un concierge, deux ou trois laquais, quelques servantes, un secrétaire, et la demoiselle suivante de Mlle Gersende. C'est égal, il savait recevoir.

– Mangez, mes amis ! On ne vieillit point à table !

Les violons, un quatuor de la corporation des maîtres à danser et joueurs d'instruments, attaquèrent le concerto numéro 5 en *fa* majeur d'Antonio Vivaldi.

Malgré le prestige de cette brillante société marseillaise réunie autour de son premier échevin, le cœur de Gersende Estelle n'y était pas. Elle attendait en vain depuis trois mois des nouvelles de son fiancé Jehan Figueras. La dernière lettre du jeune médecin remontait au 5 décembre, apportée par le *Futé*, chébec rapide d'Alexandrie, qui effectuait le service du courrier royal et celui du commerce de Marseille :

> *Mon amour, je serai bientôt près de vous. Après une fructueuse année à Alexandrie et chez les sages du désert, je rentre enfin ; enfin soumis à vos désirs... comme aux miens les plus secrets. Je rentre par Seyde, où je compte retrouver fin janvier le vaisseau de votre père, le* Grand saint Antoine.

Par Seyde ! A nouveau le désert et ses périls. La Palestine, la Syrie ! Mais pourquoi n'avait-il pas embarqué sur le chébec d'Alexandrie ? Que signifiait cet immense détour ? Pourquoi ces fuites successives ? Avait-il peur du mariage ? Il avait peur du mariage !

Ensuite, le pire s'était-il produit ? Le *Grand saint Antoine* avait fait savoir de Seyde, par un courrier de la *Silencieuse*, qu'à la date du 30 janvier on n'avait aucune nouvelle dudit Jehan Figueras. Il ne s'était pas présenté à bord avant le départ de Seyde.

– Vous paraissez soucieuse, belle demoiselle.

Gersende sursauta en sentant peser sur elle le regard intéressé de son voisin de droite, messire Alphonse de Fortia, marquis de Pilles, gouverneur-viguier, lieutenant du roi à Marseille, gouverneur héréditaire des châteaux d'If et de la Garde ; un personnage considérable. Elle se recomposa un visage et sourit. Le marquis n'était pas dépourvu de charme, malgré son âge – la quarantaine passée. On disait de lui qu'en sa jeunesse il avait ravagé des cœurs, à Marseille et ailleurs.

Gersende imagina soudain le page de Louis XIV qu'il avait été. Puis le brillant mousquetaire, capitaine au régiment du Roi-Soleil. Elle lui sourit à nouveau, ce qui ne manqua pas de le troubler. Pour se donner une contenance, elle vida lentement son verre. Ses yeux lavande pailletés d'or brillèrent plus encore. Elle oublia son lointain et décevant fiancé pour s'abandonner au plaisir de se savoir admirée, désirée.

Gersende allait sur ses vingt ans. De taille moyenne, très belle, son teint clair mettait en valeur une abondante chevelure noire relevée en chignon. Alors que le regard témoignait d'une grande pureté intérieure, les lèvres provocantes découvraient la sensualité inquiète d'une jeune femme qui s'éveille à la vie : charnues et comme offertes, rouge vermillon sur de petites dents étincelantes et tout aussi provocantes.

Gersende attirait irrésistiblement les regards, dans sa vaporeuse robe de mousseline de soie bleue au corsage bordé de volants de dentelle, comme les manches courtes dites « à l'engageante », laissant les bras nus, à la peau d'une blancheur parfaite. Elle se savait un des plus beaux partis de Marseille, bien que son père ne fût pas de noble extraction. Cependant feu sa mère, née Élisabeth de Bonnaud de Roquebrune, n'avait rien eu à envier pour la naissance à tous ces petits nobles de province. Et son frère parisien, l'oncle de Gersende, François Blondel de Sissonne, premier secrétaire du marquis de Torcy, le ministre des Affaires étrangères du Régent, donnait un poids considérable à la famille.

Depuis que la nouvelle de la disparition de Jehan avait couru, tous les partis que Gersende avait éconduits avant de le connaître reprenaient espoir. C'était à la fois exaspérant et... délicieux.

Ainsi ce petit Arturo de La Trimolière, lieutenant du roi, gonfalonier porte-étendard à bord de la *Réale*, la galère amirale de l'arsenal de Marseille, le bateau le plus richement décoré du monde, que commandait son oncle. Le père d'Estelle l'avait-il placé à dessein en face d'elle ? Il ne cessait de la convoiter du regard, à la limite de l'inconvenance. Mais pas une seule fois elle ne l'avait honoré d'un de ces sourires complices par lesquels les jeunes filles de bonne famille font savoir à leurs soupirants qu'ils ont une chance d'être agréés.

Elle croisa le regard loyal dépourvu de calculs du chevalier Roze, qui arrivait de Modon en Morée, où il exerçait la fonction de consul de France. Des yeux de bonté et de franchise animaient sa face colorée au front et aux pommettes puissantes, à la mâchoire de combat. Ce personnage étonnant au profil d'aigle avait connu son heure de célébrité en Espagne, lorsqu'il s'était battu pour Philippe V à la tête des renforts envoyés par Louis XIV pour dégager Alicante assiégée par les

Anglo-Hollandais. Le Roi-Soleil l'avait anobli et nommé consul de France à Modon, où il avait affronté une sévère épidémie de peste. Cet enfant de Marseille, né quai Rive-Neuve, fils d'un maître charpentier des galères, jouissait à quarante-cinq ans d'une santé de fer. Il avait le courage de ses idées, un franc parler militaire, et se trouvait toujours prêt à accepter les missions les plus difficiles.

De celui-là aussi elle se détourna et rencontra le regard à la fois protecteur et adorateur de son père.

Jean-Baptiste Estelle, cinquante-huit ans, offrait le port digne et le regard tranquille qui siéent au premier échevin de la deuxième ville de France. De taille moyenne, un peu fort, il affichait avec une provocation délectable une épaisse et somptueuse chevelure bouclée entièrement blanche, au lieu de la perruque traditionnelle des gens de distinction.

Vêtu avec élégance d'un habit de velours brun discrètement soutaché d'or sur une culotte de soie assortie, il portait des souliers noirs qui soulignaient la couleur inusitée de ses bas, aussi blancs que sa chevelure. Là encore, il innovait. Tous les hommes de bonne manière portaient des bas de couleurs vives.

Son parcours personnel et politique demeurait sans faute. Natif d'Alger, il baignait depuis l'enfance dans l'atmosphère fiévreuse du grand négoce maritime, auquel son père l'avait initié. Après sa mort prématurée, il s'était installé en 1689 à Salé, important port marocain, dont il était devenu à vingt-sept ans le consul. Son brillant mariage lui avait valu le poste envié de consul à Seyde en Syrie. Il s'était alors totalement investi dans le fructueux commerce du Levant. Là, il s'était lié avec un négociant marseillais, Claude Chaud, qui y tenait comptoir au nom de sa puissante famille marseillaise. Et c'est ainsi qu'Estelle, devenu un maillon essentiel du clan, s'était fixé à Marseille en 1712 pour s'y consacrer entièrement aux affaires, s'associant avec le frère de son ami Claude Chaud, l'armateur Jean Chaud. Celui-là même qui venait d'acheter le vaisseau hollandais rebaptisé *Grand saint Antoine*.

Intelligent, hardi et ambitieux, Jean-Baptiste Estelle avait en quelques années consolidé sa fortune et réalisé des investissements immobiliers, dont l'achat, sur le grand Cours, de l'hôtel particulier d'une noble famille attirée à Paris par les fastes de la Cour. Mais il ne s'était jamais remis du décès de sa femme Élisabeth, morte voici douze ans en mettant au monde des jumelles. Bien qu'elle ne lui ait donné aucun héritier mâle, il s'estimait trop âgé pour se remarier. Il s'était alors tourné vers la politique. Au quai Saint-Jean, face au port, s'élevait la maison de ville, dont le rez-de-chaussée était réservé à la chambre de commerce. Dans cette vaste Loge où se négociaient les affaires, il côtoyait les gens de bourse et de négoce, tout comme les échevins et membres du conseil de ville qui venaient de traiter au-dessus les affaires de la cité, un pied dans la Loge, un autre dans la Ville.

Lui aussi avait voulu « monter à l'étage ». Il s'était fait sans peine élire conseiller de ville, puis échevin. Enfin, en octobre 1718, premier échevin. Son mandat s'achevait brillamment à la fin de cette année 1720. Il comptait bien être réélu.

Tout cela coûtait beaucoup d'argent, comme ce souper de gala. Achat de l'hôtel particulier, construction d'une bastide au terroir, sa fortune avait été sérieusement entamée. Mais il pouvait compter maintenant sur la riche cargaison du *Grand saint Antoine*, dont il possédait le quart.

Il s'entendait bien avec les deux représentants du roi : l'intendant de Provence Cardin Le Bret à Aix ; et à Marseille Alphonse de Fortia marquis de Pilles, gouverneur-viguier. Il se sentait donc pratiquement maître de la ville, sans autre contre-pouvoir que la jalousie de ses adversaires, irrités de son ascension trop rapide, gros négociants implantés en ville depuis des générations, et surtout la noblesse de robe et d'épée, ceux-là mêmes qui festoyaient à sa table.

Jean-Baptiste Estelle rendit à Gersende son sourire complice. Devant elle il se sentait désarmé, car il voyait revivre en elle l'image éblouissante de sa femme aimée.

Cependant, leurs relations s'étaient assombries quand Gersende s'était éprise de Jehan Figueras et avait dû affronter son père pour obtenir son accord à ce mariage imprévu. Le premier échevin avait souhaité la voir épouser le fils d'un gros négociant, qu'il aurait associé à ses affaires. Ou à défaut quelque fringant officier de

Malte ou du roi, à condition qu'il fût marin. D'abord déçu de voir sa fille préférée s'éprendre de cet étudiant fils d'un obscur médecin du vieux quartier des Accoules, il avait finalement été flatté par ses brillants succès à Montpellier.

Mais avec Jehan, on ne pouvait formuler de projets raisonnables. Il les bousculait toujours en suivant uniquement son idée, rarement conventionnelle. Étant sorti l'un des premiers de la promotion des maîtres en médecine de la prestigieuse école de Montpellier, Jehan pouvait espérer entrer dans la caste très réservée des médecins du roi. L'affaire était pratiquement conclue en haut lieu, grâce aux bons offices de l'oncle de Gersende, le comte de Sissonne. Médecin du roi ! Paris, la Cour des Tuileries, où le petit roi Louis XV – dix ans mais déjà le Bien-Aimé – faisait ses premiers pas dans le souvenir prestigieux du Roi-Soleil !

Jehan n'avait pas dit non. Mais, au lieu de prendre la première diligence pour Paris et être présenté à la Cour, il était parti pour cet « ailleurs » inexplicable, ce voyage en Barbarie et autres déserts.

Cette situation intolérable durant depuis plus d'un an, le premier échevin s'était mis à nouveau à caresser des projets plus « raisonnables » pour sa fille. Mais Gersende le décevait en faisant preuve d'une fidélité inébranlable au « sacripant ».

Chassant ces pensées importunes, maître Estelle revint à ses invités. Le premier service des potages s'achevait.

– Deuxième service ! annonça le maître d'hôtel. Les petites entrées !

De nouveau, solennels, les valets s'avançaient, portant les plats magnifiquement décorés : veau cuit dans son jus, chapons, canards, dindonneaux, pigeons, cailles et perdrix, aromatisées aux herbes de Provence !

Les yeux luisant de convoitise car c'était un fin gourmet, M. Adonaï Tiran, un des intendants de la Santé – habit sévère et silhouette de corbeau déplumé –, s'écria en levant son verre :

– A notre hôte, le premier échevin ! Et au commerce de Marseille !

De joyeuses exclamations lui répondirent.

La marquise de Gérin, l'épouse du lieutenant général de l'Amirauté – jupe bouffante à panier, grande coiffe en entoilage –, se pencha vers son voisin le chanoine de Foresta, prévôt du chapitre de la cathédrale de la Major, et lui glissa à voix basse :

– Je trouve cette petite Estelle bien délurée, l'abbé ! De mon temps, on n'aurait pas vu à un souper une jeune fille de bonne famille.

– Ah, madame ! soupira le chanoine en découpant sa perdrix, *vourriès mies teni un panier de garri qu'uno filho de vingt ans* [1] *!*

– Voyez. Elle se poudre déjà le museau. Elle porte des mouches ! A vingt ans ! Et pourtant, elle a reçu une éducation raffinée au couvent des Ursulines.

– N'ajoutez rien, madame. On l'a vue chevaucher sur le Cours au petit matin, vêtue en homme et coiffée d'un tricorne !

Au troisième service, l'ambiance s'échauffa. Quartier de veau entouré de pigeons et poulets fricassés, avec tourtes à la braise et dindons grillés. Pièce de bœuf garnie de petits pâtés et d'hatelettes de ris de veau. Le vin aidant, les invités sortaient de leur conformisme bienséant.

On eut droit au morceau de bravoure classique, les derniers exploits du chef d'escadre des galères.

– Nous reconnûmes le pirate barbaresque à sa grande antenne de mestre où flottait le pavillon du Prophète. Je criai à nos argousins...

Superbe dans son uniforme rouge frappé de la croix blanche de Malte, Charles Andrault, comte de Maulévrier Langeron, bailli de Malte, chef d'escadre des galères du roi à Marseille, dominait avec orgueil tous ces petits nobles, ces négociants et bourgeois qu'il méprisait, mais dont il appréciait la culture, et naturellement la table. Comme sur le châtelet de sa galère, il frappa le sol de son talon, le seul rouge de toute cette assemblée, puisque seul il avait été présenté à la Cour.

– Je criai : « Tape en gueule, et en avant la vogue ! » Sous le fouet des argousins, la chiourme se courba sur les bancs de nage. La mer s'était creusée, balayant le pont d'embruns glacés. Nous fûmes bientôt à trois encablures du corsaire, en posture de combat sous le vent, ce

1. Mieux vaudrait tenir un panier de rats qu'une fille de vingt ans.

qui nous permit d'utiliser la batterie basse avec nos canons de 36. L'ennemi ne pouvait riposter que par sa batterie haute, d'ailleurs meurtrière. La canonnade se poursuivit jusqu'à la nuit. Les sangs chrétiens et barbaresques ruisselaient des dalots et se mêlaient à la mer, qui prenait la couleur écarlate des madragues à la mise à mort des thons.

Les conversations s'étaient étouffées. On écoutait avec passion. Bien que Langeron fût hautain et distant comme tous les officiers du corps royal des galères, Jean-Baptiste Estelle s'entendait avec lui. A Marseille, les galères constituaient un monde à part. Une gigantesque organisation occupait la moitié sud du port, depuis l'abbaye Saint-Victor sur la Rive-Neuve, jusqu'à la palissade du Juge du Palais, au vieux quai. Plus de quinze mille soldats, marins, plumitifs, gardes et galériens animaient l'arsenal royal fondé par Colbert à la gloire du Roi-Soleil, faisant vivre autant d'artisans civils : charpentiers, voiliers, gréeurs, décorateurs, calfats, attachés à construire ou à entretenir ces superbes galères, on en comptait encore une vingtaine.

– Nous ne perdîmes qu'un chevalier, dix matelots et douze rameurs, emportés par un seul boulet ramé qui avait pris la chiourme en enfilade, décapitant les têtes comme un moissonneur le blé mûr. Notre adversaire avait souffert bien davantage. Munitions épuisées, mâts abattus, la galère musulmane dérivait sous le vent. Je criai dans mon gueulard : « Rendez-vous, sinon point de quartier ! » Pour toute réponse, je vis un matelot à la face ensanglantée grimper aux enfléchures du tronçon de mât d'artimon et y clouer le pavillon d'Alger. J'ordonnai à mes gens : « Chevaliers, à l'abordage, pour le Christ et pour le roi ! »

Les yeux des femmes brûlaient d'admiration pour le héros. Jean-Baptiste Estelle sourit. Il savait que Langeron exagérait à peine.

– Nous longeâmes l'épave désemparée et crochâmes nos grappins à la lisse. Au moment où nos soldats sautaient à bord sabre au clair, la galère ennemie coula sous leurs pieds, les entraînant à la mer avec les cadavres des infidèles et les prisonniers chrétiens enchaînés aux bancs de nage, hurlant d'épouvante.

Le bailli se tut, les yeux brillants. Les compliments fusaient de toutes parts. Satisfait, il vida le verre que l'échanson, à un signe de maître Estelle, venait de lui remplir.

Beaucoup plus discret, Jean-Jacques de Gérin, lieutenant général de l'Amirauté de Provence, observait les uns et les autres, sans rien perdre, ni de la bonne chère qui lui coulait des doigts et des lèvres, ni de l'éblouissante présence de Gersende. Redouté de tous les marins marchands et des armateurs pour son rôle sans appel de juge au tribunal de l'Amirauté dans les litiges et délits, il jouissait d'une réputation peu commune d'intégrité, ignorant les titres, les grades, les fortunes et même les recommandations de la Cour.

La plupart des convives n'étaient pas de hauts fonctionnaires en exercice. Ainsi ce chanoine de Foresta, prévôt du chapitre de la cathédrale de la Major, que Jean-Baptiste Estelle ménageait. Le premier échevin possédait, au-delà du terroir, une bastide à Allauch, pittoresque village perché dont les chanoines de Marseille étaient les seigneurs héréditaires.

Les plus discrets étaient sans doute les trois échevins, confrères de Jean-Baptiste Estelle ; dans l'ordre de préséance Jean-Pierre Moustiés, Jean-Baptiste Audimar et Balthazar Dieudé. Gersende les connaissait bien, elle les voyait à l'hôtel de ville ou chez son père. Tous trois négociants d'importance et de grande influence dans la cité, tous trois plus ou moins associés avec le maître de la ville, efficaces, observateurs, ambitieux, et honnêtes, oui, elle n'en doutait pas.

Le père Bartholomé, oratorien célèbre, directeur du collège le plus réputé de la ville, lâcha un de ses aphorismes qui musela la moitié de la table. Puis, prenant le ciel à témoin, il leva les yeux pour n'y rencontrer que le plafond mouluré semé d'entrelacs et d'arabesques entre deux scènes allégoriques très déshabillées, qui le laissèrent pantois.

M. Adonaï Tiran, l'intendant de la Santé, se pencha vers son voisin, Jean Chaud, armateur du *Grand saint Antoine* et associé de maître Estelle.

– Croyez-moi, monsieur. L'avenir est à l'ouest. Il est en Amérique : Antilles, Floride et Nouvelle-France. Tout y est moins cher. Laissez donc ces vieux pays, ces Échelles malsaines du Levant, ces provinces du Grand

Seigneur qui, à force de prélever des taxes, finira par tuer le commerce. Il faut oser sortir résolument de notre Méditerranée et regarder vers les grands océans et le large.

– Marseille doit toute sa fortune aux Échelles du Levant, monsieur, répliqua Jean Chaud. Il ne saurait être question d'abandonner les routes traditionnelles du commerce au profit de ces lointaines Amériques peuplées de sauvages et d'aventuriers.

– Ah çà ! monsieur Tiran, s'écria sans rire le doyen Peyssonnel, l'un des douze agrégés du collège des médecins de Marseille. Où allons-nous, nous autres gens de robe, médecins, apothicaires et chirurgiens-barbiers, si disparaissent les Échelles du Levant ? Infirmeries, bureau de la Santé et Lazaret font travailler plus de cinq mille personnes à Marseille, tant est grande la peur qu'inspire la contagion venue de ces escales levantines.

M. Chaud n'aimait pas voir agiter le spectre de la « contagion ». Il répliqua vivement :

– Notre fidélité aux routes du Levant tient aussi à nos vaisseaux, tous de moyen tonnage. Il n'y a pas dans Marseille dix bâtiments marchands de plus de cinq cents tonneaux. Or, il faut de grosses coques pour traverser l'Atlantique. Quel est l'armateur à Marseille qui se risquerait à investir tous ses capitaux dans des vaisseaux de mille tonneaux et plus ? Les assureurs ne suivraient pas.

– Votre *Grand saint Antoine* ne pourrait-il traverser l'océan ?

– Si fait, monsieur ! Mais en quel état arriverait-il ? Et en ces pays sauvages d'Amérique, comment se remettrait-il d'un gros dommage ? C'est pourquoi je préfère demeurer fidèle à nos Échelles du Levant, malgré la gêne considérable que nous imposent les mesures de santé.

– Avez-vous des nouvelles du *Saint Antoine* ? demanda le chevalier Roze.

– Il a du retard, chevalier, et nous avons peur qu'il n'arrive pas à temps pour la foire de Beaucaire. Il a essuyé une terrible tempête entre Seyde et Tripoli, où il a dû relâcher plus que prévu pour se remettre en état après l'abattage de ses mâts en catastrophe, ce qui l'a sauvé du naufrage.

Gersende avait entendu. Son cœur se mit à palpiter. Une rougeur s'étendit sur son beau visage, malgré le fard.

Abandonnant sa superbe, le petit garde du pavillon la contempla avec ferveur. Le regard fixé sur les yeux pailletés d'or brillants de larmes, il murmura :

– Chère demoiselle, me voyez-vous à travers vos étoiles ?

Mais elle ne répondit pas. Tout à son Jehan, avait-elle seulement entendu ?

Le premier échevin approuva son associé. De toute évidence, si l'on pouvait risquer quelques dizaines de milliers de louis sur les Amériques, les Échelles du Levant demeuraient la sécurité et la prospérité du commerce de Marseille.

– Tout irait pour le mieux, dit le quatrième échevin, M. Dieudé, si les cours étaient stables. Dans l'espace d'un seul voyage, la livre tournois a perdu vingt-cinq pour cent. Où allons-nous à ce rythme ? Tout cela est la faute de M. Law !

Un grand silence s'établit. Tous, gens de robe ou d'épée, nobles ou bourgeois négociants, armateurs, se sentaient étroitement concernés par le drame financier qui secouait Paris, et fatalement le reste de cette France que Louis XIV avait ruinée, ne laissant pas même de quoi couvrir l'intérêt de ses dettes.

L'idée de M. Law, financier irlandais promu surintendant des Finances, était d'escompter les créances des commerçants. Il leur remettait en échange des « billets de banque », qui circulaient comme de l'argent-métal et pouvaient toujours être convertibles à vue, en or ou argent. Ainsi était née la Banque royale d'État. De là, la tentation pour le pouvoir central de fabriquer des billets autant qu'on en voulait, d'où la dévaluation, frappant toutes les couches de la société.

– Cinquième service ! lança le maître d'hôtel.

– Je n'en peux plus, gémit Mme Dieudé. Nous allons grossir !

– C'est un péché, ajouta sans conviction Mme Audimar.

– Les poissons ! Saumons, brochets, soles, filets de thon à la braise. Et langues de carpes !

– J'ignorais que les carpes eussent une langue ! s'écria Mme de Gérin. Ne dit-on pas « muet comme une carpe » ?

Jean-Baptiste Estelle avait d'autres préoccupations.

– Messieurs, il y a trois milliards de livres tournois de billets de banque en circulation, couverts seulement par cinq cents millions en numéraire. Cela a un nom : la banqueroute. Mais ce n'est pas seulement M. Law qui va être déshonoré. C'est l'État.

– En quoi sommes-nous concernés ? demanda le père Bartholomé de sa voix de ténor.

– Mais nous souffrons tous de l'inflation, mon père ! Même les ecclésiastiques dans la perception de leurs bénéfices. Depuis que les billets émis par la banque d'État sont apparus en Provence, avec cours forcé, l'inflation galope : dix pour cent *par mois* ! Cet été, la monnaie-papier aura perdu soixante pour cent ! Les prix montent aux échoppes, les salaires ne suivent pas. Si le peuple seulement n'avait pas d'argent, ce serait un moindre mal. On pourrait toujours distribuer gratuitement le pain. Mais il y a pire. La pénurie de blé menace en Provence.

– Ce n'est pas nouveau, dit le lieutenant général de l'Amirauté.

– Mais il faut l'acheter à l'étranger, monsieur. Le Languedoc ne peut entièrement y suppléer. Le blé vient de Barbarie et du Levant. Or, l'étranger refuse nos billets de banque. Conscient du risque, le sultan exige de l'or. A cause de l'édit royal qui soutient le billet de banque, désormais Marseille ne peut plus payer en or.

– La disette nous menace-t-elle vraiment cet été ? demanda Mme Dieudé, que l'abus des rôts et des poissons commençait à congestionner sérieusement.

– Oh ! pas vous, madame. Mais le peuple ! Qu'adviendra-t-il des récoltes s'il ne pleut pas en Provence ?

– Marseille n'a jamais tiré de son terroir que le quart, au mieux la moitié de son blé, remarqua le gouverneur. On a l'habitude de l'acheter à l'extérieur.

– C'est bien là que se pose le problème du numéraire. Quatorze vaisseaux chargés de blé du Levant se sont présentés en rade de Marseille. Les capitaines ont envoyé leur canot pour demander si le paiement était en pièces ou en « billets Law ». C'étaient des billets, et ils sont repartis, furieux, pour vendre leur blé à Malte et à Messine. Même manège pour les vaisseaux venus de Gênes et de Hollande. « Avez-vous de l'or ? Non. Alors, nous remportons notre blé et vous pouvez crever ! »

Jean-Baptiste Estelle articula lentement :

– M. Law, avec son système diabolique, est responsable d'une émission fiduciaire inflationniste pour sauver les privilégiés, le régime et l'État sur notre dos et sur celui du peuple. L'affaire est gravissime. Nous, échevins de Marseille, pour assurer notre ravitaillement, avons tenté d'obtenir de Son Altesse Royale une dérogation pour payer en or le blé et la viande venus de l'étranger. Cela nous a été refusé, sous prétexte que le système Law ne peut tolérer la moindre dérogation. Pour que le billet de banque garde une relative valeur, il faut que tout le monde l'accepte. Mais cela ne se fera pas sans une révolution.

Jean-Baptiste Estelle se tut, effrayé par sa propre audace. Un silence gêné pesa sur les convives, que les mets raffinés et les grands vins ne réjouissaient plus. On sentait se reformer les vieux clivages. D'un côté les riches négociants et armateurs maîtres de la cité, d'un autre celui des aristocrates traditionnels tenant leurs privilèges de la Cour, avec la complicité des princes de l'Église.

Soucieux de retrouver l'ambiance, il fit signe au maître d'hôtel, qui annonça aussitôt les desserts.

Les valets s'empressèrent de présenter les fruits, les entremets, les massepains, les confitures froides et chaudes, sèches et liquides, les douceurs orientales et autres pâtisseries. On termina par un grand plateau de fruits confits, plantés de cure-dents de fenouil.

A un signe de maître Estelle, le poète de service, un pauvre jeune homme de lettres désargenté, invité pour un louis et une assiette de rôt, entreprit de déclamer la première fable de M. de La Fontaine qui lui revint en mémoire. Mais n'était-ce pas une secrète jalousie qui le poussait à effrayer cette table de privilégiés repus en réveillant leur peur ancestrale ?

Un mal qui répand la terreur,
Mal que le ciel, en sa fureur,
Inventa pour punir les crimes de la terre,
La peste, puisqu'il faut l'appeler par son nom,
Capable d'enrichir en un jour l'Achéron,
Faisait aux animaux la guerre.
Ils ne mouraient pas tous, mais tous étaient frappés.

– Vous n'auriez pas quelque chose de plus gai ? demanda le bailli de Langeron.

– A vos ordres, Monseigneur !

– De l'amour ! s'écria Mme de Gérin. Du bel amour !

Le poète s'exécuta en souriant :

Quand vous voudrez faire une amie
Prenez-la de belle grandeur :
En son esprit non endormie,
En son tétin bonne rondeur[1].

– Et maintenant, le champagne mousseux ! s'écria Jean-Baptiste Estelle.

Les bouchons sautèrent avec bruit et le vin pétillant accommodé à la manière de dom Pérignon ruissela dans les flûtes. Le souper s'achevait en beauté. En sa qualité de représentant du roi, le gouverneur Fortia de Pilles se leva pour prononcer le remerciement d'usage, élégamment et galamment tourné. On applaudit.

– Merci, marquis ! répondit le premier échevin. Merci à vous tous, mes amis, qui êtes l'élite de notre ville. Et à vous, mesdames, qui en êtes l'ornement incomparable.

La soirée se poursuivit au salon. Lambris de chêne jusqu'à la corniche supérieure, entrecoupés de rayons abritant de précieuses reliures. Plafonds blancs moulurés d'or. Lustres de cristal de Venise. Tapis d'Ankara et de Chine. Tout un décor venu d'ailleurs, évocateur de voyages et de rêves.

Ils se groupèrent par petites tables, selon leurs affinités. Les cafetières fumantes circulèrent dans les mains expertes des valets.

– Combien payez-vous ce café ? demanda d'un air extatique le chanoine de Foresta à l'oreille de maître Estelle.

– Ne le répétez pas, monsieur le chanoine. C'est un péché. Je le paye une livre tournois la livre.

– Diable ! Ma rente ne me permettrait pas d'en acquérir à ce prix. Et pourtant, combien ce breuvage nous serait utile pour lutter contre le sommeil, aux offices matinaux !

– Je vous en baillerai régulièrement quelques livres, en échange de bons procédés de voisinage.

– Mais encore ?

– Vous plairait-il de suggérer au chapitre de la Major

1. Clément Marot, *Chanson* 24.

de me vendre contre bons écus sonnants – et pas du papier Law ! – cette petite terre d'Allauch, cinq arpents d'oliviers, qui jouxtent mon domaine, et ne vous servent à rien ?

– Comme vous y allez, monsieur ! Des oliviers ramenés de Terre sainte par un croisé ! Ce ne sont point là quelconques oliviers d'Espagne ou d'Italie !

– Mon café me vient directement de ce lointain émirat du Yémen. Il n'est pas trafiqué comme celui des Vénitiens qui sous prétexte de leur exclusivité se bornent à le quérir en Alexandrie et le revendent après Dieu sait quels mélanges !

M. Chaud s'écria :

– Cela n'a pas été sans mal de mettre ce café à la mode ! Les médecins s'y opposaient. En 1679, un jeune licencié soutint même à Montpellier une thèse de doctorat : « *Savoir si l'usage du café est nuisible aux Marseillais.* »

– Taisez-vous, dit en riant maître Peyssonnel. Il est actuellement doyen de notre faculté !

– Il paraît, dit le troisième échevin M. Audimar, que le Grand Seigneur de Constantinople a l'intention de tripler le prix du café. Il va devenir invendable.

Le chanoine se pencha à l'oreille de maître Estelle.

– Je crois, monsieur, que je vais accepter votre proposition. Une rente de votre moka contre la décision que je vous obtiendrai du chapitre de vous céder les cinq arpents d'Allauch à un prix raisonnable.

– Soyez-en remercié, monsieur le chanoine ! Vous êtes un négociateur hors pair !

– Ne me flattez pas, monsieur. Je ne suis qu'un modeste chanoine rentier de la Major.

– Mais vous l'êtes avec tant de distinction !

– *Ad majorem Dei gloriam !*

Prétextant qu'elle devait s'occuper de ses sœurs, Gersende salua les dames et s'éclipsa discrètement, suivie par le tendre regard du gonfalonier des galères. Épuisée par la soirée, elle monta au second étage et jeta un coup d'œil à la chambre des jumelles, qui dormaient dans l'innocence de leurs douze ans.

Une grande affection unissait les trois sœurs, mais non sans une certaine ambiguïté. Gersende, qui ne s'était jamais remise de la mort de sa mère, provoquée par la naissance dramatique des jumelles, ne pouvait malgré elle s'empêcher de leur en vouloir, tout en se reprochant l'injustice de ce sentiment qui la dépassait.

Quant à Adeline et Coraline, petites brunettes au caractère doux et soumis, elles n'avaient jamais vu en Gersende une sœur. Elle était pour elles la mère, rôle auquel Gersende, en dépit de sa bonne volonté, n'arrivait pas à se plier.

Lorsque les petites, d'abord envoyées en nourrice à la campagne, revinrent à Marseille, Gersende allait sur ses quatorze ans. Elle traversait une difficile crise d'adolescence. Plutôt disgraciée au physique, un manque d'appétit persistant l'entraînait dans une maigreur aux antipodes des canons de la mode. Dépourvue de confiance en elle, elle supporta mal l'irruption des jumelles, que le régime et le bon air du terroir avaient rendues rondes et roses, d'où l'adoration dont on les entoura aussitôt.

Puis tout évolua lentement. Gersende, ayant retrouvé l'appétit et le goût raffiné des plaisirs de ce monde, devint une jeune fille d'une grande beauté, tandis que les jumelles traversaient à leur tour la crise de l'âge ingrat.

Ayant déposé un baiser silencieux sur les deux têtes brunes, Gersende gagna sa propre chambre, contiguë à celle de ses sœurs.

Un chandelier d'argent diffusait la lumière discrète de son unique bougie au parfum de santal, laissant dans la pénombre complice le baldaquin du grand lit recouvert de taffetas bleu pâle, assorti aux rideaux encadrant les hautes fenêtres donnant sur le Cours. N'ayant pas la force de se déshabiller, elle s'effondra sur un fauteuil.

Un joli minois apparut par l'entrebâillement de la porte.

– Ah ! Ria. Je t'avais dit d'aller te coucher. Il est plus de minuit.

– J'ai préféré vous attendre, mademoiselle Gersende. Je vais vous aider à vous dévêtir.

Elle n'osait avouer à Gersende qu'elle brûlait d'entendre des nouvelles du *Grand saint Antoine*, à bord duquel naviguait le beau Jacques Chataud, dont elle était follement éprise.

Du même âge que sa maîtresse, Maria Pépiole,

grande et belle fille élancée, avait du mal à passer inaperçue. Sa superbe chevelure d'un brun cuivré s'accordait au teint mat de sa peau. Sa poitrine de figure de proue faisait chavirer tous les laquais, cuisiniers et cochers de la maison. Et pas seulement eux ! En vain le maître l'avait invitée dans son lit. Gersende, à la fois très jalouse de son père et de sa suivante, y avait mis le holà.

Sobrement vêtue, tout en Ria respirait une noblesse inattendue chez cette « suivante de demoiselle ». Ses grands yeux noirs veloutés, très doux, étirés vers les tempes, reflétaient toutes les expressions de sa sensibilité à fleur de peau. Son regard, qu'elle s'efforçait de rendre modeste, comme il sied à une suivante de bonne maison, s'éclairait parfois d'une étrange lueur lorsqu'il lui venait des idées de grandeur, des rêves de dame, dans lesquels elle s'évadait par moments et qui constituaient comme la respiration de son âme ardente.

Ria n'était pas n'importe qui. Elle cachait un secret. La rumeur disait, et Ria savait, que sa mère Eulalia Pépiole, voici vingt ans jeune domestique catalane travaillant chez feu le vieux gouverneur-viguier Jean de Fortia, l'avait eue de son fils le bel Alphonse, celui-là même qui paradait aujourd'hui à la table de maître Estelle.

Pour ne pas perdre sa place, Eulalia, qui n'était pas mariée, avait caché sa grossesse, accouché en secret et mis le bébé en nourrice à la campagne chez une parente, une brave femme du village d'Allauch, Félicie Cabanesse, l'épouse du métayer qui exploitait les arpents d'oliviers que Jean-Baptiste Estelle devait acquérir plus tard.

Entre-temps, le sémillant Alphonse de Fortia avait succédé à son père et pris le titre de marquis de Pilles. Il était devenu le gouverneur-viguier de Marseille. En 1712, Félicie avait été promue gouvernante de la belle bastide d'Allauch que le négociant s'était fait construire au milieu des oliviers pour échapper aux touffeurs estivales de Marseille. Et c'est ainsi que tous les étés Gersende et Ria, à peine âgées de douze ans, jouaient ensemble dans l'oliveraie qu'on avait agrémentée de pelouses, de lauriers et de micocouliers.

En cette compagnie, Ria avait acquis de bonnes manières. Tout naturellement, elle était entrée plus tard au service de Gersende à Marseille, s'occupant aussi des jumelles.

Une tendre amitié liait les deux jeunes filles qui, selon l'usage, dormaient l'hiver ensemble dans le même grand lit, pour se réchauffer.

Ria n'ignorait rien de la passion de Gersende pour Jehan Figueras. De son côté, la fille aînée du premier échevin connaissait les deux secrets de Ria : sa naissance et son amour, cette violente passion que depuis quelques années Ria éprouvait pour le beau Jacques Chataud, le fils du capitaine du *Grand saint Antoine*. Hélas, il ne la partageait pas, bien qu'il fût troublé par son charme ensorcelant. Mais elle gardait espoir, le rencontrant parfois – elle faisait ce qu'il fallait pour cela – lorsqu'il accompagnait son père chez maître Estelle ou y portait quelque message.

Ria alluma le grand chandelier à cinq branches. La chambre émergea de sa pénombre pour s'éclairer comme d'un sourire, révélant tout son décor. Plus qu'un décor : un paysage, le jardin secret de Gersende. Une tapisserie d'une finesse incomparable recouvrait tout un mur, représentant une escale orientale où évoluaient marins, chevaliers et belles dames, animaux inconnus, oiseaux de paradis au milieu d'une flore exotique. Tous ses rêves inexprimés de jeune fille. Près d'une haute fenêtre, un clavecin semblait attendre le jeu caressant des mains féminines. Plus loin, un petit bonheur-du-jour en bois de rose offrait le mystère de ses multiples tiroirs. Enfin, la toilette et son pouf juponné d'organdi blanc attendaient d'accueillir le corps abandonné aux opérations rituelles et magiques de la beauté féminine.

– Aide-moi à me déshabiller, Ria. Je suis si lasse.

Gersende se tenait debout face au miroir de la coiffeuse où elle se contemplait comme s'il se fût agi d'une étrangère. Ria déboutonna la longue robe de soie bleue et la posa délicatement sur le lit. Puis elle s'attaqua aux trois jupons noués dans le dos. Le premier, *le modeste*, en fine batiste blanche, recouvrait *le fripon*, en mousseline brodée de dentelle, qui dissimulait *le secret*. Le fripon était fait pour être vu par de savantes ouvertures du modeste. Le corset en basin sans baleines, étroitement serré à la taille et soutenant la poitrine, constituait une pièce autrement compliquée dont Ria dénoua agilement un à un les lacets, Gersende se laissant faire entre ses mains douces et expertes.

– Tu es bien silencieuse, ce soir.

La suivante ainsi encouragée risqua enfin la question qui lui brûlait les lèvres.

– Mademoiselle Gersende, avez-vous des nouvelles du *Grand saint Antoine* ?

– Hélas non, Ria ! Je sais seulement qu'ils ont essuyé une terrible tempête avant d'arriver à Tripoli, où ils tentent de se refaire. Mais Jehan n'était pas à bord.

Elle laissa échapper un gémissement douloureux.

– Où est-il à cette heure ?

Enfin, le corset libéra la taille. Gersende retira elle-même sa fine chemise ornée de petits plis brodés de minuscules fleurs et de dentelles. Puis d'un geste vif, elle dénoua le tour de gorge en mousseline festonnée et contempla dans la glace sa poitrine enfin libérée, d'une blancheur de lait à la courbure parfaite que soulignait la mouche de satin noir entre les seins.

A l'exception des bas blancs, presque transparents, brodés d'or et de soie, comme les jarretières qui les retenaient, elle était nue. Apercevant son corps charmant dans le grand miroir, elle sourit tristement à son image. Ce corps qui faisait fantasmer tous les hommes, ces seins fermes, ces hanches rondes prometteuses de plaisirs voluptueux et de maternité épanouie, ce sexe à peine caché par un triangle mousseux plus fin qu'un duvet d'oisillon, seraient-ils un jour à l'homme de sa vie, auquel elle s'obstinait à demeurer fidèle ?

Elle détacha les jarretières et lentement retira ses bas. Ria la regardait, non sans un certain trouble. Elle murmura malgré elle :

– M. Jehan a de la chance !

Gersende rougit violemment, mais c'était autant de dépit que de pudeur.

– Ah ! Pourquoi est-il parti ?

Après avoir mis sa longue robe de nuit, Gersende s'assit devant la toilette. Avec des gestes doux, Ria lui passait un fin coton sur le visage, enlevant la couche légère de fard blanc éclairé d'une touche de rouge vermillon. Le visage apparut avec son teint naturel, d'un rose nacré de coquillage.

– Ah ! demoiselle ! Je vous aime mieux ainsi !

– Moi aussi, Ria. Mais que veux-tu ? Si je ne mettais pas un peu de blanc, je ferais scandale au milieu de toutes ces femmes plâtrées comme des pierrots de carnaval ! Et dire que c'est un mélange de céruse, de miel et de limaçons pilés !

– Mais lui, voilà comme il vous aimerait !

– Ah ! tais-toi !

Ria lui ôta sa petite coiffure à rubans flottants puis, une à une, toutes les épingles qui retenaient haut son chignon. La longue chevelure bouclée, épaisse, brillante, se déploya en ondes soyeuses jusqu'à la taille. Cheveux dénoués, Gersende sentit une immense paix l'envahir, une détente complète du corps après toutes les astreintes de cette soirée.

Dans la rue, on entendit soudain les appels des laquais, des cochers, suivis aussitôt du roulement des carrosses et des calèches sur le Cours, du hennissement inquiet des chevaux. Les attelages des invités se pressaient devant l'hôtel, et quelques chaises à porteurs.

– Ils partent ! dit Ria en se précipitant vers la fenêtre, qu'elle ouvrit. Comme ils sont beaux !

On entendit la pétarade d'une salve de boîtes tirée pour clôturer la fête. Les valets élevaient de grandes torches, des fanaux. Les ors des habits, les bijoux des femmes, les pommeaux des épées, les épaulettes et les croix des officiers, les boucles des souliers, rutilaient sous cette lumière vivante.

– Comme ils sont beaux dans leurs habits chamarrés ! répéta Ria.

Gersende la rejoignit à la fenêtre. Le regard comme halluciné de la suivante venait de se fixer. Elle ne pouvait le détacher de la silhouette élégante d'un gentilhomme qui, après avoir salué son hôte, montait dans son carrosse.

Elle le connaissait, Ria. Tout le monde connaissait à Marseille le gouverneur-viguier Alphonse de Fortia marquis de Pilles ! Elle murmura, extasiée : « Mon père ! »

Soudain raisonnable, presque détachée, elle eut un petit rire qui ressemblait au roucoulement d'une tourterelle amoureuse.

– Pourquoi ris-tu, Maria ?

– Je ne sais pas, mademoiselle Gersende. Quelque chose m'a effleurée.

Au bruit de leurs voix, le gentilhomme, en bas, leva la tête. Gersende, confuse de sa tenue de nuit, se rejeta en arrière.

Et Ria demeurait seule à la fenêtre, souriant à son inaccessible rêve.

Puis elle ferma les yeux. Si au moins elle s'était sue aimée de ce Jacques Chataud qui occupait tous ses rêves ! Mais il allait revenir à Marseille. Elle ferait alors ce qu'il faut pour le séduire !

3

Le vent avait légèrement tourné. Appuyé sur sa hanche de bâbord, le *Grand saint Antoine*, au soir de sa deuxième journée de mer, taillait sa route dans la Méditerranée orientale par bonne brise d'est-nord-est.

Debout sur la dunette derrière l'homme de barre, Jehan Figueras avait d'autres préoccupations. Qu'allait-il faire de sa vie ? D'abord, épouser demoiselle Gersende Estelle. Rien qu'à cette idée, son sang s'échauffait, il sentait monter en lui un désir irrépressible. Elle était jeune, belle à vous damner un capucin. Elle était riche et plus intelligente que la moyenne des filles de la bourgeoisie marseillaise. Elle était tendre tout en demeurant pudique, infiniment *désirable*.

Il épouserait le plus beau parti bourgeois de la ville. Et il s'avançait vers cet avenir radieux, sans le moindre sentiment d'infériorité. Car s'il ne possédait pas un sou tournois vaillant, il se savait digne d'elle. Là-dessus, on pouvait faire confiance à maître Estelle. Un homme supérieurement doué qui, pour l'avenir de sa fille préférée, ne s'était pas laissé prendre par de faux-semblants. La noblesse, il ne la connaissait que trop, avec la famille de sa femme. Le lui avait-on assez reproché, d'avoir voulu s'allier à une grande famille, et désargentée de surcroît ! Ainsi pensait Jehan. Chez lui, l'amour de l'amour et de l'intelligence primait largement sur toute autre considération, financière ou honorifique.

Mais avant de recevoir la bénédiction de l'Église – sans doute de la main de Mgr de Belsunce en personne – il aurait fort à faire, après une aussi longue absence, pour retrouver la confiance de Gersende et l'estime de son père.

Il devrait leur faire comprendre qu'il rapportait de cet Orient mythique beaucoup plus que les négociants et autres marchands : un *savoir* unique, acquis à l'université d'Alexandrie, puis dans les écoles de Damas et de Jérusalem. Et cette aventure extraordinaire qu'il avait connue au désert d'Égypte. Son seul souvenir lui faisait vibrer l'âme en l'inondant de joie, jusqu'à faire pâlir un bref instant l'amour sensuel qu'il éprouvait pour Gersende.

Alors qu'en ce début du XVIIIe siècle la médecine piétinait, tentant avec difficulté de s'arracher des recettes empiriques du Moyen Age où l'alchimie le disputait à l'astrologie, il se sentait à la fois nu et libre, face à cet univers illimité qu'il voyait entrouvert devant lui : la connaissance. Un instant il s'abandonna à cet étourdissement que devait ressentir l'aigle planant au-dessus des sommets, ou l'alouette emportée par son vol dans les rayons du soleil de midi. Puis il se sentit brusquement repris par ce qu'il éprouvait de plus solide au fond des entrailles : l'amour charnel. Gersende !

Brusquement, le vent tomba. Comme mystérieusement averti, le capitaine Chataud apparut sur la dunette. Le *Grand saint Antoine* se traînait par petites brises irrégulières qui obligeaient sans cesse le capitaine à rappeler la bordée de quart :

– A brasser la toile, le monde ! Allez !

Le timonier Zacharie Abladou, un colosse du quartier des Moulins, naviguait en tenant rigoureusement son cap. Malgré son lourd chargement, le vaisseau obéissait docilement au gouvernail, surveillé attentivement par le pilote, Pierre Roux, un vieux marin expérimenté natif de Cassis. Le capitaine Chataud, qui ne demeurait pas toujours sur la dunette, s'en remettait entièrement à lui, selon l'usage. Le pilote navigue tandis que le capitaine, bien que seul responsable, s'enferme dans sa chambre pour « estroper la paperasse », mais aussi faire ses petits comptes personnels.

Si tout se passait bien, il allait prodigieusement s'enrichir au cours de ce voyage, son troisième aux Échelles du Levant. Un salaire mensuel de capitaine, douze écus (le salaire annuel d'un matelot), doublé si la cargaison arrivait intacte avant la foire de Beaucaire. S'y ajoutait, tolérance des armateurs, la pacotille qu'il avait achetée pour son propre compte, et sa part de vingt-cinq pour cent dans la cargaison du vaisseau. A son retour à Marseille, il pourrait se retirer. Quarante-cinq ans, c'est vieux pour un capitaine ! Alors, grâce aux beaux écus gagnés et à ceux mis de côté, il pourrait faire négoce à part entière. Devenir l'un de ces personnages qui tiennent le haut du pavé sur le carré de la Loge, la bourse de commerce de Marseille. Avec ses relations nouées aux Échelles du Levant, ce serait facile. Il augmenterait sa part dans l'armement Estelle et ferait fructifier ses écus. Quand tout prospérait, on triplait la mise à chaque voyage. Sur les indiennes et les soieries du Levant, on voyait même des chanceux *décupler* leur mise !

Le *Grand saint Antoine* stabilisa enfin sa marche. Le vent s'était remis à l'est, faible brise, mais régulière. Le capitaine, après avoir adressé un salut amical à Jehan, s'en retourna vers sa chambre.

La nuit vint sans que le jeune médecin y prenne garde. A nouveau, il se laissa envahir par la mystérieuse douceur de ces nuits qui, au large, lui rappelaient celles du désert d'Égypte.

Il éprouva tout à coup une présence à ses côtés. Jacques Chataud l'avait rejoint sur la dunette. Depuis leurs retrouvailles, Jehan se sentait en confiance avec le fils du capitaine. Ils avaient tant de souvenirs heureux en commun ! Ce garçon n'était certes pas aussi remarquable que son père. Son goût prononcé pour les habits, les parures, avait quelque chose de féminin qui agaçait. Certains le disaient hypocrite. Mais il professait un idéal de paix qui paraissait étrange à bord de ce vaisseau armé bourré de richesses, naviguant vers l'ouest en espérant éviter tempêtes, pirates et autres pièges.

De la dunette, on ne distinguait dans l'obscurité presque totale que le bas de la brigantine tendue par le gui, juste au-dessus de l'homme de barre, et la basse voile carrée, immense, dont le haut se perdait dans la nuit, au milieu d'une infinité de drisses et de manœuvres. Ce spectacle les comblait de bonheur. La sérénité de la nuit portait aux confidences.

– Tu te souviens, Jacques, quand nous escaladions

ensemble les calanques de la Joliette et d'Arenc? Ensuite, on se rafraîchissait en plongeant nus dans les eaux limpides, explorant les grottes sous-marines sous le regard curieux du mérou!

– Mais toi, tu es parti, ton grade de bachelier ès arts en poche. Tu as quitté Marseille, à la grande déception des Oratoriens, qui avaient repéré en toi ce qu'ils appelaient un « bon sujet ».

Jehan éclata de rire.

– Ils voulaient faire de moi un des leurs. Pas à cause de ma religion, plutôt contestataire, ni de ma piété, tellement anticonformiste, mais du latin et du grec!

– Où tu excellais, tandis que moi...

– Je leur ai échappé. C'est ainsi que l'amour du grec m'a conduit à Montpellier, où j'ai étudié la médecine et la philosophie. Suis-je plus savant?

– Tu l'étais déjà! Nous avons tous envié la facilité diabolique avec laquelle tu retenais les cours les plus rébarbatifs. Tu parlais même l'arabe à quatorze ans! Où l'avais-tu appris? Pas sur les quais du port?

– Un peu sur les quais. Et surtout avec le père Thierry, un jésuite qui rêve de fonder ce qu'il appelle « le Collège des quatre langues », au grand dam des Oratoriens, dont je devais me cacher pour aller le voir, montée des Accoules, à deux pas de chez moi, dans sa maison Sainte-Croix, comme à un rendez-vous galant!

Ils éclatèrent de rire.

– Et toi, Jacques? Tu voulais être marin, entrer à cette fameuse école d'hydrographie du Parc des Galères, fondée par Colbert.

– Cela n'a pu se faire. Pour obtenir seulement mes lettres de maîtrise, il aurait fallu, à défaut d'une fortune, beaucoup plus de latin, de grec, et surtout de mathématiques. Et pour être capitaine au long cours, il faut aujourd'hui cinq ans de navigation, dont deux campagnes sur un vaisseau du roi. C'était trop me demander!

– Ne te plains pas. Après le capitaine, l'écrivain est le personnage le plus utile à bord d'un vaisseau marchand. Je parie que tu es le seul à savoir exactement ce que contient ce bateau!

– Veux-tu voir la cargaison?

Les yeux de Jacques Chataud brillaient d'une étrange lueur. Il ajouta :

– Sais-tu ce que ce vaisseau renferme dans ses flancs ?

– Le capitaine m'a parlé de quatre cent mille livres de marchandises ! De quoi faire perdre la tête à un modeste robin comme moi.

Jacques l'entraîna vers la grande écoutille, après s'être emparé d'un fanal accroché à un barrot.

Ils dévalèrent les échelles abruptes, longèrent les coursives obscures. Partout s'entassaient des ballots mystérieux enveloppés d'une toile épaisse qui ne laissait rien deviner de leur contenu, seulement marqués de signes inintelligibles aux non-initiés.

Ils franchirent deux entreponts. Puis ils cheminèrent dans la longue coursive latérale dite galerie de faux pont, qui bordait la coque du vaisseau à tribord. Ému, Jehan passa sa main sur les planches épaisses, fortement reliées entre elles pour assurer l'étanchéité. Au fur et à mesure qu'ils avançaient, Jacques Chataud, visiblement heureux de montrer son savoir, énonçait les pièces qui composaient l'armature de la coque :

– Gabord, contre-gabord, bordage de ceinture, semelle...

– Jacques, il y a une infiltration, là !

Le fils du capitaine éleva son fanal.

– Les coutures de deux bordées se sont élargies. Malgré l'étoupe, elles laissent suinter un peu d'eau. Normal, après six mois de navigation. Je le signalerai au calfat.

Jehan porta ses doigts à ses lèvres. Cette eau avait un goût étrange de sel et de bois, goût de mer et d'humus forestier. Il s'inquiéta :

– Mais cette eau va gâter vos balles de textile !

– La première rangée de fret, en contact avec la coque, ne contient que des sacs de cendre. Leur rôle est d'absorber cette humidité, pour que le *trésor*, au centre, demeure bien au sec. Elle sert en outre de lest.

– De la cendre ?

– Nous avons embarqué cinq cents sacs de cendre du Levant, d'une herbe très sèche brûlée à Saint-Jean-d'Acre et à Tripoli. Non seulement elle absorbe l'humidité, mais, transformée en soude alcali, elle contribue à la fabrication du savon de Marseille, auquel elle donne sa qualité inimitable.

Un frôlement, soudain, fit frissonner Jehan.

– Jacques ! Tu as senti ?

– Oui. N'aie pas peur. Ce sont les rats.

– Les rats ?!

– La cale est leur domaine. On ne peut rien faire contre eux, malgré ces fameux chats que nous a imposés M. Colbert. Ils peuplent les coursives, les recoins sous les échelles, les compartiments, tout ce qui est obscur et silencieux. Non seulement les cales aux marchandises, mais aussi la grande cale des câbles et ancres, la « fosse aux lions » où s'entassent haubans et cordages, le grand entrepôt des voiles, et même le poste d'équipage, à l'avant. N'y fais pas attention. Ils ne nous feront pas de mal.

Ils se plaquèrent contre la muraille de chêne.

Le cœur battant, pris d'une angoisse ancestrale qui remontait très loin dans l'humanité depuis qu'elle affrontait son vieil ennemi le rat noir, propagateur de la peste, Jehan percevait maintenant, régulière comme une eau courante, la fuite éperdue des rongeurs qui filaient le long de la coursive. Une multitude ! Certains poussaient de petits cris aigus.

– C'est étrange, dit soudain Jacques ; habituellement ils ne crient pas, sauf quand ils se regroupent, assoiffés, autour des futailles d'eau.

– Jacques, sortons de là ! Remontons au grand air. J'étouffe !

– Non. Je veux te présenter le personnage étonnant qui règne sur cet empire : le maître calier.

Il hésita.

– C'est aussi le rebouteux du bord, une sorte de sorcier. Je rêvais depuis longtemps de cette confrontation entre tenants des pratiques archaïques et de la médecine actuelle.

Jehan dressa la tête, intéressé. Il oublia les rats.

A nouveau, un interminable couloir, la coursive centrale. Ils atteignirent enfin le fond de la cale.

– Quelle odeur pestilentielle !

– La sentine, maître Jehan ! Nous sommes au point le plus bas, là où aboutissent les eaux d'infiltration, d'où une pompe les rejette à la mer.

Dans l'eau croupie provenant d'une multitude de fissures invisibles se décomposaient les cadavres des rats, des cafards et de toute la vermine innombrable qui sévissait dans l'obscurité des cales.

Jacques Chataud s'était arrêté. A la lueur incertaine

du fanal, Jehan observa une sueur d'angoisse qui perlait sur son front.

– Il se passe quelque chose d'anormal ? Les suintements de la coque ?

– Non. Je te l'ai dit, ces infiltrations sont habituelles en fin de campagne. Mais cette puanteur !

– Et ce bruit ! Écoute !

On entendait d'étranges grattements dans les coins, toute une vie grouillante de rongeurs et d'insectes invisibles, monde réprouvé, parasites creusant leurs galeries dans le bois dont ils se nourrissaient.

– Par monsieur saint Honorat ! cria Jehan. Ce vaisseau est pourri !

Il s'empara du fanal et l'éleva au-dessus de la sentine. Là, il vit un amoncellement de cadavres de rats et recula de dégoût.

– Mais de quoi sont-ils morts ?

– Je ne sais pas. Je n'en ai jamais vu autant dans la sentine ! Voilà d'où provient cette odeur abominable.

Il se redressa et ajouta :

– Après tout, c'est une bonne chose qu'ils crèvent ! Autant qui ne s'attaqueront pas à notre précieuse cargaison et aux provisions. Viens !

Jehan songeait : « Ce bateau chargé de si précieuses richesses transporte-t-il aussi des germes de mort ? »

– Jacques, il faudrait assainir ces cales. Vinaigre et fumigations. Je pourrais m'en occuper.

– Va le dire au capitaine ! On est en retard. Il ne perdra pas un jour de plus. En outre, l'assainissement dépend de maître Escarte ; il ne te laissera pas empiéter sur ses attributions, et ne fera rien en mer pour sa part. On assainira à Marseille quand la coque sera vide.

Ils remontèrent d'un niveau et se sentirent revivre. Jacques Chataud s'avançait le long d'une coursive bordant des magasins où s'entassaient des marchandises diverses.

– Regarde ! Ce sont les pacotilles ! Ce qu'il y a de plus précieux à bord. Des objets d'art de Damas, des parfums d'Arabie : myrrhes, encens et musc ; des ivoires et de la porcelaine fine de Chine. Des bijoux d'Égypte, de riches étoffes imprimées aux Indes. Et là, des sacs de café vert. Du pur moka transporté par les contrebandiers du désert yéménite. Des caravanes ont amené ces trésors à travers les espaces infinis, bravant le soleil, la soif, les pillards et les agents du Grand Seigneur.

Devant eux filtrait une lumière avare.

– La cambuse basse, annonça le fils du capitaine.

Jehan respira plus librement. L'écrivain poussa la porte d'un local, vaste mais de plafond bas. Contre la muraille de chêne s'étageaient des casiers de bois regorgeant de provisions diverses : boucauts de sucre, boîtes de biscuits de mer, sacs de farine et de haricots, barils de poissons salés, quartiers de lard et de viande fumée, barriques de vin et de tafia. Sous la lanterne vitrée suspendue au maître bau de la cambuse, assis derrière une table devant un tas de paperasses, trônait le maître calier : énorme, le ventre proéminent sous la blouse sale, le teint blafard, la tignasse hirsute, les yeux gris globuleux d'un hibou, le regard fuyant.

En voyant entrer le fils du capitaine, il se leva, l'air inquiet. Sa tête heurta le maître bau, mais il ne parut pas s'en apercevoir.

– Bonjour, maître Abougna ! Voici Jehan Figueras, maître en médecine de l'université de Montpellier.

Abougna se rassit lourdement. Que venait faire ici ce maître en médecine ?

Jehan lui tendit la main. Il savait qu'à bord des voiliers le maître calier a la réputation de guérisseur. L'équipage vient le consulter en secret pour des maladies rebelles contre lesquelles le chirurgien-barbier patenté a échoué. Ces hommes de l'ombre se rattachent à une tradition immémoriale de sorcellerie. Silencieux, muets, bourrus, sauvages, vivant dans une quasi-obscurité, craignant le vent et le soleil, ne montant jamais sur le pont, dormant et mangeant dans leur cambuse, les maîtres caliers, dit-on, connaissent aussi l'avenir. Et on vient encore les consulter en dernier recours sur les changements de temps.

Jacques Chataud ajouta :

– Maître Jehan Figueras est le futur gendre de M. Jean-Baptiste Estelle.

Au nom prestigieux du premier échevin, le maître calier se radoucit. La visite du fils du capitaine n'avait d'ailleurs pas de quoi le surprendre. Le garçon vérifiait régulièrement ses inventaires. Tous les caliers du monde avaient la réputation de truquer un peu les états. Le tout était de les contenir dans des limites raisonnables.

Maître Abougna prit aussitôt les devants :

– Je viens d'achever les classements par catégories.

Il se pencha sur la liste des connaissements.

– On verra cela plus tard, répondit Jacques. Je voulais seulement montrer les cales à maître Figueras. Tout me semble parfaitement arrimé. Les infiltrations n'ont rien d'anormal. Toutefois, avez-vous remarqué...

Impensable que le jeune Chataud, tout fils de capitaine qu'il était, et peut-être aussi malin que son père, ait remarqué quelque chose qui ait pu échapper au maître calier. Les deux hommes s'affrontèrent du regard. Abougna hésitait. Soudain, il lâcha, agressif :

– S'agit-il de la pacotille de ce monsieur Boyan, le passager qui a embarqué à Tripoli ? Le capitaine Chataud m'a ordonné de lui réserver le compartiment 63 au deuxième entrepont. Et de ne pas me mêler de ses affaires !

– Il ne s'agit pas de ce monsieur Boyan. Ce ne sont pas en effet nos affaires. Le sieur Boyan est un personnage important, connu de maître Estelle.

– Alors, de quoi s'agit-il ?

– Des rats !

Le maître calier sursauta, mais il était au fond rassuré. Son petit trafic personnel avait échappé à la vigilance soupçonneuse des maîtres du navire. Sa pacotille à lui demeurerait introuvable. Elle n'était pas encombrante, ou fragile comme la porcelaine, corruptible comme la soie, le café et l'encens. *Des pierres précieuses !* Tout un beau lot de pierres brutes ramenées des confins de l'Asie, soigneusement dissimulé dans un recoin de la cale à vin. Des pierres qui feraient sa fortune quand il les aurait livrées, car il n'était que l'intermédiaire de M. Abraham, le joaillier de la rue Saint-Ferréol à Marseille, qui lui avait avancé l'argent.

– Les rats ? Je sais... Il y a beaucoup de rats morts dans la sentine. Et... avez-vous remarqué ? Les chats semblent en avoir peur.

Le maître calier aimait l'ordre. Quand les rats faisaient fuir les chats, ce ne pouvait être un bon présage. Mais bah ! il en avait vu d'autres au cours de sa longue carrière. Si tout allait bien, si l'on évitait les tempêtes et les pirates de l'Archipel, d'ici un mois on verrait à l'horizon se dresser la colline Notre-Dame de la Garde ! Alors, quels beaux louis d'or couleraient dans son escarcelle ! Et quel cierge massif il irait lui faire brûler, là-haut, à la bonne Vierge !

Chacun restant sur son quant-à-soi et ses interrogations, les deux jeunes gens laissèrent le calier à ses rêves et à ses comptes.

A nouveau, ils cheminaient en silence le long des coursives obscures, escaladaient les échelles. Ils débouchèrent enfin sur le pont et respirèrent l'air frais avec bonheur.

– Vous n'avez pas parlé médecine. Dommage !

– Je reviendrai, dit Jehan. Pour le moment, respirons.

Il l'entraîna vers l'avant, au pied du mât de beaupré qui s'élançait au-dessus de l'étrave et de la mer, soutenant les étais de la misaine sur lesquels sont frappées les voiles triangulaires : petit foc, grand foc, clinfoc, trinquette... En dessous, le taillemer ouvrait la route dans un bruissement de vagues écartelées et d'écumes enchevêtrées que le vent emportait. Ils s'assirent sur la rambarde près du bossoir tribord et gardèrent un moment le silence. Puis Jehan demanda :

– Si je ne suis pas indiscret, parle-moi de cette pacotille.

Jacques eut un geste fataliste :

– Tout le monde pacotille ! Le capitaine, certains passagers de distinction, le maître calier bien entendu, et même les cadres de l'équipage s'ils ont pu mettre quelques écus de côté, ce qui implique une sobriété peu commune ! Il s'agit de très petites quantités de marchandises. Le volume du vaisseau appartient aux chargeurs et n'est pas extensible. C'est pourquoi, peu encombrante, la pacotille a toujours une assez grosse valeur et se dissimule facilement. Ne pouvant figurer sur les états, elle échappe aux agents du fisc, qui par exemple prélèvent vingt pour cent de taxes sur les indiennes, ce qui encourage la fraude.

– Cette contrebande échappe aussi aux agents de la Santé ?

– En effet. Un vice en entraîne un autre. Mais le capitaine et moi demeurons vigilants.

Jehan regarda son ami avec étonnement.

– C'est un étrange métier que tu fais là, Jacques. Tu n'y étais pas spécialement préparé ? Au collège, tu étais plutôt rêveur et poète.

– Ce métier d'écrivain me plaît. Je navigue, je vois du

pays et des hommes. Je suis respecté à bord et à terre. Mon père va se retirer à Marseille et y faire négoce. Je lui servirai d'agent sur les vaisseaux qui transporteront sa marchandise.

Un cri monta de la dunette :

– Attention à gouverner, tas de soldats !

Le vent avait encore tourné d'un quart et le timonier s'était laissé surprendre. A nouveau, le capitaine Chataud avait bondi sur la dunette et rectifié la route.

– Nous avons le cap sur Chypre, dit Jacques à son ami. Puis nous naviguerons sur la Crète. Suivant que nous trouverons bon vent du nord ou du sud, nous doublerons la côte septentrionale ou méridionale de l'île des dieux. Ce détail a son importance. Au nord de la Crète, il faudra longer l'Archipel dont chaque anse est susceptible d'abriter un chébec pirate.

Avant de replonger sous la dunette, le capitaine cria à l'homme de barre :

– Tiens bon ton cap, Abladou ! Moins le vent souffle, plus il est irrégulier, et plus il faut être attentif à la barre !

– Le capitaine Chataud connaît son affaire, apprécia Jehan.

– C'est un métier impossible. A quarante-cinq ans il est déjà usé. Au fond, je ne regrette pas de ne pas suivre ses traces.

– Tu le regrettes, ami. Mais dans la vie, fait-on jamais ce que l'on veut ?

Jacques Chataud le dévisagea avec surprise. Le barbier avait fait merveille en le débarrassant de sa barbe qui le vieillissait. Une pointe de jalousie perça dans le ton de sa voix.

– Mais toi, Jehan, que peux-tu désirer de plus ? Tu as tout !

– Pas encore...

Un long silence s'établit, sans les séparer. Ils écoutaient les souffles légers des vents qui jouaient entre eux dans la mâture, sifflement à peine perceptible dans le gréement, et le glissement des vagues contre la proue. Enfin, Jacques s'enhardit et demanda :

– Pourquoi es-tu parti, puisque tu pouvais épouser Gersende ?

– Je suis parti à cause de Gersende.

– Elle aurait dû plutôt te retenir ! Moi, à ta place...

Jehan demeura silencieux. L'envie que Jacques éprouvait à son égard ne le surprenait pas. Depuis son enfance, il aimait aussi la jeune fille, qu'il avait connue bien avant lui. Mais Gersende l'avait choisi, lui, Jehan ; et pourtant, il était parti.

Comment expliquer les sentiments contradictoires qui le déchiraient depuis qu'il avait rencontré cette très jeune fille voici trois ans, dans les salons lambrissés de son père, à Marseille ? Se marier n'était pas dans ses intentions primitives. Satisfaisant ses pulsions au gré de ses rencontres fugaces, il comptait se consacrer uniquement à sa vraie passion, soigner les malades, comme il l'avait vu faire par son père dans le quartier populaire des Accoules, mais cette fois dans le cadre d'un grand hôpital, où il sentait sa place marquée d'avance. Et non à se faire une riche clientèle dans les beaux quartiers de Marseille. Voire, comme l'espérait le père de Gersende, à la Cour du jeune roi Louis XV !

Soigner, guérir. A la faculté de Médecine de Montpellier, plus il s'était avancé dans ses études, plus il avait constaté son ignorance. Contrairement à la plupart de ses condisciples qui la dissimulaient par conformisme avec les maîtres et pour faire carrière, il s'en révoltait.

En fait, Jehan demeurait déchiré. Le grand tournant de sa vie s'était joué à dix-huit ans, lorsqu'il avait dû choisir entre la médecine et la vie religieuse, de préférence monastique. Fasciné par la vie intérieure, il pressentait que la vérité ultime s'y cachait.

Mais comment résoudre cette contradiction entre l'appel intérieur qui ferait de lui un moine, et l'appel extérieur qui le portait vers les malades et ferait de lui un médecin engagé corps et âme dans le monde ? Sa conscience profonde lui soufflait que les deux vocations n'étaient contradictoires qu'en apparence.

Il avait consulté le père Bartholomé, recteur des études de son collège. L'oratorien lui répondit simplement :

– La prière est plus efficace que la médecine.

Là encore, y avait-il contradiction, ou n'était-elle qu'apparente ? Il murmura :

– Je voudrais d'abord comprendre.

Le bon père avait ri de sa prétention innocente.

– Que pouvons-nous comprendre ici-bas ? Quelques ermites enfouis dans la solitude du désert possèdent peut-être la vérité. Mais cette connaissance leur est donnée par Dieu, non par l'étude !

– Tu te souviens du père Bartholomé ? demanda soudain Jehan.

– Oui. Un sage. Il ne cherchait pas tellement à convertir qu'à aimer. Et il convertissait en aimant. Il a été déçu par ton départ. Tu étais son meilleur élève.

– J'ai longtemps hésité.

Plus Jehan s'enfonçait dans les études et même dans la douloureuse et décapante pratique des salles d'hôpital, moins il comprenait. Il ne souffrait pas seulement de la conscience de son ignorance, mais encore et surtout d'être considéré comme « savant » grâce à ces diplômes qu'il obtenait avec une facilité déconcertante. En sortant de l'école de Médecine, il ne pouvait plus voir un malade sans rougir de honte. Maître en médecine ! L'autre le regardait comme le Messie : celui qui allait le guérir. Et lui, Jehan Figueras, docteur en médecine, docteur en philosophie, ne savait pas grand-chose, et comprenait encore moins le sens de la vie, de la souffrance des malades, de leur mort trop fréquente qui signaient son échec.

Fuir. Le mot lancé au hasard (mais qui sait ?) par le père Bartholomé lui revenait : le désert, l'ermitage, l'apprentissage de la solitude et de la sagesse dans l'absolu dépouillement. Ce dépouillement qui seul permet de comprendre ces deux mystères : la vie, la mort.

C'est alors qu'il avait rencontré Gersende Estelle. A cette époque, la fille préférée de l'armateur n'avait que dix-sept ans. Ils avaient dansé ensemble le menuet, la passacaille et la chaconne dans les salons de l'hôtel particulier d'Estelle, sur le Grand Cours, là où les plus riches négociants, banquiers et armateurs avaient édifié, à la fin du XVIIe siècle, des immeubles superbes à la dimension de leurs ambitions.

Gersende était de taille moyenne, mais bien prise, très brune. Il n'avait d'abord vu que ses lèvres, qui révélaient une sensualité encore adolescente. L'échancrure du corsage bordé de dentelle dévoilait la naissance d'une gorge parfaite. Un désir irrésistible l'avait submergé. Son regard impudique la déshabillait au milieu de la foule bruissante des convives. Il descendait de cette gorge palpitante aux hanches rondes, imaginait à travers l'étoffe de soie les cuisses parfaites, le ventre ambré ; il délirait...

Brusquement, comme attiré par un mystérieux appel, il avait trouvé son regard, plongé dans ses yeux aux prunelles bleu lavande pailletées d'or, qui lui souriaient.

Depuis, plus rien n'était comme avant.

Gersende Estelle soutenait son regard, elle aussi fascinée. Elle avait d'abord lu son désir, et cela l'avait troublée au plus profond de son être. Le regard avait tout changé. Elle décelait en lui, au-delà du médecin mondain qu'il refusait d'être, une personnalité cachée qu'elle avait aussitôt appelée d'un mot chargé de tendresse et de crainte : « *mystère* ».

Amour, mystère. Ils s'étaient revus. Veuf depuis neuf ans, Jean-Baptiste Estelle laissait une relative liberté à sa fille aînée, qui dirigeait la maison. Jehan, Gersende, chacun connaissait-il le secret de l'autre, le Mystère qui transcende les corps et donne à l'amour une puissance inconnue ? Un monde à découvrir après qu'on aurait arraché les vêtements, satisfait la chair et l'instinct, comme si tout commençait alors au-delà de l'étreinte des corps, comme si le sexe ne servait qu'à cela : piège subtil conduisant à la fusion des âmes.

Mais il était parti. Pour fuir quelque chose de trop fort. Ou se fuir lui-même. Ou répondre à un mystérieux appel venu du plus profond de lui-même.

Le *Grand saint Antoine* glissait sur la mer miroitante qu'illuminait la pleine lune. Derrière eux se dressait au-delà des focs la pyramide blanche des voiles carrées : misaine, petit hunier, perroquet de misaine. Ce spectacle enchantait. Toute l'âme du bateau s'exprimait à travers ce déploiement, comme un bonheur d'être.

Jacques Chataud partageait ce bonheur en silence. Ils restèrent longtemps ainsi côte à côte sur l'avant du vaisseau. Puis Jacques, obstiné, répéta sa question :

– Pourquoi es-tu parti ?

– J'ai cru d'abord que c'était par crainte de l'avenir, crainte d'être enchaîné. Enchaîné par une femme, une famille, un beau-père si puissant. Gersende était trop belle, trop intelligente, trop riche. Je me sentais piégé. Oui, ce mariage allait m'enchaîner.

– Beaucoup se contenteraient de si douces chaînes !

– Je suis parti aussi à cause d'un appel qui procède d'une nécessité intérieure. Comme un besoin d'initiation. La perfection même que j'attribuais à Gersende me rendait cette initiation plus nécessaire. En face d'elle je me sentais misérable. Mâle, je n'étais qu'un animal sauvage. Médecin, je ne savais presque rien, à peine soulager ; si rarement guérir. Diplômé en philosophie, j'ignorais tout de la Sagesse. Je n'étais qu'un masque, une apparence sur un visage qui ne s'était jamais révélé, et qui peut-être n'existait pas.

Jehan regardait son ami avec désespoir. Le fils du capitaine murmura :

– Je ne comprends pas ton angoisse. On a tous un masque, plus ou moins.

– Plus ou moins. Si tu es innocent et pur, ton masque est léger, tu le portes comme ces pierrots du carnaval de Venise, pour lesquels le masque ne saurait cacher l'essentiel. Mon masque à moi est lourd comme une armure. Gersende était sans masque. Pour moi, elle demeurait inabordable. Passé l'éblouissante reconnaissance de deux âmes et deux corps qui se désirent, un fossé se creusait entre nous comme le vide vertigineux entre deux vagues dans la tempête.

Jacques se mit à rire sans malice.

– Voilà bien les philosophes ! Toujours à couper les cheveux en quatre, à laisser passer le bonheur. Ami, ne laisse pas passer le meilleur !

– Qu'est le meilleur, sinon la poursuite éternelle d'un Absolu qu'on ne saurait atteindre ? Alors, faute de l'Absolu, reste le voyage... Mais tu as raison. Je n'aurais pas dû partir. Mes études terminées, j'aurais dû l'épouser puisqu'elle le souhaitait et qu'elle avait convaincu son père que ce serait son bonheur. Cependant, les choses ne se sont pas déroulées ainsi. Je suis parti, j'ai entrepris le voyage.

– Mais tu rentres, plus fort, plus attendu. Le voyage va finir.

Jehan le regarda gravement, submergé par une immense détresse.

– Le voyage commence seulement. Je le sens, je le sais. L'épreuve est à venir.

– L'épreuve ? Quelle épreuve ?

– Je ne sais pas. C'est comme une menace, un orage qui s'accumule au-dessus de nous.

Jacques prit le parti d'en rire.

– Je vois ! A un détour de l'Archipel grec, on va être attaqués par un parti de pirates musulmans. J'aperçois le chébec surchargé de combattants et la felouque destinée au butin. Le vent étant presque tombé, ils n'ont aucune peine à gagner main sur main sur notre lourd vaisseau. Nos pierriers tonnent et tracent des sillons sanglants dans les rangs des guerriers fanatiques massés à l'avant. En vain. Nous voici bord à bord. Ils lancent des grappins qui crochent à nos haubans. Ils sautent à bord, le cimeterre à la main, le poignard entre les dents. Tout est réglé en dix minutes. Notre équipage est passé au fil de leurs sabres, la précieuse cargaison change de cale, et nous restons là, toi, moi, le capitaine et les passagers, sur la dunette, à contempler le désastre.

Jehan rit à son tour et entra dans le jeu.

– Le capitaine, qui continue à protester de son bon droit à naviguer sur la mer jolie, est décapité au sabre. M. Boyan est empalé sur le pont. Les deux religieux sont pendus haut et court à la grand-vergue, au nom d'Allah le miséricordieux. Toi, Jacques, tu es si innocent et beau que tu deviens le secrétaire très particulier du capitaine turc !

– Et toi, Jehan ? Tu leur fais un discours en arabe littéraire sur le Dieu unique et la fraternité des peuples...

– Peut-être...

Son regard se détourna, se perdit sur la mer au-delà du beaupré. Deux dauphins jouaient dans la vague d'étrave, accompagnant le vaisseau. Leurs corps lisses et noirs, luisants, perfection de grâce et d'harmonie, faisaient corps avec la vague et semblaient vouloir épouser la lumière des étoiles lorsqu'ils bondissaient hors de l'eau.

– Reprenons, dit Jacques soudain sérieux. Es-tu parti pour échapper au carcan d'une famille qui souhaitait faire ton bonheur à sa manière, ou parce que tu ne te sentais pas encore digne d'épouser Gersende ? Ou les deux, peut-être ?

Jehan sourit à son ami et approuva en silence.

– Mais ce que tes études de philosophie et de médecine ne t'ont pas donné, comment ce voyage en Égypte pouvait-il te l'apporter ? L'Égypte, un désert...

– Justement, un désert. Le pays de la *connaissance* de soi-même.

Jehan demeura pensif, puis il tourna le dos à l'avant. Son regard escalada la pyramide des voiles blanches. Tout là-haut, dans le tonneau appelé « nid de pie » du grand mât, il aperçut un point minuscule ébouriffé comme une tête d'oisillon. César Petitou, le mousse, veillait ; le capitaine pouvait dormir. Quelles étaient ses pensées ? Et quels étaient ses rêves, à lui ? Jehan enchaîna :

– Dans la vie, il est des coïncidences qui paraissent fortuites mais qui ne le sont pas. De l'enseignement de notre maître le père Bartholomé, un mot me revenait à propos de la connaissance. Le père avait évoqué « *ces ermites cachés au fond du désert* », qui, à force d'ascèse et de recueillement, finissent par briller comme des phares, attirant invinciblement ceux qui cherchent la vérité. Cela devint chez moi une obsession. Je croyais – bientôt je sus – que, quelque part dans le désert, un être maigre et barbu se nourrissant de sauterelles grillées, d'eau pure et de la lumière des étoiles m'attendait pour me dire la vérité et *ma* vérité. C'était absurde. Ce que je n'avais pas trouvé dans les livres et auprès des doctes maîtres de l'Église et de l'Université, pourquoi le trouverais-je là ? Mais l'idée s'imposait. J'éprouvais une grande paix à l'accepter, à m'y abandonner. Ensuite, il fallut faire le pas. Où aller ? A qui ? Je retournai voir le père Bartholomé. Il me conseilla de faire une retraite d'un mois dans un monastère de contemplatifs. J'entrai discrètement chez les bénédictins de Lérins, une petite île perdue au large de Cannes. Mais je fus déçu. Certes, ces moines essayaient de vivre la règle de saint Benoît. Ils étaient bons, généreux, attentifs à mes préoccupations. Mais j'étais plein de contradictions, difficile à comprendre, à aider. Je les quittai, poussé à partir, toujours plus loin.

– Saint-Honorat de Lérins est devenue, comme notre abbaye Saint-Victor, une forteresse abritée par ses murs. N'avais-tu pas besoin, au contraire, d'être *libéré* ? Que les clôtures s'ouvrent et que les murs tombent ?

Jehan ne répondit pas. Il suivait maintenant son idée pas à pas, comme un voyageur perdu dans la sombre forêt croit reconnaître le chemin.

– J'emportai un petit livre que le père prieur m'avait donné : *Les sentences des pères du désert*, un écrit collectif du IVe siècle. On y trouvait des noms d'ermites :

Antoine, Macaire, Amoun ; et de lieux en Égypte : Scété, Nitrie, Abou Makar. Je suis parti. J'ai embarqué à bord de l'*Étoile de la mer*, un brick venu du Languedoc, qui transportait du blé pour Alexandrie.

– Mais, Jehan, les pères du désert d'Égypte vivaient voici des siècles ! Depuis, le raz de marée de l'islam a chassé les derniers anachorètes chrétiens d'Afrique !

– Je le croyais aussi ; mais l'appel était trop fort, trop réel. Maintenant, je sais que tout se tient, que tout est dans l'Un. Nos vies sont reliées les unes aux autres par des fils invisibles. On peut refuser cette vision. Moi, parce que je la pressentais intuitivement, j'ai entendu et accepté cet appel.

– Et tu as trouvé un ermite chrétien en Égypte ?

– Je l'ai trouvé. L'un de ces derniers maronites que les musulmans tolèrent pour leur sainteté et parfois révèrent. C'était un très vieil homme, vivant dans une grotte du désert de Scété, à l'ouest de la vallée du Nil. Auparavant, pendant près d'un an, j'avais d'abord étudié la médecine, la philosophie, l'astrologie et la théologie dans les écoles musulmanes d'Alexandrie. Un soir, une caravane me déposa près de la grotte de l'ermite Piamoun, qu'on appelait l'*abba*, le père. La nuit tombait sur le désert. Les étoiles scintillaient. Une grande paix me saisit alors, un sentiment étrange. C'était comme une force cosmique qui me pénétrait. *J'étais arrivé*. Je m'abandonnai totalement à cette force, jusqu'à me fondre en elle. Je me sentais en union avec la nature, l'homme et le monde entier ; avec Dieu. Je sus que j'étais aimé de Lui.

Jehan ferma les yeux. Il sentait aussi le vaisseau docile soulevé par la vague, porté par elle et poussé par le vent.

– Soudain, l'abba Piamoun fut devant moi, corps décharné par l'ascèse et le jeûne. Les chameliers le disaient centenaire. Il marchait pieds nus, vêtu d'une vieille robe de laine sans couleur. La paix et la sagesse transfiguraient son visage, il rayonnait aussi de force, une force irradiante, chaleureuse, qui faisait qu'on avait envie de se jeter à ses pieds en disant : « *Abba ! Père !* » Son regard, profond comme le ciel nocturne, brillait d'un éclat insoutenable. Je me prosternai à ses pieds. Il me releva et me dit en souriant :

» – Je t'attendais.

» – Abba, comment avez-vous perçu mon appel ?

» – J'avais entendu parler de toi par les caravaniers. Un *teubyb* chrétien ne passe pas ici inaperçu.

» Il me fit entrer dans sa grotte fraîche. J'étais assoiffé. Il me donna de l'eau pure dans un grand bol de terre cuite. Il me regardait avec curiosité, mais il me semblait qu'il savait déjà tout de moi. Pourtant, avec humilité, il demanda :

» – Qu'attends-tu de moi ?

» – Le secret du sens profond des choses.

» Il sourit.

» – C'est le mystère du monde, un ordre surnaturel caché par la nature.

» – Je l'ai cherché dans mon pays. Je suis entré à l'université, mais j'ai été déçu. Ces professeurs, philosophes ou médecins, et leurs élèves, ne cherchent, eux, le plus souvent, que le pouvoir et l'argent, que leur donnera la connaissance. Le secret de la sagesse ne peut être qu'ailleurs. Je cherche cet ailleurs.

» – La vérité est toute donnée par une illumination intérieure, qui ressemble au lever du soleil sur le désert ou sur la mer. Le monde est dans la nuit, et soudain il fait jour. C'est la connaissance de l'éternel amour, de l'amour présent qu'il faut vivre dans l'événement.

» – Mais pour aimer, il faut être deux.

» – Non. Il faut être un.

» – Comment le deux peut-il être un ?

» – Comme un fleuve se perd dans l'océan, l'étoile dans le firmament, le chamelier dans le désert.

» – Je ne veux pas me perdre !

» – Alors, tu es perdu, Jehan Figueras ! Va-t'en !

» – Comment savez-vous mon nom ?

» – Je suis plus toi que toi-même.

» – Oui. C'est pour cela aussi que je suis venu.

Jehan ferma les yeux pour s'arracher à sa vision. Jacques Chataud l'écoutait, attentif. Une faible brise soufflait de l'est, à peine perceptible. Tel un vaisseau fantôme, le *Grand saint Antoine* avançait doucement sur la mer, comme poussé par l'énergie illimitée qui émanait du ciel. Avec application, les deux dauphins nageaient toujours près de l'étrave. Jehan reprit :

– Je n'étais pas satisfait. Peut-être avais-je trop espéré, trop attendu de cette rencontre. Je demandai :

» – Abba, comment trouver la vérité qui illuminera ma vie et me conduira à l'amour ?

» – La vérité est en toi. Mais tu ne la vois pas, car ton regard est obscurci par la contemplation de toi-même. Tu le sais, Jehan ; il faut te détacher, et d'abord de la chair.

» – Je ne veux pas renoncer à la femme que j'aime ! Le pouvoir, la connaissance intellectuelle, l'argent, oui. Mais pas l'amour !

» L'ermite grommela : « La femme, la femme ! » Il se leva, fouilla dans un placard et en tira une petite galette dure comme du bois, qu'il brisa. Il m'en tendit une moitié, trempa l'autre dans un bol de lait de chèvre, pour la faire ramollir. Je vis alors qu'il n'avait plus de dents. Il murmura :

» – L'amour !

» Puis il répéta, avec une force qui le soulevait :

» – L'Amour !

» – Dois-je renoncer à l'amour pour trouver l'Amour dans le désert ?

» L'ermite se concentra longuement. Il laissa tomber la demi-galette inachevée. Son corps semblait prêt à défaillir, mais le regard possédait encore la vie, à une puissance décuplée. Je l'aidai à s'étendre sur la paillasse posée à même le sol de terre battue. Je pris son pouls. Le cœur ne battait plus que faiblement. Je saisis dans son regard la vie qui s'enfuyait. Cet homme allait mourir, et il ne m'avait pas encore tout dit. Il ouvrit la bouche. J'approchai mon oreille. Il murmura :

» – Le secret, le secret... C'est la grande épreuve surmontée.

» – Quand viendra cette épreuve ?

» – L'orage est déjà amassé au-dessus de vos têtes. Il ne dépend plus que d'une étincelle pour qu'il éclate.

» L'ermite ne respirait presque plus, mais je voyais brûler un reste de flamme au fond de ses yeux. Il se tourna vers moi, rassemblant ses dernières forces, et murmura dans un souffle :

» – Tu seras médecin des pauvres.

» Puis son regard s'éteignit. Il était mort.

» Je m'inclinai longuement. Je pris le corps léger dans mes bras et le portai dans l'excavation qu'il avait creusée au fond de la grotte, pour lui servir de tombeau. Je rabattis les lourdes dalles de pierre qui devaient en interdire l'accès aux renards du désert, aux oiseaux de proie, et je sortis. Troublé. Bouleversé. Quelle était cette épreuve qu'il m'avait annoncée ? Me faudrait-il renoncer à Gersende ? Non ! Non !

» La nuit s'étendait, limpide, sur le désert. Je reconnus les constellations amies et me mis à prier, debout sur le sable encore chaud. Une force entra en moi, qui me disait : « Gersende t'attend. Elle attendra. Car ton voyage n'est pas fini. »

» A l'aube, une caravane qui passait m'emmena vers la côte. A Enaton, j'en trouvai une autre qui se dirigeait vers le désert du Sinaï, puis celui de Gaza. J'aurais pu continuer vers le port d'Alexandrie, tout proche ; embarquer sur un vaisseau qui me ramènerait directement en France. Mais je voulais me rendre à Jérusalem et à Damas pour parfaire mes connaissances. Quelque chose m'y poussait irrésistiblement. Le voyage n'était pas fini. De là, je pourrais rejoindre Seyde où je savais que le bateau de maître Estelle faisait escale au printemps. Je griffonnai un message pour Gersende, le confiai à un chamelier qui se dirigeait vers le port, puis je m'enfonçai dans le désert.

Jehan s'était tu. Jacques attendait, fasciné. Mais l'histoire était terminée.

Lentement, les deux hommes traversèrent le pont pour regagner la dunette à l'arrière. Jacques ne pouvait s'empêcher de penser avec un trouble plaisir que jamais maître Estelle ne laisserait épouser sa fille à cet illuminé revenu du désert pour être médecin des pauvres, alors qu'on lui offrait d'être médecin du roi ! A son arrivée à Marseille, lui, Jacques Chataud, en profiterait pour revoir Gersende, en plein désarroi. La situation lui serait favorable. Le rêve d'être aimé de Gersende ne l'avait jamais quitté. Maintenant, il l'obsédait.

Dans un coin abrité au pied du mât d'artimon, installé en tailleur dans l'énorme cordage lové en glène, le Turc paraissait somnoler. Jehan le considéra longuement, puis il s'éloigna et prit congé de Jacques pour retrouver sa chambre à l'infirmerie.

Ce soir-là, il n'avait pas envie de se mêler aux passagers pour le souper. Il se déshabilla et s'étendit sur l'étroite couchette, où il s'endormit aussitôt. A travers son sommeil, il entendait piquer les heures à la cloche de la timonerie, comme une sorte de glas.

Avant l'aube, le chirurgien-barbier le secoua brutalement.

– Réveillez-vous, maître Jehan !
– Que se passe-t-il, maître Escarte ?
– Le Turc est mort !
– Quel Turc ?
– Celui du cordage lové en glène !

4

Le *Grand saint Antoine* faisait route sur Larnaca par petite brise d'est. En ce 5 avril 1720, le jour se levait, tout paraissait normal à bord.

Derrière maître Escarte, Jehan Figueras déboucha sur le pont milieu, qui paraissait désert. Couchés ici et là, les cinq matelots de la bordée de quart dormaient encore, que n'avait pas eu à réveiller cette nuit le sifflet strident du maître d'équipage pour les appeler à la manœuvre.

Les deux hommes de l'art s'arrêtèrent au pied du mât d'artimon devant le corps sans vie du Turc. Sagut Ali semblait lui aussi dormir, dans le creux bien chaud du cordage lové en glène. Mais il dormait de son dernier sommeil.

Jehan s'approcha et lui prit le poignet. La peau était sèche et froide, le cœur ne battait plus, le corps déjà prenait la rigidité cadavérique.

– Il est bien mort ! Comment avez-vous été averti ?

– Par César Petitou, le mousse. Il met son nez partout. Après son quart dans le nid de pie, il était convenu d'un échange avec le Turc, la nuit, discrètement, le capitaine ayant interdit tout rapport avec les étrangers.

– Pourquoi ?

– Mesures habituelles de précaution. Depuis janvier, la peste sévit à Damas. Or Damas n'est qu'à quatre jours de caravane de la côte. César apportait des biscuits de mer dérobés à la cuisine, en échange d'un petit talisman porte-bonheur.

– De quoi est-il mort ?

– Je l'ignore. Quelque fièvre maligne a dû le foudroyer dans son sommeil. Voyez, il ne s'est pas débattu.

Le corps, replié dans la position du fœtus, épousait exactement le creux circulaire du cordage lové en glène où il reposait.

– Il faut voir cela de plus près. Je vais l'examiner.

– Ne le touchez pas, maître Figueras ! Il faut d'abord avertir le capitaine.

– C'est juste. Je vais le chercher.

Le capitaine arriva aussitôt. A la lumière naissante du jour, il examina le mort à distance, sans oser le toucher.

– Êtes-vous sûrs qu'il est mort ?

– Oui, dit maître Escarte. Il est froid et presque raide. Et voyez...

Il tira un petit miroir de sa poche et l'approcha des narines du Turc. Aucune buée ne le ternit.

– Je vais le faire transporter à l'infirmerie pour procéder à un examen approfondi.

– Je vous l'interdis ! Nous allons immédiatement l'immerger.

– A vos ordres, capitaine. Je vais prévenir le charpentier pour qu'il prépare la planche des morts.

– Pas besoin de planche ! Et qu'aucun de mes hommes ne touche à ce cadavre.

– Ce n'est pas la peste, capitaine, dit posément le chirurgien-barbier.

– Qu'en savez-vous ?

La voix du capitaine Chataud semblait tellement agressive que maître Escarte n'osa pas répliquer.

– Allez prévenir les Turcs, le grand rouquin qui leur sert de chef. Donnez-leur une toile ou une couverture, ce qu'ils voudront ! Mais que l'on me débarrasse le pont de ce cadavre !

Jehan observait le capitaine. « Il transpire de peur », songea-t-il. « Pourtant, rien ne prouve que ce soit la peste. »

Le chirurgien-barbier partit en courant. On entendit des exclamations sous l'entrepont où logeaient les Turcs. Puis le chef parut. Il s'approcha lentement du corps, s'arrêta à bonne distance, ferma les yeux et se mit à prier. Le capitaine Chataud s'impatientait.

– On va vous donner un bout de filin et une couverture. Ficelez ce corps et immergez-le immédiatement.

L'autre secoua la tête pour dire non. N'avait-il pas

compris ? Jehan répéta l'ordre en arabe. Le Turc continuait à secouer la tête. Il ne toucherait pas au cadavre. Ni lui, ni aucun de ses compagnons. Il se retira avec une feinte dignité, qui dissimulait mal sa frayeur.

Le capitaine s'irritait. Un groupe de matelots s'était approché et faisait cercle.

– Dégagez, vous autres ! A vos fauberts ! Briquez-moi ce pont à clair !

– Je m'occupe du corps, dit Jehan. Maître Escarte me donnera la main pour le jeter à la mer. Il doit bien peser deux cents livres !

– Ne le touchez pas, maître Figueras ! Je réponds de vous devant maître Estelle.

La bordée de quart s'était éloignée. Jehan murmura :

– Mais puisque maître Escarte assure que ce n'est pas la peste...

– Et vous, qu'en pensez-vous ?

– Je n'en sais rien. Il faudrait examiner le corps après l'avoir déshabillé. Vérifier s'il a des bubons aux aines et aux aisselles, des charbons sur l'épiderme.

– Je vous l'interdis ! Cette aussière lovée en glène provient d'un bateau suspect. Et ce Turc habitait la casbah de Tripoli, où règne la peste à l'état endémique. Deux bonnes raisons pour nous méfier.

– Mais vous avez votre patente nette !

– Certes, et signée du vice-consul de France M. Monke Noulte, un homme qui ne plaisante pas. Cela me suffit pour ramener la cargaison, l'équipage, les passagers et le bateau. Mais cet homme, mort à mon bord dans des conditions mystérieuses, m'impose des précautions.

Le capitaine se tourna vers la bordée de quart. Les hommes faisaient semblant de laver le pont sans rien perdre de la scène.

– Sauveur Gonfaron, et toi, Firmin le Bon ! Amenez-vous avec une gaffe. Crochez-moi ce mort sans le toucher, et basculez-le à la mer !

– Faut-il le lester, capitaine ?

– Non. Cela ne changerait rien à son sort.

Le corps tomba lourdement à la mer. On le vit flotter dans le sillage, puis se perdre dans les vagues. Tassés dans l'entrepont, les Turcs n'avaient pas bronché, se contentant de marmonner des versets du Coran. Cependant, ils ne purent résister à se partager les pauvres bagages du mort. Après une hésitation, le capitaine Chataud décida de garder le sabre damasquiné de son passager malchanceux, après l'avoir frotté de vinaigre.

– Que fait-on de l'aussière, capitaine ?

– On ne peut pas s'en passer. C'est la seule aussière de rechange qui nous reste pour la grosse ancre. Laissez-la traîner dans le sillage. La mer la purifiera. Et lavez ce pont à clair, vous autres !

Par bonheur, aucun des passagers de distinction, qui dormaient encore sous la dunette, n'avait assisté à la scène. Le soleil levant illumina une mer nette de toute souillure.

Le 7 avril 1720, après avoir identifié le cap Grec, le *Grand saint Antoine* fit escale au port de Larnaca, dans l'île de Chypre, la perle du Levant, pour y débarquer les passagers turcs, le Grec, l'Arménien, et y compléter sa cargaison.

Le vent étant complètement tombé dans le golfe, les marins durent mettre à l'eau la grande baleinière. Dix solides matelots halèrent le voilier jusqu'au port.

Colonisée par les Grecs, Larnaca avait été tour à tour occupée par les Romains, les Normands, les Francs puis les Vénitiens. Les Turcs avaient finalement annexé Chypre en 1571.

– Mais que signifie le mot Larnaca ? demanda M. Boyan, qui prenait le frais sur la dunette.

– C'est un terme grec qui veut dire *urne funéraire*, répondit le père Dominique.

Ce mot ramena Jehan au drame de la nuit.

D'où venait que Larnaca, bonne escale de la côte sud de Chypre, bien abritée des vents, se trouvait de moins en moins fréquentée par les négociants de Marseille, malgré l'autorité soupçonneuse de l'aga Mehemet Erzeroum ? Les commerçants vénitiens l'avaient abandonnée, et les Anglais n'y faisaient plus que des escales techniques. L'île avait mauvaise réputation. Des raids de corsaires génois et de pirates barbaresques la ravageaient périodiquement. Les musulmans de Libye et d'Alger se riaient de l'autorité du Grand Seigneur de Constantinople. L'île subissait en outre de redoutables épidémies de peste. La dernière, en 1699, avait frappé la quasi-totalité des quatre-vingts résidents français.

Aussi le capitaine Chataud comptait-il ne pas s'attarder. L'important, après son chargement, était de faire viser sa patente, pour qu'à son arrivée à Marseille il puisse prouver qu'il était passé entre les mailles de la peste. Obtention aléatoire après la mort du Turc, connue de tout l'équipage, mentionnée sur le journal de bord en termes vagues, ô combien !

Mort en mer entre Tripoli et Larnaca, le 5 avril 1720, le nommé Ali Sagut, passager turc embarqué à Tripoli. D'après notre chirurgien maître Escarte : « étouffé dans son sommeil ».

De la dunette du vaisseau mouillé à quelques brasses du rivage, Jehan et Jacques regardèrent non sans angoisse l'embarcation du capitaine faire force de rames vers le petit quai du port.

– Pourvu que le consul de France ne fasse pas de difficultés ! dit Jacques.

– Cet homme est-il donc si puissant, au point d'influer sur la prospérité ou la ruine de grands armateurs ? De décider de la vie et de la mort de populations entières ?

– Tout-puissant, c'est le mot. Désigné par notre gouvernement, il jouit du titre d'officier royal. Il administre la petite colonie française, avec un personnel plus ou moins important, qu'il paye en prélevant un léger pourcentage sur la valeur de la cargaison embarquée. Il arrive que le consul préfère se passer de personnel et garde la commission pour lui seul. L'aga perçoit lui aussi un droit de douane sur la cargaison embarquée. En lui donnant un bakchich ou quelques pièces de drap, un capitaine peut obtenir une réduction substantielle du droit de douane. Mais dans les deux cas, ces personnages n'assument plus sérieusement leur fonction, et tout peut arriver.

– Personne ne les surveille ?

– L'aga, non. En revanche, l'assemblée des résidents français est censée surveiller le consul. Mais comme il est lui-même commerçant, ses intérêts sont liés à ceux de l'assemblée. Il exerce donc ses pouvoirs sans contrôle.

En l'absence du consul de France, gros négociant nommé Wiet, le vice-consul, son associé, M. Le Borgne, reçut le capitaine. Il jeta un coup d'œil distrait sur le journal de bord témoignant des escales, et s'attarda sur les dernières patentes, celle de Seyde, et surtout de Tripoli.

Ce formulaire imprimé, complété à la main, richement décoré avec des anges, portait les armes de la ville, et sur le fond un panorama de la cité.

Nous, Jean-Baptiste Monke Noulte, conseiller du roi, consul général pour la nation française à Tripoli.

Certifions et attestons que aujourd'hui, date des présentes, part de ce port le vaisseau nommé Grand saint Antoine, *commandé par le capitaine Jean-Baptiste Chataud, portant vingt hommes d'équipage, pour aller à Marseille, et ses passagers, les nommés François Carré, capitaine marchand disgracié, François Coudeneau son écrivain, Louis Bernardino son mousse, Honorat Boyan, marchand à Marseille, Ignace Castagnier, de la Compagnie de Jésus, Dominique Jaumegarde, des frères prêcheurs, Jehan Figueras, médecin à Marseille, Olympus Kédropoulos, de Larnaca, Stéphane Isaakian, de Larnaca.*

Et parce que (grâces à Dieu), la santé est très bonne sur l'échelle de Tripoli, sans aucun soupçon de peste et autre maladie contagieuse, prions et requérons de le laisser sûrement passer, aller et revenir, séjourner et négocier, sans permettre qu'il lui soit donné aucun trouble ni empêchement.

En témoin de quoi avons signé ces présentes, fait signer le chancelier dudit consulat, mettre et apposer le cachet dudit consulat.

Donné à Tripoli de Syrie, le 25 mars 1720.

Signé, par autorisation :

J.-B. Monke Noulte, vice-consul.
Pour mon dit sieur le consul,
Signé, le chancelier : H. Baudeu.

– Patentes nettes, capitaine Chataud, dit le vice-consul. Tout est en ordre. Dès que M. Wiet sera de retour, il vous signera votre patente cypriote. Vous comptez rester longtemps à Larnaca ?

– Quelques jours tout au plus, le temps de compléter ma cargaison, faire le plein des caisses d'eau, acheter du pain, des vivres frais. J'aurai au moins trois semaines de mer avant d'atteindre Marseille, sans autre escale. Nous sommes en retard.

– Ah ! la foire de Beaucaire ! J'ai connu cela dans ma jeunesse ! Combien s'y sont enrichis en trois jours !

– Ou ruinés !

– Il faut connaître son métier. Surtout dans les indiennes et les tapis d'Orient. La côte du Levant recèle plus de faussaires que le reste du monde.

– Nous avons très peu de tapis à bord. Une seule balle.

Le capitaine Chataud aurait bien voulu prendre congé. Mais le vice-consul s'était avisé de feuilleter son journal de bord. Il semblait soudain y prendre un malin plaisir.

– Tiens ! Vous avez eu un mort en mer ?

– Oui. Un soldat turc embarqué à Tripoli. Nous l'avons immergé selon les règles.

– Le journal reproduit l'avis de votre chirurgien : « *Étouffé dans son sommeil.* »

M. Le Borgne demeura perplexe. Une question lui brûlait les lèvres. « Comment peut-on s'étouffer dans son sommeil ? » Mais il n'osa la formuler. Ces morts en mer étaient choses courantes. On pouvait mourir de n'importe quoi. Du scorbut si la traversée s'éternisait sans escale. Un gabier se brisait le crâne en tombant de la mâture. Un matelot était emporté par une lame vicieuse qui balayait le pont. Un passager trépassait, maladie ou empoisonnement par nourriture. Mais dans les très courtes traversées où les vivres frais ne faisaient pas défaut, il s'agissait souvent d'une maladie endémique : fièvres, dysenterie, ou, plus redoutée que tout, la peste. Le vice-consul ne riait plus.

– Ce qui se passe en mer à votre bord ne nous regarde pas, capitaine Chataud. Mais vous avez débarqué quatre autres Turcs. Je ne vois pas leurs noms sur le journal de bord.

Pris en faute, le capitaine grommela :

– Ils m'ont été imposés par le pacha de Tripoli. Je n'en voulais pas. Je les ai ignorés.

– Des passagers clandestins, en quelque sorte ?

– Si vous voulez.

– Mais sans leurs noms, comment vais-je les retrouver, maintenant qu'ils se sont fondus dans les ruelles de Larnaca ?

– Pourquoi voulez-vous les retrouver, monsieur ? Ce ne sont pas des malfaiteurs. Le pacha de Tripoli s'en est porté garant.

– Je m'inquiète à cause de la contagion.

Le capitaine Chataud réagit comme s'il avait été piqué par un scorpion. Il retrouva soudain sa voix de commandement :

– Par la vertudieu, monsieur Le Borgne ! Vous avez sous les yeux la patente nette signée du consul de Seyde, M. Poullard. Et celle de M. Monke Noulte, de Tripoli. Il n'y a pas de contagion dans ces deux ports ! Que voulez-vous de plus ?

Sa voix devenait menaçante. M. Le Borgne et son associé M. Wiet étaient d'honnêtes commerçants, qui travaillaient à l'occasion avec l'armement Estelle. Ils ne pouvaient pas se brouiller avec le tout-puissant premier échevin de Marseille. Il suffisait d'un mot de maître Estelle pour faire *soupçonner* n'importe quelle cargaison venue de Chypre. Il bredouilla :

– Tous vos papiers sont en règle, capitaine Chataud. Dès le retour de M. Wiet, je vous porterai votre patente cypriote. Pour les noms des quatre Turcs, connaissant celui du mort, je me renseignerai auprès de l'aga.

Le capitaine se calma aussitôt.

– Je vous remercie, monsieur. Outre les honoraires du consulat, je vous ferai porter un sac de café, du pur moka d'Hodeida.

Jean-Baptiste Chataud se rendit chez l'aga, Mehemet Erzeroum, chef des janissaires turcs, qui commandait la garnison. Il apportait aussi le sabre, qu'il ne voulait pas garder à bord.

La forteresse édifiée en 1625 par les Turcs se dressait, menaçante, non loin de la mer, près de la mosquée, une ancienne église chrétienne byzantine.

Le bureau de l'aga était encombré d'antiquités récupérées dans les fouilles de la vieille cité : céramiques, vases mycéniens, une très pure Artémis, des bronzes, et même des icônes byzantines.

« Un amateur d'art ! » songea le capitaine en lui tendant le sabre.

– C'est une belle pièce de Damas, dit l'aga après l'avoir longuement examinée. Tout incrustée de versets du Coran... Qu'Allah reçoive en son paradis le vertueux guerrier qui l'a portée. Quel est son nom ?

– Sagut Ali, grommela Chataud. Puis-je récupérer le prix du passage ?

– Combien voulez-vous ?

– Une piastre et demie.

Les yeux du militaire brillèrent de plaisir. C'était pour lui une excellente affaire. Il revendrait ce sabre au moins dix piastres.

– Voulez-vous en échange cette petite icône byzantine ? Elle vaut cinq piastres. Une pure merveille !

– Non, merci. Je préfère les piastres.

L'aga posa les pièces d'argent sur la table. Puis il demanda d'une voix indifférente :

– De quoi est mort ce brave soldat ?

Le capitaine tendit son journal de bord. Mais l'aga ne lisait pas le français. Il enchaîna aussitôt :

– Comme dit le Coran, l'homme ne meurt que par la volonté de Dieu. Le terme de ses jours est écrit. Peu importe la nature de la mort, pourvu que le croyant soit au paradis d'Allah.

Malgré sa hâte de reprendre la mer, le capitaine Chataud demeura plus que prévu à Larnaca. Théoriquement, trois semaines le séparaient de Marseille, en ligne directe. Mais il fallait compter avec les imprévus, vents contraires ou calmes plats susceptibles de retarder le bateau. Il pouvait espérer arriver à Marseille vers le 15 juin. Juste le temps nécessaire pour débarquer, dédouaner et transporter l'énorme cargaison à Beaucaire, dont la foire commençait le 22 juillet. Jean-Baptiste Chataud se devait de prévoir d'autres incidents. Tempête obligeant à se détourner et faire escale, comme cela lui était arrivé au Levant. Maladies, accidents, combat avec les pirates, décimant les hommes, obligeant encore à faire escale pour renouveler l'équipage. Au cours d'un de ses voyages, en 1718, le capitaine avait mis trois mois pour revenir, avec une cargaison pourrie et les deux tiers de l'équipage dans les branles [1], décimé par des fièvres malignes, puis par la dysenterie provenant de nourritures avariées ou de l'eau polluée.

1. Hamacs.

Le 13 avril, la cargaison de complément, trente-quatre balles de soie de grande valeur, fut enfin embarquée, pour le compte du négociant marseillais Antoine Bourguet, un ami de Jean-Baptiste Estelle.

Le 16 avril, le consul de France M. Wiet accordait au capitaine Chataud sa patente nette, certifiant qu'aucune épidémie ne sévissait à Chypre, et naturellement à bord du *Grand saint Antoine.*

Le capitaine toléra encore l'embarquement clandestin de deux pièces de textile pour M. Coudeneau, l'écrivain du « capitaine disgracié » M. Carré. Il fallait bien que tout le monde vive, et Chataud préleva sa dîme au passage, comme il se doit.

On embarqua encore vingt pains de huit livres pétris par le meilleur boulanger turc de Larnaca.

Le 18 avril, les cales pleines et patente nette, le *Grand saint Antoine* reprit la mer. Cette fois, le vent soufflait bon plein pour le vaisseau de Marseille. L'optimisme était revenu à bord.

Le capitaine Chataud vit avec soulagement s'éloigner à l'horizon le mont Olympe, qui dresse à plus de six mille pieds son sommet aride au-dessus de « la perle du Levant ».

– Cap plein ouest sur la Crète, monsieur Roux, dit-il au pilote. Si les vents le permettent, nous passerons au nord de l'île, laissant à tribord l'Archipel, pour filer droit sur le détroit de Messine. Nous n'avons plus de temps à perdre.

Le pilote approuva. C'était l'itinéraire le plus direct. Mais on s'éloignait des côtes d'Anatolie et de la protection des chébecs turcs qui assuraient la police de la mer. Toutefois, le *Grand saint Antoine*, armé de quelques pierriers, était capable de résister à un pirate ordinaire, à condition de ne pas se laisser surprendre la nuit par petits vents.

Au large soufflait une bonne brise. Le vaisseau navigua bâbord amures grand largue à plus de sept nœuds.

Le 21 avril, laissant à tribord l'île turque de Karpathos et à bâbord la pointe orientale de la Crète, il s'engagea en mer Égée. Le capitaine fit armer les pierriers et doubler les hommes de veille. Aucune voile triangulaire de pirate ne pointa.

Le 23 avril à l'aube, l'île de Cythère se dressa à l'horizon. Mais c'est en vain que le capitaine promit un boujaron de tafia au matelot qui le premier apercevrait la divine Aphrodite... On laissait les îles grecques, ses déesses et ses menaces loin derrière. Le capitaine se réjouissait de ces performances.

– Vous passerez loin du cap Matapan, monsieur Roux. On ne sait jamais ce que peuvent cacher ces côtes déchiquetées. Faites route franchement vers le large, puis remettez cap à l'ouest pour franchir le détroit de Messine.

C'est alors que la chance tourna. Le cap Matapan se perdait dans les brumes au-delà du sillage argenté, lorsque le chirurgien-barbier frappa à la porte du capitaine. Il était blême.

– Que se passe-t-il, maître Escarte ?

– Le matelot Sauveur Gonfaron est malade. Il s'est plaint cette nuit d'oppression de poitrine. Il n'a pas pris son quart. Je l'ai autorisé à rester dans son branle.

– De quoi souffre-t-il ?

– Une sorte de fièvre. Rien de malin, sans doute.

Le capitaine Chataud réagit brutalement.

– Gonfaron, n'est-ce pas l'un des deux matelots qui ont immergé le Turc ?

– En effet, capitaine.

– Surveillez-le attentivement. Surveillez aussi l'autre matelot, Firmin le Bon.

Le lendemain, ce dernier s'alita à son tour. Il se plaignait de fièvre, de fatigue, de nausées, de malaises indéterminés.

Maître Escarte ne prenait aucune précaution particulière avec eux. Pour lui, ce genre d'incident était courant en mer. Jehan Figueras ne partageait pas cette insouciance.

– La contagion est peut-être à bord, maître Escarte.

Il n'osait pas dire « la peste », mais le mot était clair.

– Qu'en savez-vous ? Vous n'avez pas examiné les malades.

– Ont-ils des bubons ?

– Je n'en ai pas vu et ils n'en parlent pas.

– Des taches sur la peau, des charbons ?

– Pas davantage. Ils ne souffrent que de forte fièvre et de nausées. Cela peut signifier n'importe quoi. Un peu de repos et ils seront sur pied d'ici huit jours.

– Je vous conseille de vous méfier. Ne les approchez qu'avec un masque imprégné de vinaigre. Ne les touchez qu'avec des gants. Avez-vous de quoi soigner la contagion ?

– Naturellement ! Je connais mon métier ! En partant de Marseille, j'ai fait provision de pierres à cautère. Si le moindre bubon apparaissait sur les malades, je ne manquerais pas de le cerner avec ma lancette, de le scarifier, puis de le couvrir de cette pierre pelée, afin de consumer au plus tôt une partie où il semble que se décharge la plus grande force du venin. Par ailleurs, je ferais usage de thériaque, d'orviétan, des gouttes d'Angleterre et autres remèdes, cordiaux et spiritueux.

Il parlait avec véhémence, à la fois pour montrer son savoir, mais aussi... oui, il avait peur. Peur de la peste.

Jehan enchaîna :

– Interdisez tout contact entre la dunette et l'équipage. Faites désinfecter les hamacs et si possible tout le poste d'équipage.

– Non. Cela inquiéterait les hommes.

– Parlez-en au moins au capitaine.

– Ce n'est pas son problème. C'est le *mien*.

Le chirurgien-barbier appuyait lourdement sur le mot, pour bien faire comprendre à ce jeune médecin qu'il était lui seul responsable de la santé à bord. Assez lâchement, Jehan n'insista pas. Si l'on devait isoler ces malades, il faudrait les installer dans le local qu'il occupait. En ce cas, il devrait partager la chambre du chirurgien, d'où promiscuité et inconfort.

Finalement alerté, le capitaine décida de rendre responsable le pain acheté à Larnaca chez un boulanger turc de la rue du Prophète. Les boulangers de Chypre n'avaient-ils pas la réputation de cuire leur pain avec de l'eau ayant servi à rouir le chanvre ? Fataliste, l'équipage ne pipa mot et l'on jeta aux poissons le bon pain cypriote. Seuls les passagers protestèrent.

Jehan et maître Escarte se dirigèrent vers l'arrière pour le repas de midi. Les officiers et les passagers de distinction mangeaient sous la dunette, dans la grand-chambre qui servait de salle à manger commune. Mais le capitaine ne parut pas. Prétextant un travail urgent, il se fit apporter dans sa chambre son déjeuner, qu'il prit avec son fils.

Le pilote Pierre Roux demeurant de quart sur la

dunette, le second, M. Joseph Pascal, présida le repas. A l'exception de maître Escarte et de Jehan, aucun passager n'était informé que deux matelots étaient tombés malades. Ils se gardèrent bien d'en parler.

Le père Ignace et le père Dominique alimentaient heureusement la conversation en racontant leur pèlerinage au tombeau du Christ. Ils ne tarissaient pas d'éloges sur l'administration turque.

– Avant les Capitulations de Constantinople, jamais un chrétien ne se serait risqué dans les parages.

– Effectivement, dit M. Pascal. Les Turcs sont aussi fanatiques que les Arabes, mais ils sont disciplinés.

– Ils sont corrompus ! s'écria le capitaine Carré.

Tout le monde, surpris, se tourna vers le capitaine « disgracié », qui jusqu'alors ne s'était jamais fait remarquer. L'homme pouvait avoir trente ans, mais son visage creusé par l'épreuve en accusait davantage. Dans son ombre, son écrivain François Coudeneau, un homme de quarante ans, le visage barré d'une énorme moustache, ne disait mot. « Qui osera leur demander comment ils ont perdu leur bateau ? » songea Jehan. Mais entre gens de bonne compagnie, on ne posait pas ce genre de question. « Et si c'était la peste ? » Allons ! Il fallait chasser cette obsession.

Autre mystérieux passager, M. Honorat Boyan. Petit et tout rond, il cachait son crâne entièrement chauve sous une courte perruque bouclée. Gros mangeur, il s'appliquait à découper dans son assiette l'imposant quartier de dindon qu'on lui avait servi. Achetée sur pied à Larnaca, cette viande était encore tendre. Il fallait en profiter. Dans quelques jours on devrait se contenter de volailles dont les muscles se durcissaient à force de résister au roulis et au tangage, et pour l'ordinaire de légumes secs et de pain pétri à bord. Puis, quand la farine serait moisie, de biscuit de mer pour accompagner la viande salée et le poisson fumé, si la pêche ne donnait pas. Elle donnait rarement lorsque le bateau naviguait à bonne allure loin des côtes.

M. Boyan n'était pas un *négociant* de Marseille. Retenus par leurs responsabilités, les négociants ne voyageaient pas. A la fois commerçants, banquiers, armateurs et assureurs, ils avaient la haute main sur les affaires. A Marseille, leur clan puissant, installé dans la ville neuve, contrôlait tout le commerce des Échelles du

Levant. M. Boyan était seulement un commerçant, terme qui désignait un intermédiaire utilisant les capitaux des négociants, des banquiers et autres prêteurs. Il demeurait en haut de la vieille ville, rue Jean-Galand, mais dans la partie la mieux construite, proche de la cité épiscopale. Un jour, lui aussi s'installerait dans la ville neuve, rue Paradis ou sur le Cours.

Jehan se demanda s'il s'agissait d'un simple commerçant, passager toléré par MM. Estelle et Chaud, ou un de leurs représentants plus ou moins occultes aux Échelles. A Tripoli, il avait embarqué, sous son nom, une riche pacotille. De toute évidence, c'était aussi un courtier, un *censeau* (censeur), vieille corporation marseillaise qui exigeait de ses membres d'être « bien famés et morigénés ».

– Depuis 1715, dit M. Boyan, le commerce se porte bien. Trois cents entrées annuelles de vaisseaux au long cours à Marseille, sans compter le cabotage des felouques, pinques et tartanes. Je voyage à l'étranger pour mettre les négociants en rapport. On n'importe pas seulement de précieux textiles du Levant. Il faut aller aussi quérir l'indigo, le bois de campêche, le sucre et le rhum aux Antilles.

Le frère prêcheur Dominique Jaumegarde intervint :

– Je suis étonné par la disparité de notre ville, qu'on n'observe pas ailleurs. En Orient, riches et pauvres vivent dans les mêmes quartiers. A Marseille, soixante mille habitants grouillent dans la vieille cité. La misère y est extrême. Dans les rues étroites, les maisons étriquées se serrent les unes contre les autres. Les habitants jettent leurs détritus par les fenêtres, dans le caniveau qui court au milieu de la rue où les porcs les disputent à quelques paysans du terroir venus les ramasser comme engrais. En dehors des bas quartiers de Paris, aucune ville de France n'est plus sale que Marseille !

– C'est pourquoi, répliqua M. Coudeneau, M. Colbert a fait éclater la vieille ville hors de ses remparts. Non sans mal, d'ailleurs. Mon père me racontait que lorsqu'en 1677 le roi prescrivit aux échevins d'accrocher dans les rues des lanternes, ce fut un beau tollé ! Les Marseillais, qui ne voulaient pas payer la chandelle, lui firent répondre : « Sire, il n'est en Marseille que trois rues commerçantes, où n'est jamais fait le mal ; les quinquets sont donc inutiles. »

Depuis quelques minutes, le père Ignace se retenait. Il agita sa barbe noire et s'écria :

– Marseille enferme ses mendiants à l'hôtel-Dieu et à l'hospice de la Charité. Le peuple misérable côtoyait l'insolente richesse des privilégiés. C'est pourquoi ceux-ci ont quitté la vieille ville pour s'installer dans les quartiers neufs où ils ont bâti de superbes demeures, à l'abri de la canaille toujours prête à se révolter sous prétexte de disette. Les familles fortunées, gens de noblesse, négociants, officiers du roi, fuient la puanteur de la vieille ville, qui donne sur le port où se déversent tous les déchets. Ainsi se trouve-t-elle abandonnée. Même les archers du roi ne s'y risquent plus la nuit.

La diatribe avait jeté un froid. M. Coudeneau essuya sa grosse moustache tachée de jus de rôti. Il ouvrit la bouche pour répliquer. Mais M. Boyan, dont la perruque glissait sur le crâne chauve, le devança :

– Y trouvez-vous quelque chose à redire, mon père ? Le clergé de Marseille n'est pas spécialement défavorisé, que je sache. Il ne paye pas l'impôt. Nous autres marchands, nous payons vingt pour cent de taxes sur les indiennes importées.

– C'est l'exception. Vous savez bien que l'ensemble du commerce a été exempté par M. Colbert. Toutes les ressources de la ville viennent de l'impôt sur les denrées alimentaires, notamment la farine et la viande.

– N'est-ce pas juste ? Qui consomme, paye.

– Comment les pauvres pourraient-ils payer ? Un ouvrier ne gagne qu'un écu par mois, quand il a un travail. Proportionnellement, les riches ne payent pas leur part. Les négociants, qui cumulent toutes les fonctions administratives de la ville, ont créé un système fiscal auquel ils échappent. Mais ceci est dangereux.

M. Pascal tenta de ramener la sérénité en versant du vin de Tripoli. Le mousse Petitou apporta un énorme gâteau préparé par le cuisinier à la manière orientale, à base de pâte d'amande, glacé au sucre, délicieux mais indigeste. Heureusement, on servit le moka.

– Le capitaine en a fait griller quelques livres pour l'usage exclusif de la dunette, dit le second.

Ils apprécièrent en silence. Comme le repas s'achevait sur une vieille liqueur de l'abbaye Saint-Victor, le jésuite demanda à M. Boyan :

– Alors, vous êtes satisfait des affaires ? Peut-on dire

que grâce au commerce de Marseille la disette ne régnera pas cette année sur la Provence ?

M. Boyan le regarda longuement. Il sentait un piège dans le propos, une provocation. Le dindon, le gâteau et la prunelle pesaient lourd sur son estomac, mais son esprit demeurait clair.

– Vous posez là deux questions, mon révérend père. Oui, je suis satisfait du commerce. Quant à la disette, on ne peut rien prévoir. Vous n'êtes pas sans savoir quel danger fait peser sur les importations de blé le nouveau système de paiement en billets de M. Law.

Il était surprenant que l'on ait attendu la fin du repas pour parler de M. Law !

Le père Ignace s'exclama :

– Vous détournez la question. Vous pensez que quand les riches sont prospères, les pauvres ne sont pas malheureux, puisqu'ils ont du travail ou qu'on les assiste.

M. Boyan le regarda sévèrement.

– Pour vous, gens d'Église, nous ne vivons que pour l'argent, en faisant seulement l'aumône pour libérer notre conscience !

Le père Dominique se fit l'allié du jésuite :

– Oui. On dit que Marseille est élevée comme un temple aux dieux du Commerce. Toutes les énergies seraient orientées vers la recherche âpre du profit, d'où oubli de toute vie intérieure et décadence morale.

M. Boyan répliqua :

– Je ne vais pas engager le fer avec vous sur ce point, mon père. Nous respectons la religion. Je n'ai pas à savoir si les princes du sang et les plus grosses fortunes du royaume se partagent les bénéfices des évêchés et abbayes en étant exonérés d'impôts, et spéculent follement à Paris dans les allées du pouvoir. A mon avis, si la disette menace en Provence, ce n'est pas à cause des négociants et armateurs, mais de M. Law.

– Le Régent ne jure que par lui, dit M. Coudeneau. Son système est pourtant diabolique, catastrophique pour le commerce.

– Il veut remplacer la monnaie-métal par la monnaie de papier, renchérit M. Boyan. Idée pratique, en apparence. En fait, ce système a été établi par le pouvoir royal pour renflouer les caisses de l'État mises à mal par les guerres. Sa Majesté imprime des billets. Et le tour est joué. Il suffisait d'y penser. Le cours forcé du billet de banque vient d'être décrété dans tout le royaume. Il est même désormais interdit de garder chez soi plus de cinq cents livres tournois de métal, une misère ! Depuis le 11 mars, la monnaie d'or a cessé d'avoir cours en France, et celle d'argent est limitée.

– Quand j'ai quitté la France, dit Jehan, je me souviens que tout le monde ne jurait que par ce M. Law.

– Il est le complice du pouvoir, répliqua M. Boyan ; un vaste complot dont le but inavoué est de dépouiller le grand commerce de ses privilèges pour combler les dettes de l'État et les dépenses inutiles de la Cour.

Le dominicain eut un léger sourire. Cela ne lui déplaisait pas de voir rabattre la superbe de ces marchands. M. Boyan se leva, écœuré, salua et sortit, pour digérer à l'aise sur la dunette.

– L'affaire est-elle si grave ? demanda le capitaine Carré.

– En tout cas, elle ne l'est pas pour lui, dit le père Ignace. Les plus riches s'en sortiront, comme toujours. Le malheur ne frappera que les pauvres. Je suppose même que ce M. Boyan a été envoyé par certains banquiers de Marseille pour spéculer sur la monnaie. Plus il y a inflation, plus les négociants-banquiers s'enrichissent. Il leur suffit de prévoir, d'anticiper la dévaluation.

Indigné, il se leva à son tour pour prendre congé.

– Voulez-vous dire les grâces, mon père ? demanda précipitamment le second, que cette étrange conversation avait bouleversé.

– Volontiers, monsieur.

Suivit une courte rafale en latin, à laquelle l'assemblée répondit *amen*, avant de se disperser.

En sortant, maître Escarte glissa à Jehan :

– Il y a quelque chose qui me rassure. Si les riches restent riches, tout n'est pas perdu pour les pauvres ! Quand les riches sont maigres, il y a longtemps que les pauvres sont morts !

Jehan le dévisagea avec consternation.

– Je croyais que rien n'était plus compliqué que la médecine. Je vois maintenant que la finance n'a rien à lui envier !

Au moment même où s'échangeaient ces propos séditieux, la felouque rapide la *Silencieuse*, venant de Tripoli de Syrie, faisait une entrée discrète à Marseille, plus précisément dans l'archipel du Frioul, barrière obligée de la quarantaine.

Dans le sac de lettres destinées aux autorités, aux négociants et aux familles, l'une d'elles portait la mention attendue :

« Aux sieurs J.-B. Estelle et Jean Chaud, armateurs, en la Loge du commerce, quai Saint-Jean. »

Après avoir subi le traitement d'usage contre l'éventuelle contagion : percement dans une sorte de gaufrier hérissé de pointes, et fumigations, la lettre, portant toutes les marques de ces mauvais traitements, fut remise à Jean-Baptiste Estelle dans son bureau de l'hôtel de ville.

– Enfin des nouvelles du *Grand saint Antoine* ! s'écria le premier échevin.

Jaume Miraglio, le secrétaire, se précipita. Tout en lisant, maître Estelle ne cachait plus son soulagement.

– Ils l'ont remis en état ! Il a pris la mer de Tripoli le 3 avril...

Soudain, il s'exclama :

– Ils ont récupéré Jehan Figueras !

– Ah ! demoiselle Gersende va retrouver enfin le sourire !

– Le foutu gueux ! *Troun de goï !* Mais qu'est-il donc allé faire au Levant ?

Il reposa la lettre. Son visage s'apaisa.

– Ah ! Jaume. Je suis bien content pour elle. La petite dépérissait à vue d'œil.

Puis il éclata à nouveau en imprécations :

– Le sacripant ! *Carogno de dréfougné !* Il me le paiera !

Il reprit la lettre, la relut et conclut :

– 3 avril. Le *Saint Antoine* pourrait être à Marseille avant la fin du mois.

– Non, monsieur, dit Jaume. Ils font escale à Chypre.

– Chypre ? Vous avez raison. C'était prévu, à cause d'Antoine Bourguet. J'ai promis. Mais je n'aime pas Chypre. Pays pourri !

– Pourri par quoi, monsieur ? Les Turcs ?

– Pas seulement les Turcs, Jaume. La peste y règne à l'état endémique.

5

Le 27 avril, la vigie signala un panache de fumée à l'horizon.

– C'est l'Etna, annonça le pilote. Nous franchirons ce soir le détroit de Messine.

– Tout va bien, monsieur Roux, dit le capitaine. Nous filons sept nœuds de moyenne.

Les deux hommes se tenaient sur la dunette, derrière l'homme de barre. Au lieu de naviguer au compas, le timonier fixait maintenant son regard sur le panache de l'Etna. On avait échappé au péril majeur, les pirates de l'Archipel. Restait encore la menace des Barbaresques qui infestaient la Méditerranée occidentale depuis les côtes d'Afrique du Nord. Mais en se rapprochant de la botte italienne, on pouvait compter sur la protection des galères de Malte et de Venise.

A cet instant, la maigre silhouette du chirurgien-barbier apparut sur la dunette. La tête dans les épaules comme si on la lui avait enfoncée, l'homme paraissait accablé de tout le poids du monde. Il se dirigea lentement vers le capitaine. A son visage décomposé, Chataud comprit que le malheur s'était encore abattu sur le *Grand saint Antoine*. Benoît Escarte demeurant silencieux, ne voulant pas parler devant le pilote et l'homme de barre, le capitaine l'entraîna à l'écart, vers les haubans d'artimon.

– Parlez, maître Escarte !

– Sauveur Gonfaron et Firmin le Bon sont morts, capitaine.

Chataud eut un haut-le-corps.

– La peste ?

– Je ne sais pas, capitaine. Je n'ai pas observé les signes de la contagion, charbons et bubons. Ce peut être n'importe quelle autre fièvre maligne orientale, ou bien vermineuse.

– Des hommes solides, bien nourris, hier encore en parfaite santé, ne meurent pas en quelques jours d'une « fièvre orientale », comme vous dites !

Le chirurgien-barbier paraissait tellement accablé que le capitaine n'insista pas. Il se remémora l'implacable enchaînement des faits.

« Le Turc d'abord, mort sur ce tas de cordages provenant du vaisseau anglais suspect. Puis mes deux matelots, et ceux-là seuls qui avaient immergé le corps. Si c'est la peste, demain à qui le tour ? »

– Quels sont les ordres, capitaine ? demanda tout égaré le chirurgien-barbier. Doit-on immerger ces corps, ou les amener à terre ? Nous ne sommes qu'à quelques heures de Messine. Cela permettrait de les inhumer en terre chrétienne.

– Pas question de relâcher à Messine ! Je n'ai pas le temps. Et nos affaires ne regardent pas les Siciliens.

La nouvelle de la mort des deux matelots allait se répandre à bord comme une traînée de poudre. Peste ou non, si l'on relâchait à terre, l'équipage déserterait en masse. On ne trouverait pas un seul homme pour le remplacer, pas même un Calabrais, un Pouilleux, fût-ce à prix d'or. D'ailleurs, à peine annoncé, le vaisseau serait isolé, mis en quarantaine.

Mais si c'était la peste, qu'allait-il se passer ? Allait-on perdre les hommes les uns après les autres ? Le pilote, peut-être ? Personne n'était à l'abri du fléau. Le capitaine lui-même... Il frissonna au souvenir du sort qui avait frappé jusqu'au dernier les hommes du vaisseau anglais de Tripoli.

– Maître Escarte, voici mes ordres. Immergez immédiatement les deux corps, avec les précautions d'usage, ficelés dans leur hamac et leur couverture, lestés d'une gueuse de fonte. Pour tout l'équipage, c'est une fièvre levantine ordinaire.

– Bien, capitaine.

A la nouvelle, l'équipage se montra inquiet, mais comme toujours, fataliste. Les deux matelots commis d'office pour « emballer les corps » le firent sans hésitation, et non sans marque d'affection. Une petite cérémonie se déroula sur le pont milieu, le capitaine restant à bonne distance sur la dunette, d'où les deux religieux récitèrent la prière des morts. Vite, très vite, sur la vieille planche lisse disposée à la coupée bâbord, les deux corps glissèrent à la mer et s'y enfoncèrent aussitôt, se perdant dans l'abîme.

Aux côtés du capitaine, Jehan Figueras avait suivi toute la scène. Benoît Escarte se tenait assez loin d'eux sur le pont milieu. Le capitaine demanda à voix basse :

– Qu'en pensez-vous, maître Figueras ? Je voudrais connaître votre opinion.

– C'est peut-être la peste, capitaine. Il y a eu un signe avant-coureur. Les rats. Beaucoup de rats sont morts. La sentine en était infestée. Et maintenant, je viens de le constater, ils sont presque tous morts.

– Dieu ! Ayez pitié du *Grand saint Antoine* ! murmura, effondré, le capitaine. Saint Roch, Notre-Dame de la Garde, ayez pitié de nous !

Puis il insista :

– Est-ce ou non la peste ? Dites-moi la vérité !

– Je n'ai aucune certitude. On se trouve en face d'une fièvre, c'est le mot dont on qualifie cette maladie, dans notre ignorance. A Montpellier, on m'a enseigné qu'il y a trois formes de fièvres. La fièvre maligne ; elle n'est pas contagieuse. La fièvre pestilentielle ; elle a un degré de malignité au-dessus de la fièvre maligne, mais elle n'est pas non plus contagieuse. Enfin la peste, maladie mortelle, toujours contagieuse. Seule la peste est contagieuse. Sinon, ce n'est pas la peste.

– Alors c'est évident, monsieur Figueras !

– Ce n'est pas évident. Un tel raisonnement conduit à toutes les imprudences. Qui nous dit que la fièvre pestilentielle ne devient pas brusquement contagieuse dans certaines conditions de climat, de misère ou d'état déficient des sujets ? J'ai fréquenté des pestiférés à l'hôpital d'Alexandrie, je les ai visités tous les jours, je les ai touchés, palpés, sans prendre la contagion.

– Grâce à Dieu qui vous a doté d'une forte constitution. Ne voyons-nous pas tous les jours que, de trois libertins qui ont affaire avec une femme gâtée, deux emportent le mal et un s'en tire heureusement sain et sauf ? Cela ne nous fait pas avancer d'un pas.

Il se retint pour ne pas jurer, s'approcha de Jehan à le

toucher et prononça durement, comme s'il broyait les mots :

– Vous êtes maître en médecine de la plus célèbre école après Paris, celle de Montpellier. Et moi, capitaine Chataud, je vous demande : la contagion est-elle ou non à bord de mon vaisseau ?

– Je l'ignore, capitaine. Car il y a aussi trois formes de peste. La première est bubonique, facilement identifiable grâce à l'inflammation des ganglions et une altération de la peau que nous appelons des charbons. Je n'ai rien pu constater de semblable sur vos deux matelots. La deuxième forme est rampante. Il n'y a ni bubons, ni charbons. Seulement des signes secondaires : lassitude, douleurs vagues dans tout le corps, échauffement, frissons, soif, insomnie, yeux rouges et étincelants. On retrouve ces signes dans les fièvres ordinaires. Enfin, la forme foudroyante, celle qui a frappé le Turc. Le poison a dû envahir brusquement un organe vital : cerveau, cœur, ou poumons. La mort survient en quelques heures, par étouffement. C'est pourquoi les autres signes n'ont pas eu le temps de se manifester. Vous comprenez, capitaine ? La fièvre, la sueur, la soif, c'est le corps qui se défend. Le bubon, c'est un abcès qui se forme pour tenter de rejeter le poison.

– Que faut-il faire ?

– Attendre, pour être sûr. Prendre toutes les précautions d'isolement. Et prier Dieu qu'il nous ait en sa sainte garde.

Toutes les précautions... Le capitaine se hâta vers sa chambre et ouvrit le « médecin de papier », un petit *in octavo* relié en peau de mouton. Il tourna les pages, chercha le mot « peste », ne le trouva pas. Il chercha à « contagion ».

> *Maladie endémique commune aux Échelles du Levant. D'après Ambroise Paré, savant chirurgien du XVIe siècle,* « la peste est une maladie venant de l'ire de Dieu, tempestative, hâtive, monstrueuse et épouvantable, contagieuse, terrible peste sauvage, farouche et fort cruelle, ennemie mortelle de la vie des hommes et de plusieurs bêtes ».

Il frissonna. Suivait le sous-titre « prévention » :

Faire chauffer de l'eau dans une bassine de faïence, mettre à infuser des feuilles de lavande et de bardane. Se recouvrir la tête d'une grande serviette de bure et se mettre le visage au-dessus pour y respirer la fumigation. La chaleur d'étuve tue le miasme.

Il appela le mousse.

– Petitou ! Va à la mayence. Demande au maître coq de me faire chauffer de l'eau, bien bouillante. Et ramène-m'en un grand seau. Vite !

La nuit tombait lorsque le vaisseau franchit le détroit de Messine, par petites brises irrégulières qui obligeaient à manœuvrer sans cesse. A bâbord arrière se dressait dans la nuit la silhouette pelée de l'Etna, dont le cratère redoutable lâchait dans l'air pur un énorme panache de fumée et de cendres, éclairé parfois d'un jet silencieux d'étincelles. A tribord s'élevaient les côtes rocheuses et désertes de la Calabre.

Comme dans un rêve, on doubla le cap Punta del Faro. Dans la nuit, le vaisseau avançait en mer Tyrrhénienne, le pilote aux aguets pour passer à travers les îles Éoliennes, rochers sauvages qui se dressent au nord de la Sicile. M. Roux se guidait maintenant sur un autre phare géant, le Stromboli, qui crachait vers le ciel noir des vapeurs étincelantes. Enfin, le *Grand saint Antoine* se retrouva dans la mer libre. Le vent tombait. M. Roux afficha le nouveau cap, au 285, sur la pointe nord de la Corse.

Pendant quatre jours, on se traîna sur la mer paisible, éblouissante. Le loch que l'on jetait parfois sans conviction dans le sillage ne déroulait que quelques nœuds. Les passagers angoissés demeuraient enfermés dans leur chambre. On ne les voyait plus ni sur la dunette, ni sur le pont. Le capitaine lui non plus ne s'y risquait pas. La dunette avait été interdite à l'équipage, qui recevait de loin les ordres du second. Aucun nouveau malade ne se déclarant, le capitaine se remit à espérer. Ce n'était pas la peste.

Brutalement, les événements se précipitèrent. Le 2 mai, maître Escarte ne se leva pas. Jehan le trouva sur sa couchette, dans un état fébrile. Il lui prit le pouls, qui battait à folle allure. L'homme brûlait de fièvre et réclama de l'eau. Lorsqu'il eut avalé le contenu d'un grand pichet, il se redressa sur sa couchette, le regard étincelant, et vomit d'un coup en se tordant de douleur. Puis il retomba sur son cadre, ferma les yeux. En vain, Jehan le pressait :

– Parlez, maître Escarte ! Au nom du ciel ! Que ressentez-vous ?

– Ma tête ! Ma tête éclate !

L'homme le fixait de ses pupilles dilatées. Son regard égaré semblait refléter toute l'horreur et l'injustice du monde. Il tremblait de fièvre et de peur. Ses lèvres bougèrent. Il articula :

– Le serment !

– Quel serment ?

– Le serment de 1673. Je l'ai prononcé en prenant mes fonctions de chirurgien de marine...

Il se redressa sur sa couche. Ses yeux injectés de sang étincelaient. Il cria :

– Ne jamais laisser monter à bord aucun marin ou passager suspect ou malade.

– Mais vous ne pouviez pas savoir que le Turc était malade !

L'homme retomba sur sa couche. Il murmura :

– Appelez le père Jaumegarde. Vite !

Jehan le recouvrit et partit chercher le dominicain.

A midi, maître Benoît Escarte était mort.

Un peu plus tard, comme s'ils s'étaient donné le mot, Cornillon et Mérindole, les deux matelots qui avaient procédé à l'inhumation du 27 avril, s'alitaient à leur tour. La mort les emporta alors que le soleil disparaissait derrière l'horizon. Les trois hommes furent immergés aussitôt.

La panique gagna l'équipage. Quittant leur poste, de petits groupes se formaient sur le pont et se dirigeaient vers l'arrière, la dunette surélevée, où les attendait le capitaine. Des cris, des plaintes montèrent vers lui, mais aucune revendication précise. Qu'auraient-ils pu demander ? On naviguait en plein inconnu.

Un silence mortel s'établit. Le *Grand saint Antoine* avançait à petite allure dans le soir qui tombait, toutes voiles dessus sur la mer immobile, déserte, et comme indifférente au malheur des hommes. On se sentait à la fois rassuré par cette paix, et menacé par cette horreur qui ne voulait même pas dire son nom.

Le capitaine Chataud se tourna vers le pilote, qui lui désigna un point à l'horizon. Au-delà des focs, il aperçut dans sa longue-vue une haute terre qui se détachait derrière le couchant : le cap Corse. Demain, on naviguerait dans la mer Ligurienne. Bientôt, on creuserait le sillage dans les eaux provençales. Mais reverrait-on jamais Marseille, la chère cité phocéenne au creux du Lacydon ?

Enfin, il parla. Sa voix forte et assurée fit tressaillir l'équipage :

– Écoutez-moi, tous ! Nous ne sommes pas victimes d'une contagion, mais d'un empoisonnement. Une fièvre vermineuse...

Jehan Figueras sursauta. Comment pouvait-il savoir ? Imperturbable, le capitaine poursuivit :

– Les provisions fraîches sont en cause, et les fruits embarqués à Tripoli. Peut-être l'eau douce chargée à Larnaca. Sans doute aussi ce pain pétri par un boulanger turc.

Un soupir de soulagement courut parmi l'équipage. Ces grands enfants ne demandaient qu'à être rassurés. Le capitaine raffermit sa voix.

– Pour les quelques jours de mer qui nous restent, il ne faut plus toucher à cette eau douce. L'équipage boira du vin. Le bon vin que nous importons de Tripoli, pas le cambusard habituel ! Avec le reste de biscuit de mer de Marseille, on ne mangera que du poisson salé et de la viande séchée, dont nous sommes sûrs. Essayez de pêcher. Que chacun retourne à son poste et que Dieu nous aide !

Élevant son bonnet, le maître d'équipage s'avança. C'était un vieil homme au visage mangé par la barbe. Il accomplissait son dernier voyage.

– Permettez, capitaine ? Si nous réchappons au mal pestilentiel, nous faisons céans bon vœu à Notre-Dame de la Garde de monter à genoux à son sanctuaire et déposer à ses pieds modèle fidèle de notre vaisseau, avec ses voiles et tous ses agrès !

D'une seule voix, les hommes, retirant leur bonnet, crièrent :

– Par Notre-Dame, nous le jurons !

L'équipage se dispersa en silence, la bordée de quart sur le pont à la disposition de l'officier de quart, les autres vers le poste avant à dormir. Le capitaine Chataud entraîna Jehan Figueras vers sa chambre.

Belle pièce de quatre mètres sur quatre, la chambre du capitaine, située à l'arrière sous la dunette, ouvrait par un immense sabord sur le balcon de poupe, au-dessus du sillage qui se perdait dans la mer couleur de sang. Sous le lit à rideau, des tablettes escamotables recelaient tout un lot de cartes marines. Un coffre de fer bardé de serrures gardait à l'abri l'argent liquide et des documents personnels. Dans l'angle le mieux éclairé, un bureau d'acajou, aux nombreux tiroirs, contenait les papiers du bord : certificat de navigabilité, congé de l'Amirauté autorisant la sortie du royaume, connaissements de la marchandise, états divers, passeports et comptes de l'équipage, contrats d'assurance, lettres de recommandation aux consuls des ports. Et les patentes, les fameuses patentes sanitaires délivrées dans chaque port, assurant que l'on n'emportait pas la peste avec soi ! Les patentes de Seyde, de Tripoli et de Larnaca étaient « nettes ». Et la contagion sévissait à bord.

Le capitaine Chataud s'effondra dans le grand fauteuil de cuir derrière son bureau.

Le marin, petit et fort, poil noir, visage imberbe mais mal rasé tané par le soleil et la mer, allait atteindre sa quarante-cinquième année. Son parcours n'avait pas été facile au départ dans sa lutte impitoyable pour s'assurer une place au soleil qui ne fût pas celle d'un serf ou d'un domestique. Il était issu d'une pauvre famille des Accoules à Marseille. La nichée de son père Nicolas et de sa mère Madeleine comptait dix enfants. Le père exerçait différents emplois médiocres au port : calfat, homme de peine, pêcheur, mais du fait qu'il n'appartenait à aucune corporation agréée, il effectuait, toujours en remplacement, le travail le moins rémunéré et le plus pénible. Aussi n'avait-il pas fait de vieux os.

Alors, son fils Jean-Baptiste avait décidé très tôt de *partir*, mot chargé de tous les espoirs, de tous les sortilèges. A force de voir ces voiliers ailés appareiller pour *ailleurs*, il avait rêvé d'être marin. Grâce à la protection d'un prêtre qui avait remarqué sa vivacité d'esprit, il avait appris à lire, écrire et compter. Après avoir fait les deux campagnes réglementaires sur un vaisseau du roi, il était entré à l'école d'hydrographie de l'Arsenal des galères fondé par Colbert, en bénéficiant d'une bourse. Muni de ses lettres de maîtrise, il avait embarqué sur une polacre marseillaise qui effectuait le cabotage entre Nice et la Provence. Très vite, il était monté en grade.

Sa vie sentimentale apparaissait plus compliquée. Entiché d'une jolie lavandière de la place de Lenche, il lui avait fait un bel enfant brun, ce fils Jacques qui le suivait aujourd'hui dans ses croisières. Ambitieux et calculateur, Jean-Baptiste n'avait pas épousé la lavandière. Malgré cette erreur de jeunesse, la chance lui avait souri. Après divers embarquements comme simple lieutenant, il avait accédé à la bonne bourgeoisie marseillaise en épousant en 1705 demoiselle Louise Chaud, fille d'Antoine Chaud, négociant en cette ville et bientôt armateur.

Désormais, son destin avait bifurqué dans le bon sens. Jusqu'à ce mariage, sa chance de sortir de la médiocrité demeurait infime. Tout au plus pouvait-il espérer obtenir en fin de carrière un poste de maître en second sur un petit voilier voué au cabotage entre Marseille, le Languedoc et le comté de Nice.

Relations familiales aidant, il avait obtenu à vingt-sept ans son premier commandement, un petit brick marchand de cinquante tonneaux, *Notre-Dame du Mont-Carmel*. L'année d'après, il commandait une modeste polacre, petit voilier rapide armé de six pièces de huit, destiné à braver corsaires et pirates en effectuant des transports divers le long des côtes.

En 1713, à trente-deux ans, il recevait son premier commandement au long cours, la grosse pinque trois-mâts *Notre-Dame de Bonne-Rencontre*, sur laquelle il effectua un voyage fructueux aux Échelles du Levant. Il connut Seyde et son fabuleux marché oriental au terminus des caravanes du désert. Il se livra à son premier trafic de pacotille. Il put enfin espérer devenir indépendant de la famille de sa femme, tout en profitant de leurs relations.

Il leur était devenu indispensable. Les Chaud, eux aussi, s'étaient enrichis aux Échelles, où un Claude Chaud avait fondé un comptoir prospère en 1700. En 1717, Jean Chaud, fils d'Antoine, beau-père du capitaine, devenait armateur à part entière en achetant un superbe vaisseau de construction hollandaise, que l'on baptisa *Grand saint Antoine* en l'honneur du père.

Jean-Baptiste n'oublia jamais le regard amoureux de sa femme Louise quand elle lui annonça la prodigieuse nouvelle :

– Mes frères sont d'accord. Tu commanderas le *Grand saint Antoine* !

Un trois-mâts long-courrier de sept cents tonneaux, ce qui se faisait de mieux à l'époque ! Le salaire du capitaine doublait. La prime le triplait lorsque la riche cargaison était livrée intacte dans les délais. La pacotille tolérée par les armateurs le décuplait. Le rêve de Jean-Baptiste Chataud se déroulait comme un tapis d'Ankara. Après deux campagnes, il avait acquis assez de surface et amassé assez de louis pour prendre une part de vingt-cinq pour cent dans la cargaison, à l'égal des trois autres associés, MM. Estelle, Chaud et Guillermy.

En outre, en cette « année Law », il avait spéculé sur la monnaie, comme tout le monde. Parti de Marseille avec cent écus valant six cents livres, il avait acquis sa pacotille sur la base de neuf cents livres ! Au retour, il comptait donc gagner trente pour cent sur le change, ce qui s'ajouterait au bénéfice de la revente. Alors, ses cent écus en rapporteraient mille ! Mais il n'était pas encore propriétaire des vingt-cinq pour cent de la cargaison ordinaire, pour laquelle il avait emprunté auprès du banquier Seymandi, et signé une lourde hypothèque.

Le rêve du petit Jean-Baptiste courant pieds nus sur les quais du port de Marseille était donc presque devenu une réalité. Et il était là, en ce jour de misère, 2 mai 1720, avec sur la poitrine un poids plus lourd que toutes les cargaisons du monde. La peste à bord ? L'abomination. Une malédiction de Dieu, inexplicable, car en quoi avait-il péché, enfin péché plus que les autres ?

Il redressa la tête. Des larmes coulaient sur son rude visage.

Jehan attendait, bouleversé.

Lentement, le capitaine Chataud se ressaisit.

– Maître Figueras, oubliez cet instant de faiblesse, dû à la fatigue d'un long voyage et à toutes nos incertitudes. Vous êtes désigné chirurgien du *Grand saint Antoine*. Bien que simple passager, étant donné les circonstances je vous demande d'assumer cette charge, à condition de ne prendre aucun risque inutile.

– Nous sommes tous dans le même bateau, capitaine ; je devrais dire : la même galère ! Le risque est partout. Il faut prendre sans tarder les décisions qui s'imposent.

Le capitaine sursauta.

– Naturellement. Prenez les mesures habituelles. Jetez à la mer les hardes des morts, leur paillasse ! Désinfectez au vinaigre le poste d'équipagc ct l'infirmerie. Et faites les fumigations nécessaires.

– Cela sera fait, capitaine. Mais je faisais allusion à une tout autre décision, qui engage le bateau.

– Que voulez-vous dire ?

– Il faut se détourner pour faire relâche. Le plus proche grand port est Livourne. Lui seul possède les infirmeries nécessaires. On peut y être en quelques heures.

Le capitaine secoua la tête avec impatience.

– Je n'irai pas à Livourne ! Ni ailleurs qu'à Marseille. Je ne relâcherai pas chez les Toscans !

– Demain, cette nuit même, vous pouvez avoir tout l'équipage dans les branles, sans compter les risques que vous faites courir à l'arrière.

– Maître Figueras ! Vous êtes désormais responsable de la santé sur ce vaisseau, équipage et passagers. Moi, je suis aussi responsable de la cargaison et du bateau. Mon contrat m'impose de le ramener dans les plus brefs délais à Marseille. Si nous relâchons à Livourne, nous serons mis en quarantaine. Alors, adieu la foire de Beaucaire !

Jehan demeura stupéfait. La foire de Beaucaire !

– La santé, la vie peut-être de vingt personnes passent avant une cargaison, si précieuse soit-elle !

– Le premier devoir d'un marin est de ramener son bateau au port et la cargaison intacte. Si nous agissions autrement, nous n'appareillerions jamais. Qui sait quelles tempêtes nous aurons demain à affronter ? L'équipage connaît ces risques. Cette contrainte figure dans son contrat, les salaires sont à l'avenant. Quant aux passagers, ils reviennent du Levant, où règne la peste à l'état endémique. Ils savent donc à quoi ils s'exposent en embarquant. D'ailleurs, trois d'entre eux sont des marins et deux autres des religieux abandonnés à la main de Dieu.

Jehan n'en démordait pas.

– Le vent est presque tombé. Il nous reste à couvrir près de cent lieues marines avant de toucher Marseille. Si le vent se lève, ce sera peut-être le mistral, le vent contraire. Raisonnablement, vous ne pouvez espérer arriver à Marseille avant une semaine. Si la contagion frappe encore, ce bateau deviendra le Hollandais volant !

L'allusion au voilier fantôme dont tous les hommes étaient morts et qui errait sur les mers avec son équipage de spectres, un squelette à la barre, fit frissonner le capitaine. Mais il ne céda pas.

– Je n'ai pas le choix, monsieur Figueras.

– Vous l'avez, au contraire. Vous êtes seul maître à bord.

– Après Dieu...

Le capitaine baissa la tête. Au-dessus d'eux, on entendait le grincement de la grosse poulie de la bôme d'artimon, et en écho les chaînes du gouvernail que rythmait le pas lourd du pilote sur la dunette. Enfin, Jean-Baptiste Chataud se décida.

– Vous êtes jeune, enthousiaste, sincère, désintéressé. Un brillant médecin promis à une belle carrière. Mais vous ne connaissez rien à la vie, c'est-à-dire aux affaires.

Jehan allait se récrier que « les affaires » n'étaient pas toute la vie. Le capitaine l'en empêcha.

– Écoutez-moi ! Vous pourriez être mon fils. Puisque vous allez peut-être épouser la fille aînée de maître Estelle, vous avez le droit de tout savoir.

– Je préférerais ne pas savoir, capitaine...

– Vous le devez. Ainsi vous comprendrez pourquoi cette cargaison doit arriver à Marseille et pas ailleurs. La cargaison se compose en majorité d'étoffes précieuses du Levant : soie de Syrie et d'Anatolie en brut, coton d'Alep, poil de chameau de Perse, fil de chèvre d'Angora et ballots de peaux brutes et de cuir rouge. Elle vaut trente fois le prix de ce bateau. Des quintaux d'or, monsieur Figueras ! Cette cargaison appartient pour l'essentiel à Jean-Baptiste Estelle et à ses trois associés. Le reste, quelques balles de soie embarquées à Chypre, appartient à Antoine Bourguet, négociant à Marseille. C'est d'ailleurs le seul qui a payé comptant.

– Voulez-vous dire qu'Estelle & Cie n'ont pas payé

cette cargaison ? Connaissant la méfiance des Levantins...

– Ne vous méprenez pas, maître Jehan ! La marchandise a été payée comptant à l'embarquement, comme en font foi mes connaissements. Mais ce sont les banques marseillaises et quelques prêteurs israélites de la cité qui ont avancé l'argent. Méthode risquée, mais habituelle. On achète à crédit. Si tout va bien, tout le monde s'enrichit. Le banquicr ou le prêteur encaisse un énorme escompte, dix pour cent *par mois*. Le capitaine transporte la marchandise, que les vendeurs levantins sont allés chercher aux confins du désert. Et grâce aux acheteurs de Marseille, de Beaucaire et d'ailleurs, une multitude d'artisans vont travailler sur le produit brut avant de le livrer au commerce de détail, pour parer une jolie femme, la parfumer, orner un salon, ou le lit de la courtisane.

– Où voulez-vous en venir ?

– A ceci. Maître Estelle, mon beau-frère Jean Chaud et moi-même, nous nous sommes endettés pour acheter la cargaison. Nous avons sans doute eu le tort de vouloir jouer les gros négociants, comme les Seymandi, les Samatan, les Rostan et autre Clary de Marseille, qui tiennent avec arrogance le haut du pavé sur le Cours et à la Loge. Ils ont les moyens, eux, de se passer des prêteurs et des banques. Ils sont d'ailleurs eux-mêmes banquiers et prêteurs, autant que négociants, armateurs et assureurs !

Jehan pâlit.

– Je commence à comprendre...

– La marchandise *doit* être livrée pour la foire de Beaucaire, marché national qui seul permet de garantir une vente rapide aux meilleures conditions, et le remboursement des prêts usuraires gagés au cours de l'or, pas du papier de M. Law !

– Sinon ?

– Sinon l'honorable M. Estelle va être déclaré en faillite. Le premier échevin de Marseille ! Les Chaud seront obligés de vendre leur bateau. Je perdrai mon commandement... et mon honneur.

– Quelques semaines de retard, un cas de force majeure ; sans doute pas le premier. Les banquiers peuvent attendre !

– Les banquiers n'attendront pas. Ils veulent la peau

d'Estelle, parce que l'un d'entre eux brigue son mandat d'échevin qui, vous le savez, est renouvelable à la fin de cette année.

– N'y a-t-il pas d'autres prêteurs plus compréhensifs, plus... indépendants pour prendre le relais ?

– Il n'y en a pas. S'il y en avait, ils ne se risqueraient pas à prêter sur un bateau suspecté. Les spéculateurs prennent de gros risques, aussi leurs agios sont en rapport. Si le voyage se passe bien, la marge bénéficiaire permet de satisfaire tout le monde, d'autant plus que s'y ajoutent les pacotilles et la spéculation sur la monnaie. Mais en cas de malheur, tout l'édifice s'écroule. Aux difficultés financières s'ajoute ici un gros enjeu politique.

Jehan sentit sa tête tourner. Il ne s'était jamais préoccupé de tous ces problèmes si étroitement liés les uns aux autres. Soudain s'ouvrait devant lui le monde fantastique et maléfique de l'argent. Il comprenait la fascination que cet or pouvait exercer sur Estelle, en sus du pouvoir politique qu'il exerçait presque sans partage dans cette ville fière de ses privilèges. Oui, tout était lié : politique, pouvoir communal, négoce, armement, finance ! Il se rappela la malédiction du vieil ermite dans le désert.

– Je n'arrive pas à comprendre comment maître Estelle et ses associés ont pu se mettre dans pareille situation. Je ne parle pas de vous, capitaine, qui n'êtes pas un... professionnel de la finance.

– Qui ne risque rien n'a rien. Nous avions tout prévu, sauf la contagion.

Jean-Baptiste Chataud s'approcha du balcon de poupe. Le *Grand saint Antoine* semblait posé sur un miroir. Pas la moindre risée ne troublait la surface. Le bateau n'avançait pratiquement plus. Le capitaine reprit :

– Jean-Baptiste Estelle est un homme avisé et honnête. Mais dans cette affaire il est allé trop vite, à cause de la politique qui le tient aux reins. Il n'a pas assuré ses arrières et ne pouvait évidemment prévoir la faillite du système Law. Il n'a pas compté avec ses adversaires, tous ces gros négociants et banquiers jaloux de sa réussite politique trop rapide. Élu en 1718 à la tête de la cité, peut-être n'a-t-il pas assez joué le jeu avec eux. Il a voulu être un véritable premier échevin, indépendant des pressions, soucieux du bien-être de tous et pas seulement du gros commerce de Marseille, des riches et des notables.

– Le *Grand saint Antoine* n'est-il pas assuré ?

– M. Guillaume de Saint-Jacques assure la coque et la cargaison au prix d'achat. Et seulement pour les risques ordinaires : naufrage ou capture par un pirate, avaries de cales résultant d'entrées d'eau de mer. Rien n'a été prévu en cas d'immobilisation forcée dans un port de quarantaine, ni de destruction volontaire de la marchandise pour raison de contagion. Cela ne s'était jamais produit à Marseille depuis la dernière peste, en 1650.

– Vous voulez dire que si la peste se confirme à bord, tous ces ballots d'étoffes précieuses et de peaux seraient détruits ?

– Oui, maître Jehan, brûlés. Soyez certain que si le *Grand saint Antoine* fait relâche à Livourne, ou à Gênes, les Italiens n'hésiteront pas à nous sacrifier. Et ils auront le droit pour eux. Le bateau risque aussi d'être brûlé, puis envoyé par le fond, sans que nous puissions prétendre à la moindre indemnité.

– Mais, capitaine, ce serait pareil à Marseille !

Chataud le fixa sans le voir. Son regard se voila.

– A Marseille, maître Estelle est le premier échevin.

A nouveau, Jehan Figueras sentit le pont se dérober sous ses pieds. Il se tourna vers le balcon de poupe, comme pour demander une réponse à la mer.

Un vent léger s'était remis à souffler. Le *Grand saint Antoine* consentit à avancer sur la mer jolie. Après tout, un miracle était encore possible. Ce n'était peut-être pas la peste.

– Que comptez-vous faire, capitaine ?

– Ramener ce bateau à Marseille. Je déclarerai naturellement les *accidents* de la traversée. Le reste ne me regarde pas. M. Estelle et les intendants de la Santé prendront leurs responsabilités. La cargaison sera *suspectée* et mise en quarantaine.

– Mais alors, elle ne sera pas livrée pour la foire de Beaucaire ?

Voilà que Jehan se prenait à parler comme les marchands !

– Ce ne sera plus mon problème.

6

– Comment as-tu connu Gersende ?

Jehan Figueras et Jacques Chataud se tenaient en retrait sur la dunette du *Grand saint Antoine*, qu'une brise d'est poussait doucement vers les côtes ligures. Le pilote veillait à côté de l'homme de barre. Le pont demeurait désert. Malgré le déploiement de toutes les voiles, le vaisseau se traînait sur la mer immobile. A l'horizon, la galère de Monaco patrouillait mollement, reconnaissable à sa voile latine rouge frappée sur l'antenne de mestre. Jacques répondit :

– Nous avions une douzaine d'années. C'était donc juste avant de te connaître, Jehan. Étant fils naturel d'un jeune marin – à ma naissance mon père n'était alors que « volontaire », simple officier aspirant de la marine marchande – je n'avais pas accès à la bonne société, ces fils de bourgeois rentiers, de gros commerçants et d'officiers installés depuis peu dans la ville neuve. Ma mère Josefa exerçait le dur métier de lavandière rue du Panier. Mon père était ambitieux ; Josefa savait qu'il ne l'épouserait pas. Mais il s'occupait bien de nous, on ne manquait de rien. Ma mère m'emmenait avec elle chercher et rapporter le linge des belles maisons de la ville neuve. Les Estelle n'habitaient pas encore le Cours, mais rue Paradis. Le maître veuf, il y régnait un agréable désordre, les domestiques se disputant l'autorité de la maison. Gersende ? Je me souviens d'une petite fille un peu maigre, assez disgracieuse. Mais je ne voyais que ses yeux, ses admirables yeux lavande pailletés d'or. J'étais encore plus maigre qu'elle, ce qui nous donnait une sorte de complicité enfantine. On se voyait de loin, et j'en devins amoureux. Elle le remarqua, y prenant visiblement plaisir. Elle guettait la lavandière. Quand nous arrivions, elle trouvait toujours le moyen de me rejoindre, les poches bourrées de friandises. « Mange ! me disait-elle à voix basse. Tu es beaucoup trop maigre ! Tu n'arriveras jamais à rien ! »

» On avait du mal à se comprendre. Je parlais surtout le provençal, elle ne connaissait que le français. Je mangeais pour lui faire plaisir. Je la dévorais aussi des yeux jusqu'à ce que la gouvernante me chasse comme un malotru. Un jour, Gersende me glissa dans la main un écu, un bel écu d'argent de trois livres, tout neuf. Avant que j'aie eu le temps de réagir, elle s'enfuit en riant. Son père, qui venait de s'installer à Marseille, n'était alors qu'un gros commerçant, à peine un petit négociant. Très large d'esprit, il respectait ses domestiques et aimait le petit peuple. Il connaissait tout de notre histoire. Il avait même tenté, en vain, de décider le marin à épouser la lavandière. Je donnai l'écu à ma mère, qui m'ordonna aussitôt de le rendre à Gersende. « Elle l'a peut-être dérobé à son père. Ce serait alors un péché de l'accepter. »

» Cet écu aurait bien fait mon bonheur. Il était beau, d'une beauté étrange, un peu inquiétante, chargée de mystère et de puissance avec cette effigie du Roi-Soleil. Je le rapportai rue Paradis. Ce n'était pas facile. Je n'avais jamais rien refusé de Gersende et redoutais de l'offenser. Elle prit l'écu d'un air chagrin et me dit :

» – Je vois bien que tu ne m'aimes pas, Jacquou.

» J'étais désespéré. Elle avait des larmes dans les yeux, de toutes petites larmes qui brillaient comme des perles et coulaient sur son visage grave. Jamais elle ne m'avait paru si belle. Je ne pouvais pas lui demander d'où venait cet écu, si elle l'avait dérobé pour moi à son père. Elle est partie en courant. Avec elle mon rêve d'enfant s'enfuyait à jamais. Je ne l'ai plus revue au cours de nos visites. D'ailleurs, c'est l'époque où le curé des Accoules me prit en amitié et me fit entrer au collège des Oratoriens. Moi, je pensais toujours à celle que j'appelais « la petite fée du Paradis aux yeux pailletés d'or ».

Jehan demeurait troublé par ces confidences enfantines. Il demanda :

– Parle-moi du Château Favouilho.

– L'année suivante, j'ai appris par mon père que Jean-Baptiste Estelle avait loué cette bastide qu'on appelle Château Favouilho, sur la plage d'Arenc, pour y prendre le bon air le dimanche, en attendant l'achèvement de la grande bastide qu'il faisait construire à Allauch. Alors, j'allais pêcher les crabes, mine de rien, sous les fenêtres du « château ». L'endroit était retiré, abandonné à une nature sauvage. Au-delà du Lazaret, forteresse mystérieuse, monstrueuse, presque mythique, on atteignait la plage d'Arenc par un chemin rocailleux surplombant la mer. C'était la seule bonne plage accessible de Marseille, celle de la Joliette étant polluée par l'abattoir et celle du Lazaret interdite.

– Aujourd'hui, quelques Marseillais y viennent le dimanche déguster une *oursinado*, mais à l'époque elle était encore déserte.

– Malheureusement, poursuivit Jacques, Gersende ne sortait jamais seule. Elle était toujours accompagnée de sa gouvernante, une vieille fille parisienne qui prétendait avoir été présentée à Louis XIV, et que je surnommais Favouilho.

– Le Crabe ! traduisit Jehan en riant.

– Je n'osais pas les aborder. Favouilho ne m'intimidait pas ; mais Gersende ! A treize ans on l'habillait comme une petite dame, avec de belles robes longues, trois jupons, et des souliers à talons ! Pour attirer son attention, j'ai imaginé un stratagème. Sur la plage, les enfants du peuple, des fils de pêcheurs, se baignaient tout nus. Oh ! ils se déshabillaient discrètement quand il n'y avait personne et plongeaient aussitôt. Moi, je l'ai fait devant Gersende, profitant qu'elle avait mis le nez dehors sans sa gouvernante, pour promener son petit chien sur la terrasse. Je ne plongeai pas. Je restai là, face à la mer, le derrière au soleil, sans oser me retourner pour voir l'effet produit. J'ai entendu un petit rire qui n'avait pas l'air trop moqueur. Je n'étais plus du tout maigre, mais fort pour mon âge et je voulais qu'elle s'en aperçoive.

» Le petit chien a aboyé. Le nez pointu de Favouilho est apparu sur la terrasse. J'ai plongé sans demander mon reste. Et tandis que je m'éloignais du rivage à grandes brasses, par-dessus mon épaule je voyais au-dessus des rochers la silhouette blanche de Gersende, auréolée de son ombrelle. La voix grondeuse de la gouvernante la rappela à l'intérieur de la bastide et le rêve se dissipa.

– Je ne connaissais pas cette histoire, dit Jehan, troublé. Gersende ne m'en a jamais parlé.

– Sans doute l'a-t-elle oubliée. Le temps passa. Je grandissais trop vite. Ma mère mourut. Je ne voyais presque jamais mon père, toujours en mer, mais il m'avait reconnu. Je portais fièrement son nom. Jean-Baptiste Estelle acheta son bel hôtel sur le Cours. Je m'en souviens, c'est l'année où mourut le Roi-Soleil, 1715. J'avais quinze ans. Mon père commandait une grosse pinque qui faisait le voyage en droiture entre Marseille et Seyde, ou le cabotage sur la côte ligure. L'été, il m'emmenait avec lui. Je lui servais déjà de secrétaire car je répugnais au travail de matelot.

» Ce jour-là, il avait affaire avec maître Jean-Baptiste Estelle lui-même, sur le Cours. Nous revenions de Nice, où régnait la famine. Notre pinque y avait débarqué du blé, chargeant au retour des tonneaux de Bellet, un petit vin du pays qui, paraît-il, fait tourner la tête et qu'on sert dans les mariages.

» Je crois que Gersende était curieuse de me revoir. Elle avait changé. C'était une vraie jeune fille, élégante, sûre d'elle. Sa beauté et son charme éclipsaient tout. Elle me sourit. Je restai sans voix à la contempler, tandis que nos pères goûtaient le Bellet tout en étudiant les connaissements. Puis elle disparut, immatérielle comme une fée.

» Voilà ! J'espère que tu n'es pas jaloux ? Ce n'était qu'un amour d'enfance, un de ces rêves dont s'enchantent les enfants du peuple le soir dans leur tête, et qui rendent le monde plus beau, la vie plus légère.

Jehan, mordu au cœur, demeura bouleversé par les confidences de son ami. Il n'avait pas besoin de les pousser plus avant. De toute évidence, Jacques était toujours épris de Gersende. Ces quelques précieux souvenirs évoqués sur la dunette l'avaient exorcisé du malheur ambiant qui les cernait, et il les gardait dans son cœur, comme un trésor, son seul trésor.

Deux cents milles nautiques séparent le cap Corse de Marseille. A cette époque de l'année, on risquait moins de trouver le mistral, le vent d'ouest dominant, qui eût contraint le *Grand saint Antoine* à louvoyer, et peut-être à relâcher dans quelque crique de la côte ligure. Les calmes plats n'étaient pas moins redoutables. Heureusement, un bon vent de nord-est se leva, qui, ajouté au courant ligure, emporta à vive allure le vaisseau vers son port d'attache.

Le 4 mai à l'aube, César Petitou, de vigie dans le nid-de-pie, cria de sa voie suraiguë :

– Terre !

Chataud se rua sur la dunette, où se tenait le pilote.

– Bravo, monsieur Roux ! Nous avons filé un train d'enfer. Votre route est parfaite. Ce sont les îles d'Hyères. Je reconnais dans ma lunette la pointe de l'Arête. Le piton de Port-Cros est derrière.

– Si ce vent tient, nous serons à Marseille la nuit prochaine.

Le capitaine le regarda d'un air étrange.

– Nous n'allons pas à Marseille, monsieur Roux. J'ai changé d'avis.

De stupeur, le timonier lâcha les manetons du gouvernail. Le pilote le corrigea durement.

– Laisse porter plein, *carogno de drefougnié* ! Tu vas nous faire empanner ! Rondis ! Rondis, bougre de bardot !

Puis il se tourna vers le capitaine. Il en avait tellement vu dans sa vie que rien ne l'étonnait.

– Alors, quels sont les ordres ?

– Doublez les îles d'Hyères et mettez le cap sur Sicié.

– Sicié ? Ce n'est pas un mouillage ! grommela le pilote.

Le capitaine le foudroya du regard. M. Roux ordonna au timonier :

– Un quart à bâbord. Gouverne comme ça... On doublera les îles d'Or bien au large.

Levant, Port-Cros et Porquerolles, les trois *îles d'Or*, défilèrent à tribord sous le soleil levant. L'équipage joyeux se pressait aux rambardes. Le vent de nord-est était tombé et une petite brise de terre leur apportait des senteurs de garrigue : thym, marjolaine et romarin. Le malheur était oublié, la Mort s'était écartée après les avoir frôlés de son ombre.

Comme le vaisseau doublait au large la grande rade de Toulon, où évoluait une escadre royale, Jehan Figueras déboucha sur la dunette. Il contempla avec bonheur la côte provençale. Demain, il reverrait Gersende et dans ses bras le cauchemar prendrait fin ! Il fredonna une vieille chanson :

C'était le temps des fleurs,
On ignorait la peur,
Les lendemains avaient un goût de miel,
Un parfum de lavande.

Le pilote ordonna au timonier :

– Gouverne à droite, sur le cap Sicié.

On aperçut le vieux fort de Six-Fours couvrant la presqu'île. Enfin, le capitaine Chataud, qui semblait hésiter, se tourna vers le pilote.

– Monsieur Roux, vous connaissez bien cette côte. Nous mouillerons en rade du Brusc, à l'abri de l'île des Embiez.

Jehan ne comprenait pas. On était maintenant presque en vue du cap Croisette. Les îles annonçaient l'entrée de la rade de Marseille : le Congloué et la sinistre île de Jarre, où sont isolés les vaisseaux pestiférés en grande quarantaine ! Le temps était clair, il aperçut l'île du Riou, devant la côte abrupte coupée de profondes calanques où, enfant, il avait plongé, son corps nu glissant dans les eaux tièdes et limpides. Il demanda :

– Des avaries, capitaine ?

– Non, monsieur. Je veux prendre le temps de la réflexion. Ce n'est pas un voyage comme les autres.

Le vaisseau doubla les Embiez, grande île dominée par un château, presque déserte en dehors de quelques sauniers qui exploitaient le sel des étangs. On avait maintenant le cap sur le continent, où se nichait le petit village du Brusc, qui abritait quelques familles de pêcheurs.

– Amenez la grand-voile, la misaine et l'artimon ! cria le pilote.

Les gabiers se précipitèrent dans la mâture et ferlèrent sur les vergues les lourdes toiles usées.

– Amenez les huniers ! Le grand foc !

Il ne restait que le petit foc, permettant de garder juste assez de vitesse pour manœuvrer.

– Sondez !

Le plomb tomba dans l'eau à la proue. Perché sur le beaupré, le matelot annonçait :

– Douze brasses !
– Amenez le foc !
Le vaisseau n'avançait plus que sur son erre. Le vent était presque nul à l'abri des terres.
– Cinq brasses !... Quatre brasses !
– Mouillez !
La lourde ancre tomba à la mer, entraînant le câblot. Puis ce fut le silence, à peine troublé par le léger ressac contre la coque. Le pilote se tourna vers Chataud.
– Nous sommes au poste de mouillage, capitaine.
– Je vous remercie, pilote. Si le vent se lève, mouillez la deuxième ancre pour affourcher le bâtiment.
Il ordonna au second :
– Monsieur Pascal, voici mes ordres. Interdiction absolue d'aller à terre. Ceci concerne l'état-major, l'équipage et les passagers. Ne parlez à personne, ne donnez pas notre nom. Défense à quiconque de monter à bord.
Il hésita, puis, baissant la voix :
– Je vais à Marseille prendre les ordres de maître Estelle. Faites amener le canot.
Le capitaine s'enferma dans sa chambre, rédigea un message, s'habilla soigneusement : culotte de cheval, veste de drap sombre et bottes, petit tricorne, épée. Ainsi il ressemblait à n'importe quel bourgeois. Il remplit une bourse d'écus et monta sur le pont.
– Le canot est paré à tribord, capitaine.
Quelques minutes plus tard, il abordait au rivage. Il renvoya le matelot à bord et ne se détourna que lorsqu'il le vit accoster contre la coque et grimper l'échelle de corde au tangon. Puis il avisa un pêcheur, qui lui indiqua une ferme, dont le propriétaire possédait de bons chevaux de selle.

Une heure plus tard, le capitaine trottait sur le chemin côtier, à petite allure pour ménager sa monture. En traversant Sanary, il adressa au passage une prière à Notre-Dame de Pitié, dont la chapelle s'élève sur une butte face au petit port. Ayant rejoint le grand chemin de Marseille, il traversa Bandol dominé par son château féodal.
Laissant sur sa gauche La Ciotat, il quitta la route côtière pour s'enfoncer dans les terres. Le soleil était

déjà haut dans le ciel lorsqu'il s'attaqua aux collines de Veyre, qui dominent Marseille à l'est. Il entrait dans le terroir de la cité, où se nichaient, à l'ombre des bosquets, cabanons ou grosses bastides, ces maisons de campagne bâties par de riches Marseillais pour leur servir d'abri contre les chaleurs de l'été, parfois contre les épidémies ou la disette. Dans ce lieu enchanteur fleurissaient jardins et vergers. Des vignes bien entretenues produisaient un rosé apprécié. L'olivier, l'amandier et le figuier se partageaient les restanques. Les endroits les plus sauvages embaumaient le thym, la lavande maritime, le myrte et la sarriette.

Franchi le col de la Gineste, le paysage changeait : Provence minérale, sèche, écrasée de soleil – le *grilladou*. En haut d'un long plateau calcaire presque désertique où broutaient des troupeaux de chèvres, il aperçut enfin la grande cité, qui s'allongeait face à la mer, voluptueuse sous le soleil de mai. Un mistral assez vif avait dégagé l'atmosphère. L'air, désencombré de son humidité, avait pris cette transparence lumineuse qui fait le bonheur des peintres. Alors, les distances sont abolies, le soleil est roi de l'espace. L'air translucide avive les couleurs, rapproche les lointains, faisant ressortir comme à travers une loupe les moindres détails, jusqu'à l'horizon.

Le capitaine demeura saisi par ce spectacle magique. La Ville s'étendait entre deux chaînes rocheuses, Veyre et l'Estaque, qui venaient expirer dans le golfe. Cet immense espace maritime abrité par les îles rayonnait dans la lumière *du sourire innombrable des vagues marines.*

Le terroir de Marseille, cerné aussi au nord par une chaîne de calcaire gris azuré, s'élevait en pente douce sur les contreforts des collines d'Allauch. Ainsi adossée à la montagne de toutes parts, Marseille ne pouvait que se tourner vers la mer, appelée à une vocation essentiellement maritime.

Profond et bien abrité, le port de Marseille occupait la totalité de la calanque du Lacydon, encombrée de centaines de voiliers de tous tonnages, de tous pavillons [1].

Au premier plan, quai de Rive-Neuve, s'étendait l'Arsenal des galères royales, somptueux ouvrage mili-

1. Voir la carte en fin d'ouvrage.

taire édifié par Colbert à la gloire du Roi-Soleil, avec ses quinze galères rangées par ordre d'importance au fond du port.

A gauche de l'Arsenal, au milieu d'un petit terroir planté de vignes, d'oliviers et d'orangers, s'élevait la vieille abbaye bénédictine de Saint-Victor, fondée par saint Cassien au ve siècle. Isolée, altière, sa masse imposante évoquait plus une forteresse militaire qu'un monastère.

Plus loin encore, sur sa butte couverte de vignes, la puissante citadelle Saint-Nicolas dominait le port. Louis XIV l'avait fait édifier, non pour défendre la ville mais pour la tenir en respect, lorsqu'en 1660 il avait supprimé le consulat et désarmé les marchands, « à l'exception des épées ». Le vieux fort Saint-Jean du xve siècle se dressait de l'autre côté de la passe, fermée la nuit par une énorme chaîne. Au sommet de son donjon carré battait encore fièrement le drapeau de Marseille, « à croix d'azur sur fond d'argent », rappelant à tout voyageur venu des mers lointaines le droit perdu de la cité de se garder elle-même. Mais elle bénéficiait encore des importantes franchises commerciales qui faisaient sa richesse.

En face de la Rive-Neuve, à l'abri du fort Saint-Jean, la vieille ville groupait la masse confuse de ses maisons enchevêtrées, coupées de ruelles dévalant vers le port et la mer. Les clochers des églises jaillissaient des toits roses. Sur la crête de la butte tournaient les grandes ailes des moulins à vent, qui donnaient leur nom au quartier.

La ville était entourée de remparts puissants truffés de pièces d'artillerie, dominés par les tours de garde des portes.

Bien à l'écart, le quartier neuf Saint-Ferréol s'étendait au nord-est, avec ses rues larges et droites, ses immeubles cossus, ses places ombragées de micocouliers et de mûriers, formant un étonnant contraste avec la vieille cité. C'est vers elle que le capitaine Chataud dirigea sa monture après avoir franchi la porte de Rome, où, dans un encombrement indescriptible de mulets, de chevaux, de coches et de charrettes, les gardes de ville tentaient de refouler une horde de mendiants, colporteurs et autres pousseux de cailloux, attirés par le mirage de la Ville.

La nuit était tombée lorsque le capitaine Chataud, après avoir enfoncé son chapeau sur ses yeux pour éviter de se faire reconnaître, arrêta son cheval épuisé devant l'hôtel particulier du premier échevin, sur le Cours, somptueuse promenade qui continuait la rue de Rome et coupait perpendiculairement la rue Canebière.

A la lumière avare de quelques lanternes, le capitaine contempla l'entrée massive de l'hôtel Estelle, encadrée par quatre pilastres en pierre représentant des esclaves turcs. Les fenêtres de la façade du premier étage – appartement privé et salons de réception – étaient bordées de médaillons en haut relief. Audessus du second étage, réservé aux chambres, s'étendaient les combles des domestiques, éclairés par d'élégants œils-de-bœuf.

Les bureaux du négociant-armateur, le « comptoir », occupaient le rez-de-chaussée. Tout le jour, dans un bruissement de papiers et de conversations feutrées, se pressaient une demi-douzaine d'employés affairés. Secrétaires, copistes, fourrier, comptable géraient les affaires, manipulaient les grands « livres », le « journal », le « brouillard », sortaient à la demande du maître journaux de bord, polices d'assurance, lettres de change et de voiture, pièces de banque.

A cette heure, les bureaux étant déserts, seules les fenêtres du premier étage se trouvaient éclairées. L'échevin prenait son souper avec ses filles.

Le capitaine ne devait pas être reconnu. Un valet sortait. Du haut de son cheval, Chataud lui tendit le court message qu'il avait préparé.

– Porte ceci immédiatement à maître Estelle. C'est urgent.

– Bien, monsieur.

Déjà, le cheval tournait bride sur le Cours. Il se perdit dans la nuit.

Le valet passa à l'office prendre un petit plat d'argent. Il y déposa la lettre avant de la présenter au maître.

– Monsieur, un cavalier vient de porter ce pli.

Habitué à ce genre de placets, le premier échevin rompit le sceau, lut, pâlit.

Monsieur, je serai toute la nuit à l'ancienne chapelle des Bernardines, au Jardin du Roy. Veuillez me pardonner cette invitation peu protocolaire, qu'exige une situation exceptionnelle.

Votre dévoué serviteur et ami, J.-B. C.

– Une mauvaise nouvelle ? demanda Gersende, qui avait observé le visage de son père.

Elle se rongeait d'impatience à propos du *Grand saint Antoine*, que l'on attendait d'un jour à l'autre.

– Non, ma chérie. Jaume me demande seulement de passer à l'hôtel de ville. C'est sans doute à propos de ces commandes de blé d'Alger. Les capitaines étrangers refusent nos billets de banque.

Elle n'insista pas. La vie de la cité empiétait tellement sur la vie privée du premier échevin, que ce genre d'incident devenait banal.

Le repas s'achevait. Les petites jumelles Adeline et Coraline vinrent souhaiter le bonsoir à leur père. Puis Gersende les emmena dans leur chambre pour le cérémonial compliqué du coucher.

Jean-Baptiste Estelle descendit aux écuries, qui donnaient derrière le Cours, rue des Récollettes, et fit seller son cheval. Dans la ville maintenant presque déserte, il s'élança vers la Rive-Neuve.

Le monastère et l'ancienne chapelle des Cisterciennes Bernardines se dressaient derrière l'Arsenal des galères, au milieu du Jardin du Roy, luxueux parc qu'avait fait planter jadis le roi René. Les religieuses, importunées par la proximité des galériens, s'en étaient retirées en 1664. L'intendant des galères Arnoul en avait alors fait sa résidence privée. Mais après sa mort, le parc était désert, surtout à cette heure.

Le premier échevin vit soudain se dresser la stature du capitaine Chataud, devant la porte fermée de la chapelle. Mettant pied à terre, il l'apostropha d'une voix étouffée :

– Mais que se passe-t-il, capitaine ? Est-il arrivé un malheur ? Où est votre vaisseau ?

– Nous sommes mouillés en rade du Brusc, monsieur.

– Le Brusc ?

– Nous avons eu de gros problèmes de santé à bord. Quatre hommes d'équipage sont morts, entre le 5 avril et le 2 mai, ainsi que notre chirurgien M. Escarte et un passager turc embarqué à Tripoli.

– Morts de quoi ?
– On ne sait pas. Maître Escarte pensait à une fièvre levantine ou vermineuse, mais il n'est plus là pour en témoigner. Maître Jehan Figueras...
– Ah ! je l'avais oublié, celui-là ! Me direz-vous enfin ce qui se passe ?
– Peut-être la peste, monsieur !
L'échevin chancela. Le terme maudit, tabou, jamais prononcé, l'avait frappé en plein cœur. Le capitaine enchaîna précipitamment :
– Rien ne prouve encore que ce soit la contagion. Maître Escarte n'y croyait pas. Il n'a pas observé de bubons. Selon Jehan Figueras, un doute plane.
– Jehan dit que c'est la peste ?
– Il dit que ce peut être la peste, monsieur.
– Mais comment se serait-elle transmise à bord ?
– Je l'ignore. A Seyde, à Sour, à Tripoli, il n'y avait pas la peste. Ni à Chypre. Mes patentes sont nettes !
Le visage d'Estelle s'éclaira. Le masque d'angoisse qui le plombait se relâcha.
– Dieu soit loué, Jean-Baptiste ! Si vous avez les patentes nettes, rien n'est perdu. Mais vous n'avez pas répondu à ma question. D'où viendrait cette... contagion ?
– Elle a pu se transmettre à bord par les marchandises, mais aussi par les passagers turcs. Le premier mort était un Turc.
– Je vous avais interdit d'embarquer des indigènes !
– J'y ai été contraint par le pacha de Tripoli. Il ne s'agissait que de transporter cinq militaires jusqu'à Larnaca. L'affaire de quatre jours. Autrement, le pacha ne m'aurait pas laissé appareiller. Ces gens-là ont l'art de compliquer les procédures administratives. Ils peuvent inventer n'importe quoi pour retenir un bateau un mois ou six. Le soldat turc est mort pendant la traversée. Nous l'avons aussitôt immergé en mer. C'est après l'escale de Larnaca que les décès se sont multipliés dans l'équipage.
– La nourriture serait-elle en cause ? C'est souvent arrivé. J'ai eu huit morts sur la pinque *L'Ensoleillée*, en 1718, à cause de viandes avariées.
– C'est ce que j'ai dit à l'équipage, pour éviter les désertions. Mais il est sûr que les hommes morts avaient tous touché aux malades ou aux cadavres. Pas les autres.

– Capitaine Chataud, vous avez bien agi en mouillant au Brusc. Arriver directement à Marseille, c'eût été tomber dans la nasse que nous ne connaissons que trop, puisque c'est nous qui l'avons perfectionnée et en imposons le carcan de fer avec la grande quarantaine.

Il se mit à compter mentalement et murmura :

– Imaginons que le *Saint Antoine* arrive à Marseille demain soir, 5 mai. Le 14 juin, on aura purgé la petite quarantaine imposée à tous les bateaux venus du Levant. Cela nous laissera un peu plus d'un mois pour transporter la cargaison à Beaucaire. C'est plus que suffisant.

– A condition que la cargaison ne soit pas soupçonnée, monsieur. En ce cas, elle n'arriverait ni à Beaucaire, ni ailleurs.

L'échevin devint blême.

– Je sais tout cela, capitaine. Débarquée ou non, il suffirait d'ailleurs que la cargaison soit suspectée pour qu'elle soit invendable. Des cotons, des laines, des tapis, des indiennes ! Tout ce qui retient le plus la contagion ! Par la sambleu ! Dans quelle affaire nous voilà plongés !

Il se mit à réfléchir longuement. Comment sortir de l'engrenage, dès lors que le *Saint Antoine* aurait mouillé en rade de Marseille, à l'abri des îles du Frioul, où les intendants de la Santé effectuaient leurs contrôles ?

– Quelle est votre dernière escale, capitaine ? Car je suppose qu'en dehors de vous, personne n'a débarqué au Brusc ?

– Il va de soi. Notre dernière escale était Larnaca de Chypre.

– Et vous en ramenez une patente nette, malgré la mort du Turc ?

– Oui, monsieur.

– Vous êtes très fort ! Malheureusement, vous avez eu encore cinq morts pendant la traversée qui a suivi. Comment ignorer cela ? C'est porté sur votre journal de bord ?

Chataud parut offusqué.

– Naturellement, monsieur ! Ces morts sont connus de tout l'équipage et des passagers. Ils ont été immergés devant vingt personnes. Et il faudra bien dire à leurs familles ce qui s'est passé.

– Qui sont les passagers, en dehors de M. Boyan, que je connais ?

– Le capitaine François Carré et son écrivain M. Coudeneau.

– Par exemple ! Que leur est-il arrivé ?

– Ils ont fait naufrage. Nous ramenons aussi deux religieux, les révérends pères Ignace Castagnier et Dominique Jaumegarde.

– Ceux-là seront discrets. Suspecter le navire sans preuve absolue de contagion serait pure calomnie.

Maître Estelle plongea dans ses calculs. Soudain, il se redressa. Un sourire rusé éclairait son visage.

– Capitaine Chataud !

– Oui, monsieur ?

– Ce n'est pas la peste !

– Ah ! Comment pouvez-vous savoir ?

– Réfléchissez. Vous avez eu six morts entre le 5 avril et le 2 mai. Et depuis, plus rien. Si c'était la contagion, elle continuerait à s'étendre. Rien ne l'arrêterait dans cet espace fermé qu'est un vaisseau en mer.

Le capitaine ne demandait qu'à espérer.

– En effet, monsieur. Lorsque j'ai quitté le bord ce matin, équipage et passagers semblaient en parfaite santé.

– Bien entendu, capitaine, il n'est pas question de prendre des risques avec la contagion, quelle qu'elle soit. Le *Saint Antoine* et tous ceux qui sont à bord subiront donc la petite quarantaine. On verra alors si c'est la peste. Mais si ce n'est pas la peste, je veux être débarrassé de toute suspicion. La marchandise ne doit pas être injustement soupçonnée.

– Comment faire ? La rumeur est perfide. L'équipage à peine débarqué, elle ira bon train. Nos adversaires, je veux dire nos concurrents, feront tout ce qu'il faut pour l'entretenir. Ces six morts en mer pèseront lourd dans la balance des intendants de la Santé. Comment dédouaner ces cadavres ? Il aurait fallu les présenter à une commission de médecins. Mais je ne pouvais pas les garder à bord.

– Vous avez bien fait... Comment dédouaner ces morts ? A Marseille, impossible. J'ai trop d'adversaires qui guettent mes moindres défaillances. Mais... ailleurs ?

– Ailleurs ?

– Personne ne sait que vous avez relâché au Brusc ?

– Non. Cette petite rade est déserte, seulement fréquentée par une poignée de pêcheurs. Ils ont l'habitude de voir quelquefois relâcher un bâtiment de commerce pour faire de l'eau, ou des vivres frais. Le trafic habituel au cabotage entre la Ligurie et le Languedoc.

– Vous ferez donc de l'eau au Brusc pour que tout paraisse naturel... Ou plutôt, non. Remettez immédiatement à la voile.

– Pour aller où, monsieur ?

– A Livourne.

– Livourne ? Pourquoi Livourne ?

– Parce que j'y ai des amis. Vous ferez comme si vous arriviez directement de Chypre. Vous n'aborderez pas. Vous resterez en rade. Vous vous abstiendrez de tout contact avec la ville. Vous déclarerez vos morts et on vous délivrera une patente nette. Pendant ce temps, je préparerai votre arrivée à Marseille.

– Mais... le motif de l'escale ?

– Les morts ayant été empoisonnés par la nourriture frelatée, comme l'a reconnu maître Escarte, il est naturel que vous renouveliez à Livourne vos provisions et rafraîchissements pour achever la traversée en toute sécurité.

– Mais que vont dire les passagers, l'équipage ? Aller à Livourne, c'est revenir en arrière !

– L'équipage n'a aucun intérêt à se voir infliger à Marseille la grande quarantaine réservée aux vaisseaux suspects. Il sera facile d'obtenir des hommes qu'ils tiennent leur langue.

– Et les passagers ?

– M. Boyan, le capitaine Carré et M. Coudeneau ne diront rien, pour les mêmes raisons. En outre, suspectée, que vaudrait leur pacotille ? Quant aux religieux, ce sont des hommes discrets par état.

– Mais... le journal de bord ?

– Il suffira de n'y point inscrire le mouillage forain du Brusc. Après tout, il ne s'est rien passé, au Brusc !

Le capitaine Chataud baissa la tête. Oui, il était pris, et bien pris ! Qu'il le veuille ou non, il était désormais complice des armateurs.

Une heure plus tard, montant un cheval frais, le marin, la tête en feu, repartait au petit trot sur la route d'Italie. A l'aube, crevant sous lui sa monture, il était de retour au Brusc. Un pêcheur le ramena aussitôt à bord du *Grand saint Antoine.* Le second se précipita à la coupée. Les ordres claquèrent :

– Monsieur Pascal, prenez les dispositions d'appareillage. Nous allons à Livourne.

– A Livourne ?

Le pilote avait entendu. Il protesta.

– Capitaine, le vent d'est se lève, il refoule le mistral. Si c'est pour aller à Livourne, mieux vaut attendre. Après dix mois de croisière, notre gréement et nos voiles ne sont plus en état d'affronter de face un coup de vent, d'autant qu'au large la mer doit être fort creuse !

Le capitaine jura contre cette malchance imprévue qui risquait de tout compromettre. Mais il ne pouvait pas prendre de risques supplémentaires. Si ce coup de vent les mettait à mal, il faudrait relâcher dans un port français, niçois ou monégasque. Or, M. Estelle avait dit : « Livourne », où il avait des amis. Il ne servirait à rien de prendre la mer avec un vent contraire. Il fallait attendre, en priant le ciel que de nouveaux cas de « contagion » ne se déclarent pas.

Ils attendirent cinq jours, ponctués de violents orages. Cinq jours qui parurent à Chataud une éternité. Il n'eut pas trop de mal à faire admettre à bord que ce détour par Livourne était nécessaire pour éviter une trop longue quarantaine à Marseille.

Le capitaine ajouta à l'intention de Jehan :

– Vous aviez raison, maître Figueras. Comme vous le souhaitez, nous allons à Livourne !

Jehan n'était pas dupe. Mais après tout, mieux valait faire la quarantaine à Livourne. En cas de peste déclarée, Marseille serait épargnée. Il savait combien il était difficile d'empêcher de passer de la marchandise en fraude et surtout la pacotille, source incontrôlable de contamination.

Enfin, le 10 mai à l'aube, après un dernier orage, le vent tourna et le mistral chassa nuages et vent d'est. Le cri attendu du bosco réveilla l'équipage :

– Tout le monde sur le pont ! À hisser les ancres et les voiles ! Allez, le monde ! Vire au cabestan !

Un chant puissant s'éleva pour accompagner la manœuvre.

Quelques heures plus tard, par fort vent d'ouest portant, le *Grand saint Antoine* faisait route sous seuls huniers et trinquette, vers Livourne en Toscane.

Cependant, au Brusc, l'escale imprévue du vaisseau n'était pas passée inaperçue. Un officier de la marine marchande en retraite, qui effectuait des fouilles archéologiques, l'avait identifié. Il connaissait bien le bateau, ayant navigué à son bord sous l'ancien armateur. De retour à Toulon, il s'empressa d'aller le raconter à son ami Jean d'Entrechaux, le premier consul.

7

Rien ne se déroula comme prévu. Au large du cap Corse, la tempête fit rage, contraignant le *Grand saint Antoine* à naviguer sous voilure réduite.

Et la contagion frappa à nouveau. Le matelot Francis Touloubre, puis le gabier Nicolas Pignan s'alitèrent. Jehan, qui s'était installé dans la chambre de M. Escarte, les isola aussitôt dans le *tolar*. Ils se plaignaient de fièvre, de maux de tête et de vertiges.

Lorsque le petit Bernardino, le mousse du capitaine Carré, tomba malade à son tour, Chataud prit peur. Cette fois, ce n'était plus seulement le poste d'équipage, à l'avant, qui se trouvait contaminé, mais l'arrière, la dunette. En effet, ce mousse couchait dans l'office avec César Petitou, sur des hamacs qu'ils tendaient la nuit venue. L'office jouxtait la cuisine de la dunette, la chambre du capitaine et celles des passagers.

Le 14 mai, le *Grand saint Antoine*, en piteux état, entra en rade de Livourne où il mouilla une ancre.

Créée en 1590 par les Médicis, grands-ducs de Toscane, pour remplacer le port voisin de Pise ensablé, cette petite ville devenait, grâce au commerce maritime, un centre cosmopolite important, à l'intérieur de ses fortifications bien entretenues en brique rose. Des fossés profonds la défendaient aussi, qu'envahissait la mer, omniprésente.

L'ensemble portuaire, sa raison d'être, comprenait deux darses. L'une recevait les vaisseaux marchands, l'autre les trois galères du grand-duc affectées à la police de la mer, car les pirates génois rôdaient dans les parages.

A l'abri de la longue jetée, sur laquelle s'alignaient les magasins ducaux, s'étendait un plan d'eau où les vaisseaux marchands au mouillage attendaient d'être autorisés à entrer dans la darse. A son extrémité, un petit fort hérissé de canons menaçait le large. En face, loin de la ville, la partie sud de la rade abritait le port du lazaret San Jacopo, derrière un môle.

Selon le règlement régissant les grands ports de commerce, le *Saint Antoine* devait attendre en rade la visite des autorités sanitaires, après avoir hissé au grand mât, outre son pavillon royal, celui de Marseille et un pavillon alphabétique conventionnel indiquant le motif de l'escale imprévue.

Chataud fit hisser le pavillon V, une croix rouge sur fond blanc : « J'ai des malades à bord. »

Aussitôt, une embarcation fit force de rames dans sa direction. A l'arrière se tenait un personnage vêtu de noir.

– C'est l'intendant de la Santé, dit le pilote, qui avait souvent relâché à Livourne.

Le canot s'arrêta à quelques brasses de l'arrière et l'intendant engagea le dialogue conventionnel avec le capitaine.

– Quel est votre nom ?

– Le *Grand saint Antoine*, de l'armement marseillais Estelle, Chaud & Cie.

– D'où venez-vous, et où allez-vous ?

– Des Échelles du Levant. Nous allons à Marseille.

– Quel est le motif de votre escale ?

– Nous avons été malmenés par le mauvais temps et déplorons trois malades à bord. Nous devons en outre renouveler nos vivres. Nous payerons comptant avec des piastres d'or ou des écus tournois.

– De quoi ces malades souffrent-ils ?

– Sans doute de mauvaise nourriture.

– Avez-vous vos patentes nettes ?

– Oui, monsieur.

– Pourquoi voulez-vous renouveler vos vivres ?

– Nos vivres sont avariés. Ils ont coûté la vie à cinq des nôtres, dont le chirurgien-barbier, au début de la traversée. Nous avons immergé les corps en mer.

L'intendant de la Santé sursauta. Cinq morts et trois malades sur un bateau venu du Levant ! Mais pas question de refouler cet indésirable. Livourne entretenait de trop bonnes relations commerciales avec Marseille en général et avec l'armement Estelle & Cie en particulier. Et puis, son or était bon à prendre !

– Veuillez vous écarter et gagner le mouillage de quarantaine à l'extrémité sud de la rade, en face du lazaret. Nous allons examiner votre demande et voir comment la satisfaire. Vos malades ont-ils besoin de secours ?

– Non, monsieur. Nous avons à bord un excellent médecin, un passager, qui s'en occupe.

– Bien. Personne ne doit débarquer, ni embarquer. Une chatte vous apportera ce dont vous aurez besoin.

Le *Grand saint Antoine* largua le petit hunier et se dirigea vers le mouillage prescrit, à une demi-lieue au sud des remparts, loin de la ville. Puis il mouilla dans l'anse, bien abritée des vents d'est grâce au môle protégeant l'entrée du port du lazaret.

– Voilà les infirmeries San Jacopo, dit le pilote en désignant un énorme rectangle muré encadré de tours, dont les hauts murs se dressaient à la verticale du rocher. On l'a bâti au siècle dernier pour doubler le vieux lazaret Saint-Roch, jugé trop proche de la ville. Comme chez nous, en somme.

Des ouvriers y travaillaient à créer de nouveaux enclos. D'autres élevaient des hangars destinés à recevoir et aérer les balles de marchandises suspectes.

– Ils se méfient de nous, remarqua peu après le second. Des gardes ont pris position sur le rivage.

– Ce sont des gens prudents, répondit le capitaine. On ne saurait le leur reprocher.

En fin de journée, une chatte, petite embarcation à voile utilisée dans les rades, s'approcha. Un gros homme ventripotent vêtu d'une veste de velours noir sur une culotte de drap prune, visiblement un commerçant, interpella la dunette avec un fort accent génois.

– Vous avez demandé du ravitaillement ?

Une longue négociation s'engagea à bonne distance. On marchanda comme au Levant. Chataud, au grand désappointement du marchand, commanda juste ce qu'il fallait pour quatre jours de mer : des fruits, des légumes, du pain, de la volaille et deux grandes futailles d'eau de la meilleure source. Le marchand encaissa en piastres la moitié du prix convenu et s'éloigna en criant :

– Vous aurez tout cela demain matin à huit heures. Ah ! L'intendant de la Santé m'a dit que vous auriez aussi votre patente nette.

Le capitaine Chataud sourit avec soulagement. Maître Estelle avait fait vite ! Son messager, sans doute à bord d'une rapide felouque, avait atteint Livourne avant le *Grand saint Antoine* et fait ce qu'il fallait auprès des autorités. Rivale de Gênes, Livourne dépendait trop étroitement de Marseille pour s'aviser de refuser quelque chose à un personnage aussi considérable que le premier échevin Jean-Baptiste Estelle.

Le lendemain, 15 mai, le capitaine Chataud surveilla lui-même de la dunette l'embarquement des provisions. Comme il versait au Génois le solde convenu, il demanda :

– Vous deviez m'apporter ma patente de santé.

– L'intendant doit vous la remettre lui-même. C'est le règlement. Il ne saurait tarder. Je lui ai dit que vous comptiez appareiller demain. Vous devez aussi embarquer un jeune chirurgien-barbier, M. Grasset, pour remplacer celui qui est mort. Ce sont les ordres du représentant de votre armateur à Livourne.

La chatte qui avait apporté les provisions hissa sa voile triangulaire et s'éloigna vers le port.

La journée s'écoula, chargée d'angoisse, sans que l'on eût aucune nouvelle des autorités. La santé des trois malades paraissait stationnaire. Aucun bubon ni charbon n'apparaissait. Les Marseillais reprirent quelque espoir.

Le matin du 16 mai, le capitaine Chataud, qui se tenait sur la dunette, vit surgir Jehan Figueras. Il était blême, ses mains tremblaient. Horrifié, Chataud pensa aussitôt qu'il venait d'arriver un nouveau malheur.

– Capitaine... Les trois malades sont morts cette nuit !

– Que dites-vous, monsieur Figueras ? Vous m'affirmiez hier encore que leur état ne s'était pas aggravé !

– Je ne comprends pas ce qui s'est passé cette nuit. Ils s'étaient endormis paisiblement. Je dormais à quelques mètres d'eux. Ils n'ont pas appelé.

Il hésita, comme s'il refusait l'horreur.

– Parlez, maître Jehan !

– De toute évidence, la contagion est à bord et elle suit des chemins imprévisibles. Dans l'obscurité du tolar, je n'ai pu suffisamment examiner les corps. Il faut débarquer ces cadavres le plus vite possible.

– Ne pourrait-on les immerger au large, comme les autres? Si je les déclare, adieu ma patente nette!

– Cela paraît difficile, capitaine. Les deux religieux sont auprès d'eux, ils s'y opposeront; ces corps doivent reposer en terre chrétienne. D'autre part, la contagion est à bord. Jusqu'à preuve du contraire, je suis persuadé que c'est la peste. En ma qualité de chirurgien désigné par vous, je suis contraint de m'opposer à l'appareillage. L'équipage n'est maintenant plus en nombre suffisant pour assurer les manœuvres. Si d'autres malades, comme c'est prévisible, venaient à se déclarer en mer, le *Grand saint Antoine* serait en péril.

Le capitaine le regarda fixement et martela:

– Vous n'avez pas à me dicter ma conduite, monsieur Figueras!

– L'ordonnance de la Marine de 1669 prescrit au capitaine, en cas d'épidémie, de se conformer aux décisions du chirurgien agréé. En cas de conflit dans un port étranger, il est tenu de demander l'arbitrage du consul de France. Dans notre cas, sa décision ne ferait aucun doute.

– Mais vous n'êtes plus chirurgien agréé, monsieur Figueras. Le représentant de l'armement Estelle & Cie a désigné un autre homme de l'art, M. Grasset. Il devrait être à bord avant midi.

Jehan, surpris, parut soulagé.

– Dans ces conditions, je n'ai plus rien à dire.

Le capitaine hésita longtemps. Puis, à regret:

– Nous allons donc déclarer ces trois morts. Nous les débarquerons. Ils seront examinés aux infirmeries du lazaret et nous saurons enfin à quoi nous en tenir. Je prendrai alors ma décision.

Le capitaine fit venir le second.

– Monsieur Pascal, appelez les autorités du lazaret.

– Inutile, les voilà.

Le canot de la Santé accosta. L'intendant était accompagné du médecin du lazaret, maître Marcello Ittieri, qui présenta le nouveau chirurgien, Elzéar Grasset, un jeune homme de vingt ans. Maigre et sec comme un bout de bitord, son visage en lame de couteau était auréolé d'une abondante chevelure blonde qui lui donnait l'air d'un ange affamé.

Ignorant le drame de la nuit, l'intendant de la Santé tendit un papier au capitaine en affichant un air réjoui.

– Voici votre patente nette, capitaine. Le port de Livourne est le plus sain de la péninsule ! J'ai seulement fait des réserves au sujet de vos cinq morts et de vos trois malades. Comment vont-ils ?

– Ils sont morts eux aussi, monsieur !

Les Italiens le regardèrent avec épouvante. L'intendant balbutia :

– Mais que s'est-il passé ?

– Nous l'ignorons. Peut-être les suites d'un empoisonnement dû à cette nourriture avariée. Du pain, sans doute. En vertu de la convention sanitaire qui lie le royaume de France au grand-duché de Toscane, je sollicite l'autorisation de débarquer les corps à votre lazaret, pour que vous puissiez déterminer l'origine du mal et qu'ils soient inhumés en terre chrétienne.

– C'est entendu, capitaine. Ils seront mis au lazaret et examinés comme il se doit. Vous saurez peut-être alors de quelle maladie ils sont morts et si vous pouvez sans risque reprendre la mer. En attendant, veuillez me rendre la patente.

– Je persiste à croire qu'il s'agit d'un empoisonnement collectif, une fièvre vermineuse, dit le capitaine en lui tendant à regret le précieux document.

– Nous verrons. Maintenant, je vous prie de faire transporter vous-même les trois corps au lazaret, où maître Ittieri les recevra.

Les deux Italiens s'éloignèrent en hâte.

Tandis que le capitaine donnait des ordres pour mettre la baleinière à l'eau, Jehan et Grasset se rendirent au tolar.

Les trois morts se trouvaient toujours dans leur hamac, où ils paraissaient dormir. Mais ils étaient déjà raides. Avec des précautions infinies, deux matelots volontaires les ficelèrent dans les hamacs et les hissèrent sur le pont à l'aide de crocs, sans les toucher, puis les descendirent dans la baleinière, qui s'éloigna aussitôt. On les vit débarquer au pied de l'escalier du lazaret, où, prévenus par le médecin de la Santé, des infirmiers les prirent en charge.

Les hommes et les passagers du *Grand saint Antoine* demeuraient frappés de stupeur. Seul le jeune chirurgien Grasset paraissait encore à son aise, visiblement fier de sa promotion. Toute la matinée, il organisa et contrôla lui-même les purifications réglementaires : vinaigre dans la baleinière et le poste d'équipage, vinaigre et fumigations d'herbes et de soufre dans le tolar et l'office de la dunette. Puis il rejoignit le capitaine, qui s'était enfermé dans sa chambre.

– Je vous prie de mettre une embarcation à ma disposition, capitaine. Je descends à terre.

– Les gardes ne vous laisseront pas passer.

– J'ai un sauf-conduit de la Santé. Je ne vais pas en ville. Seulement au lazaret.

– Qu'allez-vous y faire ?

– Savoir, capitaine ! Savoir enfin si c'est ou non la peste ; ou un empoisonnement par la nourriture...

– Bien. Vous pouvez utiliser le canot. Vous savez godiller ? Je préférerais que mes hommes n'aillent pas à terre.

– Je m'en arrangerai, capitaine.

Quand Jehan le vit embarquer, il se précipita à la coupée.

– Je viens avec vous ! Moi aussi j'ai besoin de savoir.

Le jeune chirurgien le repoussa.

– Désormais, cette affaire ne concerne que moi. D'ailleurs, vous n'avez pas de laissez-passer. On vous refoulerait, maître Figueras !

Le temps s'écoula, interminable. La nuit était tombée lorsque revint le chirurgien Grasset. Le capitaine se porta à la coupée.

– Alors ? Parlez !

Un sourire étrange éclairait le visage ingrat d'*Angèlo Afama*, comme l'avait déjà surnommé l'équipage. Chataud pensa qu'il refusait de parler devant les hommes et l'entraîna vers sa chambre. Sans un mot, le garçon sortit de sa poche un papier, à en-tête de l'intendance de la Santé. Le capitaine lut :

INTENDANCE DE LA SANTÉ
LIVOURNE

Livourne, le 17 mai 1720

Moi, soussigné médecin de la Santé, ai visité au môle les cadavres de trois personnes du navire Grand saint Antoine, *capitaine J.-B. Chataud, de Marseille, venu de Sidon.*

D'après les symptômes que ledit capitaine m'a décrits, et d'après la visite que j'ai pu faire sur les cadavres que j'ai trouvés, recouverts de marques livides, j'estime qu'ils sont morts tous les trois de fièvre maligne.

En toute bonne foi, signé C. Marcello Ittieri, médecin de la Santé, diplômé de l'École de Salerne.

Elzéar Grasset ramenait aussi les patentes de Seyde et de Tripoli. Au dos de la première, l'intendant de Livourne signalait les trois nouveaux morts et concluait sans équivoque :

Que ceci serve d'avis à quiconque, afin que soient prises les précautions et les mesures qui seront estimées nécessaires pour le bon gouvernement de la santé publique.

Au dos de la patente de Tripoli, la mise en garde était renouvelée.

On frappa. Sans attendre l'invite, Jehan entra. Le capitaine lui tendit le certificat.

– Vous voyez, ce n'est pas la peste. Seulement des fièvres malignes.

Jehan n'était pas convaincu. Il murmura :

– Je regrette de n'avoir pu examiner ces cadavres. Que signifient ces termes : « Recouverts de marques livides » ? Avez-vous vu les corps ?

Grasset hésita. De toute évidence, son incompétence en matière de contagion était totale.

– Je les ai vus... de loin.

– Avaient-ils des marques charbonneuses sur l'épiderme ? Des bubons ?

– Seulement des marques livides...

– Cette expression ne veut rien dire !

Jehan haussa les épaules et sortit en grommelant :

– Après tout, je ne suis plus ici qu'un simple passager.

Le lendemain, dès l'aube, les ordres du bosco retentirent sur le pont :

– A hisser les ancres ! Les hommes aux cabestans ! Allez, le monde !

Sur le môle du lazaret une fumée épaisse s'élevait. On brûlait les hardes des trois morts, qui avaient été enterrés hors les murs après avoir été recouverts de chaux vive. On n'était donc pas si sûr que ce ne fût qu'une « fièvre maligne ».

Deux heures plus tard, le *Grand saint Antoine*, toutes voiles dessus, faisait route vers la Provence. A califourchon sur le mât de beaupré au-dessus de l'étrave, pour se faire purifier par le vent et le soleil, Jehan contemplait l'horizon. Le doute le torturait.

« On va bien voir si c'est la peste ! Mais si la contagion frappe à nouveau en mer, le vaisseau sera ingouvernable. L'équipage est déjà réduit presque de moitié ! Quant à l'état-major, il se borne au capitaine et au second. Qu'est devenu le lieutenant, au Levant ? Pourquoi le capitaine n'a-t-il pas complété ses effectifs à Livourne ? De toute évidence, le bateau n'a pas bonne réputation. Il est suspect. Aucun marin toscan n'a voulu s'y risquer. Pas même un de ces pirates génois qui traînent dans les tavernes du port ! Quant au représentant de l'armateur, personne ne l'a vu. Il s'est seulement contenté de faire remplacer le chirurgien-barbier pour dégager sa responsabilité. »

Il se mit à douter aussi de lui. Après toutes ces années passées à la faculté de Montpellier et dans les hôpitaux, puis à visiter ceux d'Égypte et de Syrie, il n'était pas capable de formuler un diagnostic sur la peste ! Car ce n'était pas un empoisonnement ! Il n'y avait ni diarrhées, ni vomissements. Si... Le malheureux chirurgien avait vomi. Mais cela ne prouvait rien. Et pas davantage cette fièvre intense qui avait comme brûlé de l'intérieur ces malades, tous des hommes sains et robustes.

« Que savons-nous ? »

Sa plainte se perdit dans le vent. La douce image de Gersende se substitua dans son esprit aux masques hideux des morts. La reverrait-il un jour ? Jamais elle ne lui avait paru si lointaine ; si désirable, aussi.

Traçant un sillage d'écume argentée, le *Grand saint Antoine* fendait la mer Ligurienne, le cap sur son destin.

8

– Allez mouiller à la Grande Prise de Pomègues, ordonna le capitaine Chataud au pilote.

L'archipel du Frioul se dressait devant eux comme un squelette blanchi par le soleil, le vent et le sel, d'un blanc étincelant qui contrastait avec le bleu intense de la mer et du ciel.

Le 25 mai, le *Grand saint Antoine,* après une traversée sans incident, se pointa à l'ouvert de la rade de Marseille. Selon le règlement sanitaire, il se dirigea vers la plus longue des îles du Frioul, Saint-Jean, où se déroulaient les visites préliminaires et les petites quarantaines, sous la garde d'un puissant ouvrage militaire, le château de l'île d'If.

Cette imposante forteresse carrée flanquée de trois tours cylindriques, bâtie par François Ier, dissimulait une chapelle surmontée d'un poste de garde dans sa plus haute tour. Œil de Marseille, If avait guetté le cruel Sarrasin dont le chébec rapide venait razzier la Provence. Aujourd'hui, il attendait ces vaisseaux chargés de toutes les richesses de l'Orient – et parfois de la mort.

Ce fort, que Louis XIV avait fait entourer d'une énorme enceinte bastionnée hérissée de canons, ne servait plus aujourd'hui à la défense. L'escadre des galères de combat protégeait efficacement la ville, qui pouvait aussi compter sur les vaisseaux de Toulon. If était devenu une prison d'État où Louis XIV faisait enfermer les religionnaires qui refusaient d'abjurer. Sous le régent Philippe, la poigne de fer du pouvoir central s'était relâchée. Mais qu'en serait-il demain ?

Les défenses sanitaires de la Provence comprenaient en outre l'île de Jarre, rocher stérile battu par les vents à deux lieues de là, au sud-est du cap Croisette, loin de Marseille. Les vaisseaux suspects et leur cargaison soupçonnée s'y trouvaient relégués pour y purger la grande quarantaine, de sinistre mémoire.

Au nord de Marseille, à quelques centaines de pas de la porte de la Joliette, s'élevaient les Infirmeries Saint-Martin d'Arenc, ou Lazaret, auquel on abordait par une petite crique. Tous les passagers et les marchandises des vaisseaux non suspectés venus du Levant y faisaient un séjour obligatoire, y purgeant une petite quarantaine.

Ce dispositif censé garantir la sauvegarde sanitaire de Marseille et de la Provence était géré par le bureau de la Santé, une assemblée de seize notables bénévoles, les intendants de la Santé, élus chaque année par le conseil de ville. Deux échevins sortant de charge et quatorze « gens de la Loge » (la chambre de commerce), marchands et négociants.

Leur règlement de 1716 leur enjoignait de « *prévenir les funestes accidents qu'entraîne le mal contagieux* », c'est-à-dire la peste.

Se réunissant le lundi et le jeudi dans le bureau de la Consigne sanitaire, à l'entrée du port, au pied du fort Saint–Jean, et quand la nécessité l'exigeait, les intendants désignaient chaque semaine l'un des leurs à tour de rôle, l'intendant semainier, ou conservateur, chargé de l'exécution du règlement : vérification des patentes, recueil sur un registre des dépositions assermentées des capitaines, contrôles de la quarantaine et des établissements sanitaires.

La Consigne sanitaire, les îles de quarantaine et le Lazaret d'Arenc étaient servis par un personnel permanent grassement rétribué : un médecin, un chirurgien, des aumôniers, dix secrétaires et autant de commis, des mariniers, de nombreux gardes, valets et portefaix, tous placés sous le contrôle des deux maîtres de la sécurité : le capitaine des Infirmeries d'Arenc et le capitaine du mouillage de Pomègues à l'île Saint–Jean.

En 1720, Marseille, qui détenait pour sa plus grande fortune l'exclusivité du commerce des Échelles du Levant, se trouvait en contrepartie soumise à l'ordonnance du 31 juillet 1709 de Louis XIV :

Tous les vaisseaux et autres bâtiments de mer sujets, neutres, ou ennemis, munis de mes passeports, venant du Levant, Barbarie, ou lieux suspects de mal contagieux, et faisant leur retour dans les ports de Provence et du Languedoc, seront tenus de faire la quarantaine accoutumée dans ceux de Toulon et de Marseille seulement. Défens à tous officiers, capitaines et patrons commandant lesdits vaisseaux et autres bâtiments, de la faire ailleurs, à peine de punition corporelle, confiscation du bâtiment et chargement, et de trois mille livres d'amende contre les propriétaires.

La sévérité de cette mesure était amplement justifiée. Sept grandes pestes avaient ravagé Marseille depuis le XVIe siècle. La peste endémique régnait dans les ports du Levant, et les risques de contagion se trouvaient aggravés par l'état sanitaire souvent inquiétant des couches modestes de la population provençale.

Marseille avait donc tout pour se défendre. Hélas, une administration inefficace et corrompue, une classe marchande uniquement soucieuse de ses privilèges rendaient ces mesures illusoires.

A une lieue de Marseille, l'archipel du Frioul comptait une dizaine d'îles ou îlots au relief tourmenté, côtes rocheuses calcaires creusées de calanques profondes, battues par le mistral, qui soufflait cent jours par an, l'été desséchant tout, l'hiver glaçant bêtes et gens. Aussi les deux plus grandes îles, Ratonneau et Saint-Jean, n'étaient-elles habitées que pour les besoins de la quarantaine.

L'île Saint-Jean, vers laquelle se dirigeait le *Saint Antoine*, n'avait que huit mille pieds de long et comportait deux masses rocheuses pelées réunies par une arête. Sur l'un des sommets s'élevait un fort dominé par la tour Saint–Jean qui donnait son nom à l'île.

Le pilote longea la côte est de l'île. Puis, virant de bord, il s'engagea dans une anse profonde, dite la Grande Prise, couverte par l'îlot de Pomègues. Plusieurs vaisseaux attendaient là en petite quarantaine, tenus par une aussière frappée sur une bitte taillée en pleine roche et deux ancres affourchées sur des fonds de dix à quinze mètres.

On apercevait sous le fort le logement et le bureau du capitaine, une chapelle et quelques maisons abritant des gardes.

– Mouillez et hissez le pavillon jaune, ordonna le capitaine Chataud.

A ce signal, la vigie du château d'If répondit en hissant l'aperçu. L'officier de sécurité de l'île Saint-Jean sauta à bord d'un canot et vint se ranger sous la dunette du *Grand saint Antoine.* Embouchant un porte-voix de bronze, l'homme « raisonna » le bateau, selon la procédure habituelle :

– Oh ! du vaisseau ! D'où venez-vous ?

– De Seyde, Tripoli du Liban, Larnaca de Chypre, avec escale à Livourne.

– Quel est votre nom ?

– Le *Grand saint Antoine*, capitaine Chataud, de l'armement Estelle, Chaud & Cie.

– Quel est votre chargement ?

– Cotons de laine, cotons fins, cotons filés fin ramés, filés de Jérusalem, bourre de Damas, laines rousses, soies, indiennes et cinq cents sacs de cendre du Levant.

– Avez-vous des patentes ?

– J'ai autant de patentes nettes que de ports visités, monsieur.

– Bien. Vous êtes autorisé à les présenter à l'intendant semainier de la Santé, à la Consigne sanitaire de Marseille. Il décidera du type de quarantaine à vous faire appliquer.

La première formalité était terminée.

M. Pascal fit mettre à l'eau la baleinière. Un matelot gabier et un timonier y prirent place avec le capitaine, porteur des précieuses patentes. Le gabier hissa la voile et au sommet du mât une flamme jaune, indiquant que personne ne devait s'approcher d'eux. Bientôt, la légère embarcation filait vers Marseille, poussée par une petite brise du large.

Sur la dunette, Jehan Figueras et Jacques Chataud avaient observé la scène avec angoisse.

– D'après le règlement sanitaire établi par M. Roux en 1716, dit ce dernier, trois sortes de patentes régissent la quarantaine : *Nette* : bonne santé, aucun soupçon de peste ou autre maladie contagieuse. Patente *soup-*

çonnée : l'équipage paraît sain, mais le bateau a touché un port suspect qui reçoit des vaisseaux venant de ports contaminés. Ou bien le bateau arrive d'un port anciennement touché par une épidémie. Enfin, la patente *brute* : le bateau arrive d'un port où sévit l'épidémie.

– Et s'il y a *seulement* des malades à bord ?

– L'article 9 du règlement de la Santé est ambigu : « *Lorsqu'il arrivera des bâtiments avec patentes brutes, et sur lesquels il y aura des malades atteints de mal contagieux, ou qu'il en soit mort quelqu'un pendant sa navigation, le bureau de la Santé ordonnera que le bâtiment fera sa purge à l'île de Jarre.* »

– Ambigu, en effet ! Car toutes nos patentes sont nettes ! Tout le mal vient de ces patentes qui devraient nous protéger. Pourquoi ont-elles cette importance, alors qu'elles sont si relatives ?

– Relatives ou non, rétorqua Jacques, on n'a rien trouvé de mieux comme défense. Grâce à ces patentes, la peste n'a plus sévi à Marseille depuis soixante-dix ans. Elles vont conditionner le type de quarantaine qui nous sera imposé. A nous, à l'équipage, aux passagers, à la cargaison.

– Les intendants de la Santé n'ont-ils pas tous les pouvoirs, en dernier ressort ?

– Si.

– Ils peuvent donc remettre en cause les patentes des consuls ?

– Oui, Jehan. Que nos patentes soient nettes ou soupçonnées, ils peuvent sans appel les rectifier, d'après leurs dernières informations personnelles. Ils possèdent une liste soigneusement mise à jour de l'état de santé dans tous les ports du Levant. Suivant leur décision, notre quarantaine sera plus ou moins longue : de quatorze à dix-huit jours pour les passagers si tout va bien. De trente à trente-huit jours pour les marchandises. De dix-huit à vingt-huit jours pour le navire. Au moindre doute, la quarantaine peut recommencer. Si entre-temps la contagion se déclare à bord, la cargaison risque d'être brûlée.

– Alors, tout dépend de cet intendant de la Santé, celui qu'on appelle le semainier, auquel va se présenter le capitaine ?

– Théoriquement, oui. Mais il n'est pas seul. Ils sont seize intendants responsables une semaine à tour de rôle ; et le semainier n'a pas tous les pouvoirs. En cas de doute, ils vont délibérer. Ainsi, la santé d'une ville ne dépend pas d'un seul homme, qu'on peut acheter, et qui peut d'autant plus se tromper qu'il n'est pas médecin.

– Délibéreront-ils en toute objectivité ?

– L'objectivité existe-t-elle en ce bas monde ? Les intendants de la Santé exercent leur charge bénévolement. Ils sont choisis chez les notables de la cité, surtout des négociants.

– La ville est gouvernée par quatre échevins également négociants, dont le premier est l'honorable Jean-Baptiste Estelle, l'un des propriétaires de cette cargaison maudite !

– Ce n'est pas l'intérêt des négociants de laisser s'introduire la peste, qui ruinerait leurs affaires pour des années ! Où veux-tu en venir, Jehan ?

– A rien. Je suis comme un homme qui tombe dans le vide !

Pendant ce temps, la baleinière du *Grand saint Antoine* naviguait vers l'entrée du port de Marseille. Deux heures plus tard, elle accostait à la chaîne du port, à un petit embarcadère appelé les Pilons, étroitement surveillé par des gardes. Ils aperçurent la flamme jaune, et l'un d'eux se précipita vers la Consigne sanitaire, simple baraque de planches sur un ponton flottant amarré au pied de la tour Saint-Jean. Là régnait l'intendant semainier, M. Tiran.

Le cérémonial commença. Le garde invita le capitaine Chataud à conduire son embarcation jusqu'à deux mètres du ponton, où elle s'immobilisa.

M. Tiran se tenait derrière des grilles. Très maigre, l'œil sombre, l'intendant semainier était entièrement vêtu de noir, ce qui lui donnait l'air d'un croque-mort.

Le capitaine Chataud le salua en enlevant son chapeau, et selon le rituel il se nomma. Les deux hommes se connaissaient.

– Couvrez-vous, capitaine, dit M. Tiran en lui rendant son salut. Et passons aux formalités.

Puis il lui fit présenter par un commis l'Évangile recouvert de cuir rouge, protégé par un cadre vitré.

La baleinière s'était encore rapprochée. Élevant la main au-dessus du livre saint, le capitaine cria d'une voix forte :

– Sur l'Évangile, je jure de dire la vérité, toute la vérité. Je le jure !

Alors, le conservateur semainier engagea l'interrogatoire.

– Venez-vous directement des ports où vous avez embarqué vos marchandises ?

– Oui, certes, avec relâche à Livourne pour me ravitailler.

Il parlait lentement, pour que le scribe ait le temps d'écrire la déclaration, qui serait enregistrée aux archives de la Santé.

– Avez-vous eu communication avec quelqu'un en mer ?

– Non, monsieur.

– Combien avez-vous d'hommes d'équipage ?

– Douze.

Le conservateur s'étonna :

– C'est peu, pour un aussi gros vaisseau au long cours !

– Cinq sont morts en mer et trois à Livourne.

– De quoi sont-ils morts ?

– Notre chirurgien maître Escarte incriminait pour les premiers un empoisonnement dû à la nourriture avariée. Pour les autres, le certificat du médecin de Livourne parle d'une fièvre maligne.

Un silence embarrassé. Puis le semainier enchaîna :

– Qui sont vos passagers ?

– M. Jehan Figueras, maître en médecine. M. François Carré, capitaine disgracié, et son écrivain François Coudeneau. Deux religieux : les pères Ignace Castagnier, de la Compagnie de Jésus, et Dominique Jaumegarde, des frères prêcheurs de Marseille. M. Honorat Boyan, marchand à Marseille, rue Jean-Galand.

– Veuillez présenter vos patentes.

De son embarcation, le capitaine Chataud tendit le rouleau ficelé, accroché au bout d'une perche. Avec une longue pince de fer, le commis s'en empara et le plongea dans une bassine de vinaigre, où il le tourna et retourna. Puis de ses mains gantées il ouvrit le rouleau et étendit les patentes dégoulinantes sur une planche. Le conservateur les examina longuement, recto verso. Les mises en garde de la Santé de Livourne le firent sursauter.

– Avez-vous des lettres pour les autorités ?
– Voici un pli pour maître Jean-Baptiste Estelle, et un autre pour MM. Chaud et Guillermy, nos armateurs.

Le même va-et-vient se déroula à bout de perche et de pince. Mais cette fois, pas de vinaigre ! Les lettres, incisées en plusieurs endroits sans être ouvertes, passaient dans une étrange boîte d'où se dégageait une fumée, la machine à parfums. Sur une grille de la partie haute de la boîte, on déposait les lettres. En dessous, dans un cylindre de métal percé de petits trous, des charbons ardents consumaient le « parfum », sauge ou romarin, qui brûlait quand on le tournait. La fumigation ne se pratiquait que pour les lettres officielles. Le courrier des simples particuliers était trempé dans le vinaigre, ce qui rendait le texte parfois illisible.

Puis M. Tiran poursuivit son interrogatoire. Le capitaine Chataud n'en menait pas large.

Pendant ce temps, marins et passagers du *Grand saint Antoine* se consumaient d'angoisse. Sur la dunette, Jehan et Jacques Chataud supputaient quelles décisions pourraient être prises au bureau de l'Intendance.

– Premier cas, dit Jacques. Nos patentes sont reconnues nettes. Le semainier accepte de ne pas tenir compte du soupçon qui pèse sur les Échelles du Levant, ni des neuf morts que nous avons eus en mer et à Livourne. Le bateau ira au Casso de la Grande Prise faire sa petite purge sereine sur fer, c'est-à-dire ancré. Il ira mouiller une vingtaine de jours dans cette crique que tu vois, là-bas, avec les autres vaisseaux. L'équipage lavera à grande eau le pont, la coque et le gréement, aérera les entreponts et les cales. Les passagers, eux, seront bientôt autorisés à se rendre au Lazaret Saint-Martin d'Arenc, dans l'enclos réservé aux bien-portants.

– Ne te fais pas d'illusion, dit Jehan. Parlons du deuxième cas. Le vaisseau est déclaré suspect.

– S'il est soupçonné, la quarantaine est plus longue. On multiplie les fumigations dans la cale, l'entrepont, les postes, après avoir sorti la marchandise pour l'aérer.

– Et que se passerait-il si, au cours de cette vraie quarantaine, un nouveau cas de contagion se déclarait à bord ?

– Nous tomberions alors dans la catégorie maudite des vaisseaux à patente brute. Ceux-là ne sont pas soupçonnés, ils sont condamnés ! Le vaisseau est expulsé de l'archipel du Frioul et consigné au mouillage le plus écarté, à deux lieues marines de là, à l'île de Jarre, sous la garde d'une chaloupe armée qui interdit tout mouvement vers la terre. Cette fois, la quarantaine est portée jusqu'à cinquante jours, passagers et équipage, renouvelable à chaque nouveau décès qui se produit. Dans le meilleur des cas, la cargaison est bloquée soixante-dix jours, exposée à tous les vents à l'île de Jarre. Soixante-dix jours ! Trop tard pour la foire de Beaucaire !

– Tu as dit « le meilleur des cas ».

– Oui. Au pire, la cargaison serait brûlée !

Le médecin regarda le secrétaire et pâlit. Jehan se moquait bien de la foire de Beaucaire ! Il pensait à Gersende. Cinquante jours encore privé de sa présence ? Et qui sait ce qui pouvait se passer d'ici là !

– Maître Escarte m'a raconté que le cas s'est déjà produit pour une grosse tartane venue d'Alexandrie. On double la garde armée, on triple les fumigations, on décuple les lavages à l'eau de mer et au vinaigre. Tout malade déclaré est envoyé à l'infirmerie du Lazaret d'Arenc, mis dans l'enclos des pestiférés, d'où l'on ne sort généralement que pour le cimetière, de l'autre côté du mur.

– Que faire au Lazaret pendant cinquante jours ? Si au moins on avait de quoi lire ! Belle occasion d'exercer ton art, Jehan ! Certaines quarantaines se sont prolongées un an !

– Pourquoi pas toute la vie ?

– Cela dépend de l'administration de la Santé. Chaque jour le vaisseau est visité par le médecin des Infirmeries. S'il repère un nouveau malade, quelle que soit l'origine du mal, il l'expédie au Lazaret. Et la grande quarantaine repart, à nouveau cinquante jours ! Dans ces cas-là, le moral ne résiste pas. La nourriture devient médiocre parce que certains ne peuvent plus la payer. Alors, on découvre toujours un malade. Non entretenu, le vaisseau pourrit sur place. Quant à la cargaison, elle ne résiste pas à l' « aération » par le soleil, les embruns et le vent, censés la purifier. Pour l'armateur, les négociants, c'est la ruine.

Jehan eut un geste fataliste.

– Dans ces conditions, impossible que la peste se propage à Marseille ?

– Théoriquement, c'est impossible. Si le règlement est respecté.

– Sera-t-il respecté ?

Jacques eut un geste dubitatif et ne répondit pas. Déjà, les dés étaient pipés. Le capitaine n'avait pas déclaré le mouillage du Brusc !

La nuit tombait lorsqu'ils virent revenir la baleinière. Le capitaine Chataud, visage impénétrable, escalada l'échelle de corde qui pendait le long de la coque, il sauta sur le pont et monta sur la dunette. Enfin il ordonna d'une voix forte qui portait comme un clairon :

– A hisser l'ancre ! Envoyez le petit foc ! Cela nous suffira pour nous déhaler au Casso de la Grande Prise !

L'équipage poussa un hourra en jetant le bonnet en l'air. La petite quarantaine était acceptée !

Jehan, tout à l'espérance de revoir bientôt Gersende, tomba dans les bras de Jacques, en riant de bonheur.

La Peste, elle, ricanait dans l'ombre des cales.

9

La nuit tombait sur les îles du Frioul, une douce nuit de printemps provençal, imprégnée des odeurs de thym et de lavande. Le *Grand saint Antoine*, toutes voiles ferlées sur les vergues, solidement affourché sur deux ancres, une aussière frappée sur le roc, purgeait en toute sérénité sa petite quarantaine au mouillage du Casso de la Grande Prise, dans l'anse de l'île Saint-Jean, sous la garde du château d'If.

La quarantaine serait courte. Soulagés, équipage et passagers, après avoir honoré l'excellent souper composé de vivres frais que le capitaine Chataud leur avait offert, avaient regagné, les uns le poste d'équipage, les autres leurs chambres sous la dunette, que baignait l'arôme d'un pur moka.

N'éprouvant aucun besoin de sommeil, Jehan s'attarda sur le pont, le regard tourné vers Marseille. A cette distance, on ne pouvait même pas apercevoir les feux des pêcheurs cuisant leur poisson sur le rivage après une rude journée en mer.

L'amour de Gersende le submergea. Le désir de la revoir, de la serrer dans ses bras, le portait à toutes les folies. Comment son corps brûlant pourrait-il supporter quatorze jours séparé d'elle, alors qu'elle était si proche ?

Il eut soudain l'idée folle de se jeter à l'eau et de gagner clandestinement le rivage. La traversée de cette baie paisible à la nage ne lui faisait pas peur. Mais le sens du devoir l'emporta. Plutôt que de désirer en vain cette terre promise, il jugea raisonnable d'aller dormir.

Il plongea aussitôt dans des rêves de corps de femmes nues écartelées qu'il tentait en vain de saisir. Elles lui échappaient comme des anguilles, glissant entre ses mains, corps humides et brûlants de désirs inassouvis. Il les poursuivait dans la nuit. Elles s'enfuyaient avec des éclats de rire moqueurs, toujours plus provocantes. Puis il les rattrapait. Mais le rire se changeait en un cri de souffrance. Il ne tenait entre ses mains qu'un corps répugnant décomposé par la peste, qu'il rejetait avec horreur, en criant : « La vie n'est qu'un sourire aux lèvres de la mort. »

Un poing vigoureux qui cognait à sa porte l'arracha au cauchemar. La porte s'ouvrit brutalement.

– Réveille-toi, Jehan ! souffla Jacques Chataud à son oreille. Le capitaine veut te voir !

– Que se passe-t-il ? La mort a-t-elle frappé à nouveau ?

– Il ne s'agit pas de cela ! Maître Estelle est à bord !

– Maître Estelle ? !

– Il vient d'arriver incognito sur une petite felouque. Nous sommes réunis dans la grand-chambre. Habille-toi, et viens. Discrètement !

Quelques minutes plus tard, Jehan, mal réveillé, pénétra dans la grand-chambre, où se tenaient quatre hommes en silence : le capitaine, son fils, Jean-Baptiste Estelle, et un personnage que Jehan ne connaissait pas, un homme de quarante-cinq ans, massif, rouge, au menton volontaire, au regard dur, Jean Chaud, l'associé de maître Estelle, le beau-frère du capitaine, le propriétaire du *Grand saint Antoine*.

Mais Jehan ne voyait que le premier échevin, son abondante chevelure blanche, ses yeux gris-bleu rappelant un lointain ancêtre flamand, ses mains fines de patricien, qui pétrissaient nerveusement un petit tricorne de feutre noir.

Au cours de la traversée, Jehan avait cent fois imaginé sa rencontre avec son futur beau-père. Par les lettres de Gersende, il savait qu'après son départ brutal de Marseille, maître Estelle lui en voulait de ce qu'il considérait à la fois comme une fugue et un affront personnel, autant pour lui que pour sa fille, cachant peut-être un prétexte inavoué de Jehan pour éviter ce mariage, malgré l'engagement qui liait officiellement les jeunes gens.

Les arguments de Jehan sur la nécessité qu'il croyait évidente de voyager pour compléter en Alexandrie et à Damas sa formation de médecin ne l'avaient pas convaincu. Malgré les protestations de Gersende, l'échevin avait même suggéré de remettre ce mariage en question. En l'absence prolongée de Jehan, les partis les plus brillants s'étaient à nouveau manifestés : le fils aîné d'un échevin, un fils de parlementaire d'Aix, et ce jeune officier des galères royales au pompeux titre nobiliaire. Puisque Jehan avait en poche le fameux diplôme de la faculté de Médecine de Montpellier, et un classement qui lui permettait de briguer une fonction à la Cour, à quoi bon aller courir chez le Grand Turc et autres lieux suspects, pour en rapporter Dieu sait quoi ? Les événements donnaient tragiquement raison à maître Estelle.

Au regard que l'échevin lui lança, Jehan comprit qu'on le dispensait de toute manifestation de politesse. Jean-Baptiste Estelle et Jean Chaud se tenaient à l'extrême bout de la grande table, le capitaine Chataud et son fils à l'autre extrémité, comme pour ménager un espace. Jehan, après s'être incliné, s'assit entre eux.

Le premier échevin ne s'embarrassa pas de formules protocolaires.

– Messieurs, mon associé Jean Chaud et moi-même avons cru devoir monter à bord, malgré la quarantaine, parce qu'un fait nouveau est intervenu. Il faut nous concerter. Ce matin encore, grâce à l'intendant semainier de la Santé, M. Tiran, tout évoluait en notre faveur. Cet honnête homme, qui me doit sa nomination, nous était tout acquis. Il avait admis que dans certaines circonstances l'application stricte du règlement de quarantaine ne s'imposait pas. Je vous fais grâce du débat sur la distinction entre l'esprit et la lettre à propos de ce fameux article 9 que vous connaissez tous.

Était-ce parce qu'il se débattait encore dans les brumes du sommeil que Jehan ne comprenait rien à ce discours ? Toute cette histoire de quarantaine et de cargaison lui paraissait futile et irréelle. Une seule chose avait pour lui de l'importance. Le père de Gersende se tenait devant lui et il ne pouvait pas se précipiter vers lui en criant : « Donnez-moi de ses nouvelles ! Vous a-t-elle laissé un message pour moi ? »

Brusquement, Jehan se réveilla. Il reprenait pied dans le monde réel, qui lui sembla alors sinistre, impitoyable. Au bout de la table, le capitaine Chataud s'agitait. Son fils demeurait prostré, comme dépassé par l'événement. Jean Chaud, assez sûr de lui, paraissait attendre l'occasion d'intervenir.

– Quel est le fait nouveau ? demanda brutalement le capitaine.

Tout le monde sursauta. Maître Estelle répondit :

– L'intendant de semaine, M. Tiran, était d'accord pour nous accorder la petite purge sereine dont bénéficient les patentes nettes. Le *Saint Antoine* restait à ce bon mouillage de Pomègues après avoir débarqué la cargaison au Lazaret Saint-Martin d'Arenc pour une purge de trente jours. Les passagers étaient logés une dizaine de jours dans les bonnes chambres des Infirmeries du même Lazaret, où les rejoignait le gros de l'équipage, après assainissement réglementaire du vaisseau. Cette mesure raisonnable nous convenait. Elle permettait de libérer la marchandise le 25 juin, nous laissant juste le temps de préparer la foire de Beaucaire, compte tenu de l'état déplorable des routes ; les crues du Rhône semblent interdire le portage fluvial. Malheureusement, M. Tiran ne décide pas seul. Vous le savez, le bureau de la Santé, géré par seize intendants, se réunit et vote en cas de désaccord.

– Il vote pour quoi ? demanda Jehan.

Maître Estelle le foudroya du regard en secouant sa crinière blanche.

– Pour savoir, monsieur, si la petite purge accordée par M. Tiran sera confirmée, ou si nous sera imposée la grande purge, celle des navires soupçonnés, dont les marchandises sont mises en sereine, d'abord sur le vaisseau isolé sous forte garde au lointain mouillage de l'île de Jarre, puis débarquées et mises à l'*évent* sur cette même île !

Il reprit son souffle et acheva, indigné :

– L'*évent* ! tous les vents ! Sans parler des pluies et du soleil. Un désastre !

Jean-Baptiste Estelle, soudain, parut accablé. Cet homme auquel sa haute fonction avait conforté le masque de certitude et d'autorité qui lui était naturel se troubla. Il bredouilla :

– La grande purge, soixante-dix jours, peut-être davantage ! Pour nous tous, la ruine !

Jehan s'agita sur son siège. Ce débat lui semblait indécent. Après tous ces morts, le bateau était au moins suspect ! Certes, il ne sous-estimait pas le drame financier dans lequel Estelle, Chaud et Chataud se débattaient, doublé pour le premier échevin d'une perspective de débâcle politique. Mais cela pouvait-il être mis en balance avec la santé de toute une ville, l'activité d'un port, la vie même de la cité ? Il demanda :

– Qu'ont décidé les intendants de la Santé ?

– Ils n'ont encore rien décidé. Ils ont étudié le journal de bord et les patentes des consuls levantins, les observations et le certificat de la Santé de Livourne. Là, ils se sont divisés. Six d'entre eux demeurent indécis ; toujours les mêmes ! Ils voteront avec la majorité. Mais il n'y a pas de majorité ! Deux sont absents. Quatre autres intendants font confiance aux patentes, qui sont *nettes*. Mais quatre autres, mes adversaires politiques naturellement, se réfèrent au journal du capitaine. Et ce journal ne nous est pas favorable, c'est le moins que l'on puisse dire !

Les regards se tournèrent vers le capitaine Chataud, dont le visage s'empourpra.

– Messieurs, j'ai vingt-cinq ans de navigation, et je commande depuis douze ans à la mer. Je n'ai jamais falsifié un journal de bord ! C'est pour moi impensable !

– On ne vous le demande pas, capitaine ! répliqua Estelle, excédé.

Jean Chaud ajouta, d'un ton où se mêlaient la menace et la caresse :

– Tu as toute notre confiance, Jean-Baptiste. Mais il y a des événements mineurs que l'on peut *oublier*.

– J'ai déjà « oublié » l'escale du Brusc ! Mais la mort d'un passager, ce n'est pas un événement mineur !

– Un Turc !

– Et celle de six hommes d'équipage, plus le chirurgien et un mousse !

Maître Estelle se fit conciliant.

– On ne peut rien reprocher à votre beau-frère, Jean. Son journal est rédigé avec modération. Le mot « peste » n'apparaît pas. Il suggère seulement que, selon l'avis de maître Escarte, les morts pourraient être dues à une fièvre maligne non contagieuse ou à un empoisonnement. Cessons de nous disputer pour en venir à l'essentiel.

– Oui, dit le capitaine. L'essentiel, c'est le vote des intendants.

Maître Estelle devint très pâle. Il murmura :

– Ils ont voté, après nous avoir entendus. Jean et moi nous avons mis en avant les patentes nettes, et la ruine que représenterait pour nous la grande quarantaine. Sept votes nous sont favorables. Sept ne le sont pas. C'est alors que la voix du semainier qui préside le bureau départage l'assemblée. Mais devant cette responsabilité, M. Tiran s'est rétracté. Il a demandé un report du vote !

– Oui, railla Jean Chaud. Il se débat dans une crise de conscience, le pauvre diable !

– Politiquement, reprit l'échevin, il n'appartient à aucun clan. Les autres intendants ont voté selon leur cœur, leurs affinités politiques ou leurs intérêts. M. Tiran voudrait uniquement s'engager selon sa raison, sa conscience. Mais il est bouleversé par sa responsabilité, puisque sa voix fera la différence. Il nous tient entre ses mains !

Jehan regarda l'échevin droit dans les yeux.

– Monsieur... Pourquoi êtes-vous venu à bord ? En quoi sommes-nous concernés ?

– Mais vous êtes les acteurs de ce drame !

– Le drame n'est-il pas joué ?

– Pas encore.

– Que voulez-vous dire, *père* ?

Le mot lui avait échappé. Il rougit et se troubla.

– Excusez-moi, monsieur.

Jean-Baptiste Estelle aussi était bouleversé. Il n'avait pas de fils, d'héritier mâle. En ce jeune et brillant médecin promis à sa fille préférée, il avait mis son espoir, tout au moins jusqu'à ce voyage insensé en Égypte. Et il le retrouvait là, à bord de ce vaisseau soupçonné de peste, qui pouvait faire sa fortune ou sa ruine ! A nouveau, il perdit son masque officiel d'autorité et d'impassibilité. Des larmes lui vinrent aux yeux.

– Mon petit, tu as le droit... Mon fils !

– Père ! Donnez-moi des nouvelles de Gersende !

– Elle ne pense qu'à toi. Elle ne vit plus de te savoir là, si proche. Cet après-midi, elle est montée à pied à la chapelle Notre-Dame de la Garde, qui domine les îles. Elle a vu le *Saint Antoine*. C'est comme si elle t'avait vu. Elle est revenue, rayonnante. Elle t'attend. Une dizaine de jours, c'est si peu !

– Une dizaine de jours ?

Jehan avait crié. Il répéta sans y croire :

– Une dizaine de jours...

– Si M. le conservateur semainier le veut bien, lâcha, sarcastique, M. Chaud, que cet épanchement incongru avait stupéfié et scandalisé.

Puis il saisit le parti qu'il pourrait en tirer pour amener Jehan à plus de compréhension.

Soudain, Jacques Chataud, qui n'était pas encore intervenu, parla :

– Monsieur Estelle, et vous, monsieur Chaud... Vous n'avez pas répondu à la question de Jehan. Pourquoi êtes-vous montés clandestinement à bord ? Monsieur Estelle, est-ce en tant qu'échevin, premier responsable de la Santé, ou en tant qu'armateur de ce vaisseau ?

Puis il se tut, étonné par son audace.

– Je vais vous répondre franchement, dit Jean-Baptiste Estelle. Après avoir délibéré, le conservateur semainier est venu me trouver. Pas à l'hôtel de ville. Chez moi, sur le Cours. Là, dans le secret de mon cabinet de travail, il m'a simplement demandé : « *En votre âme et conscience, monsieur le premier échevin, pouvez-vous m'affirmer que ce bateau n'apporte pas la peste ?* » Sur le coup, j'ai voulu lui crier : « Bien sûr que non, ce n'est pas la peste ! Relisez les patentes, le journal de bord ! Ces morts, ce sont des fièvres, courantes en ces régions, ou des empoisonnements... » Je n'ai pas pu.

A nouveau le silence, pesant, les accabla. Le *Grand saint Antoine* se balançait légèrement sur une fin de houle venue du large, qui portait à l'oubli, au sommeil. Maître Estelle répéta :

– Je n'ai pas pu. C'est pourquoi je suis venu à bord. Pas pour vous influencer. Je voulais votre avis. J'ai dit au conservateur semainier que j'allais faire mon enquête. Il me fallait donc vous parler, vous voir. Comprendre ce qui s'est passé.

Il se tut. Un long silence s'étendit dans la grand-chambre, presque palpable. On entendait seulement grésiller la mèche d'une des lampes à huile, qui brûlaient doucement en répandant une odeur fade.

Enfin, le capitaine Chataud, visage buté, regard fixe, brisa le silence.

– Je n'ai rien d'autre à ajouter à mes déclarations officielles. Ces morts sont dues sans doute à une fièvre maligne ordinaire.

Sa voix sonnait faux.

M. Chaud suggéra :

– Peut-être à un empoisonnement collectif ? La nourriture fraîche achetée à Tripoli était avariée ? Ou le pain de Larnaca ?

– C'est possible. Voyez le rapport de notre chirurgien, maître Escarte. Il est objectif. L'homme n'avait aucune part dans la cargaison et pas la moindre pacotille.

– Mais il est mort, dit sombrement Jehan. Pourquoi n'avoir pas convoqué ici M. Grasset, que votre représentant à Livourne a désigné pour lui succéder ? Il n'est pas trop tard.

Maître Estelle baissa la tête.

– Je n'ai pas confiance en lui. Il est dévoué, mais si jeune ! Nous venons de l'embaucher, sur la recommandation de Mgr de Belsunce. Livourne était sa première escale sur la *Sérieuse.* Il appartient à une très modeste famille des Accoules, avec à sa charge sa mère, veuve, et dix frères et sœurs plus jeunes que lui. Couvert par le diagnostic du médecin de la Santé de Livourne, il n'osera jamais exprimer une vérité qui puisse porter préjudice à nos intérêts.

Jehan murmura :

– Est-ce pour des raisons inverses, père, qu'on ne m'avait pas désigné pour remplacer maître Escarte ?

Jehan regretta aussitôt cette provocation. Mais il était trop tard.

– Oui, mon petit. On te connaît. Notre représentant savait qu'il n'y aurait jamais d'accommodement avec toi. Le capitaine Chataud a parlé. C'est à toi, maintenant. Fais-le librement.

Jehan se troubla. Il se sentait pris au piège. Dire ce qu'il pensait, c'était condamner maître Estelle, et par là même rendre son mariage impossible. Que deviendrait Gersende dans le cyclone qui entraînerait la faillite de l'armement Estelle & Chaud, le bouleversement politique, la ruine et peut-être le déshonneur du premier échevin ?

Il revit le visage lumineux de la jeune fille. Un jour, elle lui avait dit, les yeux dans les yeux, après leur premier baiser : « *Je vous aime parce que vous êtes clair comme l'eau de nos calanques. Vous ne portez pas de masque, comme les autres.* » Il ne pouvait pas trahir cela. Il s'écria :

– Monsieur, en mon âme et conscience de médecin, c'est sans doute la peste ! Il faut donc agir comme si c'était la peste !

Jean-Baptiste Estelle se leva brusquement, livide, comme frappé à mort. Jean Chaud s'était levé aussi et lançait à Jehan des regards furieux. Il cria :

– Quelle preuve objective avez-vous ? Maître Escarte et M. Grasset, qui ont vu les morts, n'ont pas trouvé de bubons ni de charbons ; ils n'ont pas conclu à la contagion !

– Ils n'ont jamais examiné les malades, ni les morts. Je veux dire qu'ils ne les ont pas déshabillés. Et justement parce qu'ils avaient peur de la contagion. Peur de la vérité, aussi !

– Avez-vous une preuve ?

– Oui. Les rats. À bord du *Saint Antoine,* les rats mouraient par centaines. Jacques en est témoin, et aussi Abougna, le maître calier. On n'avait jamais vu cela. Sauf à Alexandrie, à Jaffa, à Pékin, juste avant les grandes pestes. Ce signe ne trompe pas.

– Lier notre fortune, notre honneur, tout notre avoir à cette histoire de rats, c'est insensé ! Ils peuvent eux aussi s'être empoisonnés, comme l'équipage !

– Non, monsieur. Les rats ne s'empoisonnent pas. Ils savent discerner tout ce qui est mauvais pour eux et notamment les denrées avariées, l'eau polluée.

Maître Estelle se leva. Une tristesse immense qui touchait au désespoir noyait son regard. Jehan aurait voulu revenir en arrière, se dédire, inventer n'importe quoi pour éviter à Gersende d'affronter demain le désespoir de son père. Mais il était trop tard.

Sans regarder personne, l'échevin salua de la tête et sans un mot sortit, suivi par M. Chaud.

Quelques minutes plus tard, la felouque hissait sa voile latine et s'éloignait vers la côte invisible. Elle se fondit dans la nuit.

Sur la dunette, le capitaine, son fils et Jehan la regardaient s'éloigner. Quand la voile blanche eut été absorbée par la nuit, le capitaine s'écria, accablé :

– Tout est perdu ! Dieu ait pitié de nous !

Un dimanche blême se leva sur les îles, que noyait un léger brouillard gris. Pas un souffle d'air n'agitait la mer. Les vigies des forts d'If et de Saint-Jean semblaient n'avoir rien vu de l'insolite visite nocturne.

Ce dimanche, l'équipage fut dispensé de corvées. A dix heures il assista sur le pont à la messe concélébrée par les deux religieux. Officiers et passagers suivirent l'office à bonne distance, de la dunette. Un « repas splendide », comme disait l'équipage, fut ensuite servi aux frais des armateurs : rôti d'agneau et dorades aux herbes de Provence pour les passagers ; poules bouillies et sardines grillées pour l'équipage ; pour tous, légumes verts et bon pain blanc. Mais le rosé de Provence ne parvint pas à dérider Jehan Figueras. Pour leur part, Jean-Baptiste Chataud et son fils avaient pris leur repas dans la chambre du capitaine.

Après le dîner, les passagers, désœuvrés, montèrent sur la dunette. La brume se levait, découvrant l'archipel du Frioul, et au loin la tour ronde du château d'If.

La voix aiguë de César Petitou tomba du nid de pie, où le mousse s'obstinait à monter la garde, bien que personne ne le lui demandât :

– Caïque en vue, venant de Marseille !

Tous les regards se portèrent vers le léger voilier. Poussé par sa voile triangulaire, il semblait voler sur les eaux. Il vira avec élégance et s'engagea dans la crique de Pomègues. Prévenu par un matelot, le capitaine monta sur la dunette.

Le caïque, après avoir descendu sa vergue, se rangea contre la coque du vaisseau.

– C'est l'intendant semainier, M. Tiran, dit-il. Envoyez l'échelle.

Jehan pâlit. Après son esclandre de la nuit, il redoutait le pire. Logique avec lui-même, maître Estelle avait dû réclamer l'entrée du *Saint Antoine* en grande quarantaine. Et ce matin, M. Tiran venait le leur signifier.

L'homme escalada maladroitement l'échelle de corde. Il sauta sur le pont, se rétablit en chancelant, s'empêtrant dans son épée, et se dirigea vers l'arrière.

D'assez grande taille, Adonaï Tiran, âgé d'environ quarante ans, présentait un visage de carême à la pâleur maladive, accentué par sa perruque argentée. Contrairement à la plupart des commerçants arrivés, il était, à son grand désespoir, maigre et décharné. Comment pouvait-on prendre au sérieux un commerçant maigre ? En vain les médecins consultés lui avaient prescrit force poudres et autres médicaments chargés de lui « purger le sang » et de le fortifier. Heureusement, il avait résisté à la prescription d'une petite saignée hebdomadaire, qui avait surtout pour but d'engraisser le médecin traitant. Sa maigreur, soulignée par les habits noirs qu'il se croyait obligé de porter lorsqu'il exerçait sa fonction, tenait-elle à son angoisse ? Celle-ci était-elle provoquée par les affaires dans lesquelles ce fils d'un petit épicier de la rue des Martegales s'était hardiment lancé lorsqu'il avait quitté le quartier Saint-Laurent pour les Accoules, plus proches des beaux quartiers ?

Spécialisé dans les importations toutes nouvelles des Antilles, il avait vu brusquement grossir sa clientèle lorsque les épices étaient devenues à la mode. Maître Estelle l'avait pris en amitié, devinant qu'il trouverait en lui un homme scrupuleux, mais aussi un obligé reconnaissant et fidèle. Plus tard, il l'avait fait entrer au conseil de ville. Puis il l'avait fait élire au corps envié des intendants de la Santé.

Mais pour son malheur, M. Tiran était semainier lorsque le *Grand saint Antoine* avait laissé tomber son ancre aux îles du Frioul. Le moment était venu pour lui de payer sa dette de reconnaissance au premier échevin. Il n'en dormait plus et aurait encore maigri si cela avait été possible.

Le capitaine Chataud, inquiet, s'avança vers lui, l'œil interrogateur.

– Je viens conférer avec vous, capitaine. Pouvons-nous parler discrètement ? Maître Figueras et M. Grasset ne seront pas de trop.

Les trois hommes suivirent le capitaine, qui les conduisit à sa chambre.

Le semainier n'usa pas de circonvolutions.

– Messieurs, le bureau de la Santé se réunira demain lundi pour sa séance habituelle. On votera pour statuer sur votre quarantaine. Notre réunion de samedi n'était qu'officieuse. Une première prise de contact. Nous déciderons lundi si la grande quarantaine vous sera imposée en Jarre, comme le demandent les intendants Bourély et Dupuy, compte tenu des incidents qui se sont multipliés lors de votre traversée.

Le capitaine Chataud et Jehan respirèrent plus librement. Donc, rien n'était encore décidé. Le cœur battant, ils attendirent la suite. M. Tiran poursuivit :

– J'ai revu ce matin maître Estelle. Il a été catégorique. Pour lui, ce n'est pas la peste.

Stupéfait, Jehan se dressa sur sa chaise. Ainsi, le premier échevin, refusant son avertissement, avait décidé de passer outre ! Malgré lui, lâchement, Jehan en fut soulagé. Il avait fait son devoir de médecin et donné son avis. Le reste ne le concernait plus. Il ferma les yeux et revit le visage pur et lisse de Gersende, sa bouche pulpeuse, son regard passionné. Se pouvait-il que la contagion ne fût qu'un mauvais rêve ? Dans une dizaine de jours, achevée cette petite purge à Pomègues, il la reverrait. Et alors... La voix hachée de M. Tiran le réveilla.

– Mon devoir est d'enquêter personnellement avant le vote de demain, qui va être très serré. Capitaine Chataud, devant Dieu qui nous voit et nous juge, renouvelez-vous vos déclarations de samedi ? Toutes ces morts ne seraient dues qu'à une succession malheureuse d'empoisonnements ?

Le capitaine sursauta. Il n'avait jamais dit cela ! Tout au plus avait-il, en son âme et conscience, et en se référant au regretté chirurgien maître Escarte, laissé planer le doute. Était-ce une perche que lui tendait M. Tiran pour sauver maître Estelle ? Pendant combien de temps allait-on le torturer ainsi ? Visage congestionné, il bredouilla :

– J'ai juré. Je ne reviens pas sur ce que j'ai dit. Peut-être les fièvres. La nourriture ? Je ne sais pas. C'est maître Escarte qui l'a dit. Cependant...

Il hésita. On se sentait comme en équilibre sur l'abîme. Tout allait se jouer sur un mot de cet homme : la vie ou la mort.

– Cependant ?

– Je ne suis pas médecin ! s'écria Chataud qui semblait sur le point de craquer.

– Cela veut dire ?

– Comment pourrais-je risquer mon salut éternel sur un mot ? Vous ne pouvez exiger cela de moi ! Je parle en mon âme et conscience, mais en m'appuyant sur les dires des hommes de l'art.

Jehan et Elzéar Grasset sursautèrent. De toute évidence, le capitaine cherchait à dégager sa responsabilité sur eux. Angèlo Afama s'écria :

– Notre regretté confrère maître Escarte se serait prononcé en faveur de l'empoisonnement. Mais ce n'est pas écrit dans le journal de bord. Il y a aussi l'avis du médecin de la Santé de Livourne, qui a examiné les corps et conclu à une fièvre maligne non contagieuse.

– Maître Escarte est mort, dit M. Tiran. Il ne pourra pas confirmer solennellement son avis. Je m'en tiendrai donc au vôtre, monsieur Grasset, et à celui de maître Figueras, dont l'expérience de la peste levantine est inestimable, m'a dit M. Estelle lui-même.

– Pour ma part, reconnut avec une fausse humilité le jeune Grasset, je n'ai jamais vu d'assez près un mort de la peste. Mon avis ne saurait donc peser.

Jehan le dévisagea avec écœurement. Tout convergeait inéluctablement sur lui pour le rendre seul responsable de la fatale décision. Il murmura :

– Maître Estelle vous a parlé de mon séjour à Alexandrie et au Levant ?

– Oui. Nous avons toute confiance en votre jugement. La peste règne à Alexandrie à l'état endémique. Or, vous avez fréquenté ces hôpitaux pendant presque un an ?

– En effet, avoua sombrement Jehan. J'ai vu mourir de la peste des centaines d'hommes et de femmes.

Allons, il fallait se décider. Il revit le visage émacié d'abba Piamoun dans le désert. « *Tu vas affronter une épreuve, dans ta chair et dans ton esprit.* » Il revit aussi le visage lumineux de Gersende. Elle l'attendait. Mais elle attendait celui qu'il n'avait jamais cessé d'être : un homme loyal, ignorant les compromissions dans lesquelles, à un moment ou à un autre, presque tous les hommes s'avilissent. Plus grande est leur responsabilité, plus grand sera l'avilissement. Et il allait la perdre. Car le défi que lui lançait Jean-Baptiste Estelle lui parut évident. Comment pourrait-il accepter un gendre qui aurait provoqué sa faillite, sa ruine, son déshonneur ?

Il allait la perdre. Sa chair se hérissa à cette seule perspective. Imaginer Gersende mariée à un autre, contre son gré, comme ce petit lieutenant des galères, cet infatué Arturo de La Trimolière, ou quelque négociant de la Loge au ventre bedonnant. Son regard se voila. Il suffisait d'un mot pour tout sauver, ce mot qu'attendait maître Estelle.

Les autres attendaient aussi, respectueux de son déchirement. Que feraient-ils à sa place ?

Alors, Jehan se raccrocha à l'idée que le temps de la petite quarantaine suffirait à révéler d'autres cas, si c'était la peste. Des cas qui, sérieusement examinés lèveraient les derniers doutes, l'exempteraient d'une responsabilité insoutenable.

Il s'entendit articuler lentement, comme s'il s'agissait d'un autre homme :

– Monsieur Tiran, *ce n'est sans doute pas la peste.*

– Ah ! Vous me rassurez ! Merci !

Le capitaine Chataud et Angèlo Afama aussi le regardaient avec reconnaissance. Puis il vit comme une once de pitié et de mépris assombrir le regard du capitaine. Mais Jehan, s'il acceptait ce mépris, ne voulait pas de cette pitié. Désormais, il assumerait seul sa lâcheté, et ce serait plus lourd à porter que la peste.

L'amour avait triomphé.

L'amour... et la Mort, qui attendait dans l'ombre.

10

Dans la nuit du dimanche au lundi 27 mai, le matelot Marco Caviglioni mourut. Comme les autres, sans cri ni signe précurseur. On découvrit son cadavre au petit matin, dans son hamac.

Passé le premier moment de stupeur, Jehan Figueras s'en trouva paradoxalement soulagé. Plus d'hésitations. Il avait fait ce qu'il avait pu pour tenter de sauver de la faillite Jean-Baptiste Estelle et ses associés, au prix d'une concession qui marquerait à jamais sa conscience. Mais la contagion se riait de ces petits calculs et poursuivait sa marche inexorable.

Le reste ne le concernait plus. Le bureau de la Santé allait délibérer ce matin. Que la grande quarantaine soit ordonnée ou non, cela n'avait désormais plus aucune importance. Avant midi il serait informé de la mort de Marco. *La peste était à bord*. Jehan, d'ailleurs, en avait-il jamais douté ?

Après avoir informé le capitaine, qui demeura prostré dans sa chambre, Jehan et Elzéar Grasset firent évacuer le poste d'équipage où les hommes, assommés, attendaient. Puis, ayant revêtu leurs gants et posé sur leur visage un masque imprégné de vinaigre, ils recouvrirent le cadavre avec sa couverture.

On hissa au grand mât le sinistre pavillon jaune, appuyé d'un coup de canon qui réveilla les échos de la paisible rade. Là-bas, sur la plate-forme de la tour d'If, on vit s'agiter les veilleurs et les gardes. Quelques minutes plus tard, le sémaphore du château d'If prenait le relais et transmettait le message au veilleur de Notre-

Dame de la Garde, qui le hissa à son tour à l'intention du guetteur de la Consigne sanitaire de Marseille.

Jusqu'alors, les intendants se réunissaient quai Saint-Jean au bureau de la Santé, dans l'inconfortable baraque en planches dressée sur le lourd ponton amarré au pied de la tour Saint-Jean, à l'entrée du port. Depuis un an, on édifiait sur le terre-plein voisin un élégant pavillon en pierre de taille à l'italienne, l'Intendance sanitaire, dont le gros œuvre venait d'être achevé. Au-dessus de chaque porte-fenêtre, des maîtres sculpteurs fixaient le fronton triangulaire portant un cartouche aux armes du roi. La veille de ce jour néfaste, les maçons avaient hissé au-dessus de l'entrée une grande statue de saint Roch, protecteur contre la peste. Il était bien temps !

La baraque du ponton flottant ayant été endommagée par la dernière pluie de printemps, les intendants avaient fait aménager en hâte l'une des salles de la nouvelle Consigne.

Depuis huit heures, ce lundi 27 mai, onze intendants délibéraient sur le sort du *Grand saint Antoine*. Une petite majorité se dégageait en faveur de la proposition de M. Tiran pour autoriser l'entrée du vaisseau au Lazaret d'Arenc, prélude à une libération rapide des passagers. La marchandise devait être débarquée et « aérée » dans les meilleures conditions sous les hangars prévus à cet effet, le tout étant libéré à temps pour la foire de Beaucaire.

A neuf heures la nouvelle tomba sur l'assemblée. Il se passait quelque chose d'insolite à bord du *Grand saint Antoine*. Le pavillon jaune avait toujours une signification sanitaire.

L'assemblée devint houleuse. Comprenant qu'il perdait du terrain, M. Tiran envoya discrètement le secrétaire à l'hôtel de ville, tout proche sur le même quai, pour prier maître Estelle de venir.

Celui-ci entra dans le bureau de la Santé à dix heures. On lui fit place à la longue table derrière laquelle siégeaient les intendants.

– Je proteste ! s'écria M. Bourély, approuvé par M. Dupuy. Cette présence n'est pas réglementaire.

M. Tiran répliqua :

– C'est en tant que premier échevin, protecteur du bureau de la Santé, que maître Estelle intervient ; pas en tant qu'armateur du *Saint Antoine* ! C'est moi qui l'ai prié de venir.

– Alors, qu'il s'explique ! Que se passe-t-il à bord du *Grand saint Antoine* ?

Mais maître Estelle ne savait rien.

Ils n'attendirent pas longtemps. Un garde entra, brandissant un message, qu'une embarcation du château d'If, armée par les six meilleurs rameurs du port, venait d'amener. M. Tiran rompit le cachet et lut :

> *Le capitaine du château d'If, à MM. les intendants de la Santé, Consigne du port. Urgence absolue.*
>
> *Le capitaine Chataud, du* Grand saint Antoine, *mouillé au Casso de la Grande Prise de Pomègues, vous adresse ce message : « Matelot gabier Cavi-glioni mort cette nuit. Cause incertaine. Demandons instructions. »*

Un brouhaha indescriptible s'ensuivit. Jean-Baptiste Estelle, comme frappé par la foudre, demeura effondré sur sa chaise. C'était la fin, la fin d'un espoir insensé. Dans une sorte de rêve, il vit la silhouette de corbeau déplumé de M. Tiran s'agiter au milieu du tumulte. Il entendit sa voix angoissée l'interpeller :

– Qu'en pense M. le premier échevin ?

Avant même qu'Estelle ait pu réagir, la voix virulente de l'intendant Bourély retentit :

– Il n'est que temps d'envoyer en Jarre ce vaisseau et sa cargaison pestiférée ! Ce scandale n'a que trop duré !

Comme réveillé par la lanière d'un fouet le frappant en plein visage, Jean-Baptiste Estelle se redressa. Bourély – tête bovine sur un cou de gladiateur – était son adversaire désigné au poste de premier échevin à l'échéance de 1721. Il aboya :

– Je m'oppose à cette conclusion hâtive. Le message du capitaine Chataud dit que la cause de la mort est incertaine.

Mais, se souvenant de la déclaration de Jehan, il sentait la partie perdue. Avec un courage désespéré, seul M. Tiran persistait à le soutenir. Le semainier plaida avec passion. Mettre le *Grand saint Antoine* en Jarre pendant soixante-dix jours alors qu'il arrivait avec des patentes nettes, c'était perdre à coup sûr, non seulement le bénéfice de la foire de Beaucaire, mais aussi la fragile et précieuse cargaison. Pour Jean-Baptiste Estelle et ses associés, la ruine, peut-être le déshonneur. Un déshonneur qui ne pouvait que rejaillir sur la Loge et sur la cité de Marseille tout entière.

L'argument portait. Adonaï Tiran sentit qu'il regagnait du terrain. Tous ces hommes étaient des négociants dans l'âme. Le mot de « cargaison » revêtait pour eux un sens sacré. C'était leur vie, la vie aussi de tous ceux qui en dépendaient : commerçants, artisans, marins, portefaix. D'ailleurs, quel commerçant pouvait affirmer qu'il n'affronterait pas un jour un cas similaire ?

Soudain, l'un des intendants s'écria :

– Nous n'avons pas répondu à la demande d'instructions du capitaine Chataud.

Maître Estelle saisit au vol la chance imprévue qui lui était donnée.

– Messieurs, vous ne pouvez condamner le *Saint Antoine* sur de simples présomptions. Il y a un mort à bord, c'est un fait nouveau. Il pourrait nous permettre d'éclairer la cause de tous ces décès. Je demande le transfert immédiat du corps du matelot Caviglioni aux infirmeries d'Arenc, aux fins d'autopsie.

M. Tiran s'engouffra aussitôt dans la brèche.

– Cette mesure me semble en effet indispensable avant de prendre une décision définitive pour la quarantaine. Avec ce mort, nous allons enfin savoir si c'est la peste ou non. L'autopsie sera pratiquée dès que possible par maître Guérard, chirurgien du Lazaret. Y a-t-il des oppositions ?

MM. Bourély et Dupuy se consultèrent. Mais personne ne broncha.

– Puis-je formuler un vœu ? demanda Jean-Baptiste Estelle.

– C'est votre droit.

– L'autopsie se déroulera en présence de M. Grasset, le chirurgien du *Saint Antoine.*

– Doutez-vous de la compétence de maître Guérard ? grinça M. Bourély.

– Nullement. Mais il est d'usage que le médecin du mort assiste à l'autopsie.

– J'y consens. Cependant...

Il regarda longuement Jean-Baptiste Estelle et une lueur sadique brilla dans son regard.

– Il y a à bord du *Saint Antoine* un médecin réputé, maître Jehan Figueras, qui figure sur la liste des passagers. Contrairement à M. Grasset, qui n'a embarqué qu'à Livourne, il vient de Tripoli. Je demande qu'il assiste aussi à l'autopsie.

Jean-Baptiste Estelle frémit. Si c'était la peste, Jehan courait un danger de mort. Les autopsies de pestiférés se révélaient redoutables, et seuls s'y risquaient quelques médecins par obligation de leur charge, ou passionnés par la recherche, ou encore motivés par des émoluments extraordinaires. Il regarda son adversaire avec haine. Tous les intendants savaient Jehan fiancé avec sa fille Gersende. Mais s'il refusait la demande, ce serait l'aveu de la contagion. A cette attaque frontale où l'adversaire croyait l'avoir terrassé, il répondit avec mesure :

– Maître Figueras n'étant qu'un simple passager, on ne peut rien lui imposer. Seulement lui proposer.

A l'unanimité, l'assemblée adopta cette mesure. Le message hâtivement rédigé fut aussitôt porté au patron de l'embarcation du château d'If, qui attendait à la chaîne du port et reprit immédiatement la mer.

Peu après midi, la baleinière du *Grand saint Antoine* embarqua le corps du malheureux matelot. Pour limiter le risque de contagion, un seul marin volontaire, le vieux timonier Zacharie Abladou, assurait la gouverne et la manœuvre de la petite voile. Elzéar Grasset, plus mort que vif, avait pris place à bord. Comme on pouvait s'y attendre, Jehan n'avait pas hésité et se trouvait à ses côtés.

Un vent vif soufflant du large, la légère embarcation, qui avait arboré à son mât le pavillon rouge de la contagion, ne mit qu'une heure pour atteindre le rivage au nord de la ville. En contemplant les remparts qui se dressaient au-dessus des rochers, les moulins, les clochers, Jehan songea avec une ferveur teintée d'amertume : « Quand reverrai-je Gersende ? »

L'embarcation longea les plages. Il aperçut la porte monumentale du Lazaret, dite Majeure. Sur son fronton étaient gravés ces mots, en latin, que Jehan traduisit :

ICI LA PRÉVOYANTE MÉDECINE SOIGNE LA PESTE ET PRÉSERVE LA SANTÉ DE LA CONTAGION

Ils doublèrent la crique de la Joliette, surplombée par les falaises et les murailles septentrionales de la ville. Une odeur nauséabonde s'en dégageait, provenant de la « Tuerie ». Du haut des remparts, l'abattoir de la ville ne se privait pas de jeter à la mer les entrailles et les déchets d'animaux de boucherie, que des milliers d'oiseaux de mer venaient se disputer.

La baleinière pénétra peu après dans la crique voisine du Lazaret [1].

Les yeux exorbités, Angèlo Afama contempla la muraille gigantesque. Construit en 1663 sur l'ordre de Colbert, à quatre cents mètres de la porte de la Joliette, le Lazaret Saint-Martin d'Arenc occupait un immense périmètre de douze hectares. Une haute muraille le ceinturait entièrement, garnie de tours de guet, sur lesquelles une garde spéciale veillait jour et nuit pour empêcher les évasions et toute fuite de marchandise vers l'extérieur.

L'intérieur même du Lazaret était cloisonné de murs, formant des enclos. Deux pour les hommes, un pour les femmes, un pour les animaux et deux pour les marchandises. Le grand enclos des marchandises « nettes » comprenait dix-huit halles contiguës, une par vaisseau. Le petit enclos des marchandises soupçonnées disposait de deux halles de quarante mètres sur vingt.

Les bâtiments réservés aux marins et passagers soumis à la quarantaine se distinguaient par la qualité de leur construction : simples casernes pour les équipages et passagers ordinaires, pavillon relativement confortable pour gens de distinction, le Belvédère.

Sur de vastes terre-pleins on exposait les marchandises « en sereine », surtout des balles de coton et de laine, éventrées, exposées au soleil sur des banquettes de pierre. Des hangars ouverts abritaient les plus précieuses, soie, tapis et indiennes.

Tandis que Zacharie Abladou manœuvrait habilement pour accoster au môle qui protégeait la petite crique du Lazaret, Elzéar Grasset se pencha vers Jehan.

– Vous êtes déjà entré dans cet endroit sinistre ?

1. Voir la carte en fin d'ouvrage.

Le pauvre garçon semblait terrorisé. Son abondante chevelure blonde envahissait son visage étroit, d'où sortait le regard épouvanté d'un condamné à mort.

– Oui. Tout un monde calfeutré vit là dans les casernes, les infirmeries, les pavillons, les parloirs, l'auberge, les écuries, les greniers, les magasins. Il y a même une prison, la « chambre de correction », où l'on enferme sans procès ceux qui ont contrevenu aux règlements établis par les intendants de la Santé, et sur l'application desquels veille messire Andrea Maillard, le capitaine des Infirmeries.

– Serait-ce ce petit personnage gras comme un chanoine, en chapeau de mousquetaire, tout vêtu de noir, harnaché de cuir et botté, qui semble nous attendre à la porte ?

– C'est bien lui. On l'a surnommé Barralet, petit baril. Mais ne vous fiez pas à son apparence. C'est le véritable maître de la quarantaine, car l'intendant semainier change trop souvent pour que son pouvoir soit réel. Chaque soir sont remises au capitaine les clés des trois portes du Lazaret, pour éviter la corruption des gardes. Ses pouvoirs sont pratiquement illimités.

– Quel est cet autre personnage en robe noire, coiffé d'un grand chapeau à bord plat, qui se tient dans l'ombre du capitaine ?

– C'est notre confrère le chirurgien des Infirmeries, maître Guérard, qui va pratiquer l'autopsie.

Chirurgiens et médecins ne portaient plus guère la robe, sinon pour les cérémonies officielles. Jehan, qui était vêtu comme d'habitude d'une culotte de peau et d'un justaucorps par-dessus une ample chemise de fine batiste, s'en étonna.

Les gardes en armes avaient pris position sur les sept tours de guet et sur la plage pour interdire toute approche. Dès que l'embarcation du *Grand saint Antoine*, voile affalée, se fut immobilisée à quai, aussière tournée à la bitte, deux infirmiers sortirent du Lazaret. Bottés, mains gantées, entièrement recouverts d'une sorte de houppelande en toile gommée, une cagoule masquant leur visage, ils se dirigèrent vers l'embarcation. A l'aide de longues gaffes, ils crochèrent habilement le cadavre ficelé dans sa couverture et son hamac. Ils le firent rouler dans un brancard et s'en retournèrent vers le Lazaret, qui les absorba.

Jehan et Elzéar Grasset avaient mis pied à terre et s'avançaient à leur tour vers la porte, où les attendaient le capitaine et le chirurgien.

Maître Guérard, qui partageait avec un médecin la responsabilité médicale de l'établissement, était un homme d'une quarantaine d'années, au visage austère. Ce n'était pas un chirurgien de grande robe issu de l'université, mais seulement du collège des médecins de Marseille, où il avait fait trois années d'études. Il devait son importante fonction à l'amitié du capitaine du Lazaret. Ses confrères de Marseille, peut-être jaloux de son pouvoir et de son énorme salaire, le considéraient comme un ignorant. Toutefois, il avait acquis une certaine réputation en anatomie et autopsie, pratiques dans lesquelles il prenait un véritable plaisir. Mais mieux valait, disait-on, ne pas lui confier une amputation.

Lorsque les présentations furent faites, le capitaine Maillard déclara :

– Messieurs, voici les ordres du bureau de la Santé :

> *Le corps du sieur Caviglioni Marco, ci-devant matelot gabier du vaisseau le* Grand saint Antoine, *sera transporté aux Infirmeries Saint-Martin pour y être examiné et autopsié par maître Guérard, chirurgien desdites Infirmeries, en présence des sieurs Elzéar Grasset, chirurgien-barbier dudit vaisseau, et Jehan Figueras, maître en médecine de la faculté de Montpellier.*

Ils s'engouffrèrent à la suite du cadavre à l'intérieur du Lazaret, dont la lourde porte de chêne doublée de fer se referma aussitôt sur eux. Puis on les fit attendre dans une petite pièce qui ouvrait sur le jardin privé du capitaine, où roses de mai, iris, lys et jasmin fleurissaient à l'abri du vent. Paradis inattendu, havre de couleurs et de parfums au cœur de cette prison et de ce drame.

– On va enfin savoir ! murmura Elzéar Grasset pour se donner du courage.

Jehan le regarda avec inquiétude. Angèlo Afama tremblait de tous ses membres.

– Avez-vous jamais pratiqué une autopsie ? se risqua-t-il enfin à demander à Jehan. Il m'est ouï dire que les cadavres font singulièrement défaut à l'école de Montpellier.

– Aussi bien n'ai-je jamais pratiqué la dissection à Montpellier que sur des cadavres de porcs et de chiens, tout comme d'ailleurs Claudius Galien, notre illustre maître. Cela fait partie des interdits de notre profession. Heureusement, je n'ai pas rencontré ces tabous à Alexandrie. Moyennant moult piastres sonnantes et trébuchantes, un chirurgien agréé peut se procurer un cadavre frais, à condition que ce ne soit pas celui d'un musulman. Il faut trouver un juif, un chrétien, bref un infidèle. Mais vous tremblez, mon ami. Vous êtes malade, ou bien est-ce la perspective de voir *violer* le cadavre d'un chrétien qui vous épouvante ?

Angèlo Afama aurait préféré mourir plutôt que d'avouer qu'il avait peur d'attraper la peste. Il répondit crânement :

– Au contraire, maître Figueras ! Expérience passionnante ! Au cours de mes deux années d'études au collège des médecins de Marseille, je n'ai jamais ouvert le moindre cadavre, sinon celui d'un cochon. Le peu que je sais du corps humain me vient de mes maîtres. J'ai appris par cœur, comme vous-même sans doute, le savant traité en sept volumes d'Andrea Vesali, *De corporis humani fabrica.*

Les yeux aigue-marine de Jehan se mirent à briller.

– L'*Anatomie* de Vésale a bouleversé les données anciennes de la médecine sans briser les préjugés. Il a été condamné par tous les maîtres du XVIe siècle qui s'obstinaient à se référer exclusivement à Galien. 1543 ! C'est l'année où Copernicus publia sa théorie révolutionnaire affirmant contre toutes les traditions que la terre tourne autour du soleil, affirmation jugée hérétique par l'Église. Je comprends que l'Église se révolte à l'idée que la terre où s'incarna le Christ ne soit pas le centre de l'univers. Mais un cadavre ! Le culte des morts peut-il interdire que des savants examinent l'intérieur du corps humain pour en découvrir les secrets, et par là même alléger les souffrances ?

– Mais les véritables chercheurs ont de tout temps su contourner les interdits archaïques pour faire avancer la science médicale par la connaissance approfondie de l'anatomie. Il y a toujours eu des hommes courageux.

Jehan sourit. Le petit chirurgien paraissait détendu après ce dialogue étrange.

– Je vois maintenant que vous êtes prêt à affronter votre première leçon d'anatomie.

Maître Guérard reparut. L'exaltation brillait dans son regard. Il entraîna ses confrères à l'infirmerie.

– Vous plairait-il céans de revêtir les vêtements protecteurs prévus à cet usage ?

Il leur présenta une courte robe en toile fine, et une longue robe de toile gommée descendant jusqu'aux talons, empestant le vinaigre dont on l'avait frottée, une cagoule et une petite éponge imbibée de vinaigre à mettre sous le nez, retenue par une cordelette.

Ils se déshabillèrent entièrement pour passer la robe légère. Mais Jehan repoussa la robe de toile gommée et la cagoule ; il accepta seulement les gants de fine peau de chevreau.

– Je suis immunisé, dit-il.

L'autre le regarda avec étonnement.

– D'où venez-vous ?

– D'Alexandrie et de Damas.

– Je vous conseille tout de même d'attacher ce sachet protecteur à votre ceinture. Il contient une préparation de mon invention : de la poudre de crapaud et de vipère diluée dans du camphre.

Jehan haussa les épaules et repoussa le sachet.

– Je vous conseille au moins de ne pas respirer par la bouche et de garder sous la langue ce morceau d'angélique.

Jehan l'accepta pour ne pas le vexer. Quant à Elzéar, il revêtit la robe de toile gommée, trop grande, dans laquelle il disparut complètement, puis la cagoule. On ne voyait plus que ses yeux, où passait un regard épouvanté.

Un peu plus tard, les trois hommes se trouvaient réunis dans une petite pièce entièrement carrelée de tomettes. Une seule fenêtre ouvrait face à un mur. A la faible lumière du jour s'ajoutait celle de grosses chandelles de suif, qui éclairaient bien et empestaient davantage.

L'infirmier – casaque et masque – souffla sur une cassolette de charbons ardents sur lesquels le chirurgien jeta une certaine poudre de sa composition. L'air devint irrespirable.

– Arrêtez cela, confrère ! Nous ne sommes pas chez les boucaniers !

Le garçon chirurgien qui assistait maître Guérard avait préparé le mort sur une table de dissection. Corps nu, maigre et velu tout en muscles d'un gabier habitué depuis l'enfance à escalader les haubans, à se paumoyer sur les vergues dans les pires roulis et tangages, « une main pour le bateau, une main pour l'homme ». Corps mal nourri mais bien entretenu par les exercices constants qui conditionnaient la marche et parfois la survie du vaisseau.

– Un beau sujet, ma foi ! murmura maître Guérard à travers son masque. Pas une once de graisse.

Fascinés, les trois hommes ne pouvaient détacher leur regard de ce corps qui renfermait le secret de la mort. Le visage aux yeux noirs grands ouverts était paisible, le regard absent les ignorait tout en exprimant une interrogation fondamentale.

De longs poils noirs et gris recouvraient le torse puissant du mort. Aux bras saillaient les deltoïdes. Le ventre, légèrement déprimé, s'achevait par l'épaisse toison pubienne d'où jaillissait une verge minuscule, les bourses s'affaissant entre les cuisses.

Les membres inférieurs semblaient chétifs par rapport aux bras puissants, comme chez tous les gabiers habitués surtout à se servir de leurs bras et de leurs mains.

Maître Guérard commenta :

– Extérieurement, le corps de cet homme ne présente à première vue rien de particulier. Je n'y vois ni les bubons ni les charbons qui sont la marque ordinaire de la contagion.

A son ordre, Antonin, le garçon chirurgien, un élève qui ne devait guère avoir plus de dix-sept ans, en casaque, masqué et ganté, aussi indifférent que s'il eût manipulé un animal de boucherie, retourna le corps. Le dos puissant du mort, légèrement voûté, faisait ressortir une colonne vertébrale qui avait dû être souple, des fesses étroites et sans relief. Mais le corps ne révélait aucune marque livide ni charbons.

– Retourne-le, Antonin.

A la recherche d'une éventuelle tumeur, la main gantée du chirurgien palpait maintenant le cadavre. Elle s'attarda longuement à la base du cou, sous les aisselles et sur les aines.

– Pas de trace de bubon. Si vous voulez vérifier, messieurs.

– On vous fait confiance, bredouilla Angèlo Afama en reculant.

« Quelle est cette maison de fous ? pensait-il. Ce matelot est sûrement pestiféré, et nous sommes là à le tripoter, au lieu de l'ensevelir sous un pied de chaux vive, lesté de moult patenôtres ! »

Jehan Figueras s'approcha. Longuement, il enfonça ses doigts gantés dans les aines, les aisselles ; il palpa l'abdomen, s'attardant sur le foie, examina les pupilles.

– Je ne vois rien de particulier.

Il ouvrit la bouche du mort et à l'aide d'une pince il tira la langue à l'extérieur et l'examina longuement.

– Elle est saine. La cavité ne présente aucune altération.

– Ouvrons, dit maître Guérard, dont le regard avait pris l'air gourmand que l'on voit chez les convives lorsque les valets présentent le rôt.

Parmi les divers scalpels que l'aide chirurgien avait disposés sur une table, il choisit une courte lame d'acier bien tranchante. D'un geste précis il fendit l'abdomen, du pubis au sternum.

Par l'ouverture béante en forme d'amande se détacha l'os central de la poitrine, tout nacré, d'où partaient les côtes et les fuseaux musculaires. En dessous se gonflait une membrane jaune et bleu, que maître Guérard trancha. Comme un long serpent satiné, l'intestin jaillit à l'extérieur, en larges boucles. Un peu de sang coula, que le chirurgien examina longuement.

– Ce sang est fluide et clair. Voyez.

Puis, repoussant les serpents intestinaux, il préleva le foie et fit de même pour la vésicule biliaire.

Le jeune Elzéar Grasset s'était écarté et semblait sur le point de défaillir. Des bribes de cours se bousculaient en désordre dans son esprit : « *Du foie s'élèvent les vapeurs vitales nourricières venues de l'intestin grêle où elles se sont épaissies. Elles vont ensuite au cœur, s'y purifient, puis elles montent vers le cerveau, la tripe du crâne, où elles se sublimisent et se transforment en pensées.* »

Hélas, les siennes étaient de plus en plus confuses !

Sans prendre garde à lui, maître Guérard commentait ses investigations.

– Le volume du foie est normal. Il est souple au palper. Sa surface est régulière et lisse.

Il l'ouvrit, examina l'intérieur. Puis il extirpa la rate, après avoir coupé les adhérences, les vaisseaux sanguins et autres pertuis.

– Voyez. Elle n'est pas fibreuse. Sa couleur est saine.

Il s'excitait de plus en plus, plongeant avec un plaisir certain ses mains gantées rouges de sang dans les entrailles du mort.

– Les épithéliums de revêtement, les tissus, les organes ne présentent aucune anomalie.

Il incisa les aines.

– Regardez bien, messieurs. Les ganglions n'ont pas changé de volume.

– Pouvez-vous prélever un peu de ce sang ? demanda Jehan. J'aimerais l'examiner à loisir.

Le chirurgien saisit une éponge et tamponna la plaie. Puis il pressa l'éponge dans un petit flacon de verre à large col, qu'il obtura avec un bouchon émeri et remit à Jehan.

– Maintenant, voyons le cœur.

S'emparant d'une scie à dents fines, il dégagea les côtes du sternum et mit au jour l'organe.

Angèlo Afama étouffait. Il arracha son masque et s'appuya le dos au mur. « *Le cœur, organe vital où la vie se concentre sous forme d'âcres vapeurs, embryons de la pensée.* »

Jehan s'était penché sur le thorax ouvert. Il approcha un chandelier. Une goutte de suif tomba sur le visage du mort et aussitôt s'y solidifia.

– Rien ne distingue ce cœur de celui d'un homme sain, dit-il. Voyons les poumons.

Maître Guérard écarta les côtes et trancha.

Dans la tête d'Elzéar la sarabande des mots défilait. « *Poumon, organe double destiné à rafraîchir et à empêcher que le corps ne brûle sous la fournaise du cœur. Sans les poumons, l'homme ne serait qu'une torche vivante, comme on le voit chez les mystiques brûlés par l'*incendium amoris. *Emmagasinant du vent, les poumons le déploient pour rafraîchir le corps brûlé de fièvre.* »

– Tout semble normal, murmura maître Guérard avec une pointe de regret. Et pourtant...

– Oui, enchaîna Jehan. Et pourtant, il est mort.

Le chirurgien ouvrit l'estomac et examina longuement la cavité béante. Puis il le replaça avec le foie, la rate et la vésicule, y fourra avec difficulté l'interminable serpent des intestins, qui s'étaient échappés et pendaient sous la table. Ayant sommairement cousu l'ouverture, il retira son masque et se tourna vers ses confrères.

– Nous avons terminé. Qu'en pense le chirurgien du *Saint Antoine* ?

Elzéar Grasset ne répondit pas. Il s'était effondré sur un banc de bois, sans connaissance.

Maître Guérard le désigna avec mépris au garçon chirurgien, puis il sortit suivi par Jehan.

Longuement, les deux hommes, après s'être déshabillés, s'ébrouèrent dans un baquet d'eau chaude préparée à leur intention, où infusaient des touffes de serpentaire rouge, de marjolaine sauvage et des clous de girofle. L'infirmier emporta leurs vêtements à l'étuve. Puis ils s'aspergèrent de vinaigre à l'aide d'une grosse éponge. Enfin, ils passèrent dans la salle des fumigations, d'où ils ressortirent à demi asphyxiés.

Comme ils enfilaient leurs vêtements ordinaires, Elzéar les rejoignit.

– Alors, qu'en pensez-vous ? demanda-t-il avec une assurance feinte qui tentait de faire oublier sa défaillance.

Maître Guérard s'écria :

– De toute évidence, ce n'est pas la peste. Il n'y a aucun signe. Rien. Pas de bubons, de pustules malignes, de taches brunes sur la peau. Les taches ! Le stigmate de la peste, le charbon, est absent. L'autopsie ne révèle rien non plus. Pas de taches noires sur les viscères. La bile est claire, non visqueuse. Le cœur exempt de caillots et de sang noir. Le système ganglionnaire n'est pas touché alors qu'il l'est fatalement dans la contagion. La rate est dure. Dans l'estomac je n'ai observé aucune hémorragie de sang noir.

– Le sang... murmura Jehan en contemplant sa petite fiole.

– La mort par la peste, ajouta sentencieusement maître Guérard, résulte de l'arrêt de la circulation sanguine, par suite d'un épaississement du sang, qui devient gluant. Rien de tel ici.

Le chirurgien parlait avec assurance. Jehan demeurait silencieux. Il contempla à nouveau la petite fiole de verre. Le secret était là. Mais comment le découvrir ?

– Qu'en pensez-vous? lui demanda brusquement maître Guérard.

Le ton de sa voix accusait une certaine impatience.

Jehan le regarda sans répondre. Théoriquement, l'autopsie en faisait foi, ce n'était pas la peste. Mais à Alexandrie, en pleine épidémie, il avait vu des dizaines de corps qui ne présentaient pas non plus le moindre signe. Il les avait ouverts. Il n'avait rien vu. Rien. Et dans tous les cas, et seulement ces cas, la mort avait été foudroyante. L'homme avait été emporté, parfois dans son sommeil. Comme si le mal, au lieu d'envahir l'organisme qui se défendait violemment pendant des jours, avait frappé directement au cœur, ou peut-être au cerveau. Oui. A l'esprit. Où frappait le Mal? Quel était ce Mal? Il ne pouvait répondre à ces questions.

Il aurait dû exprimer sa réserve. Il hésita. Suggérer la peste, la contagion, c'était les condamner tous à la grande quarantaine. Celle qui ne finit pas. Condamner aussi le père de Gersende. Et se priver de la présence de la jeune fille, pour des mois encore, peut-être pour toujours!

Il revit son visage pur et lisse. Elle s'éveillait dans la lumière dorée du jour. Elle l'attendait. Ses yeux adorables lui souriaient. Les étoiles scintillaient dans ses prunelles lavande. La longue boucle de ses cheveux noirs descendait sur le sein. Ils partiraient ensemble à Paris, loin de ce cauchemar. Ils retrouveraient leur bonheur. Ils baigneraient dans l'Amour, les racines de la vie. Ils seraient immortels. La chanson légère volait dans l'air pur : « *C'était le temps des fleurs, on ignorait la peur...* »

La voix impatiente du chirurgien Guérard le fit sursauter.

– Alors, maître Figueras? Votre diagnostic?

– Vous avez raison, maître Guérard. *Ce n'est pas la peste.*

Jehan ferma les yeux. Il se sentit couler dans un abîme effrayant, sans plus pouvoir prononcer une parole. Il demeurait seul dans sa nuit.

A six heures du soir, les intendants de la Santé se réunirent à nouveau à la Consigne sanitaire. Le bureau siégeait au complet. On examina les rapports des trois médecins, unanimes. *Ce n'était pas la peste.*

MM. Bourély et Dupuy se déchaînèrent.

– Dix morts sur ce vaisseau maudit, cela ne vous suffit pas ? Combien vous en faudra-t-il pour admettre que c'est la peste et neutraliser ce bateau ?

L'assemblée demeurait muette, accablée. On passa au vote secret. A l'unanimité, le bureau déclara le vaisseau « contagieux » et signa le procès verbal d'envoi en l'île de Jarre. Le bon sens avait enfin triomphé.

Que se passa-t-il ensuite ? Les intendants subirent-ils d'occultes et irrésistibles pressions ? Une séance tardive les réunit à nouveau. Les opposants Bourély et Dupuy n'avaient pas été convoqués ! Lorsque la nuit tomba sur le port, le bureau signa « à l'unanimité des présents » une mesure dite « conciliante » que l'on croyait à la fois susceptible de garantir les intérêts des armateurs et la santé publique. Le *Grand saint Antoine* n'irait pas en Jarre, ni à Arenc. Il resterait étroitement surveillé à son mouillage de Pomègues, jusqu'à nouvel ordre. Le vieil adage anglais, « attendre et voir », avait prévalu.

Cependant, les intendants Bourély et Dupuy, indignés d'avoir été mis à l'écart, comptaient ne pas en rester là.

11

Et la petite quarantaine se poursuivit à l'ombre tutélaire du château d'If. En vain M. Roux, le rédacteur du règlement de quarantaine, avait-il protesté. Pomègues n'était qu'un mouillage provisoire, les bateaux sains allant au Lazaret d'Arenc, prélude à leur libération, les bateaux suspects à l'île de Jarre pour y subir la grande quarantaine. Là encore, l'influence du premier échevin avait été décisive.

Les marchands organisaient déjà le futur transport des balles de textiles et de peaux à Beaucaire. On retenait les chariots et les trains de barques. On tirait des billets à ordre sur les ventes futures. On agiotait...

Le 29 mai, la bonne nouvelle arriva à Pomègues. Les intendants de la Santé avaient délibéré. M. Roux avait raison. Pomègues n'était qu'un mouillage d'attente qu'il fallait libérer pour d'autres vaisseaux. On en attendait trois du Levant. Divine surprise, le *Grand saint Antoine* serait autorisé à mouiller le 4 juin dans la crique du Lazaret d'Arenc, prémisses d'une libération prochaine des hommes, après purifications réglementaires.

La petite quarantaine était confirmée aussi pour les marchandises, qui seraient débarquées à Arenc et aérées sans subir de dommages. On échappait à l'île de Jarre, où n'existaient pas de halles couvertes.

> *Les marchandises fines seront transportées mardi prochain 4 juin aux Infirmeries d'Arenc et feront leur purge au surhaussement de la halle. Les toiles y seront mises en gerbier, les cotons filés et soies seront*

ouverts, leurs serpillières traînant et leurs cordeaux entièrement relâchés. Les portefaix qui les mettent en purge resteront audit surhaussement sans en pouvoir sortir, et y seront fermés à clé, et leurs vivres leur seront donnés avec précaution.

Cette décision surprenante avait été obtenue à l'unanimité de l'assemblée... en l'absence des deux opposants.

Mais le 31 mai, un nouveau coup de théâtre anéantit cet optimisme. Les trois bateaux du Levant entrèrent au Frioul. Consternation, leurs patentes étaient brutes ! La peste était officiellement déclarée à Seyde.

Le voilier l'*Aventurier*, grosse pinque commandée par le patron Aillaud, avait appareillé de Seyde huit jours seulement après le *Grand saint Antoine*. M. Poullard, consul de France à Seyde, et l'émir Safranbolu avaient déclaré l'état de peste trois jours après le départ du capitaine Chataud. Il paraissait plus que probable que la contagion régnait depuis longtemps dans la ville et le port.

Le *Saint Joseph*, patron Reynaud, arrivait de Saint-Jean-d'Acre. La polacre *Vierge de la Garde*, patron Fouques, venait d'Alexandrie.

Ces trois bateaux marqués du signe accablant de la patente brute furent envoyés directement purger leurs miasmes à l'île de Jarre, en grande quarantaine. Et pourtant, aucun ne déplorait le moindre malade à bord.

Malgré ce fait capital – la peste déclarée à Seyde – la petite quarantaine se poursuivit à la Grande Prise de Pomègues à bord du *Grand saint Antoine*, comme si de rien n'était. Le bureau de la Santé maintenait le transfert des marchandises à Arenc pour le 4 juin. Seule concession admise pour calmer les deux opposants, les balles de coton et de laine bruts seraient envoyées en Jarre. « *Et y seront éventrées à fond pour y faire leur purge. Et sera donné un gardien aux portefaix qui les feront purger.* »

Naturellement, il ne s'agissait que des marchandises les moins précieuses, deux cent vingt livres le quintal métrique. Les belles toiles indiennes, le coton filé, la soie, valant jusqu'à quatre mille livres, demeuraient à Arenc, ainsi que les peaux et les tapis.

En vain les intendants Bourély et Dupuy protestèrent

contre cette deuxième violation du règlement de quarantaine. Nul n'était autorisé à faire un choix. Tous les textiles étaient « susceptibles », c'est-à-dire capables de transporter la peste, contrairement aux « non susceptibles » comme les denrées alimentaires et les métaux.

En attendant, on occupa l'équipage avec force lavages et fumigations réglementaires. Puis les hommes, désœuvrés, errèrent sur le pont, utilisant leurs loisirs forcés pour pêcher. Le capitaine s'était enfermé dans sa chambre, ainsi que les passagers, que l'idée d'affronter le Lazaret angoissait, même si on leur promettait que le séjour serait bref.

Jehan, que la perspective de revoir bientôt Gersende rendait fou, en oubliait l'accablante menace de mort qui pesait sur le bateau et sur sa cargaison maudite. Il trompa son impatience en allant rendre visite à Abougna, le maître calier. Mais Jacques Chataud refusa de l'accompagner dans les cales, qui pouvaient receler des germes de contagion. Aussi Jehan se perdit dans les entreponts et les coursives. Au bout d'une heure il parvint enfin à la cambuse basse.

Affalé sur son banc de bois devant ses « états », le maître calier, masse de chair blafarde dans sa blouse de drap gris, paraissait ne pas avoir bougé depuis leur dernière visite. Il sembla cependant à Jehan que ses traits étaient plus tirés et plus pâles encore qu'à l'ordinaire. De toute évidence, la peur le tenaillait.

Abougna sursauta en le voyant. On aurait dit un hibou surpris par la clarté du jour.

– Comment allez-vous ? demanda maladroitement le médecin.

Épouvanté, l'autre répliqua :

– Mais je vais très bien ! Pourquoi me posez-vous cette question ? Il y a eu d'autres cas à bord ?

– Pas que je sache, maître Abougna. Le bateau paraît sain.

Jehan n'en croyait rien. Il voulait seulement rassurer le maître calier pour qu'il s'exprime librement. Le guérisseur occulte disposait peut-être de quelque onguent pour prévenir la contagion, à moins qu'il ne s'agisse de rites magiques.

– Cependant, maître Figueras, le bateau n'est pas sain.

– Vous avez perçu des signes ?
– Plus que des signes. C'est écrit !
– Oh ! Écrit où ça ?
Le maître calier ouvrit le tiroir de sa table piquée par les vers et en sortit un vieux livre en latin, dont la reliure de cuir était elle aussi dévorée. « Où a-t-il appris le latin ? » se demanda Jehan en prenant le livre. Il traduisit :
– « *Les Centuries astrologiques, 1555, par Michel de Nostre-Dame, dit Nostradamus, médecin et astrologue du roi Charles IX.* » Oui... Je connais ce personnage. Il aurait prédit la mort de plusieurs princes.
– Lisez, dit Abougna. Lisez folio 126.
Deux lignes étaient entourées à la mine de plomb. Jehan traduisit :
– « *Une étoile venue d'Orient apportera la mort dans le grand port.* »
– Oui, murmura le maître calier. C'est bien écrit. Une étoile. *Estella.* C'est le nom de notre armateur !
Jehan s'en retourna, médusé, sans avoir interrogé l'homme plus avant.

Malgré l'annonce de la peste déclarée à Seyde, le bureau de la Santé, acquis d'avance à maître Estelle et à ses associés, n'avait pas infléchi sa position, au contraire. Il s'était seulement couvert en modifiant illégalement le procès-verbal de réception du *Grand saint Antoine*, signé du capitaine Chataud. On ajouta une déclaration du capitaine, faite tardivement, le 3 juin – l'avait-il faite ? – selon laquelle les décès en mer provenaient exclusivement de la nourriture. Et on « oubliait » le certificat ambigu de Livourne signalant les trois morts dans ce port, et même les patentes des Échelles du Levant, désormais suspectes.
Par ailleurs, l'ordre de grande purge en Jarre pour les laines brutes était supprimé, sous prétexte qu'il y avait de la place à Arenc, ce qui n'était pas le cas en Jarre, où venaient de mouiller les trois vaisseaux à patente brute du Levant.

Toutes les marchandises du Grand saint Antoine *feront leur purge dans la halle du petit enclos d'Arenc, les toiles mises en cordeaux relâchés, et les cotons en laine ouverts tout au long des balles. Lorsque la moitié de leur purge aura été faite, ils seront ouverts de l'autre côté et exposés à l'air sur le pavé. Leur quarantaine sera de quarante jours à compter du jour de livraison des balles. Le vaisseau fera trente jours, les passagers vingt à la date d'arrivée aux Infirmeries.*

« Quarante jours, calculaient les marchands, cela nous met au 13 juillet. A neuf jours de la foire de Beaucaire. »

Et de comploter en coulisse pour obtenir la réduction de cette purge.

Le 4 juin, le *Grand saint Antoine* reçut confirmation de l'autorisation de mouiller dans l'anse du Lazaret pour y débarquer ses passagers et sa cargaison, selon la procédure convenue de petite quarantaine réservée aux bateaux sains. La quarantaine des marchandises était réduite à trente jours. Les marchands avaient satisfaction.

Vers midi, le *Grand saint Antoine* laissa tomber son ancre dans la crique du Lazaret. Du haut d'une tour de guet, un garde vit venir le vaisseau. Il alla aussitôt quérir le capitaine des Infirmeries.

Andrea Maillard, dit Barralet, ajusta sa perruque et ceignit son épée. Aussi vite que le lui permettaient ses courtes jambes, il courut à la porte Ouest, qui donnait sur une petite jetée.

– Ouvrez cette porte ! Et prévenez M. Bézaudin.

Le *Grand saint Antoine*, ne pouvant accoster faute de fonds, resta mouillé à quelques brasses du rivage. On mit à l'eau la grande baleinière.

Dans l'ordre, débarquèrent les passagers, l'équipage à l'exception de trois matelots de garde et du maître, le chirurgien, l'écrivain, le calier, enfin le capitaine.

On se salua sur le quai à bonne distance, sans se toucher. Le capitaine Maillard présenta son adjoint M. Bézaudin, secrétaire des Infirmeries, un petit homme taciturne, triste et voûté, qui semblait suivre par la pensée quelque cortège funèbre. Ce personnage important possédait comme son maître tous les pouvoirs et régnait pratiquement sur le bureau de la Santé, dont l'intendant trésorier se déchargeait sur lui pour encaisser les droits de quarantaine et payer les dépenses.

Puis les quarantenaires montèrent les marches et, à la suite du capitaine, s'engouffrèrent dans la porte Ouest, qui se referma lourdement sur eux.

Ils se trouvaient à l'intérieur du Lazaret. Sur les tours de guet et le long des murs, une trentaine de gardes armés avaient pris position, examinant curieusement les nouveaux venus.

– D'où viennent ces gardes? demanda Jehan à Jacques Chataud. Ils n'ont pas l'air de militaires.

– En effet. Ce sont d'anciens matelots du roi ou du commerce qui ont séjourné dans tous les ports du Levant. On estime qu'ils sont immunisés contre la peste. Attirés par d'énormes salaires, tous ont en commun un parfait mépris de la mort. Deux fois par jour, ils font leur rapport au capitaine du Lazaret, qui, le soir venu, le résume à l'intendant de service. Ce dernier informera l'intendant semainier et le bureau de la Consigne sanitaire.

Le portier releva le nom des quarantenaires. A chacun il remit un carton portant un numéro.

– Conservez-le soigneusement. Il vous permettra d'être appelé au parloir lorsque le capitaine autorisera les visites. Autant de coups de cloche qu'indique votre numéro.

Puis le capitaine cria :

– Messieurs les passagers de distinction et les officiers, veuillez vous rendre dans la cour des pavillons. L'équipage et les passagers ordinaires en dortoir, dans la cour de la caserne.

Il n'y avait pas de « passagers ordinaires ».

Une fois dans sa cour respective, chacun reçut l'ordre de se déshabiller entièrement, sous l'œil soupçonneux du chirurgien-barbier maître Guérard. Les deux religieux protestèrent. Mais le règlement s'imposait pour tous et le capitaine Maillard l'appliqua.

Des valets avaient apporté des éponges et de grandes barriques pleines d'un liquide violet à l'odeur nauséabonde.

– Veuillez vous frictionner avec ce vinaigre.

Quand ils se furent bien frottés et essuyés, chacun revêtit la longue robe blanche des Infirmeries, que le tailleur leur distribua en tenant vaguement compte de la taille et de l'embonpoint. Ils chaussèrent des espadrilles et se coiffèrent d'un petit bonnet qui leur donnait une allure étrange.

Satisfait, le capitaine Maillard passa en revue passagers et officiers et leur déclara :

– Votre garde va vous installer dans votre cellule. Elle ouvre sur la galerie de l'enclos Belvédère, le plus agréable, avec vue sur mer. Vous pourrez y faire quelques pas, communiquer entre vous le jour, et avec votre garde. Celui-ci vous achètera votre nourriture à notre auberge et vous l'apportera. Vous devrez payer en écus tournois exclusivement, mais si vous avez des piastres ou autre monnaie de métal, je me chargerai du change. Si notre nourriture ne vous convient pas, vous pourrez charger le portier, et lui seul, de l'acheter en ville.

– L'équipage n'a pas d'argent, s'écria le capitaine Chataud.

– L'indigent est nourri par le roi, déclara M. Maillard avec hauteur.

– Et le linge ? demanda Jehan Figueras.

– Le linge est lavé sur place par nos blanchisseuses, les femmes de nos gardes. Chaque enclos dispose de son puits ou de sa fontaine.

– Peut-on communiquer avec l'extérieur ? demanda Jehan qui ne pensait plus qu'à Gersende.

– Le quarantenaire dont la patente est nette, ce qui est votre cas, pour le moment, pourra se promener dans l'enclos et aller au parloir à certaines heures de visite, d'ici six à huit jours, pendant lesquels vous aurez subi matin et soir une fumigation.

Jehan se pencha vers Jacques Chataud.

– Tu peux me dire en quoi consiste le parloir ?

– C'est une longue galerie, dite « barrière du Lazaret », près de la porte Majeure, avec des bancs disposés à l'intérieur, le tout séparé des visiteurs par une double grille. Un garde interdit les contacts, mais non les conversations. On peut se parler à distance, mais sans se toucher.

– Le soir, reprit le capitaine Maillard, chacun est enfermé à clé dans sa chambre. Les clés me sont remises par les gardes. Il est donc inutile de tenter de les soudoyer pour sortir.

Il eut un rire gras et ajouta :

– Il faudrait aussi soudoyer les portiers et les gardes des portes. Cela fait beaucoup de monde. Sur les chemins de ronde qui entourent le Lazaret, des gardes armés de mousquet ont ordre de tirer sur les fuyards. Les tours carrées de guet à tous les angles du rempart complètent ce dispositif. L'anse du port est gardée par une chaloupe armée. Il vous faut prendre votre mal en patience. Vous pouvez d'ailleurs vous distraire, lire, louer des meubles de qualité, un piano, un violon, et même un cuisinier qui vous confectionnera vos plats préférés. Mais vous les mangerez seuls, car il vous est interdit de recevoir dans votre cellule. Vingt jours sont vite passés. Vous avez de la chance d'entrer au Lazaret en période non suspecte. Car autrement...

Son regard en disait long. Sur les murs de la galerie bordée de baies supportées par des colonnades, galeries sur lesquelles ouvraient des chambres munies de barreaux, on apercevait des graffitis où des malheureux avaient exprimé dans toutes les langues, appuyées de toutes les injures de l'univers, l'horreur du séjour carcéral lorsqu'il se prolongeait indéfiniment. Le capitaine ajouta :

– Vous pouvez emmener vos bagages dans votre chambre. Mais, pas plus que la marchandise, il est interdit d'essayer de les sortir en fraude, à peine de prison, de bannissement, de grosses amendes et de déchéance professionnelle.

Le capitaine les salua d'un coup de chapeau théâtral et se retira.

Le père jésuite se pencha vers Jacques Chataud.

– Que se passe-t-il si la peste se déclare ?

– Tout le monde est consigné dans sa loge. On n'a plus aucun contact les uns avec les autres. Le garde vous tend au bout d'une perche votre panier de nourriture. Si la peste vous frappe, on vous transfère dans l'enclos Saint-Roch, qui ouvre directement sur le cimetière, à l'extérieur du mur d'enceinte.

– Pas de soins ?

– Guère. Même les médecins et l'aumônier n'approchent pas les malades. On se parle derrière la porte close. Gênant, pour se confesser, mon père ! A leur arrivée, ils sont examinés dans la cour à travers les grilles, à douze mètres de distance !

– Mais s'il faut opérer ? demanda Jehan.

– Un élève chirurgien se dévoue. Oint de vinaigre, entièrement revêtu d'une casaque en toile gommée et d'une cagoule, il opère à distance avec une lancette ou un cautère à long manche, tandis que dans la chambre un « parfum » brûle à vous enfumer comme un renard.

Les gardes les conduisirent vers leurs chambres, qui ouvraient toutes sur de longues galeries bordées de colonnades. A l'extrémité d'une galerie se trouvait une chapelle. On apercevait à l'extérieur les hautes murailles de la ville, ses tours, l'hospice de la Charité, les tours de la cathédrale de la Major, les moulins. Dans le petit port fermé par une chaîne, le *Grand saint Antoine* tirait mollement sur ses ancres. Une barque de la Santé, montée par deux hommes en armes, en gardait l'entrée et prévenait toute évasion à la nage. A bord du vaisseau, les trois hommes d'équipage, sous l'œil du maître, s'activaient à nettoyer les ponts et entreponts à grandes serpillières de vinaigre. Des cales montait, par les fissures des panneaux, la fumée jaune du soufre qu'on y faisait brûler. Des gardes avaient pris position sur la dunette, interdisant tout contact avec l'extérieur, toute évasion et surtout les trafics clandestins des pacotilles qui pouvaient avoir échappé à la fouille.

Autour de l'anse du Lazaret s'étendaient à l'intérieur des murs les immenses enclos des marchandises. Des portefaix amenaient les balles de textiles débarquées sur le quai et les entreposaient sur de longues banquettes de pierre, en plein air ou sous des hangars. Avec un couteau, ils coupaient les liens, éventraient la toile qui enfermait la soie, la laine et les filés. Puis ils les dressaient en gerbier. Chaque jour, ces hommes étaient tenus à y plonger les bras nus jusqu'à l'épaule. Système de détection imparable ! Si une marchandise était contaminée, l'homme attraperait la peste et on saurait à quoi s'en tenir. Pour que l'on puisse déterminer d'où venait le mal, chaque halle était affectée à un seul bateau. Son groupe de portefaix ne devait jamais communiquer avec les autres. Une fois la marchandise en place, la halle était fermée, les portefaix ne pouvaient en sortir jusqu'à la fin de la quarantaine. Ils mangeaient et dormaient sur place. Le règlement leur interdisait de dormir sur les marchandises, de peur de les abîmer.

En cas d'orage et l'hiver, on utilisait les halles couvertes, préservant de la pluie, mais non des courants d'air. Les portefaix y grelottaient quand soufflait le mistral. Tel était le règlement du Lazaret. Mais la peste n'ayant pas frappé depuis soixante-dix ans, il était tombé en désuétude, violé à tous les échelons de la hiérarchie et des exécutants.

– Voici votre chambre, dit le garde en entraînant Jehan sous la galerie.

C'était un petit homme sympathique d'une soixantaine d'années, mais encore vigoureux.

– Comment vous appelez-vous ? lui demanda Jehan.

– Balicoutia, monsieur ; pour vous servir.

Jehan ne put réprimer un sourire. Ce mot provençal signifiait que celui qui en était affublé faisait tout « vite et mal ».

Il ouvrit une porte marquée du numéro six. Avec résignation, Jehan prit possession d'une petite cellule de vingt-quatre pieds carrés badigeonnée à la chaux, meublée d'un bois de lit surmonté d'une croix, d'une chaise de paille et d'une table de sapin sur laquelle se trouvait une cruche d'eau claire, un chandelier et une Bible.

Le garde alluma le petit brasero posé sur le sol. Il s'en dégagea aussitôt une bonne odeur de thym et de sauge, dont la fumée était censée purifier de la contagion.

– Monsieur veut-il changer de mobilier ? Pour un louis par semaine, je peux lui procurer la meilleure façon.

Jehan secoua la tête et le congédia. Dès que la porte se fut refermée, il étouffa les braises, ouvrit la fenêtre et s'effondra sur la paillasse dure comme du bois. Une seule pensée le tenaillait. Puisque les visites seraient autorisées dans six jours, Gersende viendrait le voir. Or il ne fallait pas qu'elle prenne ce risque. Mais comment l'en empêcher ? « Si elle me fait demander au parloir, se dit-il, je ne répondrai pas. Dans ce cas le portier, qui a bien d'autres choses à faire, n'insistera pas. »

Il sortit sur la galerie extérieure, qui donnait sur le jardin de l'enclos. Il ne pouvait aller au-delà, Balicoutia ne le quittait pas des yeux. Le Belvédère était édifié sur un mamelon élevé qui bénéficiait d'une vue étendue sur les enclos et sur l'anse du Lazaret. Une troupe de portefaix continuait à effectuer le déchargement de la cargaison, que les matelots amenaient jusqu'au rivage dans de grosses barques plates.

Le soir venu, Jehan réintégra sa cellule et mangea sans appétit le souper froid qu'il avait commandé et que le garde déposa devant sa porte : pâté de canard, salade, fruits et gâteau aux amandes avec un pichet de rosé. Il ne voulait pas qu'à sa sortie Gersende le trouve trop maigre, comme Jacques son ami d'enfance !

Le garde l'enferma pour la nuit. On semblait redouter les évasions, malgré la hauteur des murs. Certaines parties du rempart vétuste, aux moellons apparents, pouvaient être escaladées par un homme agile et motivé.

Jehan ouvrit la fenêtre pour écouter les bruits de la nuit. On entendait le ressac de la mer contre la falaise toute proche. Il perçut aussi des bruits suspects, des chuchotements, des rires étouffés et des chocs sourds, comme la chute de ballots sur un sol dur. Il savait que presque tous les trafics illicites se déroulaient la nuit.

De toute évidence, il eût fallu doubler les murs d'une deuxième enceinte. Les intendants la réclamaient, mais le manque de crédits ou quelque raison occulte en différait sans cesse l'exécution.

Jehan s'endormit enfin en songeant à Gersende.

La semaine s'écoula sans autre atteinte de la contagion.

Au matin du septième jour, la cloche de l'enclos se mit à sonner. Elle sonnait sans arrêt, pour tout le monde. Sauf pour lui ! Il en fut à la fois soulagé et dépité. Gersende l'avait-elle oublié ? Il se rassura en pensant que son père avait dû lui interdire les visites. Mais sous quel prétexte ? Lui avait-il dit la vérité sur l'état réel de la contagion à bord ? Mais alors, elle devait se ronger d'inquiétude !

Au matin du huitième jour, il fut réveillé par des coups frappés à sa porte. Balicoutia entra sans attendre.

– Maître Figueras, n'avez-vous pas entendu ? La cloche a sonné six coups. Hâtez-vous au parloir, c'est une jeune dame. Le portier ne répétera pas son appel. D'autant plus que ce n'est pas encore l'heure des visites.

– Alors, je n'irai pas. Le règlement est pour tout le monde.

Et il tira sa couverture en tournant le dos à la porte. Son cœur battait. Elle était là ! Elle était venue, Gersende ! Comme il l'aimait ! Il devait résister de toutes ses forces pour ne pas bondir de son lit, courir au parloir en criant : « Mon amour ! C'est toi, enfin ! »

Des larmes noyaient ses yeux. Il mordit le drap pour ne pas crier.

Dans le silence du Lazaret, la cloche cristalline à nouveau retentit. Le cœur en folie, il compta les six coups. Échevelé, il se dressa sur sa paillasse et s'assit sur le lit. Mais il ne céda pas.

A neuf heures, il ne toucha pas au bon pain frais ni à la confiture d'oranges amères que lui apporta son garde. Pour s'occuper l'esprit, il ouvrit un petit livre qu'il avait apporté avec lui : *Les Essais,* du sieur Michel de Montaigne, un philosophe du XVIe siècle dont il appréciait la lucidité et l'indépendance.

Il ne désirait pas sortir, parler avec les autres quarantenaires. Seul, il avait l'impression délicieuse d'être avec Gersende, comme si l'esprit de la jeune fille, par-delà les hauts murs du Lazaret, était venu près de lui. Elle le regardait en silence. Il était bien avec elle. Ils ne parlaient pas. La chair s'était tue. Ne restait que l'Amour.

Entre le Belvédère et les écuries, le capitaine du Lazaret occupait un petit pavillon entouré d'un merveilleux jardin, soigneusement cultivé par un vieux galérien turc de l'Arsenal, qui partageait sa passion des fleurs. Ce pavillon dominait la partie haute de l'enceinte, pour que l'œil du maître puisse surveiller à la fois les enclos et la mer.

Le cabinet de « Barralet » était meublé avec un luxe qui contrastait avec la pauvreté du mobilier alloué aux quarantenaires. Meubles précieux en marqueterie, incrustés d'ivoire, tapis turcs de grand prix, murs tendus de tapisseries chinoises à la mode. S'y trouvaient aussi affichées par obligation deux ordonnances, signées de l'intendant général de Provence, l'une « *portant défense aux pêcheurs de tendre leurs filets auprès du Lazaret et des vaisseaux qui sont en quarantaine, à peine de deux cents livres d'amende* ». La seconde « *faisant très expresse inhibition et défense aux bateliers de Marseille et autres ports de mener aux environs des Infirmeries du Lazaret des gens de tout sexe et de tous états pour se baigner nu ou vêtu ou pour faire la pêche des coquillages, à peine de trois cents livres d'amende et des bateaux saisis et brûlés à la diligence des intendants de la Santé* ».

Le capitaine Andrea Maillard aimait son métier. De naturel sédentaire, il vivait enfermé au Lazaret depuis douze ans avec sa femme et leurs dix enfants, tous conçus et nés là.

En dehors de cette progéniture, sa vie était une suite d'actes manqués. Il avait d'abord échoué comme élève officier de la Marine royale. Puis, son père lui ayant acheté un brevet de lieutenant de dragons, il avait végété dans son grade. Désespéré de n'en pouvoir sortir, il avait sollicité ce poste périlleux de capitaine des Infirmeries d'Arenc, pas même correctement rémunéré pour le risque : neuf cents livres par an. Mais il pouvait enfin se gonfler d'importance.

Maître du Lazaret !

Marseille, du premier échevin au dernier portefaix, de la fille de joie au chanoine prévôt de la Major, ne vivait que du commerce. Et lui, Andrea Maillard, toute la richesse des importations lui passait entre les mains ! Il était le maître absolu de cet enclos de douze hectares et de « la mer circonvoisine ». A la fois capitaine des lieux et de la garde, administrateur des biens, responsable de cargaisons valant des fortunes, il était aussi l'officier d'état civil, le comptable, le policier, le magistrat.

On l'appelait « Barralet », petit baril. Mais il s'en moquait. Il était rond parce qu'il était petit et gros. Il était gros parce qu'il buvait. Et il était « rond » quand il avait bu !

Maître du Lazaret ! Il se remémorait avec volupté les articles du règlement de la Santé le concernant :

> *Le capitaine empêchera qu'aucun bateau n'approche des Infirmeries pour y pêcher, et ne permettra à personne d'y faire du lest ni d'y prendre du sable.*

De sa fenêtre, Barralet contempla son petit royaume, sa cité interdite limitée par la formidable muraille, d'où jaillissaient aux angles les sept tours carrées, chacune baptisée du nom d'un saint.

> *Il ne fera ouvrir les portes qu'après le soleil levé et les fera fermer après le soleil couché. Et auparavant*

fera sonner la retraite pour faire sortir tous les étrangers. Les clés lui seront remises par les portiers.

Les clés ! Il était le général de cette forteresse imprenable ! Le premier échevin de cette cité interdite. Mais il y avait mieux :

Il fera visite tous les soirs dans les chambres des passagers et écrivains pour observer à ce qu'ils ne s'entrecommuniquent les uns les autres la nuit venue. Il sera présent lorsqu'on les parfumera et leur fera ouvrir leurs caisses et étaler leurs hardes.

Oui, c'était écrit. Tous, riches et pauvres, nobles et roturiers, clercs et laïcs, Français et étrangers, étaient traités par lui, avec ou sans égard. Il les voyait nus comme ver, dépouillés des habits qui les distinguaient dans le monde.

Pas les femmes, tout de même... hélas ! Celles-là jouissaient d'un traitement de faveur. Elles se déshabillaient dans une chambre fermée, en présence d'une femme de confiance attachée au Lazaret, une ancienne sage-femme qui faisait cela pour le plaisir, la garce, car visiblement elle aimait le spectacle des corps nus des petites mignonnes ; enfin, c'est ce que disaient les blanchisseuses.

Lorsqu'il y aura des malades pestiférés, il fera fermer tous les enclos, gardera les clés, fera des rondes jour et nuit pour empêcher que personne ne communique de l'extérieur.

Depuis douze ans qu'il était là, il n'avait pas vu un seul pesteux. Et il n'osait pas s'avouer qu'il le regrettait un peu. L'année dernière, sur deux cent quatorze vaisseaux entrés à Marseille, venus des Échelles du Levant, neuf avaient été soupçonnés de la peste. Seulement soupçonnés. Soupçons sans suite.

Enfin, il y avait l'argent. Barralet ne s'en doutait même pas en arrivant, le Lazaret de Marseille constituait pour tous les fonctionnaires qui y travaillaient la plus prolifique des vaches à lait ! La corruption s'étendait à tous les échelons, depuis le portefaix jusqu'au capitaine. Tout était négociable, moyennant espèces sonnantes, bafouant ainsi la règle de base : la non-communication des personnes et des biens.

Pour un écu au garde, les équipages de différents bateaux et passagers en quarantaine se rencontraient à la promenade. Acceptés au grand parloir, ils y voyaient leur famille et leur passaient à travers les grilles linge et objets défendus.

Le capitaine et son secrétaire M. Bézaudun fermaient les yeux. Eux ne touchaient pas en écus d'argent mais en louis d'or. Les capitaines des vaisseaux en quarantaine payaient largement pour sortir la pacotille cachée au fond des cales, que l'on débarquait d'abord comme marchandise ordinaire, puis que l'on passait la nuit par-dessus le mur, puisque cette marchandise, qui ne payait pas de taxe, ne pouvait être comptabilisée.

Pacotille et échantillons non purgés sortaient même par la grande porte avec les colis autorisés. Il était courant de substituer ainsi une balle de textile non purgée à une autre qui l'était. Il suffisait de la déplacer d'un hangar à un autre, pratique courante des écrivains pour éviter aussi les taxes, et bénéficier du plus haut cours sur le marché avant qu'il ne fût saturé par la sortie massive de la cargaison d'un concurrent.

Naturellement, le capitaine fermait les yeux sur le trafic nocturne entre les vaisseaux en quarantaine et les barques des pêcheurs intéressés par la marchandise de contrebande.

Le Lazaret d'Arenc, qui coûtait une fortune à la ville et au négoce, était devenu une passoire au fil des ans. Pas un marin, pas un passager qui n'apportât clandestinement une pièce de bourre de fil ou de soie, quelques aunes de toile de coton, voire une précieuse indienne, permettant de faire une galanterie à une fille, ou une gentillesse à sa femme. A la fin de la purge, on s'enveloppait de l'étoffe. Mais il était encore plus simple de la faire sortir par un portier en l'envoyant faire une course en ville.

Barralet connaissait tout cela et fermait les yeux. Servantes et lingères couchaient aussi avec les riches passagers et les officiers de marine, frustrés par une longue traversée à laquelle s'ajoutait la quarantaine. Quelle fille ou femme pauvre résistait à une pièce d'indienne, un parfum ou un bijou d'Arabie ?

En contrepartie, le capitaine gagnait chaque année

dix fois ses émoluments en réduisant le nombre des gardes et des portefaix, tout en encaissant les salaires avec la complicité du secrétaire. Il fermait aussi les yeux sur la discipline et tolérait les filles de mauvaise vie qui infestaient le Lazaret, devenu la première maison galante de Marseille.

Les hautes murailles des Infirmeries ne formaient plus obstacle aux trafics nocturnes. De l'autre côté, de vieilles bastides dégradées servaient même de relais à la contrebande organisée.

Mais cela même s'avérait inutile. Les portes s'ouvraient au tout-venant. Le règlement exigeait que le capitaine reçoive chaque soir les clés des trois portes. Dérangé d'avoir à les rendre au petit matin, il déléguait donc sa servante. Mais pour les mêmes raisons, celle-ci laissait les clés dans une cache à la disposition des portiers et des gardes, qui en usaient et abusaient. On entrait jusqu'au dépôt des marchandises, où l'on dérobait avec assez de discrétion pour ne pas éveiller les soupçons des armateurs.

Le Lazaret était aussi un haut lieu gastronomique où l'on festoyait nuit et jour. La propre femme de Barralet y tenait table ouverte, y recevant parents et amis.

Les intendants de la Santé auraient dû mettre fin à ces désordres. Mais ils en profitaient. Marchands eux-mêmes, ils passaient des pièces de contrebande, ou favorisaient les contacts de leurs amis. Ils violaient les règles élémentaires de quarantaine en délivrant des billets d'entrée aux familles et amis des riches quarantenaires. L'armateur allait voir son capitaine, son écrivain, s'entretenant avec lui loin du garde. Il en résultait le plus néfaste mélange entre gens réputés sains et ceux qui venaient d'arriver. Les portefaix se prêtaient d'autant plus à ces trafics qu'ils doublaient leur salaire en servant de domestiques au capitaine du Lazaret.

– Travaillons, dit-il avec importance. Voyons le rapport du brigadier des gardes.

Fenouil Pancrace, habitant d'Arenc, âgé de trente-huit ans, pêcheur dudit lieu, saisi hier matin à six heures dans sa barque qu'il avait conduite au sud de la pointe Saint-Martin d'Arenc et au-devant du port du Lazaret, pour pêcher des oursins. Prétend qu'il ne se croyait pas dans la partie interdite du rivage.

Des broutilles !

Babaou Ange, de Marseille, matelot de profession, étant venu à la pointe de la Joliette pour se baigner, que se trouvant à cet endroit avec une jeune personne du sexe, a quitté ses souliers et ses bas sur cette pointe, pour passer à gué avec ladite personne, en deçà de la muraille qui forme le rempart du Lazaret, pour s'y baigner tout nus plus décemment.

Oui. Il les avait vus de sa fenêtre. Ils avaient fait l'amour dans l'eau. Un régal !

Barbouglio Marius, de Cassis, maître d'équipage de la pinque La Bonne Mère, *en purge dans le port d'Arenc, a fait transmettre à sa famille, par la barque du sieur Mouton Jules, de Marseille, un baril d'huile, deux fromages et une livre de tabac.*

Soudain, on frappa brutalement à la porte. Un garde entra, le tricorne de travers.

– Mon ca... mon caca... mon capitaine !

L'homme haletait.

– Que se passe-t-il, Magloire ? La peste est-elle à vos trousses ?

– Mon capitaine ! Il y a une femme...

L'homme s'étranglait. Il acheva dans un râle :

– Une femme ! Je veux dire une dame ! Venue de l'extérieur. Sans autorisation, mon capitaine !

Maillard blêmit. Une dame sans son autorisation, et à cette heure ?

– Où est-elle ?

– Dans la chambre de maître Jehan Figueras, mon capitaine !

– Le *doctor in medicum* ! *Tron de goï ! Carogno de Diou !*

Le capitaine se dressa, planta sa perruque sur sa tête, son tricorne par-dessus, ceignit son épée et se rua en soufflant vers le Belvédère.

Tout s'était déroulé comme dans un rêve. Jehan s'était assoupi dans la vision béatifique de Gersende. Et soudain, elle était devant lui. Une vision tellement forte, tellement réelle, qu'il en fut subjugué. Elle était vêtue comme une jeune fille du peuple, d'une simple jupe de basin gros bleu avec un corselet jaune lacé sur une chemise de toile blanche aux manches bouffantes, les cheveux couverts d'une petite coiffe de dentelle. Elle le regardait en souriant dans l'entrebâillement de la porte qui venait de s'ouvrir.

Il réalisa soudain que ce n'était ni une apparition ni un rêve. Gersende Estelle était bien devant lui, en chair – et quelle chair ! Elle murmura :

– Fallait-il que j'use de ce subterfuge en me déguisant en lingère pour parvenir jusqu'à vous ?

En un instant il fut dans ses bras. Oubliant toute prudence et ses résolutions, il l'étreignit follement. Elle lui rendait ses baisers avec passion.

– Mon amour ! Un an et demi loin de toi ! Je n'ai pas pu attendre davantage !

– Tu es venue ! Tu es venue ! Mais comment as-tu fait ? Des murs de dix pieds de haut !

Elle éclata de rire, montrant ses petites dents aussi parfaites que des perles et un bout de langue rose à lui faire perdre l'esprit.

– Les murs ? Non ! Quand j'ai vu que tu ne répondais pas à la cloche du parloir, j'ai été folle d'inquiétude. Le portier m'assurait que les patentes du *Saint Antoine* étaient nettes et les passagers sains. Je connaissais une lingère du Lazaret, qui avait travaillé chez nous. Elle n'a pas fait trop de difficultés pour me céder ses vêtements et sa place. Il a fallu aussi acheter le portier et ton garde... Mais parlons de toi. Comment vas-tu ? Que tu es maigre !

Elle recommençait ! Il sourit et l'étreignit de plus belle. Et elle s'abandonnait à ses caresses, elle se sentait fondre entre ses bras.

Brutalement, Jehan reprit conscience de la réalité. Il se rappela qu'il portait peut-être les germes de la mort. Il s'écarta d'elle, mais elle ne comprenait pas la signification de ce recul, dans lequel elle ne vit que la réserve d'un homme respectueux de sa fiancée.

Elle demeurait assise sur le lit, et lui se tenait à deux

mètres, tout raide sur la chaise. Et il la contemplait dans sa tenue d'emprunt si simple aux couleurs vives. Sa chemise de toile blanche faisait ressortir ses cheveux noirs qui s'échappaient en boucles folles sous le bonnet de dentelle. Il voyait à la respiration un peu haletante sa gorge se soulever, le large décolleté laissait entrevoir la naissance de ses seins. Folle et candide, elle demeurait là, posée comme une fleur, dans son ample jupe bleue. Petit foulard rose noué autour du cou, teint nacré, hanches rondes sous la robe d'emprunt, tout n'était en elle que poésie, incarnation du printemps, de la volupté et de la vie.

Ses yeux lavande brillaient de mille étoiles. Elle murmura :

– Raconte !

Il sentait que le temps leur était compté. Malgré le désir qu'il avait d'elle, il souhaitait la voir partir et surtout ne rien dire qui puisse la blesser.

– Dis-moi plutôt ce qui s'est passé à Marseille pendant mon absence.

– Beaucoup de choses. En avril, la sécheresse a menacé la Provence et mon père a ordonné une procession pour que la pluie évite la disette à notre peuple et ne désole les campagnes. A la fin du mois nous avons été exaucés. Aussi Monsieur de Marseille a ordonné un *Te Deum* à la cathédrale de la Major.

Il l'écoutait sans l'entendre, ne regardant que ses lèvres, gonflées sur des dents étincelantes. Il gardait le goût du baiser qu'il venait de lui prendre, mais c'était une folie à laquelle il ne voulait plus succomber.

– Tu es montée à Notre-Dame de la Garde ?

– Comment le sais-tu ?

– C'est un secret.

– J'y suis montée à pied, par le petit chemin de la Corderie qui longe l'Arsenal des galères. J'ai pris la rue des Lices et un sentier abrupt qui s'achève par des marches. Mais je n'ai pas eu le courage de les monter à genoux, comme les vrais pénitents.

– Mais tu n'as pas besoin de pénitence !

Elle répondit gravement :

– J'y suis montée pour toi, Jehan. On te croyait perdu au désert. J'ai fait deux vœux. A saint Roch, dont la petite chapelle se niche sous le pont-levis du fort. Pour ton retour. L'autre à la Vierge brune.

– Je la connais ! Ma mère m'y emmenait, enfant, la préférant à la grande Vierge d'argent, celle qui présente le saint sacrement.

– J'ai touché l'anneau de la Vierge brune en faisant un vœu.

– Quel vœu, mon amour ?

– Ne jamais contrecarrer la grande passion qui t'anime et te fait aimer les malades pauvres plus que les riches, ton métier plus que ta petite fiancée.

Bouleversé, il la contemplait avec adoration. Elle rougit, et pour masquer son trouble raconta le dernier événement de Marseille.

– Le 14 mai, nous avons eu la visite de Mlle de Valois, qui allait embarquer au port des galères pour épouser à Gênes le prince de Modène. A la porte d'Aix, les échevins en cortège sont venus accueillir en pompe la fille du Régent. Mon père à cheval était magnifique dans sa robe de damas rouge, avec le mantelet officiel et la grande perruque de cérémonie, que pour une fois il avait consenti à mettre ! Puis le cortège est entré en ville sous les acclamations de la foule. Le jeune chevalier d'Orléans, grand prieur de Malte et général des galères, attendait sa sœur devant le port. L'armée des galères royales avait hissé le grand pavois, dont les flammes multicolores tourbillonnaient au vent dans un enchantement de couleurs. Les canons se sont mis à tonner. A ceux des galères répondaient ceux des forts. La fête s'est poursuivie jusqu'à la nuit. Puis les échevins en cortège sont venus offrir à la princesse le cadeau de mariage de la ville.

– Un collier de perles d'Orient, je parie !

– Pas du tout ! Vingt-quatre pots de confiture, vingt-quatre bouteilles de vin de Provence, vingt-quatre paquets de chandelles et douze flambeaux de cire.

Brusquement, un voile de tristesse passa dans le regard de Gersende.

– Jehan, quand nous marierons-nous ? Cela ne va pas être facile. Mon père ne vous a pas pardonné votre escapade orientale. Il redoute que votre tempérament fantasque et indépendant ne vous porte à nouveau vers quelque aventure.

Devenu grave à son tour, il la regarda avec intensité.

– Je n'ai pas l'intention de m'enfermer à Marseille, fonctionnaire d'un cabinet médical, respectable, certes, mais...

– Mais ?
– Il y a autre chose dans la vie que de prescrire des tisanes, des lavements, des purges, et des saignées à des gens de qualité contre écus sonnants.
– Même si c'est le roi ?
– Le roi ?
– Avez-vous oublié la promesse de mon oncle de vous présenter à la Cour ?
– La Cour !
Il se prit à rêver. Quelque chose en lui disait non à ce rêve doré. Il murmura doucement en la regardant dans les yeux :
– Les temps ne sont pas favorables aux amoureux, Gersende. Une épreuve redoutable nous attend.
A sa grande surprise, elle répondit :
– Je le sais.
– Que savez-vous, mon amour ?
– Depuis un mois, mon père n'est plus le même. Je l'ai interrogé en vain. Il m'affirme que ce n'est pas lié au *Saint Antoine,* mais je n'en crois rien. Je suppose que le capitaine Chataud a fait de mauvaises affaires ? Ou bien la cargaison est gâtée ?
Il la dévisageait avec passion. Jamais elle ne lui avait paru si belle, à la fois si proche et si lointaine aussi. Un trouble étrange s'empara de lui et l'amena au bord du vertige. Il s'assit à ses côtés sur le lit. Leurs deux corps se touchaient. Il passa son bras autour de sa taille. Désemparée, elle se laissait caresser, elle sentait monter à la surface de sa conscience, venus d'un ailleurs qui plongeait aux racines de l'être, de grands flots de passion, comme la pulsation désordonnée d'un cœur immense.
Brusquement, il s'écarta d'elle. Debout le dos au mur immaculé de la cellule, il la fixait, les yeux exorbités. Il cria :
– Gersende ! La peste est à bord ! Nous avons eu neuf morts au cours de la traversée et cela continue !
La stupeur défigura le visage de la jeune fille. Sa tête adorable faisait *non.* Son regard où les étoiles s'étaient éteintes disait *non.* Tout ce corps fait pour l'amour et la vie disait *non.* Il aurait voulu se jeter à ses pieds pour se faire pardonner le mal qu'il lui faisait. Elle murmura :
– C'était donc cela ? Je comprends tout, maintenant. Les silences angoissés de mon père, les veillées écour-

tées, les conciliabules à voix basse dans son cabinet avec les gens de la Loge et ceux de la Santé. Mais pourquoi ne m'a-t-il pas dit la vérité ?

– Il refuse la vérité.

– Quelle vérité ? Ce n'est pas la première fois qu'un vaisseau entre en quarantaine avec le « soupçon ».

Jehan était las, soudain. Il se sentait incapable de lui dire la vérité. A l'horreur de la peste s'ajoutaient les affaires et la politique.

Brusquement, la porte s'ouvrit et le capitaine Maillard se dressa devant eux. Sa petite moustache cirée et sa courte perruque tremblaient, à la fois de colère et de peur. Il bredouilla :

– Demoiselle Estelle ! Vous ! *Capoùn par Diou !* Comment avez-vous pu ?

Les deux jeunes gens le regardaient comme s'il se fût agi d'un pantin négligeable, petit corps rond et suant qui s'agitait drôlement sur la tomette de la cellule.

Enfin, Gersende articula d'une voix assurée :

– J'apportais un message personnel de mon père.

Barralet recula. Il savait qu'un seul mot du premier échevin pouvait lui faire perdre sa fonction et le ramener au rang d'un simple garde de quarantaine.

Gersende s'était levée. Elle salua Jehan d'un petit signe de tête et échangea avec lui un dernier regard, où passaient à la fois toute la tendresse et la détresse du monde. Puis elle sortit, suivie du capitaine suant et soufflant.

Jehan se retrouva seul dans sa cellule, brisé de bonheur et de désespoir.

12

La visite surprise de Gersende n'eut aucune conséquence fâcheuse. Ni le capitaine des Infirmeries, ni le portier, ni le garde, ne souhaitaient perdre leur place, voire croupir en prison, en révélant l'incident.

Une semaine s'écoula. On oublia la mort de Marco Caviglioni, qui remontait maintenant à dix jours. Le chirurgien-barbier Guérard semblait avoir raison. On s'était inquiété pour rien. Le jeune Elzéar Grasset, entré très déprimé à Arenc, reprenait de bonnes couleurs.

Jehan lui-même ne désirait qu'espérer. La petite quarantaine allait s'achever et l'on respirait plus librement dans les enclos.

Parallèlement, le trafic clandestin de marchandises s'accentuait la nuit. Rien ne pouvait contrarier les habitudes acquises. La pacotille du capitaine et de M. Coudeneau, et quelques balles non déclarées de M. Boyan donnèrent lieu à des négociations occultes. Pour sa part, le capitaine Carré se contenta de passer une belle pièce de soie achetée à Tripoli, pour sa femme et sa fille.

Tous les gardes profitaient de l'aubaine. Le maître d'équipage du *Grand saint Antoine*, le pilote, le second avaient caché dans leur chambre ou dans quelque coin de l'immense cale une pièce de tissu ou un sac de « bourre », ces déchets de soie ou de laine, très appréciés du petit peuple, ou quelques kilos de café vert, voire, comme le maître calier, un lot de pierres précieuses.

Le trafic se déroulait la nuit. A une heure convenue,

un garde emportait un ballot remis par un portefaix et le jetait par-dessus la muraille à un point convenu, après avoir réclamé le mot de passe. Il fallait « graisser » au passage le garde du rempart, mais on n'était pas exigeant. Tout le monde avait intérêt à ce que ce système perdure.

Les petits paquets étaient même passés en plein jour au cours de la visite autorisée.

Depuis l'arrêté du surintendant Law du 23 mars 1720, une taxe de vingt pour cent frappait les toiles teintes et autres indiennes, pour ne pas concurrencer la production lyonnaise. Ces vingt pour cent s'ajoutaient donc au bénéfice ordinaire.

Ces opérations délictueuses, voire dangereuses puisque cette marchandise échappait aux purifications réglementaires, étaient facilitées par le fait que les agents de la douane royale n'avaient pas accès aux Infirmeries. Pour des raisons évidentes de contagion, ils ne le souhaitaient pas.

Jehan s'était vite aperçu de ces trafics. Au cours d'une rencontre avec Jacques Chataud à l'occasion de la promenade sous la galerie couverte, il s'en indigna. Le secrétaire du capitaine eut un geste d'impuissance.

– Tout le monde est au courant, mais personne ne dit rien parce que tous en profitent. Par exemple, tu ne l'as peut-être pas remarqué, mais la contrebande a commencé dès l'escale du Brusc, où nous sommes restés immobilisés plusieurs jours par le mauvais temps. Des pièces de bourre ont été débarquées nuitamment sur des barques de pêche venues de Toulon.

– Et le capitaine Chataud a laissé faire ?

– Nous ne l'avons appris qu'après le délit. Impossible d'empêcher ces menus trafics. Nous n'avons pas de soldats à bord. Les matelots préposés à la garde se laissent facilement acheter. Eux-mêmes font de petits trafics et chacun ferme les yeux sur les affaires des autres.

Jehan comprenait que la *corruption* s'étendait à tout le corps de la société. A quoi bon les lois les plus sages si personne ne les respectait ? Il se rappela l'avertissement de l'ermite du désert d'Égypte. La punition collective serait à la mesure de l'étendue du mal. Mais que pouvait-il faire, lui, Jehan Figueras, à son niveau ? Lui-même, d'ailleurs, n'avait-il pas été complice des négociants en ne dénonçant pas la contagion ? N'avait-il pas profité de la visite clandestine de Gersende ?

Plusieurs jours avant la libération des passagers, la règle de quarantaine se relâcha complètement. Les passagers se promenaient librement à travers les enclos. Ils profitaient de contacts directs aux parloirs et aux barrières avec les membres de leur famille, prenant de leurs mains les provisions et autres « douceurs » qu'on leur apportait, leur remettant même leur linge sale, qui serait donc blanchi en ville.

Cependant, le 13 juin, veille de la libération, dont la date avait été avancée, le Mal frappa à nouveau. Roustidou mourut, le garde de la Santé, de service à bord du *Grand saint Antoine*, toujours mouillé dans l'anse d'Arenc.

Cette nouvelle pourtant capitale ne s'ébruita pas et ne sembla troubler ni le capitaine du Lazaret, ni l'intendant semainier. Commis d'urgence, le chirurgien Guérard examina le corps transporté à l'infirmerie et signa sans sourciller le permis d'inhumer. « *Mort de vieillesse.* » L'homme n'avait pas quarante ans !

Jehan Figueras ne fut pas autorisé à l'examiner et Elzéar Grasset ne le demanda pas.

Après ce nouveau décès, il parut évident à tous ceux qui étaient au courant que la quarantaine allait être prolongée, les marchandises réembarquées et le vaisseau « envoyé en jarrot », où croupissaient déjà les trois bateaux suspectés du Levant, qui pourtant n'avaient déclaré ni malades ni morts.

C'était méconnaître l'influence de Jean-Baptiste Estelle et de ses associés, la formidable pression qu'ils exerçaient sur le bureau de la Santé, sans même ouvrir la bouche.

Le soir, le capitaine du Lazaret annonça aux quarantenaires la bonne nouvelle :

– Messieurs, vous serez libérés demain.

« De toute façon, pensait Jehan, si contagion il y a, elle est déjà en ville avec tous ces trafics, ce linge, et le contact des familles. Moi-même... »

Il baissa la tête. Oui, à un titre ou à un autre, ils étaient tous coupables.

L'ultime cérémonie de purification se déroula le lendemain.

Il fallut à nouveau se mettre entièrement nu. Par groupes de six, les hommes furent enfermés dans la chambre des fumigations, où ils demeurèrent dix minutes au parfum, toutes issues fermées autour d'un foyer où brûlaient les herbes désinfectantes : sauge, thym et marjolaine.

Un infirmier les tira de là à demi étouffés, plus enfumés que cochons de boucaniers en Caraïbe. Il les conduisit dans la grande salle où le capitaine Maillard les examina sur toutes les coutures, puis le chirurgien Guérard et, à bonne distance, le médecin de la Santé, qu'on ne vit qu'à cette occasion.

Le capitaine prononça enfin, à mesure qu'ils défilaient, la phrase libératrice :

– Vous êtes sain, mon ami !

Ce qui était beaucoup dire après ce qui s'était passé.

Il tendit à chacun son billet de sortie.

– Allez ! Vous avez la libre entrée dans la ville.

Les malheureux ne se le firent pas dire deux fois. Ils partirent aussitôt, emportant leurs papiers et leurs bagages gâtés par la fumée et le vinaigre, mais ricanant par-devers eux à la pensée que l'essentiel, la pacotille clandestine, avait échappé aux tracasseries de l'administration.

Il fallut aussi payer au secrétaire des Infirmeries, M. Bézaudin, les frais de quarantaine. Pour chaque passager de distinction, dix-huit livres par jour, l'équivalent du salaire mensuel d'un matelot. Et les marchands devraient encore attendre vingt jours la fin des purifications et autres « sereines » de leurs biens et payer six pour cent de leur valeur pour taxes de quarantaine. Le bateau lui-même et son équipage n'étaient pas encore autorisés à entrer à Marseille. Ils devraient attendre plusieurs jours à l'extérieur de la chaîne du port, tandis que se déroulerait un dernier « parfum ».

Tout cela n'était rien, pourvu que la marchandise précieuse fût débarquée à temps pour la foire de Beaucaire. Alors, le profit serait si énorme que toutes ces tracasseries seraient oubliées.

Mais c'était compter sans la Bête.

Le 15 juin, trois portefaix du Lazaret tombèrent malades. Ils avaient travaillé à aérer les balles de textile du *Grand saint Antoine*. Puis l'affaire se précipita, comme si le Mal se trouvait activé par les premières chaleurs de l'été.

Le 23 juin, le mousse César Petitou s'alita à bord du *Saint Antoine*, dont le bureau de la Santé avait ordonné la libération pour le 25, « après qu'il lui sera donné un dernier parfum à Pomègues ». Le 24 juin mourut un des trois portefaix malades. De sa petite écriture régulière, le chirurgien Guérard, imperturbable, écrivit sur son registre : « *Aucune marque de la contagion.* » Et à propos du mousse mourant envoyé aux Infirmeries : « *Transport au cerveau.* »

C'est vrai que le petit mousse pensait trop... Il mourut le 25, puis le lendemain les deux autres portefaix. « *Pas de contagion* », s'obstinait à noter maître Guérard.

Par prudence, le *Grand saint Antoine* était toujours retenu dans la crique du Lazaret. Le 27 juin, l'un de ses matelots tomba malade et mourut aux Infirmeries. Le chirurgien Guérard persistait à affirmer que la peste n'était pas en cause. Cet homme obéissait-il à quelque ordre occulte du bureau de la Santé ?

Parallèlement, le Bureau prenait des mesures illusoires de protection, pour se donner les apparences de la bonne conscience. Le 26 juin, les intendants ordonnèrent d'ensevelir les cadavres dans la chaux vive. L'entrepôt des Infirmeries où étaient déposées les balles de textile fut enfin hermétiquement isolé, les portefaix consignés, mais trop tard. Certains, qui malgré le règlement avaient travaillé sur les marchandises d'autres vaisseaux, les avaient infestées.

Le 27 juin, le bureau de la Santé ordonna enfin l'envoi du *Grand saint Antoine* à l'île de Jarre. Mais les précieuses marchandises restèrent à Arenc et leurs propriétaires pouvaient encore espérer.

Une accalmie de huit jours sembla donner raison à Guérard. Mais le 5 juillet, deux des portefaix consignés dans l'enclos tombèrent malades à leur tour. Puis un troisième le lendemain. Guérard observa enfin des bubons, mais cela ne l'émut pas outre mesure. Il s'obstinait. Il nuança cependant son rapport journalier pour dégager sa responsabilité :

> *Je ne crois pas que ce soit la peste. Toutefois, cela pourrait être une marque de contagion. Je demande à consulter.*

Était-il trop tard pour réagir ? Face au vent de panique qui régnait aux Infirmeries, les intendants consentirent enfin à « consulter ». Un chirurgien, maître Béraud, estima sans l'affirmer que « *ce pouvait être la marque de la contagion* », mais Guérard persista dans sa funeste erreur.

Le 8 juillet, deux maîtres chirurgiens de grande robe furent enfin appelés : maître Croisset, chirurgien major de l'hôpital des galères, et maître Bouzon, familier des Échelles du Levant.

Le sinistre Guérard les attendait au rempart. Il les conduisit vers l'infirmerie. Les trois portefaix gémissaient sur leur paillasse.

– Que faisaient-ils ? demanda maître Croisset.

– Ils ont ouvert et tourné quelques balles de coton du *Saint Antoine*, pour les aérer. Puis ils ont été attaqués de fièvres continues, ayant petit pouls, douleur de tête, maux de cœur. Trois autres portefaix étaient déjà morts sans marques apparentes sur le corps. Donc, ce n'est pas la contagion.

– Découvrez ceux-là ! tonna maître Croisset.

La peur se lisait sur son visage. Ni lui ni maître Bouzon n'osaient s'approcher. Guérard enleva le drap et releva la chemise d'un des malades. Alors, tous virent, gonflant démesurément l'aine gauche, une tumeur de la taille d'un œuf de poule. Guérard n'avait pas bronché. Il murmura seulement :

– Intéressant...

Puis, devant les deux maîtres chirurgiens médusés, il porta sa main sans gant sur le bubon et se mit à le palper. Le malade hurla comme si on l'écorchait.

– Vous souffrez donc, mon ami ?

Les deux maîtres chirurgiens avaient encore reculé d'un pas. Pour se donner une contenance, maître Croisset cria :

– Le pouls ? Que dit le pouls ?

Guérard s'empara du poignet du malade sans la moindre crainte.

– Alors ?

– Petit... petit... Ce pouls est petit... Mais ces malades n'ont pas la fièvre. Leur langue est chargée, avec une petite douleur à la tête.

– Découvrez les deux autres malades ! ordonna maître Croisset.

Tous portaient des bubons bien apparents aux aisselles et aux aines.

Suffoqué, maître Croisset laissa enfin échapper le mot interdit :

– Par la vertudieu ! C'est la peste !

Un malade perdit connaissance. Les deux autres s'agitaient. Des cris, des gémissements, des supplications montaient des paillasses voisines. L'un des portefaix se recouvrit de son drap, comme s'il était déjà mort.

– Sortons ! dit maître Croisset, à la fois indigné et épouvanté.

Ils rédigèrent un rapport où le mot tabou ressortait comme une marque au fer rouge : *Peste*.

Le lendemain, comme ils le portaient eux-mêmes à la Consigne sanitaire, les trois portefaix expirèrent à Arenc. On traîna leurs corps dans une fosse du cimetière, hors les murs, on les recouvrit de chaux vive puis de terre, on brûla leurs hardes et leurs paillasses.

D'autres portefaix tombaient malades, avec des bubons, des charbons. Guérard, obstiné ou vendu, persistait et signait : « *Je ne crois pas que ce soit la peste.* » Il remit son rapport et s'alita aussitôt. Il mourut peu après, et toute sa famille avec lui.

Puis l'aumônier des Infirmeries, qui avait administré tous les malades, mourut à son tour, et d'autres portefaix.

La panique régnait au bureau de la Santé. Après délibération, il adopta à l'unanimité :

> *Pour éviter que ces maladies ne continuent et ne prennent possession dans les Infirmeries, les marchandises du vaisseau le* Grand saint Antoine *seront tirées desdites Infirmeries et portées par quatre bateaux à l'île de Jarre. Et là y seront toutes mises en gerbier afin que le vent puisse plus facilement les faire purger. Aussi y seront mis seize portefaix et tous les jours ils remueront à tour de rôle lesdites marchandises pour leur faire prendre le vent.*

Le vent !

Ce qui fut fait, avec les seize portefaix requis d'office, que cette besogne condamnait d'avance à mort, et qui s'en acquittèrent loyalement, pour cinq livres tournois.

Mais il était trop tard. La peste avait éclaté dans la vieille ville.

Pendant ce temps, qu'étaient devenus les passagers et l'équipage du *Grand saint Antoine* ?

Parmi les huit survivants, quatre marins avaient amené le vaisseau en Jarre sous la garde du capitaine Chataud. Les quatre autres étaient rentrés dans leur famille, au vieux quartier Saint-Jean, berceau de Marseille. Ils s'y terraient, refusant de sortir et de parler, de peur d'être renvoyés au Lazaret.

Les deux religieux avaient réintégré leur communauté.

Jacques Chataud s'était enfermé rue Caisserie dans la maison de son père, où le capitaine avait fait cacher sa pacotille en attendant des jours meilleurs.

Le capitaine Carré, le « disgracié », retrouva sa famille à Marseille. Il avait offert à sa femme et à sa fille la belle pièce de soie, acquise à Tripoli.

François Coudeneau, son écrivain, cacha lui aussi sa pacotille en lieu sûr.

Mais M. Boyan ne put sortir clandestinement que quelques précieuses pièces de soie, le gros de son chargement ayant été acquis officiellement et figurant sur les états du bateau. Il se lamentait, comme Estelle, Chaud & Cie de le savoir en Jarre, exposé au soleil, à la pluie ou au mistral.

Seul le maître calier Abougna réalisa son programme. Les pierres furent livrées à M. Abraham, le joaillier de la rue Paradis. Abougna encaissa en beaux louis d'or son énorme commission. Après quoi il donna sa démission de maître calier et se retira dans sa maison du quartier Saint-Jean, où il comptait ouvrir une taverne dans le rez-de-chaussée qu'il avait acquis.

Quant à Jehan Figueras, il retrouva son vieux père, médecin retraité, montée du Saint-Esprit, au quartier des Accoules, tout contre l'hôtel-Dieu. Il se mit spontanément en quarantaine, s'enfermant dans une pièce de l'étage le plus élevé de la maison. Au valet envoyé par

Gersende, affolée de la tournure que prenaient les événements, il fit répondre qu'il partait quelques semaines se mettre à l'abri de tous pour ne pas risquer de propager la contagion, et la contacterait dès son retour. Il lui recommandait de quitter la ville ou de ne pas sortir, de ne voir personne et d'user des précautions habituelles en période d'épidémie, comme toute sa famille et ses proches.

La jeune fille, d'autant plus désespérée qu'elle sentait le père qu'elle adorait perdre pied dans la tourmente qui s'abattait sur la ville, ne savait plus que penser, maître Estelle continuant à affirmer haut et fort :

– Il s'agit d'empoisonnements. A moins que ce ne soient les fièvres malignes levantines, ou quelque autre fièvre tierce ou quarte.

A la fin de la journée, le premier échevin réintégra son cabinet sur le Cours. Il y tournait comme un fauve en cage lorsqu'un coursier de l'hôtel de ville, essoufflé, fut introduit.

– Un message de M. Moustiés, monsieur.

Le deuxième échevin était plus qu'un homme de confiance. Un ami. Jean-Baptiste Estelle prit le pli avec appréhension et brisa le sceau.

« *Pouvez-vous revenir d'urgence à l'hôtel de ville ? Je vous y attends. Merci.* »

Maître Estelle prit son tricorne et sortit.

DEUXIÈME PARTIE

MARSEILLE

13

La calèche du premier échevin l'attendait sur le Cours. Jean-Baptiste Estelle s'y engouffra.

– A l'hôtel de ville !

Le cocher prit la rue Canebière, longea l'église en construction Saint-Ferréol, nouvelle paroisse des beaux quartiers, et déboucha sur le port. Elle s'engagea sur l'étroit quai Saint-Jean, traversa la place Neuve, étrangement déserte, et stoppa sur l'esplanade qui s'étend entre l'hôtel de ville et le quai : le carré de la Ville.

Un petit attroupement attira son attention. Au milieu de l'esplanade se dressait un carcan dans lequel se tordait un pauvre hère à genoux, le cou pris par le bois, à la grande joie de quelques mendiants qui l'accablaient de plaisanteries obscènes.

Les écartant, le premier échevin s'approcha et lut sur le bois de justice l'affiche imprimée qu'on y avait clouée :

> *Le sieur Alvion François est condamné à être appliqué au carcan de la place publique devant l'hôtel de ville de Marseille tournant sur le quai, et y demeurer attaché par le col l'espace d'une heure pendant trois jours consécutifs, ayant sur la tête un écriteau portant ces mots : « Matelot qui a rompu la quarantaine. »*
>
> *Le condamnons en outre à six livres d'amende.*
>
> *Le présent jugement sera imprimé et affiché par*

tous les lieux et carrefours de ladite ville et dans tous les autres ports et havres que besoin sera.

Le lieutenant général de l'Amirauté.

Signé : J.-J. de Gérin.

Le marin gémit :

– Une heure, Monseigneur ! Je suis condamné à une heure de carcan, et me voilà me desséchant la carcasse depuis bientôt six heures ! On m'a oublié !

– De quel bateau es-tu, maudite crapule ?

– Du *Saint Antoine*, Votre Grandeur ! Le *Grand saint Antoine* ! Pour vous servir !

L'échevin pâlit. Il héla un garde de ville qui somnolait devant la Loge.

– Holà ! Libérez cet homme ! Il a fait plus que son temps.

Le marin détala en marmonnant des bénédictions.

Maître Estelle s'avança vers l'hôtel de ville et contempla la façade de l'élégante bâtisse carrée. Achevée voici cinquante ans, elle symbolisait la réussite de la cité, au cœur du port marchand.

Le rez-de-chaussée, donnant directement sur le « carré de la Ville », abritait la chambre de commerce et la bourse, où se déroulaient toutes les transactions commerciales de la cité. En cette « Loge de mer » Jean-Baptiste Estelle avait fait ses premières armes et acquis ses premiers pouvoirs.

L'immeuble ne comportait qu'un seul étage noble qui avait cette particularité de ne pas communiquer avec le rez-de-chaussée, le bâtiment n'ayant pas d'escalier ! Au premier étage régnaient les échevins. En bas le monde des affaires se réunissait en fin de matinée pour y débattre armement, négoce, cours des denrées, finances et assurances. On y retrouvait les mêmes personnages, qui passaient alternativement de la Loge à la Ville.

Créée pour contrôler le commerce du Levant, auquel s'ajoutait aujourd'hui celui des Amériques, la Chambre de commerce constituait la clé de voûte des affaires. Ignorant la mise en garde subtile des consuls de 1655 quant au danger de cumul des fonctions, le pouvoir commercial, qui s'était aussi approprié le pouvoir municipal, avait tourné la difficulté de « la maison sans escalier » en passant par l'extérieur, du rez-de-chaussée au premier, du ventre au cerveau, grâce à un petit pavillon situé derrière l'immeuble, où l'on avait bâti l'escalier.

Maître Estelle contourna l'édifice et se fit reconnaître par le garde de la rue de la Loge. Il grimpa prestement l'escalier, franchit la passerelle qui enjambait la rue, et traversa la vaste salle du conseil de ville, déserte à cette heure.

Le cabinet du premier échevin se trouvait sur la droite, grand bureau lambrissé luxueusement meublé, qui ouvrait sur un balcon, donnant sur le carré de la Ville et le port. Sous les ors du haut plafond et les lambris, le premier échevin se sentit plus fort. Il était là chez lui, au cœur de cette ville qu'il aimait, au cœur de ce *pouvoir* qu'il avait si longtemps désiré et qui lui paraissait aujourd'hui si menacé, prêt à se retourner contre lui pour l'anéantir.

Ce pouvoir n'avait qu'un lointain rapport avec celui des consuls d'autrefois. Avant Louis XIV, Marseille, sorte de république libre à la manière de Venise, traitait à égalité avec son seigneur le comte de Provence. Les consuls possédaient alors une autorité presque illimitée. En 1659, le Roi-Soleil, prétextant une révolte populaire, avait aboli tout cela, occupé militairement la cité. Il l'avait désarmée, excluant la noblesse rebelle de la fonction consulaire, installant à sa place des échevins bourgeois, coiffés par un gouverneur-viguier qui ne dépendait que du roi.

C'est ainsi que Marseille la rebelle était devenue française, du moins officiellement, car on continuait à y parler et penser provençal. Le roi avait installé une garnison de trois mille soldats dans le fort Saint-Jean, agrandi par Vauban. Le maître des fortifications avait aussi construit en face le fort Saint-Nicolas. Tout au fond du port l'intendant Arnoul avait créé le puissant Arsenal des galères.

Mais le pouvoir royal avait aussi agrandi la ville, fait éclater les vieux remparts pour les reconstruire à l'est, englobant la Rive-Neuve du Lacydon. Et M. Colbert avait accordé le cadeau royal qui allait faire la richesse de la ville et conforter la puissance des échevins-négociants : l'affranchissement du port et l'exclusivité du commerce du Levant, en contrepartie de l'obligation de quarantaine.

Au début du XVIIIe siècle, Marseille était ainsi passée du stade de ville provençale à celui de grande cité internationale, ouverte sur la mer et tirant des échanges maritimes les richesses que son maigre terroir ne pouvait lui fournir. On avait créé le Cours et trois grands axes routiers décongestionnant la circulation, par les portes d'Aix, de Noailles et de Rome.

Marseille s'était remarquablement adaptée à cette révolution. Déjà pittoresque mélange de Grecs, d'Espagnols, d'Italiens, de Provençaux, de « Barbares » d'Afrique du Nord et de Turcs, elle acceptait maintenant ces Français – on disait encore les Franciots –, tous ces petits et grands officiers poudrés, perruqués, parfumés, ceux des galères et ceux des forts.

Après l'humiliation de la révolte matée et l'entrée du roi, non par la porte mais par une brèche du rempart, tous ces commerçants avisés s'étaient aperçus qu'on s'enrichissait prodigieusement sous le nouveau régime, et pas seulement les bourgeois. Grâce au commerce florissant, le pêcheur de Saint-Jean vendait son poisson à des cours inespérés ; le paysan du terroir les produits de la terre. Les artisans n'avaient jamais autant et mieux travaillé. Il fallait bâtir les nouveaux quartiers et décorer les luxueux hôtels des négociants, armateurs et financiers. Édifier les bastides qui fleurissaient au terroir. Habiller et distraire tous les riches, nouveaux et anciens, et les officiers du roi.

En outre, pour la première fois, l'ordre français apportait une sécurité telle qu'on n'en avait jamais connu. C'en était fini des raids pirates génois, turcs ou barbaresques et, on l'espérait, des invasions venues d'Italie ou d'Espagne qui ruinaient périodiquement la Provence. Qui oserait désormais s'attaquer à une pareille ville fortifiée, placée sous la garde du plus puissant monarque du monde ?

La gestion des bourgeois-échevins s'avérait remarquable. La Chambre de commerce, créée par Colbert en 1660, était devenue comme un second gouvernement qui se calquait sur celui des échevins, et sans querelle, puisque les mêmes hommes, interchangeables, passaient de la Loge à la Ville.

Cependant, Jean-Baptiste Estelle en devenait tardivement conscient, ce tableau souffrait de deux failles que le drame du *Grand saint Antoine* révélait. Le culte du profit avait engendré une décadence morale majeure qui se traduisait par un non-respect des lois et règlements, depuis le pauvre matelot enfreignant la quarantaine, jusqu'au premier échevin trahissant lui-même les règles les plus sacrées de la protection sanitaire.

Ce mal aurait pu être combattu si la totalité des pouvoirs n'avait pas été détenue par la même classe sociale. Déjà, à la fin du siècle dernier, l'intendant Arnoul avait dénoncé en vain la collusion entre l'échevinage et le négoce, la Ville et la Loge.

Par ailleurs, si Marseille avait réussi son agrandissement, elle avait, par respect du passé autant que par manque de moyens financiers et mépris des pauvres, échoué dans la rénovation nécessaire des vieux quartiers. Saint-Laurent, les Accoules et Saint-Martin demeuraient surpeuplés et malsains, foyers de toutes les contagions. Ainsi se trouvaient réunis les éléments du drame qui soudain éclatait.

Comment en était-on arrivé là ? On ne pouvait pas rénover sans détruire les vieux immeubles vétustes. Mais qui paierait ? Pouvait-on au moins assainir, enterrer les égouts, créer plus de points d'eau, faire enlever régulièrement les ordures qui s'amoncelaient devant les portes ? Qui paierait ? Pas les riches, ils avaient déserté ces quartiers et ne se sentaient plus concernés.

La municipe ne disposait que d'un budget dérisoire, pas même capable d'assurer l'hygiène publique. Un règlement tombé en désuétude exigeait que chaque propriétaire nettoie devant sa maison. Rénover, créer un service d'hygiène publique eût demandé de multiplier l'impôt par dix. Impossible d'augmenter les taxes sur le pain et la viande, qui frappaient les classes modestes. Les riches ne voulaient pas d'un nouvel impôt. Aussi les pauvres restaient-ils dans leurs quartiers misérables, au coude à coude avec le petit peuple. Nul ne s'en plaignait d'ailleurs, pourvu que le pain ne manquât pas à un prix raisonnable, les fêtes religieuses et les bénédictions de leurs prêtres.

– Ah, Jean-Baptiste ! Vous êtes là. Merci d'être venu.

Le deuxième échevin, Jean-Pierre Moustiés [1], colosse de quarante ans, affichait un regard d'une douceur et d'une candeur presque enfantines qui surprenait ceux qui ne le connaissaient pas, car il avait une âme de fer.

1. Orthographié parfois *Moustier* ou *Moustiès*, ce qui constitue une erreur, comme le montrent les archives municipales.

D'une très bonne famille de négociants marseillais, il se passionnait pour le nouveau commerce des Antilles où il avait investi des capitaux considérables. Homme de la Loge dès sa jeunesse, il était tout naturellement monté au premier étage, et maître Estelle s'appuyait entièrement sur lui. Il demanda :

– Pourquoi cette convocation tardive, Jean-Pierre ?

– Il se passe une chose terrible dans la vieille ville. Je viens de voir le vieux médecin Peyssonnel. Il pense avoir identifié plusieurs cas de peste.

– Où ?

– Rue Jean-Galand.

– Qui ?

– Un enfant de treize ans, Issalène, est gravement malade. Sa sœur, une couturière âgée de dix-huit ans, présente aussi des symptômes inquiétants. Elle travaillait sur une pièce d'indienne clandestinement débarquée du *Saint Antoine*.

Maître Estelle chancela. Mais malgré l'évidence, il se refusait toujours à admettre la terrible réalité. Il s'écria :

– Maître Guérard ne croyait pas à la contagion.

– C'était un âne. Paix à ses cendres.

Jean-Pierre Moustiés avait parlé sans passion.

Jean-Baptiste Estelle retrouva son sang-froid.

– Récapitulons. Si c'était la peste, elle partirait d'une rue et s'étendrait alentour. Or, ce n'est pas le cas.

Il prit un rapport dans son tiroir et s'approcha du grand plan de la ville, signé Nicolas de Fer, affiché à un mur.

– Des morts suspectes, il y en a chaque jour dans une grande ville comme Marseille. Il ne faut pas tout ramener à la peste. Voyons ces morts. Le 20 juin, Marguerite Dauplan, dite la Jugesse, une indigente de cinquante-huit ans, meurt en quelques heures dans la paroisse des Accoules, rue Belle-Table. Le chirurgien de la Miséricorde, qui la soignait, ameute tout le monde.

– La femme ayant un charbon sur la lèvre, il s'est cru autorisé de suggérer la contagion.

– Tel ne fut pas l'avis du chirurgien ordinaire du Lazaret. Maître Guérard a enquêté à la demande de l'intendant semainier.

– Je vous ai dit ce que je pensais de ce barbier.

– Il semble avoir étudié scrupuleusement le cas. Il a examiné le cadavre et conclu à la mort par fièvre ordinaire. Il a autorisé l'ensevelissement en fosse commune, qui a été effectué gratis par l'hôpital. Quel est le rapport entre cette pauvresse et la contagion, si contagion il y a, je ne le vois pas. Des pauvres, je le répète, il en meurt plusieurs chaque jour.

– Mais habituellement, on sait pourquoi.

– Pas toujours. Revenons au rapport de la Santé. Huit jours plus tard – c'est long, huit jours – le tailleur Michel Cresp, quarante-cinq ans, meurt place du Palais-de-Justice. Ce n'est pas à côté !

– Mais c'est un tailleur. Il a pu recevoir une pièce clandestine de textile.

– Le rapport précise : Mort rapide, sans marque apparente. Les médecins l'attribuent à une fièvre maligne non contagieuse. On l'ensevelit sans autre procédure en l'église des Accoules, à deux pas de chez lui.

– Et sa femme meurt le lendemain, 29 juin, Jean-Baptiste !

Le premier échevin consulta à nouveau le rapport.

– C'est exact. Anne Durand, femme Cresp. Mais elle est morte rue de la Palud, dans le quartier Saint-Ferréol. C'est loin, très loin de la vieille ville.

– Elle est morte brusquement chez sa mère, où elle était venue se réfugier après la mort de son mari.

– Ah ! Mais poursuivons. Le 1er juillet, deux morts rue de l'Échelle. C'est dans la paroisse Saint-Martin, près des remparts, loin de tous les autres cas. Que dit le rapport de la Santé ? Femme Eygazière et femme Tanouse. Deux indigentes.

– Deux lingères. Elles blanchissaient clandestinement le linge du Lazaret. Je sais cela depuis une heure par le rapport de la Maréchaussée.

Le premier échevin avait blêmi.

– Mais pourquoi blanchit-on clandestinement le linge du Lazaret ? Il y a tout ce qu'il faut sur place. Cela nous coûte assez cher !

– Les lingères du Lazaret sont des épouses d'employés : gardes ou portefaix. Il est courant qu'elles sous-traitent à bas prix ce travail. C'est naturellement interdit. Mais les paquets de linge passent facilement par les portiers qui vont en ville acheter la nourriture des quarantenaires.

– Tout cela ne prouve rien, Jean-Pierre.

– Malheureusement, la femme Eygazière portait un

charbon bien visible sur le nez. Et la femme Tanouse deux bubons, les premiers que l'on observe en ville.

Accablé, le premier échevin ne répliqua pas. Jean-Pierre Moustiés s'écria avec force :

– Jean-Baptiste, je sais que vous êtes l'homme le plus occupé de la ville. Et pourtant, j'ai pris la liberté de vous faire revenir ici à cette heure tardive. La vieille cité s'inquiète. Les deux médecins Peyssonnel, le père et le fils, croient à la peste. On ne peut pas ignorer leur avis, même si le chirurgien officiel des Infirmeries a affiché ostensiblement un point de vue contraire.

– Mais ce sont des pauvres qui sont frappés ! Seulement des pauvres !

– Et alors ?

– Les conditions d'hygiène sont telles dans ces quartiers que la fièvre vermineuse y sévit de manière endémique. Les aliments ne sont pas sains, l'été. L'eau des puits et des citernes est polluée par les souilles. Depuis toujours.

– Mon ami, il n'y a pas que les pauvres. M. Boyan est mort cet après-midi.

Jean-Baptiste Estelle se dressa sur son fauteuil. M. Boyan ! Le passager du *Grand saint Antoine* ! Le petit homme rond et chauve à qui maître Estelle avait confié une mission de courtage à Seyde.

– De... de quoi est-il mort ?

– De la peste qu'il a ramenée du Levant avec son lot de textile. Il était sorti du Lazaret avec les autres quarantenaires. Malade au début de juillet, il avait appelé maître Sicard, le médecin du quartier, qui a tardivement identifié la peste lorsque est apparu un bubon sous l'aisselle gauche. J'ai ordonné qu'on l'ensevelisse discrètement au cimetière des Infirmeries.

– Je le voyais quelquefois à la Loge, soupira le premier échevin. Où habitait-il ?

– Rue Jean-Galand ! La rue même où les jeunes Issalène sont tombés malade. Est-ce une coïncidence ?

– Que faut-il faire ? demanda maître Estelle, accablé.

– Décréter officiellement l'état de peste.

– Non, non ! La panique éclaterait en ville. Les gens se répandraient dans les campagnes. Les bourgeois prendraient la fuite, les soldats, les fonctionnaires, les commerçants, et même les prêtres. Maîtresse de la cité, la canaille pillerait les maisons abandonnées. On ne pourrait plus contrôler la situation.

– Elle va nous échapper d'un jour à l'autre.

Ils demeurèrent silencieux. Le premier échevin se leva et s'approcha de la fenêtre. La nuit venait. Un dernier rayon de soleil illuminait la colline de la Garde et les vieux forts.

– C'est étrange, il n'y a plus personne sur la palissade du Port et sur le carré de la Ville.

– Les gens ont peur, Jean-Baptiste. La cité retient son souffle. Le pire peut arriver.

L'huissier frappa doucement et entra, un pli à la main. Il paraissait marcher sur des œufs.

– Monsieur le premier échevin, un message du médecin Peyssonnel.

Jean-Baptiste Estelle le lui arracha des mains et lut :

Le petit Issalène vient de mourir rue Jean-Galand. Mon fils et moi avons reconnu la contagion. De la place de Lenche à l'esplanade de la Tourette, le quartier est dans l'angoisse. Une explosion est prévisible. L'inertie n'est plus tolérable. Envoyez des gardes pour isoler la rue. La nuit venue, je ferai transporter le corps au cimetière du Lazaret et sa sœur aux Infirmeries.

Jean-Baptiste Estelle consulta sa montre.

– Il est 9 heures. La nuit ne va pas tarder. Je vais rue Jean-Galand.

– Je viens avec vous, Jean-Baptiste.

– Merci, mon ami. Merci.

Il agita une clochette. L'huissier parut.

– Commandez deux chevaux et trois gardes à cheval de la Maréchaussée. Et le *fa lume.*

Une heure plus tard – la nuit était tombée – le groupe des cinq cavaliers, précédé du porteur de lumière, s'engagea rue de la Prison, qui monte au cœur de la vieille ville. Ils débouchèrent place du Palais, le centre historique de Marseille, vers lequel convergent la Prière avec l'église des Accoules, la Charité avec l'hôtel-Dieu, et la Justice avec le palais. Ils mirent pied à terre.

La cloche Sauveterre des Accoules venait de sonner la retraite. Ils s'engagèrent dans la montée abrupte des Accoules, puis débouchèrent place de Lenche, jadis centre de l'antique ville grecque, l'agora. Un luxe passé au cœur de la misère. Un monastère de religieuses du Saint-Sauveur. Une demeure aristocratique, l'hôtel de Riquetti-Mirabeau, où Louis XIV avait dormi. Alentour, la ville demeurait étrangement silencieuse et c'était inhabituel. Ordinairement, les gens se pressaient à leur porte et autour des fontaines, causaient, riaient, chantaient. *C'était le temps des fleurs, on ignorait la peur...*

Comme les échevins s'arrêtaient un instant pour laisser souffler les chevaux, maître Estelle ferma les yeux. Il perçut alors l'odeur puissante et nauséabonde de la vieille ville. Il y était tellement habitué qu'il n'y faisait plus attention. Mais soudain, cette odeur de pourriture et d'excréments humains venait l'envahir comme un signe menaçant. Un cri monta en lui : « Qu'as-tu fait de la ville qui t'était confiée ? »

Au-delà de la noble place de Lenche, des rues obscures et sordides partaient vers les deux vieux quartiers des Accoules et Saint-Laurent. Dans ces amas confus de maisons branlantes enchevêtrées, on distinguait à peine les rues étroites dévalant de la butte des Moulins vers le port, où grouillaient les familles de pêcheurs, de matelots et de calfats.

Au fil des siècles, tous les petits jardins qui faisaient la beauté de Marseille, et même les cours intérieures des maisons avaient été sacrifiés pour bâtir et bâtir encore, satisfaire à la démographie galopante de ce peuple généreux et prolifique qui refusait de sortir de ses remparts protecteurs. Soixante mille Marseillais grouillaient dans la seule vieille ville. L'égout coulait au milieu des rues malodorantes. Des tas d'ordures mêlées d'excréments s'entassaient dans les souilles au pied des maisons, mais le plus souvent l'habitant jetait par les fenêtres ses ordures. Parfois un paysan courageux venait gratter la souille pour en rapporter de l'engrais. Les quelques placettes préservées se trouvaient encombrées par les étals des commerçants, des poissonnières ou par les lavoirs.

A l'intérieur des remparts on se sentait rassuré et protégé des périls extérieurs (les invasions) et intérieurs (les forces démoniaques). Très peu imaginaient alors que ce pullulement puisse favoriser les épidémies de peste, de variole et de dysenterie qui frappaient régulièrement la vieille cité sous le générique de « fièvres ». Le peuple ignorait la crasse. Comment eût-il pu en être autrement ? Les riches et même le roi ne se lavaient pas !

Les prêtres vitupéraient en chaire « le péché », cause des punitions divines, les abus de la chair et les hérésies. Mais contre ce pullulement sauvage et la saleté, aucune voix autorisée ne se levait. A tous les niveaux de la société éclatait d'ailleurs l'impuissance des moralisateurs, même dans ce petit peuple fondamentalement religieux. Comment ne pas s'enivrer, forniquer et pour finir jurer dieux et diables, qui vous envoyaient tant de malheurs ? Les femmes mortes en couches, les enfants en bas âge ; le manque de travail, la faim, les voleurs, les guerres, l'arrogance des riches. Et maintenant la peste. La peste !

Douze fois, la Gueuse avait frappé Marseille au XVIe siècle. Trente mille morts, plus de la moitié de la population. Le reste de la Provence n'avait pas été épargné. Venues de l'Orient par la mer – négoce et pèlerinages – les épidémies se succédaient comme les vagues d'une marée monstrueuse. Malgré l'organisation de la quarantaine, la peste avait à nouveau frappé Marseille en 1630. Dix ans plus tard, un bateau venu d'Afrique du Nord, dont le capitaine n'avait pas déclaré ses morts, avait encore provoqué l'hécatombe de huit mille Marseillais.

Le regard du premier échevin s'éleva au-dessus des toits de tuiles romaines. On se sentait bien, pourtant, dans ce vieux Marseille, quand on avait du pain et du poisson, quelques figues et un cornet d'olives. L'odeur, on ne la percevait plus depuis des siècles. Oui, ce grouillement à l'ombre des remparts, des tours massives et des clochers rassurait les Marseillais qui s'y sentaient protégés. Rien de mal ne pouvait leur arriver à l'ombre de leurs saints tutélaires, dont les statues naïves souriaient dans leur niche à l'angle des maisons.

Jean-Baptiste Estelle s'arracha à sa méditation.

– Allons, dit-il.

Toujours précédés du *fa lume*, ils s'engagèrent rue Jean-Galand, une rue sombre qui aboutissait au rempart face à la mer, tout près de l'esplanade de la Tourette. Au fur et à mesure qu'ils avançaient, un frémissement montait des maisons où chacun se cachait derrière ses jalousies pour mieux voir sans être vu ce qui se passait dans la rue. Un officier de ville venait de notifier l'ordre d'évacuation aux Issalène. On attendait l'officier de la Santé pour faire enlever le corps du garçonnet. Deux chars stationnaient déjà devant la porte.

Les brancardiers masqués du Lazaret entrèrent. Ils ressortirent bientôt avec le corps ficelé dans un drap et le déposèrent au fond du premier char. Les parents accablés suivaient. Puis deux infirmiers transportèrent la sœur, une jeune fille de dix-huit ans, qui hurlait d'épouvante.

Jean-Pierre Moustiés s'approcha du premier échevin et lui dit à voix basse :

– C'est la couturière.

On la fit asseoir dans le même char que celui du mort. Dans le second char, la famille et tous les habitants de la maison s'entassèrent. La peur et le fatalisme se lisaient sur les visages; aucune révolte.

Tandis que deux maçons scellaient les portes à chaux et à sable, le cortège s'ébranla, précédé des gardes de la Maréchaussée et des deux échevins à cheval.

– C'est étrange, dit Jean-Baptiste Estelle. La foule n'est pas dans la rue.

– Les gens ont peur. Ils se cachent.

Le groupe déboucha sur l'esplanade de la Tourette, qui domine la mer. Avec soulagement, les deux échevins respirèrent l'air pur qui soufflait du large.

Cahotant sur les pavés de pierre, les chars longèrent le littoral. On voyait scintiller la mer. Bâti sur la falaise, le rempart bordait la côte rocheuse. On distinguait les puissants contreforts, les tours de guet, le parapet hérissé de canons.

Laissant à droite le palais épiscopal et à gauche la vieille cathédrale de la Major, ils s'engagèrent dans l'étroite rue de la Trinité-Vieille, qui longe le monastère du Saint-Sacrement. Après la rue de la Joliette, on débouchait à nouveau sur la mer. Un autre monastère, celui des Cordeliers, étalait ses beaux jardins sur la droite. Jean-Baptiste Estelle ne put s'empêcher d'éprouver un malaise devant ce contraste : la cité épiscopale, lieu de paix et de beauté dans la senteur des fleurs d'oranger et de l'encens, et les vieux quartiers misérables qu'ils venaient de quitter.

Ils arrivaient aux remparts nord de la ville. A gauche, la « Tuerie » exhalait son odeur affreuse d'abattoirs. En face se dressait la porte de la Joliette : une voûte énorme ouverte dans le rempart, surmontée d'une tour de garde.

L'étrange convoi s'arrêta. On brandissait des torches. Un cri monta :

– Laissez passer MM. les échevins !

Les lourds battants s'ouvrirent dans un grondement de chaînes. Comme dans un cauchemar, Jean-Baptiste Estelle se laissa entraîner vers le Lazaret, dont la porte Majeure, énorme, apparaissait au bout du chemin. A gauche, il entendait le doux ressac de la mer qui venait mourir au pied des falaises dans l'anse de la Joliette.

Ils étaient arrivés. Un grand silence se fit, seulement rompu par la plainte douloureuse de la jeune fille. Le capitaine Maillard, entouré du secrétaire Bézaudin et de la garde brandissant des flambeaux, attendait devant la porte ouverte des enfers. Sans descendre de cheval, le premier échevin lui rendit son salut. Puis, tandis que l'énorme muraille absorbait les deux chars, il fit faire volte-face à son cheval et, suivi par Jean-Pierre Moustiés qui avait donné congé à la garde, ils s'en retournèrent vers la ville.

Au lieu de couper à travers la vieille cité, ils la contournèrent par le bord de mer. Jean-Baptiste avait besoin de se replonger dans cet antique quartier maritime qu'avaient bâti les fondateurs. Les chevaux galopaient le long des remparts dominant la mer. Ils longèrent à nouveau l'esplanade de la Tourette, qui jouxte le quartier des artisans de marine : emballeurs, voiliers, cordiers, remailleurs de filets. Là aussi, un peuple prolifique grouillait. La mortalité infantile était la plus élevée de la ville et une femme devait mettre dix enfants au monde pour avoir l'espoir d'en garder deux ou trois.

L'esplanade de la Tourette s'achevait dans un entonnoir, dominé par la muraille énorme du fort Saint-Jean.

S'engageant dans la ruelle étroite qui serpentait entre les murailles du fort et l'église Saint-Laurent, les deux échevins débouchèrent sur le quai Saint-Jean. Du fait de son étroitesse, ce quai, qui courait de la muraille du fort jusqu'au fond de la calanque du Lacydon, se trouvait ordinairement saturé par les gens de mer qui s'y mêlaient en une pittoresque cohue. Sur la vieille grève où avaient débarqué les Phocéens fondateurs, on avait bâti au XVIe siècle un quai si étroit que le beaupré des plus gros vaisseaux touchait la façade des maisons. Elles se dressaient sur quatre ou cinq étages en un alignement continu mais irrégulier, coupé de petites rues plus ou moins sordides dont les noms rappelaient l'activité maritime des riverains.

Les deux échevins respirèrent à fond l'odeur caractéristique du port, faite de senteurs marines, de poisson et de goudron chaud. Mal drainé malgré les prescriptions royales sans cesse renouvelées, le port, qui occupait maintenant la totalité de la calanque du Lacydon, recevait à la fois toutes les déjections liquides de la ville, et celles du terroir par les torrents qui dévalaient des collines à chaque orage. Réceptacle aussi des ordures des bateaux, le port s'envasait continuellement malgré le travail incessant de la machine à curer, ponton muni d'une roue à godets manœuvrée par des galériens gracieusement prêtés par le bailli de Langeron.

– C'est étrange, répéta Jean-Baptiste Estelle. Habituellement, il y a foule sur le quai. Ce soir, c'est désert.

Et pourtant, l'air était chaud, la nuit douce et sereine. Souvent, le quai était illuminé par les feux de sarment de vigne et de pommes de pin. Retour de mer, les pêcheurs y faisaient griller leurs sardines. On causait, on chantait au son des fifres et des tambourins. Les jolies poissonnières ne refusaient pas de faire un pas de danse avec les cordeliers des ateliers voisins, ou les auffiers qui à longueur de journée écrasaient l'alfa ou le chanvre sous la meule pour assouplir les fibres coupantes, qui seraient tressées pour les filets des pêcheurs et les couffins des muletiers.

Plus loin, vers la place Neuve, le quai débouchait sur le domaine des marins au long cours. L'élément coloré des étrangers y dominait : Grecs en fustanelle, Turcs en turban, Syriens en dalmatique, qui hier encore apportaient, avec leur nez busqué, leur teint basané et leur grosse moustache, tout le mystère de l'Orient. Ceux-là aussi étaient absents, ils avaient appareillé pour des cieux plus cléments. Les marins de Provence, quant à eux, demeuraient calfeutrés par la peur dans leurs vaisseaux.

Également désert le quartier chaud où d'ordinaire, de la rue Pavé-d'Amour à la « Bonne Rue », fleurissaient les filles de joie à la porte des tavernes.

Dans le vaste plan d'eau silencieux, des centaines de coques semblaient abandonnées. Ordinairement, bien que la chaîne du port fût fermée la nuit, le port demeurait très actif. On s'interpellait d'un vaisseau à l'autre. Les marins assoiffés de vin et de filles débarquaient et roulaient vers les rues à bordels : la Roquette, les Fiélouses, le Petit-Puits et tous les estaminets du port où, malgré l'heure de fermeture réglementaire, on continuait à boire et à jouer dans les arrière-boutiques.

Les deux échevins arrêtèrent leurs chevaux devant l'Intendance sanitaire.

– Il y a de la lumière, dit Jean-Pierre Moustiés. Je vais aller voir.

– Je rentre chez moi. Je suis épuisé. Nous aviserons demain matin à l'hôtel de ville.

Maître Estelle salua longuement son adjoint et ajouta :

– Merci d'être à mes côtés, Jean-Pierre. Que ferais-je sans vous ? Désormais, vous êtes chargé de tous les problèmes concernant la contagion.

– Vous pouvez compter sur moi, Jean-Baptiste. Allez-vous décréter l'état de peste ?

– Non, non ! Pas encore... Ah ! un dernier mot. Pourquoi M. Boyan, qui était devenu un homme riche, habitait-il rue Jean-Galand ?

– Il y possédait une vieille maison de famille. Il n'aimait pas nos quartiers neufs et leurs courants d'air. Il se sentait à l'aise dans les rues étroites et tortueuses abritées du mistral. Il aimait leurs odeurs puissantes, mais surtout le coude à coude, le sens du partage de cette population déshéritée qui savait s'entraider.

Il lui rendit son salut, sauta à terre et attacha son cheval à un anneau de l'Intendance. Au-dessus de l'élégant fronton triangulaire, le bon saint Roch, patron des pestiférés, semblait sourire de l'inconscience des hommes.

Chevauchant le long du quai entre les balles de textile et les jarres d'huile et de vin, Jean-Baptiste Estelle gagna la rue Canebière et retrouva le grand Cours, où tout n'était qu'espace, luxe et beauté.

Le Cours ! Désert à cette heure, mais depuis quelques jours désert aussi dans la journée. Il imagina la luxueuse promenade au temps de sa splendeur. Deux voies roulières encombrées de carrosses longeaient les belles façades des hôtels particuliers. Tout le milieu du Cours était réservé à la promenade et au petit commerce d'agrément. Là se pavanaient les riches oisifs, guettés par quelques tire-goussets qui s'employaient à leur « faire le mouchoir », voire la bourse ! A l'angle de la Grand-Rue s'étalait le marché aux fleurs, tenu par une multitude gracieuse de bouquetières venues du terroir. Un domestique de grande maison battait un tapis d'Orient, à la colère des petites marchandes de gâteaux. Un peu plus loin, les lavandières s'affairaient à la fontaine des Méduses. Sous l'œil indifférent des gardes à cheval, des gamins haillonneux dépouillaient méthodiquement de leurs feuilles les grands mûriers qui remplaçaient peu à peu les micocouliers, dont les chevaux, ânes et mulets à l'attache achevaient de brouter l'écorce.

Le Cours avait quelque chose à la fois de solennel et bon enfant. Les chiens disputaient aux ânes les résidus du marché matinal. Le peuple côtoyait le beau monde et les marchands cédaient de mauvaise grâce le haut du pavé aux officiers du roi. La circulation des véhicules augmentant sans cesse, il avait fallu tirer des chaînes pour empêcher les insolents cochers d'empiéter sur la promenade centrale, déjà encombrée par les cabriolets-ventouses des riverains. Parfois de brillants cavaliers, parcourant à grand trot le Cours central, effrayaient les gens de qualité et les paisibles étrangers venus jouir de la plus belle promenade de Provence.

Tout cela était fini. Le Cours était mort.

Le premier échevin sortit sa clé.

Silencieux, l'hôtel Estelle dressait sa façade sculptée sous la lune. Au lieu de gagner sa chambre au premier, il se dirigea vers son cabinet de travail, alluma un chandelier et s'effondra dans son fauteuil.

C'est alors que le désespoir fondit sur lui. Il était perdu. La peste allait déferler sur la ville et il était responsable de la catastrophe. On brûlerait le *Grand saint Antoine* et sa cargaison maudite. Non seulement il serait ruiné, mais déshonoré. Il y aurait des milliers de morts.

A cet instant, il aperçut sur son bureau une missive cachetée, que le secrétaire avait posée là bien en évidence. Il brisa le cachet et reconnut l'écriture hachée de messire Cardin Le Bret, l'intendant de Provence, le représentant du roi.

> *Monsieur Estelle, j'apprends par la rumeur que des choses extraordinaires se passent dans votre ville. Il serait temps que vous m'en rendiez compte. Je vous attends demain à Aix.*

On l'attendait... Le coup de grâce.

Depuis qu'il était entré dans son cabinet, sanctuaire de tant de projets et de réussites, Jean-Baptiste Estelle sentait que l'énergie vitale le fuyait. Comme privé de support, l'esprit tombait dans un gouffre sans fin. Il n'y avait plus d'espoir nulle part. Où qu'il se tournât, l'échec l'attendait, la mort et l'infamie.

La mort ? Soudain, elle lui sembla douce. Une invitation, une porte ouverte pour échapper à son horrible destin.

Il ouvrit un petit tiroir secret de son bureau. Tout au fond brillait une arme. Un pistolet à canon raccourci, richement ouvragé, une arme redoutable. Une balle était engagée dans le canon. Il releva le chien plat en forme de S tenant dans ses mâchoires la pyrite de fer dont l'étincelle devait enflammer la poudre. Lentement, il dirigea le canon de l'arme sur sa tempe.

Il se sentait bien, maintenant. Il allait partir. Rejoindre Élisabeth, cette femme incomparable qu'il avait adorée et qui l'avait quitté voici douze ans. Si elle avait été là, il n'aurait pas commis cette série d'erreurs funestes qui l'avaient conduit à l'irréparable et avec lui la ville dont il était le premier magistrat.

Il sentait sur son doigt le métal froid de la gâchette. Il appuya. Un peu. Encore un peu... Comme tout était simple ! Il ferma les yeux. La silhouette légère d'Élisabeth lui apparut. Elle était nue sous la légère « chemise de lit » de fine mousseline rose. Elle lui souriait. Sa peau blanche comme le lait rayonnait. De sa chevelure noire une longue boucle retombait sur le sein. Dans ses yeux lavande pailletés d'or il voyait briller les étoiles.

Soudain, la vision s'abattit sur lui en criant :

– Père !

– Gersende !

Le pistolet roula sur le tapis, le coup partit, la balle se perdit dans la laine épaisse en laissant un long tracé de poudre noire.

Blottie sur ses genoux, elle le couvrait de baisers. Il lisait dans ses yeux pailletés d'or l'adoration et le reproche.

Puis elle s'apaisa, ferma les yeux, et reposa sa tête sur sa poitrine. Il contempla sur le tapis la longue éraflure de la balle qui aurait dû le tuer.

Gersende ouvrit les yeux. Elle murmura :

– Père, promettez-moi...

Il émanait de son regard une énergie indomptable. Et, miracle, miracle de l'amour, il sentit son énergie passer en lui. Elle acheva :

– Pour moi, pour Jehan, pour Marseille...

– Tu as raison, Gersende. Je vais me battre !

14

Le léger cabriolet roulait sur le chemin d'Aix, distante de sept lieues. Jean-Baptiste Estelle entra dans la ville avant dix heures et se dirigea vers le Cours.

Marseille jalousait la belle cité provençale qui, bien que deux fois moins peuplée, s'enorgueillissait d'être la capitale de la Provence, siège de son parlement et de ses tribunaux. Cette situation remontait aux Romains qui, pour museler les riches Grecs de Marseille, avaient donné la primauté administrative à Aix. Les comtes de Provence, puis les rois avaient suivi la même politique. Le pouvoir central tentait ainsi de contrebalancer la puissance financière et démographique de Marseille, son irrésistible essor.

Intendant de Provence et premier président du Parlement, Cardin Le Bret était le plus puissant personnage de la province, en l'absence du vieux maréchal duc de Villars, gouverneur en titre, l'un des héros des guerres du Roi-Soleil. Villars passait son temps à Paris à la Cour.

Courroie de transmission du pouvoir central, ayant autorité directe sur le marquis de Pilles gouverneur-viguier de Marseille, il possédait une maison en cette ville dans le riche quartier neuf Saint-Ferréol, où il était tenu de venir régulièrement. Mais ces bruits de peste couraient sur le grand port. Il avait jugé plus prudent de convoquer à Aix le premier échevin.

– Que se passe-t-il, monsieur, et pourquoi faut-il que j'aie été averti aussi tardivement et par la rumeur d'un péril aussi redoutable ?

Jean-Baptiste Estelle le savait. Tant que la contagion ne frapperait que les pauvres, on ne s'en inquiéterait pas en haut lieu. La mort de M. Boyan avait tout remis en question.

– On déplore quelques morts, monsieur. Est-ce la contagion ? Le chirurgien des Infirmeries, qui avait toute notre confiance, le niait formellement. Ces cas douteux n'ont touché d'ailleurs que quelques indigents. M. Boyan reste une exception. Il avait tort de vivre dans le vieux quartier insalubre. On ne peut guère parler d'épidémie, mais d'accident.

– Je ne partage pas votre point de vue, trancha l'intendant. Avez-vous pris toutes les mesures nécessaires pour enrayer le mal ?

– Certes, monsieur. Les maisons atteintes ont été condamnées, leurs ouvertures murées à chaux et à sable, leurs habitants envoyés au Lazaret. En outre, les bateaux soupçonnés ont été mis en Jarre pour y purger la grande quarantaine, loin de la ville.

Cardin Le Bret le dévisagea longuement, hésitant à lui parler du *Grand saint Antoine.* À quoi bon, puisque le mal était fait. On réglerait les comptes plus tard. Pour le moment, Marseille ne pouvait se passer de l'équipe des échevins en place.

– Prenez vos responsabilités, monsieur le premier échevin. Toutes vos responsabilités. La justice du roi vous soutiendra. Il faut agir vite et fort s'il en est encore temps, et faire cesser les manquements aux règles sanitaires. Lors de la dernière peste de Londres, un capitaine marchand de ce port, ayant réussi à décharger clandestinement des ballots de drap en Espagne, y fut exécuté et toute sa cargaison brûlée.

Maître Estelle frémit. L'allusion au *Grand saint Antoine* était évidente. Il sentit peser sur lui la « justice du roi » et la menace voilée que contenaient ces paroles. Il articula :

– Puis-je compter le cas échéant sur l'armée du roi ?

– Dans quel but ?

– Si la contagion se confirmait, maintenir l'ordre, isoler les rues contaminées.

– Si la peste s'étend à Marseille, les garnisons s'enfermeront dans leurs citadelles, les troupes des galères dans leur arsenal. Il ne saurait être question de les exposer à la contagion.

– Mais alors, la contagion va se répandre à l'extérieur.

– Marseille sera isolée de l'extérieur. Les troupes en garnison en Provence feront mouvement pour cerner la ville ou le terroir.

– En quelque sorte, un nouveau siège.

– C'est cela. Un nouveau siège. Pour maintenir l'ordre interne dans votre cité, vous êtes autorisé à lever des gardes, sous la responsabilité de la Prévôté et de la Maréchaussée.

Sans lui tendre la main, il lui signifia d'un geste que l'entretien était terminé.

– Surveillez cela de près, monsieur Estelle. Tenez-moi au courant. Tout en gardant, selon l'usage, ces malheurs fort secrets pour ne pas inquiéter la population déjà trop alertée. Et je vous invite à avertir le pouvoir.

Maître Estelle sursauta.

– Le pouvoir ? Quel pouvoir ?

N'étaient-ils pas à eux deux le pouvoir ?

– Je parle du pouvoir central.

De retour à Marseille dans l'après-midi, maître Estelle se rendit directement à l'hôtel de ville et appela son secrétaire. Jaume Miraglio apparut aussitôt.

– J'ai une lettre importante à vous dicter, qui devra partir demain à l'aube par courrier spécial pour Paris.

– Bien, monsieur.

Une vieille complicité unissait le maître de la ville à son secrétaire. Ancien scribe ecclésial, Jaume Miraglio devait avoir au moins soixante ans, mais il paraissait sans âge. Petit, maigre, deux yeux noirs éclairaient son visage expressif et sans rides. Il avait suivi la famille Estelle à Salé, à Seyde puis à Marseille, s'attachant à sa fortune au point de renoncer à sa carrière personnelle et même à sa vocation religieuse. On le disait supérieurement intelligent et lucide. Seul un caractère résolument anticonformiste l'aurait empêché de faire carrière dans l'Église, malgré ses remarquables dispositions pour le latin, le grec et l'hébreu.

Avec Jean-Baptiste Estelle il se montrait à la fois respectueux et audacieux sans familiarité. Il n'hésitait jamais à le contredire quand il le croyait dans l'erreur, tranchant sur la servilité onctueuse des autres commis de la ville, surtout préoccupés de ne pas déplaire au maître. Malheureusement, Jean-Baptiste ne l'avait pas consulté dans l'affaire du *Grand saint Antoine.*

Il tira son écritoire d'un petit bureau situé dans l'angle du cabinet et tailla soigneusement sa plume.

– Écrivez, Jaume.

Monseigneur, la peste est à Marseille, mais nous avons pris toutes mesures utiles pour que la contagion ne s'étende. Nous tenons la situation en main.

Le secrétaire, malgré son flegme légendaire, sursauta. Une goutte d'encre noire s'échappa de sa plume et tacha le papier. Bouleversé, l'homme demanda seulement :

– Monsieur, quel est le destinataire de cette missive ?

– Mgr Louis-Antoine de Bourbon, grand amiral de France.

– Oh !

– Mgr Claude de Villars, maréchal de France, gouverneur de Provence.

Le secrétaire le regardait avec stupeur.

– Écrivez ! Son Altesse Royale le duc d'Orléans, régent.

Le secrétaire osa enfin s'exprimer.

– N'est-il pas prématuré d'inquiéter de si hauts personnages ?

– Non. Je ne veux pas qu'ils l'apprennent par la rumeur, ou par l'intendant de Provence. Voici deux ans, le grand amiral de France avait avisé M. Le Bret que la peste menaçait la Provence. Il avait même prescrit de sévères mesures concernant la marine. Cette fois, je ne veux pas être doublé par Paris.

Le secrétaire se leva pour transcrire le courrier. Sur le pas de la porte, il hésita.

– Monsieur... Est-ce vraiment la contagion ?

– On ne saurait l'affirmer catégoriquement, Jaume. Il y a tant de maladies contagieuses qui ne sont pas la peste. Mais nous allons prendre toutes les mesures utiles pour éviter que ne s'étende cette épidémie.

Quand le secrétaire se fut retiré, Jean-Baptiste Estelle s'effondra sur son bureau, le visage dans les mains. Il ne songeait pas aux bas quartiers de Saint-Laurent et des Accoules, à la rue de l'Échelle condamnée où un peuple misérable tremblait de peur, mais à son beau vaisseau, le *Grand saint Antoine*, interné à l'île maudite de Jarre ; et sur l'île même, sous la fureur des vents, de la mer et de la pluie, à sa cargaison, les précieuses indiennes, les soies, les fils de chèvre, les cotons fins de Damas...

Le mistral s'était levé. Ses rafales furieuses ébranlaient les vitres de l'hôtel de ville. Il regarda le calendrier posé sur son bureau.

« Nous sommes le 10 juillet. Dans onze jours s'ouvrira la foire de Beaucaire et nous n'y serons pas. Je suis ruiné ! Reste à sauver l'honneur. »

Il pensait enfin à la cité.

Il sonna. L'huissier parut.

– S'il est là, dites à M. Moustiés de venir me voir.

Comme s'il attendait cet appel, à cet instant le second échevin passa la tête par l'entrebâillement de la porte.

– Asseyez-vous, Jean-Pierre. Je viens de voir l'intendant de Provence. M. Le Bret est inquiet. Pour devancer toute accusation d'inertie, j'ai avisé le Palais-Royal, l'Amirauté et le maréchal.

L'autre ne réagissait pas. Il semblait accablé. La voix tremblante, maître Estelle demanda :

– Y aurait-il de nouveaux cas ?

– Oui. Je rentre de la Consigne sanitaire, après être passé par le Lazaret. Ce dernier fait état d'une dizaine de morts dans la population, dont la sœur d'Issalène. Et dix morts parmi les portefaix et gardes du Lazaret, tous affectés à votre cargaison. Les autres portefaix ont été isolés. Avec les marins du *Saint Antoine*, cela fait trente-deux morts. Nos gardes recherchent activement les marins du *Saint Antoine* qui n'ont pas suivi le vaisseau en Jarre. J'ai donné ordre de les isoler au Lazaret avec leur famille. Mais ce sera difficile. Ces marins ne sont pas mariés. Ils fréquentent des femmes de mauvaise vie du bas quartier Saint-Jean. D'autres sont en ménage avec quelque lavandière, ou quelque poissonnière. Comment les retrouver ? Même le fils du capitaine s'est échappé !

– Et en ville, où en est la contagion ?

– Nous enregistrons actuellement une quinzaine de malades, tous traités au Lazaret. Ils étaient malheureusement disséminés dans presque toute la vieille ville. Les paroisses des Accoules, de la Major et de Saint-Martin sont concernées. Le gros du foyer vient de la rue de l'Échelle. De là, la contagion descend place des Prêcheurs, où elle a frappé la fille du fripier Joli, qui est morte. Après quoi toute la famille s'est alitée. Rue de l'Oratoire, la femme Bouche, une couturière, tombée malade, a infecté la maison. Le médecin Sicard fils pense avoir identifié la peste et m'en a avisé aussitôt. J'ai dépêché sur place le chirurgien Bouzon, qui a remplacé maître Guérard aux Infirmeries du Lazaret.

– Avez-vous idée de la manière dont la contagion est entrée en ville ?

– Je vous l'ai dit. Par la marchandise clandestine, les passagers et les marins du *Saint Antoine.*

– Et les trois bateaux venus du Levant avec patente brute ?

– Non, Jean-Baptiste. Aucun cas n'a été enregistré à leur bord. Et le seul portefaix atteint chez eux avait travaillé sur la cargaison du *Saint Antoine.*

– Alors, elle semble en cause ?

– Elle est seule en cause. La marchandise clandestine aura franchi les murs du Lazaret. Cela explique la dissémination du mal dans des quartiers si divers.

Jean-Baptiste Estelle demeurait accablé.

– Nous sommes pris de vitesse, ajouta M. Moustiés. Il faudrait non seulement récupérer les gens, mais aussi les balles de textile.

– Impossible. Chaque balle contient cent pièces. Chaque pièce a peut-être déjà été vendue. Elle se trouve chez les couturières, les tailleurs de la ville, qui sont en train de les manipuler et de les débiter. D'autres sont déjà passées de main en main, de commerçant en commerçant. Comment retrouver une marchandise clandestine ?

– Alors demain, des centaines, des milliers de personnes se promèneront en ville avec ce tissu infecté sur la peau ! Des colporteurs le répandront dans le terroir et la Provence. On ne peut donc que subir en limitant l'extension du mal. Il faut demeurer vigilant. Le Lazaret, les hôpitaux, les médecins et chirurgiens privés ont ordre d'aviser le bureau de la Santé de tous les cas suspects qui se déclareraient. J'en serai informé aussitôt, avec l'intendant semainier responsable des mesures à prendre : évacuation et isolement des maisons touchées, transport des morts et des malades au Lazaret, inhumation des corps suspects dans la chaux vive. Mais cela ne suffira pas.

– Que pouvons-nous faire d'autre, Jean-Pierre ?

– Isoler la vieille ville. Empêcher que le mal ne passe dans la ville neuve, dans le terroir, en Provence...

– Isoler comment ? La Santé ne dispose que de trente gardes ; la ville d'une centaine de gardes de la Prévôté et de vingt cavaliers de la Maréchaussée. On pourra seulement barrer les rues contaminées, mais ce sera sans effet puisque, par-derrière, les maisons communiquent entre elles.

– Demandez l'aide de l'armée, de la marine, des galères.

– M. Cardin Le Bret s'y oppose. Il m'a seulement suggéré de renforcer la garde municipale. Cela sera-t-il suffisant ? Dès que la mesure d'isolement sera parvenue aux oreilles du peuple, ce sera l'affolement. Une armée entière serait alors impuissante à empêcher les gens de fuir, meilleure manière de répandre la contagion. En outre...

Le premier échevin hésita. Puis il ajouta d'une voix sourde :

– Ce serait la ruine du commerce de Marseille. Plus aucun port dans le monde ne voudrait nous envoyer un bateau. Marseille ne vit que du commerce maritime.

Cet argument parut décisif au bureau du conseil de ville qui eut à en délibérer le lendemain. Puisqu'on ne pouvait maintenant plus rien faire pour enrayer ce mal mystérieux, mieux valait l'ignorer. D'ailleurs, le nouveau chirurgien, maître Bouzon, envoyé sur place, avait conclu lui aussi à une « fièvre vermineuse ». On pouvait encore espérer, avec la grâce de Dieu et la protection des saints Roch et Sébastien, que la contagion, quelle qu'elle fût, s'étoufferait d'elle-même sans franchir les limites de la vieille ville. Cela s'était vu souvent.

Cette attitude de l'autruche parut un temps positive. La contagion sembla s'arrêter. Cependant, la vieille ville demeurait dans une douloureuse expectative. Les gens des beaux quartiers et les paysans du terroir, quant à eux, respirèrent. Mais certains bourgeois, qui avaient eu très peur, prirent à partie les médecins qui les premiers avaient cru identifier la peste. Les négociants et armateurs protestèrent contre l'ordre donné par le lieutenant de l'Amirauté de suspendre les entrées des bateaux marchands qui attendaient aux îles du Frioul. Cela allait faire le plus mauvais effet sur le commerce international !

Aussi le 15 juillet, les échevins, sous la pression du commerce qui redoutait un arrêt des échanges maritimes, prirent l'initiative d'écrire aux juges conservateurs de la Santé en différents ports d'Europe :

> *Nous avons l'honneur de vous faire savoir que la santé est bonne en cette ville, mais qu'il y a de la contagion dans nos Infirmeries, lesquelles sont séparées de la ville, sans aucune communication, y ayant sur cela des ordres très sévères que nous faisons observer inviolablement. Nous avons bien lieu d'espérer que le mal ne sera pas plus grand, avec l'aide du Seigneur.*

On écrivit même aux consuls d'Aubagne :

> *Dans notre ville, la santé est fort bonne. Il n'y est rien arrivé depuis seize jours.*

Mensonge flagrant. Le mal continuait à se répandre insidieusement dans la vieille ville.

Les échevins ne se trouvaient pas seuls en cause. Tout ce qui comptait en ville, commerce, marine, armée, artisanat, souhaitait ne pas être coupé du reste du monde. On refusait l'évidence, parlant de « *morts causées dans le bas peuple par les vermines qui ont pris origine des mauvais aliments et quantité de fruits gâtés que les pauvres ont mangés* ».

Le 15 juillet, la cité récupéra son évêque. Dès qu'il eut saisi la gravité de la situation, quittant le Palais-Royal et les Tuileries [1] où il faisait sa cour, Mgr de Bel-

1. Le Régent résidait au Palais-Royal. Aux Tuileries, le petit Louis XV, dix ans, proclamé roi, ne régnait pas encore.

sunce avait à bride abattue regagné sa lointaine province. Négligeant sa résidence d'été, le château de Belombre et son parc aux rives de l'Huveaune, il réintégra son évêché.

Surplombant la mer, en face de la cathédrale de la Major, de superbes bâtiments s'élevaient au milieu de jardins bien entretenus au cœur de la cité épiscopale, à l'écart des quartiers surpeuplés. L'un des plus beaux de province, l'évêché de Marseille avait été achevé en 1680 par Mgr de Forbin. Autour de la longue rue de l'Évêché s'étalait un monde feutré : Grands Carmes, Cordeliers, religieux du Saint-Sacrement et de l'Observance. Menant une vie hors du monde, ces communautés suivaient plus ou moins la règle de leur fondateur.

En 1720, Marseille comptait quinze communautés religieuses d'hommes et dix de femmes, plus les chanoines de la cathédrale et des églises paroissiales. Quarante confréries de pénitents laïques se rattachaient à un saint patron. On les voyait défiler le jour de leur fête sous le froc et la cagoule. Tous ces ordres et confréries dépendaient de l'évêque, en sus des quatre paroisses de la ville : la Major, Saint-Martin, Notre-Dame-des-Accoules, Saint-Laurent et bientôt Saint-Ferréol, auxquelles s'ajoutaient les vingt-huit églises du terroir et de quelques communes voisines.

Monsieur de Marseille avait donc fort à faire pour gouverner tout ce grand et petit monde.

François de Belsunce de Castelmoron, évêque de Marseille depuis 1709, était assurément un personnage peu banal. Né au château de la Force en Périgord d'une mère calviniste, il avait été élevé dans la religion réformée. A treize ans il avait abjuré à l'exemple de sa mère. A dix-huit ans il était devenu jésuite par passion de servir le Christ à travers la papauté. Mais sa santé fragile l'avait obligé à rentrer dans le siècle. Un siècle qui lui faisait signe. Grâce aux hautes relations de sa mère, sœur du duc de Lauzun, il avait obtenu à quarante et un ans l'évêché très prisé de Marseille.

Évêque vertueux, ce qui n'était pas si courant alors, plus soucieux qu'un autre de ses devoirs, il quittait rarement son diocèse, n'étant pas un prélat de cour mais un pasteur de milieu, au zèle impérieux et démonstratif dans le goût italien de l'époque. Orateur émotif à la foi fervente, il favorisait les associations de pénitents, les missions, les pèlerinages, les processions, la vénération des reliques, et en général toutes les manifestations spectaculaires et parfois dramatiques de la foi, comme les cérémonies expiatoires de la dévotion populaire.

De taille moyenne, le visage plein, le regard bienveillant, l'évêque était vêtu d'une soutane de soie violette que rehaussait une croix pectorale par-dessus un rochet de dentelle blanche. Il portait une petite perruque argentée sous le *soli Deo*.

Homme de grande foi aveuglément fidèle au Saint-Siège et au roi, il avait conscience du malaise général qu'engendraient la corruption des mœurs et la remise en cause des traditions par les philosophes. En réaction contre l'idéologie libérale des intellectuels, l'Église était devenue intolérante. On acceptait tout juste en ville les minorités juives et protestantes. Venues de l'extérieur, elles n'étaient pas officiellement reconnues. En prenant leur charge, les échevins promettaient solennellement « *de poursuivre et de chasser hors de la ville tous hérétiques et mal sentants de la foi et religion catholique, apostolique et romaine* ». Louis XIV ayant tranché par l'exil, la prison ou les galères, il n'y avait plus en France, du moins en apparence, de problème protestant.

Cependant, se souvenant de ses origines familiales, Mgr de Belsunce gardait une certaine tolérance, pour ne pas dire nostalgie, à l'égard des Réformés. Un jour, il avait eu l'étrange curiosité d'aller visiter les prisons du château d'If, qu'il voyait se dresser au large face à son évêché. Après tout, l'îlot était sous sa dépendance spirituelle.

A son retour, lorsqu'il débarqua à l'anse de la Joliette, les chanoines de la Major, avertis de cette visite insolite, se précipitèrent sur la grève pour l'accueillir. Il les bénit, puis déclara tout de go :

– Eh oui, messieurs ! J'ai visité les sinistres cachots du donjon d'If. J'y ai vu des religionnaires. L'un d'eux y était enfermé depuis trente-cinq ans et y agonisait dignement. Un seul mot, l'abjuration, aurait pu le libérer. Saisi à la fois de pitié et d'admiration pour la constance de sa foi, je n'ai pu m'empêcher de me pencher vers lui et de lui dire à voix basse : « Monsieur, si votre religion est la bonne, il me faut avouer que vous êtes un saint. »

Tel était Mgr de Belsunce.

En revanche, il demeurait intolérant vis-à-vis de l'hérésie janséniste. La querelle sévissait qui opposait les tenants d'une religion élitiste et sévère, face à une Église romaine passablement relâchée et compromise avec le siècle et le pouvoir. En 1713, le pape avait fulminé contre Jansen sa bulle *Unigenitus*, très mal acceptée par certaines élites. Ainsi, à Marseille, l'évêque devait faire face à la fronde des éducateurs oratoriens, et même à une trentaine dc ses prêtres, parmi lesquels les chanoines de sa propre cathédrale, le curé des Accoules, M. Arnaud, et son bataillon de dévotes. Quant aux religieuses Présentines, leur couvent, jouxtant la sinistre rue de l'Échelle, devenait un petit Port-Royal !

Or l'affaire dépassait largement le cadre religieux. Lorsque l'année précédente l'évêque avait inauguré l'Académie de Musique, qu'il soutenait avec l'Opéra dans l'espoir de faire perdre aux Marseillais leur goût immodéré du jeu, les pères de l'Oratoire lui avaient reproché d'associer ainsi la religion à l'exécution de « chants voluptueux » ! L'évêque avait répliqué en retirant à certains prêtres leurs pouvoirs sacramentaux, notamment la confession.

Pour Monseigneur de Marseille, aucun doute n'était possible, comme il s'en ouvrit à son fidèle intendant, l'abbé Goujon.

– La main de Dieu est sur la ville, prête à s'abattre sur nous. Les causes de la colère divine sont multiples. Cette ville, élevée comme un temple au dieu du commerce, s'est vouée au négoce, négligeant ses devoirs religieux. L'or est devenu son seul maître.

– Quels sont les ordres, Monseigneur ? demanda l'intendant qui, ayant la charge du trésor épiscopal, connaissait la valeur d'un écu.

– La morale la plus naturelle est en outre bafouée. Marseille baigne dans le stupre, dissipée par tous ces marins venus d'Orient et d'ailleurs !

– Quels sont les ordres, Monseigneur ? répéta respectueusement l'abbé.

Mais l'évêque entendait épuiser le fond de son courroux. Il agita une main bénisseuse ornée d'une énorme améthyste.

– On n'observe plus l'obligation divine du repos du dimanche et l'assistance régulière à la sainte messe. On s'attable aux cabarets, aux bouchons, aux guinguettes, dans la rue même où les vignerons débitent à pot et à pinte le bon vin de notre terroir. On pétune dans les tabageries. On entre dans les lieux mal famés où l'on donne à jouer. Les dés roulent et l'on tape la carte. Même les barbiers continuent à faire le poil en boutique ou à domicile le dimanche, et à friser la perruque. Les laitières sillonnent la ville avec leur troupeau de chevrettes. Les rôtisseurs, laissant entrebâillés les auvents de leurs officines, d'où s'exhalent les odeurs alléchantes des rôts, incitent les passants à entrer. Malgré les lois divines et humaines, les gens de métier vaquent donc le saint jour du dimanche à des œuvres profanes. La plupart des marchands tiennent boutique et les revendeurs offrent les denrées dans les rues.

– Mais on va à l'église, Monseigneur ! Nos nefs sont pleines !

– Certes, l'abbé ! Mais quelle familiarité abusive ! On y parle aussi haut qu'au marché. On s'y salue avec démonstration comme dans un salon. On cause, on rit, on tourne le dos à l'autel. Des prêtres ont dû interrompre la célébration, des prédicateurs descendre de chaire, des ministres de la pénitence abandonner le confessionnal. Les femmes ont pour détestable coutume de soulever de leurs mains sacrilèges leur poitrine vers les saints qu'elles prient !

– Sans doute quelque vieux rite de fécondité.

– J'ai lancé des exhortations, prié, menacé. Le scandale augmente toujours, révélant l'impiété des Marseillais. Notre ville, asile antique de la simplicité, est aujourd'hui le séjour du luxe, qui confond tous les rangs. Le goût du plaisir et l'amour de la volupté vont de pair avec la dissipation des spectacles, les dépravations en tout genre et la dissolution des liens familiaux. Il y a peu de personnes à leur aise qui n'entretiennent quelque fille ou femme.

– Quels sont les ordres, Monseigneur ? répéta l'intendant avec une patience toute chrétienne.

L'évêque répondit enfin :

– Ordonnons à tous nos curés de paroisse de réciter aux messes du dimanche l'oraison de saint Roch. D'exhorter les fidèles à la pénitence pour l'expiation de nos péchés et à une entière et parfaite soumission d'esprit et de cœur aux sacrées décisions de l'Église de Rome. Moyens sûrs et uniques d'arrêter le bras d'un Dieu irrité.

– Faut-il prescrire à MM. les curés de dénoncer les contagieux ?

– Bien, l'abbé ! Vous gardez les pieds sur terre alors que je m'envole. Oui. Il y a obligation à déclarer la contagion. Chaque prêtre y est tenu, au même titre que chaque médecin de quartier. En cas de manquement, si ce dernier s'expose à une simple amende, le prêtre, quant à lui, en rendra compte au tribunal de Notre-Seigneur.

– Cependant, tout malade contagieux est désormais expédié en chabottes hors de la ville, s'il refuse de se laisser enfermer au Lazaret.

– Lazaret ou terroir, il y trouvera, grâce à Dieu, un prêtre pour lui dispenser les secours de la sainte religion. C'est l'essentiel.

L'évêque se leva et fit quelques pas dans son vaste cabinet. Puis il s'approcha de la fenêtre et contempla la mer étincelante qui s'étendait, toute proche.

Juste à sa droite, aboutissement de l'esplanade plantée d'arbres tordus par le mistral, se dressait la cathédrale de la Major, glorieuse dans ses vieilles pierres. Papes et rois s'y étaient succédé.

Ce monument massif, carré, faisait le bonheur et l'orgueil de l'évêque. Il ressemblait pourtant davantage à une forteresse qu'à une église, si ce n'étaient ses tours ajourées, aux cloches énormes, qui sonnaient à longueur de journée pour appeler les chanoines aux offices et le peuple à la prière.

François de Belsunce aimait les pompes, c'était là son péché. Son bonheur était de prendre la parole les jours de fête devant le peuple de Marseille qui s'écrasait dans les nefs et sur le parvis de la Major, comme à un spectacle.

Il aimait aussi, la nuit venue, toutes portes fermées, accompagné seulement du chanoine trésorier qui brandissait un flambeau, venir s'anéantir devant les reliques des saints, cachées au fond des reliquaires dorés sur les autels.

Fasciné, il contemplait une épine de la Passion, un éclat de bois de la Vraie Croix, une pierre du sépulcre de Jésus, et cette larme du Christ recueillie sur un linge par une pieuse femme lorsqu'il pleura sur le tombeau de son ami Lazare.

Monseigneur était-il tout à fait convaincu de l'authenticité de ces reliques ? Sans doute, puisqu'elles suscitaient en lui de véritables états mystiques dans lesquels il reconnaissait son Sauveur.

Toutefois, il demeurait fils de son siècle. Malgré les protestations des chanoines gardiens du Trésor, il émettait quelque doute devant les poils de la barbe de saint Pierre, des arêtes de poisson de la Multiplication miraculeuse, un morceau du voile de la Sainte Vierge, une côte de sainte Marie-Madeleine et même le crâne de saint Lazare abrité comme une parure de reine dans une châsse en or massif.

Trop c'est trop. Mais il ne saurait en vouloir à ses prédécesseurs-collectionneurs qui avaient fait de la Major, dès le XIIe siècle, l'un des plus célèbres sanctuaires du monde pour les reliques.

Les impies et les réformés avaient beau se moquer, le culte des reliques semblait efficace. Saint Roch et Notre-Dame de la Garde s'étaient-ils aussi laissé toucher ? La contagion cessa ses ravages. Le 21 juillet, Jean-Baptiste Estelle, soulagé, dictait une lettre officielle au Régent :

> *Monseigneur, depuis notre lettre du 17 juillet relative à la contagion, il n'y a rien eu dans la ville. Nous avons donc lieu de croire qu'il n'y a plus rien à craindre.*

Cependant, en dépit de la volonté des édiles et d'une partie de la population de nier la tragique réalité, l'épouvante grandissait dans le peuple. Dans la nuit du 21 au 22 juillet un violent orage éclata sur Marseille. Les prêtres et la population laborieuse le ressentirent comme un funeste présage, comme si, chuchotèrent les dévots, « Dieu déclarait la guerre à son peuple ».

Alors, la mort frappa à nouveau. Et pas seulement ceux qui le méritaient, comme ce Pierre Cadenel, contrebandier de son état rue des Grands-Carmes. Toutes les rues autour des portes de la Joliette et d'Aix qui conduisaient au Lazaret furent atteintes, petit peuple des tailleurs, couturières et fripiers, qui s'étaient partagé sans le savoir l'aubaine des pièces de contrebande du *Grand saint Antoine*. En deux jours, un praticien de passage affligé du nom de Pestalozzi, médecin ordinaire de l'hôtel-Dieu de Lyon, identifia quatorze morts et de nombreux malades, notamment rue des Contrebandiers et rue de l'Échelle.

Devant cette hécatombe le peuple s'affola. Les prêtres de Saint-Martin vinrent en cortège à l'hôtel de ville, où l'échevin M. Moustiés les reçut.

– Monsieur, l'angoisse monte dans le quartier, l'épouvante...

L'échevin tenta de les rassurer.

– Je vais vous envoyer le médecin Peyssonnel, assisté de maître Bouzon, notre chirurgien de confiance.

Les deux hommes de l'art découvrirent de nouveaux malades. Le premier reconnut les marques de la contagion, mais le second s'obstina dans ses premières déclarations : « Fièvres vermineuses provenant des mauvais aliments. » La thèse bien connue des défunts chirurgiens du *Grand saint Antoine* et du Lazaret ; que Dieu prenne pitié de leur âme !

Cependant, les échevins épouvantés prenaient conscience de l'étendue du mal.

15

Le 26 juillet, le conseil de ville se réunit en séance extraordinaire non publique dans la grande salle du premier étage. Cinquante-sept conseillers sur les soixante élus prirent place sur des bancs à dossier disposés en carré dans l'espace réservé au milieu. Sur quatre fauteuils de velours cramoisi siégeaient les juges-consuls. Derrière eux, sur de simples chaises, leurs officiers de justice et les officiers municipaux, tous en robe.

Au fond de la salle, le premier échevin Jean-Baptiste Estelle et le gouverneur-viguier messire Fortia de Pilles avaient pris place sur deux trônes, qu'une estrade de bois surélevait. Au pied de l'estrade se tenaient les trois autres échevins, Jean-Pierre Moustiés, Jean-Baptiste Audimar et Balthazar Dieudé. Par-dessus leur robe écarlate, les quatre échevins portaient le *chaperon*, insigne de leur fonction, une petite cape courte de velours rouge doublée de satin blanc.

A leur côté, derrière une table de bois d'acajou, le greffier, secrétaire, notaire et archiviste de la ville, M. Capus, affûtait sa plume.

Le bloc des conseillers, tous également poudrés et perruqués, portant l'épée, formait une assemblée colorée. Vêtus d'un justaucorps éclatant ou d'habits galonnés sur gilet de soie, avec jabot et manchettes de dentelle, ces hommes ne cachaient pas leur anxiété.

Une lourde chaleur régnait dans la salle, accentuant l'impression d'angoisse. Chose inhabituelle, malgré les grandes fenêtres largement ouvertes sur le carré du port, on n'entendait rien, comme si la vie du port et du commerce, habituellement si bruyante, se trouvait suspendue. Devant l'hôtel de ville, la Maréchaussée à cheval et les gardes de la Prévôté avaient éloigné les curieux.

– La séance est ouverte ! déclara solennellement le marquis de Pilles. La parole est à M. le premier échevin.

Jean-Baptiste Estelle paraissait accablé sous sa lourde perruque. Il n'avait pas eu besoin de se poudrer tant son visage était pâle. Avec franchise il entra de plain-pied dans le vif du sujet :

– J'avise l'assemblée que par délibération du 22 juillet dont les avis viennent de nous parvenir, les villes et ports d'Antibes, Nice, Monaco, Livourne et Gênes ont interdit tout trafic maritime et terrestre avec Marseille.

Un silence consterné accueillit cette déclaration. Le premier échevin poursuivit :

– Nous sommes réunis pour délibérer sur les mesures extraordinaires à prendre pour protéger notre ville de la contagion qui s'y développe. La parole est à M. Moustiés, qui va vous présenter le bilan de la situation.

Le deuxième échevin se leva. Il était blême. On voyait qu'il n'avait pas dormi depuis plusieurs jours.

– Messieurs, voici les chiffres de la contagion. A ce jour, trois cent trente-huit morts et des centaines de malades. Peut-être cinq cents.

Un brouhaha stupéfait s'éleva dans la salle. M. Moustiés enchaîna :

– Il meurt actuellement dans la vieille ville une dizaine de personnes par jour, en dehors des maladies ordinairement identifiées. J'ai fait isoler la rue de l'Échelle, foyer principal de la contagion. Je m'y rends moi-même chaque nuit, sinon les *enterremorts* des Infirmeries refuseraient d'y entrer. Nous faisons enlever les cadavres, et nous les transportons au Lazaret, où ils sont ensevelis dans le cimetière extérieur, après les dernières bénédictions de l'aumônier.

– Pourquoi opère-t-on la nuit ? demanda un conseiller.

– Pour ne pas inquiéter la population des quartiers que nous traversons, et pour limiter la contagion, puisque les rues sont vides après le couvre-feu.

Jean-Pierre Moustiés haletait. Il porta la main à son cœur, comme s'il allait flancher. Maître Estelle regardait avec inquiétude et admiration l'homme qui affrontait chaque soir la mort. Il lui fit porter un verre d'eau, que M. Moustiés avala d'un trait avant de poursuivre :

– Ce travail accompli, je reviens rue de l'Échelle. Le plus dur reste à faire.

Dans la salle pétrifiée, quelqu'un murmura :

– Qu'y a-t-il de plus dur que d'ensevelir les morts ?

– Ensevelir les vivants, monsieur !

L'échevin ne dissimulait plus le tremblement de ses mains.

– Il faut arracher les malades à leur famille et les isoler au Lazaret, d'où ils savent qu'ils ne sortiront que dans un cercueil. Il faut ensuite arracher ces mêmes familles à leur maison. J'ai dû me faire assister par la garde armée.

Il s'effondra sur son fauteuil. Jean-Baptiste Estelle reprit la parole :

– Je rends hommage au courage de M. le second échevin. A partir de ce soir, je l'accompagnerai rue de l'Échelle.

La chape d'angoisse qui pesait sur l'assemblée parut se relâcher. Les adversaires du premier échevin, très minoritaires, pensaient que c'était bien le moins qu'il puisse faire, après avoir été la cause du malheur de la ville, avec son maudit vaisseau d'où venait tout le mal !

Enfin, quelqu'un posa la bonne question :

– Que disent les médecins ?

– Ils sont toujours aussi partagés, répondit le premier échevin. Des chirurgiens de quartier pensent avoir identifié la peste. Mais ce n'est pas l'avis de la plupart des médecins et chirurgiens de la Santé et des hôpitaux. Ils affirment qu'ordinairement la peste se répand beaucoup plus vite. Ici, le mal serait une fièvre maligne provenant d'une pourriture alimentaire ou de l'eau des puits polluée par les souilles. Nous avons eu souvent de petites épidémies de ce genre, dues à la saleté dans la vieille ville. C'est pourquoi nous n'avons pas encore osé prendre les mesures extrêmes qui s'imposeraient en cas de peste déclarée : fermeture du port, fermeture de la ville. Nous sommes là pour en délibérer.

Un brouhaha indigné s'éleva dans la salle. La grande majorité des conseillers était hostile à des mesures aussi radicales qui ruineraient durablement le commerce. Jean-Baptiste Estelle, premier concerné, en avait parfaitement conscience. Il poursuivit :

– Fermer le port est une mesure difficile à prendre, mais qui deviendra sans doute nécessaire devant le refus des autres grands ports à continuer tout trafic maritime avec nous. Fermer la ville serait une mesure révolutionnaire ; l'aveu de la contagion. On assisterait alors à une fuite massive et irrépressible de la population. Une telle décision irait à l'encontre de ce que nous souhaitons obtenir : maintenir la contagion dans les seules rues infectées de la vieille ville et l'y étouffer. C'est pourquoi le bureau des échevins vous propose de limiter les mesures à la condamnation de ces rues. Nul n'en sortira, n'y entrera. Des gardes armés seront placés jour et nuit aux issues. Leur ravitaillement sera assuré par l'intendance de la Santé.

– A-t-on enregistré des cas dans la ville nouvelle et Rive-Neuve ?

– Non, monsieur. La contagion ne frappe que les quartiers les plus pauvres des anciennes paroisses : Saint-Jean, Saint-Martin, les Accoules.

L'assemblée se détendit. Cette fois encore, la bonne société échappait à la Gueuse. Les pêcheurs, les ouvriers, les boutiquiers, les pauvres, les manants, les truands se trouvaient seuls concernés.

On passa au vote, qui fut acquis à une forte majorité. Pas de mesures radicales contraignantes, en dehors de celles imposées à la vieille ville. Puis on débattit des questions annexes, avant de rédiger l'ordre du jour que le greffier retranscrivit de sa plume régulière :

> *On usera par précaution, comme si ces malades étaient réellement atteints par la peste. On les enverra tous sans bruit la nuit dans les Infirmeries. Entre-temps, qu'ils soient séquestrés en leur maison.*
>
> *En outre, ordre d'arrêter toutes les bêtes de charge pour transporter hors les murs tous les fumiers de la ville. Ordre aux fontainiers de donner en abondance l'eau aux fontaines publiques, et aux habitants de laver, tous les matins, les rues au-devant de leur porte.*

Quelques esprits chagrins firent observer que ces décisions tardives, non accompagnées d'une surveillance suffisante, risquaient d'aboutir au résultat contraire : la peur saisissant ceux qui n'étaient pas encore atteints dans la vieille ville les porterait à s'enfuir dans les autres quartiers, propageant ainsi la maladie. On ne les écouta pas.

– Y a-t-il d'autres questions ? demanda maître Estelle.

Le comte Adhémar de Ribotte se leva, l'un des trois conseillers qui, avec Bourély et Dupuy, lui étaient hostiles. Cet homme de quarante ans à la barbe dorée passait le plus clair de son temps à jouer aux échecs, à boire, à manger, à dormir, et naturellement à baiser maintes femelles prises de préférence parmi sa valetaille et au besoin quelques garçons. Cependant, il gérait parfaitement les rentes de sa femme, et agiotait à l'occasion. Sa question siffla comme le cimeterre d'un Maure sur la tête d'un chrétien :

– Tout ceci est bel et bon. Il reste à débattre du fond. D'où vient ce mal ? Le savoir permettrait de mieux se défendre.

Personne ne douta du caractère politique de la question. Jean-Baptiste Estelle ne se déroba pas.

– Vous attendiez, monsieur, que je mette la contagion – si contagion il y a – sur le dos des trois vaisseaux qui nous sont arrivés du Levant le 31 mai avec patentes brutes : le *Saint Joseph,* l'*Aventurier* et la *Vierge de la Garde*. Vous vous êtes trompé sur mon compte. J'assume toutes mes responsabilités. Le mal semble venir du *Grand saint Antoine*. Il y a d'abord eu tous ces morts à bord. Puis les portefaix qui ont déchargé au Lazaret sa cargaison. En ville, il est certain que ceux qui ont été frappés, surtout près des portes d'Aix et de la Joliette, ont manipulé des pièces suspectes de textile.

M. Bourély s'écria :

– Mais comment ont-elles pu sortir des entrepôts du Lazaret ? Faire mouiller ce vaisseau suspect dans la crique du Lazaret au lieu de l'envoyer en Jarre, c'est une faute. Débarquer ses marchandises, c'est un scandale. Les sortir, c'est un crime !

– Les marchandises régulières ne sont pas sorties, monsieur. Le mal pourrait provenir, mais ce n'est pas prouvé, de pacotilles de contrebande.

– C'est prouvé ! rugit M. Dupuy. Un contrebandier notoire, Pierre Cadenel, est mort. Bien connu des services de la douane, il demeurait près des Grands Carmes, l'un des foyers avec la rue de l'Échelle, repaire aussi de trafiquants. Fripiers, tailleurs et couturières meurent de manière suspecte dans ces quartiers. Direz-vous qu'il s'agit de fièvres vermineuses ou de l'eau ?

Soudain, quelqu'un cria dans la salle :

– Estelle, démission !

Chose étrange, le mot tomba à plat. Personne ne le releva. Ces hommes étaient seulement un peu plus accablés, comme s'ils avaient bien conscience que la faute du premier échevin et de ses associés était aussi la leur. Ils se sentaient pleinement solidaires. Ne profitaient-ils pas tous de la richesse que le commerce apportait à Marseille ? N'avaient-ils pas tous plus ou moins fraudé, ou profité de quelque fraude ?

Très pâle, Jean-Baptiste Estelle se leva.

– Je suis prêt à démissionner.

Les protestations fusèrent. Quand la salle se fut calmée, le second échevin, se tournant vers maître Estelle, déclara :

– Nous avons besoin de vous ! Devant l'épreuve qui nous frappe, nous avons d'ailleurs besoin de tous. Cessons ces querelles partisanes et restons unis pour faire face au mal.

Le marquis de Pilles, après une hésitation, se leva à son tour. Gouverneur-viguier représentant le pouvoir central, son veto pouvait tout faire basculer.

– Oui, monsieur. Au nom du roi, je vous demande de rester.

Il ajouta d'une voix lente où pesait une menace :

– Il sera temps plus tard de dégager les responsabilités. Et pas seulement celle des armateurs. Je pense au capitaine du *Saint Antoine*, aux intendants de la Santé, au capitaine du Lazaret, aux médecins et chirurgiens-barbiers !

– Je vous remercie, dit maître Estelle. Y a-t-il d'autres questions ?

Après une lourde minute d'attente dans le plus profond silence, le marquis de Pilles déclara :

– La séance est levée.

Serrant quelques mains ici et là, Jean-Baptiste Estelle se dirigea lentement vers son bureau, retira sa perruque et ouvrit toute grande la fenêtre. En bas, la foule des conseillers se répandait déjà sur le carré de Ville. Les gardes tentaient d'ouvrir le passage aux attelages des voitures, aux chaises à porteurs. Les palefreniers détachaient les chevaux de selle. Au-delà de la palissade, les gens d'armes à cheval maintenaient à distance la foule silencieuse des Marseillais. Un silence pesait, à peine entrecoupé de plaintes et de gémissements. On sentait l'angoisse écraser les cœurs.

Jean-Baptiste Estelle se détourna et referma la fenêtre. L'huissier entra.

– Monsieur, maître Jehan Figueras demande à vous voir.

Le premier échevin eut un haut-le-corps. A travers les journées fiévreuses du drame, il n'avait pas oublié le jeune médecin. Chaque soir, quand il rentrait à son hôtel du Cours, Gersende était là pour le lui rappeler ; muette, héroïque, elle n'avait posé aucune des questions qui lui brûlaient les lèvres : « Où est-il ? Comment va-t-il ? Est-il malade ? Est-il mort ? Sinon, quand finira cette quarantaine qu'il s'impose ? »

L'huissier attendait.

– Faites entrer maître Figueras.

Jehan s'avança lentement. Pour la première fois il était vêtu de son habit professionnel : une tunique rouge qui lui descendait jusqu'aux genoux. Sous cette tunique, une chemise de soie blanche à grand col. Il retira le chapeau à large bord qui le couvrait. Il n'avait pu se résoudre à porter la perruque. Ses longs cheveux bruns bouclés, serrés en catogan sur la nuque, lui durcissaient le visage.

Il s'inclina cérémonieusement. L'habit d'échevin avec le mantelet quasi sacramentel lui en imposait malgré lui.

– Monsieur, je suis venu me mettre à votre disposition.

– Où étiez-vous, depuis vingt jours ?

– Je m'étais mis volontairement en quarantaine chez mon père. Il m'a tenu au courant de tout ce qui se passe en ville. Par les médecins du quartier des Accoules, il suivait jour après jour la progression du mal. Et je les conseillais. Je crois être l'un des rares médecins de cette ville à avoir une certaine expérience de la peste.

Le mot tabou fit sursauter le premier échevin.

– Est-ce une véritable épidémie de peste ?

– Oui. Aucun doute n'est plus possible, maintenant.

Jean-Baptiste Estelle chancela. En face de lui, Jehan,

silencieux, attendait qu'il se reprît. Enfin, maître Estelle releva lentement la tête et le regarda intensément. Il lut dans les yeux aigue-marine la même volonté inébranlable de se battre qu'il voyait tous les jours dans le regard de sa fille. Il ne put s'empêcher de penser qu'ils étaient vraiment dignes l'un de l'autre.

Il s'approcha de la grande fenêtre qui ouvrait sur le port. Jehan le rejoignit. Le premier magistrat de Marseille lui entoura affectueusement l'épaule de son bras, puis il désigna le port.

– Tout ceci est-il fini ?

Après le dispersement des conseillers et officiers, la place et le quai avaient retrouvé leur calme. Le port, empli de voiliers et de barques, s'étendait devant eux, bruissant encore d'une certaine activité. A droite se dressait la vieille tour du fort Saint-Jean, sentinelle éternelle face aux bastions modernes de la citadelle royale Saint-Nicolas, sur la Rive-Neuve. Dominant le port et la ville, le fort Notre-Dame de la Garde et son sémaphore muet attendaient vainement les lourds vaisseaux du grand large.

Jean-Baptiste Estelle répéta :

– Tout cela va-t-il finir ?

– Je crains que la contagion ne se propage d'une manière foudroyante si des mesures radicales ne sont pas prises.

– Que suggérez-vous ?

– L'isolement des rues pestiférées devrait être effectif. Il ne l'est pas.

– Nous manquons de gardes.

– Il faudrait faire appel à l'armée. Cette ville est bourrée de soldats !

– Cela ne dépend pas de moi, mais du gouverneur-viguier, qui me l'a refusé. Lui seul peut requérir la force armée. On ne le fait qu'en cas de troubles populaires, de révolte. Le marquis de Fortia ne peut agir sans l'accord du procureur du roi et de la police, après avis du marquis de Caylus, commandant en Provence, de l'intendant Le Bret, et naturellement du maréchal-gouverneur, duc de Villars. Or tous ces grands personnages n'ont actuellement qu'un souci en tête : garder à l'abri de leurs fortifications les troupes de Marseille, tout en isolant la ville pour éviter que la contagion ne se répande en Provence.

Jean-Baptiste Estelle eut un geste d'impuissance et ajouta :

– Que peut-on faire contre le carcan de l'absolutisme et de la centralisation ?

– Mais vous êtes le premier échevin, protecteur et défenseur des franchises et libertés de Marseille, conseiller du roi en ses conseils, lieutenant général de police !

– Titres purement honorifiques, Jehan. Louis XIV a cassé à jamais nos libertés en supprimant nos privilèges.

– Il ne s'agit plus maintenant de privilèges, mais de la vie de tout un peuple !

– Je vous l'ai dit. Nous sommes soumis à une hiérarchie de personnages considérables, plus soucieux de leurs prérogatives que du bien public. Je les connais. Leur immobilisme est le gage de leur durée. Ils ne feront rien sans se faire couvrir par un corps de professionnels. A Marseille, c'est le collège des médecins, et celui des chirurgiens de grande robe. Or, dans leur majorité, ils sont convaincus que ce n'est pas la peste. Comment s'opposer à de telles autorités ? Je sais. On pourrait les confronter au collège magistral des médecins de Montpellier, mobiliser le ban et l'arrière-ban de la faculté. Vous en êtes, Jehan. Vous savez à quoi vous en tenir.

– Oui. Ils feront un cours magistral. Les débats seront interminables. Ils s'opposeront en deux ou trois camps en faisant assaut d'érudition. Et pendant ce temps, la peste s'étendra à Marseille. Aujourd'hui, dix morts par jour. Demain, cent. Bientôt, mille.

– Ah, taisez-vous ! Nous n'en sommes pas encore là !

– Agissez ! Prenez l'initiative !

– Je dois aussi tenir compte de la résistance passive des forces vives de la cité, le monde du commerce et celui de la mer, que toutes ces mesures restrictives vont étouffer.

– Préférez-vous voir la peste anéantir la population ? Le commerce ne s'en remettrait pas de plusieurs années.

Oppressé par l'angoisse et la chaleur humide, le premier échevin se rapprocha de la fenêtre et murmura :

– Où est le port d'antan ?

Port vivant, quais animés des marins, des commissionnaires, des douaniers, des portefaix tirant leur cabriolet attelé d'un petit cheval. Les échoppes des quais, les magasins d'habits, les marchands d'objets insolites, les baraques de galériens ! Vendeuses de poisson, de crustacés et de coquillages offerts dans des paniers d'osier. Calfats traînant leurs grands pots de goudron et leur marmite fumante en criant : « Pigoulière ! »

Les précieuses marchandises recouvraient les quais. Soies rutilantes, ballots de draps, tapis d'Orient. Et les bois en billes, les blés déchargés du haut d'un échafaudage dans un torrent d'or et de fumée blonde, que des esclaves turcs criblaient dans des tamis de peau d'âne, puis chargeaient en sac sur des charrettes qui s'éloignaient en perdant des grains que récoltaient des nuées d'enfants pauvres. Où étaient les grandes jarres de vin et d'huile d'olive ? Les joyeuses bordées des marins dans les ruelles fraîches qui s'enfonçaient au cœur du quartier Saint-Jean ? Les cloches d'antan qui rythmaient les fêtes religieuses ? Les chansons des artistes ambulants, les jurons des charretiers et portefaix, les ordres des maîtres de navire et capitaines ? Où était Marseille, la porte de l'Orient ?

Un morne silence s'étendait sur le Lacydon. Les galères royales avaient reflué vers l'Arsenal où elles se serraient les unes contre les autres. Les vaisseaux de haut bord avaient repris la mer. Ne demeuraient au port qu'une flottille compacte de pinques, boucauds, polacres, chébecs et felouques en attente, et la masse des barques de pêche au pied du fort Saint-Jean.

Jehan fit face à Jean-Baptiste Estelle et l'interrogea du regard. Sa responsabilité écrasait le premier échevin, et en même temps l'exaltait jusqu'à une ivresse dangereuse. Comme tous les négociants héritiers de ces Phocéens qui avaient tout risqué pour partir, il demeurait joueur dans l'âme. Il aimait affronter le danger. Le braver. Il s'écria soudain :

– Et si vous vous trompiez, Jehan ? Si ce n'était pas la peste ! Après tout, vous n'êtes qu'un très jeune médecin. Je pourrais vous opposer les avis de vos confrères, les vieux médecins agrégés qui ont en charge les hôpitaux de la ville, l'hôtel-Dieu et la Charité. Je les ai consultés. La plupart ne croient pas à la contagion.

– Ont-ils vu des malades, des morts ?

– Je ne sais pas.

– Ils n'ont rien vu, excepté le vieux maître Peyssonnel, qui a exercé au Caire, et qui pense comme moi. Les ordres sont d'emmener tous les malades et morts suspects au Lazaret. Ces personnages ne s'y risqueront pas plus que dans la basse ville.

– Mais maître Bouzon, le chirurgien attitré du Lazaret, qui a toute notre confiance, a vu, lui. Il dit que ce n'est pas la peste.

– Moi, je dis : ignorant comme un chirurgien-barbier !

– Bouzon est un maître chirurgien de grande robe.

– Guérard aussi. A force de nier la peste, elle l'a tué.

Jehan baissa la tête et ajouta dans un souffle :

– Je devrais dire aussi : ignorant comme un médecin ! Que savons-nous face à l'immensité du problème ? Que savons-nous de la vie, de la mort, de la maladie ? Que savons-nous de l'homme ? Partout, le mystère nous déborde et nous étreint. Dieu lui-même semble sourd à nos prières.

Jehan se redressa. Une flamme brûlait à nouveau dans son regard aigue-marine, consumant soudain ses doutes. Il s'emporta :

– On ne peut pas rester là sans rien faire. Vos mesures partielles sont insuffisantes. Vous avez envoyé des douaniers en ville pour récupérer les coupons de textile clandestin. Autant chercher une aiguille dans une botte de foin. Vous avez lancé vos gardes pour arrêter les quelques matelots échappés du *Saint Antoine* et leur faire réintégrer le Lazaret. Mais depuis un mois ils ont pollué leur femme et peut-être celles des autres. Vous avez mis des gardes devant les portes des maisons pestiférées, mais la nuit les gens sortent par les fenêtres de l'autre côté des immeubles et se répandent dans le quartier. Vous avez interdit quelques rues, mais il suffit d'un louis, pas même, d'un écu de trois livres pour acheter un garde.

– Je sais tout cela, Jehan. Que proposez-vous ?

– Bouclez la ville avec l'armée ; le port avec les galères. Que chacun se barricade chez soi avec des vivres. Alors, peut-être, la peste s'étouffera d'elle-même comme un incendie qui manque d'air. Elle épargnera en tout cas le terroir et la province. Vous vous en tirerez avec... mille morts !

Il se tut. L'échevin plongea dans ses réflexions. Puis il se tourna à nouveau vers le port dans un geste qui lui était habituel lorsqu'il voulait puiser des forces au spectacle de son activité, véritable respiration de la ville, comme Jehan les puisait en pénétrant dans son monde intérieur.

A nouveau, il contempla longuement le centre vital de la cité déjà touché par la rumeur de la contagion. Sur le carré de Ville se croisaient en s'ignorant quelques silhouettes silencieuses et soucieuses, ou des calèches de marchands pressés de rentrer chez eux. Il se retourna.

– Je vous ai écouté, Jehan. Je suis prêt à me battre. Mais auparavant il faudra me convaincre. Car autrement, comment pourrais-je convaincre ceux que nous aurons à affronter pour emporter les décisions ? Ce soir, j'irai rue de l'Échelle, au foyer de la contagion. Voulez-vous m'y accompagner ?

Jehan le regarda avec effroi.

– Non, père ! Pas vous ! Vous êtes... trop précieux.

– Il le faudra, pourtant. C'est le prix à payer.

Que signifiaient ces mots mystérieux ? A cet instant, Jehan eut la conscience aiguë de lire dans le cœur de cet homme déchiré, comme dans un livre ouvert. Oui, il lui fallait purger sa faute. Celle, aussi, de toute l'aristocratie commerçante dont il était l'émanation et le sommet, et qui avait abouti à ce malheur : un vaisseau et sa cargaison pestiférée dans la ville !

Jehan murmura enfin :

– Je vous accompagnerai.

– Rendez-vous ce soir à dix heures, devant l'hôtel de ville, rue de la Loge.

Sur le pas de la porte, l'échevin lui prit les mains et les serra fortement dans les siennes.

– Jehan, mon fils ! Que dois-je dire à Gersende ?

– Dites-lui seulement que je l'aime.

Des larmes lui vinrent aux yeux. Puis il se reprit et ajouta :

– Dites-lui aussi que malgré moi, malgré elle, nous ne devons pas nous revoir tant que menace la contagion. Qu'elle quitte la ville au plus tôt avec ses deux sœurs.

Les mots se bousculaient dans sa tête. Il aurait voulu lui dire aussi que pendant ce temps atroce de réclusion volontaire il n'avait jamais cessé de penser à elle, de l'aimer avec une telle intensité que cela ne pouvait se traduire que par le don total de lui-même, de ce qu'il y avait en lui de plus noble et de plus pur, d'éternel ; oui, d'éternel. Même au prix de la mort.

Il ne put que répéter :

– Dites-lui que je l'aime !

16

A dix heures précises, Jehan s'avança rue de la Loge, derrière l'hôtel de ville. La rue la plus riche de la cité avait perdu son animation coutumière. Y reverrait-on jamais les brillantes fêtes populaires entre les échoppes débordant de tous les produits précieux importés du Levant et des Antilles ? Les draperies multicolores pendaient alors aux fenêtres éclairées de lampions. Les fleurs coupées jonchaient le pavé. Les filles passaient en riant au bras des marins...

Un coupé léger attelé à deux petits chevaux l'attendait. A l'intérieur, les deux échevins lui firent signe. Sans un mot Jehan se serra à leurs côtés sur l'unique banquette de cuir verni.

M. Moustiés avait revêtu une sorte de houppelande de toile gommée, à capuchon. Sa main gantée serrait dans sa poche le flacon de vinaigre que tout à l'heure il utiliserait en imprégnant le coton de son masque.

Le premier échevin n'avait pris aucune précaution particulière, sinon ces bottes de cuir qui remontaient haut sur les jambes.

Jehan, qui s'estimait pourtant immunisé à la suite de ses séjours en Égypte et au Levant, portait une longue robe qui le couvrait entièrement, sur une chemise et une culotte de peau de chevreau, qui rejoignait ses bottes aux genoux. Tous les trois, sans perruque, étaient coiffés d'un bonnet de cuir qui leur recouvrait la nuque et les oreilles et descendait jusqu'aux sourcils. En raison de la chaleur, ils l'enlevèrent et le posèrent sur leurs genoux.

Cahotant sur les pavés irréguliers, le coupé s'engagea dans la longue rue Coutellerie, qui prolonge la rue de la Loge. Jean-Baptiste Estelle rompit enfin le silence.

– Qui ou quoi provoque la peste ? En avez-vous une idée, Jehan ?

– Si nous le savions, nous pourrions peut-être la combattre avec efficacité.

– Mais que vous en a-t-on appris à l'université de Montpellier ?

– Peu de chose. Je crois encore entendre mon maître, le savant Alfonsius Manger, aujourd'hui médecin du roi de Prusse : « *La peste est un venin engendré en nos corps, tant par la corruption des humeurs, que par celle de l'air ; non simple et élémentaire, mais surgi d'obscures mines vitrioliques et arsenicales qui forment un nuage putride au sein duquel tournent ces atomes et corpuscules qu'Hippocrate appelle souillure mortifique, conçues et procréées par des exhalations putrides de la terre, ou de la maligne influence des astres. Ils s'insinuent dans l'air que nous respirons et s'en vont gagner le cœur qui est source de la vie et comme le foyer où se nourrit la chaleur naturelle que ce poison éteint et consume.* » Pour ma part, je ne crois ni à l'influence maligne des astres dans ce cas particulier, ni aux exhalations putrides de la terre.

Ils remontaient maintenant la rue des Consuls et atteignirent le couvent des Prêcheurs. En passant devant le porche de leur église, M. Moustiés se signa. Jehan l'imita, avec un sourire désabusé.

– On ne sait jamais, dit-il comme pour s'excuser. Les prêtres assurent que l'habileté du médecin ne sert en matière de peste qu'à souligner que toutes nos industries et les secours humains ne peuvent rien contre la sévérité d'un Dieu en colère.

Jean-Baptiste Estelle répliqua vivement :

– Je ne comprends pas qu'entre médecins, et même chirurgiens qui vivent avec les malades, vous ne vous entendiez pas au moins sur les risques de contagion.

– En effet. Si plus de la moitié des médecins accepte cette théorie des miasmes, l'autre moitié demeure convaincue que la peste est une vulgaire affection gastro-intestinale provenant exclusivement des aliments ou de l'eau.

– Et quel est votre avis personnel ? demanda M. Moustiés.

– Je n'oserais jamais l'exprimer devant une docte assemblée. Je retiens l'idée d'Hippocrate, selon laquelle le mal serait contenu dans certains corpuscules. Je pense que ces « souillures mortifiques » sont en fait des animalcules invisibles, comme ceux que l'on observe dans la semence de l'homme. Une fois introduits dans le sang, ils s'en nourrissent et le gâtent.

Le coupé s'engageait rue Sainte-Barbe.

– Comment s'introduisent-ils dans le sang ? demanda maître Estelle.

– Je ne crois pas que ce soit par l'alimentation. Aucun organisme vivant ne résiste aux sécrétions acides de l'estomac. Est-ce par l'air, qu'absorbent nos poumons ? Certaines pestes sont pulmonaires, d'autres non. Je serais donc tenté de croire que ces animalcules sont surtout transmis par le sang : piqûres de moustiques, de puces et autres parasites de l'homme et des animaux.

– Mais les animaux ne sont pas spécialement atteints par la peste, ils sont plutôt épargnés, fit remarquer maître Estelle.

– Pas le rat.

Ils se regardèrent avec surprise. Jehan poursuivit :

– Depuis des millénaires, les Chinois savent que la mort massive des rats précède l'épidémie de peste. L'animalcule mortifique prendrait toute sa vigueur dans leur sang. Il y pullulerait. Le rat en meurt. Que se passe-t-il alors ? Les puces, insensibles mais porteuses du poison, le quittent. De là, elles passent aux chiens, aux chats, enfin à l'homme, qu'elles infectent.

– A-t-on observé ce phénomène à Marseille ?

– Je l'ai d'abord observé à Alexandrie. Puis sur le *Saint Antoine*. Et maintenant... Regardez !

Bifurquant à gauche vers la butte des Grands Carmes, la voiture arrivait rue de l'Échelle. Ne pouvant plus avancer en raison de l'étroitesse de la rue, raide et coupée de marches, elle s'arrêta. Comme ils mettaient pied à terre, Jehan leur désigna les recoins obscurs entre le caniveau nauséabond et les souilles encombrées d'ordures. Ils reculèrent de dégoût. Des cadavres de rats jonchaient le pavé visqueux.

– Je n'avais jamais vu cela ! s'écria maître Estelle.

A la lumière incertaine du fanal qu'il venait de brandir, Jehan éclaira les corps recroquevillés des rats morts mêlés aux détritus. Un peu de sang coagulé perlait à leur museau pointu.

Au fur et à mesure qu'ils montaient, la rue devenait de plus en plus nauséabonde. C'était pourtant jadis une rue élégante habitée par des magistrats et des notaires. L'un d'eux, Antoine Escallis, président du parlement de Provence, lui avait donné son nom. Francisé, ce nom était devenu « Escalle », puis avait dérivé vers ces *Échelles* du Levant, source de toutes les convoitises. Lorsqu'on dégagea les abords de l'ancien rempart, les belles maisons furent démolies, puis remplacées par des masures sordides que se disputèrent truands et mendiants. On y trouvait aussi un ghetto de vieux juifs traditionalistes que leur attachement trop strict à leur culture avait empêchés de s'intégrer aux forces vives de la cité, et qui végétaient dans la petite confection d'habits et la friperie.

Chaque maison à la façade branlante comportait au rez-de-chaussée une échoppe, magasin ou atelier, chaque étage une seule pièce où s'entassait une famille de cinq ou six personnes. Lorsque l'immeuble comportait deux pièces par étage, la famille atteignait souvent dix personnes, deux générations, guère plus car on ne vivait que rarement au-delà de quarante ans. Même les caves étaient occupées par des gueux et gens sans aveu, qui dans la journée se répandaient en ville.

On cuisinait dans la cheminée. Aucune maison de ce quartier ne possédait de point d'eau, une pompe reliée à un puits ou à une citerne d'eau de pluie. Les femmes et les enfants allaient remplir leurs seaux à la fontaine publique de la Plate-Forme, carrefour de ruelles sordides borné par le mur immense des religieuses présentines. On y lavait le linge au grand lavoir couvert, avant de le mettre à sécher sur des cordes tendues au-dessus de la rue entre deux maisons.

Chacun déposait ses ordures près de sa porte, au creux d'une souille où elles se transformaient en fumier. Le tas montait, au bon plaisir des cochons, des chiens et des rats qui y fouillaient, les uns le jour, les autres la nuit. Chaque semaine, des paysans du terroir venaient ramasser ce qui en restait. Sinon, les orages se chargeaient de balayer la rue en entraînant les immondices vers le port.

Les trois hommes trouvèrent la rue barrée au niveau de la rue des Trompeurs. Les gardes de ville, brandissant des torches fumeuses, reconnurent les échevins et leur dégagèrent un passage.

La nouvelle de leur arrivée se répandit aussitôt. Une foule se rassembla, repoussée par les gardes. Il en sortait de toutes les maisons, très pauvrement vêtus, les femmes d'une robe de toile grise sur un vieux jupon, les hommes de pantalons grossiers comme en portent les matelots, pieds nus ou en sabots, maigres, les traits tirés par l'insomnie et l'angoisse. Au passage des échevins, des femmes élevaient leur bébé à bout de bras pour attirer leur protection. Pas de cris. Seuls des gémissements montaient de la foule.

Soudain, une voix rauque, brisée par l'émotion, s'éleva :

– *A plega leis velos*[1] *!*

Cette mère venait de perdre son fils, un marin. Elle s'approcha, titubante, les mains ouvertes, ces mains qui n'avaient pas su le retenir. Aucun signe de révolte. Des mots de prière et d'humilité.

Puis un homme s'avança, un juif de trente ans, au noble visage barbu encadré de longs cheveux noirs.

– Monsieur, cinq personnes sont encore mortes aujourd'hui rue de l'Échelle. Dix sont malades. Donnez-nous des médecins, au moins des chirurgiens-barbiers ! Pas des *enterremorts* !

Une femme ajouta :

– *E lou capelan*[2] *!*

Bouleversé, Jean-Baptiste Estelle leur parla :

– Mes amis, voici maître Figueras, savant médecin de l'école de Montpellier, aujourd'hui docteur en notre hôtel-Dieu. Il a étudié la contagion en Égypte. Il saura ce qu'il faut faire.

Une femme qui portait un nourrisson agrippé à son sein fendit la foule et se précipita vers lui.

– Venez donc chez moi, monsieur. Mon mari est malade et j'ai sept enfants. S'il meurt, qui les nourrira ?

Ils la suivirent, après avoir disposé leur masque et enfilé des gants. La femme s'engagea sous un porche obscur. Un garde municipal éclairait l'escalier étroit. Arrivés au second étage, ils entrèrent dans la pièce commune. Un briquet claqua. La flamme orangée d'une chandelle s'épanouit.

1. Il a serré les voiles (il est mort).
2. Et le prêtre !

Sur la table couverte de mouches, on voyait une grosse miche de pain noir et quelques fruits gâtés dans des écuelles ébréchées. Aux montants de la fenêtre séchaient de longues tresses d'ail. Des bois de lit s'empilaient sur tout un côté, dans lesquels s'agitait, sur les paillasses, une marmaille de tous âges, que l'arrivée des visiteurs avait réveillée. Une fille maigre sortit une jambe et renversa le *pissadou* posé au pied du lit. A la lueur vacillante de la chandelle, on voyait briller leurs yeux curieux ou angoissés. Il régnait dans la chambre, comme dans la rue, une puanteur suffocante, alourdie par l'implacable chaleur du plein été, que ne tempérait aucun souffle.

Jehan, un instant saisi par cette misère, cherchait du regard le malade. Il se retourna et aperçut dans un angle obscur un lit dissimulé par d'épaisses courtines. Attentive dans l'ombre, la femme s'approcha et les tira. L'homme était étendu là. Il semblait sans connaissance.

Jehan demanda :

– Que faisait-il avant d'être malade ?

– Il est allé ce matin chez M. Isaakian acheter un coupon d'indienne, qui devait lui servir à confectionner une robe pour Justine Alou, qui se marie le 1er août. Il s'est mis à le tailler et tout à coup le Mal l'a pris.

Jehan s'approcha, rabattit le drap. Le corps nu apparut, la peau luisante inondée de sueur. L'homme respirait faiblement. Son regard égaré semblait ne voir personne, comme plongé dans un abîme d'épouvante.

– Que ressentez-vous ? demanda-t-il avec douceur.

Comme l'homme ne répondait pas, la femme se mit à parler d'une voix saccadée :

– Il était hier encore en bonne santé. Le Mal l'a pris à midi, dans la tête et dans le dos. Puis il a eu des vomissements à en mourir, de grandes sueurs et une soif intense. Il demandait à boire, toujours à boire ! Il semblait ivre, lui qui ne boit que de l'eau !

Jehan prit son poignet. Le pouls était dur, profond. Soudain, il devint imperceptible, insaisissable.

Il approcha sa lanterne. L'homme le regardait avec effroi. Jehan lui sourit. Un peu d'espoir ranima le visage exsangue. Il lui demanda d'ouvrir la bouche, de tirer la langue. Elle apparut, sèche, rougeâtre, raboteuse, presque noire au milieu.

– Le premier signe, murmura Jehan.

Les deux échevins, pétrifiés, regardaient. La femme s'était retirée dans un coin de la chambre et se lamentait bruyamment, ce qui déclencha les pleurs et les cris du bloc compact des enfants entassés dans les lits.

– Et maintenant, dit Jehan à voix basse, voyons s'il montre le deuxième signe.

Sa main se posa sur l'abdomen dur et tendu et descendit jusqu'aux aines. Sous ses doigts, il sentait rouler des grosseurs dures, rondes et mobiles comme des billes. Il souffla à l'oreille de maître Estelle :

– Les bubons !

Il appuya. Un hurlement jaillit de la poitrine de l'homme. Il se dressa comme un spectre et ses yeux exorbités semblaient lancer des éclairs, les derniers feux d'une vie qui s'enfuyait.

– Le regard étincelant ! murmura Jehan. Cette lumière étrange comme venue de l'autre monde ! Le troisième signe.

Le vacarme devenait assourdissant. Le cri de l'homme malade et les pleurs des enfants avaient réveillé toutes les souffrances de la rue, d'où montaient des gémissements, des clameurs. Ce n'était plus comme tout à l'heure des supplications, mais des cris de révolte et de haine.

Instinctivement, le garde avait mis la main à l'épée. Les échevins reculèrent. Dans l'ombre, on voyait briller les yeux des enfants terrorisés qui soudain s'étaient tus.

La femme s'avança. Son regard s'était pacifié, comme si elle acceptait l'inévitable. Elle demanda :

– Que faut-il faire ?

– Prier.

Ses paupières s'abaissèrent. Les lèvres remuaient. Elle était belle. Une beauté fragile, menacée, comme la fleur épanouie de ciste qui s'ouvre dans la lumière du matin et avant midi flétrira.

La révolte gonfla le cœur de Jehan. Qu'était donc ce monde, et qu'était ce Dieu qui tolérait tout ce mal et cette souffrance ? Si la ville avait péché, fallait-il que ces innocents payent pour les coupables ?

Comme en réponse, il vit briller le crucifix de cuivre à la tête du lit.

La femme rouvrit les yeux et son regard le transperça. Elle murmura un vieux dicton de Provence :

– *L'ignourenci dei medecin, la terro lei curbe*[1] *!*

Et Jehan mesura une fois de plus son incapacité à soigner efficacement. Mais du moins, il aurait maintenant le courage de dénoncer la peste envers et contre tous. Sa complicité à jouer sur l'ignorance du mal n'avait déjà fait que trop de morts.

Il se retourna vers les échevins. Il était venu pour les convaincre. Il fallait aller jusqu'au bout de l'horreur.

Mais point n'était besoin d'aller au-devant de la mort. Elle venait à eux.

De la rue de l'Échelle, un cri monta :

– *Cadabre ! Cadabre !* Descendez vos cadavres devant les portes !

Les « corbeaux », les enterremorts de la Santé, arrivaient. Le char mortuaire n'avait pu se frayer un passage dans la rue. Il était resté sur la placette. Deux brancardiers s'avançaient, masqués, entièrement recouverts d'une chape de toile cirée noire.

Alors, dans l'immeuble, ils entendirent un bruit sourd venu de l'escalier. A chaque marche, un corps tiré frappait du crâne les vieilles planches de bois pourri.

– C'est Anita Lafuma ! dit la femme. Elle est morte ce matin à l'aube. Elle n'avait pas trente ans. La Vierge de la Garde ait son âme !

Un homme sans âge et sans regard tirait le corps. Malade, il n'avait déjà plus la force de le porter. Dans cette maison saisie par l'épouvante il ne pouvait compter sur aucune aide. Marche après marche, il descendait le corps de sa femme, comme un calvaire à rebours.

Il atteignit le seuil. Les corbeaux s'emparèrent du cadavre et le firent rouler sur la civière, qu'ils emportèrent dans la nuit.

Un silence religieux pesait maintenant sur la rue, seulement rompu par quelques sanglots de femmes. M. Moustiés se tourna vers le garde.

– Prévenez le Lazaret. Cette maison doit être évacuée et fermée au plus tôt.

Dans l'ombre, les enfants regardaient sans comprendre.

1. La terre recouvre l'ignorance des médecins.

Après le passage des corbeaux, les cris redoublèrent dans la rue. A quatre reprises, Jehan entraîna les échevins au chevet d'un malade. Certains se tordaient de douleur et criaient leur révolte. D'autres demeuraient prostrés, comme assommés. Immobiles et passifs, ils se laissaient consumer par la fièvre.

Jehan posait toujours la même question :

– Qu'avez-vous fait avant que le mal ne vous prenne ?

Celui-ci avait aidé à transporter un mort. Celle-là soignait un malade. Tailleurs, couturières et lingères étaient les plus frappés. Toute maison infectée communiquait le mal à ses proches.

Jehan insistait pour convaincre les échevins.

– Voyez. Ils vivent à cinq ou six dans la même pièce. Ils couchent à deux ou trois dans le même lit. La contagion est inéluctable. Les premiers signes apparaissent : soif intense, frissons, maux de tête, transpiration. Au deuxième stade, nausées et vomissements. Le pouls faiblit, il devient convulsif. La mort peut alors intervenir dans la journée. Si l'organisme du malade résiste, des bubons apparaissent. Un long martyre commence. La guérison est possible. Mais à quel prix ! Si le malade n'est pas isolé, il va communiquer le mal à ses proches. La mort y trouvera toujours son compte.

Intraitable, Jehan entraînait les échevins dans les soupentes sordides, arrachant les draps mouillés de sueur, souillés de pus, relevait les chemises. Il approchait sa lanterne, soulevait les bras. Aux aisselles douloureuses gonflaient parfois d'énormes bubons. Aux aines, ils pouvaient atteindre la grosseur d'une orange. Petits et durs, le malade hurlait de douleur. Il devenait fou, jetant l'épouvante autour de lui. Gros et mou, l'abcès suppurait, on pouvait alors espérer une guérison. Une sur dix, peut-être...

Jehan, qui avait apporté son scalpel, en incisa quelques-uns. Au grand étonnement de tous, il opérait avec une propreté méticuleuse, exigeant de l'eau et du savon.

En sortant de chaque maison infectée, M. Moustiés marquait la porte à la craie, une grande croix rouge. Les gardes de la Santé savaient alors ce qu'ils avaient à faire. Emmener le mort ou le malade, isoler au Lazaret le reste de la famille. Murer la maison.

Quand ils regagnèrent leur coupé, une aube limpide pointait à l'est, du côté de Rive-Neuve, découpant au sommet de la colline de la Garde les fortifications trapues de la citadelle. Anéantis, les deux échevins s'effondrèrent dans le véhicule, qui roula lentement. Jehan demanda :

– Alors, êtes-vous convaincus, maintenant ? C'est la peste. Et vous n'avez encore rien vu. Quand elle éclatera, débordant les quartiers populaires, vous serez submergés. J'ai appris cela à Alexandrie. Elle se déclare d'abord lentement, c'est comme un incendie qui couve sous la cendre. Puis tout à coup elle jette des tourbillons de flammes qui répandent partout la fureur et la mort. Si vous n'agissez pas avec diligence, toute la ville sera contaminée, puis la Provence, et peut-être la France entière, comme au Moyen Age.

– Nous allons réunir en séance extraordinaire les collèges des médecins et des chirurgiens de la ville, répondit maître Estelle. Les quatre échevins seront là, avec les représentants du pouvoir royal et les officiers de ville. Alors, chacun prendra ses responsabilités.

Le coupé déposa M. Moustiés place du Lauret, où il habitait, au carrefour élégant de la rue Canebière et du Cours. Puis il roula vers l'hôtel particulier du premier échevin.

Le Cours était silencieux et désert. Le véhicule stoppa devant l'hôtel Estelle.

– Le cocher va vous raccompagner, Jehan.

– Père, veuillez accepter ce conseil, c'est le médecin qui vous parle. Lavez-vous entièrement. Usez du savon autant que du vinaigre. Donnez à bouillir votre linge et aérez tous vos vêtements.

– Merci, Jehan. Prenez soin de vous aussi. Vous logez toujours chez votre père, montée du Saint-Esprit ?

– Non. Je ne veux pas lui faire courir de risques. Je m'installe à l'hôtel-Dieu, c'est à côté. Vous pourrez m'y trouver.

L'échevin ouvrit la porte et descendit. Il fit un geste amical à Jehan. Il aurait voulu lui donner un signe d'affection, comme une bonne poignée de main, ou une forte accolade. Il comprit qu'il ne le pouvait plus. La peste rôdait entre eux.

Soudain, Jehan se pencha par la portière.

– Père ! Avez-vous éloigné Gersende ?

L'échevin secoua douloureusement la tête.

– J'ai essayé de la persuader de partir. Mais elle n'accepte pas cette idée.

– Qu'elle le fasse pour moi, pour vous, pour ses sœurs dont elle se sait responsable.

Le porche immense absorba maître Estelle. Au-dessus, la tête de femme en bas-relief de marbre souriait dans son médaillon de pierre.

17

En raison des longues opérations de désinfection que Jean-Baptiste Estelle s'était imposées dans la nuit, il ne put prendre qu'une heure de sommeil. A son réveil, il se sentit si déprimé qu'il n'eut pas le courage d'ordonner à sa fille de quitter la ville, comme il l'avait promis à Jehan. Mais il dut aussi s'avouer qu'il redoutait les conséquences de cette mesure. Le bruit allait se répandre dans la cité. Si le premier échevin éloignait les siens, c'est qu'il croyait à la contagion, malgré les affirmations contraires de la municipe. Une panique catastrophique pouvait s'ensuivre. Fallait-il n'éloigner Gersende et les jumelles qu'après la réunion du corps des médecins et chirurgiens ? Mais alors il serait trop tard si l'on décidait de boucler la ville.

A neuf heures, il réintégra son cabinet à l'hôtel de ville. Son secrétaire Jaume Miraglio se présenta aussitôt sans qu'il l'ait fait appeler. Le petit homme paraissait agité.

– Mauvaises nouvelles, Jaume ?

– Très mauvaises, monsieur.

Il hésitait à porter le coup fatal au premier échevin. Il le connaissait trop. Derrière une volonté de fer se cachait parfois une tentation subversive de découragement et d'abandon.

– Monsieur, un message urgent est arrivé cette nuit d'Aix. C'est de messire Le Bret.

Jean-Baptiste Estelle s'empara du papier, griffonné d'une plume hâtive.

S.A.R. le Régent ordonne de faire brûler les marchandises du Grand saint Antoine *et le vaisseau lui-même. Je diffère l'exécution et vais essayer de gagner du temps. Soyez prudent.*

Jean-Baptiste Estelle chancela. Ainsi, le coup fatal qu'il attendait et qui signait sa faillite et sa ruine politique était décidé en haut lieu. Il savait cependant qu'il pouvait compter sur l'intendant de Provence, premier président du parlement d'Aix, qui s'opposait systématiquement à toute injonction du pouvoir central, qu'il considérait comme une mainmise sur les libertés provinciales. Il mit le message dans sa poche.

– Ne parlez de cela à personne, Jaume. Le *Saint Antoine* et sa cargaison ont été envoyés en Jarre. Ils ne constituent donc plus un danger pour la santé publique. Maintenant, occupez-vous de réunir à l'hôtel de ville le collège des médecins et celui des chirurgiens de grande robe. Je veux les avoir tous ici, dès demain.

– Ce sera difficile, monsieur. Plusieurs sont partis dans le terroir; peut-être plus loin. Les chaleurs de l'été...

– La peur, Jaume... Eh bien, nous nous réunirons avec ceux que vous aurez pu joindre. Rédigez la convocation, et faites-la porter par des gardes à cheval à travers la ville, le terroir et la Provence.

– Ce sera fait, monsieur.

– Quelle nouvelle du front de l'épidémie, Jaume?

– On ne sait rien encore, monsieur. Le bureau de la Santé fait son rapport à midi et le soir. Vous avez eu celui d'hier : une dizaine de morts. Le bilan sera plus lourd aujourd'hui, si l'on tient compte d'une vingtaine de malades identifiés.

– Ces chiffres ne correspondent pas à la réalité, j'ai pu m'en rendre compte personnellement cette nuit.

A midi, le rapport tomba. Trente morts et une cinquantaine de malades! La journée se passa dans l'angoisse, que les échevins tentèrent d'oublier à travers leurs multiples tâches administratives. Jean-Baptiste Estelle reçut un jeune prêtre, envoyé aux nouvelles par l'évêque.

– Monseigneur de Marseille est inquiet, monsieur le

premier échevin. Des informations lui arrivent par ses curés des Accoules, de Saint-Martin et de Saint-Laurent. Il y aurait quantité de morts dans ces paroisses. Beaucoup plus que l'on ne dit, car les familles les cachent de peur d'être envoyées au Lazaret. Monseigneur demande de quelle contagion il s'agit et si vous avez pris des mesures pour venir en aide aux pauvres, qui affluent dans les cures. Par ailleurs, il pensait ordonner une procession...

Jean-Baptiste Estelle l'interrompit.

– Pas de procession. Rien qui puisse inquiéter le peuple, porter atteinte à l'ordre public et favoriser la contagion. Nous veillons. Le bureau de la Santé et nous-mêmes sommes mobilisés. Dites à Monseigneur que je réunis demain le collège des médecins et celui des chirurgiens-barbiers. Il sera tenu au courant.

Jean-Baptiste Estelle rentra tard à son hôtel, le soir. Gersende, inquiète, l'attendait. Par le petit peuple des domestiques, elle avait reçu des échos déformés de la contagion qui sévissait dans la vieille ville. La rumeur courait partout. Gentilshommes et bourgeois commençaient à partir, ce qui ajoutait à l'inquiétude des pauvres gens, non seulement à cause de la contagion, mais aussi des perspectives de chômage.

L'échevin la serra dans ses bras.

– Ma petite fille, j'ai vu Jehan.

– Ah, enfin ! Pourquoi se cache-t-il encore ?

– Un soupçon de contagion pesant sur le *Saint Antoine*, il est resté à l'écart un certain temps. Maintenant, devant l'épidémie qui s'étend dans la vieille ville, il a estimé de son devoir de se consacrer à la combattre, surtout parmi les plus démunis. Il exerce à l'hôtel-Dieu.

Elle n'osa lui avouer qu'elle l'avait vu clandestinement au Lazaret. Il en serait horrifié. La tête du capitaine des Infirmeries tomberait, avec à sa suite celles du portier, du garde et de la lingère. Et, en toute logique, il devrait renvoyer sa fille au Lazaret !

– Père, cette contagion ? Est-ce si grave ?

– Le problème devient sérieux. On ne sait pas encore ce que c'est. Peut-être la peste. Dieu nous en préserve ! Je réunis demain le collège des médecins et celui des chirurgiens de grande robe. Il y sera décidé des mesures à prendre.

– Quelles mesures ?

– Tout ce qui touche à l'isolement des familles, et aussi l'hygiène, la santé, les hôpitaux, le ravitaillement. On décidera s'il faut ou non isoler la ville.

Il hésita. Il avait peur. Peur de sa réaction violente.

– Il te faut partir, Gersende.

Elle eut un mouvement de recul. Il insista.

– Simple mesure de prudence. Tu partiras avec les jumelles à Allauch. Le village bénéficie d'un isolement complet, à l'écart des chemins fréquentés d'Aix et d'Aubagne.

– Je n'irai pas, père. Ma place est ici auprès de vous. Ria peut partir avec les jumelles.

– Tous nos amis, mes collègues, envoient leur femme et leurs enfants à la campagne, l'été.

– Rien ne presse.

– Si. Demain, la ville peut être isolée. Plus personne n'en pourra sortir.

– Je ne veux pas vous quitter.

– Jehan te le demande, Gersende. Il a insisté. Médecin des pauvres, en contact permanent avec la contagion, il ne pourra pas te voir de longtemps. Tu ne dois pas le voir.

– Ah... Je comprends. Il faut donc que je parte ?

– Quelques jours ; peut-être une ou deux semaines. Je serais tellement plus tranquille de vous savoir ailleurs.

Elle se serra contre lui. Elle acceptait. Il en fut étonné. Ordinairement, elle n'en faisait qu'à sa tête. Elle l'avait si adorable que personne ne pouvait lui résister, surtout son père, bien qu'elle fût devenue raisonnable depuis que la mort de sa mère l'avait mise en charge de la maison et des jumelles.

En fait, elle ne cédait pas. « J'installerai les jumelles à Allauch, se dit-elle. Ensuite, je reviendrai. Barrage ou non, je reviendrai. Rien ni personne ne m'empêchera d'être auprès de mon père et de Jehan en ce temps de malheur. Pas même la peste ! »

Elle frissonna. Le mot n'avait pour elle qu'un sens abstrait. La peste appartenait à la mémoire collective de leur peuple, comme la partie la plus sombre de leur histoire. Mais Gersende n'en avait aucune représentation concrète. C'était pour elle comme « la misère du peuple », dont elle entendait parler par sa demoiselle suivante, ou par les gazettes, les sermons des prêtres, et qu'elle contribuait de son mieux à atténuer par des aumônes.

– Allons dormir, dit-il. La journée de demain sera rude.

Jaume Miraglio avait fait merveille. Sur les douze médecins agrégés du collège de Marseille, il en avait récupéré dix. La moitié en ville, l'autre à travers le terroir. Cloué chez lui par ses rhumatismes, le père de Jehan n'avait pu venir.

Jaume avait rencontré plus de difficultés avec le collège des maîtres chirurgiens de grande robe. Sur trente, une vingtaine seulement avaient pu être contactés, et deux s'étaient fait excuser pour cause d'indisposition – malades de peur ! Le corps des chirurgiens-barbiers et étuvistes de petite robe n'était pas convoqué.

Dans la grande salle toute bruissante du conseil de ville, les quatre échevins en robe rouge et chaperon avaient pris place sur l'estrade. Le pouvoir central était représenté par le marquis de Pilles, gouverneur-viguier. L'autorité militaire par le bailli de Langeron, chef d'escadre des galères.

On remarquait encore messire Pichatty de Croissainte, procureur du roi et de la police à Marseille, conseiller ordinaire du bureau des échevins, ainsi que Jean-Jacques de Gérin, lieutenant général de l'Amirauté de Provence.

Malgré la chaleur, les huissiers avaient fermé les grandes fenêtres donnant sur le port. Toute l'assemblée en grand uniforme ou habit de cérémonie supportait stoïquement la touffeur de cet été torride. Médecins et chirurgiens transpiraient sous leurs longues toges rouges ou noires, bonnets carrés, épitoges et rabats, énormes perruques à rouleaux. Seul Jehan, qui n'en avait pas et ne portait qu'une culotte blanche légère et un petit justaucorps sur sa chemise de soie, paraissait à son aise.

– Messieurs, la séance est ouverte !

Le premier échevin avait retrouvé toute son autorité. Il comptait sur la division des médecins et chirurgiens pour ne pas se laisser dicter sa conduite, mais il ne pouvait se passer d'eux.

Conscients de leur importance, les dix médecins

avaient pris place au premier rang. Tous, Marseillais de bonne souche, détenaient leurs lettres de maîtrise de la célèbre faculté de Montpellier, qui avait institué les deux corps de médecins et chirurgiens-barbiers pour lutter contre les épidémies, et promulgué les premiers règlements sanitaires d'hygiène urbaine.

En ce début du XVIIIe siècle, la médecine était en crise. Héritière des traditions alchimiques et astrologiques, elle tentait avec difficulté de s'arracher aux conceptions ésotériques et religieuses qui avaient dominé le Moyen Age. Mais elle ne possédait pas encore une base objective et scientifique pour assurer son autorité hors de l'appui de l'Église. Un pied dans le passé irrationnel, l'autre dans l'avenir incertain, le médecin de 1720 était mal à l'aise dans sa robe écarlate. La scolastique, qui liait aussi les philosophes et les théologiens, l'étouffait. Pour éviter les affrontements avec le pouvoir lié à la religion, il renonçait à l'observation directe du malade et se réfugiait frileusement derrière un fatras de références magistrales, truffé de sentences latines. M. Molière avait très bien décrit cela.

Parmi les dix médecins présents dans la grande salle des séances, deux seulement, Cornélius Barranca et Jehan Figueras, étaient titulaires de la prestigieuse lettre de maîtrise des « maistres en médecine », le troisième degré. Ils avaient soutenu avec succès la « thèse cardinale », ou « vespérie », leur permettant d'enseigner à Montpellier et ailleurs. Les autres n'étaient que licenciés ou bacheliers. Tous possédaient aussi le diplôme préliminaire de « maître ès arts » de l'université, obtenu après deux ans de philosophie dans un collège ordinaire, à Marseille chez les Oratoriens. Seul Jehan était titulaire d'un doctorat de philosophie, que lui jalousait maître Barranca.

Ils avaient prêté le serment *ad sancta Evangelia* pour les chrétiens, *ad legem Moysis scripturis* pour les juifs, très nombreux dans cette profession.

Les juifs étaient encore plus nombreux dans le collège des chirurgiens diplômés, depuis qu'au XIIIe siècle le pouvoir royal avait arbitrairement séparé la médecine de la chirurgie, ramenant cette pratique à l'état de parente pauvre, car *Ecclesia abhorreta sanguine* : l'Église a horreur du sang, avait proclamé le concile de Tours.

Le fossé principal qui séparait aujourd'hui les médecins et les chirurgiens provenait du caractère manuel des pratiques de ces derniers, incluant « barberie et étuves », qui les rabaissait au rang de manœuvres. Un médecin ne pouvait pratiquer une saignée sans déchoir, voire une opération ou une autopsie, car, affirmaient sans rire les statuts de la faculté de Médecine de Paris, *« il convient de garder pure et intacte la dignité de l'ordre des médecins »*. On méprisait aussi les chirurgiens parce qu'ils ne parlaient pas latin et ne possédaient pas le diplôme d'études classiques de maître ès arts.

Jehan se moquait de ces barrières artificielles. Il avait pratiqué l'anatomie et opérait. Pour les soins, seul l'intérêt du malade le motivait, ce qui provoquait le mépris de ses confrères médecins et l'agacement des chirurgiens, surtout depuis sa thèse jugée scandaleuse : *« La femme est-elle d'autant plus féconde qu'elle est lascive? »*, qui avait déclenché d'ardentes polémiques, jusqu'à la Cour, ce travail ayant eu les honneurs de l'impression.

– Messeigneurs, messieurs, nous sommes réunis pour débattre de la contagion qui sévit depuis un mois en notre bonne ville de Marseille, et des mesures aptes à en enrayer la progression. Je donne la parole aux savants médecins agrégés du collège de Marseille. Qui souhaite s'exprimer?

Un murmure réprobateur s'éleva dans la salle. C'était un peu court comme présentation! Certains pensaient que Jean-Baptiste Estelle, le principal responsable de la contagion, tentait d'esquiver ses responsabilités. Quelqu'un cria :

– *Caveant consules* [1] *!*

Mais nul ne releva la fameuse mise en garde des sénateurs romains.

– Pourquoi avoir attendu presque deux mois pour nous demander notre avis? lança un médecin.

– Nous avons demandé leur avis à plusieurs d'entre vous, nos conseillers ordinaires, répondit le premier échevin. Maîtres Peyssonnel, Sicard et Figueras. Les chirurgiens du Lazaret maîtres Guérard et Bouzon. C'est parce que l'honorable corps des chirurgiens n'était

1. Que les consuls prennent garde!

pas toujours d'accord avec le collège des médecins que nous avons pensé qu'une confrontation serait profitable.

« Habile, songea Jehan. Il esquive le débat gênant pour lui sur l'origine de la contagion, en opposant d'emblée les deux collèges sur le fond du problème : l'établissement clair d'un diagnostic. »

Jean-Baptiste Estelle enchaîna :

– Messieurs, nous sommes entre gens responsables. Ce débat demeurera secret. Voyez, il n'y a pas de scribe. Alors, n'ayons pas peur des mots. Est-ce ou non une épidémie de peste ? Et si oui, quelles mesures préconisez-vous pour l'enrayer ?

Quelqu'un cria :

– Peut-être serait-il d'abord utile de dire ce qu'est la peste ?

« Voilà, pensa Jehan. Le débat va plonger dans la théorie. Il n'en sortira rien de concret. »

– Il y a au moins trois sortes de pestes, répondit un des médecins. La peste noire, qui, venue de Mongolie, ravagea l'Europe en 1347, dépeuplant la Provence et le Languedoc, remontant jusqu'à Paris, Rouen et l'Angleterre, provoquant vingt-cinq millions de morts. A celle-là, personne ne réchappe. On observe ensuite la peste bubonique venue du Levant. Enfin, la peste pulmonaire, mortelle dans presque tous les cas.

– C'est la peste bubonique ! cria maître Sicard. Je le constate tous les jours en ville.

– Messieurs, nous n'avons pas encore dit ce qu'est la peste !

Maître Cornélius Barranca venait d'intervenir. En tant que syndic du collège des médecins, il s'estimait devoir prendre la présidence des débats. N'était-il pas le seul *doctor in medicum*, troisième degré ? Jehan, trop jeune et par trop désinvolte, ne comptait pas à ses yeux. La preuve : il ne portait ni la robe, ni la toge, pas même la perruque !

Agé de quarante-deux ans, maître Barranca s'était rendu célèbre en 1705 en disputant devant la faculté de Montpellier une thèse magistrale intitulée : « *La femme est-elle un ouvrage imparfait de la nature ?* », où il jetait savamment le doute.

De petite taille, fourbe comme un valet de comédie, son visage blanchi par la poudre exprimait ordinairement un ennui nuancé de tristesse. Mais des éclairs de passion s'allumaient soudain dans son regard dès qu'il participait à quelque grand débat théorique qui lui permettait de briller.

– Eh bien, dites-nous ce qu'est la peste ! enchaîna le bailli de Langeron.

Embarrassé, le médecin se troubla.

– Je donne la parole à notre doyen d'âge, maître Peyssonnel. J'interviendrai après. Maître Peyssonnel !

Le doyen des médecins du collège de Marseille se leva péniblement. Agé de quatre-vingts ans, sa grande barbe blanche accentuait son air de patriarche. Bien que perclus d'infirmités, il n'avait jamais abandonné le service des malades. Incapable de les visiter depuis deux ans, il avait confié cette charge à son fils cadet, simple médecin bachelier, et s'était enfermé à l'hôtel-Dieu, que les médecins de distinction négligeaient parce qu'on n'y accueillait que des pauvres.

Lucide et très franc, le vieux maître Peyssonnel avait été le premier à dénoncer la peste, ce qui avait provoqué des débuts de panique en ville et la colère des échevins. Il l'avait même écrit à l'extérieur, alertant le parlement, l'intendant de Provence et la Cour. Les échevins avaient en vain tenté de le faire taire.

Jehan vénérait maître Peyssonnel, qui venait de l'accueillir à l'hôtel-Dieu. Simple et bon, le vieil homme, au lieu de chercher à « faire des écus » comme la plupart de ses confrères, se vouait totalement à son art, aux malades et surtout aux plus pauvres. Jehan admirait sa thèse de doctorat, refusée par la faculté : « *La nécessité de la mort est-elle innée ?* » En outre, ayant séjourné au Caire, il savait ce qu'était la contagion.

A côté de lui, son fils, qu'il avait eu d'un tardif remariage, faisait pâle figure. Agé de trente ans, il venait de se voir refuser une curieuse thèse intitulée : « *Doit-on soigner une jeune fille folle d'amour ?* » Mais il était courageux jusqu'à l'inconscience et la peste ne lui faisait pas peur, comme à tant de ses confrères.

Le doyen des médecins toussota pour affermir sa voix et déclara :

– La peste est une étrange maladie. La contagion sort du sol comme une émanation empoisonnée, elle pénètre alors par les pores de la peau, elle se transmet avec une étonnante promptitude, passant tout d'un coup d'un être à l'autre, puis de maison en maison, de rue en rue, de ville en ville, comme une espèce d'incendie gagnant avec la rapidité d'un embrasement de forêt sous le mistral. Étant toujours prise par contact, il y a contagion.

– Qu'entendez-vous par contact? demanda quelqu'un.

– Hippocrate enseigne que la peste se propage par des miasmes aériens émis par les cadavres, ou autre matière en décomposition dans la terre. La maladie éclate dans les quartiers pauvres en prenant appui sur des organismes sous-alimentés.

– Il s'agit bien d'un contact direct par épiderme, cria un médecin.

– Pas seulement par épiderme. Le mal se transmet aussi par la respiration.

– Cela va de soi.

– Et par l'air.

– Cela ne va pas de soi. Je conteste cette affirmation.

– C'est celle d'Hippocrate. Fracastoro enseigne que la peste ne se prend pas par des miasmes mais par des germes, ce qui justifie la quarantaine. On ne peut pas contester que le mal se propage aussi par les vêtements, les literies, les hardes et... les balles de tissus importés du Levant!

Tous les regards convergèrent vers Jean-Baptiste Estelle, qui demeura impavide. Le gouverneur-viguier, qui ne voulait pas voir le débat se politiser, détourna habilement la polémique.

– Messieurs! Qu'est-ce que la peste? Qui peut nous le dire clairement? Un bien-portant peut la transmettre sans en souffrir. Un autre, malade le matin, est mort avant la nuit.

– C'est un *venin* très actif et contagieux venu du Levant comme les autres fièvres, dit maître Sicard père. Un pestiféré a dans son sang un venin ou levain venimeux, qui s'exhale du corps par le souffle du poumon et par la transpiration. Ce levain se mêle à l'air, ou s'attache à des habits. Ceux qui s'approchent respirent l'air commun et reçoivent l'air infect.

Ce Sicard père n'était pas un ignorant. Il s'était signalé par un travail de licence : « *L'air est-il plus nécessaire à la vie que la nourriture et l'eau?* »

– Venin? Ce mot ne veut rien dire si vous ne le définissez pas, s'écria maître Barranca.

Un médecin de la rue Canebière, que Jaume avait ramené de Château-Gombert, s'écria :

– Le Mal est par essence indéfinissable. La Bible...

– Nous ne sommes pas en cours de théologie, confrère !

– Cette maladie ne ressemble à aucune autre. Elle est essentiellement *maléfique* !

– Poursuivez, maître Sicard.

– En 1628, un célèbre médecin de Lille, maître Nicolas Lamelin, affirma que l'air était la cause de la peste, et aussi la mauvaise qualité des aliments, l'eau polluée des étangs et des puits, les récoltes gâtées. Toutes ces causes font la peste, non par quelque désordre ou par l'effet de la putréfaction, mais grâce à un principe inconnu, toxique ou délétère.

– Et nous voilà revenus au *venin*, ricana un confrère, maître Montanier.

– Si venin il y a, assura maître Bertrand, la peste est un effort de la nature, un mouvement spontané du sang pour en chasser un ennemi étranger. Le bubon en est le signe certain. Cet abcès se forme pour expulser le venin. Bubon ouvert, le malade a une chance de guérir. C'est là que se déploie tout notre art : amener le bubon à sa maturité.

– Il me semble que nous tournons en rond, dit maître Barranca. On nous a demandé de dire ce qu'est la peste, nous nous contentons de décrire son cheminement.

– Le cheminement peut conduire à la vérité. Déjà, en 1568, Ambroise Paré a dit que l'eau est le véhicule de la peste.

– Mais pas n'importe quelle eau, s'écria maître Robert, un médecin du quartier Saint-Ferréol. Celle que polluent les souilles et le fumier. On en revient donc toujours à l'homme. L'homme et ses déjections sont le véhicule de la contagion.

– Et le rat !

Malgré lui, Jehan Figueras avait lancé le mot qui lui brûlait les lèvres. Tous le regardèrent avec surprise. On le connaissait bien, le petit Jehan, le fils du vieux maître Figueras, le médecin des pauvres du quartier des Accoules. Mais Jehan, lui, était parti. Son prestigieux diplôme en poche, il avait infligé cet affront au corps des maîtres du Languedoc et de Provence d'aller *à l'étranger*, pire, en pays mahométan, rechercher ces compléments du savoir qui, prétendait-il, lui manquaient.

La voix glaciale de maître Barranca s'éleva :

– Qu'est-ce à dire, monsieur ? Que viennent faire les rats dans notre débat ?

– Les rats annoncent la peste et peut-être l'amènent-ils. Les Chinois, qui ont payé le plus gros tribut à la contagion avec des millions de morts, l'ont observé depuis mille ans.

– Les Chinois ne sont pas de notre monde !

– Direz-vous que ce sont des barbares ? répliqua Jehan. Hérodote avait aussi pressenti que le rat pouvait être le vecteur de la peste. Même la Bible y fait référence. Le fait est là. Le rat crève, la peste arrive.

– Et alors ? Les rats crèvent. Les chats aussi, les chiens !

– Mais les rats crèvent *avant.*

Un silence total avait fait place aux bruissements des murmures. Il était trop tard pour reculer. Jehan sentait jusque dans sa chair l'hostilité des médecins mondains comme Barranca, mais il se savait soutenu par les praticiens de terrain comme Peyssonnel et Sicard.

– Les rats sortent de leurs cachettes comme poussés par la faim. Mais ce n'est pas la faim. On les voit apparaître, les yeux injectés de sang, égarés, chancelants, comme ivres. *Ils sont malades.* Ils ne fuient plus l'homme et semblent ne plus le voir. Soudain, le rat se dresse, le museau en sang, et s'effondre mort en poussant un petit cri aigu.

L'assemblée retenait son souffle. Jehan croisa le regard chaleureux du premier échevin. Il poursuivit. Ses yeux aigue-marine brillaient d'une étrange flamme.

– Au début de la contagion on en a trouvé quelques-uns, puis des centaines. Maintenant, ils sont légion. Ils sortent par groupes pour mourir au lieu de se cacher. Comme s'il pouvait y avoir quelque chose de pire que la mort. L'angoisse de cette sorte de mort. Ainsi annoncent-ils la malédiction de la peste.

L'assemblée avait écouté Jehan, subjuguée. Le jeune médecin conclut avec force :

– Je le répète : le signe, c'est que les rats crèvent en nombre et avant l'homme. Il est alors peut-être encore temps de conjurer le mal.

– Avant ou après, qu'est-ce que cela change ? s'écria

maître Barranca, vexé que la vedette lui ait été retirée par ce jeune assez insolent pour se montrer sans perruque. Étant plus petits, ils sont sans doute plus fragiles. Hippocrate l'a dit : « *La peste est un feu sorti de la terre, ou tombé du ciel dans l'Orient et qui, s'étendant vers le couchant, consume hommes, animaux, arbres et pierres.* »

– Ce discours est obscur, maître. Pourquoi pas une pluie de vers ou de serpents ?

– Ou la peur ! lança un jeune médecin nommé Michel, qui ne croyait pas à la peste. On a vu des gens tomber morts dans la rue rien qu'en entendant la clochette du tombereau emportant les cadavres.

– Oui, la peur est mère de la peste, glapit maître Barranca. C'est pourquoi les tsars ont décrété qu'en temps de peste « *il est défendu d'avoir peur, sous peine d'être enterré vif* ».

Ce mot les laissa pantois. Maître Barranca enchaîna :

– Soyons précis, messieurs. La peste n'est pas contagieuse comme la lèpre, mais due à la conjonction de l'infection de l'air ou de la corruption des aliments, jointe à la peur.

Maître Peyssonnel caressa sa grande barbe blanche, se pencha vers Jehan et lui souffla à l'oreille :

– Est-il exact que *barranca* signifie radoteur ?

– Voyez ce qui se passe chez nous, poursuivit le syndic. En 1719, la Provence a souffert de disette alimentaire, de chaleurs excessives, puis de pluies diluviennes coupées de mistral. Ces dérangements de la nature ont porté dans le corps le levain qui a infecté la ville. Un vieux proverbe de chez nous dit : « *Après la faim, la peste.* » Pour moi, c'est clair. Des vermines ont pris origine des mauvais aliments et quantité de fruits gâtés que les pauvres ont mangés.

– *Sapiens nihil afirmat quod non probet*[1], s'écria maître Michel avec insolence.

– On n'esquivera pas le problème du venin, dit maître Sicard père.

– Et la réaction du malade ? s'écria maître Audon, un médecin des Accoules. Celui qui a le sang lâche noie le venin. Il l'expulse par le pus du bubon. Au contraire, les tempéraments sanguins, au sang épais, n'y parviennent

1. Le sage n'affirme rien qu'il ne prouve.

pas. C'est pourquoi je prescris l'incision des bubons, ou la saignée, selon le cas.

– Qu'en pensent nos confrères chirurgiens ? demanda maître Peyssonnel. Plus encore que nous, ils sont au contact des malades.

Maître Barranca les toisa avec mépris, mais laissa dire.

– J'ai observé le mal chez un couple de malades nommé Crest, répondit maître Rabaton, un chirurgien des Moulins. D'après la malade, qui n'est pas sans instruction, une tarentule était tombée dans la jarre d'huile de la cuisine. Toute la famille est morte.

– Après le rat, l'araignée ! Monsieur aime à bouffonner !

– Et Dieu, dans tout cela ?

Le mot avait été lancé par le bailli de Langeron, chef d'escadre des galères. Il fit sensation.

Maître Barranca balbutia :

– Mais, Monseigneur, ce n'est pas notre problème !

– On doit tenir compte de tous les facteurs. J'ai rencontré récemment Monseigneur de Marseille. Pour lui, c'est bien la peste qui nous afflige. Et la peste est un mal envoyé par Dieu pour nous punir de nos péchés.

– Mgr de Belsunce suggère-t-il de ne pas soigner la peste, ni de prendre des mesures préventives, sous prétexte de ne pas aller à l'encontre des desseins divins ?

– Nullement, monsieur. Je n'ai pas dit cela. Ce sont là procédés de mahométans de Barbarie.

– Alors, revenons à notre débat.

Un médecin nommé Montanier, de la paroisse de la Major, risqua :

– La peste ne vient ni d'intempérie, ni de pourriture aucune. Elle naît de causes supérieures et plus hautes que l'air, à savoir, avec la permission et volonté divines, du mélange et malin aspect des astres. Ce sont les comètes, les feux follets, le tremblement des étoiles, et le mauvais aspect des planètes. Je penche pour la conjonction maligne des astres et certaines éclipses du soleil et de la lune.

– Soyons sérieux, grommela maître Barranca. Pour ma part, je penche pour le venin. Quelle est la nature du venin ? Quand nous le saurons, nous soignerons le mal ; la contagion s'arrêtera... s'il plaît à Dieu, Monseigneur !

– Cela nous ramène à la cause fondamentale, dit Jehan.

– Que veut encore insinuer M. le médecin des infidèles ?

– Je ne suis pas le médecin des infidèles, mais de tout homme qui souffre, qu'il soit chrétien, juif, musulman ou païen. Et je suggère ceci. Le venin, quel qu'il soit – pour ma part je songerais plutôt à un *animalcule* –, est partout présent dans la nature et dans les êtres vivants. Il ne devient actif que lorsque les désordres humains ont compromis le bel et fragile équilibre voulu par Dieu.

Les hommes de l'art le regardèrent avec méfiance. Cette « médecine du terrain » n'était certes pas orthodoxe.

– Soyez plus précis, jeune confrère.

– Maître Peyssonnel l'a dit. Un milieu épidémique favorable permet à l'animalcule ou au venin de se développer. Il prend appui dans la saleté née de la pauvreté, elle-même engendrée par les excès démographiques des populations laborieuses, joints à la famine apportée par les catastrophes naturelles. Quand les végétaux et le cheptel sont réduits alors que les humains pullulent, l'épidémie rétablit l'équilibre.

Jean-Baptiste Estelle sentait que son futur gendre s'engageait dans un débat aussi périlleux que celui sur le péché, la liberté et la grâce. Malgré le siècle des Lumières, la prolifération de l'espèce formulée par l'Ancien Testament demeurait un dogme intangible de la sainte Église catholique. On ne pouvait pas y toucher sans menacer l'ordre public, même s'il paraissait évident à un simple barbier que soixante-dix mille personnes ne puissent sans danger vivre entassées dans le carré borné par les anciens remparts et la calanque du Lacydon. Réaliste, Jean-Baptiste Estelle s'efforça de remettre le débat sur des considérations plus pratiques.

– Messieurs, le bureau des échevins souhaite connaître votre opinion sur les mesures à prendre. Ce débat de fond nous dépasse. Les anciens ont tout dit et le contraire de tout.

– Un instant, coupa maître Barranca. Notre jeune confrère a parlé d'*animalcule*. Qu'entend-il par ce mot que je ne trouve ni dans Aristote, ni dans Hippocrate, ni dans Galien ?

– Pardon, dit Jehan. Hippocrate parle de *mikros animalis mortificus*, que je traduis par « petit animal mortifique ».

– Ce mot peut vouloir dire n'importe quoi.

– Certains médecins juifs du Levant vont plus loin. Ils suggèrent l'existence d'*êtres invisibles*, à cause de leur petitesse. Ces *mikros bios* seraient attirés par les blessures, ou pénétreraient dans le corps par l'air, les aliments ou les cavités naturelles. Grâce au milieu confiné des organes, ils proliféreraient au détriment des chairs, qu'ils rongeraient après les avoir amollies par leur venin. Et c'est ce venin qui provoquerait la mort rapide.

– Impossible ! cria maître Barranca. Ceci n'est enseigné ni à Montpellier, ni à Paris, ni à Lyon. Il ne peut exister d'invisible et de nuisible que les démons. Toute autre proposition serait entachée d'hérésie ! *Non existat !*

Jean-Baptiste Estelle se leva.

– Messieurs, je vous en supplie. Revenons à nos problèmes. Un mal existe, qui a déjà ravagé la Provence et la France. Il a été décrit avec précision, on en connaît les effets contagieux. Oui ou non, *est-ce la peste* qui nous frappe aujourd'hui ? Selon votre réponse, nous avons des décisions à prendre.

– Ce n'est pas la peste ! s'écria maître Michel. Seulement une fièvre maligne provoquée par la misère. Faites distribuer du pain et de la viande, la contagion cessera.

Le brouhaha devint indescriptible. On se lançait des citations grecques et latines. On se bombardait de références magistrales. Les chirurgiens, restés à l'écart du débat, se moquaient de la division des médecins.

Le procureur du roi intervint soudain avec une question pratique :

– La contagion qui affecte notre cité n'est-elle vraiment qu'une maladie des pauvres, qui ne saurait franchir les limites de la vieille ville, ou bien les quartiers neufs sont-ils aussi menacés ?

« Voilà la bonne question, songea Jehan. Si les riches se sentent menacés, on va faire quelque chose. »

– La peste est une maladie des pauvres, dit sentencieusement maître Barranca. Cependant, lorsque le venin a pris corps et s'est *enrichi* de la masse des pauvres, il devient plus redoutable et susceptible de porter ailleurs son offensive. Dans ces conditions, tout le monde est menacé. Il est évident que si le domestique attrape la peste en allant visiter son vieux père dans la basse ville, il infectera le soir même son maître en rentrant au logis. La blanchisseuse qui rapporte le linge fera de même.

– Messieurs, intervint le premier échevin, nous sommes au cœur du débat et nous vous supplions de nous éclairer. Au cas où ce serait la peste, que faut-il faire pour en limiter la progression ?

Un silence surprenant s'appesantit sur l'assemblée. Mis au pied du mur, les hommes de l'art ne trouvaient rien à dire. Ils savaient qu'en cas de peste, toutes les solutions à l'intérieur de la ville seraient dépassées. Un vieux maître chirurgien nommé Panouze se leva.

– Messieurs, j'ai connu la peste de Londres. Oui, celle de 1665 qui fit soixante-dix mille morts. Je n'avais que vingt ans. J'étudiais à l'université de Londres, mais je m'en souviens comme si c'était hier. Le problème de fermer ou non la cité ne se posa même pas tant il est évident. Il faut fermer la ville pour empêcher la progression du mal à travers la province, et au-delà.

– Mais si nous fermons la ville, ce sera la mort du commerce !

– Vous serez contraints de fermer et la ville et le port.

– Le port ? s'écrièrent en chœur les échevins indignés.

– Si vous ne prenez pas la décision sans tarder, elle vous sera imposée de l'extérieur. On en débat déjà, à Aix comme à Paris. C'est une question de jours, peut-être d'heures.

Un frémissement parcourut la salle. Cette fois, ils se sentirent directement menacés dans leurs affaires ! Cet isolement pouvait durer des mois, deux ans, peut-être ! Il y avait aussi les familles. Tous ces hommes riches et arrivés songeaient déjà à faire partir les leurs. Pour eux, c'était facile. Tous possédaient une maison de campagne, une « bastide » au terroir ou en Provence. Certains l'avaient déjà fait ; d'autres tergiversaient. Quant aux médecins, la peur les tenaillait. La plupart avaient aussi prévu de partir, faisant passer leur sécurité personnelle avant leur devoir. Mais après tout, ils ne feraient que suivre leur clientèle !

Maître Panouze enchaîna :

– Je ne reviens pas sur la nécessité, pour moi évidente, d'isoler la ville. Le problème est maintenant de savoir ce que nous allons faire chez nous, à Marseille. *Intra muros!*

Comme la chaleur pesait dans la salle, un médecin fit entrouvrir l'une des grandes fenêtres. Ils entendirent une sombre rumeur à l'extérieur. A la vue des élégants cabriolets qui stationnaient sur le carré de la Ville, avec domestiques et gardes, le peuple de Marseille avait compris qu'il se passait quelque chose et s'assemblait pour manifester son angoisse.

– Refermez cette fenêtre! cria à l'huissier le premier échevin. Poursuivez, maître Panouze.

– Notre problème est celui qui a divisé Londres en 1665. Comment limiter l'extension de la contagion à l'intérieur de nos murs? Il n'y a que deux méthodes. Enfermer chez eux les malades avec leur famille; ou bien les en arracher pour les envoyer au Lazaret ou à l'hôpital.

– C'est ce que nous faisons actuellement, dit Jean-Pierre Moustiés. Cette mesure semble la plus sage, malgré la cruauté qu'il y a d'arracher les gens à leur maison, pour les enfermer au Lazaret, dont ils ont une juste terreur.

– Combien les infirmeries du Lazaret peuvent-elles contenir de lits? demanda maître Panouze.

– Deux cents, dit maître Bouzon. Mais on pourrait facilement doubler cette capacité.

– Si c'est la peste, dans dix jours ce chiffre sera atteint puis dépassé.

– On utilisera les autres hôpitaux: l'hôtel-Dieu, les Convalescents, la Miséricorde.

– Cela ne suffira pas. La capacité totale hospitalière de cette ville ne dépasse pas trois mille lits. Si la peste frappe, vous aurez dix mille, vingt mille malades, peut-être la moitié de la vieille ville, qui compte soixante-dix mille âmes. Et la cité neuve, qui en a dix mille, n'est pas à l'abri. Ni le terroir.

– Mais si les gens meurent, cela fera autant de place pour les autres, s'écria avec cynisme un jeune chirurgien-barbier.

– On ne meurt pas sur le coup. Nous serons entretemps débordés. À Londres, en 1665, ils adoptèrent l'autre mesure: l'enfermement chez soi. Dès que la maladie se déclare dans une maison, on la boucle avec ses habitants, sentinelle à la porte, chaînes et cadenas.

– Mais cela revient à condamner à mort des gens qui ne sont pas coupables ! s'écria maître Peyssonnel.

– En effet. C'est pourquoi il y eut des scènes atroces que la morale réprouve. Chacun ne songeait plus qu'à fuir. Imaginez nos vieux quartiers où les maisons se touchent. Voilà les gens dehors. Où vont-ils aller, sinon dans quelque famille voisine qu'ils vont infecter ? Ou bien ils erreront dans la cité en y répandant le mal. Refusera-t-on d'accueillir ces errants ? Leur seul espoir sera alors de sortir de la ville, pour tenter de survivre à la campagne. Et voilà la contagion qui se répand dans le terroir. Ce système londonien était tellement pervers qu'à la fin il amenait le maître de maison à ne pas déclarer la contagion comme le lui prescrivait la loi, se donnant ainsi le temps d'organiser sa fuite.

Le marquis de Pilles intervint.

– Jamais les gens de qualité n'accepteront d'aller à l'hôpital, où ne vont ordinairement, par nécessité, que les domestiques, le menu peuple et les pauvres, les indigents. Par ailleurs, imaginez que la contagion – Dieu nous en préserve ! – soit en cet hôtel de ville ? Faudra-t-il le fermer ? Et où nous réunirons-nous ? Sera-t-elle dans les églises ? Faudra-t-il les condamner ? Où le peuple priera-t-il à un moment où les prières sont plus que jamais nécessaires ? Sera-t-elle dans nos forteresses ? Où caserneront nos soldats ? Et les marins, messieurs, y avez-vous songé ? Et les gens des galères ?

Jean-Baptiste Estelle consulta les trois échevins, puis déclara :

– Nous proposons que la mesure ne concerne que la vieille ville, où le risque de contagion est le plus virulent.

La plupart des médecins approuvèrent, malgré quelques protestations d'irréductibles.

– Non seulement il y aura saturation de nos hôpitaux, fit remarquer maître Montanier, mais où trouvera-t-on les médecins, les chirurgiens, les infirmiers, les gardes, les fonctionnaires de santé pour faire face à cet afflux ? Et comment contraindre les malades qui refuseraient de quitter leur maison ? Non ! Il est plus simple de les enfermer chez eux, comme à Londres, en mettant une croix sur leur maison avec ces mots : *« Dieu ait pitié de nous ! »*

On passa outre. Jean-Baptiste Estelle déclara :

– Nous maintenons donc le règlement prescrivant l'obligation pour tout malade et sa famille d'être transporté au Lazaret. Le bureau des échevins demandera au conseil de ville de réquisitionner les hôpitaux et l'hospice de la Charité pour faire face en cas de besoin. Y a-t-il d'autres questions ?

Jehan Figueras se leva.

– La contagion fait son lit dans la saleté. Il faudrait laver l'intérieur des maisons suspectes à grande eau savonneuse coupée de vinaigre. Et si possible tous les greniers, les caves et les entrepôts. Balayer les rues. Transporter hors de la ville les dépôts de fumier et d'ordures.

– Tout cela est inutile ! s'écria maître Barranca. Ce n'est pas dans la tradition des anciens.

– Vous faites erreur, maître ! Les Romains connaissaient l'hygiène. L'empereur Vespasien ne tolérait pas que l'on jette les excréments par les fenêtres !

– Galien n'a jamais prescrit de telles mesures.

– Il a pris la fuite devant la peste ! Référez-vous plutôt à Hippocrate. Il recommande que l'eau donnée au malade soit pure, le linge tenu à l'abri de la poussière et gardé en état de propreté parfaite.

– N'oubliez pas les fumigations ! cria maître Sicard.

– Je doute de leur efficacité, répliqua Jehan. Il faudrait démontrer que la peste est un miasme transporté par l'air. Tuez plutôt les rats. Ce sont eux qui propagent la peste.

– Vous avez dit qu'ils étaient morts !

– Pas tous. Certains survivent, immunisés. Ils propagent alors le venin dont ils sont porteurs.

Brusquement, Jehan plongea dans un abîme de réflexions. N'était-il pas lui aussi un rescapé de la peste, un porteur sain de venin ayant échappé au mal ? Il frémit en songeant qu'il avait tenu Gersende dans ses bras, qu'il l'avait embrassée sur la bouche. Mais rien ne s'était passé. La jeune fille était demeurée saine comme le lever du jour sur la mer. Alors ? L'organisme fabriquait-il un contrepoison ? Si on le découvrait, serait-ce un remède efficace pour tous ?

Un glapissement l'arracha à ces réflexions.

– Il faut aussi tuer les chiens et les chats, au lieu de les manger, comme on le fait dans certains quartiers pauvres !

– Si vous tuez les chats, qui chassera les rats ?
– Les chats ne chassent pas les rats malades !
– Messieurs ! intervint maître Estelle. Ceci est une mesure d'hygiène qui concerne uniquement le bureau de la Santé. Nous en délibérerons ultérieurement, de même que de la circulation des personnes, du bouclage des vieux quartiers et peut-être de la ville entière, enfin du problème du ravitaillement de la cité qui se posera en ce cas. Messieurs les médecins et chirurgiens, nous vous remercions.
Il se leva. Tous l'imitèrent. Il les regardait avec insistance, presque avec désespoir. Il s'écria :
– Je vous lance un dernier appel : ne partez pas !
Un silence total suivit ces paroles. Combien déjà songeaient à fuir ? La moitié, peut-être.
M. Moustiés demanda :
– Encore un mot. Veuillez désigner l'un des vôtres pour s'enfermer au Lazaret. Son chirurgien, maître Guérard, est mort, maître Bouzon le remplace. Mais le médecin ordinaire a pris la fuite.
Maître Barranca, gêné, se tourna vers ses confrères.
– La demande me semble légitime. Y a-t-il des volontaires ?
S'enfermer au Lazaret en temps de peste, c'était à coup sûr se condamner à mort.
Jehan leva la main.
– Opposition ! lança le premier échevin en songeant à sa fille. Maître Figueras nous est indispensable pour la connaissance qu'il a de la contagion et de la vieille ville où il est né.
– Y a-t-il un autre volontaire ?
– Moi ! s'écria maître Michel, le jeune médecin qui ne croyait pas à la peste. Je suis célibataire.
Les autres se regardèrent lâchement, soulagés.
– Je vous ferai parvenir le *Traité de la peste* de Rancin, dit maître Barranca aux échevins. Il contient tous les règlements de police dont vous pourrez vous inspirer.

Midi sonnait au clocher des Accoules. Ils se séparèrent. Déjà, les valets prévenaient les cochers. Cabriolets, chevaux et chaises à porteurs s'avancèrent.
Au-delà du carré de l'hôtel de ville, que les gardes avaient fait évacuer ainsi que la rue de la Loge, une

foule anxieuse et agressive attendait. A coups de bâton les gardes, à coups de fouet les cochers ouvrirent un passage dans cette masse mouvante. Des cris s'élevèrent, des supplications. Quelques injures, aussi.

Jean-Baptiste Estelle se pencha sur le balcon de l'hôtel de ville. Il entendit une voix aiguë monter de la foule :

Un édile inhumain dont l'extrême avarice
Fit dans ce temps maudit un fameux scélérat,
Mit pauvres Phocéens au bord du précipice
Par le plus noir, plus noir, plus noir des attentats.

Le dernier, le vieux médecin Peyssonnel descendit lentement l'escalier, aidé par maître Michel. Ils débouchèrent place de la Loge.

– Parlez-moi de ce Jehan Figueras, dit soudain Michel. Vous le connaissez, puisqu'il est comme vous attaché à l'hôtel-Dieu.

– C'est un étrange garçon. Contrairement à la plupart des *maîtres en médecine* issus d'une grande école, il ne méprise pas les humbles praticiens en contact avec le peuple ; non seulement les chirurgiens-barbiers, fussent-ils de petite robe, mais aussi les rebouteux, les guérisseurs de tout poil, et même les astrologues et les sorcières ! Il dénonce comme un mal de notre temps la coupure entre les médecins savants parlant latin et français mais ne touchant jamais un malade, et les praticiens qui, eux, connaissent les malades mais ne savent pas savamment s'exprimer.

– On m'a dit qu'il se serait vanté d'avoir davantage appris auprès des malades et des guérisseurs qu'à la faculté de Montpellier. Voilà une proposition hérétique !

– Oui. Il va un peu loin et c'est pourquoi on le jalouse. S'il n'était pas promis à la fille aînée du premier échevin, il ne ferait pas de vieux os en cette ville. Il va même se brouiller avec les apothicaires. Ne propose-t-il pas des potions simples et gratuites, à base d'herbes en infusions, comme en donnent nos grand-mères, au lieu d'inventer, à l'exemple de ses confrères des beaux quartiers, des potions compliquées composées de multiples éléments, parfois très dangereux, l'arsenic ou le vif-argent, dont ils vendent à prix d'or les sachets aux gens de qualité !

– Il leur faut bien justifier leurs honoraires. On dit que maître Barranca demande vingt-cinq livres par visite, le salaire mensuel d'un ouvrier !

– Jehan Figueras affiche trois principes qu'ignore notre médecine : éviter la souffrance, éviter l'effusion de sang et, vous l'avez entendu, se laver ! Non seulement pour amputer un membre, mais simplement avant de se mettre à table ! Si on le suivait, il n'y aurait pas assez d'eau dans toute la ville ! Ah ! ah !

– On dit qu'il opère, pratique qu'il devrait laisser aux chirurgiens, mais aussi qu'il se lave entièrement avant d'opérer. Et il inflige ce même supplice à son patient ! Il exige des pansements propres et des scalpels lavés dans l'alcool.

– Oui. Il prétend ainsi faire tomber de soixante à vingt pour cent la mortalité consécutive aux amputations. On l'a même vu opérer tout habillé de blanc, contrairement à l'usage immémorial qui veut qu'un chirurgien digne de ce nom opère dans une robe noire maculée de sang séché.

– Peut-être n'a-t-il pas tort. Cependant, il lui faudra démontrer que la mortalité opératoire ne vient pas d'une complication inévitable de la plaie, mais d'un agent extérieur... comment dit-il ?

– Le *mikros animalis mortificus* ! D'après maître Figueras, ce petit animalcule invisible se promènerait dans l'air que nous respirons, prêt à se ruer sur toute plaie offerte !

Le vieux médecin se pencha à l'oreille de son jeune confrère et ajouta :

– Savez-vous qu'il préconise aussi de détacher les fous ? « Ces aliénés, dit-il, ne sont si intraitables que parce que privés de liberté et d'air. »

– Il doit faire scandale à l'hôtel-Dieu ?

– Nos recteurs en sont malades ! D'autant plus qu'il demande qu'on ne mette plus qu'un seul malade par lit !

– Mais alors, comment pourraient-ils se réchauffer l'hiver ? A moins de demander aux jeunes religieuses novices de remplir ce charitable office !

– Chut ! Le voici !

La tête baissée, plongé dans ses réflexions, Jehan avançait sans regarder personne, en direction de l'hôtel-Dieu. Quand il dépassa ses confrères, ils l'entendirent murmurer :

– Il faudra que je capture un rat. Un gros rat sain, vivant dans une maison pestiférée !

Les deux médecins se regardèrent, sidérés. Puis maître Michel éclata de rire, ce qui fit se retourner Jehan. Il les rejoignit.

Soudain devenu grave, maître Michel lui demanda :

– Monsieur, je vous ai écouté avec attention à propos du *mikros animalis mortificus* que vous suggérez porteur de la contagion. Connaissez-vous le *mikros skopein*, qu'on appelle aussi *microscopus* ?

– N'est-ce pas cet ingénieux appareil optique de grossissement agissant à la manière de la lunette marine ? En combinant plusieurs lentilles, on en multiplie la puissance. Un Hollandais l'aurait inventé vers 1590. Mais il intéresse surtout les zoologistes et botanistes.

– Ce Hollandais s'appelait Jansen. Son appareil ne grossissait que dix fois. En 1673, un apprenti drapier nommé Antonie Van Leeuwenhoek s'amusait avec les loupes permettant d'étudier la trame des tissus. Il les perfectionna et inventa un procédé nouveau pour les polir. Il obtint ainsi un grossissement prodigieux. Il effectua des observations sur la salive, le sperme et le sang. Il les adressa à la *Royal Society* de Londres, qui les publia. Tout un monde fascinant, *« microscopique »*, s'était révélé à ses yeux.

– Et que voyait-il dans le sang ? demanda maître Peyssonnel, sceptique.

– Des créatures ressemblant à des vers !

– Point n'est besoin d'un *microscopus* pour observer des vers dans le corps humain !

Jehan écoutait, fasciné. Il s'écria :

– Il ne s'agit pas de vers, mais de *microbus* ! Le voilà, le vecteur de la peste, et peut-être d'autres maladies !

– Mais rien ne prouve que vos *microbus*, en admettant qu'ils ne naissent pas de l'imagination de leur observateur, engendrent ou propagent la maladie ! s'écria maître Peyssonnel.

Cependant, Jehan demeurait songeur.

– Qu'est devenu ce Leeuwenhoek ?

– Je crois bien qu'il est mort, en emportant son secret.

– Le polissage des lentilles ! Je vais étudier cela !

18

– Ma petite fille, il faut partir. Les jumelles seront bientôt à l'abri à Paris chez leur oncle François. Tu dois aller à Allauch. Tu y seras à l'abri tout en restant proche de nous.

Il n'avait pu la convaincre l'avant-veille de profiter de l'occasion : trois places avec des amis dans un courrier spécial pour Paris, une grosse diligence affrétée par les messageries postales, certainement la dernière à être autorisée à quitter Marseille.

– Je ne partirai pas, père. Vous avez besoin de moi.

Elle hésita, fondit en larmes et se serra dans ses bras.

– Et j'ai besoin de vous !

Bouleversé, il retint ses larmes. Depuis la mort de sa femme Élisabeth, Gersende avait pris toute la place dans son cœur, ce cœur qu'il croyait totalement consacré aux affaires publiques, aux affaires tout court, à l'argent, à l'armement, au négoce.

– Tu avais pourtant accepté de partir.

Il écarta Gersende pour contempler son beau visage inondé de larmes. Elle était à la fois si fragile et si forte ! Comme lui. Il répéta d'une voix ferme et douce :

– Il te faut partir, puisque tu le peux. Toutes les femmes et les enfants de notre entourage sont déjà partis, ou s'apprêtent à le faire. Et même des hommes. C'est un véritable exode ! Regarde !

Par la grande fenêtre qui ouvrait sur le Cours, on voyait passer de longues files de berlines, des coches, des carrosses, des landaus, des coupés où s'entassait tout un monde en fuite, suivi de fourgons de bagages.

Certains filaient vers la porte d'Aix, d'autres vers celle de Rome. En revanche, on ne voyait plus ces gros chariots chargés de marchandises, et autres fardiers, allant du port à la ville et de la ville au port. Plus un seul. Le port était mort !

L'échevin referma la fenêtre et prit place derrière son bureau encombré de papiers. Gersende s'assit dans un fauteuil en face de lui. Elle le regardait intensément. Une seule pensée l'occupait : « Si je pars, je ne le reverrai plus. La peste l'emportera comme elle va emporter tous les autres. »

A cet instant, une douleur fulgurante la transperça. « Pas Jehan, non ! Il est invulnérable ! »

En était-elle si sûre ? Ah ! pourquoi est-il donné d'aimer, s'il faut si vite perdre son amour ? Elle connaissait tout le poids de ce mot, elle dont la mère lui avait été arrachée alors qu'elle n'était encore qu'une enfant.

A nouveau, des larmes coulèrent sur son visage bouleversé. Jean-Baptiste ne pouvait plus supporter cette souffrance muette, dans laquelle il retrouvait le visage de l'enfant déchirée qu'elle avait été. Il aurait donné sa vie pour arrêter ces larmes et revoir le sourire lumineux qui le comblait de bonheur, ces yeux clairs où brillaient des étoiles d'or !

On frappa discrètement. Jean Eygalière, le secrétaire privé, entra.

– Quelques messages urgents, monsieur. Le notaire Bérenguier diffère la passation de notre acte. Vous pourrez le contacter à Château-Gombert. Et maître Vouto à La Bégude. Il a demandé le renvoi de la citation à comparaître devant le tribunal de l'Amirauté, dans l'affaire du cheik El Grigouh. Les Ressega sont partis à La Penne ; les Espetouri à La Gavotte.

Jean-Baptiste murmura :

– Tu vois, Gersende. Ils partent ! Même les hommes !

Le désespoir l'étreignit. Les négociants, passe encore ! Mais des magistrats, des policiers, des officiers, et même des médecins et des prêtres, des recteurs et des prud'hommes, des professeurs ! Il ne resterait bientôt plus que les ouvriers, les marins pêcheurs, les artisans, les domestiques, tous les besogneux désormais sans travail. Et les pauvres, autour de quatre échevins impuissants, de dix prêtres désespérés derrière leur évêque. Les religieux s'enfermaient dans leur couvent. Les soldats se barricadaient dans leur citadelle, les vaisseaux marchands avaient pris le large, et dans l'Arsenal des galères, les marins du roi s'isolaient derrière leur estacade. Il n'y aurait bientôt plus aucun ordre dans la ville, qui serait livrée aux voleurs. Alors, quand la peste frapperait de partout, soixante mille Marseillais, prisonniers derrière leurs remparts, abandonnés à eux-mêmes, à la peur, à la maladie, à la famine, à la canaille, bousculeraient les sentinelles et se déverseraient à l'extérieur, affamés, pour piller la ville neuve, les campagnes, les villages du terroir. Ce serait le chaos, la guerre civile. Chaque commune se défendrait contre ces hordes...

Il ferma les yeux, submergé par la vision d'apocalypse : une ville en proie à la mort, à la malédiction.

Par bonheur, Allauch se trouvait hors du terroir de Marseille. L'armée du roi saurait-elle contenir les débordements ?

– Il y a aussi un message pour demoiselle Gersende, dit le secrétaire. Un valet de l'hôtel-Dieu l'a apporté.

Gersende ne fit qu'un bond en poussant un cri de détresse :

– Jehan !

Elle lui arracha des mains le billet, rompit le sceau.

Si vous avez pour moi l'amour que j'ai pour vous, partez. Partez, Gersende. Allez à Allauch. Moi, je ne risque rien ici. Je suis immunisé. Mais votre présence à Marseille me paralyse. J'ai une tâche immense à accomplir. Vous m'y aiderez lorsque je vous saurai à l'abri. Vous êtes à jamais mon jardin secret. Mais il ne saurait fleurir tant que pèsera sur notre ville cette menace de mort, contre laquelle nous allons nous battre.

Elle se tourna vers son père.

– Je vais partir.

Elle avait si peur de changer d'avis qu'elle courut à sa chambre, bousculant Maria Pépiole.

– Ria ! Nous partons pour Allauch ! Prends seulement le strict nécessaire et préviens le cocher.

La demoiselle suivante la regardait, effarée. Elle avait l'habitude de ces petits déménagements estivaux. Mais ordinairement, on s'y préparait huit jours à l'avance, et c'était une occasion merveilleuse de rire et de s'amuser. Il fallait emballer les vêtements légers, les parures, les chapeaux, les ombrelles ; choisir des bottines pour la campagne, des robes plus simples et plus courtes. Prévoir aussi certaines provisions que l'on ne trouvait pas dans le terroir : le chocolat, le sucre raffiné, des bougies fines, les épices, bref tout ce qui leur paraissait indispensable.

– Nous partons à midi. Débrouille-toi !

Elle s'enferma dans sa chambre, rédigea une lettre pour Jehan, la déchira, en écrivit une autre, la jeta au panier. Enfin, elle se calma, se sentit redevenir elle-même. De sa belle écriture appuyée, elle traça ces mots d'une main ferme :

Je pars pour Allauch avec Ria, puisque tel est votre désir et l'ordre de mon père. Soyez vous-même, Jehan. Soyez-le jusqu'au bout. C'est ainsi que je vous aime. Pensez à moi quelquefois. Je vous embrasse passionnément et vous attends avec confiance.

Le coupé que conduisait Antoine, le deuxième cocher, cheminait lentement rue du Tapis-Vert. Ria avait eu à peine le temps d'entasser quelques bagages dans le petit coffre. Assise à côté d'elle, Gersende, bouleversée, retenait ses larmes. De son côté, Ria cachait son désespoir : elle s'éloignait de Jacques Chataud, dont elle n'avait aucune nouvelle.

Dès que l'attelage eut franchi la porte des Fainéants et dépassé le monastère des Augustins réformés, elles se retrouvèrent en pleine campagne.

Marseille n'avait pas de faubourgs. Loin des chemins royaux, le coupé s'engagea en cahotant vers les collines de l'Étoile, sur le sentier grimpant qui longe le Jarret, ce petit affluent de l'Huveaune qui alimente l'aqueduc de Marseille.

Le chant aigu des cigales se déchaînait, comme attisé par le soleil à son zénith. Tout au long de la rivière, des lavandières bavardaient entre deux coups de battoir.

Leurs jupes de couleur vive se détachaient sur l'herbe verte. Et leurs corsages blancs au large décolleté attiraient de jeunes paysans, comme des bourdons sur des fleurs. Déjà, au pied des saules, quelques couples se formaient pour partager leur repas autour de grands paniers. Les enfants riaient en se poursuivant. Dernière vision d'un monde d'une douceur champêtre, qui semblait ignorer la menace mortelle qui pesait sur Marseille et la Provence.

Le coupé se rangea sur le côté pour laisser passer une caravane d'ânes chargés de sacs de farine, qui descendait vers la ville. On voyait aussi remonter vers les collines des troupeaux de chèvres blanches que les bergères du terroir avaient amenées le matin à la ville pour vendre leur lait.

A travers la campagne où s'éparpillaient des bosquets de pins tordus par le mistral, de hauts cyprès s'élevaient, sentinelles immobiles, à côté des chapelles votives. Seuls les oliviers frissonnaient dans la lumière vivante. De petits chemins ruraux s'échappaient sur les côtés, calades bordées de murettes de pierre sèche, grimpant vers les cabanons, sous un ciel d'un bleu dur.

Cabanons et cabots, bastides et bastidons ! Le terroir de Marseille, étagé sur les pentes de ses collines marmoréennes, en recelait des milliers. Les Marseillais y venaient le dimanche et l'été. Les riches en bastides ou petits bourgeois et maîtres artisans aux cabanons modestes, la même passion du terroir les animait, sous le regard un peu méfiant des paysans.

L'attelage commençait à peiner sur le chemin de la Madeleine. Bientôt, on atteignit une chapelle à l'ombre épaisse de grands tilleuls. Un peu plus loin se dressait l'imposant monastère des Chartreux, abritant un célèbre pèlerinage. Gersende fit signe au cocher de s'arrêter. Les deux jeunes filles descendirent et secouèrent la poussière de leurs vêtements.

– Viens, Ria. Allons prier Notre-Dame du Rosaire pendant que les chevaux se reposent.

Un mur énorme flanqué d'échauguettes rappelait que les moines avaient dû jadis se défendre contre les pillards qui ravageaient la campagne.

Ignorant la somptueuse église baroque aux colonnes corinthiennes, elles vinrent se recueillir dans la chapelle des fonts baptismaux, où se dressait la statue de marbre blanc de la Vierge du Rosaire. Dans une niche voisine, le bon saint Roch, protecteur contre la peste, accaparait aussi l'attention d'une foule fervente. Les bouquets de fleurs qui jonchaient le sol au pied de sa statue soulignaient à l'évidence les vœux que le peuple adressait au saint pour éloigner la peste.

Les jeunes filles se recueillirent longuement avant de quitter un peu apaisées ce lieu de fraîcheur et de paix.

Au-dehors, l'air vibrait de chaleur, la terre fendillée s'écrasait en poussière sous les pas. Elles regagnèrent vivement l'abri du coupé, où somnolait le cocher.

Les chevaux reprirent leur montée le long du Jarret. On dépassa Saint-Just, ancien prieuré bénédictin, planté de pistachiers de Florence. Ils cheminaient maintenant dans le passage étroit de Malpassé où autrefois, disait-on, les bandits attendaient les diligences pour les dévaliser. On traversa le plateau de Montolivet, et ses étendues d'oliviers qui enchantaient le paysage. Puis ils atteignirent le hameau de la Rose, où le bon roi René avait cultivé un jardin de variétés infinies de cette fleur.

A La Bégude, le cocher s'arrêta pour faire boire les chevaux assoiffés à la célèbre source des moines de Saint-Victor. L'immense abreuvoir, le *begudo*, était très entouré de rouliers et d'âniers descendant des collines de l'Étoile et du riche plateau d'Allauch, tandis que les chevrières tentaient d'obtenir une petite place pour leurs bêtes. Ceux qui descendaient vers la ville interrogeaient celles qui en remontaient. Le mot de *contagion* courait sur les lèvres. Certains rouliers hésitaient alors et faisaient demi-tour avec leur attelage, pour retrouver la sécurité des collines. Mieux valait perdre des écus que la vie !

Désaltérés, les chevaux repartirent au petit trot. Au croisement des chemins où celui d'Allauch quitte le Jarret, ils furent ralentis par l'encombrement des voituriers et des paysans qui venaient déclarer leur marchandise à la Croix-Rouge, limite du terroir de Marseille.

La même inquiétude étreignait les deux jeunes filles silencieuses, épuisées par la chaleur, la poussière et les cahots du chemin. Qu'allait-il arriver à Marseille ? Serait-ce une fausse alerte, ou l'implacable fléau ? Qu'allait-il advenir de leur amour ?

Le coupé sortit enfin du terroir pour prendre sur la droite le mauvais chemin qui grimpe vers Allauch. La chaîne des collines de l'Étoile et le mont Garlaban se dressaient à l'horizon. Les chevaux allaient plus doucement à travers la garrigue, dont la sécheresse contrastait avec la richesse des belles terres soigneusement cultivées au pied des collines d'Allauch.

Gros village perché à trois lieues de Marseille, Allauch appartenait depuis le XIIe siècle aux chanoines du chapitre de la Major, qui avaient à cette époque bâti au sommet de la colline Rodinacus un petit château fortifié pour se défendre des raids musulmans. Une chapelle vouée à Notre-Dame le dominait. Autrefois, les fermiers, exploitant la campagne alentour plantée de vigne, d'oliviers et de blé, venaient s'y réfugier en cas de danger, à l'abri des remparts. Au pied du château, un beau village s'était construit au XVIIe siècle, autour d'une église et de nombreux moulins. La chapelle Notre-Dame-du-Château demeurait un pèlerinage très fréquenté des Marseillais, qui s'y rendaient le 8 septembre pour obtenir des grâces particulières, dont témoignaient de nombreux ex-voto. Charmés par la beauté du site, certains Marseillais y édifiaient des bastides.

En 1712, Jean-Baptiste Estelle, pour distraire Gersende de la mort de sa mère et l'arracher à son chagrin, la fortifier aussi au bon air des collines, avait fait construire la sienne en dehors du village, sur un terrain planté d'oliviers. Il l'avait fait meubler et décorer dans le style rustique et chaleureux du terroir : meubles de bois clairs et tissus provençaux aux couleurs vives. Gersende y avait ses plus beaux souvenirs d'enfance. Elle y avait joué avec Ria et les jeunes de leur âge, puis connu ses premiers émois au bras des beaux garçons des familles marseillaises que l'on invitait à des parties champêtres.

L'attelage peinait maintenant pour monter la dernière côte. Le soir tombait sur la colline que le soleil de l'été avait dorée comme les blés. Les cigales s'épuisaient enfin après avoir étourdi la campagne de leurs stridulations intenses. On voyait au loin la mer éblouissante, les îles, et Marseille enserrée au pied de ses collines, nichée au creux de sa calanque.

Mais Gersende ne voyait plus que la bastide, édifiée sous l'éperon des moulins, élégante demeure de pierre à un étage, au toit couvert de tuiles romaines, festonné d'une triple génoise, à la façade ornée d'un grand balcon cintré de ferronnerie.

Les chevaux, qui connaissaient le chemin, avançaient dans l'allée principale ombragée d'oliviers à travers lesquels perlait la lumière dorée des beaux soirs d'été.

Enfin, le coupé s'arrêta devant le perron entouré de citronniers et d'orangers. Une bonne grosse paysanne jaillit de la maison, comme un boulet d'une caronade. Félicie Cabanesse, l'ancienne nourrice de Ria, inspirait confiance rien qu'à la voir tant son bon visage semblait dénué de malice.

– Mademoiselle Gersende ! Ria ! Ma *marqueza* ! Ah ! je vous attendais ! Je savais bien que vous alliez venir. On dit des choses si terribles sur Marseille !

Elles se jetèrent dans ses bras. Elle les étouffait sur sa grosse poitrine, le visage radieux, comme une mère qui retrouve ses enfants.

– Ah ! c'est mon homme qui va être heureux ! Mais vous n'avez pas amené les jumelles ?

– Mon père a préféré les envoyer chez notre oncle à Paris. Elles sont parties hier avec des amis. Que dit-on ici sur Marseille ?

– Oh ! des méchanteries ! Que des troupes de rats sont sorties d'un vaisseau venu du Levant et ont infesté la basse ville. Que cinq mille mendiants pesteux vont envahir le terroir. Qu'on va fermer la ville et le port pour éviter que la contagion ne se répande...

Gersende ne l'écoutait plus. La laissant avec Ria et le cocher décharger les bagages, elle entra dans la maison bien fraîche, parcourut le salon et les chambres où elle avait connu le bonheur. Elle laissa errer ses doigts sur son clavecin désaccordé, puis elle sortit et s'attarda longuement dans la « pièce de verdure », sur la terrasse qui dominait le somptueux paysage. Au cours de l'été, cette large et profonde tonnelle croulait sous la vigne exubérante, le chèvrefeuille et les rosiers en fleur. Après l'accablement de la chaleur sur les chemins poudreux, Gersende respirait avec délice à l'ombre douce et parfumée de cette voûte de verdure.

Reverrait-elle jamais, au bras de Jehan, les réceptions de jadis ? Alors, des lanternes multicolores donnaient aux nuits un air de fête. Une longue table était dressée, garnie de viandes froides, de fruits et de pâtisseries. Le vin de Lunel et la blanquette de Limoux coulaient à flots, faisant tourner les têtes adorables des filles, et celles des garçons. On dansait sur la pelouse, tandis que dans les massifs de verdure des musiciens jouaient des rondes provençales et les airs italiens de Vivaldi, qui faisaient fureur chez les jeunes. On chantait des pièces à la mode :

C'était le temps des fleurs,
On ignorait la peur.
Les lendemains avaient un goût de miel,
Un parfum de lavande.

Où était ce passé, le temps si court de son adolescence heureuse, où son père l'entourait avec ses sœurs de tendresse et d'attentions ?

Elle revit soudain le visage passionné de Jehan, et celui, tragique, de son père, semblable au capitaine luttant presque seul sur la dunette de son vaisseau pris dans un cyclone.

Sans s'attarder, Gersende sortit et prit le chemin qui grimpait à Notre-Dame-du-Château, bordé de vieux arbres courbés par le mistral. Une seule idée la possédait. Contournant le village, escaladant l'étroit sentier où la roche affleurait partout, usée par le pas des pèlerins, elle marchait sans voir le paysage. On aurait dit qu'elle volait, emportée par son désir de trouver une aide dans son désarroi, une force dans sa faiblesse.

Elle franchit le rempart du château sous la poterne, monta au sommet de la colline et pénétra dans la chapelle.

Les murs, tapissés de plaques de marbre, exprimaient à la fois la détresse et la reconnaissance des hommes :

MERCI À N.-D. DU CHÂTEAU
POUR UNE GUÉRISON OBTENUE !

NOTRE-DAME, PROTÉGEZ-NOUS DE LA PESTE !

Aux voûtes pendaient des ex-voto de marins, bricks légers et lourdes tartanes, que la Bonne Mère avait sauvés du naufrage.

Elle s'approcha de la statue de bois au visage de compassion, devant laquelle, depuis des siècles, montait la supplique ancestrale des hommes : *Délivre-nous du mal ! Prends pitié de nous !* Elle la contempla longuement pour se pénétrer de son mystère, et fit son vœu.

Puis elle redescendit, le cœur en paix, à travers la garrigue brûlée par le soleil où seuls quelques pins dressaient leurs taches vertes.

Au loin, Marseille brillait des derniers feux du jour, au bord de sa calanque. Gersende s'arrêta, ferma les yeux et se concentra de toutes ses forces pour que son père et Jehan reçoivent d'elle un message de paix et d'amour.

19

Jean-Baptiste Estelle ferma les yeux. Ce visage rayonnant qui soudain le visitait était-il celui d'Élisabeth ou de Gersende ? Il n'aurait pu le dire. Il s'endormit sur ce fragile bonheur de se sentir pardonné et aimé.

Le lendemain matin, il regagna son bureau à l'hôtel de ville, où le deuxième échevin Jean-Pierre Moustiés l'attendait. Le colosse l'accueillit avec ce regard doux et enfantin qui ne cessait de surprendre et qui cachait une âme d'airain, un esprit capable de tous les renoncements pour le bien public.

Les quatre échevins formaient une bonne équipe, en se divisant les tâches. A tour de rôle, Jean-Pierre Moustiés et Jean-Baptiste Estelle assistaient à l'enlèvement nocturne des cadavres, charge capitale qui conditionnait la maîtrise de la contagion. Sans la présence effective d'un échevin à cheval, rien n'aurait pu forcer les « corbeaux » à pénétrer dans les maisons pestiférées.

Les deux autres échevins, Jean-Baptiste Audimar et Balthazar Dieudé, se partageaient les affaires courantes. Le ravitaillement et l'ordre public demeuraient leurs préoccupations principales.

– Quelles nouvelles, Jean-Pierre ?

– Mauvaises. On a enlevé quarante-cinq cadavres cette nuit. Les chiffres augmentent. La contagion s'étend malgré toutes les mesures d'isolement. Le foyer principal se répand de la rue de l'Échelle vers les paroisses de la Major, des Accoules, Saint-Laurent et Saint-Martin. On a observé un cas rue Paradis.

Enfin, de plus en plus inquiétant, l'exode des Marseillais s'accentue.

– Oui. J'avoue avoir fait partir les jumelles à Paris et Gersende à Allauch.

– J'ai envoyé les miens à Saint-Jean-du-Désert. Que les femmes et les enfants partent, c'est normal, surtout à cette époque de l'année où sévissent les grosses chaleurs. Les vieillards aussi. Mais pas les hommes valides. Si les fonctionnaires, les médecins, les avocats, les prêtres et les patrons de fabrique s'en vont, que vont faire les boulangers, les bouchers ? Et s'ils partent aussi, qui va nourrir le peuple ?

– Que faites-vous de vos domestiques ?

– C'est encore un problème. On ne peut pas les emmener tous à la campagne. Qui entretiendrait et garderait la maison ? Très vite il y aura risque de pillage.

– Menace salutaire ! Quantité de bourgeois, petits et grands, hésitent encore à partir à cause de ce danger.

Jean-Baptiste Audimar, le troisième échevin, entra. Son air inquiet ne présageait rien de bon.

– J'ai fait l'inventaire des vivres. Cela nous mène au 15 août. Plus rien n'arrive par le port. Rien ! Depuis hier, 30 juillet, nous ne recevons plus ni grains, ni bestiaux, ni denrées. Dans quinze jours, ceux qui n'ont pu constituer de réserve seront complètement démunis.

Ils se regardèrent avec angoisse. Il n'y avait pas de stocks publics. On n'en faisait plus depuis que le puissant État centralisateur avait éloigné le spectre des sièges d'autrefois.

– Je vais alerter M. de Vauvenargue à Aix, dit maître Estelle. Seul le premier procureur a les moyens de débloquer la situation. On n'en finira pas si l'on passe par le Parlement.

– Bien, dit M. Audimar. Mais il y a plus urgent. Le départ d'un grand nombre de gens de la noblesse, de bourgeois, de patrons et la sclérose du port et du commerce ont mis en chômage des milliers de travailleurs. Dépourvus de matière première, maîtres artisans et gens des manufactures ferment boutique. Tous les secteurs sont touchés, depuis le peuple qui vivait de nos vaisseaux marchands et royaux, jusqu'aux constructeurs de bâtisses et entrepreneurs de gros travaux. Toute la pyramide s'écroule !

– Oui. J'en parlais avec M. Moustiés. Si la situation

s'aggrave, il faudra prévoir des distributions massives et gratuites de vivres. Nous allons faire imprimer des billets de nourriture donnant droit au pain et si possible à la viande.

– Messieurs, dit le troisième échevin, la pauvreté absolue menace notre ville. Ni la commune, ni l'Église, ni les associations charitables qui ont en charge quelques milliers d'indigents ne pourront assumer cette foule désemparée de démunis.

– La ville fera un emprunt, répondit maître Estelle. Un emprunt-métal, n'en déplaise à M. Law ! Nécessité fait loi. Les caisses des négociants sont pleines d'or. Qu'il serve !

Le quatrième échevin, Balthazar Dieudé, entra. Maître Estelle lui avait délégué l'ordre public. Il semblait effrayé.

– Il serait de notre devoir, pour la salubrité de la ville et sa sécurité, d'expulser les trois mille gueux étrangers, ces sans-abri porteurs de vermine, qui par leur continuelle mobilité, un jour ici, un jour là, ne cessent de propager la contagion. Par ailleurs, si la ville continue à se vider, ils représentent un risque de pillages massifs.

C'était la pensée de tous, mais les autres échevins n'avaient pas osé la formuler tant était respectée dans la cité la dignité du pauvre.

– Oui, approuva M. Audimar. Expulser les mendiants étrangers, cela ferait trois mille bouches de moins à nourrir. On dit que l'évêque s'y oppose. De quoi se mêle-t-il ?

– Messieurs, l'évêque m'a fait remettre dix mille livres de sa bourse personnelle pour nourrir les gueux. Mais il n'a pas dit lesquels. Nous en avons mille de souche marseillaise. Qu'on les enferme à la Charité. Les autres seront expulsés.

– Et s'ils refusent ? Ce sont gens obstinés.

Le premier échevin se tourna vers son secrétaire.

– Jaume, écrivez : *« Ordre est donné à tous vagabonds, gens sans maître et sans aveu, et à tout pauvre valide qui n'est pas de Marseille, d'en sortir sous vingt-quatre heures et de se retirer chacun au lieu de sa naissance, sous peine... sous peine d'être pendu ou étranglé sans forme ni figure de procès. »*

– Diable ! Vous n'y allez pas de main morte !

– On se contentera de bastonner les récalcitrants sur

la place publique, dit le bon M. Moustiés. Cela fera réfléchir les autres. Au besoin, on demandera au procureur du roi de faire appel à l'armée.

– Oh ! l'armée ! s'écria le premier échevin. Le maréchal de Villars a fait massivement appel à l'armée. Le Régent lui a donné satisfaction. Je viens d'en recevoir avis du secrétaire d'État à la Guerre, M. Claude Le Blanc. Le quart de l'armée française est affecté à Marseille ! Elle sera à pied d'œuvre dans quelques jours.

– Enfin une bonne nouvelle !

– Attendez ! Ordre est donné qu'elle n'entre pas à Marseille, ni même dans le terroir. Son rôle est de nous isoler par l'extérieur pour que la contagion ne se répande pas en Provence.

– Heureusement, nous avons ici de bonnes troupes royales pour maintenir l'ordre.

– N'y comptez pas ! Elles ont reçu instruction de s'enfermer dans leurs citadelles. Quant aux galères...

Maître Estelle désigna la fenêtre qui ouvrait sur le port.

– Voyez.. Elles se sont repliées sur la Rive-Neuve !

– Je n'avais jamais vu cela !

– J'ai reçu un avis du bailli de Langeron. Le corps des galères bloque sa chiourme. Les cinq mille galériens sont consignés à bord. Le pont-levis de la Rive-Neuve est coupé. On pose une barricade au pavillon Saint-Augustin, avec corps de garde. De la barricade des Augustins jusqu'au second pont-levis, on installe une estacade flottante en plein port pour empêcher les bateaux de passer et les bagnards, marins et soldats de fuir à la nage.

– Quand l'armée s'enferme, s'insurgea M. Dieudé, la canaille peut sortir dans les rues et sévir impunément. Ce n'est pas avec nos cent gardes de ville qu'on les arrêtera.

– La canaille ne bougera pas tant qu'il y aura du pain. C'est votre affaire, monsieur Audimar.

– Mais la police, c'est l'affaire de M. Pichatty de Croissainte, s'indigna à nouveau Balthazar Dieudé.

– S'il ne peut assumer l'ordre avec la Maréchaussée, nous créerons, avec ou sans la permission du roi, quatre compagnies de milice. A Aix, l'intendant Le Bret me l'a d'ailleurs suggéré. Dès maintenant, créons un corps de garde à l'hôtel de ville, devant les hôpitaux, les entrepôts de vivres, partout où cela sera nécessaire. Il suffira d'embaucher les domestiques sans emploi.

– Une milice ? Le gouverneur-viguier ne l'acceptera pas !

– Quand il verra les gueux se répandre dans la rue, il sera trop heureux de nous laisser maintenir l'ordre.

Le visage de l'huissier s'encadra dans la porte. Il s'avança vers le premier échevin.

– Monsieur, un cavalier vient d'apporter ce message. Un arrêt du Parlement de Provence.

Jean-Baptiste Estelle s'empara du message, le décacheta, le parcourut rapidement et s'écria :

– Messieurs, voici l'arrêt fulminant, signé par le procureur du roi messire Pichatty de Croissainte. On nous isole, à peine de vie ! Je vous le lis :

> *La Chambre des vacations du Parlement de Provence, sur le bruit que le mal contagieux est à Marseille, porte défense aux Marseillais de sortir des limites de leur terroir. Aux habitants de toutes les villes et lieux de Provence de communiquer avec eux et de les recevoir. Et aux muletiers, voituriers et tous autres d'y venir pour quelque cause et prétexte que ce soit, à peine de vie.*
>
> *Les portes de la ville d'Aix sont fermées et gardées. Tout voyageur susceptible d'y entrer devra présenter des billettes de santé, précisant son identité, son état sanitaire, le nom de la ville d'où il vient, le nombre de gens et bêtes l'accompagnant.*
>
> *Enjoint aux prévôts des maréchaux de faire sortir d'Aix les juifs venus de Marseille avec des hardes et marchandises, à peine de vie.*
>
> *Pour avis et exécution conforme, le 4 août de l'an de grâce 1720.*

– S'ils nous renvoient nos juifs, c'est qu'ils ont vraiment peur ! ironisa M. Audimar.

– Nous protesterons pour la forme. Mais je m'attendais à cet arrêt.

Jean-Baptiste Estelle prit le temps de la réflexion. Il relut lentement l'arrêt. Puis il ajouta :

– La Chambre des vacations a fixé l'exécution de cet

arrêt au 4 août, ce qui nous donne le temps nécessaire pour expulser nos indésirables.

– Mais ils peuvent répandre la peste partout !

– Monsieur Audimar, l'arrêt ne parle pas de peste mais de « mal contagieux ». La famine nous menace et nous n'avons ni les moyens ni l'obligation de nourrir trois mille bouches indésirables étrangères ! La bourse de dix mille livres offerte par notre évêque Monsieur de Marseille doit d'abord servir à nos mendiants, que nous enfermerons, pour les protéger et nous protéger, à l'hospice de la Charité.

Jean-Pierre Moustiés relisait attentivement l'arrêt. Soudain, il s'écria :

– Il nous est fait défense de sortir du terroir. A leur place, je nous aurais enfermés derrière les murs de Marseille ! Car il serait facile de garder nos dix portes, mais on ne verrouillera pas les quinze lieues des limites du terroir. L'armée du roi tout entière n'y suffirait pas.

Le premier échevin eut un geste fataliste.

– Après tout, c'est leur affaire. Comme disait Monseigneur de Marseille, nous sommes entre les mains de Dieu. Rien ne se fera sans sa permission.

Il se signa. Les autres demeuraient accablés. Puis ils se signèrent à leur tour. Jean-Baptiste Estelle se tourna vers son secrétaire.

– Jaume, j'avais convoqué le médecin Sicard.

– Il est arrivé, monsieur.

– Faites-le entrer. Messieurs, je vous remercie.

Maître Olive Sicard était un petit homme au regard perçant et fureteur. Sa courte robe rouge ne cachait pas son ventre proéminent, fruit d'une sédentarité regrettable et d'un abus significatif des vins de Provence et d'ailleurs. Ces agapes n'avaient d'autre but que de dissiper l'angoisse de la mort qui le tenaillait. Parce qu'il s'exprimait clairement, contrairement à ses confrères qui usaient d'un langage incompréhensible truffé de latin, les échevins lui faisaient volontiers confiance. Il se posait donc comme le médecin officiel de l'hôtel de ville, ce qui mettait en fureur maître Barranca, syndic du collège des médecins.

– Maître Sicard, le bureau de la Santé fait état de mille morts et malades.

– Le chiffre me semble excessif, monsieur le premier échevin. Nous ne dépassons pas actuellement cinquante morts par jour.

Maître Estelle éclata.

– Cinquante de trop ! Depuis que j'ai réuni les deux corps médicaux, qu'avez-vous fait ? Rien !

Le petit homme se mit à trembler. Jean-Baptiste Estelle comprit qu'il ne le rendrait pas plus efficace en le terrorisant. Il maîtrisa sa voix :

– Vous n'allez pas me dire, comme les prêtres, que c'est l'affaire de Dieu !

– C'est aussi l'affaire de Dieu, monsieur !

– Certes. Je ne suis pas contre les prières et les jeûnes, encore que ceux-ci affaiblissent l'organisme, moins propre alors à lutter contre la contagion. Mais quelles sont vos propositions ?

Le pauvre homme recula avec sa chaise. L'échevin se calma. Il n'avait rien contre maître Sicard en particulier. Il se révoltait seulement contre l'ignorance des médecins en général, leur incapacité flagrante de lui dire ce qu'il fallait faire pour enrayer l'épidémie.

Le petit homme rond retrouva lentement son assiette, puis il déclara d'une voix assurée :

– Monsieur le premier échevin, nous avons une proposition à vous faire.

– Je vous écoute.

– Il n'y a point à douter que le mal qui sévit en ville ne soit la peste.

– Ah ! Vous vous êtes enfin mis d'accord ?

– Non. C'est une opinion personnelle, que je partage avec quelques confrères. Or, nous nous faisons fort de faire cesser la contagion.

– Parlez, par Notre Dame !

– Achetez quantité de bois sec, de sarments et de fagots. Pin, olivier, chêne, tout est bon. Faites-les porter et mettre en monceaux de distance en distance tout le long des remparts de la ville, à l'intérieur et sur le Cours, les places, les carrefours. Ajoutez-y du soufre. Que chaque particulier soit contraint de mettre du bois devant sa maison, dans toutes les rues. S'il n'a pas de bois, qu'il en achète. S'il n'en trouve pas, qu'il brûle ses meubles et les portes de ses armoires. Puis allumez ces feux, tous ensemble à la même heure, à l'entrée de la nuit. Simultanément, on brûlera du soufre dans les maisons. Il faut purifier l'air, chasser les miasmes, tuer la vermine, tous insectes rampants et volants susceptibles de transmettre la contagion.

L'homme paraissait si sûr de lui que Jean-Baptiste Estelle fut tenté de lui faire confiance. Il avait tellement besoin d'une action spectaculaire au lieu de ces petites mesures qui ne faisaient rien : les tisanes, les saignées, les lavements, les exorcismes, les amulettes ! Pour la forme, il protesta :

– Le bois, le bois ! On a très peu de bois. Les stocks sont réservés à la boulange, à la cuisine. Et avec quoi se chauffera-t-on cet hiver ? Vous êtes sûr de votre affaire ?

– Absolument sûr, monsieur le premier échevin. Ce n'est pas moi qui le dis, c'est Hippocrate.

– Ah ! Hippocrate...

L'huissier passa sa tête dans l'entrebâillement de la porte.

– Maître Jehan Figueras est là.

Olive Sicard eut une moue contrariée. Mais l'échevin s'écria :

– Qu'il entre !

Les deux médecins se dévisagèrent avec méfiance. Maître Sicard était scandalisé que son jeune confrère ne porte ni la robe rouge ni la perruque pour rendre visite au premier échevin. Comme s'il n'en avait pas besoin pour assurer son autorité ! Se passer de latin pouvait se concevoir. Mais la robe ! Et la perruque ! Jehan, quant à lui, n'estimait guère son confrère qui, depuis la contagion, s'abstenait de visiter les malades en ville.

– Jehan, maître Sicard préconise d'allumer des feux. De grands feux sur les places, tous à la même heure. Comme pour brûler le mal d'un coup ! Cette idée me paraît intéressante, mais j'hésite. Le bois est rare et précieux.

– Le feu ? Autant faire avaler à un malade une grande chope de vinaigre pour éteindre sa fièvre !

Maître Sicard s'étrangla.

– Mais, Hippocrate...

– Hippocrate suggérait que la contagion se propageait par des miasmes ou souillures mortifiques portés par l'air. Brûler l'air, ce serait donc détruire les miasmes.

– C'est évident !

– Ce n'est pas évident. On peut temporairement désinfecter une pièce ou une maison, je veux dire un espace clos, en brûlant du soufre ou de la poudre. La mesure me semble inefficace à ciel ouvert. Et si c'est un venin, ce que je crois, ce gâchis de bois serait tout aussi inutile. Car il faudrait également brûler les morts, ce que l'Église interdit ; brûler les malades, sans compter ceux qui ne le paraissent pas encore, mais véhiculent le venin à leur insu. Vous, moi ? Dieu seul le sait...

Maître Sicard était devenu blanc comme son collet. Il bredouilla :

– Je connais la théorie du venin. Je ne la partage pas. Ce n'est pas un venin, *venenum*, mais un miasme, *miasma*.

Malgré lui, le latin lui était sorti par la bouche.

Jehan cria :

– Je vous l'ai dit l'autre jour ! Le mal est véhiculé par de minuscules animaux dans le sang. Vos feux n'y feront rien.

– Des animaux !

– *Mikros animalis mortificus.*

– Mais personne ne les a jamais vus, monsieur ! Aucun manuel...

– Je ne les ai pas vus non plus, avoua Jehan. Et pourtant, ils existent. Ah ! Si j'avais un *microscopus* !

– Un quoi ?

– Un appareil optique qui grossit les tissus vivants. *Mikros skopein.*

Jean-Baptiste Estelle s'impatientait.

– Maître Sicard propose un remède collectif, une purification par le feu. Vous, Jehan, que proposez-vous ?

– Il faudrait isoler davantage les malades. Surtout, assainir la vieille ville, qui est un nid d'infection. C'est elle qu'il faudrait brûler tout entière !

– Mais c'est une utopie ! Oui ou non, Jehan, approuvez-vous l'usage massif du feu, tel que le préconise votre confrère ?

– Non. Ce serait en pure perte.

Sicard aboya :

– A Milan, puis à Londres durant la peste de 1665, on brûlait à longueur de journée du charbon dans les maisons, même en plein été. On allumait de grands feux aux carrefours.

– Le feu favorise la maladie, qui est déjà une fermentation et une chaleur du sang. Ne constate-t-on pas que la contagion est plus forte l'été que l'hiver, où elle régresse ? La chaleur épuise les esprits, ouvre les pores et nous rend plus susceptibles de recevoir l'infection, que ce soit celle des vapeurs pestilentielles, du venin, ou des animalcules mortifiques. N'est-il pas évident que la contagion est endémique dans les pays chauds, et non dans les contrées froides ?

– La chaleur du feu a une action vive et ardente. Elle ne nourrit pas, mais dévore et dissipe toutes ces vapeurs méphitiques que la chaleur atmosphérique exhale et maintient flottantes.

– Les vapeurs de charbon, peut-être, en espace clos, grâce à leurs particules sulfureuses et nitreuses, ainsi que cette substance bitumineuse dont on connaît mal les effets. Mais brûler du bois en plein air ne saurait qu'amener un gâchis de cette matière précieuse qui fait si cruellement défaut en Provence.

– Il est incontestable, monsieur, qu'en temps d'épidémie s'élèvent du sol de grandes ondes et courants qui traversent le ciel, porteurs de ces miasmes qui s'alourdissent et se durcissent au contact de l'air chaud, humide et salin des cités maritimes. Cette grande étendue d'air empoisonné se dépose comme un suaire sur la ville. Pour le détruire et purifier ces courants corrupteurs, il faut allumer des bûchers. Procédé simple et radical.

Le premier échevin trancha. Il n'avait retenu des discours que l'idée du feu purificateur, simple et hautement symbolique. Cela ne pourrait que rassurer le peuple.

– Nous essayerons donc les feux, mais après avis favorable du bureau de la Santé et du collège des médecins et chirurgiens. Je vous remercie, messieurs.

A une très forte majorité, les hommes de l'art donnèrent un avis favorable. Les opposants ne croyaient pas à la peste, Jehan et maître Peyssonnel exceptés. En vain objectèrent-ils qu'il était inutile de gâcher tout ce bois en risquant de surcroît de mettre le feu à la ville, si par malheur le mistral se levait.

Sous la direction de maître Sicard, l'affaire fut rondement menée. Une ordonnance des échevins établit les modalités de cette grand-messe purificatrice. MM. Audimar et Dieudé furent chargés de l'exécution et lancèrent les offres d'achat du bois. Quand il n'y eut plus d'offres, on réquisitionna. Le bois coupé se révélant insuffisant, on massacra les collines. Du fort Saint-Nicolas jusqu'à l'Arsenal des galères, en passant par Notre-Dame de la Garde, retentissait la sinistre cognée des bûcherons. Les beaux oliviers centenaires s'effondraient, les cyprès, chênes rouvres et chênes-lièges, les pins odorants habités des cigales, et même les brillants arbousiers, les genévriers. On épargna seulement les orangers et citronniers, il en restait si peu après le gel de 1718! Comme petit bois, on coupa les merveilleuses bruyères arborescentes, enfin les lavandes, les romarins et les myrtes, malgré les protestations des apothicaires.

Les collines de Marseille se trouvèrent rasées. Quand ce crime fut consommé, on alluma les bûchers. Le 2 août à neuf heures du soir, comme le prescrivait l'ordonnance municipale, les briquets claquèrent tous ensemble, du haut de la rue Canebière jusqu'au fort Saint-Nicolas, en passant par la butte des Moulins. Ce fut une cérémonie digne des nuits de Valpurgis. Les feux de la Saint-Jean multipliés par mille. Des flammes immenses s'élevèrent vers le ciel, avec une épaisse fumée qui se voyait des îles et d'Aubagne. Les remparts, les cours, les places et les rues s'illuminaient comme pour une fête, mais c'était celle de la mort sournoise et toute joie était absente, sinon tout espoir.

La chaleur déjà forte devint infernale. De sa fenêtre de l'hôtel-Dieu, Jehan, consterné, contemplait le spectacle. « Des milliers de puces, se dit-il, fuyant la fraîcheur des caves, vont sortir et se répandre dans la ville, propageant la peste ! »

A minuit, une ceinture de flammes entourait encore la ville. Jamais, ni pour la Saint-Jean ni pour aucun autre saint du paradis, on n'avait sacrifié tant de bois. Quand il n'y eut plus de bois, on brûla des chaises, de vieux meubles retirés des greniers. On brûla même les portes des armoires. Que ne brûla-t-on les morts ! Les prêtres s'y opposèrent.

Comme le prescrivait l'ordonnance municipale, on brûla simultanément du soufre dans les maisons : une once au milieu de chaque pièce. On se déshabilla, hommes et femmes. On étendit ses vêtements au-dessus des brûlots. Même les chiens subirent le « parfum ». Mais on ne put attraper les chats, qui s'enfuirent au terroir, à la grande satisfaction des rats marseillais survivants.

La ville devint irrespirable. Un monstrueux nuage noir la recouvrait. Certains affirmèrent qu'ils entendirent Dieu – ou le Diable – ricaner dans le ciel. Par bonheur, le mistral ne se leva pas.

L'évêque déclara :

– Ils sont avides de flammes quand ils sont menacés par celles de l'enfer.

Au bout de deux jours, quand les feux s'éteignirent, on fit les comptes. Le nombre des morts n'avait fait qu'augmenter !

Des cris hostiles fusèrent contre Sicard, qu'on menaça de brûler ; mais il n'y avait plus de bois. Pour éviter la pendaison, il prit la fuite. On ne le revit jamais.

Les collèges des médecins et chirurgiens s'assemblèrent et conclurent doctement que le feu n'avait fait que retenir les vapeurs mortifiques, au lieu de les dissiper. La chaleur avait même allumé le feu de la contagion dans les quartiers encore épargnés. En embrasant l'air déjà surchauffé de l'été, les miasmes pestilentiels devenaient de plus en plus actifs.

L'angoisse atteignit son paroxysme, et pas seulement chez les gens des bas quartiers. Les bourgeois firent le siège de l'hôtel de ville, où les échevins, pour éviter l'extension de la panique, continuaient à prodiguer de bonnes paroles. Le marquis de Pilles et M. Moustiés descendirent dans la rue et se mêlèrent à la foule. Ce n'était pas la peste ; seulement une grosse fièvre maligne qui s'éteindrait après les chaleurs de l'été...

Le peuple aimait et respectait M. Moustiés. Mais personne n'était dupe.

A nouveau, l'hôtel de ville tenta de s'appuyer sur les spécialistes. Les échevins exigèrent des deux syndics la désignation de quatre médecins et de quatre chirurgiens, qui, accompagnés de quatre apothicaires, sillonnèrent la ville et visitèrent les hôpitaux pour décider si oui ou non c'était la peste.

Le 4 août, ils rendirent leur rapport. *C'était la peste.* Ils étaient enfin unanimes.

Mais les échevins n'en tinrent aucun compte. Ils prétendirent dans la gazette municipale que les médecins avaient conclu à une fièvre ordinaire causée par les aliments gâtés et la misère. A Jehan qui protestait, Jean-Baptiste Estelle se borna à répondre :

– Nous sommes responsables de l'ordre public. Il faut éviter la panique.

La commission médicale croisa le fer avec le bureau des échevins.

– Vous faites un Mississippi de cette histoire, proclamèrent les édiles.

Estelle brandit une lettre du médecin Michel, qui avait eu le courage de s'enfermer au Lazaret :

« Les malades que vous nous envoyez n'ont que la vérole et l'ennui ! »

Le jeune médecin Peyssonnel, qui avait visité le Lazaret, affirmait le contraire, mais personne ne l'écoutait. Ne sachant plus à quel saint se vouer, le peuple insultait les médecins dans la rue, leur reprochant de s'enrichir. Bref, on était en pleine confusion. La contagion, elle, ne cessait de s'étendre.

Après cette affaire, la confiance dans les médecins, déjà médiocre, s'effondra. On se livra aux charlatans, aux sorciers, aux devins. Maître Abougna, quittant son vieux quartier des Accoules, ouvrit une officine occulte sur le Cours. Des médicastres sans scrupules ni diplômes sortis on ne savait d'où se mirent à vendre d'infaillibles pilules préservatrices, des cordiaux souverains contre la corruption de l'air, des potions incomparables contre l'infection, des remèdes universels contre la plaie du ciel. C'était à qui proclamerait « le seul véritable élixir », le sien évidemment.

Le bureau des échevins exigea une nouvelle autopsie. Mgr de Belsunce protesta en vain. Ouvrir un cadavre, c'était profaner un mort. On récupéra le corps d'un marin du *Grand saint Antoine*. L'homme venait de mourir à l'île de Jarre, le dernier mort depuis l'arrivée dans cette île, le onzième depuis le départ de Seyde. Le chirurgien Giraud prétendait que cette mort « *était due à la chaleur excessive qu'il avait endurée sur les rochers brûlants de cette île où l'équipage criait merci* ».

Un vieux chirurgien se porta volontaire pour l'autopsie, qui se déroula au Lazaret. Le jour même, il rendit son diagnostic. Ce cadavre ne présentait rien d'anormal. Donc, ce n'était pas la peste. Le lendemain, il s'alitait. Le jour suivant, il était mort.

Indifférente à toutes ces palinodies, la Bête avançait de rue en rue, fauchant ici et là le bon et le méchant, le pur et l'impur. Et même, suprême scandale, quelques riches !

A l'hôtel-Dieu où il exerçait de l'aube à la mi-nuit, Jehan se rappela la prédiction de l'ermite du désert. Ils étaient tous dans le creuset du Mal. La date fatidique du 4 août fixée par le Parlement était tombée. Les lourdes portes de la ville restaient ouvertes, mais on ne devait plus sortir du terroir. Sur les routes et les chemins veillaient archers et dragons du roi, armes braquées.

S'échapper, on le pouvait encore. Il suffisait de jeter – de loin ! – une bourse d'écus à un garde, ou de tenter le passage par nuit bien noire à travers champs. Mais pour aller où ? Toutes les cités, les villages de Provence, s'étaient barricadés derrière leurs remparts. Ceux qui n'en avaient pas plantaient des palissades. Et le fugitif qui, par faveur ou corruption, aurait franchi les portes, n'aurait pas trouvé une seule maison pour l'accueillir. La peur paralysait les plus charitables et même les plus avides.

C'est alors que la Peste, sans relâcher son étreinte sur la vieille ville, s'attaqua massivement aux beaux quartiers de Marseille.

20

Elle gagnait de proche en proche, maison par maison, rue par rue. Début août, ignorant les anciennes murailles de la ville, elle se répandit dans l'élégant haut quartier Saint-Martin. De là, elle franchit la rue Canebière et envahit la rue Paradis et le riche quartier Saint-Ferréol. Elle se propageait plus lentement dans les belles demeures entourées d'un jardin, épargnant certains îlots demeurés parfaitement isolés : l'Arsenal des galères, le fort Saint-Jean, la citadelle Saint-Nicolas, l'abbaye fortifiée Saint-Victor et nombre de communautés religieuses respectant la clôture.

Le chiffre des cinquante morts par jour fut largement dépassé.

Le blocus de la ville et de son terroir devint total. Deux cents soldats du roi des régiments de Brie et de Flandre prirent position aux barrières. Le régiment d'Artois faisait route pour les renforcer.

En outre, la famine menaçait ; même les riches, s'ils n'avaient pas fait de provisions. Le 3 août, les échevins écrivirent à l'intendant de Provence Cardin Le Bret :

> *Nous sommes sans argent. Outre la peste, nous avons lieu de craindre une misère atroce.*

La pêche ne suffisait pas à nourrir l'énorme population. Les réserves de blé s'épuisant rapidement, le peuple s'affola. La foule s'assembla en grondant devant l'hôtel de ville. On s'en prit aux spéculateurs et aux boulangers, accusés de stocker pour s'enrichir.

La corporation s'émut. Elle comptait une centaine de fours. Les peseurs publics, fonctionnaires nommés par la ville pour vérifier les balances des boulangers, effectuèrent des inspections. Rue des Trois-Fours, où se trouvaient les fours publics, on réunit aussi les pétrisseurs, et les fourgonniers chargés de chauffer les fours. Les vérifications démontrèrent la fausseté des accusations. Les boulangers promirent de pétrir davantage de pain grossier pour les pauvres, de pain de moyenne qualité pour le peuple et moins de pain blanc réservé aux riches. Les prix variaient, entre une obole pour les premiers et quatre deniers la livre pour la meilleure qualité.

Pendant que se refermait sur Marseille l'étau de l'armée, les échevins tentèrent d'échapper à la famine en obtenant le 7 août une « conférence régionale ». Elle se déroula à deux lieues de la ville, sur le chemin d'Aix, au lieu-dit Notre-Dame, près de Septèmes, dans la grande cour de la bastide du sieur Gaudemar, un ami des échevins. On n'avait même pas dressé de tente, malgré un soleil cruel.

Seulement accompagné par M. Capus, le fidèle archiviste municipal, et deux gendarmes à cheval, Jean-Baptiste Estelle, le cœur serré d'angoisse, chevauchait à travers la campagne déserte. Parvenus au lieu du rendez-vous, ils constatèrent qu'il n'y avait personne.

– Ils ne viendront pas !

– Ils viendront, dit M. Capus. Ils ont trop besoin de connaître la vérité.

Enfin, un nuage de poussière s'éleva au nord.

– Les voilà ! Ce sont les archers de la Maréchaussée du maréchal de Villars.

Dans un fracas de sabots et de hennissements, les cavaliers s'arrêtèrent à bonne distance, à l'extérieur de la cour, devant le portail largement ouvert. Puis un personnage arborant la croix de commandeur de l'ordre de Saint-Louis, brillamment vêtu d'un justaucorps de drap bleu doublé de serge écarlate, coiffé d'un chapeau à large bord galonné d'or, s'avança vers eux, suivi à quelques mètres par quatre autres cavaliers à peine moins chamarrés.

– C'est messire de Vauvenargue en personne, dit Jean-Baptiste Estelle. Le premier procureur de Provence est entouré par ses quatre assesseurs.

Le procureur s'avança jusqu'au portail. Maître Estelle souleva respectueusement son petit tricorne gris. Sans pénétrer dans la cour, le procureur rendit le salut en balayant l'air de son grand chapeau.

– Je vous salue bien, monsieur ! Je vous saurais gré de demeurer à cette distance. Vous avez sollicité cet entretien. Que voulez-vous ?

« Pourquoi cette hauteur, ce dédain ? songea Jean-Baptiste Estelle. Cela masque-t-il seulement sa peur de la contagion ? Ce noble personnage ne prend-il pas plutôt ses distances à l'égard d'une ville gouvernée par des bourgeois, éprise de ses anciennes libertés, jouissant encore d'une franchise extraordinaire ? »

Il répondit :

– Messire, nous avons appliqué les ordres de Son Altesse Royale et fermé le terroir. Mais maintenant que plus personne ne rentre chez nous, ni par les chemins, ni par la mer circonvoisine, nous sommes menacés de famine. Les boutiques ferment, les commerçants fuient. Les prix montent en flèche. A ce mal s'ajoute la dévaluation de la livre. Des groupes de gens désespérés sont sortis de la ville et campent sur la plaine Saint-Michel, sur l'esplanade à côté des Minimes, le long de l'Huveaune ou des remparts. D'autres grimpent sur les collines et cherchent refuge dans les cavernes. En ville même, l'émeute gronde. Des milliers de gens sont sans travail. Si on ne les nourrit pas, ils vont envahir le terroir, puis se répandre dans la province. Vous ne pourrez pas les arrêter, malgré tous les archers du maréchal !

– Pourquoi vos marins ne pêchent-ils pas, monsieur ?

– La confrérie des pêcheurs se trouve décimée par la contagion, messire. Ceux qui sortent en mer ne peuvent suffire qu'à nourrir leur paroisse. Le quartier Saint-Jean compte près de dix mille personnes.

– Pourquoi n'aviez-vous pas stocké de blé ?

– A cause de la montée des prix, due à la dévaluation. Entre avril et juin, le prix de la charge de blé ayant doublé, nous avions suspendu nos importations, nous contentant de notre réserve habituelle de douze mille charges de blés vieux. On ne pouvait pas prévoir la contagion, entraînant l'arrêt des importations de blé par le port. En outre, à cause du décret gouvernemental interdisant l'usage de la monnaie-métal, nous n'avons pu acheter le peu qui s'offrait. Les marchands étrangers refusent le papier monnaie dont M. Law a imposé le cours forcé. A ce jour, il ne reste que onze mille livres en écus sonnants dans la caisse municipale, et de l'argent en billets de banque, dont personne ne veut. Or, il nous faut trente mille livres par semaine pour survivre, messire.

– Si je comprends bien, monsieur, vous n'avez plus ni vivres ni argent !

Un total mépris s'exprimait à travers ces paroles. Touché au plus profond de sa dignité, Jean-Baptiste Estelle sentit la honte le submerger, puis la colère. Il s'écria :

– Monsieur, Marseille est une ville libre et fière. Nous n'avons jamais mendié. Nous ne demandons qu'un prêt.

– Un prêt ? Mais, monsieur, votre ville a déjà quatre millions de livres de dettes, pour des recettes annuelles ordinaires qui tournent autour de quatre cent mille livres. Juste de quoi payer les intérêts de ces emprunts.

– Sur l'ordre du gouvernement, qui a interdit de garder du métal, nous avons envoyé en avril cent mille louis d'or et écus d'argent à la Monnaie d'Aix, valant au moins six cent mille livres tournois. Payez-vous sur cet argent qui nous fait cruellement défaut et ravitaillez-nous !

Le marquis de Vauvenargue s'adoucit. Il lui suffisait de voir l'orgueilleuse cité à genoux. Il ne voulait pas sa mort. Marseille demeurait en effet indispensable, non seulement à la Provence, mais encore au royaume. Paradoxalement, n'était-elle pas le premier fournisseur de la France et de l'Europe occidentale pour ce blé qu'elle sollicitait humblement aujourd'hui pour sa survie ?

– Monsieur Estelle ! Messire Le Bret a reçu votre placet du 4 août lui demandant d'établir un marché à la limite du terroir. Votre demande est agréée.

Un immense poids se souleva, qui oppressait le cœur du premier échevin et de son archiviste. Il fit un geste naïf, comme pour s'avancer vers lui et lui serrer la main. Mais l'autre fit reculer promptement son cheval.

– Gardez vos distances, je vous prie !

Il le dévisageait avec effroi, tant il avait eu peur. A Aix, le bruit courait sur la folie héroïque des échevins. Ils présidaient eux-mêmes, disait-on, à l'enlèvement des morts dans les rues pestiférées de la basse ville, escortant à cheval les civières. Il déclara :

– Un marché sera donc établi en ce lieu, avec double barrière. Et un autre au logis du Mouton, les lundi, mercredi et vendredi. En outre, vous êtes autorisé à recevoir dans l'anse de l'Estaque le ravitaillement par la mer. Toulon, La Ciotat et autres villes maritimes de Provence seront sollicitées. Nous demanderons à Martigues d'envoyer ses vaisseaux en Arles pour chercher le blé, qui vous sera livré dans l'anse de l'Estaque.

– Combien ?

– Sept mille charges de blé et trois mille de farine ont été commandées à cet effet au Languedoc. Les deux marchés terrestres serviront aussi à l'approvisionnement de la viande, des fruits et des légumes. Ce concordat devra être approuvé par notre Parlement et publié. Mais attention, monsieur ! Il n'est pas question pour Marseille de refaire du commerce. Pendant toute la durée de la contagion, vous recevrez ; vous ne vendrez plus.

– Cela va de soi, messire, dès lors que nous aurons un prêt.

– La Monnaie d'Aix vous fera les avances nécessaires. Mais j'insiste sur le respect de l'isolement, auquel vous vous engagez. L'intendant de Provence a d'ailleurs prescrit à toutes les communes de veiller strictement à la circulation des produits quels qu'ils soient. A cet effet, routiers et voituriers sont tenus d'établir un état avec description de leurs marchandises, état visé par les officiers municipaux des lieux de départ, les ballots étant plombés à la maison de ville. A l'arrivée aux barrières des lieux de destination, les gardes vérifieront. Le marchand n'entrera que s'il est en règle. Tout marchand venu de Marseille sera suspecté et refoulé.

– J'ai bien compris, messire !

– Encore un mot, maître Estelle. Qu'avez-vous fait de vos mendiants ?

– Nous les avons enfermés à l'hospice de la Charité, tout à la fois pour les protéger de la contagion et en protéger la ville. D'autres gueux, étrangers à Marseille, ont pu se répandre dans le terroir. Vous aurez du mal à les refouler s'ils tentent de franchir, non pas vos barrières qu'ils éviteront, mais les collines à travers la campagne.

– Les troupes du roi ont ordre de tirer dessus !

– Nous faisons de notre mieux, à la fois pour garder nos gueux, en subvenant à leurs besoins, et pour refouler les indésirables venus de l'extérieur, qui tenteraient de franchir nos murs pour se livrer au pillage dans une ville en proie au malheur du temps. Nos portes, étroitement surveillées le jour, fermées la nuit, sont gardées par les archers de gabelle.

– Maître Estelle, d'ici à quelques jours, il deviendra impossible de circuler en Provence. Chaque commune a reçu l'ordre d'établir un bureau de santé, de poser des barrières, de contrôler non seulement les marchandises, mais aussi les voyageurs et de mettre en quarantaine ceux qui sont agréés.

– Méfiez-vous de la contrebande, monsieur le procureur ! Rien n'arrête les contrebandiers. Pas même la peste !

Le mot tabou claqua dans la lumière du jour. Après un instant de stupeur, le procureur demanda en baissant la voix :

– Où en est la... contagion, à Marseille ?

– Pardonnez-moi, messire. J'aurais dû d'abord vous informer. Nous déplorons déjà plus de mille morts. Ce chiffre sera largement dépassé. Nous allons vers les cent morts par jour. Au plan sanitaire, tout ce qui doit être fait est fait.

Mille morts ! Insensiblement, le procureur avait fait reculer son cheval. Il murmura :

– Dieu vous ait en sa sainte garde, monsieur Estelle ! Quant à moi, je dois veiller à ce que la contagion ne se répande pas en Provence. Allauch arme déjà des gardes pour combattre les contrebandiers, colporteurs et autres errants. Aix impose des billettes de santé. Ces exemples seront étendus à toute la province, d'ordre du roi ! Je vous salue bien, monsieur !

L'entretien était terminé. Le marquis de Vauvenargue enleva son grand chapeau et en balaya l'air. Maître Estelle fit de même avec son petit tricorne gris.

Le premier procureur fit faire volte-face à son cheval. Suivi par la cavalcade des assesseurs et archers de la Maréchaussée, il galopait vers Aix. La troupe se perdit dans un nuage de poussière rose.

Maître Estelle, épuisé, se tourna vers l'archiviste et esquissa un bon sourire. Il avait obtenu ce qu'il voulait : de l'argent et des vivres !

A petit trot, les deux hommes s'en retournèrent vers Marseille, à travers le terroir écrasé de soleil.

– Avez-vous remarqué ? dit soudain M. Capus. Les cigales ont interrompu leurs stridulations frénétiques.

Maître Estelle le regarda d'un air étrange.

– Qu'en concluez-vous ?

L'archiviste ne répondit pas.

21

La contagion continuait à s'étendre. En son palais épiscopal, au bas du vieux quartier du Panier, au-dessus du rempart qui domine le large, Monseigneur de Marseille parcourait à grands pas son bureau lambrissé. L'abbé Goujon, le fidèle intendant, tentait de le suivre.

– Combien est-il mort de Marseillais, à ce jour ?

– On ne sait pas exactement, Monseigneur. Peut-être mille. Les curés, quand ils sont restés, ne peuvent plus tenir de registre, puisque défense leur a été faite de continuer à enterrer dans les églises ou les cimetières paroissiaux. Et beaucoup de familles, dans l'espoir de leur trouver, par faveur, une sépulture décente, cachent leurs morts depuis que vous avez fait obligation aux prêtres de les déclarer.

– Que fait-on des autres morts ?

– On les a d'abord enterrés dans les règles, au cimetière du Lazaret. Puis, faute de place, on a creusé de grandes fosses le long des remparts. Des fosses communes. Ah ! Monseigneur ! Où sont les belles inhumations d'antan ?

Ils se prirent à rêver. Reverrait-on jamais dans les dédales de la vieille ville, comme dans les larges avenues de la ville neuve, se déployer la pompe baroque des enterrements, les musiques funèbres, les pleureurs voilés et psalmodiant ? Les pénitents en cagoule promenaient les corps à l'air libre, au milieu d'un déploiement de cierges, les charitons brandissant leurs flambeaux de funérailles ! Les enfants pleureurs de la Charité, la tête couverte d'un crêpe noir, suivaient les proches en cravate blanche, cheveux épars, chapeau rabattu, manteau noir dont la queue était relevée par un polisson. Et dans les églises tendues de noir, les musiciens exécutaient la *Messe de Requiem* de Rameau, à grand orchestre.

– Vous souvenez-vous, Monseigneur, du cortège imposant des congrégations et des pénitents de toutes obédiences ? Le glas des Accoules est aujourd'hui muet, qui sonnait sitôt qu'un chrétien entrait en agonie, l'accompagnant jusqu'à sa dernière étape.

– On inhumait dans les cimetières paroissiaux, ou plus près de Dieu dans les caveaux des sanctuaires, et cette mort moelleuse, profondément religieuse, était une consolation pour la famille. Les restes vénérés du cher disparu reposaient auprès de ses aïeux. Tout ceci est fini, l'abbé ! Plus de processions, plus de cérémonies, plus d'inhumations dignement accompagnées. Les morts ne sont désormais plus guère considérés que les cadavres des chiens ! Et cela est pire que la mort !

L'évêque soupira.

– Écrivez cette lettre, l'abbé. A l'attention de messire Cardin Le Bret, intendant de Provence.

> *Nous avons la peste, notre situation est bien cruelle : sans argent, sans provisions. Pour moi, je me destine à demeurer avec les pestiférés, à les consoler, à mourir s'il le faut, et de peste et de faim. Je fais mandement pour ordonner des prières et des jeûnes, messieurs les échevins m'ayant demandé de ne pas faire de processions. L'épouvante ici est grande. J'ai cependant confiance dans la miséricorde de Dieu.*

L'abbé écrivait. Il reposa sa plume et regarda l'évêque.

– Alors, Monseigneur, c'est la peste ?

Aucun trouble n'altérait son regard.

– Le doute n'est plus possible. C'est la peste. Elle nous est envoyée par Dieu pour châtier l'hérésie janséniste, qui fait tant de ravages dans notre diocèse. La preuve ? Le foyer principal de la contagion a éclaté rue de l'Échelle, qui jouxte le mur de la communauté des présentines, ce Port-Royal provençal ! Je publierai une exhortation aux appelants [1] pour les conjurer, en présence du fléau qui punit leur obstination, de recevoir enfin la bulle pontificale.

Il se retourna et fixa l'abbé Goujon. Dans son regard trop intelligent il crut lire comme un doute respectueux. Il demanda d'une voix impatiente :

– Vous n'y croyez pas, l'abbé ?

– Oh que si, Monseigneur ! Le péché est toujours la source de la contagion. Même Paracelse l'a admis dans son *Opus Paraminum* lorsqu'il posa la grande loi de l'équilibre divin : toute maladie est une expiation. Le médecin ne la peut guérir que si son intervention coïncide avec la fin de l'expiation, déterminée par le Très-Haut.

– J'ai parlé de l'hérésie.

– Il n'y a pas que ce péché-là.

– Je vous entends, l'abbé ! La corruption de cette ville marchande a dépassé les limites de ce qui est supportable à notre divin Sauveur. On ne pensait qu'à s'enrichir ! Je n'ai jamais cessé d'exhorter nos curés à dénoncer aussi ce péché-là.

– L'hérésie de ceux qui sont épris de perfection prend sa source dans le scandale du matérialisme et dans la corruption du monde... et de quelques prêtres.

– Hélas ! Certains s'enfuient comme des lapins ! Prêtres et religieux, et même ces chanoines que l'Église a comblés de bénéfices, ceux de la collégiale Saint-Martin, comme ceux des Accoules et de la Major. Même deux de mes curés de Marseille s'en sont allés ! Les échevins m'en ont fait doléance. J'ai avisé la Cour et fait les monitions d'usage ; en vain. J'ai menacé de les priver de leurs bénéfices. Les malins font des apparitions en ville, constatées par huissier, puis repartent en leur terroir. Même les oratoriens ont fui à la campagne.

– Pour mettre à l'abri les jeunes gens dont ils ont la charge, Monseigneur.

– Prétexte ! Ce sont des lâches, comme ces moines de Saint–Victor. Eux aussi se cachent sous prétexte de protéger quelques enfants nobles dont ils ont la garde. Mais sont-ils encore des moines, des hommes de Dieu ? Ils se sont barricadés sur la Rive–Neuve derrière leurs hautes murailles, les greniers bourrés de vivres, prêts à soutenir

1. Les prêtres réfractaires qui en appelaient au Saint-Siège de la bulle *Unigenitus* les condamnant.

un siège le temps qu'il faudra, comme ils en ont tant subi au Moyen Âge. Pour eux, la peste ou les Sarrasins, même combat ! Ils ne communiquent plus avec l'extérieur. Ils ont refoulé les pourvoyeurs et même mon émissaire !

L'évêque se concentra longuement, puis il s'écria avec force :

– Dans le drame qui nous frappe, le peuple ne nous suivra que si nous faisons preuve d'héroïsme. Sinon, il se tournera vers les faux prophètes, il reviendra à ses pratiques païennes. La magie noire des périodes les plus obscures du Moyen Age refleurira. Dieu ne s'exprimant plus par notre voix, le peuple en appellera au Diable. Le Mal sera alors maître de la ville. Il sera maître des âmes comme la peste le sera des corps.

L'évêque ferma les yeux. La vision d'un exode massif des prêtres le submergea. Il murmura, accablé :

– Pourquoi partent-ils, au moment où les circonstances les appellent à donner une preuve éclatante de détachement et de charité en vivant l'amour que le Christ a témoigné aux plus pauvres ?

– Le père Estays est demeuré, Monseigneur.

– Oui. Le saint homme vient de mourir après avoir confessé une femme rue de l'Échelle. Ce qui a achevé d'épouvanter ses confrères, comme si le Diable était devenu le maître de la cité !

L'évêque soupira.

– Une seule chose me console, l'abbé. Ceux qui restent sont des fidèles de Rome, ceux-là mêmes que les jansénistes taxent de relâchement : capucins, jésuites, observantins et récollets.

– Tous les jansénistes ne sont pas partis non plus, Monseigneur. Ce qui pose problème. Nous manquons déjà de prêtres. Peuvent-ils confesser ? Vous les avez interdits.

L'évêque se retourna d'une pièce. Ce petit abbé avait l'art de mettre en exergue les vrais problèmes. Cela devenait... exaspérant.

– Ils n'ont qu'à aller dans les rues infectées de la basse ville. Ils trouveront dans les maisons atteintes de la contagion des gens attendant l'absolution et les derniers sacrements, le réconfort de Dieu à travers leur présence. En cas de nécessité, il est permis à tout prêtre d'absoudre sans approbation.

L'évêque se rassit.

– Laissons cela, l'abbé ! Il est pour nous choses plus urgentes. Les pauvres, justement. Ils ont besoin de nous. J'apprends que la municipe s'apprête à chasser de la ville trois mille mendiants, gens sans abris et autres miséreux. Nous ne garderions que *nos* mendiants marseillais, qui seraient enfermés à l'hospice. Je proteste solennellement contre ces expulsions contraires à la charité. Cette mesure représente en outre un redoutable risque d'extension de la contagion pour toute la Provence.

Il se sentit très las, soudain. Dans son palais doré, entouré de jardins et de hauts murs, il se vit comme dans un château de sable sur un rocher assiégé par la marée montante. Gagné par cette angoisse, l'abbé Goujon murmura :

– Toutes les églises ferment, Monseigneur ! D'ordre des échevins, pour éviter les rassemblements, source de contagion. Pouvons-nous au moins rassurer nos prêtres fidèles qu'épouvante la perspective d'approcher les malades ? J'ai là un projet de l'abbé Signol.

L'évêque sursauta.

– Un projet, dites-vous ?

L'intendant tira de sa poche un papier et lut :

– « *Le confesseur tournera le dos au malade, qui ne confessera que deux péchés...* »

– Que fera-t-il des autres ?

– « *Le pénitent aura l'intention de les avouer, mais le confesseur l'en dispensera.* »

– Que suggère encore l'abbé Signol ?

– Reprenant l'idée du curé de Saint-Martin, il demande que l'on fabrique des pincettes de neuf pieds pour donner la communion aux malades, et des baguettes de même longueur terminées en fourche pour administrer les saintes huiles. Le prêtre devra en outre serrer fortement la manche de son habit et surplis aussi loin qu'il soit du malade, et faire brûler un flambeau entre les deux. Il ajoute qu'il serait souhaitable d'utiliser une soutane de toile gommée.

L'évêque le dévisagea avec tristesse.

– Lorsqu'en 1576 la peste éclata à Milan, Charles Borromée sortit de son archevêché pour porter aux malades les derniers sacrements. *Il n'avait pas de pincettes !* Ni ce masque qui fait ressembler nos médecins à des oiseaux de proie, achevant d'épouvanter les mourants à l'heure décisive du passage. Neveu du pape, cardinal et secrétaire d'État, il vivait austère et sage en son palais de Milan. A l'heure où l'épreuve frappe Marseille comme elle a frappé Milan et Londres, c'est de ce modèle que je veux m'inspirer. Et j'inviterai mes prêtres à faire de même.

– Est-ce un ordre, Monseigneur ?

Toujours ce réalisme de l'intendant ! L'évêque s'arracha à son rêve d'idéal. Il était là avec les siens, pauvre général au milieu de ses soldats à l'heure où sonne la bataille. Et il constatait qu'il n'était entouré que par des hommes. Des êtres faibles, comme lui. Il répondit :

– Non, mon ami. Chacun agira selon sa conscience et ses forces. Pardonnez-moi. Il est légitime de préserver sa vie. J'autorise les mesures de prévention, à condition que la charité l'emporte dans tous les cas sur toute autre considération.

Il laissa son regard errer au-delà des jardins. Même avec les fenêtres fermées, on entendait la sourde rumeur du peuple qui, telle une mer impatiente, battait les murs de l'évêché.

– J'ai donné en exemple saint Charles Borromée pour réveiller notre ardeur. C'est un saint d'un autre âge, me direz-vous. Mais voici un autre exemple qui devrait nous émouvoir. J'ai reçu l'autre soir un jeune prêtre du diocèse de Grasse, l'abbé Granelli. Se trouvant en visite à Marseille, au lieu de fuir au plus vite la contagion il se précipita chez moi : « *Monseigneur, je viens d'apprendre que l'aumônier des infirmeries du Lazaret est mort, frappé par la contagion. Je vous supplie de m'accepter pour le remplacer.* » Je l'ai serré sur mon cœur en le bénissant. Il a volé aussitôt vers son redoutable poste, et vous savez qu'en temps d'épidémie, une fois entré au Lazaret *on n'en sort plus,* sinon pour cet ailleurs qui devrait être notre unique pensée.

François de Belsunce se sentait réconforté par cet exemple. Il avait tellement eu peur de « flancher », lui aussi, tenté de s'enfermer dans son palais épiscopal, avec ses domestiques, ses gardes et ses réserves de nourriture, comme ces moines de Saint-Victor dans leur monastère fortifié. Il s'écria :

– Dimanche prochain, puis chaque dimanche qui viendra, j'irai célébrer le saint sacrifice sur une place ou sur un carrefour des quartiers les plus touchés. Je donnerai moi-même la communion aux malades.

– Monseigneur, ne vous exposez pas !

L'évêque ne l'écoutait pas.

– Tout comme un soldat paraîtrait indigne de l'épée qu'on ne voudrait porter qu'en temps de paix, de même les prêtres passeraient pour des lâches s'ils ne voulaient confesser et administrer les sacrements qu'autant qu'il n'y aurait rien à risquer pour leur santé et leur vie. Tous les jours, je sortirai à pied pour visiter les pauvres malades.

A pied, l'évêque !

– Monseigneur, quelle imprudence ! Que deviendrions-nous si vous nous étiez enlevé ?

– La prudence n'est plus de mise. Le moment n'est plus à prêcher mais à agir.

Il hésita, puis il ajouta d'une voix que l'émotion faisait vibrer :

– A donner sa vie pour ceux qu'on aime !

Un bouleversement profond avait saisi François de Belsunce. Ce prélat mondain s'était *converti*, et c'était *extraordinaire* !

Une flamme étrange brûlait dans son regard.

– L'abbé ! Ceci est mon testament ! Si je succombe à la peste, que mon corps soit jeté dans le premier tombereau qui passera. Qu'il soit déposé, avec les autres cadavres de mes frères anonymes, dans une fosse commune des remparts.

L'intendant demeura muet de stupeur. Un évêque à la fosse commune ! Personne, jamais, n'avait vu cela depuis les premiers martyrs de l'Église.

L'évêque comprit son désarroi.

– Les temps sont venus, l'abbé, où nous allons être appelés à nous identifier avec le Sauveur.

Son regard se porta sur le grand crucifix d'argent pendu au mur. Il prononça, d'une voix où se mêlaient et la peur et l'amour :

– Suivre l'Agneau partout où il va, jusqu'au calvaire !

– Monseigneur ! Le corps du Christ a été déposé dans un tombeau ! Pas dans une fosse commune !

– *Domine, non sum dignus !*

Une heure plus tard, deux hommes, l'un coiffé d'un chapeau à large bord, l'autre d'un capuce de moine rabattue jusqu'aux yeux, quittaient l'évêché par une porte dérobée de la rue du Four-du-Chapitre. Mgr de Belsunce, sa soutane violette cachée par une grande cape noire, et le frère François, capucin, son aumônier ordinaire, l'un chargé d'un sac de provisions, l'autre d'un pot de bouillon, se dirigèrent vers le quartier interdit. Comme ils ressemblaient à des clercs ordinaires, personne ne se retourna sur leur passage, ce qui sembla réjouir Monseigneur de Marseille.

Après avoir parcouru les rues désertes du Panier, des Belles-Écuelles, des Grands-Carmes, et longé les hauts murs du couvent des Présentines, ils arrivèrent rue de l'Échelle. Les gens d'armes qui en barraient l'accès les arrêtèrent, les mirent en garde, puis les laissèrent passer.

Les façades lézardées des maisons grimpaient en encorbellement jusqu'au ciel, dont on ne voyait qu'un mince ruban bleu. Du linge misérable séchait sur des cordes tendues d'une façade à l'autre. Au milieu de la rue très en pente coulait un filet nauséabond. Devant chaque porte se dressait un tas d'immondices que des chiens errants dispersaient en fouillant.

Frère François s'arrêta devant une maison dont l'étroite façade ne comportait qu'une seule fenêtre par étage.

– C'est là, Monseigneur. Au quatrième.

Il s'effaça. L'évêque s'engagea dans le couloir noir et se mit à monter un escalier étroit, où l'on glissait à chaque marche sur un détritus. La maison, étrangement silencieuse, semblait abandonnée. La rue aussi, qui hier encore connaissait l'animation des vieux quartiers : artisans travaillant dans les échoppes ouvertes, femmes s'interpellant d'une fenêtre à l'autre, enfants se chamaillant sur le pavé.

Au quatrième, ils s'arrêtèrent. Frère François frappa à la porte. N'obtenant pas de réponse, il la poussa.

On y voyait à peine. Dans la pièce unique occupant tout l'étage, un foyer éteint dégageait une odeur fade de cendres froides. Quelques caisses disparates tenaient lieu de meubles. Et là, seul, à même le sol, un homme au visage creusé par la souffrance et l'angoisse gisait sur une paillasse. Il semblait à l'agonie. Une odeur affreuse d'excréments et de pourriture s'en dégageait dans la chaleur suffocante de la pièce mal aérée.

L'évêque murmura :

– Pourquoi l'ont-ils abandonné ?

– Sa femme et ses enfants ont fui, Monseigneur, quand ils l'ont vu atteint par la contagion. Ils sont partis, ne laissant sur le sol qu'un pain et une cruche d'eau. Le malade aurait dû être emporté par les infirmiers du Lazaret, que la famille a alertés. Mais ils sont débordés. Les gardes de la rue m'ont indiqué cette maison. Ils ont dû entendre des gémissements, sans oser intervenir. Ce n'est pas leur travail.

L'évêque répéta :

– Pourquoi l'ont-ils abandonné ?

Il s'agenouilla sur le sol et posa sa main sur l'homme, qui ne réagit pas. Prenant alors la cruche, il répandit de l'eau goutte à goutte pour rafraîchir son visage. Le regard s'anima enfin. La vie s'était réfugiée au fond des yeux. Et, grands ouverts, ils regardaient l'évêque.

Entourant les épaules de son bras, Mgr de Belsunce lui souleva la tête. Prenant le bouillon qu'il avait apporté, il le fit boire comme un petit enfant.

Puis, penchant son oreille contre ses lèvres, il écouta sa confession et lui administra les derniers sacrements. Quelques minutes plus tard, apaisé, l'homme expirait dans ses bras, le visage rayonnant d'une lumière surnaturelle.

Silencieux et bouleversés, ils s'en retournèrent vers l'évêché, en distribuant nourriture et offrandes aux plus démunis.

A partir de cette action que les gens raisonnables jugèrent insensée, François de Belsunce se laissa emporter par sa révolution intérieure. Possédé par une force nouvelle, il s'apprêta à faire face à son nouveau destin.

22

Le 8 août, les recteurs de l'hôtel-Dieu, établissement charitable géré par des laïcs, se réunirent en séance extraordinaire, en présence de ses médecins, Jehan Figueras et Charles Peyssonnel, et de l'aumônier l'abbé Sauvan.

– Messieurs, déclara le recteur semainier Antoine Castellane, qui présidait, nous devons procéder au renouvellement des mandats des deux recteurs sortants, MM. Jean Amphoux et Bruno Granier.

Le premier recteur sortant, trésorier et administrateur de l'hôpital, Jean Amphoux, refusait son renouvellement. Le gros homme suait de peur. Il bredouilla qu'il devait emmener sa famille dans une lointaine bastide. Il fallait donc le remplacer. Naturellement, aucun candidat ne s'était présenté.

– Y a-t-il des volontaires parmi les recteurs en exercice ?

Tous se récusèrent, invoquant quelque faiblesse physique, ou l'obligation de conduire leur famille loin de Marseille.

Face à tant de lâcheté, l'autre recteur sortant, Bruno Granier, se dressa.

– Dans ces conditions, j'accepte de voir mon mandat renouvelé. Et j'accepte la charge de premier recteur trésorier. Je m'estime engagé envers les pauvres malades et les indigents qui nous ont été confiés.

Personnage d'une grande élévation morale, Bruno Granier avait assumé la charge d'échevin, de 1706 à 1710. Recteur de l'hôtel-Dieu depuis 1718, son zèle en faveur des malades les plus démunis ne s'était jamais démenti. Il ne se faisait aujourd'hui aucune illusion sur ce qui l'attendait. Malgré le règlement, l'hôtel-Dieu finirait par accueillir massivement des malades pestiférés. Les autres recteurs le savaient aussi. C'est pourquoi ils n'avaient qu'une idée : partir.

Bruno Granier, lui, aimait cette maison comme la sienne. Considéré à juste titre comme l'un des plus beaux de France, l'hôtel-Dieu de Marseille, qui se dressait face au port sur les pentes rocheuses de la colline, derrière l'hôtel de ville, avait été fondé au XIIe siècle et rebâti au XVIIe. Les architectes avaient ménagé sur sa façade aux élégantes galeries en arcades une esplanade et un beau jardin, qu'entouraient deux ailes monumentales desservies par de somptueux escaliers de marbre. Mais, cerné de vieilles maisons, il demeurait malheureusement d'accès incommode. Aucune voiture ne pouvait l'atteindre ! Les malades devaient y être transportés en litière ou en chaise à porteurs par la venelle en pente raide du Saint-Esprit, coupée d'escaliers. Bien organisé, l'*Hospitale pauperum* offrait cependant aux malades nécessiteux un asile sûr et des soins attentifs, sous la surveillance d'un corps dévoué de religieuses infirmières. Malgré l'offrande obligatoire de tout recteur entrant en fonction, les dons et legs de riches personnages, parfois du roi, et les taxes concédées par la ville, sa situation financière demeurait toujours précaire.

Soulagés, les recteurs respirèrent lâchement. Puis, après un semblant de délibération, Antoine Castellane exprima la pensée de tous :

– Monsieur, nous vous remercions. A l'unanimité nous vous confions l'administration de l'hôpital. Et, si vous le voulez bien, pendant toute la durée de la contagion.

Bruno Granier revoyait le beau visage triste de sa femme Jeanne. Ce matin même, elle le suppliait de ne pas renouveler son mandat.

Son regard se posa sur les échines courbées sous les perruques poudrées.

– Je revendique cet honneur ! Je m'enfermerai à l'hôtel-Dieu tant que durera le fléau.

Administré par douze recteurs élus pour deux ans, quatre gentilshommes et huit roturiers, l'hôtel-Dieu se trouvait aujourd'hui en crise, et pas seulement financière. Y accepterait-on des malades pestiférés ? Son règlement l'interdisait. Jusqu'à ce jour, les recteurs avaient pu éviter cette éventualité qui les épouvantait. Depuis que les infirmeries du Lazaret étaient saturées, on envoyait les pestiférés à l'hôpital des Convalescents, un petit établissement prévu pour trois cents malades, situé le long des remparts, près de la porte des Fainéants. Mais il était saturé à son tour. On avait beau y mettre trois pesteux par lit, on ne pouvait plus accueillir le reste des malades, malgré la mort qui en emportait la plupart, deux ou trois jours après leur entrée.

Vite, très vite, ils passèrent à la suite de l'ordre du jour.

– La caisse de l'hôpital est vide, déclara le premier recteur sortant.

M. Granier s'étonna.

– Mais d'après vos comptes, l'hôpital serait largement bénéficiaire. Il ressort un actif de douze mille livres.

– Hélas, ce n'est que de la monnaie de singe, des billets Law ! Nous n'avons plus d'espèces sonnantes. Or, pour l'achat des provisions et des médicaments, épiciers et apothicaires n'acceptent plus que de l'or ou de l'argent comptant. En vain ai-je écrit à l'intendant de Provence pour obtenir des espèces de l'hôtel de la Monnaie, en échange de nos billets de banque. M. Le Bret s'y est refusé. L'État est défaillant, messieurs ; il n'honore plus sa signature ! Les billets de banque ont cours forcé, et ils ne valent plus rien. J'ai alors sollicité le bureau des échevins. Étant dans la même situation que nous, ils se sont déclarés impuissants à fournir à l'hôpital le moindre secours.

– Il faut emprunter, suggéra le recteur semainier Antoine Castellane.

– Qui serait assez fou pour se démunir de son or en ces temps de malheur ? fit remarquer Jean Amphoux.

– Je connais quelqu'un, dit Bruno Granier. Le banquier Abraham Meynier accepte de nous avancer six mille livres-or pendant deux ans.

– Un juif ! Cela va nous coûter cher ! Dix pour cent *par mois*, si ce n'est davantage !

– Vous vous méprenez, monsieur. Abraham Meynier accepte de nous faire cette avance sans le moindre intérêt.

Ils demeurèrent tous confondus. Puis ils replongèrent dans l'ordre du jour.

– Le nombre des demandes d'admission augmente massivement, déclara le semainier. Les échevins, malgré nos statuts et toutes nos représentations, prétendent nous envoyer des malades contagieux, risque inacceptable pour nos pauvres malades.

Jehan s'écria :

– Mais les malades contagieux sont des pauvres ! Les riches cachent leurs malades et les font soigner chez eux.

– Où en est la progression de la contagion ? demanda le recteur Jean-Baptiste Nogaret en s'adressant au médecin Peyssonnel.

– Tous nos soins restent sans effet, monsieur. La contagion s'étend inexorablement sur la ville. Aucun quartier ne sera épargné.

Malgré ses quatre-vingts ans et ses infirmités, le doyen des médecins de Marseille gardait l'ardeur de sa jeunesse. Le roi l'avait banni en 1689 pour écrits jansénistes. Il avait alors exercé au Caire et acquis, comme Jehan, une connaissance expérimentale de la peste qui y régnait à l'état endémique. En 1715, le Régent l'avait rappelé.

Jehan lui fit un signe chaleureux d'approbation. Le vieux médecin reprit avec force :

– Il serait fou d'imaginer que notre hôpital puisse rester en dehors de la contagion. On ne pourra se dérober plus longtemps à la pression extérieure.

Soudain, Jehan se dressa.

– Messieurs, ne perdons pas notre temps à des discours inutiles. La peste est déjà dans les murs de l'hôtel-Dieu !

Un frémissement d'horreur parcourut le petit groupe poudré et perruqué des recteurs. Antoine Castellane s'écria d'une voix aiguë qui trahissait son épouvante :

– Qui vous autorise à parler ainsi, monsieur ?

– Les faits, monsieur ! Ils ont plus de force que vos règlements ! La femme Cranquet, une indigente de la rue des Belles Écuelles, entrée hier ici, et que l'on croyait atteinte d'une fièvre ordinaire, est morte ce matin. Je l'ai examinée. Elle a un gros bubon à l'aine et plusieurs charbons. A l'heure où nous parlons, les deux filles de salle qui la soignaient se sont alitées avec de violents maux de tête, ainsi que la mère infirmière responsable de la salle.

Les recteurs demeurèrent frappés de stupeur.

– Je m'y attendais, dit maître Peyssonnel. Il faut prendre d'urgence les mesures nécessaires pour isoler les malades contagieux.

– Mais nous n'avons pas de salle d'isolement, rétorqua le semainier de sa voix de fausset. Toutes sont pleines de malades et d'indigents qu'on nous envoie, depuis que l'hospice de la Charité a dû recevoir nos mendiants pour les y enfermer.

L'abbé Sauvan, aumônier de l'hôpital, qui avait écouté les interventions avec calme, intervint.

– Je vais demander à Mgr l'évêque l'autorisation de désaffecter notre chapelle.

Ils le regardèrent avec effarement.

– Désaffecter la chapelle ? s'indigna M. Nogaret, scandalisé. Mais où mettra-t-on le saint sacrement ?

– Le Christ n'est-il pas né dans une étable ? Nous trouverons un lieu discret pour déposer les saintes espèces.

Satisfait de cet arrangement, M. Castellane enchaîna :

– La proposition est adoptée, sous réserve de l'accord de Monseigneur de Marseille. Il n'y a plus de questions ? L'ordre du jour est épuisé.

Ils se levaient déjà. L'administrateur sortant M. Amphoux se tourna vers Bruno Granier :

– Monsieur, je vous transmets mes pouvoirs. Le bureau se confie entièrement à votre sage et prudente conduite. Nous comptons sur vous pour n'accepter aucun pestiféré.

M. Granier opina. Mais il pensait par-devers lui qu'aucun règlement ne l'empêcherait de recevoir un pauvre malade, fût-il atteint à la fois de peste et de lèpre ! Tant qu'il serait vivant, l'hôtel-Dieu n'aurait pas d'autre règle. Cependant, il gardait les pieds sur terre.

– Et l'argent, messieurs ? Les six mille livres du banquier Meynier ne feront pas le mois. Qui fournira la nourriture, les médicaments, les herbes et autres nécessités ? Qui couvrira les salaires du personnel laïque ?

– Vous aurez la bonté d'en informer MM. les échevins pour y pourvoir. J'ai eu écho que messire de Vauvenargue n'aurait pas été insensible à leur demande de secours dans ce temps de malheur qui nous frappe. Messieurs, la séance est levée.

Sur ces bonnes paroles, ils se précipitèrent vers la sortie en appelant leurs cochers.

Trois jours s'écoulèrent, chargés d'angoisse. La contagion s'étendait inexorablement. Le 12 août, le total journalier des morts dépassa le chiffre fatidique de cent. Après quelques mouvements de panique dans les quartiers les plus pauvres, une sorte de léthargie s'étendit sur la ville.

La fuite continuelle des riches, gentilshommes et bourgeois, négociants, armateurs, assureurs et banquiers, avait paralysé la cité. Les quatre échevins restaient tragiquement seuls pour faire face à toutes les tâches que multipliait de jour en jour l'inexorable fléau qui s'étendait. Seuls avec quelques fonctionnaires municipaux, chefs de quartiers, employés subalternes et gardes fidèles, ils demeuraient l'ultime recours d'un peuple anéanti et apeuré qui n'avait même plus la force de se révolter.

Les gueux étrangers s'étaient évaporés dans le terroir. Les soldats restaient enfermés dans leur citadelle, les forçats et gens de galère dans l'arsenal. A bord de leur bateau, les derniers marins, calfeutrés avec leur famille, constituaient une ville flottante au milieu du port et dans la rade. On ne songeait même pas, comme autrefois, à rendre les juifs responsables de la contagion. Ils étaient d'ailleurs frappés comme les autres, et plus que les autres.

L'évêque suspendit la clôture des communautés monastiques. Aussi, beaucoup de religieux et même des religieuses rejoignirent leur famille dans le terroir, ce qui scandalisa le peuple, monté par les jansénistes.

Le départ des riches entraînait la ruine des commerçants. Les boutiquiers se barricadèrent. Les échevins ordonnèrent le maintien de l'ouverture des boulangeries, boucheries et épiceries, mais on y trouvait de moins en moins de quoi s'approvisionner.

Certains épiciers vidèrent leurs étalages et stockèrent

toutes leurs marchandises, dans la perspective de les vendre sous peu, à prix d'or, aux plus riches. On voyait encore quelques poissonnières courageuses à la halle Saint-Jean, mais leurs paniers étaient de moins en moins fournis, la corporation des pêcheurs se trouvant particulièrement frappée par la contagion.

Seuls les estaminets, cafés et gargotes du port demeuraient encore actifs. Les ivrognes le croyaient : le vin est bon pour la santé, l'alcool tue le mal. Mais le Mal se riait de l'alcool, comme du vinaigre, du feu, de la faculté de Médecine et des exorcismes.

Ce 12 août, un peu avant midi, un émissaire de l'hôtel de ville vint quérir Jehan dans la vaste pièce convertie en officine qu'il occupait au dernier étage de l'hôtel-Dieu.

– Maître Figueras, M. le premier échevin vous demande à l'hôtel de ville. Immédiatement.

Jehan s'y hâta, en se demandant quelle nouvelle catastrophe les frappait. Jean-Baptiste Estelle l'attendait dans son bureau.

– Jehan, vous prenez mon landau de fonction et vous filez à la porte d'Aix pour y accueillir le chancelier de l'Université de Montpellier.

– Maître François Chicoyneau ?

– Lui-même.

– Mais que se passe-t-il ?

– Vous savez que nous avions alerté le Régent à propos de la contagion. J'avais usé de termes modérés, mais l'intendant de Provence, M. Le Bret, inquiété par votre confrère Peyssonnel, a noirci le tableau. Bref, Son Altesse Royale a jugé bon de mettre sur l'affaire son premier médecin, maître Chirac, l'homme qui régente la santé en France.

– C'est le beau-père de maître Chicoyneau.

– Il a ordonné à la faculté de Médecine de Montpellier de prendre l'affaire en main. Cela n'a pas traîné. J'ai reçu copie de ses instructions. Lisez.

Par ordre de Son Altesse Royale le Régent Philippe d'Orléans, votre mission est de venir examiner les maladies qui règnent à Marseille. Partez le plus diligemment qu'il vous sera possible, attendu que, pour ce qui nous revient jusques à présent de Marseille, il y périt bien plus de monde par le manque de secours que par la malignité des maladies.

Maître Estelle secoua la tête, consterné.

– Voilà la réputation qu'on nous fait à Paris ! Mais que pouvons-nous faire d'autre ? Nous sommes déjà débordés.

– Et ce n'est pas avec les quelques dizaines de médecins et chirurgiens demeurés à leur poste que nous pourrons soigner des milliers de malades. L'aide de Montpellier est providentielle.

– Je viens de recevoir ce message porté par un cavalier de l'escorte. Maître Chicoyneau et sa suite devraient être là vers midi. Le chancelier est accompagné par maître Verny.

– Un maître en médecine renommé. Avec maître Chicoyneau et un autre agrégé, il figurait au jury devant lequel j'ai soutenu ma thèse.

– Leur a aussi été adjoint un maître chirurgien, M. Soullier. Allez, Jehan. Je ne peux pas quitter l'hôtel de ville. Recevez-les avec considération, installez-les à l'auberge des Deux Pucelles, et amenez-les-moi cet après-midi, après qu'ils se seront restaurés.

Depuis la contagion, les rues de Marseille demeuraient presque désertes, aussi les voitures circulaient-elles à toute allure. En dix minutes, le landau atteignit la monumentale porte d'Aix, place Royale, qui, dans le prolongement du Cours, ouvre sur la route de France.

Bordée d'auberges et de relais de diligences, la place Royale, jadis bruyante d'une joyeuse animation, semblait morte aujourd'hui.

Jehan n'eut pas à attendre longtemps. Le coupé de la faculté et son escorte stoppèrent bientôt sur la place.

Maître Chicoyneau, qui ne semblait pas se soucier de la contagion, serra Jehan dans ses bras.

– Je suis heureux de vous revoir, mon cher Figueras ! Vous étiez notre plus brillant sujet.

– Vous restez notre plus brillant maître.

– Je n'enseigne plus guère depuis que l'on m'a élu chancelier. Je suis accablé par la paperasse ! Elle tue plus que la maladie, en France ! La voilà, la véritable peste !

Jehan emmena les trois envoyés de maître Chirac vers l'auberge des Deux Pucelles, dans la rue du même nom, tout près du Cours. Cet établissement était réputé comme la meilleure auberge de la ville. La seule, assurément, où en ces temps de malédiction on continuât à servir des ortolans dans de la vaisselle d'argent, arrosés d'un bon cru de Bourgogne.

Palefreniers et valets prirent en charge chevaux et bagages, tandis que les médecins se dirigeaient vers la salle qui leur avait été réservée au premier étage pour dîner en toute tranquillité.

Maître Chicoyneau apprécia la nourriture succulente, rôti de veau entouré d'ortolans et de petits pâtés d'alouettes, poissons pêchés le matin même dans les calanques voisines. Puis il se tourna vers Jehan.

– Alors, monsieur Figueras ? Que se passe-t-il ? Pour qu'on alerte Son Altesse Royale, il faut que ce soit sérieux.

– Hélas, mon maître ! C'est la peste.

– En êtes-vous si sûr ?

– Oui. Les signes sont là, bubons et charbons. Le mal a d'abord progressé lentement. Il s'est déclaré fin mai à bord d'un vaisseau venu du Levant. Il est passé dans la vieille ville avec des marchandises de contrebande. On déplorait trente morts par jour en juillet, cinquante début août. Nous en sommes à cent !

– Cela ne m'étonne guère. Je me souviens du rapport impitoyable que messire Arnoul, l'intendant des galères, écrivit jadis à Colbert : « *Les Marseillais sont entassés de la cave au grenier, tous les uns sur les autres, et il n'est pas surprenant que dans cette saleté la peste les ravage.* » Mais est-ce la peste ? Nous verrons.

– La contagion a couvé deux mois dans la vieille ville. Le 7 août elle a franchi le Cours et infecté la ville neuve. Maintenant, les civières ne suffisent plus pour enlever les corps. On a mis en service des tombereaux. Et faute de place dans les cryptes des églises et les cimetières, on a dû ouvrir des fosses communes entre les remparts et le Lazaret. Messieurs, la contagion nous gagne de vitesse. Les infirmeries d'Arenc sont envahies de malades, comme l'hôpital des Convalescents. Pire. Les morts devenant chaque jour plus nombreux, on commence à manquer de bras pour les ensevelir. Le quartier des Tanneries s'est soulevé parce que cinquante cadavres pourrissaient au soleil le long des remparts.

– Nous arrivons trop tard ! s'écria maître Verny.

Jehan murmura, accablé :

– On n'a pas reconnu la peste à temps, malgré les mises en garde de quelques médecins sérieux et expérimentés.

– Dont vous-même, je présume ?

– J'étais à bord du *Saint Antoine* !

– Seigneur !

– J'ai vu la peste à bord. Je l'ai vue comme je vous vois. Je l'ai dit.

Jehan baissa la tête avec humilité.

– Puis je me suis rétracté...

– Notre art est difficile.

– Et pourtant, c'est la peste. Mais l'esprit s'y refuse. Aujourd'hui encore, le collège des médecins de Marseille discute âprement pour savoir si ce n'est pas quelque fièvre vermineuse, ou une forme maligne de dysenterie. Hélas, la municipe, qui a d'abord craint pour les affaires, puis redouté une panique populaire qu'elle ne pourrait pas maîtriser, a prêté trop longtemps une oreille attentive au clan des médecins qui refusent d'envisager le pire. Les choses se gâtent inexorablement.

– Quelles mesures ont-elles été prises ?

– La rue de l'Échelle, d'où la contagion a littéralement explosé, a été fermée, gardée militairement. La rue de la Belle Table aussi, avec l'ancien quartier juif. Toutes les maisons atteintes ont été évacuées, leurs habitants enfermés au Lazaret, puis dans un hôpital. Celui-ci débordé, on garde maintenant les malades à domicile. Des commis étapiers leur apportent vivres et eau. Ordre a été donné aux médecins et chirurgiens de soigner gratuitement. Est-ce pour cela que beaucoup ont fui ?

Maître Chicoyneau prit un air pincé. Pour sa mission, certes périlleuse, il venait de recevoir une belle prime. En le félicitant de son courage, messire de Bernage, l'intendant du Languedoc, lui avait fait remettre mille livres par le directeur de la Monnaie de Montpellier. Maître Verny en avait reçu autant, le chirurgien Soullier huit cents. En outre, le Régent avait adjugé par ordonnance sur le Trésor royal, respectivement mille deux cents livres aux épouses des médecins, et six cents à celle du chirurgien, en cas de malheur.

– Comment réagit la population ? demanda maître Verny.

– Mal, très mal. A des mouvements de panique incontrôlée succèdent des abattements dus au désespoir. Le gouvernement ayant bouclé le terroir, l'exode s'est limité à la campagne de Marseille. Les propriétaires de bastides sont partis les premiers. Puis une foule d'environ dix mille personnes, qui redoutent d'être enfermées dans la cité maudite. Beaucoup campent sous des tentes dans la plaine Saint-Michel, près des Minimes, ou le long de l'Huveaune et du Jarret. D'autres s'isolent dans les grottes des collines, ou dans le port sur des bateaux.

– Comment se nourrissent-ils ?

– Pour le moment, avec les provisions qu'ils ont emportées. Mais qu'en sera-t-il demain ?

– Et en ville ?

– Le peuple redoute la disette autant que la peste. On rentre assez de denrées grâce à quelques bateaux et aux barrières établies en limite du terroir. Le pain ne manque pas, on a réquisitionné les boulangers. Mais que se passera-t-il s'ils meurent comme les pêcheurs, ou s'ils fuient comme les bouchers ? Les plus pauvres ne se nourrissent plus que du pain acheté avec les billets gratuits délivrés par les commissaires de quartier. Ils sortent de chez eux pour faire la queue devant les boulangeries, et trouvent ainsi la mort où ils croyaient trouver de quoi prolonger leur vie.

– Je vois que vous en êtes aux mesures extrêmes, dit sombrement maître Chicoyneau.

– En effet. Le couvre-feu est avancé, la loi martiale promulguée. Sont déjà punis de mort tous ceux qui tentent de récupérer meubles ou hardes dans les maisons suspectées, sans parler des pilleurs qui commencent à sortir de l'ombre.

Les trois Montpelliérains se regardaient avec épouvante. Cependant, maître Chicoyneau n'était pas encore convaincu de l'exacte réalité du mal.

– Messieurs, nous avons unc mission précise. Informer le gouvernement. Le conseil de la ville de Marseille n'a jamais déclaré l'état de peste. Nous sommes appelés à trancher.

Jehan le dévisagea avec stupeur.

– Vous ne pensez pas que ce soit la peste ?

– Nous verrons ! En attendant, prenons des forces.

Ils achevèrent rapidement leur repas avec un gâteau aux amandes, accompagné d'un pur moka. Puis, après avoir revêtu leur robe rouge de fonction et coiffé leur bonnet carré sur leur grande perruque de cérémonie, ils montèrent dans le landau municipal qui les emmena à l'hôtel de ville.

Jean-Baptiste Estelle les attendait dans son bureau, en compagnie des autres échevins et des quelques conseillers de ville qu'on avait pu récupérer dans le terroir.

– Messieurs, dit le premier échevin, soyez les bienvenus en notre malheureuse cité. Et surtout, soyez félicités pour votre courage. Votre présence ici est pour nous un réconfort.

– Où sont mes confrères, les médecins du collège de Marseille ? demanda maître Chicoyneau. A part maître Figueras, je n'en vois pas !

– Ils sont dans les hôpitaux, répondit Jean-Baptiste Estelle sans trop y croire.

Le chancelier, qui semblait bien informé, brandit un papier.

– Je suis avisé par le procureur du roi. Messire Pichatty de Croissainte a fulminé cette réquisition :

Ordonnance à ma réquisition pour obliger et contraindre tous les médecins et chirurgiens des collèges de Marseille à revenir, à peine, les premiers, d'être exclus pour toujours de leur agrégation, et les autres de leur jurande et maîtrise, et d'être procédé contre eux, extraordinairement.

Les échevins sentirent le rouge de la honte leur monter au visage.

– Ils sont partis dans le terroir pour mettre leur famille à l'abri, balbutia Jean-Baptiste Estelle. Mais ils vont revenir.

– Je l'espère, pour eux et pour l'honneur de Marseille et de notre faculté !

M. Moustiés tenta une diversion en forme de contre-attaque.

– Pourquoi venez-vous si tard ? Son Altesse Royale a été avisée de la contagion le 10 juillet.

– Monsieur, nous dépendons du parlement du Languedoc. Pour nous immiscer dans vos affaires de Provence, il nous fallait un mandat royal. J'ignore pourquoi il a tardé. Sans doute parce que vos premiers rapports avaient minimisé la contagion. Mais assez disputé. Nous avons une double mission à remplir, et nous la remplirons. Informer le gouvernement ; émettre à votre intention des conseils. Voici notre programme. Vos médecins étant absents, notre conférence commune est remise à demain. Ensuite, nous visiterons les malades, nous effectuerons une autopsie. Puis nous nous réunirons à nouveau pour émettre nos conclusions et avis.

On se sépara froidement. M. Moustiés partit aussitôt à travers le terroir avec deux gendarmes de la Maréchaussée, et ordre de ramener de gré ou de force les « hommes de l'art » qui s'y terraient. Sous la menace fulminée par le procureur royal, il y réussit. Deux médecins seulement du collège manquaient le lendemain à l'appel.

On avait renoncé à convoquer les chirurgiens de grande et petite robe et autres barbiers. Pour remplir la salle, on avait invité des médecins de Provence. Ils vinrent nombreux, attirés par la promesse de récompenses honorifiques et par l'énorme rémunération : dix mille livres par mois, plus une pension substantielle pour leur famille en cas de malheur. Quelques-uns étaient déjà venus par pure solidarité, tel maître Pestalozi, originaire de Lyon, et maître Gayon, de Barjol.

Méfiants, les médecins montpelliérains observaient la houle des perruques et des robes rouges dans la grande salle du conseil de ville. Après quelques mots de présentation, le premier échevin donna la parole à maître Chicoyneau.

– Mes chers confrères, avant de nous plonger au cœur de la ville et dans les hôpitaux, nous sollicitons votre avis. Pour vous, est-ce ou non la peste ?

Un brouhaha indescriptible monta de la salle. On en voulait à l'importun de poser aussi brutalement la question, de prononcer le mot fatidique, comme si une vérité que l'on recherchait depuis trois mille ans allait sortir toute nue de leur ignorance ! Consternés, Chicoyneau, Verny et Soullier laissèrent passer la tempête. Mais au milieu de cette confusion, une évidence s'imposait. Le clan des « non », mené par le syndic maître Barranca, l'emportait largement. *Ce n'était pas la peste !* En vain le clan opposé, mené par maîtres Peyssonnel et Figueras, tentait de se faire entendre.

Maître Chicoyneau leva la main pour demander le silence. Cela ne donnant aucun effet, il se mit à taper rageusement la table avec son poing ganté. Puis, en désespoir de cause, il arracha sa perruque et la jeta à terre, découvrant un superbe crâne chauve. Ce geste étonnant, sacrilège, eut pour effet immédiat de calmer l'assemblée. L'échevin Dieudé la ramassa respectueusement, l'épousseta d'un revers de main et la remit à son propriétaire, qui se l'enfonça sur la tête. Alors, il parla.

– Pour nous, médecins de Montpellier, *ce n'est pas la peste* !

Un silence stupéfait cloua la salle. Même les partisans du non demeuraient sans voix.

« Comment peut-il savoir avant d'avoir examiné un malade ? » se demanda Jehan, consterné.

Comme s'il l'avait deviné, maître Chicoyneau s'expliqua :

– La preuve ? Après-demain, mes confrères et moi examinerons à mains nues, visage découvert, les malades des hôpitaux. Le ferions-nous si nous n'étions pas persuadés que *ce n'est pas la contagion* ?

« Mais cet héroïsme provocateur ne constitue pas une preuve en soi ! » se désolait Jehan.

Cependant, le parti des anti-pesteux triomphait bruyamment. Et les échevins, soulagés, se frottaient les mains : *ce n'était pas la peste !*

Maître Chicoyneau réclama le silence.

– J'ai un message pour vous de mon éminent beau-père, maître Chirac, premier médecin de Son Altesse Royale le Régent.

Un silence respectueux tomba sur l'assemblée. Le chancelier poursuivit :

– Maître Chirac ne croit pas lui non plus à la peste. Il conseille aux médecins de cette ville de se montrer dans les rues avec naturel, pour rassurer les gens. Il suggère à MM. les échevins de disposer sur les places publiques de grandes marmites pleines de bonne soupe et de viande bien grasse, avec des violons, fifres et tambourins, pour engager les gens à la fête et faire danser les couples.

« Est-ce que je rêve ? » se demandait Jehan.

Le chancelier ajouta :
– Pour maître Chirac, votre soi-disant contagion est *une mélancolie du cœur* !

L'assemblée demeura figée de stupeur. Puis maître Estelle s'écria, au comble de l'enthousiasme :

– Cela sera fait, je le jure ! Par Madame la Vierge ! Une mélancolie du cœur ! Comment n'y avons-nous pas pensé plus tôt ? Le peuple est malheureux. Il faut donc le distraire.

Brusquement, Jehan se dressa. Il frémissait d'indignation. Pour la première fois de sa vie, il regretta de ne pas porter la perruque pour la leur jeter à la figure ! Il cria :

– Ceux que vous verrez danser le matin, vous les trouverez le soir étendus morts dans la rue !

Maître Chicoyneau lui lança un regard furibond. Dégrisé, Jean-Baptiste Estelle s'était pris le visage dans les mains.

Soudain, un petit homme maigre et noir, portant une courte perruque rouge, se leva. A Marseille, tous connaissaient et redoutaient un peu maître Jean-Baptiste Bertrand, cinquante-deux ans, originaire d'Aix, mais agrégé au collège des médecins de Marseille. On le voyait le jour à travers les rues soigner inlassablement les pestiférés. De retour chez lui, une vieille maison de la rue de la Prison qui ressemblait à l'antre d'un alchimiste, il écrivait toute la nuit, couvrant des feuillets de sa minuscule écriture illisible : *Relation historique de la peste de Marseille*. La vieille femme qui le servait – un peu sorcière – prétendait qu'il ne dormait jamais, sinon quelques minutes de temps à autre. Ajoutons seulement que maître Bertrand était janséniste.

Sa voix claire et forte, qui étonnait émanant d'un si petit coffre, s'éleva dans la salle.

– Je suggère que l'on donne la parole à ceux qui, jour et nuit, depuis un mois, soignent les pestiférés.

– Eh bien, parlez ! s'écria maître Chicoyneau. Parlez, puisque vous en êtes !

Le médecin laissa errer son regard sur les robes rouges et les mantelets qui s'agitaient entre les rangs des fauteuils. Puis il les dépassa. Il était rue de l'Échelle, rue de la Table, au quartier du Panier et sous les remparts aux pieds desquels les paysans requis creusaient des fosses communes. Là, il n'y avait que souffrance extrême, pleurs et désespoir sans appel.

– Nous sortons tous de la glorieuse école de Montpellier. Nous avons été nourris de sa sagesse et de son expérience millénaire, héritière de la prestigieuse école de Palerme et de l'école rabbinique espagnole. Nous avons lu, appris et médité les textes de nos maîtres, Hippocrate, Galien, Paracelse et Paré. Ils ont décrit la peste avec précision. Que celui qui a des oreilles pour entendre, entende ! Voici, moi, Jean-Baptiste Bertrand, médecin ordinaire des Accoules, ce que j'ai vu et compris.

Il respira profondément et se recueillit un instant. Puis il se jeta dans l'océan de fange et de souffrance, où il se plongeait tous les jours.

– Le mal, chez nous, a été pris par contact avec une marchandise suspecte venue du Levant. Puis il s'est répandu de proche en proche. Tel a soigné un malade. Tel autre a enterré un mort. En général, tout malade atteint meurt rapidement, entre seize heures et deux jours. Frissons, maux de tête, transpiration abondante. Une soif intense s'accompagne de nausées et de vomissements incoercibles. Le pouls est faible et convulsif. Un abattement général saisit le malade, une angoisse mortelle dans laquelle son esprit égaré s'enferme. Peuvent survenir de cruelles douleurs dorsales. Il sombre alors dans un sommeil léthargique. Le pouls devient dur, profond, parfois imperceptible. Les paupières sont enflammées, la langue chargée et blanche, quelquefois noire au milieu ; le signe de la peste ! Messieurs, je vous le demande, au nom du Christ ! Est-ce une mélancolie du cœur ?

– Avez-vous vu des bubons ? s'écria maître Verny.

– J'en ai vu cent. Demain, vous en verrez mille ! Si le malade ne meurt pas dans les deux jours, le bubon paraît. Il suppure. J'en ai vu à l'aisselle et à l'aine, parfois gros comme une orange. J'en ai vu aussi au cou, partout où il y a des ganglions. C'est un signe d'espoir, très relatif. Le corps se défend. Il tente de rejeter le poison mortel, ce que ne parviennent pas à faire les vomissements, la sueur et l'hémorragie nasale.

Jehan intervint.

– J'ai vu aussi des bubons. L'éruption des ganglions, qui s'accompagne de douleurs parfois intolérables, signe avec certitude la peste.

– Il n'y a pas de certitudes dans l'état actuel de nos

connaissances ! glapit maître Chicoyneau. Poursuivez, maître Bertrand.

– Si le bubon crève, la guérison est en effet possible. Je l'ai constaté. S'il ne crève pas, il faut l'aider. Cependant, le bubon doit mûrir.

Maître Soullier, le chirurgien d'Aix, demanda :

– Appliquez-vous le cautère après avoir ouvert le bubon à la lancette ?

– Je suis contre le cautère, pratique barbare du Moyen Age.

Un concert de protestations jaillit de la salle. On se lançait à la tête Ambroise Paré, Harvey et Vésale. Maître Chicoyneau frappa du poing sur la table.

– Arrêtez cette dispute ! Ce n'est pas notre propos. Il s'agit de poser un diagnostic à partir des observations de notre confrère. Poursuivez, maître Bertrand.

– Le malade a l'impression d'être écartelé. Il délire. Son corps se couvre de taches noires, les charbons, deuxième signe de la peste. Dans la plupart des cas, les ganglions se remettent à gonfler. Ils suppurent. Quand on les ouvre, il en sort du pus mêlé d'un sang épais. Le malade délire à nouveau. Il dégage une odeur nauséabonde. Il meurt à l'occasion d'un mouvement insignifiant.

Le médecin se tut. Un silence mortel accabla l'assemblée.

– Voyez-vous d'autres signes ?

– Oui. Les plus robustes ont le moins de chance de survivre. Ceci encore : la contagion est inévitable. Je n'ai pas vu de cas où les trois quarts de la famille ne soient infectés par un seul malade.

– Mais cela est valable pour toute maladie contagieuse ! La lèpre, les fièvres orientales.

– Je peux seulement affirmer qu'il s'agit ici d'une fièvre pestilentielle maligne dont le venin est très actif et contagieux.

Maître Bertrand s'assit.

– Qui désire intervenir ? demanda maître Chicoyneau.

A sa grande surprise, personne ne leva la main. Après l'exposé implacable du médecin des Accoules, une chape de plomb semblait s'être appesantie sur l'assemblée. Maître Chicoyneau annonça :

– La journée de demain sera consacrée aux rapports.

Je veux vos observations écrites, tous, médecins et chirurgiens. Sachez que devant Dieu et devant le roi, vous engagerez votre responsabilité. Après-demain 15 août, je visiterai les malades. Le 16, je ferai une autopsie au Lazaret.

Quelqu'un cria dans la salle :

– Le 16 août, c'est la Saint-Roch, le saint protecteur contre la peste !

– Qu'il nous vienne en aide ! C'est aussi le patron de Montpellier... Nous nous réunirons le 17 pour le rapport final, qui sera envoyé à Son Altesse Royale. Qui veut nous accompagner le 15 à l'hôpital des Pestiférés ?

Seul Jehan Figueras se porta volontaire.

Avant de lever la séance, Jean-Baptiste Estelle pria le deuxième échevin de donner le chiffre des morts de la veille, que venait d'apporter l'intendant semainier de la Santé. Trois cents morts ! Le chiffre avait triplé en quatre jours ! C'était l'explosion redoutée.

En quittant la salle, maître Peyssonnel se pencha à l'oreille de Jehan.

– Ils ne pourront rien faire ! Il est trop tard.

Jehan répliqua :

– Il n'est jamais trop tard. Et si nous devons tous y passer, au moins que cela éclaire les générations futures !

Le vieux médecin hocha la tête. Pour la première fois, l'épouvante se lisait dans son regard.

– Êtes-vous sûr qu'il y aura encore demain une génération ?

Brusquement, son regard s'apaisa. Il murmura, comme pour lui seul :

– Nous sommes entre les mains de Dieu.

Alors, Jehan se souvint de la parole :

« S'il reste un seul juste en Sodome, j'épargnerai la ville. »

23

Le 15 août, en la fête de Notre-Dame, après avoir déposé son rapport, Jehan Figueras vint chercher ses confrères de Montpellier à leur auberge des Deux Pucelles, pour les conduire à l'hôpital des Pestiférés. Dans le grand landau qui se dirigeait vers la porte Bernard-du-Bois, il leur résuma la situation :

– On vient d'ouvrir cet hôpital des Convalescents aux malades contagieux. Malheureusement, il ne peut recevoir que trois cents malades. Or, quatre cents s'y entassent déjà dans les pires conditions d'hygiène. On le fait agrandir et le gouvernement a ordonné à la ville de construire un nouvel hôpital provisoire. Le travail est en cours hors les murs, sur le Jeu de Mail, derrière la porte de Noailles.

Ils arrivaient. Le directeur les attendait. Jehan le présenta aux Montpelliérains.

– Maître Gayon était médecin à Barjol. Il est venu nous aider volontairement avec son fils, également médecin.

L'homme paraissait dépassé.

– Vous tombez bien ! Non seulement nous sommes débordés par les malades, mais nous manquons de tout. J'ai dû faire ouvrir et vider les étables voisines des animaux de boucherie pour y mettre les nouveaux arrivants. Ils occupent aussi la cour, les jardins et les logements annexes. Dans ces conditions ils meurent en deux jours, ce qui dégage des places, aussitôt accaparées. Mais nous ne savons plus que faire des cadavres. C'est l'enfer.

– Voyons cela.
– Voulez-vous passer dans la salle des fumigations pour vous habiller et vous parfumer ?
– Inutile, dit maître Chicoyneau.
L'autre le dévisagea avec stupeur.
Cependant, maîtres Verny et Soullier acceptaient de se soumettre à ces précautions ordinaires. Malgré la chaleur étouffante, ils passèrent par-dessus leur culotte de peau une longue tunique froncée en toile cirée. Puis, retirant perruque et grand chapeau magistral, ils se coiffèrent d'une cagoule portant masque hermétique en bec-de-corbin rempli de parfum et de vinaigre, avant d'enfiler des gants de fine toile gommée qui leur remontaient jusqu'aux avant-bras.
Enfin, maître Gayon les entraîna dans la vaste cour où se trouvaient les malades qui attendaient la mort de ceux de l'intérieur, pour prendre leur place. Les malheureux se serraient à l'ombre des micocouliers, à même le sol de terre battue sur des paillasses souillées de sang séché, d'excréments, de vomissures et de pus. Les derniers arrivés demeuraient en plein soleil, dans une chaleur et une puanteur suffocantes.
Ici et là rougeoyaient les braseros de cautérisation, qu'entretenaient de jeunes garçons chirurgiens à l'œil hagard.
De cette humanité souffrante, révoltée ou résignée, montait une plainte sourde, entrecoupée par les hurlements de douleur des malades, lorsque le cautère du chirurgien leur brûlait les chairs à vif, après incision d'un bubon.
L'arrivée du groupe des médecins déclencha un concert de vociférations et d'injures. Des blasphèmes montaient des paillasses, malgré la présence affairée des religieux cordeliers, qui passaient des uns aux autres, confessant, absolvant, bénissant, appliquant les saintes huiles.
Interrompant la prière des mourants, un agonisant se réveilla et se plaignit bruyamment de n'avoir pu faire son testament. Il réclamait sans cesse :
– Un notaire ! Un notaire !
Deux corbeaux attendaient avec impatience son trépas.
– Allons, frère ! Ne fais pas tant d'histoires pour cracher ton âme ! Il y a belle lurette que les notaires se sont enfuis au terroir !

Un peu plus loin, un malade, que le chirurgien-barbier venait de torturer en lui ouvrant maladroitement ses bubons, se plaignit de ses souffrances au moine qui l'assistait. En guise de consolation, le cordelier lui expliqua posément :

– Aucune souffrance ne sera perdue, mon fils. Le décompte exact sera fait de ton temps de purgatoire sur terre.

– Si je vais en enfer, maudit enfroqué, rien ne me sera décompté !

Scandalisés par cette impiété qui révélait l'état d'abandon spirituel de la ville, les médecins montpelliérains auraient voulu se boucher les oreilles. Quant à Jehan, il ne voyait que la souffrance et l'innommable saleté. Toutes les bornes de ce qu'il avait connu en Afrique se trouvaient dépassées.

Le long des palissades branlantes qui entouraient la cour s'élevaient des tas d'ordures. Paillasses éventrées, hardes nauséabondes, restes de cuisine. Un peu plus loin, des chiens faméliques que les gardes épuisés ne songeaient plus à chasser disputaient aux mouches une charogne de cheval aux entrailles répandues, qu'on gardait à dessein. Ainsi fixés, les insectes laissaient relativement en paix les pauvres malades.

Maître Chicoyneau examina quelques corps apparemment sans vie.

– Si vous faisiez enlever ces cadavres, cela ferait de la place aux malades qui attendent en plein soleil.

– Nous manquons de tombereaux, de chevaux, de conducteurs, s'écria maître Gayon. Nous manquons de tout ! Les cadavres sont mis en tas, là-bas. Même les « corbeaux » refusent d'y toucher !

Il désignait un monticule informe, d'où s'exhalait une puanteur presque palpable. Écrasés, les cadavres du dessous laissaient jaillir leurs viscères, comme des grappes de gros fruits noirs. Du sommet se dressait une main au poing fermé, comme si le mort avait voulu protester contre le sort indigne qui lui était fait.

Puis ils pénétrèrent dans les salles. A l'entrée s'affichait cet avis qui les laissa perplexes :

Il est interdit de chiquer, de priser et d'avaler sa salive pendant la visite des malades.

Quelques religieuses, elles aussi débordées, s'affairaient autour des lits. Sous leur voile, elles ne portaient sur le visage qu'un léger masque de coton imprégné de vinaigre et d'eau bénite.

Au grand effroi de ses confrères, maître Chicoyneau ne prenait aucune précaution. Il ne portait même pas les gants et le masque, comme Jehan, qui se pencha à l'oreille de maître Soullier.

– Regardez-le ! Il palpe les bubons à mains nues ! Il se penche sur les malades et respire leur haleine !

– On dit pourtant que le souffle d'un pestiféré tue aussi sûrement qu'un mousquet ; que leur haleine tue net un oiseau, et même un coq ou une poule, qui s'en tirent au mieux avec la maladie du croupion. Et s'ils soufflent sur de l'eau chaude, ils déposent une écume de pestilence.

– Balivernes ! La contagion est hélas beaucoup plus sournoise.

En sortant de l'hôpital après s'être ébroués dans un baquet d'eau vinaigrée, les trois médecins regagnèrent leur auberge. En vain Jehan avait tenté de leur arracher un avis.

– Demain, nous effectuerons l'autopsie. Alors seulement, nous pourrons poser un diagnostic.

Jehan s'en retourna à l'hôtel-Dieu, découragé par ce qu'il avait vu. Comme il parcourait les rues à pied, il croisa des tombereaux de cadavres. Ils circulaient maintenant en plein jour. Mais les rues étaient désertes, les fenêtres fermées, les portes barricadées. Une ville en état de siège !

Devant l'*Hospitale pauperum*, Jehan trouva une foule de miséreux qui se lamentaient. Il interrogea un garde.

– L'hôtel-Dieu chasse ses gueux, monsieur ! On aura tout vu ! Et c'est pareil à la Charité ! Ordre de MM. les échevins ! Place aux contagieux !

Jehan se précipita chez l'administrateur.

– On nous a réquisitionnés ! soupira Bruno Granier. Mais cela ne servira à rien. Aujourd'hui, on compte six cents malades nouveaux. Demain, ils seront mille !

– Où vont aller les pauvres ? Et les petits orphelins ?

– Les pauvres, on les laissera se répandre dans le terroir, qu'ils vont infecter. Beaucoup sont sans doute déjà contagieux. Ils camperont dans les bois, sur les bords de l'Huveaune et du Jarret, vivant de rapines. Quand le terroir sera infecté, je ne donnerai pas cher de la Provence !

– Et les nourrissons abandonnés ?

– Ce seront bientôt de petits anges.

– Ils sont très nombreux ?

– Plus de mille ! Les mères meurent comme des mouches. Eux survivent. C'est à n'y rien comprendre !

« Étrange, se dit Jehan. Ils survivent. Et pourtant, ils sont faits de la même chair que leur mère, nourris de leur lait. Dans leurs petites veines coule le même sang impur. Ils résistent. Pourquoi ? Il faut étudier cela. »

– Que font les médecins de Montpellier ? demanda l'administrateur.

– Demain, maître Chicoyneau fera l'autopsie. Je l'assisterai avec ses deux collègues.

– Demain c'est le 16 août !

– Oui. La Saint-Roch, le patron des pestiférés ! Le peuple attend un miracle.

– C'est notre dernier espoir, maître Figueras. Saint Roch avait été orphelin, comme ceux que nous recueillons. Plus tard, en 1320, parti de Montpellier en pèlerinage pour Rome, il s'y est dévoué en soignant les malades de la peste.

– Il était donc immunisé ?

– Non, puisqu'il tomba aussi malade. Mais il guérit...

– On verra bien s'il va faire un miracle. Je serais curieux de voir cela !

Le 16 août, maîtres Chicoyneau, Verny et Soullier, assistés du seul Jehan Figueras, effectuèrent l'autopsie d'un cadavre pestiféré dans la salle de ce même Lazaret où, le 27 mai, Jehan avait assisté maître Guérard au cours de la première autopsie. Quatre-vingts jours s'étaient écoulés depuis. Les médecins avaient discuté en vain pour savoir si c'était ou non la peste, tandis que les morts se multipliaient.

A l'exception de maître Chicoyneau, qui opérait toujours à mains nues et visage découvert, les médecins avaient passé leurs gants de fine peau d'agneau et recouvert leur visage d'un masque imprégné de vinaigre et d'aromates.

L'aide-chirurgien avait préparé le cadavre, une femme jeune et encore belle malgré les marques de charbons qu'elle portait sur la peau et les excroissances qui soulevaient ses aines.

– Qui est-elle ? demanda le chancelier.

– Une pauvresse qu'on a amenée à l'hôtel-Dieu, déjà mourante, répondit Jehan. On ne lui connaissait aucune famille. Ainsi, personne ne pourra protester contre l'autopsie.

Jehan contempla avec pitié ce visage encore beau. Qui était-elle ? Les aides-chirurgiens de l'hôtel-Dieu l'avaient trouvée rue du Pavé-d'Amour, cette ex-rue Triperie qui débouche à l'extrémité du port. Peut-être une prostituée, ou une de ces servantes de taverne que fréquentent les marins.

La pauvre fille était si maigre que les viscères ne jaillirent pas de l'ouverture pratiquée d'un coup expert de lancette, du pubis au sternum. Maître Chicoyneau s'en empara à pleines mains et, après les avoir détachés de l'abdomen, les déposa sur une petite table de marbre. Sans paraître gêné par l'odeur de putréfaction, le médecin fouillait dans ces amas d'organes, ouvrait, taillait. Puis il essuya ses mains dégoulinantes de sang noir et prit un peu de recul.

– Voyez vous-mêmes, messieurs : ces taches noires sur les viscères. La vésicule biliaire est pleine d'un liquide visqueux, épais, presque solide. Jehan, vous me la mettrez dans un bocal d'alcool. Je l'emporterai à mon laboratoire pour l'examiner à mon aise. On y voit mal, ici. Et regardez !

Il plongea sa main sous les côtes, donna quelques coups de lancette, arracha le cœur, l'ouvrit.

– Voyez. L'aorte et la veine cave sont bouchées de caillots. La mort a dû être instantanée.

Il s'empara de la rate, la palpa.

– Elle est gonflée et molle.

Puis il dégagea l'estomac et l'ouvrit. Il était plein de caillots.

– Les organes sont gorgés de sang noir qui se décompose, dit Jehan. Hémorragie interne. Ce signe ne trompe pas. Il faut arrêter maintenant, maître. Cette autopsie est dangereuse.

Maître Chicoyneau parut ne pas l'entendre. Une sorte de passion brillait dans son regard fauve.

– Il faut aller jusqu'au bout. Éclairez-moi.

Le métal de sa lancette brillait à la lueur de vingt chandelles qui grésillaient dans leurs chandeliers de cuivre. Il la pointa vers l'aine distendue. Jehan cria :

– Non ! Pas les bubons !

D'un geste qui ne tremblait pas, maître Chicoyneau ouvrit l'abcès. Un liquide épais et nauséabond fait de pus et de sang noir jaillit de la blessure et l'éclaboussa au visage. Il se pencha.

– Cela aussi m'intéresse. Vous me le mettrez en bocal.

Jehan cria :

– Mais vous allez porter la peste en Languedoc, infecter Montpellier !

Le chancelier parut sortir d'un rêve. Il recula, s'essuya le visage et les mains avec un chiffon. Puis il se retourna et déclara posément :

– Vous avez peut-être raison, Figueras. C'est sans doute la peste. Qu'en pensez-vous, monsieur Verny ?

– La plèvre est visqueuse, les ventricules du cœur sont pleins d'une coagulation noirâtre, l'œsophage est cyanosé, les intestins sont remplis d'une matière visqueuse de couleur rose qui révèle l'hémorragie. Partout les glandes font saillie, les follicules sont tuméfiés, le foie est marbré et une purée verdâtre s'échappe de la valvule iléo-caecale. Ce pourrait être la peste, à moins que cet engorgement des viscères internes ne signe une inflammation gangréneuse.

Les Montpelliérains se retirèrent.

Jehan chercha en vain des yeux les infirmiers et l'aide-chirurgien sensés les assister. Tous avaient fui. Il ne restait que ce pauvre corps de femme dénudé, supplicié, saccagé, peut-être victime du mal implacable pour avoir trop aimé.

– L'ouverture du cadavre ne permet plus de douter que la peste ne soit un véritable arrêt du sang dans les différentes parties attaquées. Mais il est difficile de découvrir en quelle occasion le sang est obligé de s'arrêter. Est-ce en raison de son épaississement ? Le pouls est ordinairement faible. Le sang qu'on tirait avant la mort était épais et fort gluant, dépourvu de sérosité. On a d'ailleurs remarqué que la maladie est parfois précédée d'un grand flot d'urines claires qui doit épuiser le sang des sérosités et le laisser à sec.

Maître Chicoyneau parlait, parlait, devant l'auditoire subjugué des médecins de Marseille, assemblés pour la deuxième fois dans la grande salle du conseil de ville. Aussi à l'aise qu'en sa chaire de l'école de Médecine développant un cours magistral devant un parterre d'étudiants admiratifs et respectueux.

– Messieurs, la peste est une affection du sang et des humeurs sous l'effet du venin. A l'occasion d'un voyage en Barbarie, Alger pour être précis, nous nous sommes livrés jadis à de merveilleuses observations sur le contenu des viscères de pestiférés, en lesquels circulait un liquide noir d'une nature si particulière que, lorsqu'on le fit avaler aux crapauds, on les vit enfler de manière prodigieuse. Chez le malade, le sang s'épaississant, la circulation est troublée, la vie s'arrête. Le sang ainsi atteint ne peut plus exciter et entretenir la vigueur élastique du cœur et des artères. Le pouls devient petit, inégal, la face cadavéreuse.

Dépassés par ce discours, les échevins s'impatientaient. Jean-Baptiste Estelle osa interrompre le maître.

– Mais enfin, monsieur le chancelier, est-ce ou non la peste ?

L'autre le regarda, scandalisé d'avoir été interrompu, fût-ce par un échevin en chaperon. Puis il consentit à descendre de son piédestal pour informer ces manants.

– Oui, monsieur. D'après nos premières constatations, *c'est probablement la peste*. Mais il nous reste à étudier les différents rapports pour en avoir la certitude.

L'univers des échevins s'effondra sous leurs pieds. Car malgré l'évidence, ils espéraient encore, soutenus par la majorité des médecins marseillais. Les partisans de la peste, tels Jehan et les Peyssonnel, ne bronchaient pas. Il eût été pour eux indécent de triompher en un moment aussi tragique. Un silence de mort s'étendit. Jehan demanda :

– Pouvons-nous profiter de la présence de Vos Excellences pour solliciter quelques conseils pratiques quant à la manière de traiter la contagion ?

Maître Chicoyneau n'entendait pas se laisser distraire de son exposé magistral. Il était aussi payé pour cela.

– Mon jeune ami, le traitement de la contagion est du ressort des chirurgiens-barbiers. Avant de donner la parole à M. Soullier, il convient de situer exactement le problème du mal et son origine. Car comment lutter contre un ennemi que l'on n'aurait pas exactement identifié ? Le diagnostic précède la médication !

Après l'autopsie pratiquée par un si grand maître, les Marseillais s'attendaient à quelque révélation. Maître Chicoyneau enchaîna :

– La contagion provient de l'introduction dans le corps d'un venin par des *miasmes* dont l'essence est inconnue.

– Cette théorie n'a plus lieu d'être défendue, dit Jehan. La peste se caractérise par le fait que, contrairement à toutes les autres maladies épidémiques, elle ne vient ni de l'air, ni des aliments, ni de quelque exhalaison putride de la terre.

Un murmure désapprobateur courut dans la salle. Maître Chicoyneau articula :

– Cet avis prétend réfuter la saine doctrine de notre école, et celle de Salerne.

– Mais comment expliquez-vous, maître, les morts presque subites de gens qui ont seulement ouvert les balles de laine suspectes ?

– Tous les esprits maléfiques étant détenus avec violence dans les filaments de la laine font un effort excessif pour se dégager aussitôt que le ballot est ouvert. Étant infinis en nombre, d'une extrême activité, ils font des impressions si vives tant aux poumons qu'au cerveau que, perdant l'usage des uns et de l'autre, les personnes qui les respirent en meurent sur-le-champ.

– Qu'entendez-vous par « esprits maléfiques » ?

Maître Chicoyneau eut un geste d'ignorance. Puis il regarda fixement Jehan.

– Vous avez une idée ?

– Pour moi, la peste se transmettrait par inoculation directe d'un sang contaminé, non par l'alimentation ou l'air. L'agent de la peste dans le sang serait un *animalcule*. Je l'ai déjà suggéré à notre docte collège. Mais personne ne m'a cru.

– Cette théorie serait défendable, dit maître Peyssonnel, si l'on pouvait concilier le terme d'animalcule avec l'invisibilité. Par essence, ce qui est invisible est du domaine de l'esprit. Pour moi, le miasme est un esprit mauvais. Ce ne peut donc être un animalcule.

Jehan répliqua :

– Les animalcules fourmillent dans la matière vivante

et végétale, et pourtant, on ne les voit pas à l'œil nu. On en voit certains avec une forte loupe. Si vous multipliez les loupes les unes sur les autres, vous obtenez un grossissement considérable; alors, vous voyez les animalcules.

Un murmure sceptique passa dans l'assistance comme une houle.

– Les avez-vous vus? demanda maître Barranca, dont l'agressivité naturelle se trouvait modérée par la présence du chancelier.

– Non. Mais depuis notre débat du 27 juillet, j'ai fouillé dans la bibliothèque de l'hôtel-Dieu. J'y ai trouvé le mémoire d'un vieil apothicaire juif qui exerçait à Barcelone à la fin du siècle dernier. Il avait fabriqué un *microscopus*, en calant une série de loupes sur le même axe. Pour résoudre le problème de la perte de luminosité, il étalait une goutte de la substance à observer diluée dans l'eau, entre deux plaques de verre, qu'il éclairait violemment à l'aide d'un jeu de miroirs captant un rayon du soleil. Il a ainsi observé des animalcules très mobiles dans les algues, les levures, les champignons, le sang et le sperme de l'homme.

– Démonstration immorale, donc impie! s'écria maître Barranca. Notre collège ne saurait cautionner cette hérésie!

– Vos animalcules ne prouvent rien, dit maître Chicoyneau. Comment savoir si certains sont le vecteur de la contagion?

– Il me semble que les animalcules – appelons-les *microbus* – sont partout. Dans le sol et dans l'air; dans les aliments, dans les liquides, sauf les vinaigres et alcools, le feu, les soudes et les acides. En se multipliant en vertu de nécessités naturelles dont nous ignorons le ressort, semblables aux explosions démographiques humaines et animales, ils transforment les éléments où ils vivent. En général, l'ordre naturel fixé par le Créateur est respecté, il ne se passe rien. Mais parfois ils putréfient les éléments qu'ils envahissent.

– Qu'a vu votre apothicaire juif dans son... comment dites-vous? *microscopus*?

– Il a vu des créatures microscopiques de toutes les formes. Au cours d'une épidémie de peste, il a eu l'idée de faire respirer un malade contre une plaque de verre. Ayant examiné le dépôt de buée sur son appareil, il vit, l'espace d'une seconde, des filaments s'agiter, comme des pointillés de matière vivante.

A nouveau, les échevins s'impatientaient.

– Messieurs ! s'écria maître Estelle. Depuis une heure nous écoutons vos savants discours. Dans cet espace de temps, combien de Marseillais sont morts ? Et combien ont été touchés par le mal ? Alors, que devons-nous faire ?

Maître Chicoyneau agita sa grande perruque.

– D'abord, enrayer la contagion. En même temps, soigner les malades.

– Mais on ne sait toujours pas comment se transmet la contagion, s'écria maître Robert. La preuve : on m'a dit que M. le chancelier a examiné sans masque les malades pestiférés. Il aurait manipulé un cadavre à mains nues. Il l'aurait ouvert !

Un murmure d'étonnement parcourut l'assistance. Maître Chicoyneau répliqua, irrité :

– Notre jeune confrère Jehan Figueras a vécu un an en Alexandrie, où règne la peste à l'état endémique. Il a soigné des malades. Or il est là, bien vivant, frais et sain devant nous.

Jehan se leva. Sa voix se fit grave.

– Quel est le secret de notre immunité ? Tel est le problème. Celui qui le découvrira aura vaincu la peste ! Pour moi, je l'ai dit, la contagion est transmise par le sang. Tout ce qui touche au sang est donc dangereux. On se gardera des morsures d'animaux, mais aussi des moustiques et des puces. Et du rat, porteur de puces, qu'il passe à l'homme.

– Mais comment se garder de l'homme couvert de puces ? demanda un médecin.

– A l'hôtel-Dieu, nous recevons quantité de gueux, de vagabonds. Ils sont envahis de ces parasites. Dès leur arrivée, je demande qu'ils se lavent et qu'on lave leurs hardes. Mais dès qu'ils ressortent, ils se replongent dans leur quartier miséreux infecté par les rats qui vivent sur des tas d'immondices, les chats, les chiens errants et parfois des porcs ! Les parasites leur reviennent. Même chez les bourgeois, comment supprimer tous les rats ? Et si cela était, comment empêcher qu'un chat de distinction, à la saison des amours, aille courir les chattes des pauvres qui leur passeront leurs puces ?

Visiblement, cette lutte contre les puces paraissait utopique.

– Vous pouvez donner à la peste le terme qu'il vous plaira, dit maître Verny. Celui de « venin pestilentiel » est d'un long usage. Miasme ou *microbus,* la peste est due à des émanations imperceptibles qu'il sera difficile de maîtriser. Quelle est la configuration des corpuscules, ou animalcules dont ce venin est formé ? Notre connaissance est courte en ces matières et ne va pas jusqu'à connaître la forme des premières parties des mixtes. Notre éminent confrère maître Astruc les appelle « acides vitrioliques », ou « partie arsenicale ». Mais, comme pour la théorie animalculaire de notre confrère Figueras, ce ne sont qu'hypothèses.

Il laissa courir sur l'assistance un regard supérieur et poursuivit :

– Comment le venin peut-il se communiquer par contact, voilà notre problème. Par les pores de la peau, car toutes les parties du corps sont perméables de dehors à dedans, comme de dedans à dehors, Vésale l'a dit. Il se communique aussi à distance par l'air infecté que l'on respire. Et peut-être, comme le suggère M. Figueras, par des corpuscules imperceptibles : *mikros animalis mortificus*, contenus dans le sang et communiqués par les puces ! Je ne vais pas vous disputer vos puces, monsieur Figueras ! Mais les miasmes ont ma faveur. Et tout corps capable de prendre de l'odeur pourrait aussi se charger de ces émanations. Tout ce qui peut détruire les odeurs dont les corps sont pénétrés pourrait donc détruire les émanations pestilentielles dont ils sont imbibés.

– Vous préconisez donc les fumigations ?

– Oui.

– Mais d'où vient le venin ? Le virus ? Appelez-le comme vous voudrez !

– Les corpuscules du venin sont formés par la corruption des humeurs des corps pestiférés qui s'en exhalent par la transpiration. Étant coagulant, ce venin épaissit le sang et ralentit la circulation, fournissant moins de parties sirupeuses aux glandes du cerveau, qui à leur tour fournissent moins aux nerfs qui vont au cœur.

– Que pensez-vous des bubons ? demanda un jeune médecin.

A un signe du chancelier, le chirurgien Soullier put enfin prendre la parole.

– *Pus bonum est laudabile.* Le pus est bon, il annonce

une saine réaction à la maladie. Les bubons sont provoqués par le venin qui se mêle à la lymphe. Les glandes suppurent parce que la lymphe corrosive ronge, brise et dissout le tissu de la glande et la met en fonte. Le venin est susceptible de s'évacuer par ces voies, au lieu de s'accumuler dans le sang en assez grande quantité pour exciter la contagion.

– Faut-il traiter les bubons ? Les ouvrir ? Les extirper ? Et quand ? demanda maître Audon.

– Il faut aider la nature en les ouvrant, mais pas avant que l'abcès ne soit mûr. Sinon, vous risquez de tuer le malade en provoquant une hémorragie que le fer rouge sera impuissant à arrêter. Il faut donc attirer le venin dans le bubon en y appliquant ventouse, sangsues ou topiques. On accélère le processus en le ramollissant avec des compresses chaudes de résine de térébinthe ou des emplâtres de figues. Et l'on entretient la suppuration avec des cataplasmes digestifs.

– Et les charbons ? Comment traiter les charbons ?

– Il faut les scarifier à la lancette à douze pointes, sinon ils s'étendent... On applique ensuite le digestif ordinaire, et par-dessus, le plumasseau de coq avec une compresse de vin.

– Mais pourquoi certains sont-ils préservés ? répéta Jehan, obstiné.

Maître Chicoyneau répondit :

– De même que le levain ne fermente pas également toutes sortes de farines, le soleil n'échauffe pas également tous les corps. Les vésicules pulmonaires de certains sont plus serrées ; les transpirations plus efficaces, et les excrétions ; le sang est plus pur. D'autres ont l'esprit ferme, capables de dominer leur frayeur. Leur estomac est donc propre à une digestion plus louable.

– Faut-il saigner ? demanda un autre médecin.

– Seulement les gens sains, à titre préventif. Jamais le malade, qui a besoin de toutes ses forces pour résister au venin.

Un concert de protestations s'éleva dans la salle. La saignée était à la médecine ce que le vin était à l'agriculture.

– La saignée enlève le sang corrompu et facilite la circulation en rétablissant la fluidité du sang, glapit maître Barranca.

– Elle épuise le malade et tue plus sûrement que la peste ! répliqua Jehan.

– Faut-il purger pour libérer les parties basses ?

– Non. Cela mettrait en mouvement le venin.

– Pour ma part, s'écria maître Peyssonnel, je suis hostile à toutes pratiques barbares qui torturent le malade. Hostile aussi aux spécifiques, sels et autres élixirs, qui font périr autant de malades que de gens sains.

– Vous avez raison, dit le chirurgien Soullier. Je m'en tiendrais à une *médecine naturelle*.

Ce mot nouveau laissa l'assemblée perplexe.

– Qu'est-ce à dire ? demanda maître Barranca avec une pointe d'agressivité.

– *Natura medicatrix !* Régime vaut mieux que médecine. Boissons chaudes sudorifiques, infusions de plantes choisies. On y joindra, comme le préconisait notre éminent confrère maître Verny, maintes fumigations de genièvre, sauge, romarin, thym, laurier, lavande et autres bonnes plantes de notre Midi, pour tuer le miasme qui sévit dans l'air. Et les bains ! Les bains de sauge. Grâce à ces bains domestiques pour transpirer, le poison s'élimine par les sueurs avant qu'il n'ait eu le temps d'infecter les liqueurs, humeurs et autres parties essentielles à la vie. Pour la curation des malades, j'utilise les vomitifs qui chassent le venin. Ainsi est rétablie la fluidité du sang.

– L'hypecaluana et le guilla de vitriol très délayé conviennent le mieux, ajouta maître Verny.

– Et les cordiaux ?

– Oui. Ils doivent être composés de tout ce qui résiste à la putréfaction, sans pour autant mettre les humeurs trop en mouvement. Genièvre, tormentille, angélique, mêlés au vin rouge et au camphre.

– Toutes ces mesures sont respectables, dit Jehan. Mais il serait mieux de trouver un spécifique pour détruire le *virus* – après tout, ce mot est acceptable – comme on l'a fait pour celui de la variole.

Maître Chicoyneau le regarda de travers.

– Un *spécifique*, dites-vous ? Qu'est-ce à dire ?

– Des médecins anglais travaillent sur ce phénomène étrange : l'immunité. En prélevant le liquide séreux d'une pustule fraîche de variole et en l'inoculant à un malade, voire à un individu sain, on l'immunise de la contagion.

Des cris indignés montèrent de la salle.

– Inoculer la peste pour s'en protéger, mais ce serait un assassinat !

– Je n'ai pas dit cela, répliqua Jehan. Il s'agit d'inoculer une forme atténuée du venin. Comme l'affirme Galien, *generantur in corpore humano humores veneno*[1]. Les Chinois pratiquaient l'inoculation de la variole mille ans avant notre ère. Elle fut aussi en usage dans les monastères d'Asie centrale aux premiers siècles, de même qu'en Inde et en Perse où la variole décimait vingt pour cent de la population. On utilisait les vêtements des malades, ou leurs pustules desséchées, réduites en pâte et introduites dans le nez avec un coton. Déjà connue des paysannes grecques de Morée et de Thessalie, la variolisation a été redécouverte récemment en Angleterre grâce à deux médecins grecs venus de Constantinople. Ils ont osé inoculer le venin dans les veines avec la pointe d'une lancette.

– Mais la variole n'est pas la peste ! s'écria maître Barranca. Cette théorie contestable va à l'encontre de tous les règlements de quarantaine. La propager serait tomber sous le coup de la loi.

– Pour le moment, dit maître Chicoyneau, la meilleure manière de se garder de la contagion reste, avec les fumigations, le vinaigre, mêlé d'un peu de cannelle qui en détruit la malice ou, si vous préférez, l'acidité. C'est un remède universel contre la peste, que préconisait déjà en 1505 notre confrère de l'Université de Paris, maître Guillaume de Salicet : une éponge, ou du pain mouillé de vinaigre que l'on s'applique sur la bouche ou sous le nez auront plus d'effet que votre... comment dites-vous, mon jeune confrère ?

– Inoculation.

– Dieu nous garde de ces innovations hérétiques, voire diaboliques, qui tendent à bannir la Providence de ce monde, à usurper l'autorité fondée sur les lois de la nature et de la religion, et à augmenter le vice et l'immoralité.

– Je ne bannis jamais la Providence, répliqua Jehan, et je ferai toujours mienne cette pensée de notre maître Ambroise Paré : *« Je le soignai, Dieu le guérit. »*

– Hélas ! cria quelqu'un. Nous sommes le 17 août, et Dieu n'a pas fait le miracle espéré par l'intercession de Monsieur saint Roch.

– Messieurs, la séance est levée ! proclama maître

1. Le corps humain produit des humeurs similaires au venin.

Estelle. Je vous remercie. Demain, après l'étude de vos rapports, nous prendrons nos décisions.

Ils secouèrent leurs grandes manches, leurs robes rouges, leurs perruques et s'écoulèrent vers la sortie. Plus personne n'avait évoqué l'idée saugrenue de maître Chirac : faire danser le peuple pour dissiper sa mélancolie du cœur. Les plus lucides le savaient. La peste se chargerait bientôt de faire entrer toute la ville dans une infernale danse macabre.

Tandis que les craintifs se hâtaient de rejoindre leur cheval, leur chaise ou leur cabriolet pour retrouver leur bastide, les passionnés n'arrêtaient pas pour autant leur dispute. Jehan était aussi entouré que le chancelier Chicoyneau.

– Intéressante, votre théorie des puces de rat.

– Plus intéressante encore est l'*immunité*, répondit Jehan. Écoutez cette histoire étonnante. A l'hôtel-Dieu, on m'a amené un nourrisson. Vous savez que nous les recueillons par centaines. L'enfantelet était en parfaite santé, beau, joufflu, pisseux et braillard à souhait comme avait dû l'être sa pauvre mère, poissonnière à la halle Saint-Jean. Cette femme était morte de la peste, après une longue agonie, ce qui ne l'avait pas empêchée de continuer à nourrir l'enfant. Que s'est-il alors passé ? Hâte des enterremorts, terreur inspirée par la contagion, assoupissement de l'enfant sur le sein de sa mère ? Il fut emporté avec elle jusqu'au charnier de la Joliette et enseveli. La Providence voulut que M. Moustiés, revenant du Lazaret à l'aube, passât à cheval près de la fosse et entendît des vagissements. Il fit dégager la terre et récupéra le bébé bien vivant. Il est chez nous depuis quinze jours, exempt de toute maladie. C'est donc un être immunisé. Je l'observe jour et nuit comme un miracle de Dieu, dans l'espoir qu'il me livrera son secret : l'immunité.

M. Moustiés avait entendu. Il se rapprocha du petit groupe.

– L'immunité est comme la recherche de la pierre philosophale par les alchimistes. Ce bébé, de par la grâce de Dieu, possède une immunité naturelle. Certains pensent qu'on peut l'acquérir. Il suffirait de porter un préservatif externe agissant par une sorte de vertu magnétique ou autre. Nous recevons ainsi à l'hôtel de ville quantité de propositions d'inventeurs. Hier encore, un sieur de Cariniers, se disant Parisien, m'a offert moyennant cent livres tournois un plumasseau de cygne apprêté par lui et garanti d'une efficacité absolue. On le porte sur la poitrine.

Maître Peyssonnel s'écria, indigné :

– Et pourquoi pas des amulettes portées au cou ou au bras gauche ? On nomme ces expédients pentacule ou périapte. Ce sont des objets, ou des huiles, des emplâtres soi-disant magnétiques. J'en ai vu... sur quantité de cadavres !

– J'en ai vu aussi, dit Jehan ; et sur des vivants, qu'ils semblent préserver. Quel est l'élément agissant de ces pendentifs contenant une pâte magnétique enfermée entre deux cristaux de roche, cerclés d'or ou d'argent percés à jour ? Le cristal, ou la pâte magnétique ?

– Pourquoi pas les reliques de saint Roch, de saint Sébastien et autres protecteurs de la peste ?

– Oui, pourquoi pas ? Ne vous moquez pas, mes amis. Observez tout. Gardez ce qui réussit. Pourquoi une pierre d'hyacinthe, enfermée dans un sachet, et portée sur le cœur, préserve-t-elle, dit-on, de la peste ? J'ai acheté un périapte à maître Abougna, non pour le porter, encore que cela ne me gêne pas, mais pour l'examiner. Ce sachet percé à jour, rempli de poudres animales, se porte au col par un ruban de soie. Une sorcière que j'ai soignée pour son bégaiement me raconta qu'elle fabriquait ces mixtures les jours de pleine lune avec des crapauds séchés et broyés, araignées, vipères et scorpions. Elle prétend tenir son secret de mère en fille, depuis la révélation d'un médecin du XVe siècle qui aurait retrouvé dans les ruines du temple d'Esculape à Épidaure la fameuse thériaque de Mithridate VI roi du Pont, reprise par les médecins de Néron : soixante substances broyées avec de la chair de vipère. Cela m'a semblé intéressant. Pourquoi ? Tous ces animaux sont venimeux comme la peste.

M. Moustiés demeurait perplexe.

– Mithridate, hanté par l'empoisonnement dont le menaçaient ses ennemis, avaient étudié toutes les substances vénéneuses et constaté qu'en les ingérant en quantité minime, tout en augmentant la dose progressivement, chaque jour, il s'y familiarisait et se trouvait protégé, *immunisé*, comme vous dites.

– Ces poisons agiraient donc en inoculant à faible dose un mal qui habituerait le corps à ce mal, ou qui susciterait les défenses naturelles de l'organisme contre ce mal, s'il venait à l'attaquer. On en revient à l'inoculation des anciens.

– Laissez ces fantasmes hérétiques, jeune confrère ! dit maître Peyssonnel. Laissez le peuple des campagnes se frotter à un bouc puant, ou porter un brassard d'écrevisse putréfiée, ou suspendre un crapaud au-dessus d'un feu pour lui faire cracher la vermine qu'il a mangée et la récupérer pour quelque horrible mixture. Moi, je crois aux simples. Je prescris un bon préservatif masticatoire, comme la racine de zédoaire, ou un mélange d'écorce de citron, d'orange séchée, de cannelle et de clous de girofle. Pour vous préserver, faites souvente fois un bon vinaigre rosat. Ou à la rigueur, portez sur l'estomac une avelane remplie de vif-argent et un petit bourcet plein d'arsenic.

– Holà, mon maître ! Vous appelez cela des simples ? Antimoine et arsenic ont un petit arrière-goût qui sent fort l'alchimie d'autrefois et vous aurait jadis conduit tout droit aux bûchers de l'Inquisition !

– C'est vrai. Il y a aussi *cela*. On ne peut pas en faire l'impasse.

– Cela quoi, maître Peyssonnel ?

– La main de Dieu. Ou du diable ! Le peuple y croit, et quelques bons hommes, qui ne sont pas tous des ignorants ou des fanatiques. La malice du diable. La vengeance d'un Dieu irrité. Ainsi, toute maladie, à plus forte raison la contagion mortelle, se justifie par la notion de péché. Une malédiction envoyée du ciel en punition de nos fautes.

Ils se regardèrent, effrayés. Le spectre d'un Dieu vengeur écrasant les bons et les méchants à cause des péchés des uns, certes, mais aussi de l'ignorance coupable des autres, demeurait comme un souvenir issu des millénaires, ancré dans les tréfonds de leur être.

Maître Estelle les avait rejoints.

– Mgr de Belsunce est formel. Le seul remède en ce cas serait la pénitence.

– Pas seulement la pénitence, dit Jehan, songeur. La prière. Rien ne résisterait à la prière, si nous avions la foi, une foi à déplacer les montagnes. « Je peux tout en Celui qui me rend fort », a dit saint Paul.

– Vous parlez maintenant comme les théologiens.

Jehan secoua la tête. Il hésitait.

– Le mal vient-il du péché ou de l'ignorance ? Pourquoi les plus saints prêtres eux-mêmes sont-ils frappés ?

– Où voulez-vous en venir ?

– On n'échappera pas à la contagion par des moyens ordinaires. Ou bien on trouvera le secret de ce mal, ou bien on s'abandonnera à la main de Dieu.

– Il y a un troisième parti, ajouta maître Estelle : la fuite ! Regardez-les !

Le petit groupe venait de déboucher sur le carré de la Ville, face au port. Là, dans un encombrement de chevaux, de calèches et de chaises à porteurs, médecins et chirurgiens tentaient de se dégager.

– Regardez-les, répéta l'échevin avec tristesse. Ils ne pensent qu'à fuir ! Nos réquisitions n'y feront rien.

Il se tourna vers la façade massive des maisons qui bordaient le port. A intervalle irrégulier perçait une petite rue sombre qui s'enfonçait dans le vieux quartier. Rue Torte, rue de la Guirlande, rue de la Prison. Quelques rares passants s'y engouffraient, disparaissant dans le porche obscur d'une maison, le dos courbé comme sous un orage invisible, le nez enfoui dans une compresse de vinaigre.

Jehan et maître Estelle se retrouvèrent tout seuls sur le carré de la Ville.

– N'avez-vous pas peur, Jehan ? Nous inhalons la mort en respirant !

– Et pourtant, nous demeurons fermes au cœur de la contagion.

Le premier échevin lui prit les deux mains et les serra avec émotion.

– Merci, Jehan. Sans vous et quelques-uns de vos confrères, nous ne pourrions rien faire. Nous ne sommes qu'une poignée face au Monstre qui a étendu ses tentacules sur la ville.

Jehan touchait presque le beau visage de l'échevin. Ses yeux gris-bleu, héritage d'un lointain ancêtre flamand, lui rappelèrent un autre visage. L'image irréelle de Gersende le submergea. Il murmura avec ferveur :

– Père !

Jean-Baptiste Estelle le serra dans ses bras.

– Allons ! Tu le sais bien ! Elle ne pense qu'à toi ! Tu la reverras un jour, plus belle, plus blanche que la lumière du printemps quand elle filtre à travers le feuillage argenté de nos oliviers. Je le crois pour vous deux, Jehan. L'Amour sera plus fort que la Mort.

Il s'écarta soudain. Son visage avait repris le masque terreux de l'angoisse.

Quant à moi...

Se retournant, le dos ployé, il regagna l'hôtel de ville.

24

– Messieurs, c'est effectivement la peste !

Maître Chicoyneau, entouré de maître Verny et du chirurgien-barbier M. Soullier, se tenait debout dans la grande salle de l'hôtel de ville, face aux quatre échevins et au gouverneur-viguier, messire Fortia de Pilles. Les médecins et chirurgiens marseillais écoutaient, atterrés.

– Il faut cacher cela ! s'écria le gouverneur. La population serait épouvantée. La panique s'ensuivrait et le mal, de ce fait, se répandrait dans la province et le royaume.

Ils se mirent à discuter avec passion. L'éthique morale l'emportait-elle sur l'art de gouverner le peuple ?

– Notre mission est de dire la vérité ! clama le chancelier.

– Mais a-t-on jamais dit la vérité au peuple ? Il en est de lui comme des enfants. Il ne demande qu'à être rassuré. Notre devoir est de taire cette révélation pour que la terreur ne le pousse pas au dernier degré du désespoir. On ne vous demande pas de mentir. Seulement de ne révéler la vérité qu'au gouvernement qui vous a mandatés.

Les trois Languedociens se concertèrent. Puis maître Chicoyneau se tourna vers le gouverneur et les échevins, muets de stupeur.

– C'est entendu, messieurs. Nous n'avons pas à intervenir dans les affaires de votre ville. Notre rapport à S.A.R. le Régent, dont vous aurez copie céans, demeurera secret.

– Je vous remercie, dit Fortia. Ces maladies ne sont que fièvres contagieuses causées par les mauvais aliments. Elles cesseront dès que reviendra l'abondance, et ce grâce à la prompte arrivée des vivres de bonne qualité que nous avions demandés pour Marseille.

– Avant de rédiger un communiqué commun propre à rassurer vos concitoyens, ajouta maître Chicoyneau, voici les recommandations que nous vous suggérons. Il vous appartiendra de les mettre en œuvre. Elles sont de saine doctrine.

Il se rassit, chaussa ses besicles.

– S'enfermer chez soi et n'y laisser entrer personne. Clouer les fenêtres et cadenasser les portes. Établir un sas à l'entrée. Entre les deux cloisons, poser une caisse de parfums avec un réchaud, une cuve d'eau d'ablutions et un baquet de vinaigre. Ce matériel permettra de purifier tout ce qui vient de l'extérieur, apporté par un pourvoyeur agréé, qui n'entrera jamais dans la maison. La nourriture sera ainsi purifiée : dans l'eau la viande, les légumes, la volaille plumée, les œufs, les fruits. Cependant, on se méfiera des pêches et des abricots, dont le duvet peut contenir le germe de la contagion. On les trempera dans le baquet de vinaigre.

– Mais comment traiter la volaille en vie ? demanda quelqu'un.

– On l'immergera de force dans le baquet de vinaigre en la tenant avec des pinces.

« On voit bien qu'il n'a jamais vécu à la campagne ! » pensa Jehan.

– Faut-il aussi traiter le pain ? demanda un médecin.

– Le pain chaud est susceptible de porter la contagion, mais non le pain rassis. On se méfiera des fleurs, et naturellement des couffins d'osier, des cordes, et même du verre et de la faïence, de crainte que la sueur ou la crasse de quelque pesteux ne les aient souillés.

– Et la sainte hostie ? Faut-il la traiter ?

– Vous le demanderez à Monseigneur de Marseille. A mon avis, il serait sain, nullement irrespectueux, de la tremper dans quelque bon vin de messe. On évitera de recevoir les étoffes, les soies, les fils de laine, les tapis. Sinon, on les immergera trois fois dans le vinaigre, puis on les laissera sereiner à l'air huit jours et nuits.

« Il n'y a pas d' “ air ” dans la vieille ville », songea Jehan avec tristesse. « Sauf quand souffle le mistral. »

– La boîte à parfums recevra chapeaux et souliers, ainsi que les lettres. Mais il est préférable de tremper celles-ci dans le vinaigre, ainsi que la monnaie de métal.

– Peut-on recevoir quelqu'un de l'extérieur, en cas de nécessité ? Par exemple un fils qui rejoindrait son père.

– On le fera préalablement examiner par un médecin. S'il est sain, il se déshabillera entièrement à l'entrée. Puis on l'isolera douze jours dans sa chambre. On fera tremper trois jours ses vêtements dans de l'eau vinaigrée et on les séchera au grand soleil plusieurs jours.

– Mais on ne saurait imposer ces contraintes au prêtre et au médecin qui visitent les malades ? demanda Jehan.

– Il va de soi.

– Et pourtant, l'homme de l'art est susceptible d'apporter la contagion.

– S'il vient dans une maison suspectée de contagion, où est le risque ?

– Il peut s'agir d'une autre maladie ; ou d'un accouchement.

– Que chaque famille prenne ses risques, après en avoir délibéré.

– Peut-on sortir en cas de nécessité ? C'est le cas des médecins, chirurgiens, gardes, pourvoyeurs et échevins.

– Alors, on se vêtira de soie et non de laine. On se couvrira d'un surtout de toile cirée. On s'abstiendra de toucher quiconque. Forcé à la conversation, on tiendra entre soi et l'autre un réchaud où brûlera un parfum. On évitera de marcher sur des tapis, des toiles ou des vêtements. De frôler quelque chanvre, fût-ce une simple ficelle.

« Tout cela est irréaliste », pensait Jehan.

– La Faculté recommande encore de prendre des bains et de changer souvent de linge.

– Ces mesures ne peuvent être suivies que par une quantité infime de la population ! s'écria M. Moustiés.

– Ce n'est pas notre problème.

– Que faire des animaux domestiques ? demanda M. Audimar.

– Nous référant à la grande peste de Londres, où quarante mille chiens et autant de chats furent mis à mort parce que, portés à courir de maison en maison, ils transportent dans leurs poils les effluves pestilentiels, nous recommandons d'attacher les chiens et de tuer tous les chats, puisqu'on ne pourra les empêcher de sortir.

– Alors, les chats morts ne pourront plus tuer les rats !

– Aussi devra-t-on empoisonner les rats pour les éliminer complètement.

– On n'a jamais pu y arriver, dit maître Estelle. Pas plus les Chinois que les Provençaux !

– Sans prendre formellement parti pour la transmission de la contagion par les miasmes de l'air ou par quelque poison direct, nous recommandons les fumigations : encens, benjoin, calaphane et soufre. Cependant, le moyen le plus radical d'assainir une pièce est d'y allumer une charge de poudre à mousquet, quitte à se garder qu'elle emporte seulement les miasmes et non pas la maison !

« Que le diable emporte cet humour déplacé ! » songea maître Peyssonnel en agitant sa grande barbe.

– La Faculté reconnaît l'impossibilité de faire évacuer toutes les maisons pestiférées, puisque désormais aucune ne se trouve préservée. Les hôpitaux étant saturés, cela reviendrait à faire se répandre ailleurs la contagion. Dès qu'un pestiféré aura quitté sa maison, mort ou vif, le commissaire de quartier en prendra possession avec son équipe d'aéreurs et parfumeurs, précédé de gens avec flambeaux de cire. Dans chaque pièce on allumera un feu : botte de foin de quatre livres avec bonnes herbes de sauge, romarin, thym et lavande, auxquelles on ajoutera du laurier, du cyprès, du genièvre et des résines de pin, le tout brûlant avec quelques aspersions de vinaigre, d'eau-de-vie et de poudre de sucre. Le feu brûlera trois jours, entrecoupé d'aérations.

– Il n'y aura pas assez d'herbes sur les collines ! s'écria quelqu'un. Et déjà les gens du terroir se réservent les leurs.

– La chambre des malades, murs, plancher et meubles, sera désinfectée à la poudre à canon, à l'eau de chaux, au soufre et naturellement au vinaigre. Dans les rues, on allumera de grands feux pour corriger l'air.

– On l'a déjà fait sans le moindre résultat, s'écria maître Robert. D'ailleurs, les forgerons qui vivent devant le feu ne sont pas épargnés.

– Et on n'a plus de bois sec, ajouta un échevin ; même à prix d'or !

– Pour les malades, nos prescriptions demeurent classiques : éliminer le poison par des saignées, de légères purges et des sudorifiques ; ouvrir les bubons ; soutenir l'organisme avec des espèces aromatiques et des simples ayant effet antiseptique et stimulant.

Voyant Jehan et maître Peyssonnel s'agiter sur leur siège, maître Chicoyneau s'empressa d'ajouter :

– Nous nous en remettons à la sagesse des médecins et chirurgiens marseillais quant à l'application des soins. Pour les médicaments, ils ont à leur disposition toute une gamme bonne et utile de produits de base, dont les apothicaires pourront tirer variété infinie de médecines, comme le carillonneur tire des centaines d'airs différents en changeant l'ordre de six cloches seulement. Nous vous mettons toutefois en garde contre les charlatans, saltimbanques et autres vendeurs clandestins, sans prendre parti sur les remèdes de paysannes et autres bonnes femmes. Tisanes et cataplasmes naturels peuvent être donnés... tant que le malade les supporte.

Maître Chicoyneau réunit sa liasse de feuillets et les tendit au premier échevin.

– Monsieur, voici notre « recommandation ». Il vous appartiendra d'en donner copie à nos collègues et aux autorités sanitaires de cette ville.

En conclusion, la Faculté admettait piteusement que le seul remède efficace était de prendre la fuite, tout en signalant qu'on ne pouvait le recommander.

Il était suggéré que *« la peste s'étend par infection, vapeurs et fumées, effluves, par la respiration et la sueur, par les excrétions naturelles, autant que par la puanteur et les plaies du malade »*. En un mot, par la vie autant que par la mort.

La Faculté admettait aussi l'influence de quelque « voie inconnue », tout en soutenant respectueusement qu'*« on ne pouvait dans tous les cas admettre le mal comme un coup directement envoyé du ciel, avec pour mission de frapper tel ou tel pécheur »*.

La Faculté n'admettait pas davantage l'opinion de certains – Jehan Figueras semblait directement visé – selon laquelle l'infection serait propagée par l'air seul, *« transmettant une multitude d'insectes microscopiques et de créatures invisibles qui pénétreraient dans le corps avec la respiration, ou même par les pores, voire par la piqûre d'une puce ou d'un moustique, où ils engendreraient du poison, ou des œufs empoisonnés, qui se mêleraient au sang, infectant ainsi le corps, discours plein d'une docte niaiserie, comme le montrent l'expérience et la saine doctrine ».*

On se sépara, faussement rassuré quant à la docilité du peuple, sinon du *virus*. Le lendemain, les échevins firent afficher en ville une proclamation aussi fausse que rassurante. La maladie n'était reconnue que comme une fièvre maligne contagieuse et non pas pestilentielle.

Le 20 août, les trois médecins quittèrent Marseille, chargés d'honneurs et de présents pour prix de leurs conseils et surtout de leur discrétion. Toutefois, le rapport qu'ils venaient d'adresser sous scellés au Régent s'achevait par ces mots ambigus :

La maladie qui règne en cette ville est une véritable fièvre pestilentielle, qui n'est pas encore parvenue à son dernier degré de malignité.

Maître Chirac ne manqua pas de gloser sur ces termes pour persister à soutenir sa thèse de la « mélancolie du cœur ». Une fièvre pestilentielle pouvait ne pas être la peste. Tout au moins pas encore. Le « mal de Marseille » ne troublerait donc pas l'heureuse digestion de Mgr le Régent au cours de ses orgies nocturnes. Que n'entendait-il la rumeur populaire dans les rues de Paris !

Que la peste soit en Provence
Ce n'est pas notre plus grand mal.
Ce serait un bien pour la France
Qu'elle vînt au Palais-Royal !

Munis des recommandations inspirées par la « saine doctrine », les quelques médecins de quartier demeurés à Marseille, heureusement renforcés par des médecins de différentes villes de province, partirent en consultation au petit matin, là où on les appelait, c'est-à-dire partout à la fois, de Saint-Laurent à Saint-Ferréol et de la Major à la Rive-Neuve. Même le vieux maître Figueras, père de Jehan, malgré ses infirmités, reprit du service dans la paroisse des Accoules.

Secoué dans sa chaise à porteurs que lui avait allouée la ville, l'homme de l'art serrait au creux de son estomac un sachet plein de racines et de quelques électuaires à base de poudres : camphre, benjoin, voire – mais il ne l'avouait pas – poudre de vipère, de scorpion et autres crapauds séchés. Vêtu d'une robe de toile gommée, d'un bonnet ciré, il devait parfois quitter sa chaise pour s'engager dans les rues étroites, brandissant son bâton de saint Roch, de six pieds de long, destiné à écarter les passants et les chiens.

Pénétrant dans la maison du malade, il rabattait son masque prolongé d'un long bec, ce qui avait pour effet de le terrifier davantage. Il devait se garder de respirer par la bouche et d'avaler sa salive. D'ailleurs, il serrait entre les dents une racine d'angélique.

L'infirmier qui le précédait tenait un réchaud plein de braises fumantes. Le garçon chirurgien portait un pot de vinaigre. Dans la chambre on posait le réchaud. Le médecin y jetait les parfums. L'air devenait irrespirable. Aux gémissements du malade, aux pleurs des siens s'ajoutait une toux incoercible.

Le médecin, avec les gestes rituels qui faisaient partie de son personnage, trempait sa main dans le vinaigre et prenait le pouls du malade. Courageux, le chirurgien tâtait ses bubons. Héroïque, il les ouvrait, puis cautérisait la plaie pour arrêter l'hémorragie qui menaçait de le tuer. Ses hurlements de douleur et l'odeur de la chair grillée épouvantaient le quartier. Dans l'ombre, les cris apeurés des enfants se joignaient aux lamentations des parents.

Le médecin, à qui la ville octroyait une colossale indemnité mensuelle de dix mille livres, refusait noblement les honoraires du patient. En quittant la chambre, il allait se laver avec du vinaigre et se faisait parfumer à la sauge par son aide. Puis il regagnait vite sa chaise à porteurs qui l'attendait dans la rue ou sur la placette voisine désormais silencieuse, qui ne retentirait plus des chants sensuels des lavandières et des cris joyeux des enfants.

Malgré ces soins, les Marseillais continuaient à mourir à un rythme qui ne cessait de s'accélérer. Les plus pessimistes prétendaient qu'on approchait des mille morts par jour, mais le diable devait leur inspirer cette infamie.

La mort n'épargnait ni les apothicaires, ni les chirurgiens-barbiers, ni même les médecins. Le père de Jehan fut ainsi emporté. Cet homme, qui n'avait jamais cessé de soigner les pauvres des Accoules, même dans sa retraite où l'on venait le voir, s'éteignit sans bruit et fut inhumé avec eux comme il l'avait souhaité, dans une grande fosse commune creusée près de la porte d'Aix.

Devant cette hécatombe qui frappait leur propre collège, les derniers médecins de quartier se mirent à fuir comme les autres. Maître Augier, puis maître Montanier se réfugièrent dans le terroir. Et presque tous les maîtres chirurgiens. Ni les énormes primes, ni le sens du devoir ne purent les retenir. En vain le syndic Barranca les menaçait : exclusion définitive de l'agrégation au collège de Marseille, ou des jurandes et maîtrises.

Un seul revint : Montanier. Pour son malheur, puisque la peste le frappa. Les derniers chirurgiens prirent alors la fuite. La ville les exclut en bloc de la communauté urbaine, les déchut même de leurs droits civiques, dénonçant leur lâcheté et leur cupidité. Mais pouvait-on exiger l'héroïsme ? Face à tant de malades, les médecins et chirurgiens, épuisés, se sentaient totalement impuissants.

Le vêtement étanche, le masque, les fumigations ne protégeaient plus dès lors que le mal était partout omniprésent. Les derniers médecins demeurés dans les hôpitaux tombaient à leur tour : après Montanier, Peyssonnel père, Audon, morts. Bertrand et Coulomb, malades. Il ne restait bientôt plus que trois médecins du collège de Marseille : Jehan Figueras, maître Barranca et le jeune Peyssonnel fils.

Dans le petit laboratoire qu'il s'était aménagé au dernier étage de l'hôtel-Dieu, Jehan, entre deux visites de la salle des malades, entre deux consultations en ville, se penchait, curieux et angoissé, sur l'appareil optique qu'il s'était fabriqué. Il tentait ainsi d'arracher son secret à la Mort à travers une goutte de sang infecté glissée entre deux plaques de verre. Il y voyait s'agiter les petits filaments mystérieux, porteurs, pensait-il, de la peste. Il les avait baptisés *virus microbus*, les poisons microscopiques. Mais à quoi tout cela pouvait-il servir ?

C'est alors qu'il rencontra le jeune Césaire Peyssonnel, qui revenait d'enterrer son père. Leur deuil commun les rapprocha.

C'était un petit homme de trente ans rond et jovial, totalement anticonformiste – il ne portait même pas la perruque –, ce qui avait compromis sa carrière. Passionné comme Jehan par les malades, intensément curieux, chercheur impénitent, il avait accepté la lourde succession de son père à l'hôtel-Dieu. Il voulait savoir. Pour lui, cette épidémie devenait un foyer prodigieux de connaissance. Entre vie et mort, entre sommet et abîme, un homme hardi comme lui avait une chance de saisir une partie de la Vérité, qui tournait autour de ces deux pôles hostiles et complémentaires, la vie et la mort. Il ne pouvait que s'entendre avec Jehan.

L'ayant trouvé un jour penché sur l'oculaire de son *microscopus*, il s'approcha, fasciné.

– Que voyez-vous ?

– Regardez, lui dit Jehan en lui cédant sa place.

– Je distingue mal des filaments infimes, comme de petits corpuscules reliés entre eux par un fil invisible ! Cela s'agite beaucoup et ressemble à un organisme. Est-ce un être vivant parasite, ou bien un ferment ?

– Je ne sais pas. Je cherche. Je ne trouve ça que dans le sang des contagieux. Il faudrait l'inoculer. Mais je n'ose pas.

– Moi, j'ai osé, Jehan !

– Vous avez bravé l'interdit ?

– Non. J'ai expérimenté sur des chiens. Je leur ai inoculé du sang pesteux. Et j'ai vu naître un bubon. Ces chiens sont morts peu après. Morts de la peste.

– Ils seraient peut-être morts de toute façon. La peste est partout.

– Mais ils sont morts le lendemain de l'inoculation.

– Intéressant. Moi, j'ai fait une observation qui contredit apparemment la vôtre. J'ai observé dans la vieille ville que les chiens affamés lèchent les plaies des cadavres pestiférés et n'attrapent pas la contagion. *Ils sont immunisés*. J'ai prélevé un peu de sang à l'un de ces chiens. Je l'ai regardé dans mon *microscopus*. J'y ai vu cette chose que vous observez sur cette table. Elle était sans effet sur l'animal.

Un éclair illumina la prunelle de Césaire Peyssonnel.

– *Immunisé !* J'aime ce mot. Cela rejoint mon expérience. Car je ne vous ai pas tout dit. Les chiens que j'ai inoculés en veine mouraient en quelques heures. Mais pas ceux auxquels on faisait avaler le sang infecté. Ils étaient malades mais ne mouraient pas. Ensuite, ils étaient... comment dites-vous, Jehan ?

– Immunisés ! Nos observations se rejoignent en effet. Introduit directement dans le sang, le venin tue. Atténué après passage dans l'estomac où il est soumis à l'action des acides, il est susceptible de donner une forme bénigne de la maladie et la fameuse immunité. Il faudrait...

Les deux jeunes médecins se regardèrent avec effroi. Jehan acheva :

– ... expérimenter sur un homme ! Mais pour que l'expérience soit concluante, il faudrait inoculer un homme sain. Qui accepterait de s'y prêter, même contre un tas d'or ?

– On pourrait se servir d'un condamné à mort en lui offrant sa grâce en échange. Il y en a quelques-uns dans le donjon d'If.

– Allez demander cela au procureur du roi ! Maître Pichatty de Croissainte ne se risquera pas à affronter les foudres de l'Église, qui interdit d'expérimenter sur l'homme.

Jehan se releva. Il se dirigea vers l'étroite fenêtre qui donnait sur la cour de l'hôpital, où l'on voyait se promener quelques infirmes, trop heureux de se traîner au bon soleil après avoir, eux, échappé à la peste.

Brusquement, il se retourna.

– J'expérimenterai donc sur moi-même !

Césaire Peyssonnel le saisit par les épaules et le secoua.

– Jamais ! Je te l'interdis !

Puis il se reprit et, d'un air très doux, presque affectueux, comme il aurait parlé à son jeune frère :

– Je te le demande, Jehan. En mémoire de nos pauvres pères, dont nous incarnons aujourd'hui l'esprit. Nous avons besoin de toi. D'ailleurs, cette expérience ne servirait à rien. Il est trop tôt. Il faut encore étudier et expérimenter sur les animaux. Promets-moi...

Jehan hésita. Puis, fermant les yeux, il vit un visage de femme qui s'imprimait en lui avec une netteté extraordinaire. Gersende le regardait, avec souffrance, avec amour, et il éprouvait la fascination de ce regard, sa force, l'immense confiance qu'il exprimait, comme celle de son père au moment où la mort l'emportait.

Il rouvrit les yeux. Césaire, très pâle, attendait. Il lui sourit.

– Je te le promets.

L'échec des hommes de l'art était manifeste. Restaient les gens d'Église.

L'évêque avait tout misé sur la double intercession : la Vierge et saint Roch, dont les fêtes solennellles se suivaient, les 15 et 16 août. Mais les échevins, soutenus par les médecins, avaient interdit les processions. Ces immenses rassemblements ne pouvaient que favoriser la contagion.

Alors, le peuple se souleva. Il se porta en masse sur le carré de l'hôtel de ville. En vain le gouverneur et Jehan Figueras supplièrent Jean-Baptiste Estelle de ne point céder. Il céda.

Monseigneur de Marseille sortit ses précieuses reliques et organisa les processions traditionnelles, qui se déroulèrent avec un grand concours de peuple et une profonde ferveur. Instinctivement les Marseillais, qui n'avaient plus aucune confiance en leurs médecins, sentaient qu'ils tenaient là leur dernière chance d'apaiser le courroux du ciel.

Les reliques de saint Roch et saint Sébastien furent promenées en grande pompe à travers les rues. On monta à Notre-Dame de la Garde pour supplier la Bonne Mère de faire un miracle. On se recueillit dans la petite chapelle de Saint-Roch, sous le pont-levis du fort.

Hélas, la Vierge et les saints faisaient la sourde oreille. La contagion s'étendait. Désespéré, Mgr de Belsunce, conscient de sa responsabilité, se rappelait la terrible menace du Lévitique :

« *Si vous ne voulez vous corriger, je vous frapperai sept fois à cause de vos péchés, et j'enverrai la peste au milieu de vous. Je vous frapperai de la peste et vous exterminerai.* »

Il s'offrit en holocauste pour sauver le troupeau qui lui avait été confié et qu'il n'avait pu amener à la conversion. Abandonnant toute prudence, il se mêla au peuple des mourants. En soutane et mantelet de soie violette, sans masque, ignorant les supplications de ses proches, refusant même sa chaise à porteurs, il erra à pied dans les quartiers infectés. Contournant les tas de cadavres qui s'amoncelaient devant les portes dans l'attente du char de la mort, il entra dans les maisons, persuadé que l'amour serait plus fort que le Mal. Sur son passage, les pauvres gens, hébétés et stupéfaits, tombaient à genoux en baisant le bas de sa robe. Aux plus pauvres il distribuait à pleines poignées les écus qu'il avait puisés dans le Trésor de l'évêché, qui contenait encore cinquante mille livres.

Puis il entra dans la chambre des malades, des mourants. Refusant de porter le masque et la cagoule, rejetant les pincettes inventées par l'ingénieux curé de Saint-Martin, qui permettaient de donner les sacrements à distance, il s'agenouilla tout contre les paillasses infectes, entendit de bouche à oreille les derniers aveux, administra les sacrements, bénit, consola.

Le soir, il réintégra son palais, épuisé et heureux. L'abbé Goujon lui exprima de respectueuses remontrances :

– Vous tentez le ciel, Monseigneur ! Craignez qu'il ne vous prenne au mot. Même le bon saint Mauron s'enferma jadis en l'abbaye Saint-Victor pour échapper à la peste.

– À Dieu ne plaise que je m'enferme dans mon palais et que j'abandonne une population dont je suis le père ! Je lui dois mes soins et ma vie, puisque je suis son pasteur.

– Saint Charles Borromée permettait à ses prêtres de porter des vêtements cirés pour visiter les pestiférés.

– Je permets, mon ami. Je permets. Que chacun agisse selon sa conscience. Nos prêtres ont toute liberté pour agir, à condition que la charité demeure au centre de leurs actions. Que les moines de Saint-Victor restent barricadés, si c'est leur choix. Que les religieux cloîtrés se sentent libres, aussi, de quitter leur communauté, si la nécessité s'en fait sentir.

L'abbé Goujon profita de ces bonnes dispositions pour sortir de sous sa soutane un mandement qu'il avait préparé à la demande des curés :

Des recommandations faites aux prêtres par temps de calamité.

Confesser en tournant le dos aux malades. Ou bien placer un flambeau allumé entre eux.

N'exiger l'aveu que des deux plus gros péchés.

Administrer l'extrême-onction à l'aide d'une baguette de huit pieds garnie d'étoupe que le prêtre trempera dans les saintes huiles. Cette étoupe peut toucher n'importe quelle partie du corps.

Donner la communion avec des pincettes de même longueur. Dans la rue, administrer les sacrements à distance et sous le vent. Prendre toujours l'endroit du vent favorable pour divertir l'air venant du malade.

L'évêque haussa les épaules et signa.

Puis il reprit son bâton de pèlerin. Tous les jours, bravant la mort, il sortit pour partager la souffrance des malades et des mourants. Il distribua ses louis et ses écus. Quand le Trésor fut vide, il écrivit à nouveau à ses amis de Paris et du royaume pour les solliciter. L'appel fut entendu. L'évêque Fleury envoya... six louis de la part du petit roi. M. Law cent mille livres tournois, mais hélas en billets. S.A.R. le Régent envoya soixante mille livres... de haricots et de pois ! L'argent abondait, mais il ne pouvait que soulager la misère des Marseillais. Il n'avait aucune prise sur le Mal.

Cependant, la conduite héroïque de l'évêque portait ses fruits. La moitié des prêtres avait fui dans le terroir. Une grande partie revint et imita son pasteur. Presque tous périrent, au nombre de cent cinquante, ce qui sembla donner raison aux prudents. On manqua donc de confesseurs, fait gravissime ressenti douloureusement par le peuple. A la perspective de mort physique s'ajoutait celle de la mort éternelle. On ne se confessait que deux fois dans sa vie. Pour sa communion solennelle et pour son trépas. On n'en avait que plus à dire, des tombereaux de péchés, aussi lourds à porter que ceux des morts que l'on brinquebalait de nuit comme de jour, tandis que montait le cri horrible : « Sortez vos morts ! »

L'évêque n'avait jamais eu à affronter un problème aussi grave. Il ne pouvait pas à lui seul, même assisté de son fidèle aumônier frère François, confesser les mille malades promis au trépas journalier.

– Monseigneur, glissa l'abbé Goujon. Je connais un petit paradis encore préservé, de bons religieux, bien nourris y compris de saine doctrine, qui pourraient fournir un apport appréciable de confesseurs.

– Vous voulez parler de Saint-Victor ? Il n'y a rien à en tirer. Ils ne sortiront pas de leur forteresse.

– Il s'agit des franciscains récollets, Monseigneur.

– En effet. Ils pourraient être d'un grand secours. Allons-y !

Au nombre de trente-deux, ces franciscains de stricte observance, après avoir rempli leurs caves et leurs greniers, s'étaient enfermés dans leur somptueux monastère Saint-Louis, bâti au XVIIe siècle dans un parc près de la porte d'Aix.

Sans aucun des signes de sa dignité, recouvert d'une chape noire dépourvue d'ornements, l'évêque tira la cloche de la porterie.

Le frère Ignace avait l'habitude. Sans même pousser le guichet de la petite ouverture qui permettait d'identifier le visiteur, il cria :

– On n'ouvre pas ! A quatre heures nous déposerons devant la porte du pain et du bouillon de viande pour les pauvres.

– Ouvrez, au nom du Christ !

– Qui ose parler au nom du Christ ?

– François Xavier, par la grâce de Dieu pasteur de ce diocèse !

– Oh !

Pris de doute, le vieux portier ouvrit le petit volet, examina le visiteur, le reconnut. Se confondant en excuses, il ouvrit la porte, qu'il referma aussitôt après le passage de l'évêque, comme si quelque miasme de la rue ou quelque entité démoniaque allait s'engouffrer à la suite du prélat.

– La communauté est au réfectoire, Monseigneur.

– Allez prévenir le père abbé.

Le frère portier se précipita au réfectoire et glissa à l'oreille du supérieur, qui mangeait en silence une purée aux herbes :

– Monseigneur l'évêque est là, révérendissime père abbé !

– Où ça, là ? Vous rêvez, frère Ignace ! Je vous avais ordonné de cesser votre jeûne !

– Non, je ne rêve pas ! Il est là, père abbé ! Il vous mande au parloir !

L'abbé bondit. Quelques minutes plus tard, il s'agenouillait devant l'évêque et baisait son anneau d'améthyste en recevant sa bénédiction. L'évêque le releva.

– Père abbé, presque tous mes prêtres sont morts. Le peuple de Marseille se meurt aussi et réclame des confesseurs. N'entendez-vous pas ses clameurs immenses derrière les murailles de votre clôture ? Espérez-vous faire votre salut tout seuls ?

L'autre le regarda, épouvanté.

– J'irai, Monseigneur. Mais je ne saurais ordonner à mes frères un pareil sacrifice.

– En effet. Je ne veux que des volontaires. Aussi je m'interdis de faire pression sur vos moines. Allez leur parler. Je vous attends ici.

L'abbé s'en retourna au réfectoire, conscient d'y amener la peste. Jamais il ne s'était senti aussi écrasé par sa responsabilité. Que n'était-il resté simple moine déchaux !

Il ferma les yeux et appela sur lui la miséricorde divine. Les autres attendaient, étonnés, le visage levé au-dessus de leur plat d'étain.

L'inspiration divine ne venait pas. Alors, l'abbé se souvint de sa mère. Il était tout petit et n'osait pas traverser seul la rue Canebière, où passaient d'énormes tombereaux qui roulaient en grondant vers le port. Elle lui avait tendu la main et il s'était senti fort comme un homme.

Il murmura : « Sainte Marie, mère de Dieu ! » Et il se sentit écouté et aimé. Il ouvrit les yeux et prononça d'une voix douce :

– Mes frères, Monseigneur de Marseille manque de prêtres pour absoudre les mourants. Il sollicite humblement notre aide. Ce n'est pas un ordre. Je n'en donnerai pas non plus. Que ceux qui se sentent le courage de tout donner pour les pauvres se lèvent.

Il y eut un moment d'incertitude et de doute. Alors, le plus jeune se leva, un novice de vingt-deux ans, tout juste ordonné prêtre. Puis frère Guy, vingt-cinq ans, le dernier profès reçu dans la communauté. Les autres suivirent, jusqu'au plus vieux moine, frère Joseph, quatre-vingt-seize ans. Pas un ne manqua. Leurs yeux brillaient de ferveur. D'étonnement aussi de se sentir si léger, si heureux et si jeunes.

Le père abbé contemplait ce miracle. Des lampes presque éteintes qui soudain se rallumaient.

Ils sortirent de leur retraite. Le Mal, furieux, les frappait aveuglément. Ils tombaient en silence. Sur les trente-deux récollets, vingt-neuf furent touchés par la peste. La plupart moururent. Aucun ne regretta son don total. Ils se sentaient enfin en paix, et justifiés.

Cependant, le Mal, insatiable, continuait à s'étendre. Mille Marseillais mouraient effectivement chaque jour, la plupart sans sacrement. Alors, soulevés par le sacrifice des récollets, on vit sortir de leur clôture les autres religieux, capucins et observantins, carmes et jésuites, et même les fiers dominicains prêcheurs. La Mort frappait encore. Elle emporta quarante-deux capucins, trente-deux observantins, vingt et un jésuites et dix carmes. Dans sa fureur aveugle, elle ne distinguait ni les papistes ni les jansénistes.

Parmi les jésuites, le père Milley se remarquait par sa ferveur. Dès le début du mois de juillet, il avait demandé aux échevins d'être autorisé à exercer au cœur de la contagion, rue de l'Échelle. On l'avait laissé faire après l'avoir nommé commissaire de quartier, un poste mortel que plus personne n'acceptait.

Il commençait sa journée par une quête dans les beaux quartiers, ramenant jusqu'à dix mille livres en bons écus sonnants. Puis il revêtait par-dessus sa soutane noire, malgré l'écrasante chaleur, une robe de toile gommée. Contrairement à l'évêque, il jugeait prudent de ne pas braver la Mort en face. Elle le trouverait bien assez tôt, il fallait avant tout durer.

Il allait ainsi de maison en maison chez les malades, portant les paroles d'espoir en la vie éternelle, mais aussi ses écus et un excellent bouillon de poule confectionné par des dames charitables de la place de Lenche.

Parfois, dans sa course à travers la ville, il croisait l'évêque. Et ils se souriaient.

– Ménagez-vous, Monseigneur !

– Ménagez-vous, père Milley !

Le jésuite demandait :

– Où en est la contagion, Monseigneur ?

– Elle se répand comme un torrent.

– Je m'attends à tout moment à être frappé comme les autres, et j'avoue que j'ai peur.

– Je vous défends de pécher contre l'espérance !

Le 23 août, le père Milley confessa pendant une heure, place du Palais, les mourants abandonnés là par les familles au milieu de cadavres infects. En se retirant, il trébucha et tomba la face contre l'un d'eux. Le pus d'un bubon lui éclata au visage.

Le 28 août, le père Milley ne sortit pas. Il sentait que son heure était venue. Il confessa jusqu'à midi chez les jésuites. Puis il s'effondra et s'alita, brûlant de fièvre. Recevant les derniers sacrements, il dit aux religieux survivants qui l'entouraient :

– Vous aussi approchez du terme de vos travaux.

Il fit un effort, s'étouffa. Ses lèvres remuèrent.

– Il y a quelque chose de plus important que de combattre l'hérésie janséniste.

Ils sursautèrent. Le mourant acheva :

– *Agapè*... L'amour !

Puis sa tête retomba. Il avait rejoint l'éternité.

L'évêque accourut montée des Accoules. Ce nouveau coup qui frappait le meilleur de ses prêtres l'accablait. Il murmura :

– Dieu qui me punit a été sourd à mes prières !

Et il se retira lentement, les yeux agrandis par l'épouvante.

25

Les quatre échevins se réunirent le 30 août à l'hôtel de ville, dans le bureau de Jean-Baptiste Estelle, avec Jehan Figueras et le chevalier Roze. Ce personnage haut en couleur, déjà capitaine de son quartier natal de Rive-Neuve, venait d'être chargé de l'assainissement de la vieille ville, en raison de sa connaissance de la peste, avec le titre de lieutenant des échevins, commissaire général pour la contagion. Ancien consul de France à Modon en Morée, il avait connu son heure de gloire en Espagne, dans l'armée de Louis XIV.

Jean-Baptiste Estelle se tourna vers le deuxième échevin.

– Monsieur Moustiés, veuillez faire le point de la contagion.

Visiblement harassé – il rentrait de sa tournée d'enlèvement des cadavres –, le géant aux bons yeux se dressa et promena son regard d'enfant sur l'assistance.

– Depuis le 20 août, il meurt mille personnes par jour, en comptant le terroir de Marseille. Le mal ne cesse de progresser.

– La Provence est également touchée ! dit maître Estelle, accablé. J'ai reçu une lettre du consul de Marignane, M. Portal, datée du 16 août. La contagion viendrait de Vitrolles, apportée de Marseille par le fournier.

Il n'osa avouer que cet aide-boulanger transportait une balle de coton clandestinement débarquée du *Grand saint Antoine*. Tous ceux qui l'avaient touchée auraient péri en route.

– Aix est aussi contaminée, dit sombrement M. Moustiés. La peste y est entrée par les marchandises de contrebande amenées par les colporteurs.

Jehan avait écouté ces nouvelles avec consternation. Si Aix était touchée, Allauch, où s'était réfugiée Gersende, risquait de l'être tôt ou tard.

– La peste vient d'atteindre Berre, dit M. Audimar. Et Carry compte ses morts. La contagion s'étend à Lançon et à Rognac. Toute ville en bord de mer, sur un fleuve ou sur un grand chemin, est menacée. Soit par les riches qui ne se privent pas de continuer à faire du commerce, soit par les pauvres, les colporteurs, dont c'est l'unique moyen de vivre. Seuls quelques villages perchés, étroitement surveillés et entourés de solides murailles, seront épargnés.

Jehan respira plus librement. A Allauch, on pouvait compter sur les chanoines pour se barricader !

– Pas même, enchaîna M. Dieudé. Rien n'arrête les fuyards. Les murailles et la garde n'y suffisent point. Un jour ou l'autre, aucun garde ne résiste devant une bourse d'or !

– Revenons à Marseille, dit Jean-Baptiste Estelle. Nous y avons assez à faire !

– Dites plutôt que nous touchons le fond de l'enfer ! s'écria M. Moustiés. Je viens de passer la nuit entre les Accoules et Saint-Martin. La vieille ville, abandonnée, retentit des cris des malades et des gémissements des mourants. J'ai escorté à cheval une dizaine de tombereaux pleins de cadavres entassés en pyramides sans le moindre respect que l'on doit aux pauvres morts. Les quatorze tombereaux dont nous disposons ne suffisent plus à vider les rues, même en opérant nuit et jour.

Il ferma les yeux et revécut ses dernières heures.

Épouvantée, la population rescapée contemplait de ses fenêtres le passage des sinistres charrettes qui défilaient dans les rues : corps monstrueux jetés les uns sur les autres, enflés et noirs comme charbon, bleus, violets ou jaunes, tous puants et crevés. Les tombereaux passaient en cahotant, laissant sur le pavé gluant la trace du sang pourri et une infection empoisonnée qui donnait la mort soudaine à quelques femmes, prises de saisissement.

Il ouvrit les yeux et dit :

– Malgré nos réquisitions, nous allons aussi manquer de chevaux.

– Ordonnez à tous les âniers qui ont quitté la ville d'y revenir, sous peine de vie, avec leurs ânes et leurs mulets, dit maître Estelle.

Jaume Miraglio écrivait. M. Moustiés se rassit, accablé, en murmurant :

– Les rues sont couvertes de haillons hideux, de paillasses souillées où gisent les mourants, de cadavres toujours plus nombreux. Le jour, la chaleur augmente la puanteur. Marseille est devenue une ville maudite où la vie sera bientôt impossible, les fosses communes ne suffisant plus à enterrer les morts. Les trois fosses que nous avions fait creuser à l'extérieur des remparts, entre les portes d'Aix et de la Joliette, sont saturées, bien qu'elles aient dix toises de long et quatorze pieds de profondeur [1] pour éviter que les chiens affamés ne déterrent les corps. Le bruit court que ces chiens répandent ainsi la peste.

– Aussi commence-t-on à les massacrer autour de Saint-Laurent et sur la Tourette, dit le chevalier. Fuyant à travers les rues qui retentissent de coups de feu, ils vont se jeter par centaines dans les eaux du port du côté de Saint-Jean, où ils se noient, achevés à coups de bâton par les marins. Leurs cadavres y flottent, augmentant la pestilence du port et la terreur des gens.

Jean-Baptiste Estelle voyait devant lui ouvert l'abîme même de l'enfer. Par sa faute, la ville en était arrivée à cette désolation sans espoir. Il s'écria :

– Spectacle intolérable d'une ville où les morts sont abandonnés, livrés aux chiens...

Il se ressaisit. Un sentiment aigu d'urgence lui fit retrouver ses moyens.

– Monsieur Roze, il faut ouvrir de nouvelles fosses. Il y a encore de la place sur la Rive-Neuve.

– Le terrain appartient à l'abbaye Saint-Victor.

– Faites-le quand même. J'aviserai l'abbé commendataire.

Il se leva et s'approcha de la fenêtre. Le carré de la Ville était désert, et tous les quais du port. Dans l'eau noire et huileuse on voyait flotter les cadavres des chiens, et quelques corps humains, le ventre gonflé, ou bien la face dans l'eau. Il frissonna de dégoût, de pitié et de remords.

– Comment réagit la population ?

1. 19,50 mètres et 4,55 mètres.

– Après le départ des médecins de Montpellier, répondit M. Moustiés, personne n'a été dupe de l'avis que nous avons affiché, selon lequel la maladie ne serait qu'une fièvre contagieuse dont on espère bientôt arrêter le progrès. La population s'inquiète également du départ massif, non seulement des officiers de ville, conseillers, commissaires de quartier, intendants de la Santé, mais aussi de quantité d'artisans, et même les boulangers et les marchands de vin. Tout est fermé, magasins et boutiques ! Il y a eu des pillages et cela ne fait que commencer.

– Avec la permission de M. de Croissainte, j'ai fait dresser quelques potences, dit le chevalier Roze, afin de contenir le peuple dans une juste crainte. Pour les pillards, le gouverneur est d'ailleurs expéditif : vol d'un pain, la prison ; un mouton, les galères. Ceux qui spéculent seront pendus. Quelques-uns se balancent déjà du côté des moulins et sur les remparts de la Joliette. Cela fera réfléchir les autres.

Jean-Baptiste Estelle approuva en silence, puis il ordonna :

– Les nouveaux commissaires de quartier sont désormais responsables, outre de l'ordre public et de l'évacuation des malades et des morts, de la distribution du pain par billets gratuits. Les boutiques seront ouvertes de force. Heureusement, les trois marchés extérieurs fonctionnent. La famine nous épargnera, sans doute.

– Mais qui cuira le pain ? se lamenta M. Audimar. On comptait cent boulangers en ville. Il n'en reste qu'une vingtaine. Quelques particuliers seulement disposent de fours. D'autres tentent de cuire leur pain sous les cendres de leur foyer. Quantité de gens risquent de périr.

– Faites venir des boulangers de Provence et du Languedoc. Payez-les à prix d'or.

– La vie n'a pas de prix !

Jean-Baptiste Estelle le regarda, accablé. Puis il se tourna vers le chevalier Roze.

– Maintenez l'ordre, monsieur. Faites nourrir tous les gueux et mendiants demeurés en la ville et enrôlez-les pour ramasser les morts.

– Nul n'a jamais pu faire travailler un mendiant.

– Créez quatre compagnies de milice pour quadriller les quartiers. Mettez des corps de garde bien armés devant l'hôtel de ville, les dépôts de blé et de vin, les demeures des échevins, l'évêché, les hôpitaux.

– Dans la tourmente que nous traversons, dit M. Dieudé, si l'on veut éviter les émeutes, il faut nourrir le peuple. Seuls les riches peuvent aujourd'hui se procurer du mouton aux barrières. J'ai appris qu'ils le payent jusqu'à vingt-quatre livres !

– Les commissaires et capitaines de quartier dresseront la liste des familles pauvres, dit maître Estelle. Nous leur fournirons gratuitement le pain. Deux livres par jour pour chaque personne saine, et une livre de mouton pour les malades. Jaume, écrivez :

> *Ordonnance n° ... Il sera indiqué aux capitaines de quartier les boulangeries qui fourniront à chacun d'eux la quantité de pain nécessaire. Les capitaines avertiront leurs bouchers de préparer la quantité de viande dont on aura besoin dans chaque quartier et de la couper en morceaux d'une, de deux et de trois livres. Interdiction aux boulangers de défleurer la farine fournie par la ville pour faire du pain blanc.*

Jehan admirait le souci du détail et de l'ordre chez le premier échevin, au cœur de la tempête qui les emportait vers l'abîme. Que n'avait-il été aussi rigoureux lorsqu'il s'agissait du *Grand saint Antoine* !

– Actuellement, combien avons-nous d'assistés ? demanda maître Estelle en se tournant vers M. Audimar.

– Le 30 juillet, on comptait quatre mille familles assistées, ce qui fait au moins vingt mille personnes. Aujourd'hui, elles sont plus de six mille, soit trente mille affamés, parmi lesquels dix mille pauvres manquent de tout. L'hospice de la Charité ne joue plus son rôle depuis qu'on en a chassé les mendiants pour y mettre les malades.

– Il nous faut quatre cents charges de blé par jour pour nourrir Marseille même, à raison de huit cents grammes de pain seulement par personne et par jour, calcula M. Dieudé.

– Si la contagion dure encore six mois, on ne trouvera pas l'argent, risqua Jaume Miraglio.

Jehan pensait : « Si la peste dure encore six mois, on sera tous morts. Alors, le problème de la faim sera résolu. »

Maître Estelle hésita, puis il ordonna :

– Vous ferez saisir chez les négociants les stocks d'or illégaux qu'ils détiennent malgré les édits royaux. On trouvera bien cent mille piastres en cette ville. Avec cela, on achètera du blé. Alertez les consuls d'Agde. Qu'ils chargent les bateaux.

Saisir l'or des négociants ! Les autres se regardèrent, effarés. On avait l'impression qu'Estelle sciait la branche sur laquelle il était assis.

– Saisissez aussi les stocks de blé chez les négociants.

– Quels stocks ?

– Les importateurs de blé et de farine en ont acheté des milliers de charges et se les gardent en vue de spéculer. Leurs greniers sont pleins ! Saisissez ces réserves !

– Faut-il aussi saisir le vin ?

– Oui. Donner à boire au peuple et lui donner à manger, n'est-ce pas notre premier rôle ? La moitié du blé récupéré sera réservée aux indigents. L'autre moitié sera vendue en ville. Cela fera huit cent cinquante mille livres tournois, avec lesquelles on payera la viande. Adressez-vous à nos fournisseurs d'Aubagne.

Il se tourna vers le jeune médecin.

– Jehan, avez-vous quelque remarque à formuler ?

– Oui, monsieur. Je voudrais parler des hôpitaux. Nous sommes débordés.

– Pourquoi, en ville, tant de gens meurent-ils chez eux et même dans la rue ? demanda M. Audimar. Les ordres sont d'évacuer les malades sur les hôpitaux, après avis du médecin consultant.

– Les médecins ne sont plus assez nombreux, dit Jehan. Quantité de malades meurent dans leur maison, sans aucun secours. On ne répond même plus au cri des charretiers : « Sortez vos morts ! » Pire. Les malades, se voyant abandonnés des leurs aux premiers signes de contagion, tentent de se traîner eux-mêmes jusqu'à l'hôpital le plus proche. La plupart s'effondrent en chemin. D'autres s'agglutinent sur les places et le Cours, et devant la porte des hôpitaux saturés, qui ne peuvent les recevoir. Ainsi, les rues deviennent des mouroirs. Les bien-portants n'osent plus sortir de crainte d'attraper le mal, et ceux qui l'osent, poussés par la faim risquent la mort.

– Quel est le bilan des hôpitaux ?

– L'hôtel-Dieu et la Charité ont été saturés dès le 20 août.

– L'hôpital des Pestiférés est aussi saturé, ajouta M. Moustiés. Comme il arrive plus de malades que ne sortent de morts, les hôpitaux s'en déchargent dans les jardins et dans les maisons voisines. Nous avons organisé juste à côté, mais hors les murs, un hôpital de fortune dans les allées du Jeu de Mail, près du couvent des Augustins. Deux généreux négociants volontaires, MM. Beaussier et Marin, s'en occupent. Mais cela suffira-t-il ?

Le chevalier Roze intervint.

– Je pourrais installer un autre hôpital de fortune sur la Rive-Neuve. J'en prendrais la charge à mes frais, à condition que l'intendant des galères mette un grand local à notre disposition. La corderie du roi, qui a quatre cents pieds de long, conviendrait parfaitement.

– Je vous remercie, chevalier, dit maître Estelle. Je vais contacter le bailli de Langeron.

– Mais où trouver les médecins, les chirurgiens, les infirmiers, sans parler du personnel administratif ? demanda Jehan. Ceux qui nous sont venus en aide de l'extérieur tombent les uns après les autres, victimes de leur dévouement.

– Que gagne ordinairement un médecin, un chirurgien ?

– Tout dépend de sa notoriété ! Un bon médecin de quartier riche gagne trois mille livres par mois. Un maître chirurgien la moitié.

– Nous donnerons donc six mille livres aux médecins, deux mille aux maîtres chirurgiens, mille aux barbiers, trois cents aux garçons de salle et aux employés. Tous logés et entretenus par la ville. Occupez-vous-en, Jehan. Adressez-vous à toutes les cités du royaume.

– Cela sera fait, monsieur.

– Merci. Y a-t-il d'autres questions ?

– On n'a pas résolu le problème des cadavres, dit M. Moustiés. Nous allons être submergés. Partout. Dans l'état actuel de notre organisation, nous ne pouvons pas faire enlever et ensevelir mille morts par jour. Cinq ou six cents tout au plus. Les autres s'ajoutent aux corps abandonnés dans les rues, les maisons, les jardins des hôpitaux. Demain, ils seront mille ; après demain dix mille !

Tous tremblaient à cette évocation d'apocalypse.

– Nous ferons face tant que Dieu nous gardera en

vie, murmura maître Estelle, accablé. N'y a-t-il pas assez de terre hors les murs de Marseille pour ensevelir nos morts ?

– Mais il n'y a plus assez de bras. Plus de volontaires ! Et les corbeaux recrutés proviennent de la lie du peuple. Ils ne sont là que pour voler. Ivres, ils confondent les malades et les morts !

– Ne pourrait-on réquisitionner les paysans du terroir ?

– Ce serait illégal.

– Et les forçats de l'Arsenal des galères ?

Les autres le regardèrent avec stupeur.

– Vous voulez lâcher les forçats dans la ville ? Aurez-vous la soldatesque du roi pour les tenir ?

– Non. Et je préfère que la soldatesque du roi reste derrière ses murailles. Jaume, écrivez. Ceci sera soumis pour approbation au gouverneur-viguier, au procureur du roi et de la police, au chef d'escadre des galères et à Monseigneur de Marseille :

Les échevins ayant délibéré, il est ordonné :

1. On ensevelira les cadavres tant dans les fosses ouvertes hors les murs que dans les caveaux des églises des religieux jacobins, observantins, grands carmes et de Lorette. Ces églises étant situées dans la haute ville où les tombereaux ne peuvent facilement rouler, on fera faire des brancards avec lesquels les forçats les porteront. Il sera fait dans chacun un amas de chaux vive pour mettre dans les caveaux, et quand ils seront remplis on les fera fermer et sceller au ciment en telle sorte qu'aucune infection ne s'en puisse exhaler.

2. Il sera mis un homme de confiance avec des gardes à cheval à la tête des chariots et de chaque brigade de forçats, pour les obliger à travailler diligemment et les empêcher de voler.

3. Pour éviter que les fosses et les divers cimetières où l'on ensevelit les cadavres n'exhalent de l'infection faute d'avoir été couverts de toute la quantité de chaux vive et de terre nécessaire, il en sera fait une revue exacte et générale pour y faire remettre à suffisance.

4. Manquant de commissaires dans plusieurs paroisses et quartiers, attendu qu'ils ont fui et aban-

donné, et ne trouvant pas de personnes pour les remplacer, on obligera chaque couvent de donner des religieux pour servir de commissaire.

5. Pour empêcher la communication de la contagion, Mgr l'évêque sera prié de faire cesser tous les offices dans les églises.

6. Pour contenir et intimider la populace, on fera dresser des potences à toutes les places publiques de la ville.

Le premier échevin se tut. On entendit encore la plume de Jaume Miraglio qui grattait le papier. Puis plus rien. Jean-Baptiste Estelle se tourna vers ses confrères :

– Messieurs, nous vivons des temps de grands malheurs. Nous, échevins, demeurerons à notre poste tant qu'il plaira à Dieu de nous garder en vie. Nous pouvons nous compter. Que reste-t-il avec nous de l'autorité légale ? Notre ami le marquis de Pilles, gouverneur-viguier pour le roi, mais plus marseillais qu'aucun de nous. Son influence auprès de messire Cardin Le Bret à Aix est grande. On peut compter aussi sur messire Pichatty de Croissainte, le procureur du roi et de la police, conseil fidèle et orateur de la communauté ; et sur messire Rigord, subdélégué de l'intendant de Provence. Je mets à part Monseigneur de Marseille. Son aide spirituelle est inestimable. En ce qui concerne la marine et l'armée, je ne sais rien. Que feront le bailli de Langeron et le chevalier de Rancé ? L'Arsenal des galères et les citadelles se sont barricadés. Mais on peut compter sur Jean-Jacques de Gérin, lieutenant général de l'Amirauté de Provence.

– Que se passe-t-il à Aix ? demanda le chevalier Roze. Peut-on encore compter sur eux ?

– La ville se vide. Le maréchal duc de Villars, glorieux aux armées du Roi-Soleil, est lâche en son gouvernement de Provence. Il se calfeutre toujours à Paris. Le Parlement de Provence semble paralysé. Une poignée de représentants siège encore, à Saint-Rémy où ils se sont réfugiés.

Le premier échevin se leva. Il fit un effort pour se tenir droit. Tout chancelait dans sa tête. Il murmura d'une voix mal assurée :

– Messieurs, je vous remercie. Que chacun retourne à sa tâche. La séance est levée.

26

Jehan descendit l'escalier et se retrouva rue de la Loge. Soudain, Jacques Chataud se dressa devant lui.

– Bonjour, Jehan ! Je te cherchais. Je n'ai pas osé entrer à l'hôtel-Dieu. Il m'aurait fallu enjamber les malades, les mourants et même les cadavres entassés dans les jardins ! Dans quel guêpier t'es-tu fourré !

– Que fais-tu en ville, Jacques ? Tu devrais être à bord du *Saint Antoine*, isolé à l'île de Jarre.

Jehan dévisageait comme un revenant le fils du capitaine. Le *Grand saint Antoine*, le voyage au Levant, les îles du Frioul, la quarantaine au Lazaret d'Arenc, tout cela appartenait au passé, qu'il essayait d'effacer de sa mémoire, où chaque étape évoquait une trahison. Il ajouta :

– On m'avait dit que tu étais mort !

– Pas encore, Jehan. Viens. J'ai à te parler.

Derrière l'hôtel de ville, entre la rue de la Loge et un immeuble de la juridiction consulaire, s'étendait une petite place fraîche ombragée de micocouliers. Jadis, au temps de la vie, les cabarets et cafés qui la bordaient frémissaient d'une joyeuse ou fiévreuse activité, animée par les négociants qui sortaient de la Loge, les agioteurs, ou par les conseillers de la ville après leurs délibérations.

Aujourd'hui déserte, la place ne montrait que les volets clos des tavernes. Tous les lieux de réunion avaient été fermés. Seule la porte d'un café, le Petit Piré, demeurait entrouverte, à l'angle de la rue de la Guirlande. Son propriétaire avait fui, mais son vieil employé, Apollon Pédropoulos, s'estimant trop âgé pour le suivre, demeurait dans les murs. Ils entrèrent.

On ne servait pas de vin au Petit Piré. Dans ce véritable café, des poètes avaient versifié. Le patron avait encadré ostensiblement sur les murs de vieux avis du lieutenant de police datant du Grand Roi :

> *On n'admet céans aucune femme de débauche, soldat, vagabond, mendiant, gens sans aveu et filous, nul tapageur ou domestique.*
>
> *Il est interdit aux propriétaires de donner à boire après dix heures du soir, ni pendant le service divin les dimanches et fêtes.*

Pédropoulos reconnut Jehan et lui sourit tristement.

– Vous ne nous refuserez pas un café, Apollon ?

Le Grec acquiesça. Jehan entraîna son ami dans un coin de la salle déserte.

– Alors, raconte !

– Tu te souviens que le 14 juin, le *Saint Antoine* étant mouillé dans la crique d'Arenc, nous avons été libérés avec les officiers et passagers, après dix jours de quarantaine. Mon père et moi nous nous sommes alors retirés chez nous rue Caisserie. C'est là que la police vient d'arrêter mon père, à son retour de l'île de Jarre !

Jehan sursauta.

– Sous quelle inculpation ?

– D'ordre de messire Gaudemard, procureur du roi à l'Amirauté, il est inculpé, je cite, d' « *avoir fait mystère de la maladie en entrant à Marseille, obtenu un faux certificat à Livourne, falsifié le journal de bord, contrevenu aux ordonnances de la Santé et d'avoir sciemment introduit la peste à Marseille avec la cargaison suspecte du* Grand saint Antoine ». Il a été aussitôt emprisonné au donjon du château d'If, par ordre du gouverneur-viguier messire Fortia de Pilles. On lui reproche même d'avoir favorisé l'évasion d'un homme d'équipage pendant la quarantaine ! Que ne lui reproche-t-on la faillite de M. Law !

Jehan trouvait ces accusations trop précises pour être équitables dans une affaire aussi confuse. Cependant, la responsabilité du capitaine Chataud lui paraissait écrasante, au moins autant que celle du premier échevin et des intendants de la Santé.

Le Grec déposa la cafetière brûlante sur la table, avec deux petits verres de prunelle. Puis, prétextant la nécessité d'aller quérir son pain, il se retira discrètement en leur confiant la salle. Contenant à grand-peine son émotion, Jacques Chataud poursuivit :

– Toute l'accusation repose en fait sur le journal de bord, que je connais bien. Or, peu après l'entrée en quarantaine, ce journal a été saisi et falsifié. A Livourne, mon père avait déclaré les morts suspectes, sans rien affirmer sur l'origine du mal. On a rajouté sur le journal de bord : « *Le capitaine a déclaré que les gens de son équipage qui lui sont morts tant en route qu'à Livourne le sont de mauvais aliments.* »

– L'a-t-il déclaré ?

– Tu sais bien que non. C'est un stratagème parmi d'autres pour minimiser l'affaire en détournant la suspicion de peste. Pour cette infamie, mon père risque d'être pendu haut et court !

– Qui aurait fait ce faux ?

– Quelque intendant de la Santé, pour être agréable aux armateurs propriétaires de la cargaison, et éviter la mise en Jarre.

Jehan, accablé, se prit la tête dans les mains.

– Tout ceci est évident, Jacques. Cependant, qu'il y ait faux ou non dans le journal de bord, on ne peut pas nier la complicité du capitaine. Il se doutait de la contagion, puisqu'en mer, après les premiers morts, il a ordonné à l'équipage de ne plus communiquer avec la dunette. A bord, personne ne voulait toucher aux cadavres. On les a jetés à la mer en les tirant avec des gaffes. Puis il a pris l'initiative de cette escale clandestine au Brusc. Enfin, revenant de Livourne, il a conduit vers la crique d'Arenc un bateau de plus en plus suspect où s'étaient multipliés les morts. Il soupçonnait la peste, bien qu'il ait prétendu le contraire sous serment à l'intendant de la Santé, en prétextant son ignorance dans ce domaine.

– A partir du Brusc, il a agi sur l'ordre d'Estelle & Chaud. Et c'est vrai, on a dû taire l'escale du Brusc. Mais c'est un délit mineur puisqu'il n'y a pas eu déchargement de cargaison. Mon père n'a jamais caché les morts suspects. Ils figurent tous au journal de bord et dans les déclarations aux intendants semainiers de Livourne et du Frioul. Il est clair qu'on charge aujourd'hui mon père pour dégager la responsabilité des armateurs et la faire retomber sur lui seul. Cela, je ne l'accepte pas !

Jehan le regardait, atterré.

– Que puis-je faire pour lui ?

– J'ai tenté de voir M. Chaud. Il a refusé de me recevoir. Je pense en fait qu'il a dû quitter Marseille. J'ai pu voir ce matin maître Estelle, mais il m'a éconduit au premier mot. Tu as tes entrées à l'hôtel de ville. Va le voir et demande-lui justice pour mon père. Sinon...

– Sinon ?

– Le scandale éclatera. Je dirai tout. L'escale clandestine au Brusc. Le voyage de mon père à Marseille. L'ordre qu'il y a reçu d'aller à Livourne pour exonérer les morts. La visite nocturne clandestine d'Estelle et Chaud à bord du *Saint Antoine* au mouillage de Pomègues. Les ordres de se taire. Je dirai tout !

Terrifié, Jehan l'écoutait sans l'interrompre. Jacques Chataud acheva dans un souffle :

– Nous serons tous pendus ! Même toi, Jehan, maître en médecine, qui as osé dire à l'intendant semainier M. Tiran que ce n'était pas la peste ! Tous ! Mon père ne se balancera pas seul à la poterne du donjon d'If !

Il rapprocha son visage de celui de Jehan.

– Mais je laisse une chance à maître Estelle et à tous ses complices. Il a le bras long. Très long. Personne n'ignore qu'il a l'oreille du gouverneur-viguier, et celle de messire Cardin Le Bret, l'intendant de Provence. Il est le beau-frère de François de Sissonne, premier secrétaire du marquis de Torcy, ministre des Affaires étrangères du Régent. Un seul mot de ce personnage à l'Amirauté de Provence suffirait à faire libérer mon père. A étouffer l'affaire. Ce ne serait pas la première fois !

Accablé, Jehan murmura :

– Je croyais que nous n'avions qu'un ennemi : la peste. Que ce mal effroyable qui emporte mille morts par jour à Marseille et gagne la Provence suffisait à notre malheur.

Jacques Chataud hésita. La haine et la colère enflammaient son regard. Il fixa le médecin droit dans les yeux.

– Que ferais-tu à ma place, Jehan ? Jusqu'à ce que l'on m'emprisonne à mon tour, je défendrai mon père !

– Que vont devenir le *Saint Antoine* et son équipage ?

– Les pauvres hommes qui ont été contraints à l'amener à l'île de Jarre sont dans un péril extrême, seuls, abandonnés à tous les vents sous un soleil brûlant avec la cargaison maudite. Dans un sens, je préfère savoir mon père enfermé au donjon d'If ! À condition qu'il n'en sorte pas pour se faire pendre. Quant au bateau, je crois savoir que l'ordre de le brûler avec toute la cargaison a été signé par le Régent lui-même. Messire Le Bret diffère, temporise, mais il va devoir s'exécuter. Ainsi, mon père aura tout perdu. Le commandement d'un bateau magnifique, sa part de cargaison qui allait faire de lui un notable, un négociant estimé de la cité. Tout perdu, mais pas l'honneur ; ni la vie, tant que je serai là !

– Qui peut affirmer, en ces temps de géhenne, que l'on sera demain en vie ?

– Ce n'est pas mon problème ! L'avocat de mon père, maître Chignole, m'a conseillé de me cacher. Je ne me cacherai pas. Mais je fuirai cette cité pourrie où la mort rôde à chaque coin de rue !

– Où vas-tu aller ?

– A Allauch.

– A Allauch ? Pourquoi Allauch ?

Jacques le foudroya d'un regard où brûlait le défi. L'ombre légère de Gersende passa entre eux. Jacques murmura :

– Je possède un cabanon à Allauch, en dessous des moulins. Tu ne le savais pas ?

– Non.

Soudain, Jehan s'écria :

– A Allauch, il y a... Ria ! Ria que tu ne laisses pas indifférente !

– Il y a aussi Gersende.

Pourquoi ce défi dans sa voix ? Jacques ajouta :

– Quand l'épouses-tu ?

– L'épouserai-je jamais ? La mort m'épargnera-t-elle alors que je la brave face à face chaque jour ? Et si je survis, Gersende échappera-t-elle à l'effondrement prévisible de son père ? Oh ! Tu n'as pas besoin d'en rajouter. Que le *Saint Antoine* soit brûlé ou non, c'est la fin de la carrière de maître Estelle. Tôt ou tard, sa complicité éclatera aux yeux de tous. Je comprends maintenant pourquoi il s'expose chaque jour dans la vieille ville, accompagnant jusqu'aux fosses les tombereaux des morts.

– Tu t'exposes aussi, Jehan!

– Moi aussi, j'ai été votre complice! Complice en mer, puis à Marseille pour dissimuler la contagion, alors que j'avais des doutes. Et plus que des doutes. J'aurais dû parler, crier, hurler! Au moins mettre en garde, même si je n'étais pas entièrement sûr que ce soit la peste.

– Mais tu aurais perdu Gersende! Tu n'es pas meilleur que nous, Jehan! Tu es un salaud! Un salaud!

Apollon revenait, un gros pain de quatre livres sous le bras. Ils baissèrent la voix et vidèrent leurs tasses, puis les petits verres.

L'évocation de Gersende avait bouleversé Jehan. Le départ de Jacques à Allauch le touchait comme une menace. Ce n'était pas pour Ria qu'il montait au village perché! Il demanda à nouveau, d'une voix imperceptible :

– Pourquoi Allauch?

– Au pied de la colline, juste au-dessous de la bastide de maître Estelle, se cache un petit cabanon au milieu d'un arpent d'oliviers. Il appartenait à Marco Caviglioni, ce matelot du *Saint Antoine*, mort le 27 mai, emporté par le mal deux jours après l'arrivée au Frioul.

– Oui. J'ai assisté à son autopsie au Lazaret.

– Il n'avait pas de famille. Peu après, le notaire de la place de Lenche, maître Sombressot, me faisait savoir qu'il m'avait légué son bien, en échange d'un trentain de messes. Une vieille dette de reconnaissance me liait à Marco. Je l'avais sauvé de la potence à Seyde alors qu'il avait trafiqué dans la vieille ville un ballot de textile de contrebande, en oubliant de rémunérer le pacha.

Il se leva. Jehan jeta quelques rouges liards sur la table à l'intention de Pédropoulos et lui serra la main.

Dans la rue, hésitant, il se tourna vers Jacques.

– Si tu vois Gersende, dis-lui... que je tiens le coup!

– Seulement cela?

A nouveau son regard laissait percer cette ironie mordante qui blessait Jehan au plus profond de lui-même.

Comme ils avançaient dans la rue, un homme s'approcha d'eux. Il titubait. Son regard égaré et brûlant de fièvre ne montrait que trop la nature de son mal.

Jacques eut un mouvement de recul et d'horreur.

Après avoir poussé un cri, l'homme s'effondra soudain. Jehan se précipita pour le relever.

Jacques était déjà loin. A l'angle de la rue de la Loge, il se retourna et cria :

– N'oublie pas de parler à maître Estelle ! Je serai encore ce soir à Marseille. J'attendrai ton message rue Caisserie. Je n'attendrai pas plus longtemps !

Les cadrans solaires marquaient midi. Jehan Figueras monta l'escalier de l'hôtel de ville et croisa Jaume Miraglio qui traversait l'immense salle du conseil.

– Maître Estelle est-il encore là ?

– Oui, monsieur. Vous pouvez entrer. Il est seul.

Jehan poussa la porte. L'homme se tenait derrière sa table, relisant l'ordonnance qu'il avait dictée.

– Ah ! Jehan. Je voulais justement vous parler. Vous ne retournez pas à l'hôtel-Dieu ?

– Mon service ne reprend qu'à une heure. Je souhaitais moi aussi vous parler.

– Déjeunons ensemble. Je n'ai pas le temps de retourner au Cours, et toutes les auberges sont fermées en ville. J'ai demandé à Jaume de me faire monter un plat froid. Nous partagerons.

Il regardait le médecin avec insistance, et le médecin le dévisageait aussi. Chacun d'eux pensait de l'autre : combien de temps va-t-il encore tenir, à tirer la Mort par la barbe ? Cette pensée les fit sourire et les rapprocha. Le visage de Jean-Baptiste Estelle perdit son masque tragique. Il se détendit.

– J'ai des nouvelles de Gersende. Elle a réussi à me faire passer un billet par la barrière Notre-Dame. Tout va bien à Allauch. Les chanoines se sont barricadés, la peste n'entrera pas au village. Au moins, on est rassuré de ce côté.

– Comment savoir si quelque colporteur ou un pèlerin venu prier Notre-Dame du Château n'apportera pas le mal ? D'ailleurs, votre bastide est hors les murs d'Allauch.

– Elle est aussi hors du territoire de Marseille, verrouillé par les troupes du roi. Mais vous avez quelque chose à me dire. Parlez, Jehan.

– Jacques Chataud, qui sort de la quarantaine, sera demain à Allauch. Il a hérité d'un cabanon, sous les moulins. Je n'aimerais pas qu'il aille chez vous. Qui, aujourd'hui, peut être sûr de ne pas porter la peste en venant de Marseille ?

– Pourquoi irait-il chez nous si vous ne l'avez pas chargé d'un message pour Gersende ?

– Il est plus ou moins lié avec Maria Pépiole.

– Ah ! Je ne le savais pas.

– *Père*, il ne s'agit pas de Ria et de Gersende. Il s'agit du capitaine Chataud.

– Je vois où tu veux en venir, mon petit. Le capitaine vient d'être enfermé au donjon d'If et son fils t'a demandé d'intervenir auprès de moi. Je l'ai reçu ce matin, mais entre deux portes ; nous avions notre réunion d'échevins. Il s'y est pris maladroitement. Il avait demandé une audience par l'huissier. Or, tout ce qui passe par les huissiers est rapporté au lieutenant de la police du roi. Rencontrer le fils du capitaine inculpé apparaîtrait aux yeux des autorités comme une connivence. Chataud est au secret à If. Il faut laisser passer la justice du roi. L'Amirauté a le dossier en charge, on peut faire confiance à Jean-Jacques de Gérin.

– Mais il risque d'être pendu haut et court !

Le premier échevin le regarda dans les yeux. Puis il articula d'une voix blanche :

– Si nous réchappons de la peste, nous serons tous pendus haut et court. Les quatre échevins, le capitaine, son fils, les armateurs du *Saint Antoine*, toi, les intendants de la Santé, le capitaine du Lazaret. Tous !

Il s'arrêta, reprit :

– Quand on a des responsabilités, il faut savoir payer ses erreurs, ses fautes. Pire : ses trahisons. Moi, je préfère, comme un soldat perdu, mourir en étant utile à ma ville, puis rejoindre mes braves concitoyens dans ces fosses communes qui nous rappellent que nous sommes tous égaux devant la mort.

Jehan trouvait dans ces paroles l'écho de sa propre réaction. Jusqu'alors, il avait hésité. Maintenant, il savait ce qu'il avait à faire : l'inoculation.

L'huissier entra, portant un plateau de charcuterie avec des olives, une miche de pain, de grosses figues, des pêches de vigne qui embaumaient et un flacon de vin rosé.

– Merci, Marius. Ce sera largement suffisant.

Le premier échevin se mit à manger. Jehan, l'estomac serré, attendait.

– Allez, mange ! Tu vas avoir besoin de toutes tes forces pour m'entendre jusqu'au bout.

Ils mastiquèrent en gardant le silence, vidèrent le flacon. L'échevin essuya sa bouche avec son mouchoir, secoua les miettes de pain sur son gilet, puis il se leva, rajusta son justaucorps et s'assit sur le canapé de brocart rouge, sous le grand tableau représentant le port de Marseille au temps de sa gloire.

– Écoute-moi maintenant, Jehan. Lorsque le *Saint Antoine* a fait escale au Brusc du 4 au 10 mai avant d'aller à Livourne, il a été repéré.

– Malédiction !

– D'abord par un de ses anciens officiers, qui en a informé par la suite messire Geoffroy d'Entrechaux, le premier consul de Toulon. Ce n'est pas tout. Les orages et le vent d'est ayant, comme tu le sais, retenu plusieurs jours le vaisseau au Brusc, toute la côte en a eu connaissance. Le bateau était attendu depuis si longtemps ! Deux femmes de Toulon, qui avaient leur mari à bord, ne furent pas les dernières à se rendre au mouillage, sur une barque de pêche. Elles en rapportèrent, l'une une pièce de bourre en soie, l'autre une pièce d'indienne pour se tailler une jupe.

– Mais alors, la peste risque d'éclater à Toulon aussi ! Comment savez-vous tout cela ?

– Par le sieur Louis Tournier, syndic de la Santé de Sainte-Marguerite, une paroisse de La Garde dont dépend la rade du Brusc et son village de pêcheurs. Lui aussi avait observé le mouillage du *Saint Antoine* et des mouvements nocturnes suspects. Sur le coup, l'affaire étant banale – un voilier qui se met à l'abri de la tempête –, il n'intervint pas. Il réagit seulement lorsque la contagion éclata à Marseille. Puis il apprit l'envoi du *Saint Antoine* en Jarre. Il fit alors un rapport au lieutenant de police, qui me le communiqua.

L'échevin ouvrit un tiroir de son bureau, en tira un papier et lut :

> *On soupçonnait que du 4 au 10 mai, le sieur Chataud ayant abordé au Brusc, quelques matelots ont remis des ballots à un patron pêcheur qui les fit entrer dans Toulon.*

– Le capitaine Chataud était-il au courant de ces trafics ?

– Sûrement pas ! Il les aurait empêchés. Ainsi, non

seulement la contagion risque d'éclater à Toulon, mais notre fraude grossière à Livourne pour dédouaner nos morts est découverte. Les dates sont là pour en témoigner.

Jehan se demandait comment un homme aussi avisé que maître Estelle avait pu être assez inconséquent pour donner un ordre pareil à Chataud. L'échevin poursuivit :

– Nous avons été pris dans un engrenage. Au début, le vaisseau aurait dû être suspecté en entrant à Marseille. Ce pouvait être une fièvre vermineuse, ou n'importe quoi. Je n'avais pas l'intention de passer à travers la petite quarantaine ordinaire. Je voulais seulement que tout aille vite si ce n'était pas la peste, et que nos adversaires ne s'emparent pas de l'affaire pour nous nuire. Nous étions tenus par la foire de Beaucaire.

– Malheureusement, c'était la peste !

– Oui, Jehan. Et tu me l'as dit en cette nuit maudite où je suis monté à bord avec Chaud, au mouillage de Pomègues. Tu as osé nous le dire en face ! Il n'était pas alors trop tard pour enrayer la marche de la Mort qui s'avançait vers nous.

– Il était déjà trop tard, puisque des ballots ont été débarqués au Brusc. La première faute a été commise par Chataud.

– Peut-être Toulon ne sera-t-il pas infecté. En tout cas, Marseille ne l'aurait pas été si le vaisseau avait été immédiatement envoyé à l'île de Jarre, au lieu de la crique du Lazaret d'Arenc, aux portes mêmes de la ville. Ce Lazaret est une passoire, mais je ne le savais pas. Les murailles des Infirmeries ont vu passer la nuit la fameuse pacotille. Les clôtures du parloir en ont vu passer aussi, et sans doute les portes, avec la complicité des gardes ! Mais laisse-moi poursuivre. Interrogé par les agents du lieutenant de police, le capitaine du Lazaret, Andrea Maillard, qui risque lui aussi la corde pour divers manquements, a déposé ceci.

Maître Estelle rouvrit son tiroir, en tira un papier et lut :

Ledit Maillard, capitaine du Lazaret d'Arenc, a déposé que le sieur Estelle et autres intéressés du vaisseau sont allés à la pointe du jour voir Chataud au mouillage du Frioul et ont eu avec lui une heure de conversation secrète, et ce avant la déposition du capitaine.

L'échevin referma le tiroir et balaya les miettes de pain tombées sur la table. Puis il regarda Jehan droit dans les yeux.

– Ainsi, tout est clair. Le juge de l'Amirauté, qui a pris l'affaire en main, sait à quoi s'en tenir. La tentative de chantage, compréhensible, lancée par Jacques Chataud pour sauver son père, ne présente plus aucun intérêt. Elle peut seulement brouiller les cartes, précipiter les choses et provoquer une révolte populaire. En aucun cas sauver le capitaine, dont la responsabilité est accablante. Certes, à partir du Brusc, il n'est plus maître de la situation. Il obéit à nos ordres. Mais il le fait sciemment, alors qu'il aurait dû refuser d'être notre complice. Il le fait pour garder son commandement et parce qu'il est propriétaire de vingt-cinq pour cent de la cargaison, plus sa pacotille. Depuis le départ, il a partie liée avec les armateurs, il est l'un des nôtres. Il « oublie » de mentionner l'escale du Brusc sur son journal de bord. Il accepte d'aller à Livourne pour se livrer à un simulacre. Certes, il déclare ses morts, comment faire autrement puisqu'ils figurent sur les patentes ? mais sans jamais prononcer le mot de peste. D'ailleurs, l'inculpation dont il fait l'objet est claire.

Pour la troisième fois, l'échevin ouvrit son tiroir et en tira un papier.

> *Par ordre de l'Amirauté de Provence, est inculpé le sieur Chataud Jean-Baptiste, pour avoir sciemment introduit la peste en Marseille, trompé les autorités de cette ville et de Livourne. Ordre est donné de le faire emprisonner au donjon d'If pour le punir du mystère qu'il a osé faire en arrivant à Marseille de la maladie qui était dans son équipage, dont les suites n'ont que trop justifié la fausseté du certificat qu'il aurait obtenu à Livourne.*

– Les Toscans ont tout de même fait une mise en garde au dos des patentes.

– Ce serait en effet une circonstance atténuante pour le capitaine si ses déclarations ultérieures, à l'arrivée au Frioul, avaient été plus nettes.

– Que va-t-il se passer, maintenant ?

– L'affaire est remontée jusqu'à Paris. Le secrétaire d'État Pelletier des Forts a reproché à l'intendant Le

Bret de « *laisser à la maladie qui règne dans Marseille le temps d'enlever le peu qui se trouve de preuves dans ces sortes d'accusation* », tels sont ses propres termes. Le capitaine a donc été arrêté et mis au secret au donjon d'If. Mais juste avant, il est venu me voir. Il se doutait du coup qui allait le frapper. Il n'a pas cherché à fuir, comme les intendants de la Santé, ces autres responsables majeurs. Mieux. Il est d'accord pour se laisser charger. Pour servir de bouc émissaire !

– Mais c'est insensé ! Vous venez de me dire que tout le monde est au courant de tout !

– Le gouvernement ne veut pas notre mort, à nous autres échevins. Qui gouvernerait la ville en ces heures tragiques qui l'accablent ? Les quatre échevins ont partie liée. Tous connaissaient les risques que la cargaison du *Saint Antoine* faisait peser sur la ville. Nous avons cru que la petite quarantaine suffirait. Malheureusement, c'était ne pas tenir compte des fuites du Lazaret, qui n'a pas joué son rôle. A partir du moment où le *Saint Antoine*, quittant les îles du Frioul, est entré à Arenc, la ville était perdue. Certes, notre conscience nous crie de nous dénoncer. Mais cela révélerait du même coup la complicité de huit intendants de la Santé, tous personnalités éminentes de la ville, anciens échevins, alliés aux plus riches familles de négociants. Jamais les intendants n'auraient dû autoriser le *Saint Antoine* à venir décharger à Arenc. Ils savaient que la peste sévissait à Damas et qu'il y avait eu neuf morts suspectes à bord. L'article 5 de l'instruction de 1716 leur faisait l'obligation d'envoyer le vaisseau en Jarre.

L'échevin tira un autre papier de son tiroir.

– Voici une note du gouvernement, signée Auguesseau, à l'intendant Cardin Le Bret, confirmant l'ordre de brûlement du *Saint Antoine*. Il ajoute :

> *Il serait dangereux de se reposer sur les intendants de la Santé qui sont si suspects dans toute la suite de cette triste aventure que l'on ne peut prendre aucune confiance en eux.*

Maître Estelle ajouta :

» M. Le Bret m'a dit qu'*il ne peut pas* les sanctionner. Mais il ne se fait aucune illusion sur des gens qui, ajoute-t-il, « *se font plaisir réciproquement lorsqu'il est question de statuer sur la quarantaine des vaisseaux qui leur appartiennent* ». Tel est le nœud du problème : les accuser publiquement serait nous accuser. Or le gouvernement a besoin de nous.

– En vous protégeant, M. Le Bret risque de se compromettre.

– Il n'agit pas sans l'accord du maréchal de Villars, qui tient le Régent informé. Ces hauts personnages ont bien conscience qu'en nous protégeant ils protègent la ville et la province. La thèse officielle de M. Le Bret, qui plaide pour nous à la Cour, est que ce ne serait pas le *Saint Antoine* qui aurait apporté la peste à Marseille. Elle y aurait été avant, à l'état plus ou moins endémique. En 1719, deux cent soixante-cinq vaisseaux venus du Levant ont fait escale à Marseille. Cinq mille marins et quantité de passagers se sont répandus en ville. Et chacun sait qu'aucune quarantaine n'est totalement efficace. Le maréchal de Villars a dit à M. Le Bret que j'étais assuré, ainsi que les trois autres échevins demeurés fidèles à leur poste, « *des grâces de S.A.R. le Régent* » ! De toute évidence, le pouvoir est contraint de nous sauver, seule autorité populaire demeurée à Marseille au cœur de la contagion, et aimée du peuple. Nous condamner ne pourrait que précipiter la ville dans le chaos et augmenter l'extension de la peste à l'extérieur. Nous sommes indispensables, Jehan. Notre place est ici, en cet hôtel de ville, au cœur de la cité assiégée par la mort. Nous nous rachèterons. Ensuite, on verra. Quant au jugement de l'histoire, c'est une autre affaire. Et je n'ose évoquer celui de Dieu !

– Alors, Chataud est d'accord pour servir de bouc émissaire ?

– Oui. Son fils ne semble pas le savoir. Ou s'il le sait, il a une autre idée derrière la tête.

– Son père sera-t-il pendu ?

– M. Le Bret m'a promis qu'il solliciterait sa grâce auprès du Régent. A l'heure actuelle, il court moins de risques mortels au donjon d'If que nous en cet hôtel de ville assiégé par la peste !

– Vous faites peu de cas de son honneur !

– Tout se saura un jour. Même si le pouvoir dissimule l'affaire, la vérité n'échappera pas à la perspicacité des historiens. Trop de gens sont concernés. On rendra alors à chacun selon ses mérites. Chataud se sacrifie pour nous préserver, et nous nous sacrifions maintenant pour le peuple de Marseille. Une seule chose m'inquiète. Le jeu personnel que tente de jouer Jacques Chataud dans cette affaire.

– Que voulez-vous dire ? Il semble ignorer les intentions généreuses de son père et veut le sauver, à la fois du déshonneur et de la pendaison. Il suffira de le mettre au courant.

Maître Estelle le dévisagea longuement.

– Tu te trompes, Jehan, et il te trompe. Lorsque j'ai quitté le capitaine, juste avant son arrestation, je lui ai demandé ce que je pouvais faire pour le remercier. Surtout si, par malheur, nous n'arrivions pas à lui éviter une condamnation, quelle qu'elle soit. Il m'a dit : « *Occupez-vous de mon fils. C'est tout ce qui me reste.* » Je l'ai alors assuré que je l'adopterai comme le mien, que j'assurerai sa carrière. Il a eu un sourire apaisé, puis il a ajouté : « *Faites tout ce qu'il vous demandera.* » Je le lui ai promis.

– Tout ce qu'il vous demandera ? Et... Que vous a-t-il demandé ?

– La main de Gersende !

Le monde parut s'écrouler. Les murs dorés, les plafonds sculptés, le lustre de Venise, tout dansait dans les yeux de Jehan. Il s'agrippa aux bras de son fauteuil. Quand il eut calmé les mouvements désordonnés de son cœur, il demanda :

– Et vous avez accepté ?

– Je n'ai pas refusé. Je ne le pouvais pas après le sacrifice du capitaine et la menace de scandale que Jacques Chataud, malgré la complicité de certaines autorités de ce royaume, peut faire éclater demain. Gersende sera libre de choisir. C'est pourquoi Jacques monte à Allauch.

Tout était dit. Jehan se leva, salua et se retira lentement. Il pensait : « Acceptera-t-elle, pour sauver son père ? L'amour de son père sera-t-il plus fort que notre amour ? »

Sur le pas de la porte, l'échevin le rappela. Le visage de Jehan ruisselait de larmes silencieuses. Des ondes de révolte soulevaient sa poitrine. Jean-Baptiste en était bouleversé, car il s'y était attaché comme à un fils.

Jehan lui fit face. Quelque chose se brisa en lui. Sous la poussée du malheur, un autre homme venait de naître. Et une décision irrévocable. Il articula d'un ton qu'il tentait en vain de rendre indifférent :

– Je comprends, monsieur. Je comprends. Je m'effacerai. Gersende n'aura même pas le choix. Je veux lui épargner ce déchirement qui pourrait la tuer plus sûrement que la peste.

– La peste, Jehan ! Il ne nous reste que la peste, mon pauvre enfant !

Jehan sortit en courant. Il voulait maintenant agir très vite, pour ne pas changer d'avis en se laissant submerger par l'amour de Gersende. Il regagna l'hôtel-Dieu tout proche, monta à sa chambre et griffonna à la hâte :

> *Gersende, la peste dévaste Marseille. Nous nous battons jour et nuit à visage découvert pour sauver une population innocente accablée par le malheur. Pour pouvoir me consacrer entièrement à cette tâche, il me faut reprendre ma liberté, ne plus penser à vous. Oubliez-moi. Je ne suis plus qu'un médecin anonyme voué aux malades et aux pauvres, pour me racheter. Adieu.*

Il mit le billet dans un pli au nom de Jacques Chataud, sans même y joindre un commentaire, le scella de son sceau appliqué comme un coup de poing sur la cire rouge, et courut le glisser sous sa porte.

Puis il s'en revint à pas lents vers l'hôpital. Il remonta les rues encombrées de malades et de morts. Il entendit les gémissements, les cris, jaillir des corps torturés de douleur et de soif. Place du Palais, il croisa le tombereau grinçant sur lequel les corbeaux jetaient les cadavres des morts, comme ils y auraient jeté des ordures ou des pierres. Il était arrivé. Il était au bout de sa vie. Face à cette Mort qu'il appelait maintenant du plus profond de son être, incapable de supporter la souffrance qui déchirait son cœur.

27

Jean-Baptiste Estelle appela Jaume Miraglio.

– Faites avancer mon carrosse. Je vais à l'Arsenal des galères.

– Vous ne passerez pas, monsieur. Le lieutenant général M. de Rancé et le bailli de Langeron, vous le savez, s'y sont barricadés. Ils ne laissent entrer personne.

– On verra. Je suis le premier échevin !

Quelques minutes plus tard, le carrosse de la ville, attelé à quatre pour en imposer à la garde, remontait le quai Saint-Jean et atteignit le plan Fourmiguier, là où la rue Canebière s'arrête devant les murs de l'Arsenal. Il longea la place Marquès de Buous, que les Français traduisaient irrévérencieusement par « Cul de Bœuf », longea le quai de Monsieur qui limite le fond de la calanque du Lacydon, et stoppa devant l'entrée monumentale de l'Arsenal, en forme de fer à cheval.

C'est en 1665 que Louis XIV avait prescrit à son intendant Nicolas Arnoul la construction en plein port de Marseille d'une place forte *« propre à mettre bois, fers, antennes, mâts et canons »* d'une escadre de galères de combat, qui devait assurer autant la sûreté des côtes de Provence que la gloire du Roi-Soleil, par sa munificence. En quatre ans, Arnoul avait réalisé un ouvrage unique au monde. Non seulement un « parc des galères » doté de deux formes de construction et de radoub, mais des casernes avec un hôpital pour les soldats, marins et forçats rameurs. Enfin, un véritable palais, « la Maison du roi », dont il fit sa résidence. Là, il recevait avec la somptuosité d'un prince les grands qui venaient visiter l'Arsenal, comme l'une des merveilles du monde !

En 1670, alors qu'une vingtaine de galères avaient déjà été construites, Arnoul agrandit le parc en empiétant sur les biens d'Église, Rive-Neuve. Il construisit cinquante ateliers et deux bâtisses immenses abritant une caserne et une corderie où se tordaient les câbles de marine, un canal intérieur, des forges, des magasins, un nouvel hôpital et deux autres formes de construction, qui allaient permettre de porter à quarante le nombre des galères.

Et Arnoul fit graver sur le fronton de la porte monumentale :

EN CE LIEU, AVEC SES FORCES INVINCIBLES
LOUIS LE GRAND SOUMET LA MER À SON EMPIRE

L'Arsenal couvrait alors huit hectares et côtoyait le domaine de l'abbaye Saint-Victor, seule puissance qui ait résisté à la folie des grandeurs de Louis XIV.

C'est en se rappelant l'histoire glorieuse de la création de l'Arsenal des galères, qui avait bercé son enfance, que Jean-Baptiste Estelle se dirigeait vers la « Maison du roi », où il avait déjà été convié pour des fêtes somptueuses, dont la dernière remontait à quelques mois. Le général des galères, qui recevait alors la fille du Régent, avait monté, avec les plus athlétiques de ses esclaves turcs, un « tableau vivant » où l'on voyait ces hommes à demi nus, agenouillés devant l'effigie du Roi-Soleil, liés par des chaînes d'or.

L'or des galères brillait aussi dans le port. Là encore, tout n'était que splendeur. Les châteaux de poupe que le Roi-Soleil avait voulus aussi superbes que ses palais, chargés des sculptures de Pierre Puget, élevaient au-dessus des quais les écussons royaux et les figures des dieux. Peintes de couleurs vives rehaussées d'or, les galères royales dressaient vers le ciel leurs antennes altières qui, les jours de fête, se chargeaient de flammes et de bannières multicolores.

Les Marseillais se bousculaient sur les quais et les remparts pour assister à ce spectacle incomparable du défilé des galères. Où étaient ces fêtes somptueuses d'antan ? Jean-Baptiste se souvenait de la dernière fête de Noël, dans les décharges de mousqueteries, le roulement des tambours, les fanfares des trompettes, le grondement des canons et les cris de dix mille hommes. Où étaient les illuminations nocturnes, les galères flamboyant de mille lanternes ?

Cependant, derrière cette pompe se cachait l'effroyable misère des galériens, ces rameurs composant la chiourme. Jadis marins et soldats turcs capturés au combat, aujourd'hui esclaves, achetés sur les marchés d'hommes de Venise, Livourne ou Majorque, forçats, repris de justice, déserteurs, bohémiens et tziganes pourchassés du royaume. Comme il en mourait beaucoup, on complétait les effectifs avec des « religionnaires », condamnés pour « cause de religion », des protestants dont le seul crime était de refuser d'abjurer leur foi.

Malgré la bonne volonté réciproque des échevins et du lieutenant général de Rancé, et surtout du chef d'escadre de Langeron, les relations entre les galères et la ville demeuraient médiocres. Certes, l'hiver, galères désarmées, les riches Marseillais trouvaient grâce aux forçats une main-d'œuvre presque gratuite pour effectuer leurs travaux rebutants. Mais il leur fallait supporter la morgue et l'outrecuidance des officiers du roi, qui avaient pris logis dans les beaux quartiers de la ville. On les voyait tenir le haut du pavé sur le Cours et la rue Canebière, menant grand train en s'endettant, étalant leur noblesse et méprisant le bourgeois.

Quant aux « bas officiers », matelots et soldats auxquels six mois d'hiver donnaient aussi des loisirs forcés, ils menaient grand tapage nocturne dans les quartiers chauds de la ville, se querellant avec les pêcheurs et marins du commerce, agressant les femmes. Des batailles rangées s'ensuivaient, si meurtrières qu'à la plainte des échevins le chef d'escadre des galères avait dû faire défense à ses gens de porter sur eux poignard et pistolet.

La peste avait balayé ce genre de conflits. Début juillet, les rues s'étaient vidées des officiers, soldats, matelots et forçats. Les galères elles-mêmes, quittant le vieux quai, s'étaient resserrées Rive-Neuve, tassées les unes contre les autres. On avait même mouillé un barrage flottant, une estacade au fond du port, pour empêcher tout contact. Les portes de l'Arsenal s'étaient fermées.

Des gardes en armes et autres pertuisaniers patrouillaient jour et nuit le long des hauts murs.

Le carrosse de Jean-Baptiste Estelle s'immobilisa devant la porte monumentale de l'Arsenal. Devant les chevaux effrayés s'agitaient deux gardes en armes, menaçants.

– On ne passe pas ! Demi-tour !

Jean-Baptiste Estelle se pencha à la portière et cria d'une voix forte :

– Faites savoir à Son Excellence le bailli de Langeron que messire Jean-Baptiste Estelle, premier échevin, désire s'entretenir avec lui des affaires de la cité !

Les soldats ne voulaient rien entendre et tentaient de faire reculer le carrosse. Aux cris du cocher qui craignait de basculer dans le port, aux hennissements effrayés des chevaux, un jeune officier sortit du corps de garde. Arturo de La Trimolière, l'éternel soupirant de Gersende, reconnut l'échevin, dont il avait fréquenté la table. Il le salua d'un coup de chapeau spectaculaire, mais il s'écria :

– Vous n'entrerez pas, monsieur. Les ordres sont formels. Il n'y a plus aucune communication avec la ville.

Le garçon dégageait une forte odeur de parfum. A Marseille, on appelait les officiers des galères « les marins musqués », usage rendu nécessaire à bord en raison de la puanteur que dégageait la chiourme.

– Prévenez-le seulement que je suis là.

De longues minutes s'écoulèrent. Enfin, l'officier revint, toute morgue rentrée.

– Le bailli de Langeron accepte de vous recevoir, monsieur. Mais votre équipage devra rester dehors. Veuillez me suivre.

Soulagé, Jean-Baptiste Estelle sauta à terre et suivit l'officier. Il s'était habillé en grande pompe : culotte de peau blanche, bottes de cuir, justaucorps rehaussé de parements d'or, et par-dessus, le mantelet des échevins. Il dut toutefois se soumettre à un petit « parfum » avant de pénétrer dans la Maison du roi.

Cette bâtisse monumentale se dressait au fond d'une vaste cour plantée d'arbres exotiques. Un lys d'or brillait sur le clocheton de la tour de l'horloge du pavillon principal.

Le corps de garde ouvrait sur un immense vestibule

où des officiers portant perruque et épée chuchotaient entre eux avec des airs de conspirateurs. Puis ils traversèrent une suite de salons aux murs lambrissés d'or, coupés de grandes glaces et de tapisseries des Gobelins, où de somptueux tapis étouffaient le bruit des pas.

Ils traversèrent encore des galeries d'armes tapissées de collections étincelantes de sabres d'abordage pris au combat, de casques et de boucliers ciselés à l'antique, aboutissant à la fameuse rotonde au milieu de laquelle se dressait l'effigie sacrée du Roi-Soleil au sommet d'une pyramide de sabres.

L'officier s'était éclipsé sans un mot. Et soudain, le chef d'escadre des galères apparut.

Charles Andrault, comte de Langeron, bailli de l'ordre souverain de Saint-Jean de Jérusalem, portait allégrement sa cinquantaine. De haute taille, il était vêtu de la petite tenue des chefs d'escadre du roi : soubreveste rouge sur gilet blanc ; culotte blanche, petite perruque grise poudrée. Commandant les galères à la mer, Langeron dépendait à Marseille du chevalier de Rancé, soixante-dix ans, lieutenant général, un aristocrate effacé qui attendait sa retraite. Très sociable, Langeron ne manquait pas une des somptueuses réceptions offertes par le premier échevin. C'est pourquoi Jean-Baptiste Estelle s'adressait à lui aujourd'hui.

– Vous avez demandé à me voir, monsieur ? Pourtant, vous n'ignorez pas que nul ne peut plus pénétrer dans la Maison et l'Arsenal du roi. Grâce à quoi, jusqu'ici, nous avons été relativement préservés de la contagion. Cependant, j'ai tenu à faire une exception pour le premier échevin, bien que vous eussiez pu utiliser le courrier ordinaire.

Comme Jean-Baptiste Estelle ne répondait pas, il le pria de le suivre dans un petit salon jouxtant la rotonde, le fit asseoir et prit place à bonne distance sur un autre fauteuil. Puis il attendit.

Le premier échevin articula lentement :

– Monsieur, la ville se meurt. Je suis venu en son nom implorer votre secours.

– Vous avez besoin de médicaments ? Maître Perrin, médecin de l'hôpital royal des galères, et maître Croisset, notre chirurgien major, recevront l'ordre de voir ce qu'il est possible de faire sans compromettre notre sécurité.

– Il ne s'agit pas de médicaments, monsieur le bailli.

– D'argent, alors ? Vous n'êtes pas sans connaître l'état de nos finances, malgré le luxe apparent exigé par le service du roi.

– Aussi bien, monsieur, ne s'agit-il pas d'argent. Ce sont des hommes qu'il nous faut.

– Comment ? Des marins, des soldats ? Ah ! je comprends. Vous avez des problèmes avec votre populace ! L'ordre public serait-il menacé ?

Il eut une moue de mépris.

– Adressez-vous au marquis de Caylus, commandant pour le roi en Provence. Il a la responsabilité de la troupe enfermée aux forts Saint-Jean et Saint-Nicolas. Moi, je ne ferai pas sortir mes hommes !

– Nous n'avons pas besoin de soldats, monsieur. Pour le moment, l'ordre est maintenu avec la garde civile, la Maréchaussée et la milice bourgeoise que M. Le Bret m'a autorisé à lever. Tant que le peuple ne manquera pas de pain, il ne bougera pas.

– Alors, que voulez-vous ?

– Les bras de vos galériens.

Le bailli le regarda avec stupeur.

– Mais pour quoi faire ? Depuis deux mois le commerce de ce port est arrêté, la ville est comme morte.

– Pour charrier les morts, monsieur, après les avoir arrachés aux maisons, aux pavés des rues qu'ils encombrent et infectent. Pour conduire les tombereaux hors des remparts, creuser des fosses communes, ensevelir ! Les morts nous submergent !

– N'êtes-vous pas assez nombreux à Marseille pour assumer cette... besogne ? C'est affaire d'*enterremorts*, pas de rameurs !

– Il meurt mille personnes chaque jour à Marseille. Nous n'arrivons plus à faire enlever, évacuer et ensevelir les cadavres, qui s'entassent dans les rues et sur les places où ils pourrissent rapidement au soleil, décomposés en quelques heures. La pestilence s'étend sur la ville et le port. Ne la sentez-vous pas ?

– Avec la chiourme, nous sommes habitués à ces... mauvaises odeurs !

– Le peuple épouvanté s'enferme dans les maisons. Bourgeois et aristocrates ont fui depuis longtemps. Les échevins restent seuls à l'hôtel de ville avec une poignée de fidèles. Cinquante mille personnes demeurent encore dans les murs de la cité. Leur situation devient critique. Ils n'osent plus sortir. Les forçats ont l'habitude de travailler l'hiver en ville. Les Marseillais les connaissent. Ils ont cassé des pierres, charrié des balles de laine sur le port, nettoyé les rues de leurs ordures, fait les vendanges au terroir, apporté des barriques d'eau pendant la sécheresse. Ils pourraient charrier nos morts? Nous les payerons.

– Payer? Pour s'exposer à la mort la plus atroce?

– Ne pouvez-vous les contraindre?

– Non, monsieur. Et aucun argousin ne saurait les y forcer. Ramer pour le roi est un honneur. Pas charrier les dépouilles pesteuses des manants! En outre ces hommes appartiennent au roi. Je n'en puis disposer à ma guise.

– Si la pestilence passe de la ville à la Rive-Neuve, rien ne vous préservera. Ne voyez-vous pas déjà de cette fenêtre les cadavres qui se décomposent dans le port? Demain, il y en aura des centaines!

– Si je contrains mes hommes, ils feront semblant d'obéir, puis vous fausseront compagnie. Il faudrait deux gardes pour chaque forçat! Nous n'avons pas assez d'argousins ni de pertuisaniers. Les mille hommes d'armes de l'Arsenal nous sont indispensables pour assurer notre sécurité. Nous gardons cinq mille bagnards. En cas de révolte, les troupes du roi ne sortiraient pas de leurs citadelles pour nous prêter main-forte.

– Aux relégués à vie, offrez la liberté en échange de ce travail.

– Comme vous y allez, monsieur! Je vous répète que la chiourme est le bien du roi. Quant à cette liberté, elle est illusoire si, à peine entrés en ville, ils sont terrassés par la peste.

– Ils ont peut-être une chance sur deux de survivre, avec l'aide de Dieu. Cela pourrait tenter les condamnés à vie. A bord des galères, l'espérance de vie n'excède guère cinq ans.

– Je vous répète, monsieur, que je ne puis disposer de ces hommes pour faire n'importe quoi!

Jean-Baptiste Estelle sentit monter en lui le désespoir. Comment convaincre cet homme? Il ferma les yeux et se concentra. Une autre idée lui vint. Il demanda :

– Combien avez-vous de religionnaires ?

– Guère plus d'une cinquantaine et ils sont tous âgés. Le Régent ne nous en envoie plus.

– Au nom de la charité, demandez-leur de nous aider ?

– Non. Je ne pourrais leur offrir la liberté. Les pires criminels peuvent être graciés. Pas les gens de la R.P.R. [1]. Tels étaient les ordres de Louis XIV. Le Régent ne les a jamais révoqués.

– Même si nous les rachetons au roi en bons écus sonnants ?

Ce mot magique secoua le bailli.

– C'est en effet une idée, monsieur. Toutefois, pour des raisons politiques, elle ne saurait s'appliquer aux religionnaires. Pour les forçats ordinaires, c'est à étudier. Je vais y réfléchir avec M. de Rancé.

Pour la première fois, le bailli semblait ébranlé. L'échevin reprit espoir. Tout barricadé qu'était l'Arsenal, il se trouvait trop proche de la ville pour sortir intact d'un holocauste général. Jean-Baptiste Estelle se fit insistant.

– Si, comme l'affirment les maîtres en médecine, la peste est propagée par des miasmes volatils, les hauts murs de votre Arsenal offriraient une protection illusoire en cas de mistral, puisque vous êtes sous le vent de la ville. Il est donc de votre intérêt de nous aider à l'assainir.

Le coup porta. Langeron demeura longtemps silencieux, puis il prit brusquement son parti.

– Bien, monsieur. Je vais envoyer un courrier spécial à Paris au général des galères. Sa réponse devrait me parvenir dans une quinzaine de jours.

– Nous ne pourrons pas attendre, monsieur. Dans quinze jours, il sera trop tard.

– Je ne peux vous laisser seul en ce péril extrême. Si M. de Rancé est d'accord, vous aurez vos hommes, à condition qu'ils soient volontaires et que tout forçat mort ou libéré soit payé au roi au tarif des esclaves, tel que le fixe le marché de Venise.

– Merci, monsieur. Connaissant la noble réputation du chevalier de Rancé, je ne doute pas de sa réponse.

1. Religion protestante et réformée, que les catholiques traduisaient par « religion prétendue réformée ».

– Vous devrez assurer votre sécurité et serez responsable de la personne de nos bagnards.

– Nos gardes de ville ne les quitteront pas. Ils sont bien armés.

– Combien voulez-vous de forçats ?

– Essayons avec une trentaine. Mais il faut prévoir une forte mortalité. Entre quinze et vingt par jour, qu'il faudra remplacer.

– Les forçats ne manquent pas ici.

– Et s'ils refusent ?

– Quel prisonnier à vie refuserait d'être soudain libre et riche ? Car il vous faudra les payer au prix fort. Je suppose que la pire canaille de la vieille ville se refuse à ce travail, même à prix d'or, pour ne pas risquer la mort !

– Du moins, si vos forçats meurent, pourront-ils espérer le salut dans l'autre monde, s'étant magnifiquement rachetés.

– Vous pensez à tout, monsieur le premier échevin !

Il raccompagna son visiteur.

Au lieu de passer par l'enfilade des salons de la Maison du roi, il le conduisit dans l'aile nord dominant le port, où se trouvaient amarrées une quinzaine de galères.

Vêtus seulement d'un caleçon, les forçats grattaient le pont, astiquaient les ferrures et faisaient étinceler les cuivres. A terre, les moins valides s'occupaient à des travaux de couture, ravaudaient les grandes voiles, ou tricotaient des bas de coton et de laine au profit du comite. D'autres « éclaircissaient » des boulets de fer rongés par la rouille. La plupart portaient une lourde chaîne au pied droit. Les plus dangereux étaient enchaînés par deux. On reconnaissait les évadés repris. Il leur manquait une oreille ou le nez !

– Que font ceux-là ? On dirait une danse !

– Sous les ordres du comite, ils battent tous ensemble leur chemise pour en faire tomber les poux dans la mer. Si l'on n'y veillait, ils resteraient dans leur vermine !

Le mépris se lisait sur son visage. Une immense pitié étreignait le cœur du premier échevin.

Avant de prendre congé, il demanda :

– Comment avez-vous pu échapper jusqu'ici à la contagion ?

– Nous n'y avons pas échappé, monsieur. Certes, notre estacade flottante, nos murailles, forment une enceinte sans faille, et surtout notre discipline de fer nous protège. Il n'y a pas de fuites comme en votre Lazaret. Toutefois, au début de la contagion, nous n'avons pu empêcher quelques manquements à la discipline. Un marin de la *Gloire* a été contaminé par une fille dans une taverne du port. Le 31 juillet, deux forçats étaient atteints à leur tour. Le mal a gagné trois argousins et deux matelots. Nous les avons aussitôt envoyés à l'hôpital des équipages, loin de l'Arsenal et de la ville, derrière la citadelle Saint-Nicolas. On a ainsi préservé notre hôpital général, qui ne reçoit que des malades ordinaires non contagieux. Jour et nuit, nos médecins et nos chirurgiens circulent dans les galères et les casernes. Tout individu suspect est isolé dans la grande corderie, puis expulsé éventuellement de l'Arsenal. Grâce à quoi la mortalité chez nous, à ce jour, ne dépasse pas une dizaine de personnes.

– Puissiez-vous être protégé du grand malheur de ce temps, monsieur ! Cependant, n'eût-il pas été préférable de fuir ? Pourquoi votre escadre n'a-t-elle pas appareillé ?

– Nous y avons songé dès le début de la contagion. Ayant réuni les capitaines des quinze galères à flot – cinq autres sont désarmées – M. de Rancé et moi leur avons proposé d'appareiller pour Toulon. Hélas, les galères, sous leur superbe apparence, sont vieilles et fatiguées. Et nos galériens ne savent plus ramer. Nous nous sommes donc déterminés à nous barricader et à ne plus laisser communiquer nos équipages avec la ville. On pensait qu'une petite contagion passerait. Maintenant, il est trop tard pour partir. Aucun port ne voudrait de nous.

Il hésita.

– Et le gouvernement du roi nous réserve une tâche spéciale.

– Que voulez-vous dire ?

Le bailli se referma.

– C'est un secret d'État.

Ils étaient arrivés au corps de garde. Charles de Langeron appela un officier.

– Raccompagnez M. le premier échevin à son carrosse.

Il se tourna vers Jean-Baptiste Estelle.

– Monsieur, je vous ferai prévenir dès que mes galériens seront disponibles, après accord du lieutenant général. Faites-moi confiance, vous aurez vos trente forçats.

– Le chevalier Roze les prendra en charge, monsieur. Il les commandera personnellement.

– Je sais qu'on peut compter sur lui. Monsieur, j'ai bien l'honneur...

En regagnant son carrosse, Jean-Baptiste Estelle pensa :

« Trente forçats promis à la liberté, voués à la mort ! Et combien d'autres suivront ? »

28

Le cabanon *L'Ouliveto*, dont Jacques Chataud venait de prendre possession, n'avait rien de commun avec la luxueuse bastide voisine du premier échevin.

Sur quelques restanques plantées d'oliviers envahis par les ronces, s'élevait une modeste maison de pierre, avec son puits et sa citerne. Une seule pièce occupait le rez-de-chaussée. On puisait l'eau à l'évier avec une pompe à main, qui plongeait directement dans le sol. Dans la cheminée pendaient la crémaillère et sa marmite où avaient mijoté des générations de daubes, de soupe au lard et d'aïoli. Un escalier abrupt conduisait à l'étage, une unique chambre mansardée.

Dans ce cabanon rustique, inconfortable mais plein de charme, avec sa tonnelle couverte de vigne grimpant sur les murs et le vieux toit de tuiles rondes, le marin Marco Caviglioni, qui le tenait de son pauvre père, y avait mené des amours passagères au retour de ses campagnes.

La nuit tombait lorsque Jacques Chataud lâcha son cheval dans l'enclos. Il demeurait étonné de la facilité avec laquelle il était sorti de la ville. Il s'était présenté à la barrière Notre-Dame, l'un des trois carrefours à la limite du terroir où arrivait le ravitaillement de Marseille. A une heure de l'après-midi, le soleil dardait ses rayons sur la campagne accablée de chaleur. Assourdis par le crissement des cigales, les gardes, en pleine digestion, somnolaient à l'ombre des tilleuls.

Jacques avait tendu à l'un d'eux le sauf-conduit portant le paraphe du gouverneur-viguier, muni de tous les sceaux officiels. Un faux, habilement fabriqué pour trois louis par un ancien forçat libéré qui tenait boutique à deux pas de la Loge, dans la rue Torte.

A la barrière, nul ne se serait méfié de cet élégant cavalier soi-disant porteur d'un message pour le Parlement d'Aix, et possesseur d'un certificat de quarantaine.

Il était plus facile de sortir de Marseille que d'entrer à Allauch. A la barrière de cette petite commune, qu'il avait atteinte par des chemins détournés, le Marseillais s'était métamorphosé en Toulonnais, une ville où ne régnait pas encore la contagion. Il était cette fois un officier de la Marine royale fuyant les grosses chaleurs pour retrouver le frais de sa bastide.

Jacques Chataud tira de sa sacoche un saucisson et un pain de campagne. Il se pompa un pichet d'eau fraîche, avant de s'aviser que quelques bonnes bouteilles vieillissaient sous les fagots. Il mangea rapidement. Puis il sortit de sa poche le billet de Jehan Figueras à Gersende, le relut avec délice et se mit à fredonner une vieille chanson de Provence :

La laissès pa'nar
La nuech touto souletto,
La fiheto [1] *!*

C'était trop beau pour être vrai ! Jehan se sacrifiait pour sauver la famille ! Jacques avait l'accord tacite de maître Estelle, qui ne lui avait pas refusé la main de sa fille. L'étonnant revirement de Jehan suivait sa visite à l'hôtel de ville. Jacques avait donc la voie libre pour conquérir celle qui l'avait fasciné depuis l'enfance, comme un rêve inaccessible.

Plus facile à dire qu'à faire ! Il ne se voyait pas sonnant à la porte de l'imposante bastide, demandant à voir Gersende, lui tendant le billet de Jehan. Et profitant de son désarroi pour lui proposer de la soutenir dans des circonstances aussi douloureuses...

Il ne suffisait pas d'être là. Il fallait aussi la séduire !

Il décida d'aller dormir, puis de lui rendre visite le lendemain, sous prétexte de lui donner des nouvelles de

1. Ne la laisse pas aller la nuit toute seulette, la fillette !

son père. *Filho que escouto es leou dessouto* [1], dit le proverbe !

Pas un seul instant il ne se préoccupa de l'étrangeté de sa venue. Il arrivait seul à cheval d'une ville dévastée par la peste, où l'on manquait de bras et de jeunes hommes de bonne volonté.

Mais la générosité n'était pas le propre de Jacques Chataud. C'était un petit profiteur. Il avançait dans la vie sans complexes ni scrupules. Jusqu'ici, cela lui avait réussi.

Il monta à l'étage avec sa chandelle, ouvrit le lit. Les draps étaient propres et sentaient bon la lavande. Marco avait dû le préparer avant son départ, pour fêter ses nouvelles conquêtes à son retour. Il se déshabilla, se glissa nu dans le lit frais et souffla la chandelle, l'esprit entièrement occupé par Gersende.

La nuit était claire. Nuit lumineuse de pleine lune, presque irréelle. Par la fenêtre restée grande ouverte il voyait briller les étoiles. Un moment saisi par le silence, il écouta le cri du grillon. Puis, terrassé d'émotions et de fatigue, il se laissa glisser dans le sommeil, en rêvant de Gersende.

A peine endormi, un hennissement le réveilla. Le cheval s'agitait dans l'enclos. Jacques écouta, le cœur battant. Quelqu'un marchait sur le chemin. On poussa la barrière de l'enclos. Puis on heurta le marteau de la porte !

Jacques, sans se déclarer, se glissa silencieusement vers la fenêtre, tout en restant dissimulé dans l'ombre. Quelqu'un avait dû le voir arriver hier soir. Rien ne passe inaperçu à la campagne, surtout dans les parages de la bastide isolée d'un personnage important.

Une voix de femme s'éleva dans la nuit :

– C'est moi, Ria ! La suivante de demoiselle Estelle ! Qui est là ?

Jacques en demeura sans voix. Ria ! Que faisait-elle la nuit à courir les chemins ? Bien qu'il n'y ait jamais rien eu entre eux, sa présence le troublait jusqu'au fond dc sa chair. Non seulement Ria était jeune et belle, et désirable en diable, mais sa forte personnalité le sub-

1. Fille qui écoute est vite dessous.

juguait. Un vieux terme provençal la résumait : c'était une fille *tron de l'air* ! Explosive [1] !

« Je vais faire le mort, décida-t-il. Il ne faut pas qu'elle entre ! Si Gersende le savait – et elle le saurait, Ria s'en vanterait ! – tout serait compromis. »

Bien que très différentes, les deux jeunes filles avaient autant de charme et de tempérament l'une que l'autre. Gersende plus romantique, inaccessible comme un rêve, son rêve ; Ria plus passionnée, la bouche empreinte d'une sensualité malicieuse.

Mais Gersende était la fille de maître Estelle, le premier échevin, et descendait par sa mère de noble famille. Maria Pépiole n'était qu'une enfant bâtarde, une « suivante de demoiselle ». Aux yeux de Jacques Chataud comme de n'importe quel jeune ambitieux, Ria ne faisait pas le poids, en dehors d'une passade qu'il ne pouvait se permettre.

Soudain, en bas, la porte grinça sur ses gonds rouillés. Il avait oublié de la fermer à clé !

Ria entra et cria :

– Il y a quelqu'un ?

Pris de panique, il demeurait immobile debout près de cette fenêtre ouverte qui avait intrigué Ria. Il craignait qu'un seul geste, en faisant craquer le vieux plancher, ne révélât sa présence.

Il l'entendit faire le tour de la pièce. Puis il perçut son pas léger qui grimpait l'étroit escalier.

Elle poussa la porte, entra. Il était nu devant elle, dans la clarté de la lune qui révélait les moindres détails de son corps de jeune mâle !

Elle éclata de rire.

– Je savais bien que tu étais là, Jacquou !

Il demeura médusé. Elle le dévisageait avec gourmandise. Son regard brûlant descendit sur son torse légèrement ombré d'un duvet, sur son ventre, sur...

Elle ferma les yeux, vacillante. Et cet imbécile restait là, tout nu avec son petit sexe pendant. Il ne faisait pas un geste pour la prendre ! Elle en avait tellement envie, de ce beau garçon, auquel elle rêvait chaque nuit !

Flatté, il trouva cela amusant. Jusqu'où irait-elle ? Jusqu'où iraient-ils ? Tout son corps disait qu'il était

1. *Tron* = foudre. *Tron de l'air* pourrait aussi se traduire par coup de foudre.

déjà perdu. Son petit esprit calculateur avait beau affirmer que non, que rien n'était *consommé*, que rien n'était perdu pour Gersende. Sauvages, le corps et le sexe affamés n'entendaient pas ce *discours*. Le corps était plus fort. Jacques entendait Ria haleter de désir, à trois pas de lui. Il humait son parfum, son parfum de femme ruisselante de désir ! *Ah ! Tron de l'air !*

L'esprit affolé, il tendit la main pour attraper sa chemise sur le dossier de la chaise. Trop tard ! Ria était sur lui. Ils roulaient déjà sur le lit. Emportés par le souffle tumultueux de la chair, ils ne savaient plus l'un et l'autre qui ils étaient. Elle arracha sa jupe et ses jupons. Il déchira son léger corsage, remonta sa chemise, renifla ses aisselles, lécha ses seins. Ils se collaient l'un à l'autre, ils mêlaient leurs lèvres, leur souffle et leur salive. Leurs langues s'entrecroisaient comme des fleurets.

Il allait la pénétrer quand soudain il s'entendit crier d'une voix venue du plus profond de lui-même :

– Écarte-toi, Ria ! J'arrive de Marseille. Je porte les miasmes de la contagion !

D'un seul bond elle fut debout. Dans le contre-jour de la fenêtre sur le ciel étoilé il voyait ses formes nues, sa poitrine de figure de proue, ses hanches rondes comme une jarre, sa chevelure cuivrée qui tombait sur ses épaules d'ivoire. En lui, le corps hurlait avec fureur :

« *Imbécile ! Tu as tout gâché avec ta peste !* »

Elle recula jusqu'à la fenêtre. Allait-elle sauter dans le vide ? Elle ramassa à tâtons ses vêtements, enfila en désordre sa chemise et son jupon, se rua vers l'escalier.

Il rit, apaisé. Le corps était battu. Le sang qui faisait éclater son sexe refluait vers le haut. L'esprit, maintenant, jugeait la scène presque avec détachement, avec dérision. Allons ! On avait eu chaud, mais rien n'était perdu ! Il ne l'avait pas prise. Ria restait vierge (l'était-elle, d'ailleurs ?). Il n'avait rien fait. Rien ! Il était pur comme la vipère qui vient de naître !

Elle se heurta à deux ou trois meubles dans l'obscurité de la cuisine en cherchant la porte, la trouva, bondit dans l'enclos. Le cheval la salua au passage d'un hennissement étonné. Elle court encore, Ria Pépiole ! Elle court, elle court dans la nuit, la fillette ! *La laissès pa'nar la nuech touto souletto, la fiheto !*

Jacques éclata de rire. Il se sentait fort, maître de lui.

Il se recoucha et s'endormit. Et il rêvait de filles aux longs cheveux d'algues, caressantes, aux cuisses écartelées, sexe offert, rose aux pétales entrouverts, bouches fondantes et savoureuses, comme figues cueillies au soleil.

Le lendemain matin à dix heures, après s'être soigneusement rasé, il se présenta dans son élégante tenue de cheval à la porte de la bastide du premier échevin.

Félicie Cabanesse ouvrit.

– Moussu Jacquou ! Qué bonur ! Entrez ! Demoiselle Gersende sera heureuse de vous voir. Et Ria, donc !

La brave femme ne paraissait même pas étonnée que ce Marseillais ait franchi les barrières. S'il était là, c'est qu'il en avait le droit !

Elle le fit entrer dans le salon. Cela lui rappela la réception à laquelle son père et lui, une fois, une seule, avaient été conviés. Après le souper aux chandelles, on avait dansé dans le parc, sous les lampions suspendus aux arbres. Jehan Figueras dansait avec Gersende. Ils formaient un couple émouvant. Ils allaient se marier. La jalousie serrait son cœur à l'étouffer. Il savait qu'il n'avait jamais eu aucune chance auprès de la fille du premier échevin, lui, le petit écrivain du *Saint Antoine*. Un simple vaisseau marchand qui faisait le commerce des Échelles, enrichissant Estelle, Chaud & Cie ! Il n'avait aucune chance, lui, l'enfant naturel du capitaine et de Josefa, la lavandière de la rue du Panier.

Et aujourd'hui, il était là. Il l'attendait, le cœur battant, le cœur brûlant.

A tout hasard, il avait apporté le billet de Jehan. Son esprit – le calculateur – l'avait supplié de le laisser au cabanon. Il lui disait maintenant de le laisser au fond de sa poche. Il ne fallait pas aller trop vite. Essayer d'abord de l'apprivoiser, puis de la troubler. Enfin, de la séduire avec la seule force de son désir et de son corps. Son corps. Ce qu'il avait de meilleur. Et sur ce plan, il pouvait rivaliser avec Jehan Figueras.

Mais la naissance les séparait. Pas même ! Jehan n'était que le fils d'un obscur médecin des Accoules et personne n'avait entendu parler de sa mère. Il avait étudié ? Certes. Mais que valaient aujourd'hui ces diplômes de maître en médecine ? La peste ravageait Marseille sans que ces hommes de l'art se montrent seulement capables de la reconnaître, puis de la juguler, tous aussi ignorants que barbiers du Moyen Age !

Elle entra. Son visage très pâle, amaigri, montrait la marque d'une tristesse infinie, sa lancinante inquiétude pour son père et pour Jehan. Dans sa légère robe bleu profond, à peine soulignée de dentelle blanche au corsage, ses yeux paraissaient violets. Elle eut un pauvre sourire à la limite des larmes, s'avança et lui tendit les mains comme une naufragée.

– Comment va mon père ? Et Jehan ?

En face d'elle, il avait déjà perdu son assurance. Il bredouilla :

– Ils sont très pris, comme vous l'imaginez. Votre père à l'hôtel de ville, Jehan à l'hôtel-Dieu. Impossible de les approcher. Mais je sais qu'ils tiennent, au milieu de la tourmente qui s'est abattue sur notre cité ! Ainsi, je n'ai pu vous apporter aucun message de leur part. Je suis seulement venu à Allauch prendre possession de la petite maison de Marco Caviglioni, dont j'ai hérité.

Déçue, elle se recomposa un visage. Oubliant sa mortelle inquiétude, elle reprit aussitôt son rôle de maîtresse de maison, attentive aux autres.

– *L'Ouliveto* ? Nous le savions, Jacques. Ria en était même tout excitée ! Hier encore, elle me disait : « Jacques va venir ! » Je lui répondais : « C'est impossible ! On ne le laissera pas passer ! » C'est elle qui avait raison. Comme elle va être heureuse de vous revoir !

Un regret déchirant perçait dans sa voix. « Elle ne pense qu'à Jehan ! » songeait Jacques avec désespoir et dépit. Et il sentait sur son cœur le billet qui le brûlait.

Il demeurait paralysé devant elle. Cet amour de Jehan et de Gersende se dressait devant lui comme un mur, un rempart infranchissable. Il le comprenait enfin, enfin lucide. Même le billet ne le ferait pas tomber. L'amour de Gersende, l'amour vrai, le meilleur moyen de connaissance, lui ferait déjouer ces misérables stratagèmes, et il perdrait sa dernière chance auprès d'elle.

Quelle chance ? Que pouvait-il encore espérer ? Que Jehan meure ! Quc la peste l'emporte !

Il demeurait là, misérable devant elle, avec ses grands projets et ses petits calculs. Puis l'évidence l'écrasa. Il avait fui la ville assiégée, alors que Jehan restait à combattre la Mort face à face à mains nues. Il ne faisait pas le poids. Le faisait-il seulement devant Ria, qui valait mille fois plus que lui ?

Des larmes de désespoir coulèrent sur son visage.

Alors, pour la première fois, Gersende le regarda avec émotion.

Derrière la porte, Ria, tremblante, attendait.

29

– Nous sommes dépassés, dit Jehan. Regardez !

De la fenêtre du bureau de l'hôtel-Dieu qui ouvrait au premier étage sur la terrasse et le jardin, il voyait le flot incessant des morts que l'on emportait et des malades qui arrivaient. Par l'entrée principale rue de la Roquette, il en affluait sans arrêt, sur des civières ou des chaises à porteurs, les plus valides à pied, pauvres êtres défaillants, hagards, venus chercher là un trépas décent.

L'hôpital étant plein, on les casait en attente dans les larges galeries, ou sur les terrasses et dans le jardin. N'importe où, jusque sur les paliers des escaliers, dès qu'une place était libre. Par la porte de l'Ouest, montée du Saint-Esprit, on voyait le défilé ininterrompu des sortants : cadavres portés sur des brancards, hâtivement recouverts de toile grossière, parfois sans rien que quelques hardes, le plus souvent nus.

Au bas de la montée, place du Palais de Justice, se heurtaient des files de tombereaux, qui ne pouvaient accéder directement à l'hôtel-Dieu. Les corbeaux saisissaient avec leurs énormes pinces les cadavres que les garçons d'hôpital avaient entassés sur le pavé, les balançaient comme des sacs dans la charrette, d'où suintait un liquide noirâtre, mélange nauséabond de sang et de sanies. L'attelage s'ébranlait, précédé par deux gardes armés, l'un agitant une cloche. Un autre tombereau prenait aussitôt sa place au bas de la montée.

– C'est l'enfer ! reconnut le chevalier Roze. Maître

Deidier, avez-vous jamais connu pareille horreur en Languedoc ?

Le médecin de Montpellier secoua la tête. Maigre et de grande taille, Antoine Deidier paraissait plus que ses cinquante ans. Sur son visage ascétique marqué par toute une vie au service des malades se lisait un immense découragement. Il avait tout de suite sympathisé avec Jehan, qui venait de lui faire visiter l'hôtel-Dieu. Ils se reconnaissaient l'un et l'autre comme privilégiant chez l'homme le caractère, plutôt que le personnage affublé du masque social. Tous deux avaient adopté la devise de Galien : *« Pars tôt, va loin et reviens tard. »*

L'arrivée imprévue, si précieuse, de ce personnage, « médecin conseiller du roi », comme Jehan maître en médecine, comme Chicoyneau professeur à l'école de Montpellier, avait pour origine une lettre du secrétaire d'État Pelletier des Forts à l'intendant du Languedoc.

Maître Deidier se tourna vers Jehan et répondit :

– Pareille horreur ? Jamais ! Le lendemain de mon arrivée, M. de Soissans, aide de camp du commandant de la place, nous a conduits à la Charité et au Jeu de Mail, où l'on agrandit les hôpitaux. Ensemble, nous avons sillonné la ville. C'est partout le même spectacle, du Cours à la Rive-Neuve, des Moulins à la rue Paradis. On marche sur des cadavres ou sur les paillasses souillées des malades et des mourants. Ce n'est plus une ville, c'est une cour des miracles ! Où est la cité d'antan que j'ai connue, ces Marseillais amis des plaisirs et de la joie de vivre, si sociables, portés à la plaisanterie, au rire, à l'exagération pour embellir la vie ?

– La réalité est pire encore que ce que vous voyez. Non seulement les corps, mais les esprits sont corrompus, monsieur !

– Que voulez-vous dire ?

– Les gens jettent leurs malades dehors ! Le fils expulse son père. Le père rejette son enfant. Le maître chasse son serviteur. La terreur de la peste est devenue telle que plus aucun sentiment d'humanité ne subsiste. Pour s'en débarrasser plus vite, on jette même les corps directement dans les rues, par les fenêtres ! De l'autre côté de la ville, l'esplanade de la Tourette déborde de cadavres, véritable charnier pourrissant, au-dessus duquel tournoient les oiseaux de mer et des essaims de mouches, qui s'en vont ensuite propager les miasmes de la peste dans d'autres quartiers. Et cet amoncellement de corps gonfle sous l'effet de la putréfaction due à l'implacable soleil. Oui, c'est bien l'enfer ! Même le port est encombré de corps que se disputent de gros poissons venus du large. Ces cadavres flottent en pleine décomposition, mêlés à ceux des chiens et des rats.

Le chevalier Roze se redressa.

– Demain, avec l'aide d'un premier contingent de forçats de l'Arsenal que maître Estelle a obtenu de M. de Langeron, je prendrai en charge l'enlèvement des cadavres. Trente bagnards, tous condamnés à vie, donc dangereux, ont accepté, contre promesse de leur liberté, de prendre la relève des crocheteurs de morts et des conducteurs de tombereaux, qui meurent ou fuient les uns après les autres.

– Mais qu'allez-vous faire de ces milliers de cadavres ? demanda Jehan. Les fosses ne sont plus suffisantes ! On ne peut continuer à remplir les vieilles citernes, au risque de polluer les eaux, car certaines communiquent avec les puits.

– J'ai mon plan, répondit le chevalier. Je m'attaquerai d'abord à l'esplanade de la Tourette, qui offusque l'odorat de l'évêché. Et ainsi, nous devrons peut-être notre salubrité à des gens hier encore considérés comme le rebut de la société. Situation incroyable pour cette orgueilleuse cité qui se croyait le centre de l'Europe.

– Puissiez-vous réussir, chevalier !

– Je me propose de les encadrer et, par Dieu, je jure, avec leur aide et celle du Christ, de mener à bien l'entreprise ! Jehan, puisque vous avez l'oreille de maître Estelle, allez le voir tandis que j'irai prendre en charge le premier groupe de forçats volontaires. Suppliez-le de nous donner assez de gardes, des tombereaux en bon état et de la chaux vive en quantité.

– J'irai, chevalier. Mais quand tous les gardes seront morts, que ferez-vous ?

– Quand tous les gardes seront morts, la ville sera entre les mains des forçats et de la canaille qui attend son heure dans la basse ville. Alors, si les soldats du roi refusent toujours de sortir de leurs forts et de l'Arsenal, c'en sera fini de Marseille.

– Nous n'en sommes pas encore là ! cria Jehan. Il faut nous battre !

Maître Deidier secoua tristement la tête.

– Quand j'ai vu vos rues et vos places, j'ai su qu'il était trop tard. Et quand j'ai vu vos hôpitaux, mon cœur de médecin s'est rempli de désespoir. Vous manquez de tout : de place, de linge, de remèdes, de personnel, et même de prêtres !

– Ce n'est que trop vrai, avoua Jehan. Demain, les malades ne seront plus soignés, pas même aidés ! Presque toutes nos religieuses soignantes sont mortes. Morts aussi les généreux volontaires, garçons et filles, de dix à vingt ans, qui se dévouaient à leur service. Ils sont remplacés par des individus avides d'argent. Nos malades sont désormais livrés à ces gens impitoyables. Ceux qui ont apporté leur argent et leurs biens les plus précieux pour qu'ils ne soient pas pillés dans leur maison abandonnée en seront dépouillés ici dès qu'ils seront morts ou hors d'état de se défendre. Et si la mort ne vient pas assez vite, ces filous sauront la hâter !

Jehan ferma les yeux, revivant l'horreur des salles communes, son lot quotidien. Enfin, il se secoua.

– Enterrer les morts est une tâche urgente. Empêcher les survivants de mourir et les protéger est plus impératif encore. Vous êtes envoyé par le Régent en tant que haute autorité médicale, maître Deidier. Nous attendons vos instructions et vos conseils.

– Hélas, il est trop tard !

– Cette constatation ne nous mènera qu'au désespoir et à la mort.

Jehan se concentra longuement, puisant des forces au fond de son être. Puis il s'écria :

– *J'ai une idée.*

L'autre le regarda avec inquiétude.

– Nous nous méfions de vos idées, mon jeune ami ! Mais parlez, puisqu'on n'a plus le choix !

– Je suis allé en Alexandrie et dans le désert. Puis j'ai connu la Palestine, Damas et les antiques sagesses. Le secret s'est-il perdu ?

– Quel secret ?

– Un médecin égyptien des anciennes civilisations du Nil, nommé Imhotep, a fondé l'école de médecine de Memphis, qui fit tant de merveilles. Il avait notamment vaincu la peste qui ravageait la vallée du Nil. Après sa mort, il fut divinisé par le peuple. Hippocrate lui-même, notre « père de la médecine », lui a emprunté son savoir.

– Je n'ai jamais entendu parler de cette école de Memphis, dit maître Deidier.

– Son souvenir existe encore chez les érudits d'Alexandrie et dans certaines communautés religieuses du désert. L'école de Memphis avait cette singularité de former des élèves pour devenir à la fois médecins et prêtres, pour soigner en même temps le corps et l'âme. Les prêtres-médecins de Memphis y pratiquaient le « sommeil sacré ». Dans le temple-hôpital, on endormait le malade avec des herbes et des incantations, puis on lui administrait la médication. Il se réveillait guéri.

– Ces pratiques frisent la sorcellerie, s'écria maître Deidier. Au Moyen Age, l'Église les aurait condamnées, envoyant au bûcher vos « prêtres-médecins » ! Est-ce donc là votre idée géniale ? Dans nos facultés, on ne prétend à rien de semblable, mais à pragmatique science médicale basée sur l'observation des malades et le respect des maîtres.

– Peu m'importe que le malade soit guéri par Dieu ou par le diable, dans son sommeil ! Peu m'importe si les prêtres-médecins pratiquaient sans le savoir une suggestion suscitant chez le patient un mouvement des humeurs engendrant dans l'organisme les réactions salvatrices de défense.

– Vous m'épouvantez, Jehan Figueras ! Rien de cela n'est enseigné en nos écoles, ni ne vient de notre école mère de Salerne, d'où découle toute saine doctrine. Vous ne pouvez pas toucher à l'âme du malade ! C'est... C'est péché mortel !

– Salerne, l'une des écoles héritières des secrets, se contenta de retenir la formule d'endormissement, un philtre pour endormir les opérés. Le médecin Guy de Chauliac en parle dans sa *Grande chirurgie* de 1363 : opium, jusquiame, belladone, suc de morelle et mandragore. Le tout appliqué avec une éponge sur le visage. La méthode a malheureusement été interdite, quelques auteurs ayant affirmé que la *narcose* serait due à l'effet des puissances diaboliques. Le chirurgien qui l'utilisait fut alors accusé de sorcellerie, condamné par l'Inquisition et brûlé vif. Effrayé, le corps médical y renonça.

– Revenez à la peste, Jehan Figueras ! Ne vous égarez pas dans ces dangereuses considérations ! Quelle est votre idée ?

– Je compte utiliser au moins l'antique *narké*, le sommeil artificiel, pour ouvrir les bubons. Et on cessera de torturer le malade avec un cautère.

Le chevalicr Roze s'interposa.

– Je vous ai écouté, Jehan. Un seul problème m'intéresse. Comment arrêter l'épidémie de peste qui ravage notre ville, menace la Provence et le royaume ?

– J'y arrive. Dans l'Antiquité, en Égypte, on se portait mieux que n'importe où dans le monde. Ces gens-là étaient pragmatiques dans leurs règles de vie et la pratique des soins. Mais surtout... je cherche le mot, il n'a pas d'équivalent en français. Les Grecs disaient *hugiainein* : hygiène. Hippocrate, que vous citez toujours, le savait. Héritier des Égyptiens, il a rapporté tout cela dans son *Traité des airs, des eaux et des lieux.* Mais l'application en a été abandonnée au Moyen Age. Pas complètement, cependant, grâce aux juifs. Lisez le Talmud. Le chirurgien doit opérer avec une blouse blanche. Toute plaie sera purifiée et pansée de linges propres !

– Par exemple ! s'écria maître Deidier, stupéfait.

– Hygiène corporelle, interne et externe. Hygiène publique concernant la viande, les inhumations, les canalisations. Celles qui apportent l'eau et celles qui emportent les déchets de l'homme. Grecs et Romains disposaient d'égouts souterrains. Les nôtres coulent au milieu des rues et les enfants s'y vautrent avec les chiens et les porcs.

– Assainir Marseille, s'écria Roze, mais c'est un programme de longue haleine qui nous dépasse. Il faudrait refaire la ville ! Que proposez-vous de concret dans l'immédiat ?

Jehan ferma les yeux. Dans sa tête les idées se précisaient. Il s'écria :

– La contagion se propage dans le sang par l'intermédiaire d'animalcules invisibles. Les agents transmetteurs de la peste pourraient être les insectes piqueurs buveurs de sang : les moustiques et les parasites de l'homme et des animaux, surtout la puce du rat.

Maître Deidier, sceptique, secoua la tête.

– Cela va à l'encontre de la saine doctrine du miasme né de la terre par génération spontanée. Votre hypothèse n'a jamais été démontrée, monsieur Figueras. Avez-vous au moins des indices ?

– Plus que des indices, mon maître. Des preuves.

Comment est venue la contagion du *Saint Antoine* ? On avait remarqué une quantité anormale de rats morts dans les cales. Avant de mourir, ces rats ont infecté les hommes d'équipage. La nuit, ils se risquent dans le poste pour grignoter tout ce qu'ils trouvent et vont même jusqu'à ronger les ongles des matelots. Or, de nombreux marins sont morts. En outre, la peste a pu se propager par des balles de laine où les rats auraient fait leurs nids, y laissant des puces. Des puces infectées. Débarquées au Lazaret, les balles y ont été aérées. Les puces en ont jailli. Affamées, elles se sont jetées sur les portefaix, qui en sont morts.

– Avez-vous d'autres preuves ?

– Oui. J'ai observé en ville que les meuniers à huile n'ont jamais la peste. Parce que leur peau, imprégnée d'huile d'olive, forme une barrière naturelle qui répugne aux parasites.

Le chevalier Roze paraissait ébranlé.

– Mais comment lutter contre les rats qui ont résisté à la peste ?

– On tentera de les détruire au lieu de les tolérer en ville. Il existe des poisons actifs, mais les rats s'en méfient. On ne les trompera qu'en les mêlant à du blé.

– Cela est interdit. Le blé est une nourriture sacrée.

– En outre, on se lavera tous les jours, entièrement, y compris la chevelure.

– Nous utilisons déjà le vinaigre, dit maître Deidier. Mais faire se laver le peuple ! Même le roi ne se lave pas !

– Le vinaigre n'est pas suffisant. Il faudrait utiliser de l'alcool. Les gens préfèrent le boire ! Le savon a un effet autrement actif que le vinaigre. Marseille exporte du savon. Qu'on le distribue !

– Il faudra un siècle pour habituer les gens à se laver tous les jours, et en plus, avec du savon ! dit sombrement le chevalier. Et la ville manque d'eau, l'été.

– On fera bouillir le linge ; tout le linge.

– Mais il n'y aura pas assez de bois dans tout le terroir de Marseille pour chauffer cette eau !

– Que pensez-vous des fumigations ? demanda Deidier.

– Cela ne sert à rien.

– Oh ! Et les saignées, les purges, les lavements ?

– Cela ne peut qu'enlever au malade ses dernières forces.

– Et les cautères?

– Presque un crime. Jamais les Égyptiens n'ont cautérisé un bubon pesteux. Pour lc purifier, le savon suffira.

Maître Deidier se sentait couler. Ce jeune médecin détruisait tout ce qu'on leur avait enseigné. Mais il paraissait si sûr de lui! A l'hôtel-Dieu, sa réputation ne cessait de grandir. *Ses malades guérissaient!*

La porte du bureau s'ouvrit brutalement. La fine silhouette de sœur Priscille, une jeune religieuse hospitalière, s'encadra dans l'ouverture. Son visage lumineux reflétait l'angoisse.

– Maître Figueras, ou maître Deidier! On vous demande d'urgence dans la salle Saint-Roch. Un barbier maladroit a provoqué une hémorragie en ouvrant le bubon d'un malade! Il n'y a plus de maître-chirurgien capable de l'arrêter.

Deidier se tourna vers son jeune confrère.

– S'il s'agit d'une *ligature*, à vous le soin, mon cher! Moi, je n'ai été formé que pour appliquer les cautères! Même pour une rupture de fémorale!

– Le feu de l'enfer n'y suffirait! rugit Jehan en se précipitant derrière la religieuse.

A la suite de sœur Priscille, il pénétra dans l'immense salle Saint-Roch, où s'agitaient des centaines de malades, tous des hommes.

Cette vaste pièce dallée de marbre, bien aérée, éclairée par de hautes fenêtres ouvrant sur une large galerie dominant le jardin, avait jadis été donnée comme modèle. Tous les dix pieds se dressait un lit très haut protégé d'un dais et de rideaux. Entre chaque lit, sur une petite table, les religieuses posaient verres et potions. Un passé révolu.

Les tables avaient disparu pour laisser place à des paillasses où s'entassaient les malades toujours plus nombreux. On les appelait « lits à la paille ». Les draps souillés s'accumulaient dans des coffres dits « échangeoirs ». Mais on les changeait de moins en moins, faute de lavandières.

Dans les grands lits prévus pour deux malades dont on avait supprimé les rideaux, on en voyait quatre. Or le dicton affirmait que dans un lit où reposent plusieurs malades le diable s'insinue.

Malgré les fenêtres ouvertes traînait une lourde odeur de putréfaction, d'urine, de sueur, d'excréments et de sang corrompu, une odeur de mort. Un prêtre, relevant sa soutane d'une main, tentait de circuler dans les ruelles. Les malades l'appelaient pour se confesser, mais, ne pouvant aller à tous, il devait se résoudre à donner une absolution collective, en criant :

– *Ego te absolvo !*

Derrière lui s'avançait un petit moine vêtu de bure, le froc brun serré d'une grosse corde, le capuchon rabattu sur son front. Pieds nus dans des sandales de cuir, ce capucin déchaux, ancien médecin, constatait la mort. Aussi les malades redoutaient-ils le claquement de ses semelles et le bruit d'osselets de son énorme chapelet. Le moine passait devant les lits, se penchait sur les paillasses. Le regard infaillible, il annonçait :

– Encore un bienheureux !

Les corbeaux alors intervenaient. Ils enlevaient le mort, dont la place était aussitôt occupée par l'un des malades entassés dans les couloirs et les galeries. Des aides les amenaient sur des chariots d'où montaient des gémissements et des cris. Les valets s'en emparaient et tâchaient de leur trouver une paillasse ou un lit. On pressait le capucin de faire de la place. Certains agonisants, obstinés à survivre, se voyaient même arrachés de leur paillasse et jetés dans un coin à même le sol, où ils expiraient sans que plus personne s'en occupe, sinon des nuées de mouches voraces qui s'abattaient sur leurs bubons ouverts, y formant comme une laine grouillante, noir et vert.

En s'installant dans les grands lits, les nouveaux malades heurtaient les anciens, qui rugissaient de douleur et de colère.

A l'entrée, les malades avaient dû abandonner leurs hardes, le règlement l'exigeait. Comme on manquait de chemises blanches réglementaires, certains se retrouvaient nus.

Dans cette ambiance de folie, quelques barbiers-chirurgiens en robe de molesquine noire, ceints d'un sarrau de toile maculé de sang, sévissaient çà et là. L'un d'eux faisait rougir un cautère sur son brasero et l'appliquait sur le bubon à vif d'un malade, sans s'occuper des hurlements de sa victime. Comme on manquait de personnel pour les surveiller, certains « opérés », fous de douleur, se sauvaient par les fenêtres donnant sur la galerie où ils s'effondraient sur les malades en attente. Quelques-uns atteignaient les jardins où ils couraient tout nus. On les retrouvait parfois dans les rues, jusqu'à ce qu'ils tombent, vidés de leur sang, ou noyés dans les eaux visqueuses du port.

Conduit par sœur Priscille, Jehan trouva enfin son malade. Son regard épouvanté contemplait le manège du barbier qui bourrait de copeaux son pot à feu en activant les flammes où rougissaient ses instruments de torture : les cautères. La terrible spatule olivaire large d'un doigt et la redoutable pelle, aussi large qu'une main.

– J'ai interdit cela ! dit Jehan.

– Le chirurgien l'a prescrit. Il a défendu de stopper l'hémorragie à froid. Pourtant, le vitriol en poudre, appliqué avec plumasseau et bourdonnet, est de saine doctrine.

Jehan l'écarta brutalement.

– Dans ce cas, il n'est de saine doctrine que la ligature, selon les principes de notre maître Ambroise Paré.

Heureusement, ce n'était pas la fémorale. Il prit une pince et stoppa l'hémorragie. Mais il ne pouvait à la fois la contenir et pratiquer l'intervention. Il chercha autour de lui un secours. Surtout pas ce barbier-bourreau qui d'ailleurs, furieux d'avoir été évincé, se hâtait vers d'autres victimes.

Jehan vit alors derrière lui un tout jeune homme, qui le regardait faire avec passion. Il était vêtu de l'ample robe blanche immaculée, que Jehan avait exigée au lieu de la robe noire des chirurgiens-barbiers qui dissimulait trop bien le sang et la saleté. Son visage très blond révélait, avec une souffrance contenue quelque chose d'enfantin, presque de féminin, qui le troubla.

– Qui êtes-vous ?

– Le nouveau garçon chirurgien, monsieur. Puis-je vous aider ? Je connais les ligatures.

Il parlait avec un léger accent étranger.

– Tenez ce clamp serré sur le vaisseau. Là. Ne serrez pas trop. Juste ce qu'il faut. Je prépare mon fil.

Sur son ordre on trouvait toujours du fil de soie dans l'armoire des urgences, une par rangée de lits.

Lentement, il se mit à ligaturer le vaisseau. Le garçon, fasciné, suivait ses gestes, l'assistant avec une attention qui l'étonna, une habileté qui démontrait une certaine pratique.

– Vous pouvez lâcher maintenant. Merci. Sans vous, je n'y serais pas arrivé.

Le sang ne coulait plus. Le malade serait peut-être sauvé. Il s'assoupit, apaisé. Jehan pansa la plaie et appela la religieuse.

– Nettoyez-le, sœur Priscille. Avec du savon ! Changez sa chemise et le drap. Quand il se réveillera, donnez-lui du bouillon de poule.

– Mais, monsieur le médecin, on est vendredi !

– Exécutez-vous ! Le péché m'en sera imputé, à moi seul !

Il se redressa. Le garçon chirurgien, amusé par la réplique, le regardait en souriant. A nouveau, Jehan était troublé par ce sourire.

– Comment vous appelez-vous ?

– Godelin, monsieur.

– Ce n'est pas un nom d'ici.

– Ce n'est pas un nom, monsieur. C'est mon prénom.

– Ah ! Venez dans mon cabinet, Godelin.

Il le suivit à travers les escaliers monumentaux de l'hôtel-Dieu. Au dernier étage, Jehan s'était aménagé les combles inoccupés, auparavant réservés au personnel, aux archives, à tout un vieux matériel inutilisé. Il y avait installé un laboratoire, un bureau et, tout au fond, une chambre meublée d'un simple lit de fer.

Les fenêtres donnaient sur le magnifique panorama du port et la colline de la Garde. Sur un mur, des livres aux reliures défraîchies s'alignaient sur quelques étagères. Godelin ne put s'empêcher d'en déchiffrer les titres, en latin, français ou italien, s'exclamant avec gourmandise :

– Le *Canon de la médecine*, d'Avicenne ! Le *Traité d'anatomie*, de Vésale, dans son édition de Bâle, 1543 ! Le *De contagione* de Fracastoro, édition de Venise, 1546 ! Où avez-vous trouvé ces merveilles ?

– Je les ai empruntées à la bibliothèque de l'hôtel-Dieu. Il y a là aussi quelques ouvrages profanes, comme l'*Historia naturalis* de Pline ; ou religicux, comme la *Vie de saint Augustin*.

– Et même *Le malade imaginaire* que Molière a joué en 1673 devant le roi ! Il s'y moque des médecins !

Jehan fit asseoir Godelin et l'examina avec curiosité. Il n'avait guère plus de dix-sept ans, peut-être dix-huit. Un beau visage lisse d'adolescent aux yeux verts lumineux. Ses cheveux bouclés, d'un blond doré, coupés court, lui donnaient la tête de ces anges dont on s'interroge sur le sexe. Il émanait de lui un charme mystérieux et troublant.

– D'où venez-vous, Godelin ?

– Je suis le fils de maître Cornelius Van der Brock, médecin d'Amsterdam. Ma mère était française. Après sa mort d'une fièvre tierce, l'année dernière, mon père, pour m'arracher au désespoir dans lequel je plongeais, m'a fait voyager à travers l'Europe. C'est ainsi qu'après un séjour à Paris, puis à Rouen, nous avons embarqué au Havre-de-Grâce à bord d'un vaisseau qui effectuait le cabotage le long des côtes de France et d'Espagne. Nous sommes arrivés en mars à Marseille. Cette ville nous a paru si belle que mon père a décidé d'y demeurer l'été, avant de continuer vers Nice et l'Italie.

– Où est votre père ? Pourquoi ne nous aide-t-il pas ? Je n'ai jamais entendu son nom dans notre collège.

– Il est mort, monsieur. La peste. Avec presque tous les résidents de notre auberge du Lacydon. Le personnel aussi étant mort ou malade, l'auberge allait fermer. Un truand en a profité pour dérober le sac où mon père gardait ses florins et ses louis. Je me suis retrouvé sans un liard dans une ville où je ne connaissais personne. J'ai d'abord pensé fuir, par n'importe quel moyen. Mais le consul néerlandais était mort, les barrières du terroir fermées et le port interdit. Alors, je me suis rappelé que j'avais un métier : aide-chirurgien. Depuis trois ans j'assistais mon père, médecin et habile chirurgien. Je voulais devenir médecin comme lui. Je sais mettre un enfant au monde !

Un enfant ! Jehan le dévisageait avec étonnement.

– C'est plutôt le travail d'une sage-femme !

Godelin se troubla, rougit comme une fille. Une fille !

D'un geste brusque, Jehan ouvrit la robe blanche, en faisant sauter les boutons. Deux seins délicieux, très blancs, aux tétins roses, jaillirent de leur prison, où les comprimait une écharpe de soie.

– Ah ça ! Vous m'avez bien mystifié !

Écarlate, la jeune fille referma précipitamment sa robe. Furieux, ému plus qu'il n'aurait voulu le paraître, Jehan ne savait que dire.

Elle leva vers lui ses beaux yeux où passait une supplication muette, et il se sentit faiblir. Il prit alors le parti d'en rire. Elle s'excusa :

– Pardonnez-moi, monsieur. Je n'avais pas le choix. Après la mort de son père, que pouvait faire une jeune fille seule pour survivre dans une ville étrangère ? Et je voulais me rendre utile en exerçant mon métier, la ville faisant appel à toutes les bonnes volontés. Ce métier est ma passion et je compte bien un jour apprendre la médecine !

– Comme vous y allez... Godeleine !

Il avait hésité sur le prénom. Elle sourit.

– C'est bien Godeleine ; mon vrai nom de baptême. Après la mort de mon père, j'ai coupé mes cheveux, je me suis habillée comme un garçon et je suis venue offrir mes services à l'hôtel-Dieu. On y manquait tellement de personnel que je fus acceptée sans réticence, après qu'un négociant hollandais, courtier à la Loge, s'est porté garant de moi. Il avait entendu parler de mon père et ignorait qu'il n'eût qu'une fille. Pour tous, ici, je suis Godelin, le garçon chirurgien, bon à tout faire !

Ses yeux verts, mystérieux comme ceux des chats, lancèrent soudain des éclats.

– Mais je voudrais faire autre chose que nettoyer les lancettes des maîtres chirurgiens, refaire les pansements, préparer le brasero, et... faire la barbe !

– Vraiment ? Et que comptez-vous faire, Godeleine ? Ouvrir des bubons ? Scarifier des charbons ?

Elle secoua la tête.

– Écoutez-moi, monsieur. Il m'est arrivé une série d'événements extraordinaires dans lesquels, après la mort brutale de ma mère, puis de mon père, je ne peux voir que la main de Dieu.

Elle se rapprocha de lui. Une passion contenue la soulevait.

– C'était il y a dix jours. Mon père venait de mourir. On enterrait encore les morts la nuit et il ne fallait plus compter sur des obsèques normales. Je savais qu'il serait emmené dans un tombereau de paysan et jeté avcc les autres cadavres anonymes dans la fosse commune. Je savais aussi qu'il aurait compris cela. Nous sommes croyants, mais toutes ces parades funèbres de l'Église ne font que faire ressortir inutilement les différences de condition, alors que nous sommes tous égaux devant la mort. J'ai suivi le tombereau à travers les rues, unc chandelle à la main, la tête recouverte d'un voile noir. Le corps de mon père a bientôt disparu sous d'autres corps que les corbeaux jetaient par-dessus. Il se confondait avec ces pauvres qu'il avait soignés toute sa vie et aimés, il les accompagnait jusqu'à leur dernière demeure.

Elle s'arrêta et le regarda en silence, cherchant avec angoisse une réprobation. Mais elle ne trouvait dans son regard qu'une approbation silencieuse.

– Le tombereau se dirigea vers la porte d'Aix. Sous le rempart, une fosse immense avait été creusée. Les charrettes des morts y basculaient les monceaux de cadavres, qui tombaient pêle-mêle jusqu'au fond. Quelques lanternes brandies par les gardes éclairaient la scène. Je n'avais pas peur. Depuis l'enfance je suis habituée à voir les gens souffrir et mourir. Je priais pour mon père, dont je savais l'âme généreuse déjà loin de ce monde impur. Puis il me sembla qu'il se tenait auprès de moi, dans l'attente de quelque chose.

Godeleine se leva, écarta le rideau de la fenêtre et contempla, au pied de l'hôtel-Dieu, les toits roses des maisons qui descendaient en cascade jusqu'au port, dans un entrelacs de rues étroites. On apercevait à droite le clocher des Accoules, un clocher qui ne sonnait plus, même pour les morts.

– La fosse était pleine. Déjà, les ouvriers du Devoir s'approchaient avec leur grande pelle pour y jeter de la chaux vive. Soudain, dans l'amas de cadavres, nous avons entendu un cri, un faible cri. Je me suis élancée, j'ai dit : « Arrêtez, c'est un enfant ! » Vous ne le savez peut-être pas, Jehan Figueras, mais il se passe des choses plus horribles encore que ces inhumations sans sacrements. On y ensevelit des enfants vivants !

– C'est vrai, Godeleine. M. Moustiés en a sauvé un et me l'a apporté. Quand je raconte cette histoire, personne ne me croit !

– Vos confrères travaillent à l'hôpital. Les fosses communes sont loin. Moi, j'ai vu. Les enterremorts n'arrachent pas du sein de sa mère morte de la peste l'enfant qui la tète encore ! A quoi bon, pensent-ils, puisqu'il va à une mort certaine !

– Aucun médecin ou sage-femme digne de ce nom ne

tolérerait cela ! Et les nourrissons, vous le savez, ont une résistance étonnante. Les sauver est un devoir prioritaire. Ne sont-ils pas l'espoir de notre ville dévastée ?

– Certes. Mais il y a un médecin pour mille mourants, et les corbeaux, maintenant recrutés dans la lie de la vieille ville, n'y regardent pas de près. Souvent, d'ailleurs, l'enfant dort sur le sein de sa mère tandis qu'elle est emportée vers le tombereau. On le croit mort aussi. Ensuite, les corps amoncelés l'étouffent. Mais celui-là était doté d'une énergie vitale peu commune. Son cri déchirait maintenant la nuit. Même les corbeaux en étaient bouleversés. A travers ce cri on croyait entendre se lever un espoir sur ce monde en agonie, le cri de la Vie par-delà les champs de la Mort.

– Qu'avez-vous fait, Godeleine ?

– Aucun homme ne voulait s'approcher de la fosse. J'ai pris un crochet des mains d'un corbeau et je me suis avancée avec une lanterne. J'ai vu l'enfant. Bien vivant, il gigotait sur le tas de cadavres. Je l'ai croché dans ses langes, je l'ai sorti du néant où il allait s'enfoncer. Je l'ai emporté dans mes bras dans la nuit. Je courais comme une folle sous les quolibets des hommes.

Godeleine leva les yeux vers le ciel bleu qu'elle apercevait par la fenêtre.

– Je sentais mon père près de moi, comme une force invincible qui me guidait. J'errais dans les rues obscures avec l'enfant, qui s'était endormi dans mes bras, apaisé et confiant. Soudain, je me suis arrêtée. La rue était déserte et sombre. Une lanterne éclairait à peine une plaque gravée. J'ai lu : « *Rue des Enfants-Abandonnés* ». J'étais frappée par ce signe. Je me trouvais sur la butte des Grands-Carmes, derrière le couvent des Présentines.

– Cette rue tire son nom d'une œuvre de bienfaisance fondée au siècle dernier pour donner asile aux enfants abandonnés, qui survivent en servant de domestiques aux forçats autorisés l'hiver à tenir boutique sur le port. Mais à ma connaissance, cette œuvre charitable ne prend pas de nourrissons.

– C'est ce qu'on m'a dit, en me renvoyant à l'hospice de la Charité, qui n'en a pas voulu non plus. Il n'accueille plus que des malades.

– Et vous êtes allée à l'hôtel-Dieu, Godeleine. En quelque sorte, c'est cet enfantelet qui vous y a conduite.

– Oui. Mais je n'étais plus la même. Ces mots me martelaient la tête : « *enfants abandonnés* ». C'est alors qu'un deuxième signe m'a été donné. Je courais à travers la ville à la recherche de lait pour l'enfant. Rue des Prêcheurs, je tombai sur une scène atroce. Un soudard, sans doute un portefaix rendu fou par la peste, et ivre mort, avait arrêté une jeune femme portant son bébé dans les bras et tentait de l'embrasser. Il avait les yeux injectés de sang. Elle le repoussait avec dégoût. L'homme tomba en arrière, l'entraînant dans sa chute. Alors, je vis cette chose : il l'embrassa sur la bouche. Elle lâcha l'enfant, qui roula sur le sol en hurlant. Je me précipitai pour le relever. La femme, hagarde, regardait le misérable qui se redressait lentement. Elle essuya ses lèvres et lui cria son mépris. Il eut un ricanement terrible et lança : « *J'ai la peste !* » La femme le dévisagea avec horreur. Puis il s'éloigna en titubant. Je tendis l'enfant à la mère. Mais elle ne le prenait pas. Elle demeurait là, à demi redressée sur le pavé gluant, les yeux hagards, la bouche entrouverte. Puis elle s'effondra. Elle était morte. La peste ou la peur, je ne sais pas.

Godeleine ferma les yeux à ce souvenir atroce. Quand elle les rouvrit, son regard s'évada à nouveau par la fenêtre. De sa chaise elle voyait le sommet de la colline de la Garde, avec son fort et son sémaphore, où claquait le pavillon rouge de la contagion, pour dire aux vaisseaux qui passaient au large : « *Éloignez-vous de cette ville maudite !* »

Elle reprit :

– J'ai ramené ce deuxième nourrisson à l'hôtel-Dieu. L'autre, celui arraché à la fosse, hurlait toujours son désir de vivre ! Car, contrairement à tous les avis pessimistes, il n'était pas mort. Il n'était pas mort, Jehan Figueras ! Bien vivant, il gigotait dans son berceau, il criait son droit à la vie. Et à ce cri répondait celui de l'autre enfant.

– Ils ne mourront pas, Godeleine. Ni celui arraché à la fosse par M. Moustiés.

– Comment est-ce possible ? Ils ont bu le lait empoisonné de leur mère ! Ils ont léché sa chair déjà marquée par les charbons de la mort !

– Ils sont *immunisés*.

– Oui. Mon père m'a parlé de cela. Je me souviens de ce mot étrange. *Immunisé.* Mais il ne parvenait pas à y croire.

Elle se mit à réfléchir, son beau visage lisse penché vers le sol. Enfin, elle demanda :

– Combien meurt-il de gens chaque jour à Marseille ?

– On ne sait pas exactement. Plus de mille.

– Parmi ces mille morts, il y avait au moins cent mères qui allaitaient. Il faut sauver ces petits enfants !

– C'est justement un de nos problèmes. Ils sont de plus en plus nombreux. Nous cherchions quelqu'un pour s'en occuper, quelqu'un qui ne ferait que cela.

Il la regarda avec intensité.

– Vous êtes vraiment celle que nous attendions, Godeleine !

Elle sourit sans rien dire. Et ce sourire, qui avait valeur d'acquiescement, le combla. Elle s'écria enfin :

– J'irai de par la ville. Je ramasserai ces petits êtres innocents dans les maisons et dans les rues. J'irai les chercher s'il le faut au fond des fosses communes. Je les ramènerai ici. Avez-vous de la place pour les accueillir ?

– Oui, Godeleine. Nous réunirons tous ces petits dans un endroit calme, uniquement réservé à eux. Je pense à l'annexe nord de l'hôpital, un grand pavillon destiné aux archives, au matériel et à de vieux meubles dont on n'a plus l'usage. Je vais demander à M. Granier de le vider, de le faire nettoyer et de vous le donner.

– Mais comment va-t-on les nourrir ?

– C'est le gros problème, Godeleine. Il y a longtemps qu'on ne trouve plus de nourrices en ville, ni dans le terroir.

– Elles sont mortes ?

– Pas toutes. Celles qui survivent ont peur. Les femmes enceintes en ces jours de malheur sont réputées devoir mettre au monde un enfant pesteux. Ainsi en a décrété la Faculté. De ce fait, il est abandonné comme un objet d'horreur. Il en est de même de tout enfant nourri par une mère touchée par la peste après sa naissance. Son lait est réputé impur. Or, ce n'est pas une règle. Un enfant sur deux résiste au mal. Il est alors *immunisé*.

Ce mot mystérieux à nouveau les fit entrer dans le silence. Godeleine, enfin, murmura :

– J'irai en ville et dans le terroir. Je tenterai de persuader les mères saines de venir allaiter les enfants de celles que la peste a emportées. Ce sera dur de faire passer l'idée dans le peuple que la mort du nouveau-né d'une femme pestiférée n'est pas inévitable. Mais si je ne trouve pas assez de nourrices, que ferons-nous ?

– Dans ce cas, on séparera les nouveau-nés et les nourrissons. Pour les premiers, il faudra trouver du lait de chèvre, car ils ne supportent pas le lait de vache. Les chèvres vivent dans le terroir. C'est toute une organisation à mettre en place.

– Et pour les nourrissons ?

– Ils supportent bien le lait de vache, au début coupé d'eau, ensuite enrichi de farine. On ne manque pas de lait de vache.

L'espoir brillait dans les yeux de Godeleine. Elle était prête à partir ! Jehan ajouta :

– Pour les soins, vous serez aidée par un jeune chirurgien normand, Jacques Daviel, un volontaire qui nous arrive d'Évreux. Et nous mettrons à votre disposition quelques braves femmes qui ne demandent qu'à se dévouer. Ah ! prenez ceci.

Il ouvrit un placard et lui tendit une bourse pleine de louis d'or et d'écus.

– Voici pour commencer, Godeleine. Et je sais que la ville vous soutiendra. Ces petits enfants sont notre avenir.

Elle se leva. Emportée par la passion de ce qui allait être sa mission, elle ne doutait de rien, Godeleine !

Elle se pencha vers lui et déposa un baiser furtif sur sa joue, tout près des lèvres. Et il en était bouleversé.

30

Le chevalier Roze arrêta sa monture devant la porte monumentale de l'Arsenal des galères. Il était attendu. Le bailli de Langeron le reçut dans la cour d'honneur, en gardant ses distances.

– Monsieur, j'ai une mauvaise nouvelle. Le gouverneur messire Fortia de Pilles a été touché par la contagion. Il va fort mal. Le Régent en a été informé.

Le gouverneur malade ! La malédiction de Dieu les poursuivait.

Le bailli l'entraîna vers le quartier des forçats à vie.

– Chevalier, d'ordre de M. de Rancé, vingt-six relégués vont vous être livrés. Et trente-trois autres sont prêts à les relayer. Ces hommes sont dangereux, à l'exception de quelques religionnaires qui ont accepté de vous aider par pure charité, sans contrepartie libératoire. Devant le roi, vous en serez responsable.

– J'accepte cette responsabilité, monsieur le bailli. Et je vous remercie, au nom du peuple de Marseille.

– Vous serez aussi responsable des déprédations, délits, vols, meurtres et autres violences, auxquels ces misérables pourraient se livrer s'ils venaient à s'évader. Je suis pour ma part convaincu que la plupart n'ont d'autre idée derrière la tête que de vous fausser compagnie.

– C'est un risque à prendre. Nous n'avons pas le choix. Mais nous comptons bien les encadrer.

– Où sont vos gardes ?

– Ils seront ici dans quelques minutes. L'échevin M. Moustiés en personne va les amener.

– Je vais donc vous livrer vos hommes. Auparavant, veuillez effectuer les formalités de sortie au bureau des Chiourmes. Un écrivain, deux commis et deux copistes tiennent les « rôles » des galériens. Ils ont établi un extrait de la *chaîne* qui va vous être confiée. Sur ce registre, tout est noté : âge des condamnés, entrée, jugement, punitions. Veuillez prendre connaissance de l'extrait et le signer.

Le secrétaire lui tendit une liasse de feuillets, que Roze parcourut attentivement.

N° 28138. Lachèvre Jean, de Normandie. Condamné à vie aux galères en 1703 par le parlement de Rouen pour avoir eu des rapports avec une cavale blanche.

N° 29115. Crevier Adrien, natif du pays d'Aquitaine. Sentence de 1704 du parlement de Bordeaux. Pour avoir fait mourir par maléfices, sortilèges et empoisonnements plusieurs personnes et grand nombre de bestiaux. A vie.

N° 31156. Durand Eustache, curé à Sainte-Histoire. Pour avoir engrossé deux de ses paroissiennes. A vie.

N° 31487. Letourneur Moïse. Blasphèmes exécrables et profanation d'un autel. A vie.

Tous les péchés du monde défilaient sous ses yeux : mendicité, désertion, rupture de ban, braconnage, port d'armes, faux témoignages, arrachement d'arbres. Plus grave, incendie, destruction de bétail, évasion, escroquerie, faux en écriture, dettes, fausse monnaie. Pire : contrebande, maléfices, blasphèmes, sacrilège, inceste, sodomie, viol, coups et blessures, homicide divers, et tous les vols possibles ct imaginables.

Après avoir signé le registre, il mit les documents dans sa poche, décidé à les brûler à la première occasion.

– Suivez-moi, maintenant.

Le chef d'escadre des galères se dirigea vers une grande caserne, située dans l'aile sud de l'Arsenal. A son passage, les grilles s'ouvraient. Dans la cour, les vingt-six forçats attendaient, sous la garde d'argousins armés de bâtons et de fouets, et de pertuisaniers portant la hallebarde.

Les plus dangereux se trouvaient enchaînés par couple. D'autres traînaient au pied une courte chaîne et un boulet. A demi nus, les forçats portaient une sorte de caleçon long de toile grise appelé hoqueton. Tous affichaient le signe infamant de leur état : le bonnet de laine vert, avec leur numéro gravé sur une plaque triangulaire. Ils allaient pieds nus.

A un coup de sifflet du comite, ils s'alignèrent. Deux coups, ils retirèrent leur bonnet. Trois coups, ils poussèrent avec un ensemble parfait une sorte de « *hau* » sinistre et rauque.

– Que signifie ce cri ? demanda le chevalier Roze.

– C'est en l'honneur du visiteur, monsieur. Un *hau* pour un chevalier, deux pour un baron, trois pour un comte et quatre pour un duc ou un prince.

A l'aspect de ces hommes aux épaules zébrées des cicatrices de coups de fouet, la peau rongée par la vermine et la gale, Roze pensa qu'on lui donnait le rebut du bagne !

Langeron remarqua sa réticence. Il s'empressa de défendre son cheptel.

– C'est une erreur de croire que les galériens sont à plaindre, monsieur. Hors la perte de liberté et quelques coups de fouet qu'il est nécessaire de leur donner quand il faut faire face, dans les navigations ou les combats, ils sont bien nourris, bien vêtus. Voyez : ils ont l'œil clair et point stupide. Si vos échevins prenaient la résolution de nous envoyer ici tous les fainéants, pèlerins, vagabonds et autres gueux qui errent de par la ville, je les armerais en galère. Et cela nettoierait votre cité d'une masse de parasites qui vous sont fort à charge, au lieu de les entretenir à ne rien faire dans votre hospice de la Charité. Et vous verriez, foi de Langeron, j'en ferais de bons esclaves, ravis de porter leurs chaînes et de ramer au service du roi !

Le bailli s'avança vers eux. Avec dans la voix le regret d'un gentilhomme fermier qui voit partir ses bêtes de somme, il s'écria :

– Vous dépendez maintenant du chevalier Roze, capitaine des armées du roi. Vous êtes volontaires pour ensevelir les morts. Nul ne vous y a contraints. Votre besogne durera autant que la contagion. Ensuite, *vous serez libres* !

Un frémissement parcourut la misérable troupe.

Roze songeait : « Connaissent-ils le péril qu'ils vont affronter ? Savent-ils qu'ils n'ont qu'une chance infime d'en réchapper ? »

De sa voix de commandement, le bailli de Langeron, se tournant vers le chevalier, cria :

– A vous le soin, monsieur !

Le chevalier s'avança vers la troupe qui le dévisageait fixement. La plupart cachaient leurs sentiments sous un regard rusé. Il fallait s'attendre à tout, surtout au pire. Il assura sa voix. L'affaire allait se jouer, maintenant. Il devait prendre sur eux une autorité indiscutable. Faute de quoi, à peine franchies les grilles de l'Arsenal, il serait dépassé. Il s'écria :

– Compagnons, vous tenez entre vos mains la dernière chance de votre vie. Le roi vous offre le moyen de vous racheter.

Dans le groupe, une voix gouailleuse s'éleva :

– En nous envoyant à la mort !

Un argousin leva son fouet. Le bailli eut un geste.

– Laissez ! Ils ne sont plus désormais sous notre autorité.

Par-devers lui, il pensait : « Ce petit chevalier s'y prend mal. Il utilise les grands sentiments avec cette racaille. Il va être submergé. Ils ne comprennent que les coups. Ils ne relèvent que du fouet et de la potence ! »

Le chevalier Roze poursuivit :

– Vous savez donc à quoi vous en tenir. La liberté, cela se paye ! Et mieux vaut mourir de la peste que de se balancer à une corde, ou périr d'épuisement à votre banc de nage. Au moins votre mort aura servi à quelque chose. *Celui qui sauvera la vie d'un homme sera récompensé comme s'il avait sauvé tout le genre humain.*

Un ricanement parcourut l'assistance, comme une houle glacée. Seuls les musulmans avaient reconnu ce verset du Coran.

« Ce sera plus dur que je ne le pensais, songea le chevalier. Mais il est trop tard maintenant pour faire demi-tour. »

Soudain, il eut ce mot :

– Moi aussi, je suis volontaire !

Un frémissement secoua la misérable horde, mais cette fois Roze sentit qu'une certaine sympathie s'en dégageait, tout au moins une curiosité attentive. Malgré la réprobation évidente du bailli et l'air scandalisé des argousins et du comite, pour lesquels tout dialogue avec les forçats était impensable – discute-t-on avec une bête de somme ? – il décida de poursuivre. Pour lui, c'étaient des hommes ! Il s'écria :

– La contagion s'est déchaînée sur la ville. Enfermés dans cet Arsenal, vous ne savez pas encore ce que c'est, vous n'avez pas vu les charniers. Vous allez vous affronter à eux. Cette bataille, c'est vous qui la mènerez, et c'est vous qui la gagnerez. Dans cette ville, cinquante mille hommes, femmes et enfants demeurent terrés dans la peur de la contagion. Leur vie dépend désormais de votre travail. Il faut assainir les rues, débarrasser la ville de ses milliers de cadavres !

Un grand silence régnait dans la cour, seulement troublé par le cri sinistre des goélands qui orbitaient dans le ciel, gorgés de chair humaine.

Le chevalier Roze poursuivit :

– Si vous survivez à cette terrible épreuve, non seulement vous serez libérés, selon la promesse du roi, mais encore vous recevrez de l'or ! De quoi vous établir et repartir. Cependant, si vous rompez notre contrat, si vous volez et dépouillez les morts, si vous pillez les maisons abandonnées, je serai sans pitié. Vous serez pendus sur l'heure. Des gibets sont dressés à tous les carrefours de la cité, sur laquelle règne la loi martiale.

Il hésita, puis il conclut :

– Vous savez donc ce qui vous attend. Vous pouvez encore vous désister. Que ceux qui n'ont pas le cœur bien accroché retournent à leur banc de nage !

Pas un ne broncha. Dans leur regard, Roze vit brûler la flamme de l'espoir. Ils se sentaient redevenir des hommes, et ce sentiment oublié les exaltait.

Alors, l'espoir, aussi, le souleva.

Un officier s'approcha du bailli de Langeron. Celui-ci se tourna vers le chevalier.

– Monsieur, on m'informe que vos gardes sont arrivés. Vous pouvez prendre possession de vos forçats.

Roze s'écria :

– Libérez-les de leurs chaînes !

Un mouvement de réprobation parcourut le groupe des argousins. On n'avait jamais libéré les forçats réputés dangereux de la lourde chaîne qui les entravait. Sauf pour les envoyer au cimetière.

Le bailli de Langeron se pencha vers le chevalier et murmura :

– Vous avez tort, monsieur. La chaîne les empêche de s'évader. A peine dehors, ils vont s'enfuir. Et ce ne sont pas vos trente gardes civils qui pourront les rattraper dans les dédales de la vieille ville.

– Il faut jouer le jeu, monsieur.

– Eh bien, jouez !

Il donna un ordre. Les argousins s'avancèrent et sortirent leurs clés. Les lourds cadenas cliquetèrent. Les chaînes tombèrent à terre.

Les galériens se tenaient là, debout, étonnés, comme nus sous un soleil trop fort.

Le chevalier s'écria :

– Maintenant, vous voilà redevenus des hommes ! Suivez-moi !

L'énorme grille de l'Arsenal des galères se referma derrière eux. L'échevin Moustiés repartit vers l'hôtel de ville. Les vingt-six galériens humèrent l'air de Marseille. Habitués à la puanteur des entreponts, ils ne semblaient pas affectés par celle, autrement redoutable, qui montait du port, émanant des centaines de cadavres en décomposition. Ils ne voyaient que le ciel bleu au-dessus de leur tête. Ils ne sentaient plus la lourde chaîne entraver leurs jambes, ni les regards haineux des argousins posés sur eux. *Ils seraient libres !* Ce mot les grisait. Dans leurs rêves les plus fous, ils n'avaient imaginé, en dehors d'une évasion presque impossible, d'autre liberté que la mort.

Mais rien encore n'était joué. La Mort était là, qui les attendait au détour de la ville.

Les gardes de M. Moustiés ne paraissaient pas très redoutables. Certes armés, mais plutôt l'air embarrassé de ces armes : mousquets, pistolets et sabres, comme des bourgeois plus habiles à manier le verbe et la livre tournois que l'épée. Il serait facile de les désarmer. Ensuite, bien armés, on sortirait de la ville. Rien alors n'arrêterait la bande qui écumerait le terroir.

Ainsi pensait Adrien Crevier, dit « Tête de Mort », l'un des plus redoutables du groupe, auquel tous les autres obéissaient spontanément. L'homme n'avait pas de nez. On le lui avait coupé après une tentative d'évasion. Son faciès horrible faisait reculer même les plus hardis.

Il s'avança, menaçant, vers le chevalier Roze. Celui-ci éliminé, les gardes ne résisteraient pas cinq minutes.

Du haut de son cheval, Roze toisa le forçat. Il n'avait que trop compris ses intentions. Il aboya :

– En rang, comme les autres !

Crevier le brava du regard. Il avançait toujours, les poings serrés. Les gardes brandirent leurs armes, mais le chevalier les arrêta.

D'un geste brutal, le forçat saisit le mors du cheval et le tordit. L'animal hennit de douleur et se cabra, désarçonnant son cavalier. Déjà, Roze était debout, faisant face à Crevier qui ricanait. Les gardes pointèrent leurs fusils sur le groupe des forçats, qui hésitaient. Tout pouvait dégénérer en une sanglante bataille. Ils n'avaient plus rien à perdre.

– Laissez-le-moi ! cria Roze à ses hommes.

– Prenez garde, chevalier ! Ce truand est armé !

Où avait-il trouvé ce couteau ?

Rapide comme l'éclair, Roze sortit son épée, hésita, donnant une dernière chance à l'homme. Celui-ci le visa avec son couteau. Avant qu'il l'ait lancé, le chevalier planta son épée dans sa gorge. Le misérable s'effondra.

Les autres, hébétés, regardaient les derniers soubresauts de la vie agiter ce corps, dont le sang sortait à gros bouillons de la gorge ouverte et rougissait le pavé.

Roze essuya son épée sur le hoqueton du mort, remonta à cheval comme si rien ne s'était passé et cria :

– En route ! Nous allons à la Tourette. Nous prendrons au passage les tombereaux.

Quittant la place du Cul-de-Bœuf, la petite troupe s'avançait maintenant le long du quai de Monsieur. Un spectacle effroyable les attendait au port. Partout, des centaines de cadavres dérivaient au fil de l'eau, la plupart nus, gonflés par la décomposition. Sur chaque corps, des oiseaux de mer. On voyait les grands goélands plonger leur bec crochu dans les chairs putrides, en arracher un morceau, puis prendre leur vol en direction des falaises de la Joliette ou d'Arenc, truffées de nids.

Une puanteur indescriptible montait de la calanque

qui autrefois faisait la richesse de Marseille. Ici et là on voyait les bateaux dégréés, immobiles, abandonnés. Seuls quelques marins terrorisés, quittant la vieille ville, s'étaient réfugiés à bord. Au-dessus du port, le ciel rayonnait d'un bleu dur dans la fournaise de l'été provençal. De ce ciel tombaient les cris assourdissants des oiseaux de mer orbitant sur l'eau noire avant de s'abattre sur leurs proies.

Un petit groupe de pêcheurs héroïques s'efforçait de nettoyer le port. Montés sur des barques plates, vêtus d'une ample robe de toile cirée brune aux manches retenues autour des poignets par des lacets de cuir, bottés, le visage masqué par un linge imbibé de vinaigre, ils allaient de corps en corps, crochant chiens, hommes, femmes, chevaux, qu'ils liaient adroitement par les membres. Lorsqu'un chapelet de dix ou douze corps était ainsi constitué, ils les remorquaient jusqu'à une tartane qui attendait à l'entrée du port, et devait les entraîner au large, toujours à la remorque, puis les noyer dans les profondeurs, lestés de boulets et de gueuses de fonte.

Quand les cadavres putréfiés ou déchiquetés ne permettaient pas l'usage des cordes, les marins les recueillaient dans des filets, qui, maintenus en surface par des tonnelets vides, rejoignaient la cohorte enchaînée à la tartane.

Le groupe de Roze arrivait à l'esplanade du Marché-aux-Bois, à côté de la palissade de l'Humilité, où les tombereaux devaient leur être livrés.

Soudain, le chevalier s'exclama :

– Est-ce que je rêve ? Un peintre ! Un peintre au milieu de ce charnier !

Sur l'cau, assis dans une barque à fond plat devant le quai couvert de corps, un homme, tourné vers l'hôtel de ville, son chevalet déployé, dessinait à grands traits.

L'un des gardes de la milice bourgeoise s'écria :

– C'est Michel Serre, l'Aragonais ! Marseillais d'adoption pour son malheur, grand peintre devant l'Éternel pour notre mémoire ! Il tente de fixer l'innommable pour la postérité – s'il en reste !

Roze l'interpella.

– Oh ! l'artiste ! N'avez-vous pas vu passer les tombereaux des morts ?

– Je ne vois que des morts, répondit le peintre.

– Vous feriez mieux de rentrer à votre atelier, monsieur. Ce n'est pas là un endroit pour peindre !

– Je le fais par reconnaissance pour la cité qui m'a accueilli, adolescent. Si nous devons mourir, qu'au moins la mémoire de ce drame ne se perde pas et serve de leçon aux hommes pour l'avenir !

Édifié, le chevalier rejoignit son groupe.

– Faisons halte ici et attendons les tombereaux. Ils ne sauraient tarder. Profitons de ce répit pour faire connaissance.

Tandis que les gardes, méfiants, demeuraient un peu à l'écart, les galériens s'assirent ou s'accroupirent sur le sol, en se groupant par affinité : forçats français condamnés de droit commun ; religionnaires ; quelques anciennes « bénévoglies », ex-« volontaires », en fait vagabonds razziés par le roi. Enfin, les musulmans : Turcs achetés au marché d'esclaves et Barbaresques d'Alger capturés en mer.

Roze descendit de son cheval et se mêla aux groupes. Il voulait distinguer les pauvres hères, coupables d'un vol pour survivre, ou d'un délit après boire, des professionnels de la truanderie, irrécupérables. Mais qui sait ? Il avisa un homme au dos balafré.

– Pourquoi es-tu volontaire ?

– Monseigneur, j'ai été condamné aux galères à vie pour sodomie à l'égard d'un jeune religionnaire de la R.P.R. Selon l'ordonnance, je devais être brûlé vif. J'ai été gracié à condition d'être corbeau. Pour vous servir, monseigneur !

– Ne m'appelle pas ainsi. Je ne suis qu'un simple chevalier. Mon père était charpentier de marine.

Roze s'approcha d'un autre homme, petit et noir de poil.

– Et toi, d'où viens-tu ?

– J'étais pêcheur à La Ciotat, monsieur le chevalier. J'ai été enrôlé de force dans la marine du roi, à Toulon, à bord du vaisseau la *Gloire*. J'ai trouvé cela injuste et je me suis évadé. Repris, j'ai été condamné comme déserteur et envoyé à vie aux galères.

– On ne t'a pas coupé le nez ? Ou les oreilles ?

– On ne le fait plus, maintenant. On se contente de nous les fendre.

Il montra fièrement ses cicatrices.

– Et toi ?
– J'ai été condamné pour crime, monsieur.
– A savoir ?
– Sans travail, je mendiais. Pour susciter la pitié, car les bourgeois sont avares, je m'étais fait un faux moignon. Tel est mon crime.
– Et toi ?
– Moi, je suis marin, mon capitaine ! Je prisais dans le poste d'équipage de mon vaisseau, au Havre-de-Grâce. Un incendie s'est déclaré. On m'a accusé de fumer. Ce n'est que menterie !
– Je ne te demande pas de te justifier. Et toi ?
– Quarante-six ans de galères pour avoir dérobé un chandelier d'argent dans l'église Saint-Laurent.
– Et toi ?
– A vie ! Pour blasphème et imprécations contre le saint nom de Dieu et la Très Sainte Vierge.
– Diable ! Et toi ?
– Cent ans de galères, capitaine ! J'étais soupçonné d'avoir occis ma pauvre mère, une invalide qui souffrait beaucoup d'incurable mal.
– Et toi, le blond ?
– Trente-deux ans de bagne, chevalier ! Pour avoir abandonné femme et enfants, et m'être « abandonné » dans les bras d'une autre, qui m'entretenait !
– Je vois. Et toi ?
– A vie, monseigneur, pour séduction et viol d'une fille vierge.
– Pourquoi ne l'as-tu pas épousée ?
– Elle n'était pas vierge, monseigneur !
Ils éclatèrent d'un gros rire.
– Et toi, le petit maigre ?
– Je ne suis pas un truand, monsieur. Esclave tartare acheté sur le marché de Constantinople.
Une voix cria :
– Ces Russeaux sont bons hommes et plus en état de salut sur nos galères chrétiennes que sur celles du Grand Seigneur, où ils renient leur foi !
– Pas de politique ! Et toi ?
– Contrebandier à Allauch, chevalier : sel et tabac. Le sel se paye un quart moins cher à Nice. J'ai été condamné à trois cents livres d'amende. Pour les payer, je me suis reclassé dans la contrebande du tabac d'Allauch. Neuf ans de galères. Évadé. Repris, j'ai été

condamné à mort. Je n'avais que vingt ans. Dame ! un pendu n'est bon à rien, tandis qu'il y a toujours à tirer du plus malicieux des forçats ! Le tribunal a jugé plus profitable pour le roi de me renvoyer ramer aux galères. A vie !

– Et toi, mon compagnon ?

L'homme n'avait ni nez, ni oreilles. Une étrange douceur, une volonté butée de survivre dans ce monde impossible se lisait dans ses yeux d'un bleu délavé par toutes les tempêtes de la vie.

– Condamné à cinq ans pour avoir volé un pain, je me suis évadé. Repris, condamné à vie aux galères. Nouvelle évasion. Oreilles coupées. Nouvelle évasion. Nez coupé. Évadé, repris, j'ai été bastonné, trente coups, puis suspendu trois heures à l'antenne de l'*Heureuse*.

– L'*Heureuse* ! reprirent en chœur les galériens.

– Mais pourquoi diable voulais-tu t'évader, mon ami ? Le bailli de Langeron n'a-t-il pas dit qu'il n'est de sort meilleur pour un manant que forçat en galère ?

– J'étais amoureux, chevalier. Je voulais retrouver la femme que j'aime, une prostituée du port. Malgré les défenses, elle s'était introduite, déguisée en homme, dans la baraque que je tenais l'hiver à la palissade de l'Humilité. Prise, on lui a coupé les oreilles et le nez. Une fille du port ! Comment allait-elle exercer son métier, désormais ? Elle ne pouvait qu'être dans la misère. C'est pourquoi je suis ici, volontaire.

– Tu risques de retrouver ta cagole dans un tas de cadavres ! cria un galérien.

– Que la peste t'étouffe, gibier de potence !

Roze poursuivit sa quête.

– Et toi, qui regardes le ciel, comme s'il pouvait encore t'exaucer ?

– Moi ? « Bohème et sans aveu », monseigneur ! Un vagabond, quoi ! J'ai été condamné à trois ans, pour rien. Libéré, j'ai été repris à Marseille, et enfermé à la Charité. Mais je ne supportais pas leur hospice. Toutes ces messes !

– Et toi, qu'as-tu fait de tes oreilles ? Tu t'es aussi évadé ?

– Vous me calomniez, capitaine ! J'étais un honnête voleur quand on m'a condamné à trois ans, pour un tronc d'église qui ne contenait que trois liards. Au bagne, l'habitude aidant et pour ne pas perdre le métier, j'ai continué à dérober. Ici, le gousset d'un bourgeois venu en famille nous visiter le dimanche. Là, la montre d'un gentilhomme. On m'a condamné à vie. J'ai continué à voler, l'habitude ! On m'a alors coupé les oreilles. Je suis heureux d'avoir sauvé mon nez ! Il faut dire que je n'ai jamais blasphémé le saint nom de Dieu !

– Et toi, le Turc ? Le Grand Sultan ne t'a pas racheté ?

– Condamné à vie à ramer sur les galères du roi de France pour avoir, au cours d'une visite de dames de la Cour, soufflé des poux sous la robe d'une marquise.

– Par exemple ! Comment as-tu fait ?

– Avec un cornet de papier.

– Et vous, monsieur ?

A la vue du noble et fier visage, le chevalier ne l'avait pas tutoyé.

– A vie, monsieur. J'ai refusé de renier ma foi. J'ai chanté les Psaumes !

– Que le Dieu unique vous garde. Et vous ?

– A vie. J'ai pris la place de mon vieux père, condamné pour avoir aussi chanté les Psaumes et refusé d'abjurer.

Il montra fièrement sa cicatrice. Les religionnaires étaient marqués au fer rouge sur l'épaule droite : *Gal.*

– Et toi, le nègre ?

– Enlevé du Sénégal, missié ! J'étais sorcier de mon état. Vendu sur le marché des esclaves à Venise.

– Combien ?

– Deux cents livres tournois.

– Ce n'est pas cher, pour un sorcier !

Un rire méprisant secoua le groupe des Turcs. Eux avaient été achetés le double. Normal. La chiourme se payait au poids des muscles. Ce petit nègre ne faisait pas le poids. On l'avait relégué à d'obscures besognes.

– Et toi ?

– Pas de sentence de condamnation ! J'ai été pris à Toulon par le prévôt du lieu, mis à la chaîne et conduit aux galères pour la vie. Je n'ai point fait le mal.

– Tu es là depuis combien de temps ?

– Vingt ans, monsieur l'officier.

– C'était un vagabond, dit avec mépris le forçat nommé Lachèvre. Il a eu la malchance de dépendre de l'arrêt général qui condamne tous les bohémiens, tziganes et autres vagabonds quand le grand roi a besoin de nos bras.

– Et toi ?

– A vie, pour m'être rendu au château du Breuil, à dessein d'assassiner le seigneur dudit lieu, le piller, violer sa femme et brûler ledit château. Je n'aime pas les nobles.

– Moi non plus. Et toi, le Turc ?

– Non pas Turc, monseigneur, mais marin de Salé. Capturé devant Gibraltar par une frégate du roi. Je pêchais...

Un gros rire secoua le groupe. L'ancien pirate enchaîna :

– Condamné pour dix évasions et quatre tentatives.

– Diable ! Pourquoi n'as-tu pas été pendu ?

– J'étais le meilleur vogue-avant de l'Arsenal. Maintenant, je suis vieux et perclus... Allah saura reconnaître mes mérites.

– Je te le souhaite. Et toi ?

– Mendiant, chevalier ! J'ai été condamné pour avoir contrefait l'estropié et feint d'avoir eu la langue coupée par ces chiens de Turcs.

– Tu l'as encore bien pendue... Et toi ?

L'homme avait les deux joues marquées de fleurs de lys. Il lâcha avec orgeuil :

– Soldat déserteur ! Condamné à vie. Je déteste la guerre.

– Moi aussi ! Et toi ?

– Assemblée du Désert, discours séditieux contre la religion catholique, apostolique et romaine, complicité avec les camisards. A vie ! Mais le Seigneur saura reconnaître les siens.

– Oui, mon ami. Et l'heure est venue !

Les tombereaux arrivaient, une dizaine de lourdes charrettes attelées à un cheval, un mulet ou un âne, réquisitionnés dans le terroir, ayant transporté le blé, le fumier ou le raisin. Et maintenant, les morts !

Lentement, ils se dirigèrent vers la Tourette.

Depuis le fort Saint-Jean jusqu'à la cathédrale de la Major s'étendait, dominant la mer au-dessus des falaises, l'immense esplanade de la Tourette. Alors, ces hommes de sac et de corde, qui avaient connu toutes les misères du monde, s'arrêtèrent épouvantés. Jusqu'à la rue Fort-des-Vents, l'esplanade était couverte de cadavres empilés en pyramides. Plus de mille corps pourrissaient sous le soleil ardent depuis des semaines. Et par les rues adjacentes qui descendaient des quartiers Saint-Laurent et des Accoules, de pauvres gens silencieux tiraient leurs morts et les jetaient sur les tas, puis s'enfuyaient sans se retourner, en sanglotant.

Des corps humains ? Non. Des monstres qui n'avaient plus forme humaine, aux ventres gonflés de gaz putrides.

Un forçat terrifié s'écria :

– Il y a encore des vivants dans ces tas de charognes !

– Non, dit le chevalier en réprimant un haut-le-cœur. Ce sont les corps décomposés du dessous qui s'effrondrent, liquéfiés, donnant ainsi mouvement aux cadavres du dessus, comme les vers qui les dévorent.

Il émanait de ce lieu qui avait été la promenade favorite des Marseillais une odeur si atroce qu'elle paraissait palpable. Même les oiseaux de mer qui nichaient dans les falaises en contrebas s'en écartaient, piquant vers le port. Seuls les chiens s'approchaient des tas informes d'où coulaient des ruisseaux nauséabonds de liquides innommables. Ils se jetaient sur les derniers cadavres déposés là. Ils les déchiquetaient avidement, l'œil rouge, ayant retrouvé l'instinct sauvage de leurs ancêtres les loups.

Le chevalier Roze dégaina ses pistolets et tira. Deux chiens s'abattirent. Les autres détalèrent en hurlant et se perdirent dans la vieille ville. Puis il cria :

– Et maintenant, au travail !

Surmontant la peur et le dégoût qui leur soulevaient le cœur, les forçats s'avancèrent, après s'être masqué le visage d'un bandeau imbibé de vinaigre. Ils crochaient les cadavres du dessus, au hasard, pour les lancer dans les tombereaux. Des membres se détachaient, des têtes roulaient sur le pavé. De longs serpents d'entrailles s'échappaient, qu'il fallait ramasser à la pelle pour les jeter par-dessus les corps, comme on charge du fumier.

Lorsque le tombereau était plein, il s'ébranlait pour rejoindre une fosse. Dépassant la Major, il longeait les remparts vers la porte de la Joliette, en laissant derrière lui une traînée de sanies. Les gardes de la porte ouvraient, puis s'écartaient avec horreur.

Hors de la ville, au pied des remparts, d'immenses fosses avaient été creusées. On y basculait tombereau sur tombereau. Les lourds convois semblaient ne devoir jamais s'arrêter, image de l'enfer éternel. Les morts s'entassaient pêle-mêle, roulant les uns sur les autres. Les longues chevelures des femmes qui avaient dû être belles et aimées recouvraient les masques hideux de leurs derniers compagnons de voyage, et tout s'achevait sous un tas de chaux vive et de terre.

Le règlement municipal établi par les échevins avait d'abord prescrit que l'on enterrât séparément les hommes et les femmes, la plupart étant nus. Mais cette demande paraissait aujourd'hui dérisoire.

On avait également renoncé à toutes les formalités administratives, abandonnées comme les rites religieux, le respect des morts et la décence. Au début de l'ouverture des fosses communes, un fonctionnaire municipal ou paroissial tenait un registre, que signaient les proches du mort déposé dans la fosse. Bientôt, il n'y eut plus de fonctionnaires. Ni de proches.

Avant même qu'une fosse fût pleine, on en creusait une autre, aussi large, quarante pieds, aussi profonde que possible, jusqu'à vingt pieds. Au-delà, on trouvait le rocher ou de l'eau.

Des tombereaux amenaient la chaux vive, qu'ils déversaient sur le côté. Les hommes la pelletaient pour en recouvrir le fond. La chaux fumait et bouillonnait dans une atmosphère irrespirable. On y jetait les corps raides, tordus ou déjà décomposés, masse informe, *inhumaine*. Vite, on remettait de la chaux. Les corps se consumaient en se rétractant, les bouches édentées grimaçaient, comme épouvantées par ce dernier outrage. Puis on les recouvrait de terre. Une nouvelle couche de cadavres, et ainsi de suite jusqu'en haut. Il fallait terminer par un pied et demi de terre pour que les chiens n'aillent pas la nuit déterrer les corps.

Dans toute la ville, la journée s'écoula comme un cauchemar. Les moyens paraissaient dérisoires. Les quatorze tombereaux que conduisait le chevalier Roze (quatre avaient rejoint les premiers), auxquels s'ajoutaient une demi-douzaine menés dans le quartier Saint-Martin par l'échevin Moustiés, et autant à Saint-Ferréol par le peintre Michel Serre, n'étaient pas suffisants pour nettoyer la ville. Plusieurs milliers de cadavres encombraient encore les rues et les places, où il en arrivait sans cesse.

Dans l'après-midi, M. Moustiés se rendit à l'Arsenal et repartit avec le second contingent de forçats.

Lorsque la nuit tomba, le chevalier Roze compta ses hommes. Sur les vingt-cinq forçats et les trente gardes, il ne restait que trois hommes. Tous les autres étaient morts, malades ou en fuite. Même les chevaux et les mulets s'effondraient. Le conducteur tombait mort devant l'attelage. Le char divaguait alors dans les rues. La bête s'abattait à son tour.

Le chevalier Roze se dirigea vers la place Saint-Laurent. Il se déshabilla entièrement et se plongea dans le bassin de la fontaine. Un peu revigoré, il se sécha et se rhabilla. Il songeait :

« Devant l'état de pourriture des corps, la lenteur des convois et l'éloignement des fosses, il faut trouver une autre solution pour assainir la ville. Mais laquelle ? »

D'un pas lourd, il descendit vers le port pour se rendre à l'hôtel de ville.

Plus aucun garde ne veillait sur l'esplanade, devant la palissade de la Loge et le carré de la Ville. Dans l'immense maison communale abandonnée, ni huissiers ni secrétaires. Ceux qui n'étaient pas morts avaient fui, à l'exception du fidèle Jaume Miraglio, qui introduisit le chevalier dans le bureau du premier échevin.

Jean-Baptiste Estelle conférait avec Jean-Pierre Moustiés, qui arrivait lui aussi de la vieille ville. Le troisième échevin Jean-Baptiste Audimar les rejoignit. La chaleur pesait, si accablante, qu'on ouvrit lcs fenêtres, malgré l'odeur pestilentielle montant du port.

– Nous atteignons le paroxysme, déclara sombrement le premier échevin. Même le quartier Rive-Neuve est atteint. La contagion a été apportée par des malades qui se sont refugiés chez des parents, malgré nos barrages. Toute la ville est infestée de milliers de cadavres. Monsieur le chevalier Roze, avez-vous au moins réussi sur l'esplanade de la Tourette ?

– Nous avons charrié cent tombereaux de cadavres pourris. Mais autant vider la mer avec un seau, car il en arrive sans cesse de nouveaux. Et j'ai perdu presque tous mes hommes. Je cherche une autre solution...

– Il faudrait tout multiplier par dix, s'écria M. Moustiés : les forçats, les gardes, les tombereaux, les paysans qui creusent les fosses.

– On manque même de conducteurs. Tous les volontaires sont morts ou en fuite. Les galériens qui les remplacent font mal le travail. Les véhicules glissent dans les rues en pente, parfois ils versent. Les essieux se rompent. Les quelques charrons demeurés en ville refusent de les réparer.

– Faites réquisitionner tout ce qui roule, même les carrosses. En ville et dans le terroir, avec leurs conducteurs !

– Mais où trouvera-t-on les hommes pour les encadrer ?

– Jaume, écrivez. Cet avis sera imprimé et placardé en ville :

AVIS AU PUBLIC

Rien n'étant plus nécessaire que de faire enlever et enterrer les cadavres, messieurs les échevins exhortent les personnes zélées d'avoir la bonté de se présenter et de monter à cheval pour contribuer à l'enlèvement et à l'enterrement des cadavres, par leur présence et par les ordres qu'ils donneront à ceux qui s'emploient à de pareilles fonctions.

Outre l'action méritoire qu'ils feront et la gloire qu'ils acquerront de servir leur patrie dans une occasion aussi essentielle, la Communauté donnera des gratifications à ceux qui voudront en recevoir. On remboursera tout ce que ces personnes zélées donneront pour l'enlèvement et l'enterrement des cadavres, tant dans la ville qu'à la campagne.

A Marseille, le 3 septembre 1720.

– Et les conducteurs ? demanda M. Moustiés. Qui voudra faire ce travail pour de l'argent ? On a déjà essayé avec les gueux et mendiants de la ville en leur offrant quinze livres par jour ! Les quelques volontaires sont morts ou en fuite. Le risque est trop grand.

– Ne pourrait-on requérir les paysans du terroir ? suggéra M. Audimar.

– Partout ils se soulèvent, effrayés par la masse des pauvres gens de la ville qui affluent chez eux, répondit le premier échevin. Ils sont armés pour se défendre des pillards et de tous ceux qui pourraient leur apporter notre peste. Maintenant, ils deviennent pillards eux-mêmes. Sous prétexte de battue au sanglier ils courent la campagne par pelotons et pillent en représailles les plus belles bastides des bourgeois marseillais. Bien entendu, lorsque nous les sollicitons pour conduire les chars ou pour ouvrir les fosses, même à prix d'or, ils nous rient au nez.

– Ne peut-on réquisitionner les ouvriers, artisans et compagnons de la ville ?

– Il n'y en a plus. Ils sont morts, ou ils ont fui.

– Il faudra donc s'appuyer sur les galériens. Comment se comportent-ils ?

– Plutôt bien, répondit le chevalier.

– Plutôt mal, s'écria M. Moustiés. Vous êtes un officier habitué à donner des ordres. Avec moi, dès qu'ils ne sont plus surveillés, ils prennent la fuite. C'est le moindre mal. Les autres pillent les maisons abandonnées, achevant parfois les mourants. Pour ne pas revenir deux fois, ils jettent dans le tombereau les mourants avec les morts et les enterrent tout vifs !

– Ne peut-on les surveiller de plus près ?

– Nous n'avons plus assez de gardes. Ils n'acceptent d'ailleurs pas d'entrer dans les maisons pestiférées. Une fois à l'intérieur, le forçat troque sa défroque contre des vêtements trouvés sur place et file par-derrière. Les plus malins habillent un cadavre avec leur défroque pour faire croire qu'ils sont morts. Certains s'échappent avec les vêtements du mort sur le dos ! Et la canaille, sous prétexte de vous aider, fait de même.

– Ils sont donc insensibles à la contagion ? Où est la justice divine si ces malfaiteurs échappent à la colère de Dieu ?

– Les forçats devraient au moins respecter leur contrat.

– On ne peut attendre d'eux un comportement civique alors que nos propres gueux donnent le plus déplorable exemple.

– Je les croyais enfermés à la Charité ?

– On les a mis dehors pour faire de la place aux malades. Ils se sont répandus en ville et menacent ce qui reste de l'ordre public.

– Il faut faire appel à l'armée ! s'écria le chevalier Roze.

– Bien, dit Jean-Baptiste Estelle. Jaume, écrivez cette lettre à l'intendant Cardin Le Bret et faites-la porter sans délai à la barrière Notre-Dame.

Messire,

Dans le temps de calamité où tous nos principaux habitants sont sortis de la ville, il ne nous reste que la populace, composée d'une infinité de canailles et de malfaiteurs. Il est très important de pouvoir la contenir et d'empêcher qu'on n'enfonce et ne pille les maisons et qu'on ne se porte même à des séditions ou à des révoltes.

Quelque attention que nous ayons de faire donner toute la subsistance nécessaire aux pauvres, on ne peut pas les contenter si bien qu'ils ne murmurent toujours, et qu'ils soient en état, à la moindre occasion, de tout entreprendre.

Dans ces conditions, nous vous prions respectueusement, Messire, de requérir les troupes du roi enfermées en la citadelle Saint-Nicolas, pour rétablir l'ordre dans la cité.

– Pourquoi ne pas vous adresser au gouverneur-viguier ? demanda M. Audimar.

– Le marquis de Fortia a été touché par la contagion.

Ils se regardèrent, accablés. A quand leur tour ? Le premier échevin ajouta :

– Je préfère alerter les autorités d'Aix. Qu'elles prennent peur et en appellent au Régent.

– Autre problème, dit M. Moustiés. Les fosses communes. Bien entendu, il faut continuer d'interdire d'inhumer en ville.

M. Audimar murmura, atterré :

– Jusqu'à ces temps de malheur, seuls les pauvres et les gueux ont été jetés dans les fosses communes. Dans ce chaos, il n'y a plus de distinction dans les funérailles. L'honnête homme et l'indigent, le chrétien et l'hérétique, le prêtre, le Turc, le forçat, la mère de famille comme la prostituée, tous sont confondus !

M. Moustiés murmura :

– Les riches et les pauvres pourrissent de la même façon. Ils dégagent la même odeur. Ils sont égaux devant la mort. Nous devons nous faire à cette cruelle évidence.

Un silence pesa longtemps sur eux. On n'entendait que les cris aigus des oiseaux de mer au-dessus du port. Enfin, le premier échevin se redressa.

– Messieurs, il nous faut venir à bout de l'ensevelissement de nos morts, sinon ils nous entraîneront tous dans le trépas. J'ai vu moi-même en pleine ville les chiens affamés dévorer les cadavres. Il faut faire cesser ce scandale ! Multiplions les fosses sous les remparts, élargissons-les jusqu'à pouvoir contenir mille corps. Après les trois fosses de la Joliette et celle de la porte d'Aix, on en creusera une autre, porte d'Aix ; trois, porte de Rome, une, porte Bernard-du-Bois. Ceci hors les murs. Intra muros, on en creusera trois sur la butte des Moulins et trois autres Rive-Neuve, sous les murs de l'abbaye Saint-Victor.

– Qui va les creuser ?

– Comme le suggérait M. Audimar, nous allons requérir les paysans du terroir. Une compagnie de grenadiers, commandée par MM. Julien et Castel, que je viens de nommer commissaires généraux du terroir, saura les contraindre.

– Cela ne suffira pas pour assainir la ville. Il faudrait un procédé radical.

– Le feu ?

– On a essayé. Les cadavres brûlent mal et dégagent une épaisse fumée nauséabonde, qui se répand sur la ville, achevant d'épouvanter les gens. En outre, il faudrait beaucoup de bois pour activer les bûchers funéraires. Or, nous avons déjà brûlé tout le bois pour assainir l'atmosphère.

– Pourquoi ne pas utiliser la mer, la mer profonde ? suggéra M. Audimar. Les pêcheurs remorquent hors du port des chapelets de cadavres, mais ce moyen est insuffisant. Entassons les morts à bord d'un gros vaisseau et coulons-le au large.

– Un bateau par semaine n'y suffirait pas ! Qui payerait ? La ville n'a que des dettes. En outre, il faudrait l'autorisation de l'Amirauté de Provence. Elle ne la donnera pas.

Le chevalier Roze avait écouté en silence. Soudain, il s'écria :

– Devant la lenteur des convois et l'éloignement des

fosses, il m'est venu à l'idée que l'on pourrait utiliser les vieux bastions romains.

– Quels bastions ?

– Les deux grands bastions situés le long des remparts de la Tourette, face à la mer, juste devant l'entassement des corps. Bâtis pour contenir mille soldats en vue de soutenir un siège, ils contiendront bien tous les cadavres de la Tourette. On évite ainsi le transport et la fosse. Ensuite, on scellera les ouvertures et le quartier sera assaini.

– C'est une idée remarquable, dit le premier échevin. Agissez dès demain. Moi, je m'occuperai de vous obtenir de nouveaux galériens et des gardes.

– Ils devront avoir le cœur solide !

Ainsi fut fait. A neuf heures, les quatre échevins se rendirent à l'Arsenal des galères, où le bailli de Langeron les reçut aussitôt.

– Messieurs, lisez d'abord ceci. Un exprès de Paris m'a remis cet ordre du Régent, signé du secrétaire d'État Pelletier des Forts.

Il leur tendit un pli.

> *Je suis dans l'habitude, monsieur, de vous procurer d'assez mauvaise commission. Celle que je vous annonce est la vraie fonction d'un commandeur de Malte. Pour remédier aux désordres qui règnent dans la ville de Marseille, Son Altesse Royale vous a choisi pour y commander en qualité de maréchal des camps, aux lieu et place du marquis de Fortia.*

– Nous vous remercions d'avoir accepté, monsieur.

– Je ne discute pas les ordres du roi.

– Vous êtes aimé du peuple de Marseille.

– Je m'efforcerai de m'en montrer digne. Tous les matins, j'irai visiter les hôpitaux, les quartiers, les fosses, les cimetières. Puis je me rendrai à la maison de ville où je tiendrai séance à vos côtés jusqu'à huit heures du soir.

– Ce sera un grand honneur pour nous, monsieur le maréchal des camps et armées du roi !

Un vieux gentilhomme entra.

– Voici le chevalier de Rancé, lieutenant général des

galères. Vous pouvez maintenant lui adresser votre requête.

L'homme paraissait épouvanté et voyait dans la contagion qui avait frappé le gouverneur de Fortia un signe de Dieu. Aussi accorda-t-il tout ce qu'on lui demandait. Non seulement cent nouveaux forçats, mais quarante soldats des galères conduits au sifflet par un officier à cheval.

Désormais, trente tombereaux opérèrent dans les rues. La ville, enfin, commençait à respirer. Les échevins payèrent encore de leur personne. Précédés et suivis par quatre soldats des galères baïonnette au canon, ils accompagnaient à cheval la file des charrettes. On nettoya la place devant la collégiale Saint-Martin, au cœur de la cité, encombrée de monceaux de cadavres. Mille deux cents corps furent ainsi enlevés.

Restait le port, et surtout le gigantesque charnier de la Tourette, où pourrissaient maintenant deux mille cadavres.

Là, les choses s'étaient gâtées. La décomposition accomplissait implacablement son œuvre et la puanteur qui s'en dégageait était telle que toutes les maisons voisines, jusqu'à la place de Lenche et la rue de l'Évêché, avaient verrouillé leurs portes et fermé leurs fenêtres, malgré la chaleur de l'été.

Quant au vieux quartier Saint-Jean, en contrebas, celui des fondateurs de l'antique Massalia, il se trouvait pratiquement désert. Presque tous les pêcheurs, les marins et leurs familles avaient fui ou étaient morts.

Le chevalier Roze s'avança à la tête de cent forçats, poussés par cinquante soldats des galères. La même vision d'horreur qu'ils avaient eue la veille les attendait : un amoncellement dc corps qui n'avaient plus forme humaine et dont les vers mettaient les membres en mouvement.

Le chevalier Roze ordonna :

– Arrachez les dalles de pierre !

Un trou béant apparut. Il paraissait sans fond.

– Et maintenant, aux cadavres !

Mais les hommes refusaient d'y aller. Roze caracolait sur son cheval, épée au poing, les menaçant. Il paraissait aussi vain de les faire obéir que de remuer l'amas monstrueux des corps.

Roze cria alors :

– Reculez ! Alignez-vous devant les maisons !

Les forçats obéirent, persuadés qu'on allait les fusiller.

Roze descendit de cheval et se tourna vers l'officier des galères qui commandait les soldats.

– Qu'on donne à boire à ces hommes, et à vos soldats, aussi !

Un sergent livra un tonneau que l'on gardait en attente pour la fin de l'horrible besogne. On trouva quelques gobelets. Le vin coula à flots. Les forçats s'en gorgeaient, et les soldats.

– A mon tour ! cria le chevalier. Mais ces gobelets sont trop petits pour moi !

Il retira son tricorne galonné et se le fit remplir de vin, qu'il but à longs traits. Quand le tonneau fut vide, le chevalier cria :

– A présent, le vinaigre ! Les bandeaux !

Le sergent décrocha un tonnelet qui pendait au bât d'une mule. Un soldat trempa un mouchoir dans un seau de vinaigre. Le chevalier se l'attacha de manière à se masquer le nez et la bouche. Les soldats, puis les forçats l'imitèrent.

– Et maintenant, allons-y ! Nous ne craignons plus rien ! Monsieur saint Roch est avec nous !

Il se retourna vers l'amoncellement de cadavres et saisit le premier par le pied. Il le tira vers le trou béant du bastion et le fit basculer dans le vide.

Alors, les hommes suivirent, soldats et galériens mêlés. Horrible besogne. Des membres pourris se rompaient, des têtes se détachaient et roulaient. Mais d'heure en heure le tas diminuait.

Les cadavres du dessous, décomposés, écrasés par le poids, constituaient un mélange insaisissable. Roze fit ranger les galériens en arc de cercle. Avec de larges planches poussées par de grands râteaux de fer, on déversa dans le trou béant du bastion les restes des pauvres corps.

Quand le premier bastion fut plein, on passa au second. Tous les cadavres y furent enfouis.

Pendant une heure encore, comme il restait de la place, les hommes, utilisant les crocs et les pinces gigantesques, parfois à mains nues, charrièrent les corps entassés dans les rues adjacentes. Puis on les recouvrit de deux cents livres de chaux vive et de terre.

Lorsque la nuit tomba, l'esplanade était entièrement dégagée.

Le chevalier s'écria :

– Mes amis, je vous remercie ! Vous n'aurez pas volé votre liberté !

On se compta. Déjà, plus de la moitié des forçats et un tiers des gardes s'étaient effondrés, frappés par la peste.

Le lendemain, il n'en restait qu'une dizaine.

« A quand mon tour ? » se demanda avec angoisse le chevalier Roze.

31

– Fermez les fenêtres, dit l'évêque. On ne s'entend plus.

L'abbé Goujon s'approcha de la grande baie. Au-delà des jardins abandonnés du palais épiscopal, rue de l'Évêché, une foule éplorée s'écrasait aux grilles. Des cris montaient :

– Ayez pitié de nous !

Malgré les arbres et les fleurs, une odeur nauséabonde s'élevait jusqu'à l'étage. L'abbé Goujon referma la fenêtre et murmura :

– Ils ont encore jeté des cadavres dans les jardins et dans la cour ! Comme si nous allions faire un miracle !

Le fidèle intendant, trésorier de l'évêché, dernier secrétaire – tous les autres étaient morts –, attendait les ordres de Mgr de Belsunce, assis derrière son grand bureau doré – longue soutane violette et *soli Deo*, petite calotte de soie qu'il ne retirait qu'à l'église.

– Avant de voir le courrier, prenez cette lettre pour mon vieil ami M. de Saint-Amans, le curé de Saint-Hilaire d'Agen :

Toujours, je vais mon train ordinaire, parcourant les rues de Marseille, à pied et sans suite, sinon celle des pauvres, dont j'ai toujours un régiment à mes trousses. Il y en a souvent jusqu'à deux mille. La Providence fournit à tout et me conserve dans ce nouveau danger, qui n'est pas médiocre, la plupart des malades ayant des bubons fluans. Mais Dieu merci, je n'ai jamais manqué de courage au milieu des cadavres pourris dont nos rues sont pleines. J'espère en avoir jusqu'à la fin.

» Et maintenant, l'abbé, voyons le courrier.

– Votre appel a été entendu, Monseigneur, dit l'intendant d'un air réjoui. S.A.R. le Régent, arraché un moment à ses plaisirs honteux, a envoyé six cent mille livres, hélas en billets. L'amiral de France, comte de Toulouse, deux cent mille, également en billets. Le fermier général messire Le Pelletier de La Houssaie n'a envoyé que cent mille livres, mais en espèces sonnantes d'or et d'argent. M. Law avait déjà répondu à votre appel en envoyant cent mille livres, en billets, naturellement.

– Cela ne lui coûte rien. Ses presses en ont tellement fabriqué que, pour tenter de stopper la dévaluation, il en aurait, dit-on, brûlé à Paris pour des millions ! Ne gardez pas cet argent, l'abbé. Donnez, donnez ! Que les pauvres aient au moins de quoi manger.

– L'argent afflue dans nos caisses, Monseigneur, reprit l'intendant en compulsant les avis des banquiers et trésoriers. Les grands ne se sont pas dérobés. Je note encore les dons du duc de Lauzun, du cardinal de Bissy, et de plusieurs de vos frères dans l'épiscopat. Même Son Excellence l'évêque de Fréjus...

– Je n'attendais pas moins de M. de Fleury. Depuis qu'il est le précepteur du jeune roi, il ne cesse de contrebalancer l'influence néfaste du Régent. Cet homme ira loin !

– L'évêque de Langres a aussi généreusement donné. Votre famille a répondu à l'appel et même les bénédictins de Saint-Germain-des-Prés.

– Ils ont les moyens. Dieu le leur rendra.

– Nous allons pouvoir rembourser nos dettes, Monseigneur. Vous avez aliéné pour cinq ans le revenu de votre évêché.

– Pas question de nous libérer ! Il faut bien que banquiers et prêteurs vivent, eux aussi ! Grâce à ce bon argent, tous ceux qui se présentent à l'évêché reçoivent un bouillon bien gras, une miche de pain, un morceau de mouton et quelques écus, selon leurs besoins.

– Cela s'est su en ville, Monseigneur. La foule augmente aux grilles du palais. Côté cour, la place de la Major grouille de miséreux. Côté jardin, la foule a envahi la rue de l'Évêché. Les pauvres nous assiègent !

– On entend d'ici la rumeur. Ce rassemblement ne fait pas plaisir aux échevins. La contagion...

– Par contre, Monseigneur, personne n'a voulu de votre mobilier, pourtant l'un des plus précieux de Marseille. Il y a eu trop de morts dans notre entourage.

– Eh bien, nous garderons nos meubles !

– Nous n'avons pas davantage pu vendre votre vaisselle d'argent.

– Fondez-la. Cela tuera la contagion.

– Ni même votre crosse, Monseigneur !

– Oh ! Ma crosse ! A quel point de méfiance sommes-nous tombés si la crosse d'argent incrustée de pierreries d'un honorable évêque de province ne trouve plus preneur, même chez un brocanteur de la rue des Juifs !

– Ils veulent bien vous acheter votre croix pectorale.

– La croix, je la garde ! Elle contient la relique de saint Roch. Grâce à elle, nous sommes toujours en vie. Que dit encore le courrier ?

– La révérende mère Claire-Marie sollicite pour ses quarante clarisses un mouton par jour.

– Suggérez-lui fraternellement de se mettre comme nous au pain bis et au poisson salé. Notre-Seigneur n'a pas distribué autre chose dans le désert. Quoi encore ?

– Il y a là quantité de libelles, vous... suggérant d'avoir recours à tel ou tel saint, connu ou inconnu.

– Que pouvons-nous faire de plus que nous n'ayons déjà fait ? Nous distribuons notre trésor aux pauvres. Tous les matins, nous célébrons l'office divin dans notre chapelle ouverte au peuple, ou à l'un ou l'autre autel dressé devant nos églises fermées. Là, j'ai communié des milliers de fidèles après les avoir exhortés à renoncer à leurs péchés pour obtenir la miséricorde divine. Trois fois je suis monté en pèlerinage à Notre-Dame de la Garde pour supplier la Très Sainte Vierge d'intervenir en notre faveur. Nous avons visité les paroisses abandonnées et y avons distribué les divins sacrements. Nous avons visité aussi tous les hôpitaux et les infirmeries de la ville, jusqu'aux faubourgs, et les tentes dressées hors la ville pour abriter les pauvres réfugiés. Nous avons chaque semaine assisté au conseil des échevins à l'hôtel de ville et consulté chez eux les notables.

– Nous n'avons plus de prêtres, Monseigneur. Les ministres indignes ont fui ; ceux demeurés à leur poste sont morts. Plus de cinquante ! L'évêché est encombré de prêtres malades. Il ne reste en paroisse que le chanoine Guérin. Hélas, il vient de s'aliter, frappé à son tour. De même, les moines et religieux ne sont pas épargnés, sauf s'ils se sont enfermés ou réfugiés à la campagne, d'où il est impossible de les tirer.

– Les pestiférés meurent désormais sans confession. Moi, leur évêque, je serai comptable de leur âme devant Dieu. Cette perspective m'épouvante. Où trouver des prêtres assez courageux pour affronter sans cesse la mort ?

– Peut-être pourrait-on solliciter Mgr de Forbin ?

– Monsieur d'Aix ne fera rien. Sa ville est déjà frappée par la peste. En revanche, il y a espoir du côté de Toulon. Écrivez :

A notre très cher frère Mgr Louis de La Tour du Pin, évêque de Toulon.

Je suis encore, par la grâce de Dieu, debout au milieu des morts et des mourants. Tout a été abattu à mes côtés, et de tous les ministres du Seigneur qui m'ont accompagné, il ne me reste que mon intendant et mon aumônier. Ma maison est devenue un hôpital pour les ecclésiastiques qui se sont sacrifiés : soixante-dix confesseurs. Je me regarde comme un général qui a perdu l'élite de ses troupes et qui est abandonné du reste.

S'il vous plaisait, Monseigneur, de solliciter quelques prêtres volontaires de votre diocèse pour assurer le service de Dieu, je vous en serais éternellement reconnaissant.

Le vieil huissier, un ancien garde suisse, passa la tête dans l'entrebâillement de la porte.

– Monseigneur, la révérende mère Marie des Saints-Innocents demande à être reçue par Votre Grandeur.

– Qu'elle entre. Vous pouvez nous laisser, monsieur Goujon. Je sortirai ensuite avec frère François pour visiter les malades.

L'intendant s'éclipsa. Le garde suisse introduisit cérémonieusement la religieuse, une toute petite femme habillée de noir, la tête recouverte de son voile. Selon le protocole, elle s'agenouilla aux pieds de l'évêque et baisa l'anneau d'améthyste qu'il lui tendait.

– Qui vous a permis, ma mère, de sortir de votre clôture ?

Elle releva la tête. Le voile s'écarta, révélant un jeune visage angélique d'une lumineuse beauté, un regard surnaturel par où passait une supplication muette et humble. Il ne put résister à un tel regard et aux larmes qui perlaient de ces beaux yeux gris.

Il lui sourit.

– Vous savez bien que vous êtes ma fille préférée... Relevez-vous, ma mère. Asseyez-vous et dites-moi ce qui me vaut l'honneur de votre visite.

– Je souhaitais entretenir Votre Grandeur de notre sœur Anne-Madeleine Rémuzat.

L'évêque fronça les sourcils. Encore un avis venu du ciel ! Mais le trouble l'envahit. Aux visions de cette visitandine bien connue s'ajoutait un phénomène prophétique qui semblait les accréditer.

Pendant le carême 1718, deux ans avant l'épidémie que rien ne pouvait laisser prévoir, un prodige s'était déroulé dans l'église des Cordeliers. Le Christ était apparu dans l'hostie du saint sacrement. Plusieurs fidèles avaient été favorisés de cette vision, et aussi sœur Anne-Madeleine Rémuzat, à qui le Christ aurait lancé un solennel avertissement, parlant *« du plus terrible fléau qui allait s'abattre sur les Marseillais, s'ils ne quittaient les voies de la corruption »*.

Mgr de Belsunce avait pris cet avis au sérieux. Il avait tenté de changer les mœurs. Mais allez demander aux Marseillais, fussent-ils parfois des clercs respectables, de renoncer aux plaisirs mondains, à la bonne chère, à la chair, à l'argent !

La prédiction s'était réalisée. L'ire de Dieu les frappait. Il demanda, accablé :

– Alors, ma mère, vous voulez vous aussi une procession ?

– Non, Monseigneur. Notre sœur Rémuzat demande seulement que vous consacriez Marseille au Sacré Cœur de Jésus et que vous daigniez ordonner une fête solennelle perpétuelle.

L'évêque sursauta.

– Un vœu perpétuel ?

– Oui, Monseigneur.

– Nous allons y réfléchir.

Mgr de Belsunce se leva pour signifier que l'entretien était terminé. Mère Marie des Saints-Innocents s'agenouilla sur le sol. Il la bénit. Comme elle se relevait, trouvant à l'évêque pâle figure, elle risqua :

– Notre communauté s'inquiète de votre santé, Monseigneur. On vous dit réduit, comme le peuple, à ne vous nourrir que de pain noir et de poisson salé. On dit même que vous auriez refusé le bon pain blanc que nos frères les moines de Saint-Victor vous auraient fait porter.

Il lui sourit.

– Je m'accommode fort bien de pain bis frotté avec de l'ail !

Et il la congédia.

Aussitôt la religieuse partie, l'aumônier surgit dans le bureau épiscopal. Il paraissait ému.

– Mauvaise nouvelle, frère François ?

– Monseigneur ! Une lettre de Sa Sainteté !

Le capucin tendit le « bref » frappé du sceau de saint Pierre.

> *A notre vénérable frère François Xavier, évêque de Marseille, Clément PP XI, salut et bénédiction apostolique.*
>
> *Notre affection particulière et notre tendresse paternelle pour votre ville nous ont fait ressentir une vive et juste douleur en apprenant qu'elle est affligée de la peste. Nous craignons que les péchés des hommes et les nôtres principalement n'aient pas peu contribué à cette calamité, puisque le Seigneur a coutume de se servir de ces sortes de fléaux pour faire éclater à tous les yeux sa colère contre les peuples. Cependant, notre cœur n'a pas été peu consolé dans la pensée que cette même ville est gouvernée par un évêque plein de probité, de vigilance, de piété et de zèle.*
>
> *Nous avons appris qu'à l'exemple du Bon Pasteur vous êtes toujours prêt à donner votre vie pour les brebis confiées à vos soins. Nous sommes donc rempli de consolations et pénétré de joie en vous voyant animé de cette parfaite charité qui ne connaît point de péril. Qui, dans une grande calamité, fait que vous ne fuyez aucune peine, que vous n'évitez aucun des dangers inséparables de la contagion. Que vous n'êtes pas arrêté par la crainte d'une mort, qui a paru à la piété des premiers fidèles n'être pas moins glo-*

rieuse que le martyre, lorsqu'on s'y est volontairement exposé.

Cela nous fait croire que Dieu a envoyé cette funeste contagion pour que les Contumaces[1]*, sentant la peine du péché, soient forcés à baisser enfin leur tête orgueilleuse, à rendre au Saint-Siège l'obéissance qu'ils lui doivent.*

Ouvrant les trésors de l'Église dont le Très-Haut a confié la dispensation à Notre Humilité, nous avons accordé plusieurs indulgences au clergé et au peuple commis à vos soins, ordonné en outre qu'on achetât de nos deniers et qu'on vous envoyât le plus tôt possible deux mille boisseaux de froment afin que vous puissiez les distribuer gratis aux pauvres, comme un témoignage de notre tendresse paternelle.

Nous ne cesserons au reste de conjurer avec humilité le Dieu tout-puissant de faire ressentir au plus tôt à votre troupeau les effets de ses miséricordes. Lesquelles en bannissent puissamment toutes espèces d'erreurs et le délivrent de tout ce qui peut causer sa perte.

Donné à Rome, à Sainte-Marie-Majeure,
Sous l'anneau du Pêcheur,
Le 4e jour de septembre 1720,
Et de notre pontificat le vingtième.

– Voilà enfin une bonne nouvelle ! s'écria Mgr de Belsunce.

– Nous recevons aussi un avis de l'Amirauté de Provence. Les trois vaisseaux chargés de trois mille cinq cents sacs de blé ont appareillé de Civita-Vecchia. Hélas, un pirate tunisien à l'affût à la sortie du port leur a donné la chasse et les a capturés.

– Malédiction !

– Miracle, Monseigneur ! Apprenant l'origine et la destination de cet inestimable chargement, le pirate s'est écrié : *« Allez, chrétiens ! Accomplissez votre loi. Je ne suis plus votre ennemi. Dieu me punirait, si j'osais vous retenir. »*

L'évêque sourit.

– La peste a quelque chose dc bon si elle suscite la pitié au cœur de nos pires ennemis, les pirates bar-

1. Appelants jansénistes.

baresques. Je veillerai à ce que ce blé soit distribué aux plus pauvres de cette ville.

L'évêque se leva.

– Et maintenant, frère François, allons accomplir notre tâche. N'oubliez pas le bouillon, les écus et le pain blanc des bons moines de Saint-Victor !

– A pied, Monseigneur ? La chaise à porteurs serait... raisonnable. Votre Grandeur semble épuisée. Elle se doit pour son peuple de ménager ses forces.

– Connaissez-vous quelque chose de *raisonnable* qui ait suscité un miracle, frère François ? Nous irons donc à pied, comme d'habitude. Vous savez bien que depuis que la contagion a éclaté dans notre ville j'ai fait le vœu de ne plus aller en voiture, pas même en chaise à porteurs.

Le capucin frémit. Il trouvait que Sa Grandeur, à vouloir imiter Charles Borromée, le saint évêque de Milan, prenait des risques démesurés. Non seulement il allait à pied dans les rues de Marseille, mais, pour donner l'exemple, il était monté sur le premier tombereau, le « carrosse de la mort », et avait traversé ainsi Marseille, jusqu'à la porte d'Aix. « *Ce sera la seule fois,* dit-il, *où j'irai dans les rues en voiture.* »

Il n'était pas question de sortir du palais épiscopal par l'une des deux entrées principales, place de la Major et rue de l'Évêché, assiégées par une foule implorante, parfois vociférante. L'évêque se dirigea avec le frère François, lourdement chargé, vers une petite porte qui ouvrait sur la rue du Four-du-Chapitre, derrière les immenses jardins de l'évêché.

– Impossible d'ouvrir, Monseigneur ! La porte est bloquée de l'extérieur !

– Mais qui aurait intérêt à nous enfermer ?

– Je crains de comprendre !

La porte se trouvait bloquée par un monceau de cadavres ! Il s'en trouvait au moins une dizaine, pauvres gens venus mourir à la porte de celui qu'ils considéraient comme leur père, dont ils souhaitaient recevoir la dernière bénédiction, peut-être un ensevelissement décent.

L'aumônier pesa de toutes ses forces. La porte s'entrouvrit. Ils se glissèrent dans l'entrebâillement et escaladèrent le tas de cadavres.

Un corps semblait posséder un peu de vie. Une femme jeune les regardait, visage émacié, livide, yeux noirs grands ouverts. L'évêque se pencha sur la mourante et lui sourit. Elle tendit vers lui ses mains et ses bras nus marqués par les traces noires de la peste.

Il s'agenouilla à ses côtés, enleva ses gants de filoselle. Saisissant la petite fiole des saintes huiles que lui tendait frère François, il lui en fit une onction avec le pouce sur les paupières, les oreilles, les narines, les lèvres et les mains, murmurant en latin :

– Par cette onction, que Dieu te pardonne tes fautes.

La femme souriait de bonheur. Dans ses rêves les plus fous elle avait ainsi imaginé Monseigneur de Marseille. Il venait à elle, la prenait par la main et la conduisait aux portes du Paradis !

Le visage lumineux et bon de l'évêque demeurait penché vers elle. Ils l'entendirent murmurer :

– Je remets mon âme entre vos mains !

Tout doucement, il la réconforta avec les paroles du Psaume :

– *Je m'abrite en Dieu, mon rocher, mon bouclier et ma force de salut, ma citadelle et mon refuge. Les flots de la mort m'enveloppaient, le piège de la mort m'attendait. Mais Dieu m'a dégagée, mise au large. Il m'a sauvée car il m'aime.*

Elle s'éteignit, apaisée, dans ses bras.

Les deux hommes cheminaient maintenant rue de la Foire. Ils débouchèrent place de Lenche, encombrée de morts et de mourants. Ils allaient d'une forme gémissante à une autre, vers tout ce qui donnait signe de vie. Frère François, encore raisonnable, avait rabattu son capuchon sur son front et s'était attaché un mouchoir imprégné de vinaigre autour du visage. Gêné, il finit par l'enlever.

L'évêque n'avait pas remis ses gants. Il allait mains nues, soulevant les mourants pour les adosser à un mur, faisant boire un peu de bouillon, donnant du pain à l'un, l'absolution à l'autre. La plupart brûlaient d'une soif intense. L'eau ne manquait pas, mais personne n'osait se rendre à la fontaine voisine et porter une cruche fraîchc aux lèvres desséchées. Car de ces lèvres sortait le souffle empesté de la mort !

L'évêque se penchait sur les moribonds, écoutait leur confession, parfois si indistincte qu'il devait coller son oreille contre des bouches déformées par les charbons. Il absolvait, consolait, rassurait, donnait tout l'amour dont il se sentait envahi, qui lui arrivait d'en haut comme un inépuisable souffle vivificateur.

Cependant, les appels, les cris de détresse redoublaient. Le gros sac de frère François se trouva bientôt vide.

Comme ils s'approchaient d'un agonisant, un cri terrible jaillit au-dessus d'eux :

– *Passarez !*

Ils se plaquèrent contre le mur. Un homme s'écrasa à leurs pieds. Il rebondit sur un tas de cadavres qui amortit sa chute et demeura là, pantelant, puis il se releva et s'enfuit en courant. Ce n'était pas la première fois qu'un malade pris de folie se jetait par la fenêtre.

Montée des Accoules, où ils s'engagèrent, ils virent un religieux récollet qui administrait un mourant. Ce prêtre opérait avec une longue baguette de jonc qui se terminait par deux pointes sur lesquelles étaient accrochés des tampons de coton imbibés des saintes huiles. Il paraissait aussi terrorisé que son malade. Celui-ci voulait se confesser, mais comme il voyait des têtes aux fenêtres, il n'osait énoncer à haute voix ses péchés, et suppliait le prêtre de s'approcher, ce que l'autre, épouvanté, ne pouvait se résoudre à accomplir.

L'évêque lui dit doucement :

– Il reste un pas, un seul pas à faire...

Et comme le prêtre secouait la tête avec désespoir, l'évêque se pencha vers le mourant, qui tendit vers lui ses mains et offrit un visage enfin illuminé par l'espoir.

– Voyez-vous, dit Mgr de Belsunce au frère François comme ils poursuivaient leur marche, j'étais un prélat mondain. Pendant des années j'ai vécu dans le luxe et la vanité. Je me croyais brillant, mais je n'étais qu'un masque.

Il se retourna vers le moine. Son visage tiré par la fatigue grimaçait d'une souffrance intérieure qu'il ne parvenait plus à contenir.

– Si vous saviez, frère François ! Si vous saviez comme j'ai peur !

– J'ai peur aussi, Monseigneur ! Qui oserait se croire justifié au moment de paraître devant Dieu ?

Ils furent brusquement submergés par un troupeau hurlant qui dévalait la rue, des enfants de six à douze ans. L'épouvante se lisait dans leurs yeux. Ils disparurent en s'engouffrant rue des Moulins, qui dressaient leurs grandes ailes immobiles au-dessus du quartier.

– Ce sont des orphelins, dit l'évêque. Leurs parents sont morts. Dieu a voulu qu'ils vivent. Ils errent ainsi en bandes à travers la ville jusqu'à ce que les gardes s'en emparent pour les mettre à l'abri dans des couvents. A l'hôtel-Dieu, m'a-t-on dit, il y aurait aussi des centaines de nourrissons bien vivants, arrachés au cadavre de leur mère !

Ils arrivaient place du Calvaire, au pied de l'énorme rempart qui soutient l'église des Accoules. Le clocher pointu se dressait vers le ciel, mais on n'entendait plus la douce cloche Sauveterre qui sonnait chaque soir le couvre-feu. Ni la Grande Horloge de la rue de la Couelo qui convoquait l'assemblée communale. Ni au loin celles de Saint-Laurent et de Saint-Martin qui rythmaient la vie des paroisses. On n'entendait plus que la sinistre clochette des tombereaux mortuaires et le cri des hallebardiers :

– Sortez vos morts !

Précédée par deux soldats de l'Arsenal, une charrette s'avançait, conduite par un galérien torse nu, bonnet vert. Elle portait une douzaine de cadavres, hommes, femmes, enfants, la plupart nus ou vêtus de haillons, d'autres enveloppés d'un drap de toile. Les corps glissaient sous les heurts des pavés qui secouaient le char, découvrant les peaux luisantes. On voyait aussi une belle perruque, parure insolite, sur le crâne d'un homme qui avait dû être riche.

– Pourquoi sont-ils nus ? s'offusqua frère François. Regardez, Monseigneur ! Même les riches !

– Les corbeaux les dépouillent de leurs habits ou des linceuls de belle toile. Puisse leur âme s'être dépouillée de même avant de paraître devant Dieu.

– Sortez vos morts !

Le hallebardier, pressé d'en finir, agitait furieusement sa cloche. Les fenêtres s'ouvrirent. Les cadavres tombaient, souvent de trois ou quatre étages. Ils s'écrasaient sur le pavé avec un bruit mat, parfois un choc atroce d'os brisés. L'évêque, horrifié, regardait. Certaines faces, enflées et rouges, apparaissaient comme ébouillantées. D'autres, sombres et violettes, les orbites creusées d'ombres mouvantes d'où jaillissaient les globes sanglants des yeux.

– Je n'aurais jamais cru cela possible, Monseigneur ! Au début, on descendait les morts avec respect au moyen de cordes ou de draps noués.

Les corbeaux saisissaient les corps avec d'énormes pinces de fer terminées par deux crocs à trois branches. Mais ils devaient saisir à pleines mains les cadavres les plus corpulents pour les hisser dans les tombereaux.

– Regardez, Monseigneur ! s'écria l'aumônier.

Sortant de la rue de la Guirlande, un tombereau s'avançait, plein de cadavres entassés en pyramide. Sur le banc, le conducteur s'était affaissé, assoupi ou mort. Soudain, une roue heurta la borne de pierre qui dépassait d'un porche. Le char bascula sur le côté et déversa son chargement dans la rue. Le cheval s'arrêta, empêtré dans l'attelage. Il fit entendre un hennissement étonné et s'effondra à son tour en pliant ses longues jambes osseuses.

– Ne restons pas là, Monseigneur ! Il n'y a plus que des morts !

Ils s'engagèrent dans la Grand-Rue qui conduisait au Cours. Comme dans un cauchemar, Mgr de Belsunce assistait à l'agonie de Marseille. On croisait des gens qui, ne pouvant souffrir de voir leurs morts jetés au tombereau et dans les fosses communes, tentaient de les traîner jusqu'aux cimetières. Ils virent ainsi passer un homme chargé d'un corps enveloppé d'un drap blanc. Il avançait comme un automate avec dans le regard une volonté implacable. Puis il trébucha sur un cadavre et s'effondra avec son fardeau.

L'évêque le releva.

– Où allcz-vous ainsi, mon ami ?

– *Au peirou dei sèt doulour !*

– Je ne comprends pas.

– C'est un proverbe provençal, Monseigneur ! souffla l'aumônier. *« Au peirou dei sèt doulour, aven toutei nouasto escudello. »* Au chaudron des sept douleurs, nous avons tous notre écuelle.

Enfin, l'homme s'expliqua en français.

– Je porte ma femme au cimetière de la Major.

– C'est loin, très loin pour un homme aussi chargé !

– On m'a dit que le cimetière des Accoules, saturé,

était interdit, comme celui de Saint-Laurent. Celui de la cathédrale aurait encore quelques pieds de terre...

L'homme repartit, avançant en titubant, le corps de sa femme sur les épaules. On aurait dit Jésus gravissant le Calvaire.

Un gémissement sortait par la fenêtre ouverte d'une maison abandonnée. Sur la porte on voyait distinctement la sinistre croix rouge des demeures pestiférées.

– Allons là-haut, dit l'évêque.

C'était une maison bourgeoise de belle allure. Dans l'escalier, ils croisèrent des pillards qui s'enfuyaient à leur vue, des mendiants empaquetés de chiffons sans couleur. Ils traînaient avec eux de riches vêtements, des justaucorps brodés d'or, des robes de soie doublées de dentelles.

Ils entrèrent au second, d'où provenaient les gémissements. Un homme demeurait étendu sur un lit, pâle, les lèvres bleuâtres d'où sortaient des sons rauques. A la vue des deux prêtres il se dressa, épouvanté. Puis il s'apaisa en reconnaissant le prélat.

– Je croyais que les corbeaux venaient me prendre. Eux seuls osent entrer dans les maisons touchées, mais c'est souvent pour dépouiller les morts !

Il soupira.

– Vous le voyez, Monseigneur, même les riches meurent abandonnés ! J'ai vu ma maison se vider. On m'a ainsi laissé seul avec un domestique. Puis il est mort. Son corps doit pourrir là-haut dans le galetas. Depuis trois jours, plus personne ne vient. J'ai faim et soif !

Frère François lui tendit son dernier morceau de pain, et la cruche qu'il venait de remplir à une fontaine. L'homme but avec avidité. Puis il les regarda, les yeux agrandis d'horreur, et s'écria :

– Même la mort ne vient pas ! Avons-nous dépassé un tel degré dans l'horreur qu'elle s'épouvante à son tour ? J'ai vu des parents jeter à la rue leur enfant malade. J'ai vu les femmes accoucher seules sur le trottoir sans que leurs cris attendrissent personne qui puisse leur venir en aide. J'ai vu les gens enfermés dans leur maison jeter par les fenêtres des ordures pour empêcher que les malades errants ne s'abritent sous leur porche. D'autres en badigeonnaient le seuil avec de la lie de vin.

– Ainsi, même ceux qui ne l'ont pas portent la peste dans leur cœur ! s'écria l'évêque.

L'homme retomba sur son lit. Il sanglotait. Mgr de Belsunce s'approcha.

– Mon fils, il est temps. Tu vas paraître devant Dieu.

L'autre se dressa et cria, haineux :

– Dieu est mort !

Les deux prêtres reculèrent. Effrayé, frère François marmonnait des exorcismes.

L'évêque s'approcha encore. De sa main nue il traça une croix sur le front de l'homme marqué des stigmates noirs de la peste.

– *Absolvo te.*

– Je ne comprends pas ! gémit le mourant.

– Détache-toi, et tu verras !

Mgr de Belsunce se tourna enfin vers l'aumônier.

– Venez, frère François.

Le capucin posa la cruche à portée de la main de l'homme et ils se retirèrent.

Pour la première fois, l'évêque paraissait accablé. Il murmura, et ses yeux hagards semblaient reconnaître une forme dans l'ombre :

– *Je regardai. Et voici : parut un cheval d'une couleur pâle. Celui qui le montait se nommait la Mort. Et le séjour des morts l'accompagnait.*

Épouvanté, frère François saisit l'évêque par le bras pour le soutenir.

– Rentrons maintenant, Monseigneur ! Vous êtes épuisé !

– Il nous faut aller jusqu'au bout ! Le Cours...

– Non, Monseigneur ! Pas le Cours !

Le spectacle qui les attendait sur le Grand Cours dépassait en horreur tout ce qu'ils avaient vu jusque-là. Il n'y avait pas plus de cadavres qu'ailleurs, car les tombereaux les enlevaient. Mais des centaines de personnes s'étaient réfugiées là : malades chassés de chez eux, qui n'avaient plus la force de gagner un hôpital ; miséreux refoulés de partout, gens de la basse ville fuyant l'horreur des maisons infectées. Le Cours les avait attirés à cause de l'ombre des grands arbres, des porches des belles demeures où l'on pouvait s'abriter. Au moins il y aurait un peu d'air.

Une fumée puante s'élevait d'un bûcher, sur lequel les jeunes bénévoles du chevalier Roze tentaient de brûler les matelas, les couvertures, les vêtements contaminés et même les meubles, que les proches jetaient par les fenêtres, comme les échevins en avaient donné l'ordre.

Impossible d'avancer d'un pas sans enjamber un malade ou un mourant. Dans un coin, un nourrisson affamé hurlait sur le sein desséché de sa mère morte.

Par les fenêtres des luxueux hôtels particuliers du Grand Cours, hier encore toutes lumineuses des fêtes nocturnes qui s'y donnaient, on voyait descendre des cadavres ficelés dans des draps. Sous chaque arbre du Cours, sous des toiles de vieilles voiles dressées pour les protéger du soleil, des malades gémissaient, mêlés à des familles promises à un sort similaire. Dans le ciel balayé par le mistral, les oiseaux de mer gorgés de chair humaine traçaient des orbites en lâchant leurs cris discordants.

Jadis, en ce lieu de luxe et de volupté, les femmes venaient se faire admirer. Corps parfumés, visages poudrés, elles étalaient la vanité de leurs atours pour attirer les regards. Maintenant, des malades suppliaient qu'on leur donne un peu d'eau. Mais personne ne s'occupait d'eux, chacun replié sur sa propre souffrance. Les plus assoiffés trempaient leurs lèvres desséchées dans l'égout de la rue et mouraient, la face dans les immondices. A quelques pas, la belle fontaine de la Méduse donnait encore son eau claire, mais seuls les plus valides pouvaient s'y rendre en enjambant des cadavres.

Cependant, la foule avait reconnu l'évêque et se précipitait vers lui. Acculés contre le porche d'une maison fermée, Mgr de Belsunce et son aumônier regardaient avec effroi ces vagues de malades et de suppliants qui montaient vers eux, comme la marée à l'assaut d'un rocher. Des cris s'élevaient, toujours les mêmes :

– Ayez pitié de nous !

Et ce cri qui leur glaçait le cœur :

– Dieu nous a abandonnés !

L'évêque s'effondra, sans connaissance.

Il se retrouva dans son palais, étendu tout habillé sur son grand lit à baldaquin. Les cris de la foule ne lui parvenaient plus qu'assourdis, à travers les fenêtres fermées. A ses côtés se tenaient frère François et l'abbé Goujon.

– Nous avons eu très peur, Monseigneur ! Si le chevalier Roze n'était pas survenu à ce moment, nous ne serions plus en ce monde. Il a dû faire dégager le Cours avec les soldats de l'Arsenal, épées au poing. Nous avons pu vous ramener dans une chaise à porteurs trouvée sous le porche d'une maison voisine. La foule vous a suivi en criant, jusque sous les murs de l'évêché. On les entend encore. Écoutez !

L'évêque les regardait sans comprendre. Il murmura :

– Mon Dieu, mon Dieu ! Pourquoi m'as-tu abandonné ?

32

– Que faites-vous ? cria Godeleine, médusée, en entrant sans prévenir dans le laboratoire de Jehan, sous les combles de l'hôtel-Dieu.

Le jeune médecin, très pâle, était assis devant la table encombrée de fioles et de cornues. De sa narine sortait un tampon de charpie imprégné d'un liquide brun.

– N'approchez pas, Godeleine. Je me suis inoculé la peste.

– Vous êtes fou !

– Je n'ai jamais été plus lucide.

Elle s'approcha à le toucher. D'un geste vif elle arracha le tampon, qu'elle jeta dans un brasero où rougeoyaient des braises. Puis elle revint lentement vers lui, silhouette troublante de petit page aux cheveux d'or, portant culotte et justaucorps, visage attendrissant de femme, image de tendresse et de pitié.

– L'hôpital a besoin de vous, Jehan !

Elle s'approcha encore, plongea son regard dans le sien, posa ses mains sur ses épaules, hésita :

– Moi aussi, j'ai besoin de vous ! Je vous aime, Jehan ! Je ne veux pas vous perdre !

Il cria :

– Il n'y a plus d'amour, dans cette ville. Il n'y a que la mort !

Puis il ajouta :

– Et la charité.

– Vous n'avez même pas pitié de vous, Jehan !

Le masque dur qui crispait les traits du jeune médecin

s'effaça. Il attira Godeleine sur ses genoux. Ses mains l'enlacèrent.

Elle abandonna son corps contre le sien. Il la sentait palpiter, frémissante d'émoi. Il ferma les yeux. Oubliées, la peste et la Mort ! Godeleine était là tout contre lui et déjà ils ne faisaient qu'un. Il n'y avait plus que cette force immense de l'amour qui les rapprochait dans le grand souffle du désir. Elle était tout ce qui lui restait de la vie. L'amour ! L'amour charnel, brutal, sauvage, comme aux premiers temps du monde où les hommes s'entre-déchiraient et luttaient contre les bêtes carnassières et les éléments hostiles.

Ses mains palpaient son corps à travers les étoffes légères et elle gémissait de plaisir. Il entrouvrit la chemise. Les petits seins durs jaillirent, étincelants de blancheur.

Qu'attendait-il pour la prendre ? Il ne restait que très peu de temps pour jouir. La Mort se tenait à la porte, impatiente.

Il comprit qu'il était perdu. Il se sentait glisser sur la pente. Il tentait de résister. Puis il s'abandonna à cette force à la fois douce et impérieuse qui voulait fusionner les corps, peut-être dernière manifestation de la Vie face à la Mort omniprésente qui les encerclait.

Ses mains caressaient la peau nue des hanches. Elles remontaient jusqu'aux seins et les écrasaient avec une douceur voluptueuse qui arrachait à la femme des cris de plaisir. Puis elles redescendaient vers le ventre, toujours plus bas, atteignaient le *trésor* caché. Le cri de Godeleine n'était plus qu'une longue plainte roucoulante.

Elle était nue, maintenant. Il arracha ses vêtements, la renversa sur le sol et la prit ainsi, sur les tomettes froides qui rafraîchissaient et meurtrissaient le petit corps brûlant qu'il écrasait de tout son poids, de tout son cœur, de tout son désir impétueux. Et ils n'étaient plus qu'un cœur immense battant à l'unisson.

Il se détourna un instant pour la laisser se rhabiller. Encore hagard, il contempla sur sa table le *Traité de la peste* de Paracelse, ouvert au chapitre quatre.

On étouffait dans cette pièce sous les toits. Il ne revêtit que le caleçon de coton qui lui descendait à mi-jambes et moulait son corps et son sexe encore dressé.

Il fit face à Godeleine, qui lui sourit. Elle s'approcha de lui, amoureuse, attendrissante. Mais il lui en voulait. Son esprit demeurait attaché à Gersende, et la conscience aiguë qu'il en eut à cet instant le bouleversa.

– Allez-vous-en, Godeleine. Ceci ne se reproduira plus.

Elle le regarda avec désespoir.

– Mais je vous aime !

– Je n'en doute pas. Mais je n'ai pas le temps.

Il regretta aussitôt ce mot atroce. Elle s'écarta. Des larmes jaillirent de ses yeux. Il la prit doucement dans ses bras, comme on berce un enfant.

– Je suis médecin. L'un des derniers. Nous nous battons contre la Mort. Il reste très peu de combattants. Il n'y a plus de place pour l'amour, pour la joie, le plaisir. Seulement cette lutte de tous les instants, avant que la Mort ne nous prenne à notre tour.

– Peut-on faire plus que ce que vous faites ? Vous soignez sans masque, vous parcourez les rues de la ville et les salles de l'hôpital sans ce déguisement qui fait ressembler vos confrères à des oiseaux de malheur. Vous ouvrez les bubons. Vous ouvrez même les corps des morts pour tenter d'arracher le secret du mal. Et maintenant, ce... ce...

– *Virus mortificus*... Il me reste à trouver un moyen simple et efficace d'immunisation. C'est mon but et mon obsession ! Mais rassurez-vous, Godeleine. Ce que j'ai inhalé vient d'une souche très atténuée.

– Vous êtes fou, Jehan Figueras !

Elle baissa la tête et fit le geste de ramener sur ses épaules sa chevelure blonde. Mais elle l'avait coupée au ras de la nuque.

– Et pourtant, je vous aime ! C'est étrange. Doux et irritant à la fois.

– Amour et folie, c'est tout un ! Mais je ne suis pas fou d'affronter la Peste ! Je crois que j'ai enfin compris.

– Qu'avez-vous compris ?

– Ce remède dont nous cherchons en vain le secret, il est en nous ! Il suffit de réveiller les humeurs. Elles se mobilisent et chassent le mal. Je suis *immunisé* !

– Vous jouez avec la Mort. Elle aura le dernier mot. Elle l'a toujours.

– Pas toujours. Il suffit de braver la mort par amour pour qu'elle s'efface. Elle n'aime que les lâches ! Regardez maître Estelle et les autres échevins ! Et le chevalier Roze, le bailli de Langeron. Ils sillonnent impunément la ville depuis deux mois, ils sont toujours debout ! Et l'évêque !

– La Mort finira par les avoir. Elle a eu maître Peyssonnel, votre père, et le mien, les bons médecins des pauvres. Elle vient d'emporter le recteur Granier, aussi, et le jeune chirurgien Audibert. Et Carrière, l'apothicaire, qui vidait son officine pour les pauvres. Elle a eu le père Milley et tous ces bons prêtres qui se dévouaient au lieu de fuir.

– Il n'empêche ! L'amour est plus fort que la mort. Je le sais. Je le crois.

Il se pencha vers elle.

– Toi aussi, Godeleine, tu braves la mort tous les jours pour lui arracher des enfantelets.

Elle posa sa tête sur son épaule, et il ne la repoussait plus. Elle raconta :

– Je ne suis plus seule. Des femmes m'aident, le plus souvent des veuves, des orphelines qui croyaient avoir tout perdu avec ceux qu'elles aimaient. Ces petits à sauver les aident à retrouver un sens à leur vie. Il y a maintenant plus de mille nourrissons dans l'annexe de l'hôtel-Dieu que le recteur m'a donnée. Demain, ils seront deux mille. Mais on n'a plus de quoi les nourrir. Le chevalier Roze nous a aidées. Il est parti à cheval acheter des chèvres laitières dans les fermes voisines. Mais c'est insuffisant. Il en faudrait presque autant que de nourrissons.

– Je sais aussi qu'il a recueilli quatre-vingts enfants plus âgés, des orphelins qu'il entretient à ses frais.

– Mille nourrissons sauvés, pour combien qui périssent, Jehan ? Et pas de la peste ! J'ai vu des mères proches de la mort tuer leur nouveau-né, persuadées que personne n'en prendrait soin.

– Que puis-je faire pour t'aider ?

– Tu as fait tout ce que tu pouvais, Jehan. Mille nourrissons dans cet hôpital représentent une charge imprévue, insupportable. Et qu'en sera-t-il, demain ? Malgré l'aide inestimable de maître Daviel, le bon médecin normand, il en meurt trente à quarante par jour, dont à peine une dizaine de la peste. Les autres meurent de faim ! Affaiblis, la peste les guette. On ne sort pas de la peste ! Que va-t-il encore sortir de la peste ?

– Une idée qui va changer la médecine, embourbée dans ses vieux schémas.

Il se rapprocha du marbre. Dans un ballon de verre, un liquide brun sombre mijotait doucement au-dessus d'un lit de charbons de bois à demi éteints. Jehan regardait, fasciné, les circonvolutions du mélange, traversé de grosses bulles dorées qui venaient crever à la surface.

– C'est un broyat de bubons !

Elle recula, épouvantée.

Il saisit le globe de verre, en versa quelques gouttes sur une soucoupe de porcelaine, et en imbiba un tampon.

Elle cria :

– Non ! Pas cela !

Il s'appliqua le coton contre les narines et respira fortement.

La porte du laboratoire claqua. Godeleine fuyait à travers les couloirs, dévalait les escaliers monumentaux, en proie à la terreur.

Jehan souriait doucement. Il murmura :

– La Mort. La Vie !

Et il demeurait fasciné par ce mystère.

Césaire Peysonnel entra, il opérait maintenant à l'hôpital du Jeu de Mail. Il avait l'air épuisé et découragé.

– Quelles nouvelles ? lui demanda Jehan. Où en est la peste ?

– L'hôpital des Pestiférés est saturé. Ses médecins et chirurgiens sont morts, et presque tout le personnel soignant. Nous avons tenté de recruter des volontaires. On n'en a pas trouvé. La ville a alors requis des mercenaires, qu'elle a pris n'importe où. De vrais bandits dont l'unique occupation consiste à dépouiller les malades entassés pêle-mêle dans les salles.

– Que se passe-t-il à l'hôpital de Rive-Neuve ?

– Le chevalier Roze a aménagé des infirmeries dans la corderie des galères. Là, tout marche bien. Son charisme est tel qu'il a trouvé un groupe de jeunes, et même des adolescentes pour servir les malades.

– Et chez vous, au Jeu de Mail ?

– C'est l'anarchie. On avait fabriqué un hôpital volant pour doubler l'hôpital des Pestiférés hors les murs. On avait dressé des tentes sur l'esplanade. Le mistral a tout emporté !

– La Charité ?

– L'hospice est saturé avec mille cinq cents lits.

– Y meurt-on plus qu'ailleurs ?

– C'est l'hécatombe. Mais le peuple préfère ne pas mourir chez lui abandonné, ou dans la rue. Depuis que souffle le mistral, les échevins ont fait tendre sur tout le Cours des voiles de vaisseaux, plus solidement qu'au Mail, pour protéger les malades. Qui aurait cru que le Cours deviendrait cet enfer ! Je me demande combien de temps va durer cette horreur !

– Tant que nous serons debout, nous nous battrons !

– Jehan, vous avez l'oreille des échevins. On essaye d'appliquer partout votre système. On lave les maisons, les meubles, les vêtements, non plus au vinaigre mais au savon. Les gens se lavent ! Le chevalier Roze a purgé les rues et les places des milliers de cadavres qui les infectaient. On achève maintenant de nettoyer le port. Mais chaque matin, tout est à recommencer. La peste ne régresse pas. On déplore encore mille morts par jour !

– Il faut donner du temps au temps.

– Quand il n'y aura plus personne dans la ville, madame la Mort s'en ira ! Ailleurs, sans doute. Elle ravage déjà la Provence. Carry et Berre sont touchées. Lançon, Rognac, Marignane. Malgré son isolement, Aix aussi est atteinte. Et Toulon !

Jehan sursauta en songeant à l'escale du *Grand saint Antoine* au Brusc.

– Comment la peste est-elle entrée à Toulon, réputée bien défendue par ses garnisons ?

– On dit que des habitants de Bandol auraient volé la nuit une balle de soie du *Saint Antoine*. Vendue à Bandol, cette marchandise infectée aurait été examinée et palpée par un patron de barque toulonnais nommé Cancelin. De retour à Toulon, il y porta la contagion. Naturellement, à Toulon, dès qu'on a appris que la peste ravageait Bandol, on a isolé les routes qui mènent à ce village. Trop tard. Cancelin vient de mourir. Toulon s'isole, mais cela ne servira à rien. D'autres cas se sont déclarés. Un marchand nommé Gros est mort aussi. Il avait introduit à Toulon des marchandises de contrebande achetées à Aix.

Jehan contempla longuement ses cornues et demanda abruptement :

– Où en sont vos recherches ?

– Je travaille avec maître Raimbaud, l'apothicaire en chef de l'hôpital du Jeu de Mail. Maître Robert, médecin du Mail, nous rejoint entre deux consultations. Nous continuons à inoculer des chiens et à les ouvrir pour étudier leur foie.

– Pourquoi le foie ?

– Dès le début de la contagion, le foie des pestiférés est attaqué, et non les autres organes, où ne se déclarent des hémorragies qu'à la phase terminale de la maladie. La bile des malades est différente : noire et grumeleuse. Si on l'injecte dans le sang d'un animal sain, il contracte la peste et meurt rapidement. Mais si on la lui fait avaler, il tombe malade et survit. Désormais *immunisé*, comme vous dites.

Jehan rayonnait.

– Voilà la clé ! Le foie serait donc le centre de fabrication des contre-poisons ! L'inoculation pourrait aider un malade à en fabriquer. Le stimuler !

– Oui. Un chien qui lèche la plaie d'un pestiféré est aussi immunisé. Mais nous divergeons, Jehan, quant à la cause du mal. Est-ce, comme vous le pensez, un animalcule invisible, ou un simple poison végétal, voire un poison né par génération spontanée d'une pourriture de la terre ? Je n'arrive pas à croire que nous pourrions être environnés de ces... *microbus*. Que l'air que nous respirons pourrait en contenir. Et pourtant...

Il hésita. Puis, d'une voix sombre :

– Nous avons enregistré au Jeu de Mail des cas de peste pulmonaire. Celle dont on ne réchappe pas !

– Voilà qui va singulièrement renforcer les convictions de nos confrères partisans des fumigations !

– Écoutez cela, Jehan Figueras ! Notre confrère Astruc a observé que les inhalations acides et nitreuses contribuent à chasser la peste. Il croit que dans l'air agit cet agent de purification, une sorte d'oxydant puissant que l'on s'accorde à reconnaître comme susceptible de détruire les miasmes de la putréfaction et de la pestilence. Cependant, il parle ouvertement non de miasmes mais de « corpuscules » et, comme vous, d' « animalcules » qui pénétreraient dans les voies respiratoires et infecteraient les poumons et le sang. Mais il est seul avec vous à avancer l'hypothèse d'une théorie aussi révolutionnaire.

Jehan se prit à rêver.

– Un animalcule... Un *microbus* qui nage dans le sang.

Puis il demanda soudain :

– Vos chiens ont-ils des puces ?

– Assurément ! Sinon, ils ne seraient pas des chiens !

– Je suis sérieux, Peysonnel. Le vecteur de la peste est sans doute la puce du rat. Quand le *microbus* a tué le rat, la puce le quitte. Insensible à la maladie, mais transportant le *microbus,* elle passe à un autre rat. Quand il n'y a plus de rats, elle se cache dans les tapis, les peaux, la laine. Elle va infecter les chats et les chiens, compagnons ordinaires de l'homme. Ainsi, la peste passe de quartier en quartier, même si l'homme s'enferme, car on ne saurait enfermer les chats.

– Je ne suis pas convaincu, Jehan. Dans mon laboratoire du Jeu de Mail, tous nos chiens vivent ensemble, et ils se passent leurs puces. Certains ont la peste, d'autres non.

– Parce qu'ils sont *immunisés* ! Certaines personnes, certains animaux doivent jouir d'une immunité naturelle. Quel est le secret de l'immunisation ? C'est ce que, comme vous, je cherche à comprendre.

Jehan se concentra longuement, contemplant dans l'azur d'un bleu dur les oiseaux de mer qui luttaient contre le mistral. Puis il reprit :

– Certains échappent à la contagion. Vous, moi, les échevins, l'évêque, y sommes pourtant plongés tous les jours. N'en déplaise à Monsieur de Marseille, ce n'est pas un miracle. C'est une *immunité.* Quand on aura trouvé la clé de l'immunité, on aura sauvé le monde de la peste et de bien d'autres maladies contagieuses.

Il se retourna vers sa table de laboratoire. Césaire Peysonnel s'approcha du marbre et regarda avec curiosité le ballon. Les charbons de bois s'étaient éteints. Le liquide qu'il contenait avait une étrange couleur.

– Qu'y a-t-il dans ce globe de verre ?

– Le *virus microbus* ? Césaire ! Peut-être...

– Vous l'avez *vu* ?

– Peut-être. Il me faudrait un *microscopus* plus puissant. Il n'y en a pas à Marseille. Je sais comment le fabriquer, mais je n'arrive pas à polir correctement les lentilles de verre. Cependant, si je ne vois pas clairement le *microbus,* je le pressens, je le sens.

– Que voulez-vous dire ?

– Il ne peut être que dans le sang, et particulièrement dans le sang des bubons. Je me le suis inoculé, après l'avoir légèrement chauffé pour atténuer sa virulence.

– Vous êtes fou, Jehan Figueras. On me l'avait dit, mais je ne le croyais pas. On ne joue pas ainsi avec la vie.

– Je ne joue pas. J'expérimente !

– Il est trop tôt... ou trop tard.

– Il n'est jamais trop tôt ni trop tard pour essayer de chercher, de comprendre. Il reste cinquante mille vivants dans la ville. Si je survis, nous pourrons tenter d'en sauver le plus grand nombre.

– Si Dieu le veut.

– Ah ! Dieu ! Que pense Dieu de tout ce gâchis ? Et que va-t-il faire ?

– Demandez-le à l'évêque !

33

Depuis qu'il s'était retrouvé dans son palais après son évanouissement, François de Belsunce ne parvenait pas à dominer la vague de dépression qui submergeait son corps et son esprit épuisés. S'il n'avait pas la peste – *pas encore* – il était bien malade de la peste !

Il ne sortait plus. Bourrelé de remords de savoir les pauvres malades spirituellement délaissés, il éprouva le besoin de se justifier auprès de son supérieur ecclésiastique, Mgr de Forbin, archevêque d'Aix.

> *Le courage m'abandonne, Monseigneur, je me trouve dans la désolation. Depuis plus de quarante jours je n'entends parler que de morts et de mourants. Le spectacle et l'odeur de tant de cadavres dont les rues sont pleines m'empêchent désormais de sortir, ne pouvant soutenir ni l'un ni l'autre. J'ai même demandé un corps de garde pour que l'on ne mette plus de cadavres dans les rues qui m'environnent.*
>
> *Les morts sont jetés dans les rues, on ne les enterre point et ils y pourrissent à demi. On y met même des malades et ils y périssent sans secours. J'ai eu bien de la peine de faire tirer cent cinquante cadavres qui étaient autour de l'évêché à demi pourris et rongés par les chiens. Ils mettaient déjà l'infection chez moi, de sorte que je vais me voir forcé d'aller loger ailleurs.*

Sa plume dérailla, constellant le papier de petites taches noires. Il signa, sécha et cacheta. Puis il sonna, se demandant, comme chaque fois, si quelqu'un allait venir.

L'aumônier parut.

– Frère François, vous ferez porter ceci à Monseigneur d'Aix. Maintenant, je n'ai plus la force d'écrire. Et pourtant, je n'en ai pas fini. Écrivez. Ceci est mon testament.

– Un testament doit être olographe, Monseigneur. Sinon, il pourrait être contesté.

– En effet. Et ce que je vais écrire serait sûrement contesté.

Il reprit sa plume et traça d'une écriture hachée :

> *Si Dieu me rappelle à lui pendant la contagion, je laisse tous mes biens aux pauvres. Quant à mes obsèques : que mes chevaux soient attelés à un tombereau ordinaire. Qu'on y mette mon corps. Qu'on fasse faire au tombereau le tour de la ville pour y ramasser les autres cadavres, pour être ensuite jeté avec eux dans une fosse commune. Et qu'après cela mes chevaux soient vendus et l'argent distribué aux pauvres.*

Il signa, data, laissa retomber sa plume et ferma les yeux. L'aumônier lut, puis se troubla.

– Vous n'avez plus de chevaux, Monseigneur. Le dernier a été donné hier au chevalier Roze.

– C'est bien ainsi.

L'évêque porta sa main à son cœur. Un médecin le lui avait dit. S'il n'avait pas encore contracté la peste, son cœur flanchait. L'aumônier s'alarma.

– Monseigneur, vous êtes épuisé. Il vous faut prendre la chambre.

– Qui me remplacera ? Tous mes prêtres sont morts ! Ici même à l'évêché onze prêtres parmi les meilleurs de mon diocèse ! Hier, c'était le bon père de La Fare. Vous restez le dernier avec M. Goujon.

– Courage, Monseigneur ! Informé jour après jour de nos malheurs, Sa Sainteté Clément XI a ordonné des prières publiques et des processions à Rome, qu'elle a elle-même suivies le cierge à la main. Si le ciel nous a envoyé la peste, il saura bien l'arrêter.

– Avez-vous renouvelé les exhortations au peuple ?

– Oui, Monseigneur. Ce billet vient d'être retiré par notre imprimeur.

Il sortit un papier de sa poche, aux armes de l'évêque :

> *Premièrement, pour apaiser le ciel, tous les habitants seront exhortés à se convertir à Dieu et à se porter à la pénitence, aux prières, jeûnes, aumônes et autres actions de charité, afin de fléchir la miséricorde de Dieu et d'appeler la grâce de la santé en éloignant le fléau que nous avons mérité par nos péchés.*

L'évêque se leva péniblement et s'approcha de la fenêtre qui donnait sur le jardin. Sur le côté droit, on voyait au pied du grand mur bordant la rue de l'Évêché des cadavres amoncelés sur lesquels tournait un nuage d'insectes.

– Regardez, frère François ! Jusqu'alors, les familles n'entassaient les corps que devant nos grilles et nos portes. Maintenant que je ne sors plus, elles les jettent par-dessus nos murs ! Pourquoi les enterremorts ne les enlèvent-ils pas ?

– On n'ose pas faire entrer les forçats, Monseigneur. On a peur qu'ils ne pillent votre palais. Ouvrir seulement les portes serait dangereux. Nos murs sont assiégés par des mendiants affamés.

Les belles mains de l'évêque se mirent à trembler.

– Je ne peux plus supporter cela ! Ces rues encombrées de cadavres pourris rongés par les chiens ; ces hardes de pestiférés, ces ordures ; ces moribonds jetés hors de leur maison et placés parmi les morts sur des matelas !

– Il faut partir, Monseigneur !

– Oui. Il faudrait quitter cette ville abandonnée de Dieu. Mais où irions-nous ? Toutes les cités de Provence sont fermées.

– Aucune ne refuserait l'asile à Monseigneur de Marseille ! Je pense à Allauch. Les chanoines de la Major se feraient un honneur de vous y accueillir !

– J'en doute ! Mais je ne quitterai pas Marseille. Je préfère périr au milieu du peuple qui m'a été confié, même si je dois être le dernier !

Une flamme intérieure se ralluma soudain dans ses yeux.

– Écoutez cela, frère François. Sur les quatre-vingts

religieux du couvent de la Mercy, quatre seulement ont survécu à la peste. Épouvantés, trois se sont enfuis. Il n'en reste qu'un.

Il sourit.

– Moi aussi, je serai celui-là ! *Il faut être celui qui reste !*

– Quittez au moins l'évêché, Monseigneur. La peste y règne, vos jardins sont pleins de cadavres décomposés et vous êtes assailli aux grilles par cette populace en folie et ces nuées de mendiants affamés. Que ferons-nous s'ils sautent les murs ? Il n'y aura bientôt plus de gardes. Ceux qui ne sont pas morts prennent la fuite.

– Où aller ?

– Chez l'intendant de Provence. La résidence marseillaise de messire Le Bret, rue Saint-Ferréol, demeure inoccupée. C'est bien le seul endroit dégagé de cadavres ! On peut encore y circuler en cabriolet. Je trouverai un cheval. Le chevalier Roze nous prêtera le sien.

– Non. Pas de cabriolet. J'irai à pied. Je l'ai juré.

– Vous n'en aurez pas la force, Monseigneur.

– Alors, prenez une chaise à porteurs. La plus ordinaire. Je ne veux pas être reconnu. Ils penseraient que je les abandonne. Mais comment prévenir M. Le Bret à Aix ?

– Par les échevins. Ils sont en rapport avec lui à travers la barrière Notre-Dame qui ravitaille Marseille et passe aussi le courrier officiel.

Quelques jours plus tard, samedi 14 septembre, Mgr de Belsunce, la nuit tombée, sortit discrètement de l'évêché. Il ne put franchir les grilles principales, assiégées par les mendiants, les malades et autres suppliants, des milliers de pauvres auxquels, jusqu'à la dernière minute, il avait distribué l'argent qu'il recevait, et ses propres provisions qu'il partageait avec eux. Maintenant, il n'avait plus rien.

Les portes du jardin étant bloquées par les cadavres, le frère François et l'abbé Goujon durent en repousser une, après de gros efforts.

On ne put trouver un seul garde, un seul porteur. L'évêque refusa la chaise que les deux prêtres proposaient de porter. Ils s'engagèrent tous les trois à pied dans les rues de la ville, se faisant interpeller par les mendiants affamés et les malades abandonnés.

– *A peste, fame, bello, libera nos, Domine*[1].

Ils croisèrent des cohortes de damnés. Corps raides avançant par saccades, qui soudain s'écroulaient et demeuraient sur le pavé, dans une posture grotesque. On entendait au-dessus de la ville une rumeur assourdie, longue plainte inarticulée, de laquelle fusaient des cris déchirants, des hurlements de bête.

Par la rue de la Foire, ils atteignirent la place de Lenche, puis ils descendirent vers le port par la rue Radeau, qui avait connu jadis l'animation frelatée du quartier des marins.

Grâce à l'organisation du chevalier Roze, on ne trouvait presque plus de cadavres décomposés, corps monstrueux, enflés et noirs, tous puants et crevés, donnant le frisson de la mort rien qu'à les voir. Seuls quelques corps déposés dans la journée devant les portes attendaient la charrette des morts.

Le quartier se trouvait presque désert, abandonné, les rues encombrées de meubles infectés et des hardes des morts. On voyait l'herbe pousser dans l'humidité des caniveaux. L'herbe ! De l'herbe dans les rues de Marseille !

La vieille ville semblait morte. On n'entendait plus aucun des bruits qui font la vie : rires d'enfants, chants de marins, conversations animées, cloches joyeuses, aboiements des chiens. Beaucoup de maisons étaient fermées. Les autres, aux portes et volets rompus par les voleurs, exhalaient l'odeur douceâtre de la mort. Des chauves-souris et autres oiseaux de nuit s'installaient dans les lieux.

Atterré, l'évêque murmura :

– *Tu les submerges de sommeil, ô mon Dieu ! Ils seront le matin comme l'herbe qui pousse, le soir elle se flétrit et sèche. Par ta colère nous sommes consumés ; par ta fureur épouvantés. Sous ton courroux nos jours déclinent. Reviens, Seigneur ! Jusques à quand ?*

Ils atteignirent le port, longèrent le quai Saint-Jean désert, remontèrent la rue Canebière et atteignirent enfin la riche rue Saint-Ferréol.

Là, dans la résidence de l'intendant Le Bret, quelques domestiques épouvantés attendaient la mort. L'inten-

1. De la peste, de la faim et de la guerre, délivre-nous, Seigneur !

dant les avait prévenus de la venue de Monseigneur de Marseille. Son arrivée les rassura. Cette présence les protégerait de la colère de Dieu.

L'évêque, épuisé, s'alita aussitôt.

Le départ de Mgr de Belsunce se répandit dans Marseille, y jetant la consternation, puis l'indignation. Car pour éviter que la nouvelle résidence ne soit prise d'assaut, son entourage la tenait secrète. Ses adversaires jansénistes se vengèrent alors de ses excès d'autoritarisme, les uns en faisant courir le bruit qu'il avait fui la ville, les autres en l'accusant de s'être enfermé chez lui après avoir accumulé les vivres et muré les portes.

Aussi, dans les jardins du palais épiscopal abandonné, la foule en colère continua-t-elle à jeter des cadavres.

Comme il n'y avait plus de prêtres dans la ville, on fit le siège des devins, des astrologues, des visionnaires, des mages et autres conjurateurs d'esprits, dont l'heure était venue, comme pour couronner l'œuvre de Satan.

On vit déambuler dans les rues un homme nu, maigre, halluciné, qui appelait à la repentance. Il prétendait avoir eu la vision prophétique de la ville massacrée. Il citait l'Ancien et le Nouveau Testament :

– *Que jamais plus tu ne portes de fruits ! Encore quarante jours, et Ninive sera détruite !*

On vit aussi apparaître d'étranges phénomènes, à la limite de l'humain, qui achevèrent d'épouvanter le peuple. Tel était saisi d'un rêve prémonitoire. Tel autre de visions. On entendait des voix : *« La peste va vous détruire ! Partez, avant qu'il ne soit trop tard ! »* Tel regardait les nuages et y voyait des formes vivantes, des corbillards, des épées menaçantes, des tas de cadavres sans sépulture et des fantômes.

Les hallucinations sont contagieuses. Le peuple perdait la tête et ne savait plus à quel saint se vouer, puisque même saint Roch restait sourd à son appel.

On vit aussi apparaître les « engraisseurs de nuit » et autres « infesteurs de peste ». Déguisés en gens d'Église ou en pèlerins, ils hantaient les rues abandonnées, les porches des églises, les fontaines, y déposant, disait-on, certaine graisse pestiférée. Ces sorciers et magiciens, ayant fait pacte avec le diable pour être préservés de la contagion, avaient pour mission infâme de répandre la peste au moyen d'onguents et de poudres, en vue d'infecter l'air, les eaux et les maisons qui ne l'étaient pas encore.

A la grande douleur de frère François, qui ne le quittait plus, Mgr de Belsunce déclinait rapidement.

– Frère François, je ne voudrais pas que les gens de bien... et les autres, me croient en fuite. Allez à l'hôtel de ville. Dites à maître Estelle que je suis là.

– Que dois-je encore lui dire, Monseigneur ?

– Que je prie pour lui. De toutes mes faibles forces. Je ne peux plus faire que cela. Dites-lui encore : *Quand je suis faible, c'est alors que je suis fort.*

Dès que le moine fut parti, l'évêque se mit à délirer, mêlant les paroles d'un psaume où s'exhalaient toute la douleur et l'espérance des hommes :

– Mon Dieu, mon Dieu, pourquoi m'as-tu abandonné ? Le jour j'appelle et tu ne réponds pas. La nuit, point de silence pour moi. Comme l'eau je m'écoule et tous mes os se disloquent. Mon cœur est pareil à la cire et ma langue collée à la mâchoire. Tu me couches dans la poussière de la mort.

» Dieu, ne me châtie pas dans ta colère, ne me reprends pas dans ta fureur. Pitié pour moi, mon Dieu ; je suis à bout de forces. Mes os sont bouleversés. Sauve-moi, mon Dieu, en raison de ton amour. Entends la voix de mes sanglots, entends ma supplication, accueille ma prière !

Frère François ne dépassa pas la palissade Sainte-Anne à l'entrée du port. Un malade errant dans les rues, rendu fou de souffrance et de soif, se jeta sur lui et l'entraîna dans les eaux du port, où flottaient encore quelques corps.

Rue Saint-Ferréol, atteint par l'implacable fléau, l'abbé Goujon s'alita à son tour.

Monseigneur de Marseille demeurait seul, face à son Dieu.

34

La peste s'étendait largement dans le terroir. Saint-Marcel, près de la barrière du Logis-du-Mouton, l'un des points d'arrivée du ravitaillement, avait été le premier village touché.

A Allauch, qui comptait cinq mille âmes, le mal avait frappé le 20 août. A l'extérieur des murs, une ferme fut infectée après la visite d'un colporteur. On brûla la maison et la bergerie. Tous les moutons furent sacrifiés, les cadavres enfouis. Mais le chien du berger s'échappa. Errant alentour, la faim l'amena à déterrer un cadavre, homme ou mouton, on ne sait. En ce pays de garrigues, la terre est peu profonde.

Puis il rejoignit une sienne chienne d'un troupeau voisin et la peste frappa à nouveau, d'abord les bêtes. Malgré les ordres des consuls, le berger ne put se résoudre à sacrifier le troupeau. Il tondit ses moutons, lava la laine à l'eau salée. Mais la peste, qui se riait de ces mesures, le frappa à son tour.

Cette bergerie se trouvait beaucoup plus proche du village que la première. Chien, chat, rat, colporteur ou garce en maraude, on ignore quel fut le vecteur de la contagion. Il y eut bientôt des centaines de morts à l'intérieur, et l'on creusa la première fosse loin du village, derrière la chapelle Saint-Roch.

Toute la population précédée des chanoines vint en procession supplier Notre-Dame du Château de préserver la commune. La statue miraculeuse fut promenée dans les rues. A son passage, des malades se trouvaient guéris. Alors, *« on vit l'ange de justice remettre le glaive dans le fourreau »*.

A l'extérieur du village, sous les moulins, dans la belle bastide de son père, Gersende Estelle avait d'autres préoccupations.

Averties par des messagers de l'hôtel de ville de Marseille que quelque deux mille nourrissons risquaient de périr de faim à l'hôtel-Dieu, faute de lait, toutes les communes du terroir s'étaient mobilisées. A Marseille, « Godelin » Van der Brock avait réussi à sensibiliser le chef de la corporation des bergers et tomiers, qui avait accepté d'alerter les chevriers du terroir. A Allauch, Gersende avait pris la tête de l'opération. Depuis quinze jours, la fille de maître Estelle déployait une activité intense. Dès le matin, elle partait à cheval, sans escorte, la bourse pleine de l'or qu'elle avait obtenu auprès de divers prêteurs réfugiés à Allauch. On ne pouvait rien refuser à la fille du premier échevin, surtout s'il s'agissait de sauver des enfants, avec à l'appui la promesse d'un intérêt substantiel.

Gersende n'entrait pas dans les villages, tous barricadés. Mais elle arrivait à traiter à bonne distance avec de petits éleveurs isolés dans la campagne. Très peu résistaient à la vue de l'or, surtout apporté par cette fille superbe chevauchant une cavale aussi échevelée qu'elle.

Parfois, elle devait faire face à des rôdeurs embusqués sur le chemin qui, en la voyant, croyaient saisir l'occasion de leur vie : de l'or, de l'amour, un cheval pur-sang. Sortant son pistolet de sa fonte, elle les mettait en fuite.

Le retour était plus difficile avec les chèvres, qu'on ne pouvait mener à l'allure de la cavale, si épuisée fût-elle. Le soir, une dizaine de chèvres que guidait un petit berger rejoignaient le troupeau dans le vaste enclos herbu qui jouxtait la bastide d'Allauch.

Le couple Cabanesse et quelques filles du village s'occupaient alors de traire les bêtes, de les soigner, sous le regard attendri de Ria Pépiole.

La « suivante de Mademoiselle » rayonnait depuis qu'elle était parvenue à ses fins avec Jacques Chataud. Sous prétexte de le ravitailler, elle rejoignait chaque soir le garçon, toujours enfermé dans son cabanon. Elle était belle, Ria, elle aimait l'amour et il en profitait sans scrupule, bien décidé à ne pas l'épouser.

Un jour, fouillant ses poches pendant qu'il s'abandonnait au sommeil après l'amour, elle découvrit à sa grande stupeur le billet dans lequel Jehan Figueras déclarait renoncer à jamais à Gersende. Ainsi, c'était pour elle que Jacques l'avait repoussée à leur première rencontre ! Il aimait Gersende en secret ! Bien des indices alors lui revinrent en mémoire, qui auraient dû l'alerter si elle n'avait pas été si sûre de l'amour de Jehan pour Gersende.

Naturellement, elle avait brûlé le billet et fait disparaître le vêtement, laissant entendre au garçon éploré qu'il avait été dérobé dans la nuit par quelque rôdeur profitant d'une fenêtre ouverte.

Dès lors, les chances de Jacques Chataud auprès de Gersende paraissaient infimes. A moins que Jehan ne fût emporté par la peste. Il faisait tout ce qu'il fallait pour cela, se dépensant jour et nuit sans compter au service des pestiférés de l'hôtel-Dieu. Mais Ria ne raisonnait pas si loin ! L'ascendant physique qu'elle se sentait prendre sur Jacques finirait sûrement par l'emporter sur des chimères.

Lorsque le troupeau de chèvres compta un nombre suffisant de bêtes, Gersende se mit en route vers Marseille, escortée par plusieurs pâtres et deux gardes d'Allauch, que les chanoines avaient bien voulu mettre à sa disposition.

Vers midi, ils atteignirent la barrière du terroir, au Logis-du-Mouton, où ils étaient attendus avec impatience. Le cœur de Gersende battait follement. Elle espérait avoir des nouvelles de son père et de Jehan, par quelque émissaire venu de Marseille.

Elle vit s'avancer vers elle un jeune cavalier qu'elle ne connaissait pas. Mais malgré ses cheveux courts et son tricorne crânement enfoncé sur le front, on ne pouvait s'y méprendre. C'était une femme !

Tandis que les pâtres poussaient les bêtes vers la double barrière où les gardes de la Santé les prenaient en charge pour leur faire subir une fumigation, l'étrange cavalier s'approcha de Gersende et, selon les règles, s'arrêta à dix pas de la barrière, qui s'était refermée. Les deux femmes demeuraient à distance, séparées par deux murets de pierre. Gardes et pâtres s'étaient éloignés, occupés à la délicate fumigation, qui affolait les bêtes.

Gersende descendit de son cheval et s'approcha le plus qu'elle put.

– Je suis Gersende Estelle.

Le cavalier mit pied à terre à son tour.

– Je m'en doutais, mademoiselle. Je suis... Godeleine Van der Brock, responsable des nourrissons abandonnés à l'hôtel-Dieu. J'ai dû, pour me protéger de toutes importunités, m'habiller en homme.

– Ah ! Pourriez-vous me donner des nouvelles de mon père, et... de maître Jehan Figueras ?

Godeleine n'était pas sans savoir quels avaient été les rapports du jeune médecin avec la fille du premier échevin. Mais Jehan lui ayant déclaré qu'il avait renoncé à elle pour se mettre entièrement au service des pestiférés, elle ne s'en était pas inquiétée. Godeleine aimait Jehan, elle s'était donnée à lui. Seul comptait le présent. A Marseille, on vivait dans des temps si effroyables et incertains que plus personne ne formait de projets d'avenir. Encore moins Jehan, maintenant qu'il luttait au fond de son lit contre les effets de l'inoculation.

Toutefois, en voyant Gersende, si belle, si sûre d'elle, sa jalousie s'éveilla. Peut-être Jehan échapperait-il à la peste. Elle faisait tout pour le sauver, ne quittant son chevet où il avait fini par accepter sa présence, que pour les tâches auxquelles elle s'était engagée à l'hôtel-Dieu : accueil des nourrissons, préparation du lait, parfois un accouchement. Que serait demain ? Elle n'osait même pas l'envisager, dans un monde débarrassé de l'effroyable fléau, où il ferait à nouveau bon vivre et aimer sous le soleil.

Aimer ! Le cœur battant la chamade, Gersende entendit Godeleine lui répondre sèchement :

– Maître Jehan Figueras est malade !

Gersende chancela. Les mains accrochées au mur de pierre, les deux femmes s'affrontaient face à face, la brune et la blonde. Gersende n'osait formuler le mot interdit qui lui brûlait les lèvres :

– Est-ce... la contagion ?

– C'est la contagion ! lança Godeleine, avec une fureur contenue où se mêlaient le désespoir et une satisfaction inavouée de voir sa rivale souffrir et ne pouvoir rien faire.

Le visage inondé de larmes, Gersende secoua la tête, comme pour refuser l'inacceptable. Et à l'horrible torture de savoir Jehan malade et loin d'elle s'ajoutait ce qu'elle surprenait comme une évidence : elle avait une rivale. Cette fille aimait Jehan ! Il suffisait de l'entendre parler.

En un éclair, elle prit sa décision. Elle rentrerait à Marseille. Mais il ne fallait pas donner l'éveil à Godeleine. Qui sait ce qu'elle pourrait imaginer pour cacher Jehan, empêcher Gersende de l'approcher ! Elle cria :

– Je ne puis revenir à Marseille ! Mais je suis sûre que vous veillerez sur lui.

Puis elle tourna la tête pour que Godeleine ne vît pas son visage ravagé, sauta à cheval et galopa vers Allauch.

Gersende rentra en larmes à la bastide et annonça au couple Cabanesse et à Ria la maladie de Jehan et sa décision de le rejoindre. En vain Félicie tenta de lui opposer des objections raisonnables :

– Vous ne pourrez rien faire pour lui, mademoiselle Gersende. D'ailleurs, il ne manque de rien, puisqu'il est à l'hôtel-Dieu.

– On s'occupe en effet très bien de lui ! grinça la jeune fille en songeant à l'apparition de cette Godeleine auréolée de cheveux d'or.

Dans quelle mesure était-elle parvenue à ses fins auprès de Jehan ? Mais rien ne prouvait qu'il se fût passé quelque chose entre eux. Quelque chose d'irréversible ! C'est pourquoi elle devait y aller, avant qu'il ne fût trop tard.

Cependant, à l'idée que Jehan était atteint par la contagion, la jalousie qui s'était emparée d'elle comme un feu dévorant se réduisait en cendres. Toutes ces passions égoïstes lui parurent dérisoires. Il serait toujours temps de régler les comptes avec Godeleine, après la peste. Mais y aurait-il un « après » pour Jehan ? Et même pour Marseille ?

Elle songea à son père, comme placé sur la mouche de la cible au cœur de la contagion depuis maintenant trois mois. Il survivait miraculeusement au sommet de cette immense pyramide de cadavres. Son devoir à elle n'était-il pas aussi de le rejoindre et de l'assister ?

Elle cessa de se poser des questions pour se donner

de bons prétextes. Elle aimait Jehan. Elle voulait le sauver. Le reste ne comptait pas. Elle était sûre que l'Amour serait plus fort que la Mort. Mais il fallait en payer le prix et mettre fin à cette séparation contre nature que son père et Jehan lui avaient imposée.

Il était certes plus facile d'entrer à Marseille que d'en sortir. Mais il y avait tout de même les barrières, les contrôles, la milice et les soldats du roi ! Personne ne pouvait circuler sans motif. Le bailli de Langeron avait obtenu trois compagnies du régiment de Flandre, puis trois autres du régiment de Brie qui bloquaient les barrières du terroir. Aux portes de la ville, la milice urbaine avait ordre d'en interdire l'entrée aux gens du terroir, qui se trouvaient ainsi pris au piège, puisqu'ils ne pouvaient désormais ni aller en Provence, ni entrer à Marseille pour s'y faire soigner.

Les chèvres constituaient un bon motif, mais Gersende pouvait difficilement passer pour une chevrière. D'ailleurs, son enclos était vide, il faudrait plusieurs jours pour le remplir et les bêtes se faisaient de plus en plus rares. Gersende n'avait pas le temps. Jehan était en danger ! Une véritable course de vitesse s'engageait entre elle et la Mort. Et peut-être aussi contre cette Godeleine !

Elle décida, comme Godeleine, de s'habiller en homme. Une femme seule ne pouvait plus circuler, même à cheval, sans s'exposer aux plus grands périls dans le terroir, sillonné de bandes affamées et de pillards, parfois organisés autour de bagnards évadés qui n'avaient rien à perdre.

Elle sacrifia son opulente chevelure et revêtit un habit d'homme, auquel Ria, stupéfaite, apporta quelques retouches. Elle coiffa une petite perruque grise et par-dessus un tricorne, chaussa ses bottes d'écuyère et ceignit une ceinture de cuir à laquelle pendaient une épée et un pistolet.

Gersende confectionna encore un laissez-passer, avec un formulaire qu'elle avait apporté de Marseille, dûment tamponné du sceau du premier échevin. Il lui fut facile d'imiter la signature de son père. Elle devint ainsi Pierre de La Fournaise, lieutenant au corps des gardes de la ville de Marseille, messager spécial affecté aux liaisons avec le Parlement de Provence. Tout ceci tenait à peine debout, mais elle n'avait pas le choix.

Cabanesse sella le meilleur cheval. Ria essuya quelques pleurs, mais elle n'était pas fâchée de la voir partir. Elle restait seule à Allauch avec Jacques Chataud !

A deux heures, évitant les chemins, Gersende galopait à travers la garrigue. Elle rejoignit la petite route qui longe l'Huveaune. A quatre heures elle se présentait à la barrière du Logis-du-Mouton. Au milieu du désordre général, plus personne ne faisait attention à personne. Elle tendit le laissez-passer au sergent de garde, qui ne vit que le sceau de l'échevin.

– Vous pouvez passer, monsieur de La Fournaise.

Enhardie d'avoir réussi aussi facilement, elle cravacha son cheval qui l'enleva au galop.

La nuit venait lorsque Gersende atteignit Marseille. Elle franchit la porte monumentale, dont les gardes la laissèrent passer sans difficulté.

Elle remonta lentement la rue d'Aubagne. Avant de bifurquer rue Canebière, elle jeta un regard terrifié sur le Cours où gémissaient sous des toiles de voiles tendues sur des piquets malades et mourants, au milieu d'un fatras de hardes et de paillasses.

Elle longea le port où régnait un silence de mort et considéra avec stupeur les cadavres qu'un léger mistral repoussait vers la Rive-Neuve, où les attendait une équipe blasée de corbeaux crocheteurs, parmi lesquels elle reconnut des forçats. Partout l'odeur doucereuse de la mort était devenue comme l'haleine empestée de Marseille.

La place du Palais-de-Justice se trouvait encombrée de chariots venant de la ville, pleins de pauvres malades que l'on déchargeait, les voitures ne pouvant atteindre l'hôtel-Dieu.

Gersende attacha son cheval devant la chapelle de l'hôpital et se dirigea vers la porte principale qui ouvrait sur la montée du Saint-Esprit. Elle avançait à travers la foule des malades qui tentaient de se faire admettre à l'hôpital, dont les grilles demeuraient fermées. Un bruit étrange courait : *l'hôtel-Dieu ne prenait plus de malades*.

Gersende songea avec étonnement qu'elle avait franchi sans problème la barrière du terroir et la porte de la ville pour se heurter aux grilles de cet hôpital, derrière lesquelles veillait un garde armé. Comment lui ferait-elle ouvrir la grille sans que cette foule ne se rue à sa suite et n'envahisse les jardins déjà encombrés de malades installés sommairement sur des paillasses, à l'ombre des arbres ?

Indifférente au risque de contagion, elle se fraya un passage dans la foule. Quand elle fut contre la grille, elle appela le garde.

– Je suis attendue par maître Figueras.

L'autre la regarda sans comprendre. Agé de dix-huit ans à peine, il semblait dépassé par les événements.

– Je ne connais pas. Je viens d'arriver de La Bégude. Tout ce que je sais : vous ne pouvez pas entrer sans le laissez-passer spécial. Si vous l'avez, j'appellerai le lieutenant. Moi, je ne sais pas lire.

Il eut un regard effrayé vers la foule.

– L'hôpital est surchargé. *On ne prend plus de malades*.

– Mais on doit bien sortir des morts !

– Je ne sais pas. Je ne sais rien. Je ne suis qu'un pauvre paysan du terroir que les miliciens de la ville ont raflé dans les champs ! Si vous êtes malade, faites comme les autres. Attendez votre tour place du Palais.

Elle cria avec impatience :

– Je ne suis pas malade ! J'accomplis une mission. Je m'occupe des chèvres !

– Ah ! les chèvres... Je m'occupais des chèvres, moi aussi, dans la ferme de mon père. Il est mort. Ils sont tous morts à La Bégude ! Qui nous délivrera de ce fléau ?

Elle plongea la main dans sa poche et en sortit un louis d'or.

– Prenez. Je suis heureuse de vous aider. Moi, je viens d'Allauch. Un pays de chèvres, aussi...

Il sourit, prit la pièce, la palpa avec incrédulité. Puis il murmura :

– Revenez dans une heure, madame. Mais pas ici. Je vous ferai entrer par la petite porte des médecins, rue de la Roquette, quand j'aurai passé la relève, à neuf heures.

Il s'éloigna en serrant la pièce d'or dans sa main. C'était la première fois qu'il palpait de l'or, il en était ébloui.

A neuf heures, Gersende se présenta à la porte convenue. A peine éclairée par des lanternes fumeuses, la rue de la Roquette était déserte.

Elle attendit longtemps. Enfin, la porte s'ouvrit. Godeleine parut.

– Entrez, dit-elle.

Gersende la dévisagea avec stupeur. La jeune fille, chancelante, montrait un visage méconnaissable brûlé par la fièvre, aux traits crispés par la souffrance.

– Mais qu'avez-vous ?

– J'ai la peste, Gersende. Et je vous attendais.

– Vous m'attendiez ?

– Oui. Je savais que vous viendriez. Il ne pouvait en être autrement.

– Comment va Jehan ?

– Mal.

Gersende se retint de crier. Godeleine poursuivit d'une voix âpre :

– Pour moi, c'est la fin. Lui a encore une chance, parce que son corps est en partie immunisé. Il n'y a d'ailleurs que cela qui l'intéresse.

– Cela quoi ?

– Son art ! Il s'est inoculé le venin. Il a tout misé sur ses théories. S'il venait à disparaître, ce serait un immense échec pour lui et pour les progrès de la médecine qu'il n'a de cesse de vouloir faire avancer.

Gersende demeura atterrée. Il s'était inoculé le venin ! Quelle folie le possédait ? Puis elle songea que sa folie à elle, sa folie d'amour, n'avait rien à lui envier. Elle était là, dans cet hôpital de pestiférés, elle avait traversé cette foule de malades, elle avait pris des risques insensés pour le rejoindre. Elle demanda :

– Pourquoi m'avez-vous fait entrer, Godeleine ?

– Parce que je vais mourir. Il ne faut pas que Jehan reste seul entre les mains de ces médicastres qui l'achèveraient avec leurs purges, leurs cautères et leurs saignées, trop heureux de se venger de lui, qui n'a cessé de les confondre de son bon sens en secouant leur vieille routine. C'est vrai, Gersende, je vous attendais. Quand le garde est venu me dire : « Il y a à la porte une jeune dame déguisée en officier qui vient pour les chèvres », j'ai souri, apaisée. Maintenant, suivez-moi.

Elles longèrent un interminable couloir sombre où se croisaient des ombres. Puis elles gravirent un escalier monumental, qui n'en finissait pas. Godeleine haletait. Elle dut s'arrêter à un palier et s'appuyer sur la rampe de fer forgé. Gersende la prit par le bras pour la soutenir, monter plus haut, toujours plus haut dans l'escalier étroit qui conduisait au dernier étage. La jalousie – presque la haine – qu'elle avait éprouvée à son égard disparaissait, balayée par ce grand élan qui les portait vers Jehan, pour le sauver.

Godeleine, essoufflée, s'arrêta enfin devant une porte où était inscrit :

LABORATOIRE
DÉFENSE D'ENTRER
DANGER

Elle poussa la porte. Gersende regardait avec étonnement la pièce encombrée de bocaux remplis de liquides mystérieux. Dans une cage somnolait un couple de rats.

Godeleine désigna une petite porte au fond du laboratoire.

– Il est là. C'est sa chambre. Bonne chance, Gersende !

– Ne partez pas ! Nous avons besoin de vous ! Que ferais-je ici, seule ?

Godeleine eut un pauvre sourire exténué. Elle montra du doigt un vieil imprimé accroché à un mur. Gersende s'approcha et lut :

SI TU TE TROUVES EN PANNE DE MÉDECIN
REMPLACE-LE TOI-MÊME, ET VOICI TON SECRET :
AU REPOS COMME AU LABEUR, AIE LE CŒUR GAI.
POUR RÉGLER TA VIE, ÉCOUTE LA VOIX DE LA SAGESSE.

Godeleine sourit.

– C'est le *Regimen sanitalis* de l'école de Salerne, un vieux dicton du XIIIe siècle. Jehan en a fait sa devise.

Gersende répéta :

– Ne partez pas, Godeleine !

– Adieu, Gersende.

Elle se tourna vers la porte de Jehan. Son visage s'éclaira. Elle eut ce mot étrange :

– Il a uniquement besoin d'amour.

Les deux femmes se tenaient face à face. Non, il n'y avait plus de jalousie entre elles, mais ce don prodigieux qui mûrit au cœur de chaque femme et la pousse à tout donner, même quand il n'y a plus rien à donner. Et dans ce *rien* de Godeleine passait encore tout l'espoir du monde.

Dans un mouvement spontané, défi insensé à la contagion et à la mort, Gersende la serra dans ses bras et l'embrassa.

Godeleine s'écarta lentement et sortit en refermant sans bruit la porte du laboratoire.

Arrivée à la grande galerie qui domine les jardins, elle eut un moment de faiblesse et dut se retenir au mur. Puis elle descendit lentement l'escalier et s'avança vers son destin.

Dans le laboratoire, Gersende, les yeux exorbités, fixa la petite porte de la chambre. Il était là. Et elle avait peur.

Sa main se posa enfin sur la froide poignée de porcelaine. La porte s'ouvrit sans bruit sur une petite pièce monacale entièrement nue, d'une propreté méticuleuse, aux murs blanchis à la chaux. Une bougie brûlait sur la table de chevet, répandant une lumière douce, presque religieuse, et une fine odeur sucrée.

Jehan était étendu sur le lit, les yeux fermés, sous un drap qui laissait deviner son corps amaigri, le visage marqué par la souffrance et la fièvre qui le brûlait. De son front perlait une goutte de sueur.

Il ouvrit les yeux et son regard, perdu vers la blancheur du mur, semblait paisible. Il se tourna enfin vers Gersende, la reconnut et sourit de bonheur.

– Tu es venue, mon amour !

Puis ses yeux se voilèrent.

– Quelle imprudence !

Leurs regards se pénétrèrent. Ils étaient un. Une fusion si parfaite qu'aucune étreinte physique n'aurait pu l'égaler. Bouleversée, Gersende s'assit sur le lit et lui prit la main, sans quitter son regard dans lequel elle sentait revenir la vie. La maladie n'était qu'un mauvais rêve, une illusion malfaisante que le souffle puissant de l'amour suffirait à chasser. Elle se remit à espérer.

Sous la confiance invincible de ce regard, il se sentit revivre. Gersende le fixait intensément. Elle savait, car elle demeurait pénétrée de la substance des Écritures, que si elle avait assez de foi, il guérirait. C'était écrit en lettres de feu dans l'Évangile.

– Tu guériras ! dit-elle avec force. Je suis là pour te soigner.

Il lui sourit.

– Mais tu n'y connais rien !

Il ajouta aussitôt, pensif :

– Les bons médecins sont morts, maître Deidier est parti. Godeleine va mourir. Il ne reste que les médicastres imbus de leur fausse connaissance.

Il serra sa main d'un mouvement convulsif.

– J'ai peur, Gersende ! Non pas de la mort, mais d'eux ! Ne me quitte pas ! Jusqu'à ce jour, Godeleine m'a protégé. Ils attendent sa mort pour s'emparer de moi et me soumettre enfin à ce qu'ils appellent leur saine doctrine.

– Mais qui sont-ils ? Des Marseillais ?

– Non. Presque tous les Marseillais sont morts, ou en fuite. Ce sont les médecins de Montpellier, arrivés après maîtres Chicoyneau et Deidier, qui eux sont de bons médecins, mais ils ont été appelés à Aix, où la contagion s'étend. Il nous reste les théoriciens de la Faculté ! Oh ! je les ai bien connus sur les bancs de notre célèbre école ! Arrogants, sûrs d'eux, n'ayant jamais approché un malade ! Une lettre malencontreuse du Régent les a mobilisés.

– Mais que font-ils ?

– Ils ne font que donner de l'occupation à nos tombereaux mortuaires ! Dieu veuille qu'ils ne fassent rien. Quand il les a vus à l'œuvre, ton père a eu ce mot : « Remerciez-les de leurs services, payez-leur le voyage de retour et attendons tout secours de la miséricorde divine. »

– Pourquoi ne sont-ils pas partis ?

– L'intendant Le Bret a exigé qu'ils demeurent, pour ne pas contrarier Son Altesse Royale. J'ai peur d'eux, Gersende ! La rouille de leurs vieux préjugés leur tient lieu de sagesse.

– Mais que faudrait-il faire ?

– Traiter les malades avec la même simplicité qu'on le fait au Levant, avec des potions douces et communes. Mais pour ces pédants, cela sentirait le remède de bonne femme et le capucin charitable, démontrant l'inutilité de leur pseudo-savoir.

– Jehan, tu délires ! On ne peut pas se passer des médecins. S'ils étaient si mauvais, ils ne vivraient pas si vieux.

– Ah ! c'est là le secret. Mais ils passent à travers sans le voir.

– Quel secret ?

– Le contact des malades les immunise.

– Tu es médecin, tu soignes les malades, et tu n'es pas immunisé, puisque tu as pris la contagion.

– Mais je ne suis pas mort !

Il se dressa, fiévreux, haletant, et retomba lourdement en murmurant :

– Pour moi, tout va se jouer dans la semaine. Les bubons se sont enfin formés. Je vais décliner. Je serai inconscient, délirant, incapable de me défendre. Reste près de moi, Gersende. Empêche les médicastres et les barbiers d'approcher. Ne crois pas ceux qui prétendent qu'il faut saigner, cautériser, purger pour purifier le corps. La peste présente par elle-même une purge assez forte qui, si elle ne tue pas le malade, l'immunise à jamais.

– Est-ce pour cela que tu t'es inoculé le venin ?

– Oui, Gersende. Dans une bataille – et la contagion est une grande bataille – il ne faut pas se laisser surprendre. Il faut attaquer. Les Chinois le savaient qui, neuf siècles avant notre ère, s'inoculaient des poisons. On attrape ainsi la maladie atténuée, dont on guérit, à condition que le corps soit sain et fort. Mais j'étais épuisé. C'est la faute que j'ai commise de n'en pas tenir compte.

Elle secoua la tête, incrédule.

– Pourquoi avoir pris un tel risque ?

– J'étais le seul à pouvoir le prendre, parce que j'y croyais.

– N'est-ce pas de la présomption ?

– Le bon médecin, le chercheur savent faire la différence entre le possible et l'impossible. Ce qui est bon, c'est ce qui réussit. C'est pourquoi il faut que je guérisse !

– La contagion s'étend inexorablement dans toute la Provence. Qu'en est-il à Marseille ? Le garde de l'hôtel-Dieu m'a dit : *« On ne prend plus de malades. »*

Jehan se redressa brusquement. Un espoir insensé brillait dans son regard.

– Mais alors, si on ne prend plus de malades, c'est que ceux qui sont à l'intérieur ne meurent plus !

Elle se leva pour aller chercher un peu de nourriture et de l'eau, car il avait faim et soif. Sur le pas de la porte, il lui demanda soudain avec angoisse :

– La lettre ? La lettre que j'avais confiée à Jacques Chataud ?

– Quelle lettre ? Jacques ne m'a rien remis.

Il sourit, apaisé. Maintenant, il avait une autre raison de guérir.

C'est vrai, on ne mourait plus à l'hôtel-Dieu ! Dans la nuit, Godeleine fut l'une des dernières parmi le personnel hospitalier. Elle s'éteignit sans bruit dans sa petite chambre de l'annexe, en contemplant les étoiles. Quand son âme ardente s'envola vers d'autres lieux, il y eut un immense frémissement dans les grandes salles des nourrissons, suivi d'un silence étrange.

Jehan en fut ému, mais Gersende ne s'en montra pas jalouse. Il avait aimé Godeleine le temps de la peste. Cet amour l'avait soutenu, tandis qu'elle, Gersende, demeurait au loin, à l'abri.

Elle veillait dans le laboratoire à la porte de Jehan, dont l'état empira brusquement. Le corps surmené, épuisé par trois mois de lutte au cœur de la contagion, il semblait s'abandonner. Il délirait, il ne la reconnaissait même plus. Comme il le lui avait demandé, elle le soignait avec des simples : décoction de mauve, violette et guimauve. Serpentaire rouge. Oignon. Sauge. Et surtout, elle respectait son désir de propreté méticuleuse, draps et linge changés tous les jours, eau de boisson bouillie, en abondance.

Elle ne les entendit pas venir. Elle dormait sur un matelas posé sur le sol du laboratoire, en travers de la porte de Jehan. Elle se réveilla en sursaut. Deux hommes en robe longue, l'une rouge, l'autre noire, masqués, cagoulés, un bec-de-corbeau les faisant ressembler à des épouvantails, se tenaient devant elle, le médecin et le chirurgien. Un aide qui ressemblait à un gnome échappé de l'enfer apportait un brasero sur les braises ardentes duquel chauffaient bistouris et cautères.

Le *magister in medicum* la regarda à peine. Soulevant son masque, il ordonna d'un ton sec :

– Écartez-vous !

– Non ! Vous ne passerez pas !

– Qui êtes-vous ?

– *Je suis sa femme !*

A voir ses yeux brûler de passion, il ne pouvait douter qu'elle ne fût sa femelle !

– Si les bubons n'ont pas flué, il faut les inciser et cautériser. C'est de saine doctrine. Écartez-vous !

– Non !

Ils s'avancèrent encore, menaçants.

Elle ouvrit le tiroir d'une table dans lequel elle avait déposé son pistolet. Elle l'arma, visa au cœur le médecin.

– Mais vous êtes folle ! Lâchez cette arme ! Vous pourriez vous blesser !

– Je suis folle et je vais vous tuer !

Ils reculèrent en marmonnant des malédictions en latin.

– Vous serez responsable de sa mort ! Nous en témoignerons ! Vous serez dénudée sur la place publique, fouettée jusqu'au sang et pendue, comme ces filles dépravées qui empoisonnent les malades confiés à leur garde, pour s'emparer de leurs biens !

La porte du laboratoire claqua. Elle les entendit jurer en trébuchant dans l'escalier, empêtrés dans leurs robes. Elle se calma.

Sans bruit, elle entra dans la chambre de Jehan. Il dormait, détendu. Sur son front apaisé la sueur ne ruisselait plus. La poitrine se soulevait régulièrement, ayant retrouvé le grand rythme de la vie.

Elle s'approcha de lui, posa longuement ses lèvres sur son front. Et dans la pénombre de la chambre, elle vit un sourire de bonheur illuminer son visage.

L'Amour triomphait.

MARSEILLE EN 1720
Ses paroisses, ses remparts

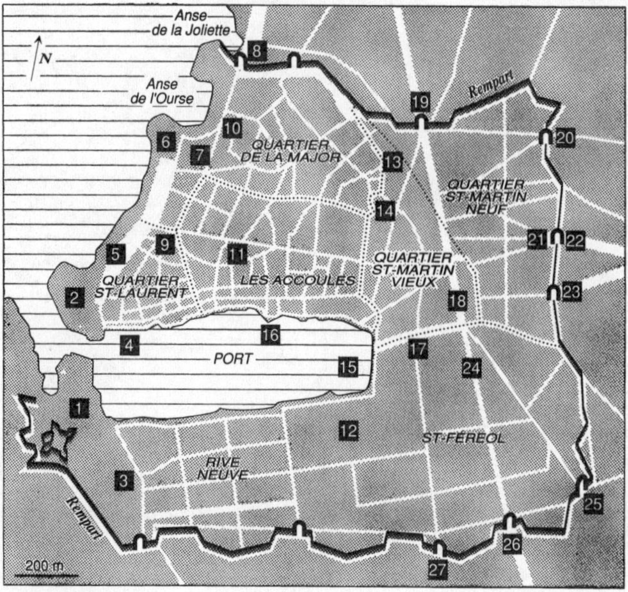

1 : Fort St-Nicolas
2 : Fort St-Jean
3 : Abbaye St-Victor
4 : Port de pêche St-Jean
5 : Esplanade de la Tourette
6 : Cathédrale
7 : Palais épiscopal
8 : Porte de la Joliette
9 : Place de Lenche
10 : Hospice de la Charité
11 : Hôtel-Dieu
12 : Arsenal des galères
13 : Couvent des Présentines
14 : Rue de l'Echelle
15 : Port des galères
16 : Hôtel de ville
17 : Rue Canebière
18 : Le Cours
19 : Porte d'Aix
20 : Porte Bernard du Bois
21 : Porte des Fainéants
22 : Le Mail
23 : Porte de Noailles
24 : Rue de Rome
25 : Porte d'Aubagne
26 : Porte de Rome
27 : Porte de Paradis

LE TERROIR DE MARSEILLE
ET LE COMPLEXE SANITAIRE MARITIME

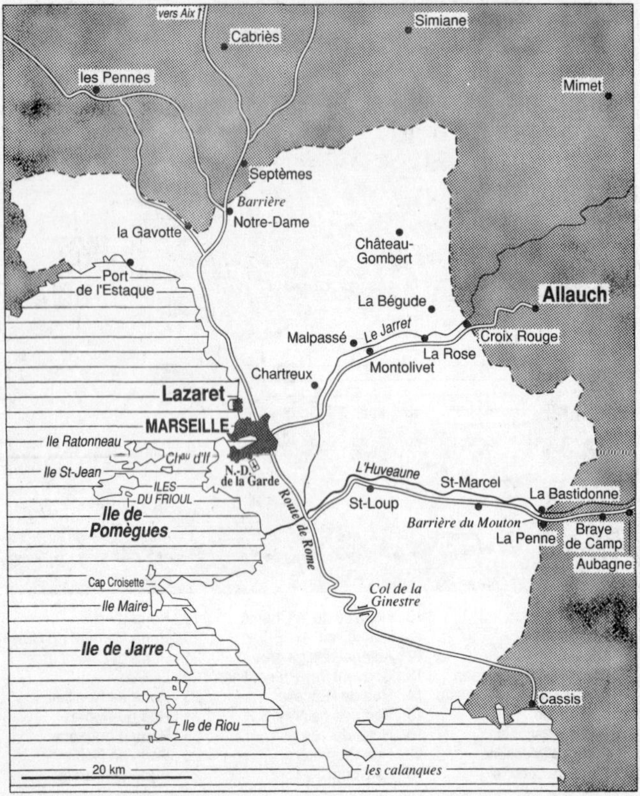

LE LAZARET D'ARENC

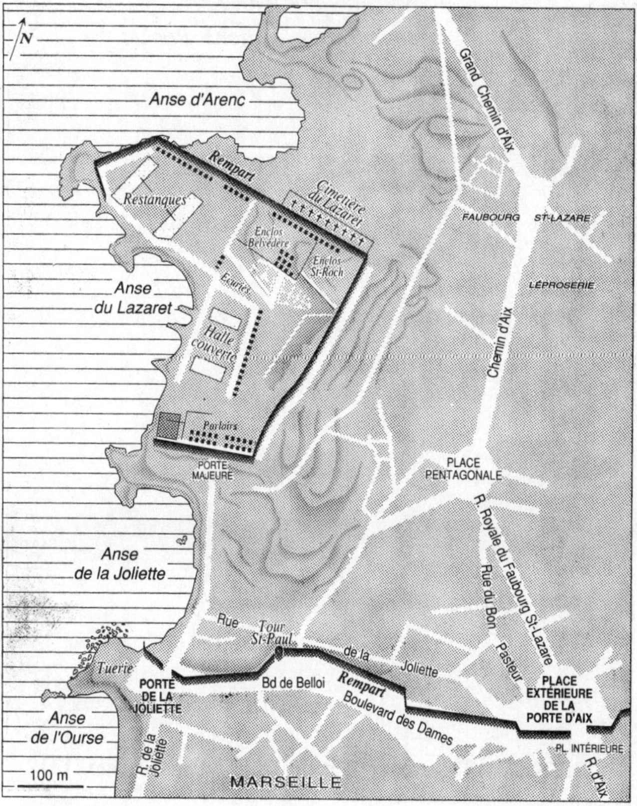

Cet ouvrage a été réalisé par la
SOCIÉTÉ NOUVELLE FIRMIN-DIDOT
Mesnil-sur-l'Estrée
pour le compte des éditions Pocket
en juin 1996

POCKET - 12, avenue d'Italie, 75627 Paris cecdex 13

Imprimé en France
Dépôt légal : juin 1996
N° d'impression : 33204